韩玉峰 著

# 山西电影文学史

山西出版传媒集团　北岳文艺出版社

**图书在版编目（CIP）数据**

山西电影文学史 / 韩玉峰著 . — 太原：北岳文艺出版社，2020.5
ISBN 978-7-5378-6014-7

Ⅰ. ①山… Ⅱ. ①韩… Ⅲ. ①电影文学－文学史－研究－山西 Ⅳ. ① I207.35

中国版本图书馆 CIP 数据核字（2019）第 203109 号

| 书名：山西电影文学史 | 策　划：续小强　马　峻 | 书籍设计：张永文 |
| 著者：韩玉峰 | 责任编辑：谢　放 | 印装监制：郭　勇 |

出版发行：山西出版传媒集团·北岳文艺出版社
地址：山西省太原市并州南路 57 号　邮编：030012
电话：0351-5628696（发行部）　0351-5628688（总编室）
传真：0351-5628680
网址：http://www.bywy.com
E-mail：bywycbs@163.com
经销商：新华书店
印刷装订：山西人民印刷有限责任公司

开本：787mm×1092mm　1/16
字数：461 千字　印张：34.75
版次：2020 年 5 月第 1 版
印次：2020 年 5 月山西第 1 次印刷
书号：ISBN 978-7-5378-6014-7
定价：168.00 元

本书版权为本社独家所有，未经本社同意不得转载、摘编或复制

# 作者简介

韩玉峰，1933年3月出生，山西大同人。山西省文联荣誉委员、研究员。中国作家协会会员，中国电影家协会会员，中国电视艺术家协会会员，中国曲艺家协会会员，中国民间文艺家协会会员，中国戏剧文学学会会员。享受国务院特殊津贴。

1950年3月入伍，历任中国人民解放军一一一师、一〇六师、建筑工程一师以及中国人民志愿军一〇六师政治部宣传员、摄影员。1961年山西大学中文系本科毕业，后就读于山西大学研究部中国古典文学研究生班。历任山西大学中文系助教，中共山西省委宣传部文艺处干事、处长，山西省文联党组副书记、常务副主席、顾问等职。

出版有《赵树理的生平与创作》（合著，执笔）、《山西文谭百篇》、《山西艺谭》、《山西艺谭续编》《韩玉峰艺术评论选》《李才旺评传》，主编有《山西文学艺术界人才录》（合编）、《山西文艺创作50年精品选·理论评论卷》等图书。

作品曾获山西省文学艺术创作奖、赵树理文学奖、山西省社会科学优秀成果奖、《批评家》杂志优秀论文奖、晋冀鲁豫"山河杯"曲艺奖。

代序

# 一笔良心文字　一部拓荒之作

杜学文

这几年,韩玉峰先生一直在做山西影视史的研究。前些天见到他,说电影的部分已经完成,并与出版社联系,决定先出《山西电影文学史》,嘱我为将要出版的新著写点东西。

## 一

韩玉峰,我们称他为韩老师。这不仅是一种客气、礼貌,主要是一种尊重,当然也是一种传统。三十多年前,也就是1988年吧,山西省委宣传部要编辑出版工作刊物。一本是《宣传工作》,主要是传达上级精神,介绍工作部署,反映各地工作情况。还有一本是《形势教育》,主要是对一定时期国内外形势的介绍。我就被安排在这个编辑部,当编辑。到宣传部后,非常想见到当时文艺处的处长,也就是韩玉峰,韩老师。但并没能见到。那时,他已调到山西省文联担任副主席。如果说与韩老师还有一点"同事"式的交集的话,也就是在这一时期。但这样说也很勉强,因为我们并没有在部里见过面,交道是在后来的工作中才开始的。共同的兴趣、共同的工作,甚至相近的性格,在我而言,韩老师除为师长外,还多了一种说不清的亲近感。

后来,韩老师退休了,但似乎更忙了——有很多研讨会、文艺活动要参加,有很多文章要写,有很多课题要研究。我曾对他说,韩老师,你是我的人生目标:首先,要像你一样,身体健康,即使退休后,年龄大了,仍然能做事;其次,有自己的专业、爱好,退休后可以专心做自己想做的事,并且有精力来做。我也对其他人说过,活成韩老师那样就很好,退了退了,仍然很忙,不像有的人,找不着生活的"北",就该生病了。韩老师一直忙得很,整理了自己多年撰写的理论评论文章,出版了《山西文谭百篇》《山西艺谭》及其续编,以及《韩玉峰艺术评论选》等多部著作。这些不同时期评论文章的结集,本身就具备山西文艺"史"的品格。其中有很多文章是对一定时期山西文艺、文化工作的评介、梳理。有些年头,他都有年度概述。读这些文章时很感惭愧,自己也算喜弄笔墨,也对全省的文艺工作关注较多,但却没有他那么勤奋、用心。很多事,过了也就过了,没有记录下来。这在自己也许算不了什么,但对后人,可能是非常重要的历史记录。韩老师后来又受山西电影制片厂的委托,主编《银幕记忆——山西电影制片厂50年》。其间还写了许多文章在省内外发表。再后来,得知他在写山西影视史,亦很高兴。他是相当长时间内的当事人、亲历者,又长期在文艺领导岗位工作,熟悉的人多,知道的情况多,积累的素材多,再加上他的理论修养,又有能自主支配的时间,应该是最合适的人选。我说,韩老师,这书就该你写。

后来就陆续收到了他托人捎来的文稿,好几批。当时的设计是影视混搭,成一部著作。现在,分成电影与电视两部书,这肯定是在撰写过程中,又收集到了很多资料,一部容纳不下了。事实上,混搭有集中的好处,但也有庞杂的不便。将电影与电视分开,成各自独立的两部,从专业的角度来看似更科学。这也是令人感到高兴的。

韩玉峰的《山西电影文学史》应该说属拓荒之作。之前还少有人对山西的电影进行完整系统的梳理。多年前，我曾与杨志刚兄合作，编过一本《聚焦山西电影》，是为纪念中国电影百年诞辰而作。但那并不是我们的创作，是收集别人的相关文章，其中当然也有韩玉峰的文章，统一设计体例编排而成。当时志刚在山西省文联主持电影家协会的工作，有此识见便利。此后，虽也有讨论山西电影的文章，但系统的史著在我有限的视野内还没有见过。由此而言，其意义就更加突出。

## 二

应该说，《山西电影文学史》比较全面系统地梳理了山西电影从出现至今天的全过程。仅此，这部书的价值也极可贵。虽然从时间的角度来看，山西并不是中国最早摄制电影的地区，但从全国来看，山西仍然是中国电影发展早期能够生产电影的少数地区之一。在20世纪30年代，中国也仅有上海、北京、广州等地有电影制片厂。山西的西北影业公司是中国早期极为重要的电影生产机构。这种重要并不是体现在时间上，更主要的是体现在作品上。西北影业公司存在时间较短，从1935年至1940年只有大致六年左右的工夫，但其拍摄的《千秋万代》《无限生涯》以及《华北是我们的》《绥蒙前线》《风雪太行山》等均为中国电影史上的重要作品。它们或为纪录片，或为故事片，表现的主题主要是抗击日军侵略或底层劳动民众对剥削压迫的反抗，具有极其鲜明的时代气息。此外，西北影业公司还聚集了一大批思想进步的艺术家，如宋之的、田方、王苹、蓝马、瞿白音、沈浮等。赵树理也曾在该公司学习、工作。这一时期应该是山西电影的发轫期，也是第一次的创作高潮期。

新中国成立后，山西的电影摄制机构起起落落，名称也多有变化；但是，山西的电影事业仍然得到了发展。这主要表现在出现了一大批优秀的电影文学剧本。其中有几件事是应该特别强调的。

一是孙谦先生。一般人们认为他是"山药蛋"派的代表性作家,多关注其在小说方面的创作。这是当然的。但是被人忽略的是,他还是新中国电影文学的重要奠基者之一。解放后,他曾在长春电影制片厂等地工作,从事电影文学剧本创作,《万水千山》《陕北牧歌》《葡萄熟了的时候》等都是他的作品[①]。20世纪50年代中期他回到山西后,除了创作小说,仍然有许多电影剧本问世。特别是他与马烽合作的电影剧本,产生了极为重要的影响。孙谦一生创作了二十多部电影文学剧本,是新中国电影文学剧作家中最为重要的作家之一。

二是马烽等山西作家的电影文学剧本创作。除了小说创作外,山西作家在中国电影领域的贡献亦十分突出,应予充分重视。孙谦之外,其他山西作家,很多都有电影作品。特别是马烽《我们村里的年轻人》是中国电影史上的经典之作,影响巨大。其他作家如西戎有《扑不灭的火焰》《金匾背后》(与义夫合作)等。新时期以来,不仅马烽、孙谦等佳作不断,王东满、田东照、杨茂林、哲夫、钟道新、罗雪珂、张敬民、张卫平等在从事小说、散文创作的同时,兼及电影文学剧本的创作,多有佳作面世。

三是根据山西作家小说改编的电影影响深远。其中如赵树理的《小二黑结婚》(改编自同名小说)、《花好月圆》(改编自《三里湾》)等,马烽的《三年早知道》(改编自同名小说),胡正的《汾水长流》(改编自同名小说),张平的《天网》(改编自同名小说)、《孤儿泪》(改编自同名小说)、

---

[①] 1990年,《中华人民共和国著作权法》颁布,2010年进行了修正。该法第十五条明确规定:电影作品和以类似摄制电影的方法创作的作品的著作权由制片者享有,但编剧、导演、摄影、作词、作曲等作者享有署名权,并有权按照与制片者签订的合同获得报酬。这之前,电影行业内部习惯将作品冠以编剧之名。为了便于叙述,本书沿用此例。

《生死抉择》(改编自《抉择》),哲夫的《毒吻》(改编自同名小说),田东照的《黄河在这里拐了个湾》,王东满的《点燃朝霞的人》,罗雪珂的《女人的力量》,刘慈欣的《流浪地球》,以及成一《白银帝国》(改编自《白银谷》),等等。

四是山西作家创作的电影文学剧本在新中国电影史上多有开创之功之作。如马烽、孙谦创作的电影文学剧本《新来的县委书记》被拍摄为《泪痕》,是电影界最早对极"左"路线进行反思的作品。华而实的《知音》开新时期电影"革命加爱情"类型的先河,也是新时期中国电影最早使用了"娱乐"元素的作品。哲夫的《毒吻》等则是最早以电影的手法来表现环境保护题材的作品,也可以说是最早使用"科幻"或"魔幻"手法的电影。

总之,新中国成立后,山西的电影创作仍然表现出非常活跃的态势,可以说20世纪50年代是其第二个高潮期。至改革开放的初期,形成了第三个高潮期。这一时期,山西电影制片厂摄制的电影《神行太保》《元帅的思念》《刘胡兰》等产生了比较大的影响。但总体来说,作品不多。这一时期值得注意的是,山西电影文学剧本的创作仍然佳作迭出,一些作品在中国电影史上产生了重要影响。除上面所言《泪痕》《知音》等外,还有如马烽、孙谦的《咱们的退伍兵》《黄土坡的婆姨们》,钟道新的《超导》,以及根据张平《抉择》改编的《生死抉择》等。

进入新世纪,山西的电影创作出现了重要变化。一是山西电影制片厂在全国的影响十分突出,二是山西的电影类型呈现出多样态势,三是参与创作的队伍不断扩大,四是山西的电影制作机构形成了多元局面。可以说,这一时期是山西电影创作生产最活跃的时期,是第四次高潮。

首先要谈的是山西电影制片厂的创作。主要是李水合担任厂长之后,显现出极强的创作活力。除推出被称为"三暖"的系列电影《暖春》

《暖情》《暖秋》外，山西电影制片厂还有《明天我爱你》《声震长空》《夜袭》《剃头匠》《江北好人》《黄河喜事》等大量作品。作为一个地方小厂，生产量走在全国各制片厂的前列，获奖无数。其创作生产模式被概括为"小投入、小制作、大票房、大效益"，受到了广泛关注，为中国电影的发展进步探索出一条值得推广的新路。近来，又有《老寨》等多部作品获奖。

李水合是中国电影战线的"焦裕禄"。现在，他离开我们已经好些年了。但是，消瘦，一件深蓝色的外套，夹着一个文件袋——皮的，脚步永远匆匆，喜欢吃馍，要有辣椒，一口晋南腔，语速快，善谈，但只谈电影，便是他留给我们的印象。这样一个人，似乎还在其他什么地方正忙着——关于电影。他从一个基层电影放映员，一路努力，一路奋斗，成为中国电影界极具影响的人物，完全出于对电影的热爱，出于执着的事业心。怀念那些与他一起做电影的日子——确实是一些艰苦的然而又富有成就感的日子。有李水合在，我们心里很踏实，因为知道他会拍出好作品。他不会不拍电影，他的问题是拍出多少电影。人们多知道他热爱电影，但少有人知道他还是一个心肠柔软、乐于助人的人。他曾经让我为一个作者的小说作序。在我而言，这样的事不是很乐意做的：一方面，感到自己还没有到了为人作序的分上；另一方面，也是忙，没有时间读那么多的作品。但是，李水合说，农村的孩子，你给写一下。这就使我无法拒绝。这位"农村的孩子"就是董晓琼，那时他刚完成了一部青春题材的长篇小说要出版。但我并不知道他们是如何认识的。李水合去世后，董晓琼有一篇怀念他的文章在微信上推出。这是一篇使人潸然泪下的文章。其间，描写了李水合怎样支持帮助他这样一个初学者创作电影文学剧本的情事。有一个细节使我对李水合有了更深的认识。董晓琼去北京找他，那时董晓琼没有工作，痴迷写作，李水合送他走时，一定要给他些钱路上用。他是从心底里关心这个热爱写作的"孩子"的。李水合去世后，我一直觉得应该写点文字，但感到自己写不出江平那样把人物刻画得个性鲜明的东西，也难以写得像董晓琼那样催人泪下。好在还有和悦的文章，至少可以代表我的许多想法、情感。在这篇"序"中插入这段话，也算我对一个人的一点尊重与怀念。实际上，我常常以为他并没有离去，因为平时我们也少见面。李水合，总是奔跑在他的电影之中，似乎今天依然。

新世纪以来，山西电影的另一变化是电影类型的全面发展。除我们一般讨论的故事片外，有较长传统的戏曲电影也得到发展。用韩玉峰的话来说，就是进入了全面兴盛期。这种"全面兴盛"能持续多长时间，我不敢预言，但出现了《山村母亲》《傅山进京》《于成龙》等一系列戏曲电影。一些动画制作机构开始创作动画电影。同时，微电影、网络电影创作也比较活跃。

从电影文学剧本的创作来看，这一时期山西的创作队伍得到了发展。其中的张强、张敬民、张卫平、杨志刚等作品较多，屡屡获奖。牛建荣等导演也创作了多个文学剧本并获奖。此外，董群、封泉生、张军、孙国强、寇秀春、宋福聚、朱七七、王姝等更年轻的编剧成长起来。更引人注目的是，山西的电影摄制机构呈多元态势。除山西电影制片厂外，山西作家影视艺术制作公司、黄河影视社及众多的民营影视机构均投入了电影摄制，涌现出一批优秀之作。如《给我一支枪》《塞外有家》《尉迟恭》《保卫人祖山》《边区造》《安监局长》《下柳林》《东方欲晓》《大寒》等都受到广泛关注，获国内外相关奖项。可以说，山西电影的创作生产形成了多样化的发展态势。

韩玉峰的《山西电影文学史》是一部拓荒之作，填补了山西电影研究的空白，也应该是中国电影区域发展史的重要成果。它似乎也不仅是一部区域性的电影文学史，应该也能够从某一角度看到中国电影的发展变化。这是这部著作最主要的贡献。要把近百年的山西电影创作梳理清晰,不仅要有史的品格、论的精辟,还要有"笨"的境界。毫无疑问,这是一部花费了"笨力"的史著。在这五六年甚至十年左右的时间里,韩玉峰心无旁骛,不求功利,一心只为做好一件事,只为百年历史留一笔良心文字。他收集了大量的史料,对山西的电影发展进行了细致的梳理,形成了现在的结构。从我的感觉来看,这是一个既具条理性又比较全面的结构。形成这样一个结构并不容易,显示了作者良好的学术功力与智慧。同时,其详略分布、轻重拿捏、论说人事都比较到位,亦使我们感受到了作者的识见修养非同一般。完成这样一项可称浩大的工程,没有点"板凳要坐十年冷"的精神不行,没有点奉献、奋斗的精神不行,没有点老骥伏枥、志在千里,与寂寞、孤独、名利抗争的精神不行。

## 三

谈山西的电影,离不开山西人。新世纪以来,山西仍然人才辈出。许多山西籍人士走出大山,走向世界,为国争光。电影亦如此。虽然从区域的角度来看,这些人已经不能算是山西人,但他们亦与山西不能割舍。其中诸如贾樟柯、宁浩、曹保平、张璞等新锐导演引人注目。作为一部区域性的电影文学史,并不需要把他们的创作也写进来;但作为一种创作现象,我也希望人们知道,他们是山西这样的高天厚土养育成长的。他们骨子里的某种气质与山西不可分割。

大街上已经挂满了各式各样的灯饰,装点着城市春的气息,人们的话语中也越来越多地在说,春节!春节期间,有多部新摄制的电影上线,为人们贺岁。而最引人注目的是两部。一部是宁浩导演的《疯狂的外星人》,一度夺得票房第一。这是宁浩"疯狂"系列中的新作。不仅其喜剧设计令人称道,隐含的思想内核也具有深邃的哲学意蕴。而另一部根据山西作家刘慈欣小说《流浪地球》改编的同名电影也与观众见面了。在我写下这些文字的时候,这部影片在上映六天的时间内票房突破二十亿,稳居新春贺岁档票房第一。据说《流浪地球》的预售已经非常乐观。有专家认为,这是中国由电影大国向电影强国转型升级的代表性作品,也是中国科幻电影的里程碑式作品;《流浪地球》的出现,是中国文明转型、科幻想象力、电影工业体系等"综合实力、综合国力"形成的结果,是中国电影工业美学的胜利。我难以判断这样的评价是否准确,但我知道,电影《流浪地球》的出现,已经不仅仅是一种"电影现象",而是延展为一种文化现象,成为2019年春节期间最热门的话题。从电影的发展完全可以感受到国家的进步。尽管我们不能说电影《流浪地球》是山西的作品,但我们可以说,这仍然是一部与山西有着密切关系的作品。在原小说中,刘慈欣写到了人类建立在太行山巅的地球发动机,推动地球远行。人类,在严峻的考验面前结成了命运共同体,激发出巨大的创造力与想象力,以及牺牲与奉献精神。他们在情感、理智、智慧的统领下,付出艰辛的努力,共同寻找人类的未来。这是多么震撼人心的想象与呈现。而这样的电影,就在我们的身边。我们的电影也将与人类同行,走向远方。

2019年2月1日18:07于南华门<br>2019年2月3日16:19改于南华门<br>2019年2月10日17:06再改于南华门

(作者系山西省作家协会党组书记、主席,著名文化学者,文艺理论评论家)

# 目 录

引言　/001

## 第一辑

**第一章　山西电影事业的起步——西北影业公司的诞生**　/005
　　第一节　西北影业公司和《千秋万岁》　/006
　　第二节　西北影业公司和抗战电影　/009
　　第三节　赵树理在西北影业公司　/015

**第二章　山西电影制片厂六十年**　/018
　　第一节　山西电影制片厂六十年的变迁　/020
　　　　一、从1958年到1982年——山影厂停停办办的二十四年　/020
　　　　二、从1983年到1998年——山影厂又一番轮回演变的十六年　/021
　　　　三、从1998年到2008年——山影厂跨世纪的辉煌十年　/022
　　　　四、从2009年到2019年——山影厂转企改制后的十年　/024

第二节　电影市场的搏击者——李水合　　/028
　　一、为山西电影"跑"出来一片新天地　　/028
　　二、一位优秀的制片人——江平眼中的李水合　　/031
　　三、《欲哭无泪》——和悦笔下的李水合　　/035

第三章　山西电影制片厂的电影作品　　/037
第一节　20世纪80年代的山影厂作品　　/038
　　一、《神行太保》——山西第一部彩色故事片　　/039
　　二、《天涯孤旅》　　/041
　　三、《关公》（上下部）　　/043
　　四、《寻找魔鬼》　　/044

第二节　20世纪90年代初期和中期的山西电影作品　　/045
　　一、《元帅的思念》　　/045
　　二、《开采太阳》　　/047
　　三、《刘胡兰》　　/048

第三节　新世纪前后十年山影厂的九大名片　　/053
　　一、《明天我爱你》　　/055
　　二、《走过严冬》　　/056
　　三、《二十五个孩子一个爹》　　/057
　　四、《声震长空》　　/058
　　五、《生死托付》　　/062
　　六、《剃头匠》　　/066
　　七、《夜袭》　　/067
　　八、《江北好人》　　/069
　　九、《黄河喜事》　　/071

第四节　轰动影坛的《暖春》《暖情》《暖秋》系列三部曲　/074

　　一、赞美人间真情的《暖春》　/074

　　二、呼唤家庭亲情的《暖情》　/080

　　三、表现父子至情的《暖秋》　/084

第四章　山西影视集团的成立及其出品的电影作品　/089

　　第一节　山西影视集团的成立　/091

　　第二节　山西影视集团出品的电影作品　/094

　　　　一、《情归陶然亭》　/094

　　　　二、《十八个手印》　/096

　　　　三、《村官段爱平》　/097

　　　　四、《韩妈妈和她的儿女们》　/098

　　　　五、《土地志》　/099

　　　　六、《李司法的冬暖夏凉》　/101

第五章　山西其他电影制作机构的电影作品　/102

　　第一节　山西作家影视艺术制作有限公司　/105

　　　　一、《地气》　/112

　　　　二、《给我一支枪》　/115

　　　　三、《塞外有家》　/116

　　　　四、《尉迟恭》　/117

　　　　五、《浴血雁门关》　/119

　　第二节　山西黄河影视社　/120

　　　　一、《边区造》　/121

　　　　二、《大山深处的烛光》　/123

第三节　山西飞天影视传媒有限公司　　/126

　　一、《命比天大》　/128

　　二、《金牌班长》　/130

　　三、《安监局长》　/131

　　四、《阵痛》　/132

　　五、《说谎的山歌》　/133

　　六、《大漠青春》　/135

第四节　山西世纪博奥影视文化有限公司　　/137

　　一、《吹吹打打牛三牛》　/138

　　二、《风雨日昇昌》　/139

　　三、《闹腾男女——伙头军》　/142

第五节　山西星辰未来传媒有限公司　　/144

　　一、《下柳林》　/144

　　二、《中共第一城》(电影文学剧本)　/145

第六节　山西圆天影视文化传媒有限公司　　/146

第七节　山西大兆影视文化传媒有限责任公司　　/149

第八节　地市单位拍摄的电影作品　　/150

　　一、忻州的《东方欲晓》　/150

　　二、太原的《决战太原》　/153

　　三、吕梁的《吕梁汉子》　/157

　　四、阳泉的《大寒》　/160

# 第二辑

第六章　马烽的电影剧本创作　　/169

　　第一节　马烽的生平和他为什么喜欢写电影剧本　　/173

第二节　《我们村里的年轻人》从创作到摄制　/175

　　第三节　中国电影的经典之作《我们村里的年轻人》　/178

　　第四节　成功的续集——《〈我们村里的年轻人〉续集》　/181

　　第五节　《我们村里的年轻人》的社会反响　/182

第七章　孙谦的电影剧本创作　/189

　　第一节　一位"用电影书写新中国历史"的作家　/189

　　第二节　《农家乐》《光荣人家》和《陕北牧歌》　/193

　　第三节　《葡萄熟了的时候》　/195

　　第四节　《夏天的故事》　/196

　　第五节　《丰收》等其他八部电影文学剧本　/197

第八章　马烽、孙谦合作的电影文学创作　/201

　　第一节　从"单干"到"联手"——马烽、孙谦合作创作的缘由　/201

　　第二节　从《千秋大业》到《山花》——一部耗时近四年的难产的电影
　　　　　　　　　　　　　　　　　　　　　　　　　　　　　　/204

　　第三节　《高山流水》和《几度风雪几度春》——两部没有搬上银幕的
　　　　　　电影文学剧本　/207

　　　　一、未能投入拍摄的《高山流水》　/207

　　　　二、反映中国农村三十年变迁的《几度风雪几度春》　/208

　　第四节　《泪痕》——痛定思痛的"伤痕文学"式的电影作品　/209

　　　　一、从《新来的县委书记》到《泪痕》　/209

　　　　二、朱克实——人民心目中的理想干部形象　/210

　　　　三、《泪痕》——新时期"伤痕文学"的代表作之一　/212

第五节 《咱们的退伍兵》——新时期农村三部曲(上) /213
　　　　一、"农村三部曲"的共同主题——联合起来走共同富裕的道路 /213
　　　　二、改革中的农村生活交响曲——《咱们的退伍兵》 /216
　　第六节 《山村锣鼓》《黄土坡的婆姨们》——新时期农村三部曲(下) /220
　　　　一、奏响走共同富裕道路的主旋律——《山村锣鼓》 /220
　　　　二、改革开放时期农村妇女精神面貌的画卷——《黄土坡的婆姨们》 /222
　　　　三、讲好农村故事,展现农村风情——"农村三部曲"的时代色彩 /224

第九章 西戎、胡正的电影剧本创作 /226
　　第一节 西戎的电影剧本创作 /229
　　　　一、《扑不灭的火焰》 /231
　　　　二、《兴业春秋》 /235
　　　　三、《金匾背后》 /236
　　第二节 胡正和电影《汾水长流》 /238
　　　　一、长篇小说《汾水长流》 /238
　　　　二、电影《汾水长流》 /239

第十章 山西其他作家原创的电影剧本 /244
　　第一节 华而实的电影剧本《知音》 /245
　　　　一、华而实——影视剧三栖作家 /245
　　　　二、《知音》——蔡锷和小凤仙的传奇故事 /248
　　　　三、"山青青,水碧碧,高山流水韵依依"——《知音》主题曲 /250
　　第二节 斗兵的电影剧本《东陵大盗》 /250
　　第三节 宋达恩的电影剧本《康熙大闹五台山》 /253
　　第四节 杨茂林的电影剧本《五台山奇情》 /255

第五节　钟道新的电影剧本　　/257

　　一、《继承》　/259

　　二、《巅峰对决》　/260

　　三、《超导》　/261

第六节　杨志刚的电影剧本——农村喜剧电影三部曲　　/263

　　一、《耿二驴那些事儿》　/264

　　二、《同喜同喜》　/268

　　三、《邻居麻翠花》　/269

第七节　张卫平的电影剧本　　/270

　　一、《血战午城》　/272

　　二、《保卫人祖山》　/274

　　三、《杀山》　/277

　　四、《朱德儿童团》　/280

第八节　张石山的电影剧本《清明无战事》　　/282

第九节　牛建荣的电影作品　　/284

　　一、《伞头和他的女人》　/286

　　二、《七儿娘》　/289

第十节　张敬民的电影剧本《库布其》　　/291

第十一节　贾樟柯的电影作品　　/298

　　一、《山河故人》　/303

　　二、《江湖儿女》　/305

第十二节　李珈西的电影作品　　/307

　　一、《山无棱天地合》　/311

　　二、《恋恋不舍》　/313

　　三、《幸福的她》　/316

　　四、《大河向东流之沁源故事》　/317

第十一章　山西作家根据自己的小说改编的电影剧本　/320

　　第一节　王东满的电影剧本《点燃朝霞的人》　/321

　　第二节　罗雪珂的电影剧本《女人的力量》　/325

　　第三节　田东照的电影剧本《黄河在这儿转了个弯》　/326

　　第四节　郑义的电影剧本《老井》　/328

　　第五节　哲夫的电影剧本　/333

　　　　一、《毒吻》　/336

　　　　二、《零点行动》　/338

　　第六节　成一的电影剧本《白银帝国》　/339

第十二章　根据山西作家的小说改编拍摄的电影　/346

　　第一节　根据赵树理小说改编的电影　/346

　　　　一、《小二黑结婚》　/347

　　　　二、《鬼话》　/349

　　　　三、《罗汉钱》　/350

　　　　四、《花好月圆》　/351

　　第二节　根据马烽小说改编的电影　/354

　　　　一、《三年早知道》　/354

　　　　二、《太阳刚刚出山》　/356

　　第三节　根据张平小说改编的电影　/357

　　　　一、《天网》　/358

　　　　二、《孤儿泪》　/359

　　　　三、《天狗》　/362

　　　　四、《生死抉择》　/365

　　第四节　根据刘慈欣小说改编的电影　/370

## 第三辑

### 第十三章　山西的抗战电影　/381

第一节　《落经山》：一部好看、有思想、有筋骨的影片　/383

第二节　《伏击》：一个表现敌后抗日战争的范例　/386

第三节　《咆哮无声》：一首气吞山河的壮丽诗篇　/388

### 第十四章　山西的戏曲电影　/393

第一节　第一阶段：起步成长阶段(1955—1965)　/396

　一、晋剧电影《打金枝》　/397

　二、蒲剧电影《窦娥冤》　/399

　三、眉户剧电影《涧水东流》　/401

　四、上党梆子电影《三关排宴》　/402

　五、眉户剧电影《一颗红心》　/404

第二节　第二阶段：复兴繁荣阶段(1976—1988)　/405

　一、晋剧电影《小宴》　/406

　二、北路梆子电影《金水桥》　/407

　三、晋剧电影《三关点帅》　/408

　四、上党梆子电影《佘赛花》　/409

　五、上党梆子电影《斩花堂》　/411

　六、蒲剧电影《烟花泪》　/412

第三节　第三阶段：消歇低谷阶段(1989—2007)　/414

　一、蒲剧电影《窦娥冤》　/415

　二、眉户剧电影《唢呐情》　/417

第四节　第四阶段：全面兴盛阶段(2008—2018)　/418

一、碗碗腔电影《酸枣坡》　　/420

　　二、上党梆子电影《一门忠烈》　　/421

　　三、晋剧电影《傅山进京》　　/422

　　四、北路梆子电影《黄河管子声》　　/424

　　五、蒲剧电影《山村母亲》　　/426

　　六、豫剧电影《母亲》　　/427

　　七、蒲剧电影《枣儿谣》　　/429

　　八、晋剧电影《于成龙》　　/431

　　九、眉户剧电影《父亲啊！父亲》　　/433

　　十、粤剧电影《花月影》　　/434

第十五章　山西的微电影　　/436

　第一节　热血点燃了一个崭新概念——微电影　　/437

　第二节　三大赛事检阅了山西微电影的创作态势　　/438

　　一、山西省首届微电影大赛——山西最早的微电影赛事　　/438

　　二、"阳光杯"山西省优秀网络视听作品评选——山西最大规模的微电影赛事　　/439

　　三、首届"华夏古文明　山西好风光"微电影大赛——山西最具号召力的微电影赛事　　/440

　第三节　山西微电影创作的三种面貌　　/442

　　一、小荷才露尖尖角：微电影的兴起　　/442

　　二、红杏枝头春意闹：微电影的发力　　/443

　　三、东方风来满眼春：微电影的大热　　/444

第十六章　山西的动画电影　/445

　第一节　中国动画电影的兴起与发展　/446

　第二节　山西的动画作品　/448

　　一、专业影视单位制作的动画作品　/448

　　二、民营影视企业制作的动画作品　/451

　　三、山西高等院校创作的动画作品　/454

　第三节　山西的动漫艺术节　/455

# 附　录

历届中国"百佳"电视艺术工作者山西获得者名录　/461

历届中宣部精神文明建设"五个一工程"评选山西电影、电视剧获奖
　　名录　/468

历届中国电影"华表奖"山西获奖名录　/474

历届中国电影"金鸡奖"山西获奖名录　/478

历届《大众电影》"百花奖"山西获奖名录　/482

山西省第一届至第十一届精神文明建设"五个一工程"评选电
　　影、电视剧(片)获奖名录　/484

山西省第一届至第三届文学艺术创作奖电影、电视剧部分获奖
　　名录　/495

山西省首届优秀电影、电视剧"天龙奖"获奖名录　/501

2018"山西优秀电影奖"获奖名录　/503

山西省首届微电影大赛获奖名录　/505

首届"华夏古文明　山西好风光"微电影大赛获奖名录　/508

2015年优秀网络视听作品评选获奖作品和获奖单位名录　/511

2016年优秀红色网络视听作品评选获奖作品和获奖单位名录 /513
2017年优秀红色网络视听作品评选获奖作品和获奖单位名录 /516
2019年优秀红色网络视听作品评选获奖作品和获奖单位名录 /518

参阅文献　/520

后记　/525

鸣谢　/527

# 引　言

　　电影由法国卢米埃尔兄弟发明于1895年,是建立于西方新技术基础上的一种艺术形式。①中国电影诞生于1905年,比世界电影晚了十年。中国的第一部电影是北京丰泰照相馆老板任景丰与京剧名角谭鑫培合作拍摄的京剧片段《定军山》。谭鑫培扮演黄忠,表演了"请缨""舞刀""交锋"等场面。山西的第一部电影产生于1935年,是由西北影业公司拍摄的以辛亥革命为背景的故事片《千秋万岁》。

　　概括起来说,1895年—1905年—1935年,中国第一部电影比世界第一部电影诞生晚了十年,山西第一部电影比中国第一部电影诞生晚了三十年。研究中国电影史就是研究1905年至今一百一十多年的历史。研究山西电影史就是研究1935年至今八十多年的历史。这八十多年的电影史就是这部《山西电影文学史》的基本内容。

　　《山西电影文学史》共三辑,十六章,所评述的电影作品出品时间截至2019年年底。

　　第一辑是介绍山西的电影制作机构及其作品。从成立于1935年的西北影业公司,到成立于1958年的山西电影制片厂,直至成立于2011年

---

①电影初传入我国时,因其使用电力映出形象,故称"电光影戏",偶称"西洋影戏",亦有"电光活动影戏"之称。1905年简称之"电影",后沿用至今。

的山西影视(集团)有限责任公司,山西的专业电影制作机构从无到有,从小到大,走过了一条艰辛曲折但逐步发展壮大的道路,生产了许多优秀影片,在中国电影史上占有一席之地。

进入新世纪以来,在国家有关鼓励和引导民间资本投入电影事业的政策支持下,山西其他电影制作机构不断出现,成为拍摄电影的新生队伍。主要有山西作家影视艺术制作有限公司、黄河影视社、山西飞天影视传媒有限公司、山西世纪博奥影视文化有限公司,以及一些地市有关制片部门等。这些电影制作机构生产了不少在业内得到好评、在观众中受到欢迎的影片。

第二辑是评介山西作家创作的电影剧本。首先评介的是马烽、孙谦的电影创作,还有西戎、胡正的电影创作,如电影《我们村里的年轻人》《泪痕》《汾水长流》等。他们的作品成为中国电影史上的经典。在他们的带动和影响下,山西的一批中青年作家也在电影剧本创作上取得了不菲的成绩。

书中还依次评介了根据山西作家原创剧本摄制的电影作品,如华而实的《知音》等;评介了根据山西作家改编自己小说的剧本而摄制的电影作品,如郑义的《老井》等;评介了根据山西作家的小说改编的剧本而摄制的电影作品,如张平的《生死抉择》等。

第三辑是按照电影的类型来叙述的,如山西的抗战电影、山西的戏曲电影、山西的微电影、山西的动画电影。

只有这样分辑才能把山西八十多年来出品的数百部电影按照一定的框架规整到这部书里。当然,这也带来一个问题,就是第一辑主要是介绍电影制作机构,而对这些电影剧本的编剧或改编者或原创者介绍得就比较少,而在第二辑中,对这些作者的介绍就相对多了一些。

# 第一辑

# 第一章　山西电影事业的起步——西北影业公司的诞生

**题外话**：撰写这一章的过程中，遇到的一个问题是缺乏西北影业公司的资料。我在山西省图书馆查找，得到王聪慧、郭晓岩同志的大力支持，为我查到了董大中、张衡夫先生和李虹同志（李虹是山西大学历史文化学院的硕士研究生）的三篇文章，对我大有裨益。此外，我还参阅了李泓、兰台先生的文章。本章资料主要是得自于他们的文章中。在此向王聪慧、郭晓岩、董大中、张衡夫、李虹、李泓、兰台诸同志表示感谢。对于书稿中的错讹之处也希望得到他们的指正。

山西拍的第一部电影比国内拍的第一部电影晚了三十年，但比绝大多数省份的早得多。20世纪30年代，中国的电影中心在上海，全国除上海、北京、广州和山东外，只有山西有自己的制片公司；所以，山西电影的起步确实是较早的。

## 第一节　西北影业公司和《千秋万岁》

1937年，抗日战争全面爆发后，全国各地纷纷开展抗日救亡运动。上海文艺界、电影界的抗日救亡组织接连成立。在这种形势下，由国民党中央宣传部领导的"中央电影摄影场"（简称"中电"），由国共合作后的政治部三厅领导的"中国电影制片厂"（简称"中制"），在大批进步电影工作者的积极参与下，拍摄抗战故事片和新闻纪录片，推动了抗日救亡宣传工作。

西北影业公司就是在全国抗日救亡运动风起云涌，抗战电影逐步兴起的大形势下出现的。程季华主编的《中国电影发展史》中提到："抗战时期国民党统治区的电影制作机构，除'中制''中电'外，还有一家西北影业公司。"[①]书中详细叙述了西北影业公司的成立、搬迁、出品等情况。

1934年，山西崞县（今原平市）人温松康（阎锡山的亲戚）由国立北平大学毕业回并，他对拍摄电影很有兴趣，与他的表弟郝振邦（崞县人，阎锡山的内亲，留日归来后任阎锡山的秘书）等商议筹建电影制片公司。经多方奔走呼号，竟无应者，迄未筹到资金，无力启动。此事上报阎锡山后，阎全力支持，遂责令西北实业公司与斌记五金行共同出资，在他掌握的山西西北实业公司内增设了一个西北电影制片厂。后向南京国民政府申办注册时，根据公司组织法而独立成立，易名西北影业公司（以下简称"西影"），实则是绥靖公署的宣传机构之一。据同赵树理一起报考西影演员班并被录取的张衡夫先生回忆，当时参加筹建的还有石寄圃（温松康的同学）、宋之的，他们通过王尊光（时任山西省政府秘书长）、杜任之（时任太原绥靖公署秘书、参事）引荐，见到阎锡山，面陈办电影厂之事，得到阎的

---

[①] 程季华主编《中国电影发展史》（第二卷），中国电影出版社，1963，第66页。

首肯。①

阎锡山之所以同意成立电影制作公司,一方面为同当时"开发西北"的呼声相配合,一方面因为他已亲身感受到电影之功效。阎锡山主政山西后,处处标榜山西为模范省,视电影为重要的对内对外的宣传手段。

1934年,阎锡山请英美烟草公司上海总公司电影部来山西拍摄电影纪录片《晋军阅兵》,"借资宣传而壮声势"。为了拍摄电影,拨专款五万银圆,下文"饬令各机关学校团体整顿面容,以备摄影"。开机后,先是在省城、晋祠等地拍摄外景,后又在自省堂(在今文瀛湖畔)、文庙、省图书馆、督署、巡按使署等处拍摄内景,继而拍摄了阎氏之署理公文、接见宾客、开会、宴请、休息等场景,最后拍摄的重头戏是阎锡山登上检阅台阅兵。6月15日,正式拍摄阅兵式。阅兵式在小东门大校场举行。参加阅兵的部队有步兵、骑兵、炮兵、工兵、辎重兵及卫生兵等兵种,由晋南镇守使、混成第一旅旅长兼训练督办张培梅任阅兵总指挥。阎锡山身着在北京定制的上将军服,带领卫队、差遣及陪同人员约百余人登台亮相,好不威风,"届时阎氏当顾盼自豪,欣欣然有得色也"②。此片完成后在本省广为放映,并到外埠公映。

西北影业公司正式成立前还为阎锡山拍摄了一部纪录片《阎老太爷哀荣》,记录的是阎锡山为其父阎书堂送葬出殡的场面:太原街头浩浩荡荡的发丧队伍,阎氏本人和家眷服孝拉灵,沿路观看的群众。影片曾在太原柳巷中华大戏院和绥靖公署自省堂放映。

1935年6月中下旬,"西影"的筹备工作基本就绪。7月8日,在太原华莱坞饭店举行招待会,宣布西北影业公司正式成立。这是山西历史上第一个电影制作单位。公司设经理室、导演组、洗印组、摄影组、总务组、

---

① 张衡夫:《30年代西北影业公司及太原电影界概况》,《山西文史资料》1994年第5期。

② 崔汉光:《阎锡山轶事——摄制阅兵电影》,《太原文史资料》第10辑。

会计室等机构。阎锡山通过其秘书郝振邦直接领导影业公司,后任命温松康为经理。郝振邦的父亲,在阎锡山的省政府管理财政,这使公司筹措经费较为方便。西影最初的负责人和主要业务人员,除山西的郝振邦、温松康外,还有石寄圃、宋之的、周彦、吕班等。石寄圃曾在上海拍过电影,担任西影的导演。宋之的当时叫宋一舟,是西影的编剧。另一编剧周彦主管宣传。吕班原名郝恩星,主要负责演艺人员训练班工作。此外,还有沈家麟负责摄影。当时的公司员工都是年轻人,共三十人,平均年龄二十三岁。

西北影业公司地址在山西教育学院附近,太原市坝陵桥裕德东里甲字二十二号。学者董大中先生曾前往考察,发现裕德东里基本保持原貌,但甲字二十二号已不复存在。当年,那是一座典型的四合院,有北房五间、东西房各三间、南房四间。南房辟为晾片室,西房辟为印片室,规模虽小,但也能满足电影制作生产的要求。

西北影业公司在初创阶段,主要拍摄了一些新闻片、教育短片和第一部以辛亥革命阎锡山率领新军光复山西为背景的故事片《千秋万岁》。

《千秋万岁》原名《辛亥革命史》。编剧史介,导演石寄圃,主要演员有温松康、石冰、王廷桐。温松康饰演阎锡山。此片描写辛亥革命时阎锡山刺杀山西巡抚的故事。其实,当时刺杀山西巡抚的不是阎锡山,而是担任太原起义军总司令的姚以阶,姚曾率军到娘子关、固关一带抗拒清军。阎锡山只是为自己树碑立传。

影片的大部分内景是在海子边自省堂拍摄的。自省堂宽十丈,广二十丈,高亦十丈余,其建筑有中古教堂风格,堂外有花草树木,环境优美,摄制组在自省堂内搭了辛亥俱乐部内景,拍摄室内戏。

《千秋万岁》既然是反映辛亥革命的故事片,就得有起义的镜头。温松康、石寄圃率领部分人员前往娘子关拍摄外景。外景系战争场面,动员军队参加拍摄,荷枪实弹,战火纷飞,硝烟弥漫,煞有介事,颇为壮观。在娘子关拍摄十余日,返回太原后又在东门外拍了一些镜头。

《千秋万岁》摄制完成后,在运往南京送审途中不慎被焚毁,费了很大劲儿拍摄的山西第一部故事片终未行世。

## 第二节　西北影业公司和抗战电影

西北影业公司初创阶段,创作和技术力量都很薄弱,直到"左翼作家联盟""左翼戏剧家联盟"先后介绍上海一部分进步电影戏剧工作者宋一舟、田方、蓝马、王斌、王苹、徐肖冰、谢添等先后参加该公司后,才拍摄了一些较好的影片。可以说,西北影业公司虽在太原,却荟萃了当时电影界的不少知名人士,为公司的抗战影片生产准备了重要条件。

西北影业公司拍摄的影片,在当时影响较大的有故事片《无限生涯》《风雪太行山》,纪录片《绥蒙前线》《华北是我们的》等。

《无限生涯》。编剧宋一舟,导演石寄圃,摄影沉家麟,主要演员有田方、王苹、黄自强、蓝马、周彦、金刚、石冰。吕班和赵树理也参加了演出。

1935年摄制的故事片《无限生涯》剧照

吕班饰演一公司经理,赵树理饰演经理的侍役。《无限生涯》主要在阳泉拍摄,从阳泉返回后,又在太原东门外的剪子巷拍了一些搏斗镜头。剧情以阳泉煤矿为背景,描述青年矿工李定(田方饰)见义勇为搭救了一个被矿主(石冰饰)企图霸占的歌舞团女演员薇薇(王苹饰),并带领矿工同封建矿主进行斗争的故事,热情地歌颂了山西煤矿工人反对矿主剥削和压迫的斗争。这是我国较早反映煤矿工人斗争的一部影片。此片曾在北京、上海、洛阳等地放映,是山西第一部走出娘子关的电影。

《绥蒙前线》。1936年11月,日寇侵犯绥东,绥远省主席、晋绥军35军军长傅作义率部迎敌取得胜利。西北影业公司组织有著名摄影师徐肖冰参加的战地摄影队到绥东前线,在百灵庙、武川一带实地拍摄大型纪录片《绥蒙前线》(2本)[①]。

1937年冬,日军入侵山西,太原沦陷,西北影业公司随军政当局迁往临汾,后又迁西安,1938年5月又迁到成都市灯笼街。在此前后,又有瞿白音、沈浮、贺孟斧、杨霁明、陈晨、程默、姚俊初、秦威、吴雪、欧阳红樱、金淑芝、杨琼等一大批进步电影戏剧工作者加入进来,充实了艺术、技术力量,坚持拍摄抗战影片。著名喜剧演员陈强,当时是太原的一个中学生,爱好文艺,也是在这个时候参加西北影业公司的。

《华北是我们的》。陈晨摄影,瞿白音剪辑并写解说词。1939年,正是全面抗日战争初期,共产党领导的八路军和国民党第二战区保持着统一战线的关系。八路军在敌后开展游击战争,建立起大片的敌后抗日根据地。利用国共合作组成抗日统一战线的有利时机,西影完成了第一部优秀大型纪录片《华北是我们的》(6本),并将之上映。

影片除少数镜头纪录当时西北战场抗日民族统一战线的情况外,主要记录了晋东南根据地的军事、政治、经济、文化方面的情景,反映了

---

①拍片用胶片原用盒装,一盒称一本,后用此借以表示影片长度。

1939年4月根据地军民抗击日寇发动的九路围攻的反扫荡斗争情况,展现了国共合作抗日的局面,以及八路军在抗日战争中的模范作用。

《华北是我们的》是在国民党统治区出品的纪录片中唯一的一部反映抗日根据地军民共同抗日、生产、生活和战斗的真实情况的影片,让观众从银幕上看到真正的人民抗战,受到当时进步舆论的赞赏。1940年2月22日,重庆《新华日报》发表的评论文章指出:"《华北是我们的》这部影片的创作,在抗战文化史上写下了最光辉的一页。"著名美国记者斯诺、美联社驻华记者爱泼斯坦也都向英国、美国、加拿大发出专电,介绍这部影片。该片曾在重庆、成都、贵阳、昆明等城市上映,给大后方人民群众以很大鼓舞。同年,在香港的民族革命通讯社华南分社对影片重新剪辑,易名《华北风云》,在香港放映。这部影片选用贺绿汀的《游击队员之歌》作为配曲,随着影片的放映,歌曲广为流传,成为抗战歌曲中的经典作品。

1939年摄制的纪录片《华北是我们的》剧照

1939年摄制的故事片《风雪太行山》剧照

《风雪太行山》。编导贺孟斧,摄影杨霁明,主要演员有谢添、欧阳红樱。《风雪太行山》描写太行山区矿工和农民联合抗日的故事。在太行山区的一个农村里,农民马老汉(谢添饰)和他的儿子小马及儿媳(欧阳红樱饰)以务农和放牧为生。日寇侵占这里后,建起了煤矿,小马和许多农民都被抓去做了矿工,受尽了残酷的压榨和折磨。马老汉心疼儿子,一心想救他离开煤矿,但未能如愿。小马由于反抗日寇的暴行被敌人弄瞎了眼睛。马老汉也认清了敌人的本质。最后,矿工和农民由于忍受不了日寇的压榨,联合起来进行武装斗争,马老汉也投入了战斗行列。影片生动地表现了农民由忍辱到觉醒、反抗的过程,不仅揭露了日本侵略者的罪恶,还展现了工人和农民的联合反抗斗争,充满了爱国主义精神。特别是影片主题歌,桂涛声作词、冼星海作曲的《在太行山上》成为后来流行全国,至今仍在广泛传唱的著名抗日群众歌曲。

《老百姓万岁》。1939年,沈浮编导、陈晨摄影的影片《老百姓万岁》(原名《大地烽烟》)开始拍摄。此片是根据当时重庆《新华日报》的一篇题为《井疙瘩村的血》的悲壮动人的真实事件的通讯报道改编的。影片的男主人公是井疙瘩村的一个青年农民(吴雪饰)。他热爱劳动,也是村里民兵的组织者,常和村里的小伙子们一起操练,准备抗击敌人的侵犯。村里有一个姑娘环儿(金淑芝饰),家中只有弱弟老母。这个青年农民经常帮

1940年摄制的故事片《老百姓万岁》剧照

助她家出些劳力,后来他们结了婚。日寇打来后,青年农民参加了抗日人民军队,环儿和留在村里的农民一起进入山中,利用窑洞山头,与敌人进行斗争。后来,敌人从山后爬上山头,环儿和她的母亲以及所有农民都英勇牺牲了,只有两个孩子活了下来。这时,青年农民随部队打回家乡,家乡父老的壮烈牺牲和日本侵略者的野蛮暴行,激起了他更大的仇恨。他带着两个孩子回到部队,又投入了新的战斗。

《老百姓万岁》生动地表现了在中国共产党领导下,山西抗日根据地农民的民族气节和革命英雄主义精神,显示了中国抗战一定能胜利的信心和力量。这是抗战时期唯一一部正面描写抗日民主根据地人民抗日斗争的故事片。影片即将完成时,阎锡山发现西影所拍影片有"亲共"色彩,勒令停办公司,使这部影片未能完成问世。

中国电影博物馆在有关中国电影史陈列中,专门有一块版面,标题就是"西北影业公司的抗战电影",上述影片都在版面上有所介绍。

抗战时期,以企业方式经营的西北影业公司举步维艰,影片发行尤为

中国电影博物馆陈列的有关西北影业公司的版面

困难,只剩重庆、成都、昆明、桂林等几个市场,公司入不敷出,营运收入难以支付巨额的制片费用。加之,城市多数被日军占领,电影胶片、器材供应中断。公司经理温松康从成都专门跑到山西吉县克难坡请阎锡山给予支持。阎锡山说:"而今军粮民食尚难以为继,哪有余力再举不急之务。"仅仅给了点小钱,并嘱"力行自给自足",言下之意是不再支持。阎锡山让"自给自足",西北影业公司也就自生自灭了。1940年,阎锡山正式下令停办。

西北影业公司虽然仅仅存在了六年时间,但是它开启了山西拍摄电影的先河。"西影"在国共联合抗日期间拍摄的大型纪录片《华北是我们的》和故事片《无限生涯》《风雪太行山》《老百姓万岁》(未完成)在中国电影史上留下了颇有影响的一页。程季华主编的《中国电影发展史》不仅有专门章节"西北影业公司的成立及其创作"介绍西影生产的几部影片,还刊登了多幅这几部影片的剧照,保留了一些极其珍贵的镜头资料。

## 第三节　赵树理在西北影业公司

西北影业公司的演艺人员训练班于1935年6月12日开始在太原招生，男女兼收，要求严格，第一考为动作摄影，第二考为口试表演。经过十天考试，决定录取三十名，备取十名，其中女生三名（后未收备取，但有三名旁听生）。过了几年"萍草一样的漂泊"生涯的赵树理，大约于6月中下旬返回太原。当时，西北影业公司演员训练班的招生工作尚未结束。

寄住在省教育学院的赵树理听到这个消息，跟他在长治的山西省立第四师范学校的同学王中青说："我想去训练班当演员，你说行吗？"

王中青同意："你有演戏特长，能做演员。况且，这回上海来的都是艺术界名人，水平高。嗨，说不定你会成为大电影明星呢！"赵树理说："能不能成为明星倒不一定。我是觉得上海来的人都是真正搞艺术的，进了训练班能学点知识。再说，我现在也没有事做，训练班总能给口饭吃。"

于是赵树理由几个文艺界朋友领着，找到了宋之的。宋之的经过询问，让他演了个小品后说："直接做演员还有一点距离，先留下进演员训练班当学员吧。"就这样，赵树理经宋之的同意招收为插班生，学习"表演术"。赵树理时年三十，是学员中年龄最大的一个。据张衡夫讲，赵树理是考上的正式生。他说："当时应考者二十余人，大都是在校学生，无女的报名，结果录取五人，第一名赵树理，我名列第四。"①

演艺人员训练班的负责人是吕班。训练班设在西缉虎营。课程有电影概论、表演术、化妆术、实习课等。训练班7月8日开学，共有学员三十

---

①张衡夫：《30年代西北影业公司及太原电影界概况》，《山西文史资料》1994年第5期。有关西北影业公司演艺人员训练招生事宜的相关资料多有矛盾，概因年代久远，记忆有误所致。因资料所囿，笔者亦无法辨出讹误，只得将各方所说刊录于此。

人,修业期限三个月。10月11日,训练班举行毕业授证仪式,并合影留念。赵树理参加了。董大中找到了当时的毕业合影照,印在他所著的《赵树理年谱》一书中,还专门标注了赵树理在合影照片中所在的位置——第五排左起第四人。演员训练班结束后,只有少数人留下来担任公司的基本演员,赵树理未留下来,属于"特约演员"。

作为西影的"特约演员",赵树理参加实习的第一部电影就是《千秋万岁》。排练节目时,导演看他的形象,既不是英俊小生,也不是粗犷汉子,更像一位文弱书生,就让他在片中扮演三家村的冬烘先生,这是一个主要配角。赵树理那时生活困苦,干瘦干瘦,加上他有六七年的教书实践,担任这一角色倒也合适。赵树理对角色分配并不嫌弃,十分认真地琢磨、表演。他高高的个子,瘦削的脸庞,戴上一副老花镜,手持长烟袋,说话斯斯文文,不用化妆也挺像。对于赵树理的这一段经历,王中青回忆说:"阎锡山在山西搞了个西北影业公司。编剧宋之的,写了一个剧本叫《千秋万岁》,是反映阎锡山在辛亥革命中的'功德'的,赶上演员训练班招考学员,赵树理就住进了训练班,三个月毕业,也参加了《千秋万岁》的拍摄,饰三家村的冬烘先生。摄影棚设在海子边的自省堂,赵手持长烟袋化妆为冬烘先生,还是蛮像的。"①演员训练班开学后不久,即组成外景队,赴娘子关拍摄辛亥革命战斗场面。赵树理的戏都是在太原海子边自省堂拍摄的,他未去娘子关。

赵树理在西北影业公司参加拍摄的第二部影片是《无限生涯》,在片中扮演一个侍役的角色。

亚马(即李汝山,山西平定人。1931年在太原国民师范参加九一八事变学生爱国运动和新文化运动,后长期在晋西北工作,曾任晋绥边区文联主任等职)1935年与赵树理在太原从事文艺工作。他在《赵树理与电

---

① 李士德:《赵树理忆念录》,长春出版社出版,1990,第114—115页。

影》一文中说:"我在话剧《醒来吧》中演了一个兵。由于在张家口二十九军学兵团待过,持枪、扛枪等动作容易合乎导演要求,而一句台词要用普通话来说却成了我的大难题。所以,最后只得告退,离开这门艺术。赵树理讲到拍摄《无限生涯》影片时饰演差役,端茶进场,放在桌上,清除桌面……就这点动作,反复做了多遍,直到真正拍摄了,还得一两遍。同样的动作做多次,也不知哪一次对,不如写文章舒坦,又加上看不惯一些外来味道(指赵对来自大上海的有些人的'洋腔''洋调''洋味儿'看不惯——原书注),兴趣不那么大了。这是1935年我们俩在这偏远的太原地方,亲自接触到大型艺术电影、话剧,而都未能深入进去的一年。对于我这话剧上的一个'兵'和他在影片中的一个'仆役',赵树理很有风趣地说过这样一句话:'我们对新文艺在太原的出现,起到了一'兵'一'役'的作用,也就是有一'兵'一'役'之劳了。'我们为他的总结语言大声地笑过,深深地思索过。"[①]

---

[①] 亚马:《赵树理与电影》,《电影文学》1983年9月号。

## 第二章　山西电影制片厂六十年

1958年8月1日,山西电影制片厂成立,山西有了自己的制片单位。新世纪以来,随着文化体制改革的深入发展,2011年4月,山西影视(集团)有限责任公司成立,山西电影制片厂被纳入其中。至2018年8月,山西电影制片厂已成立六十年。

1958年至2018年,六十年来,山西电影制片厂虽然体制多变、步履维艰,但前进的步伐逐步加快,走向繁荣,佳作纷呈,不少作品为全国电影界所重视,受到广大观众的称赞和欢迎,山西电影制片厂出品的电影在全国电影界占有举足轻重的地位。

**题外话:**2008年,是山西电影制片厂成立五十周年,时任山西电影制片厂(以下简称"山影厂")厂长李水合先生提议,让我编一本书,反映山影厂五十年所走过的道路。因为我久有写山西电影史的想法,编写山影厂的五十年,正好可为我写山西电影史提供方便,便欣然答应。但我提出请李水合先生担任主编,他是厂长,实至名归,主编一职,非他莫属。但水合坚决不肯,说:"主编是你当,我大力支持。"恭敬不如从命,我便做了主编,开始做这件事。这件事看似简单,实也不易。难在山影厂道路坎坷变化多，资料缺乏头绪多，在山西的文化系统里再也找不出一个像山影厂这样上马下马、改名换姓成为家常便饭的单位。幸运的是，在李水合和继任厂长荆太峰、丁泽兴的大力支持下，在时任山影厂办公室主任苗茂的热情帮助下，我与我的学生、时任山影厂副厂长王向英密切合作，暑去寒来，三个春秋，终于完成了《银幕记忆——山西电影制片厂50年》一书的编辑、印制。由于经费所限，这本书只印了四百册，而书又因为内容翔实、资料丰富、图文并茂，记录了山西电影人半个世纪艰辛跋涉、砥砺前行的足迹，渗透了山西电影人五十年来的心血与汗水，深受大家欢迎，成为一册难求的珍品。这本书记载了山影厂的五十年。此后的十年历程，是在山西电影制片厂（有限公司）经理黄建民，副经理祁文瑞、李静，经理王剑和党支部副书记苗茂的支持下，由厂办公室乔瑾瑾同志补充了新的资料，才得以完成。

说到在山影厂收集资料，让我难以忘怀的是侯慧茹同志。那是二十多年前，侯慧茹时任山西电影电视制片公司副经理，我为了写山西电影史开始收集资料，第一次到制片公司，就是侯慧茹同志接待的。她以瘦弱的身子肩挑副经理的重担，还负责管理档案。档案室的档案按年分类入卷归档，整理得十分规范、整齐，档案室干净、整洁。侯慧茹副经理热情地为我提供了我所需要的资料。这是我为撰写山西电影史挖到的"第一桶金"。

## 第一节　山西电影制片厂六十年的变迁

山西电影制片厂成立于1958年8月1日,至2018年8月,一个花甲子,整整六十年。为了使读者对山西电影制片厂的六十年,有个比较清晰的大致了解,我把这六十年分为四段加以简略叙述。

### 一、从1958年到1982年——山影厂停停办办的二十四年

1958年8月,根据中共八大二次会议通过的"鼓足干劲、力争上游,多快好省地建设社会主义"的总路线和全国电影跃进大会的精神,在当时"以地方为主发展电影事业"的形势下,山西电影制片厂成立。

时隔四年,1962年8月,遵照"调整、巩固、充实、提高"的八字方针,随着中央电影政策的调整,根据国务院指示,山西电影制片厂缩编为山西电影摄制站。同年12月,山西电影摄制站亦宣布撤销。从厂到站,从站归零,这是山影厂的一次大变化。

1964年6月,根据山西省委指示,筹建山西省电影

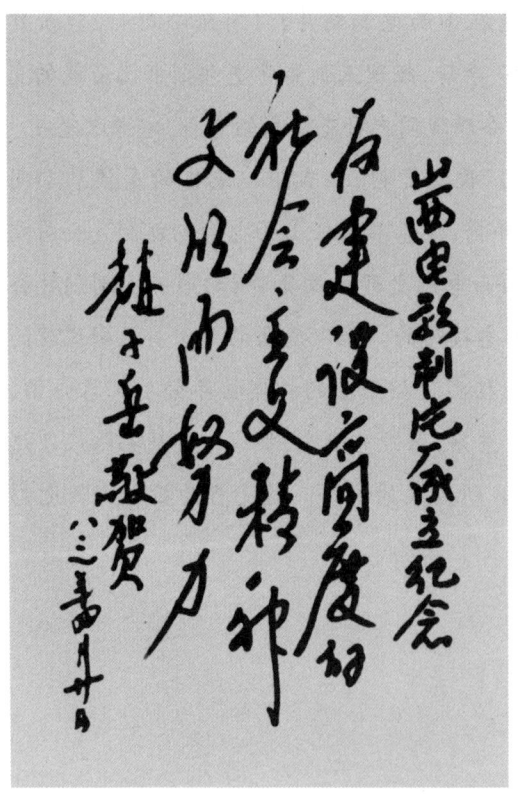

摄制组。1967年2月,省核心小组正式批准成立山西省电影摄制队。之后,山西省电影摄制队更名为山西省新闻电影摄制队。1970年12月,摄制队的主创人员下放,编制和设备一齐归到省电视台。山西电影摄制队伍等于再一次宣布撤销。从组到队,从队归零,又是山影厂的一次大变化。

1974年11月,为了响应"农业学大寨"的号召,加强对大寨的宣传报道,大寨所在的晋中地区成立了晋中地区新闻电影摄制组。1975年3月,山西省委决定把晋中地区新闻电影摄制组划归省里,正式成立山西省电影摄制队。1982年12月,山西省委宣传部下文决定撤销山西省电影摄制队,筹建山西电影制片厂。从组到队,从队到厂,还是山影厂的一次大变化。

1958年8月至1982年12月,从山西电影制片厂到山西省电影摄制队,再到山西电影制片厂,前后二十四年,上马下马,停停办办,由厂到队,由队到厂,名称、人员、隶属关系几经变化,但始终是一个以摄制新闻纪录片为主的省办地方小厂。这二十四年没有拍过一部故事片,它最大的贡献是拍摄了许多电影纪录片,为山西的历史留下了珍贵的声像资料。

这一阶段的负责人是张赛周、白纯瑞、王普、马侠铭、韩北极、段成明、张一非。

**二、从1983年到1998年——山影厂又一番轮回演变的十六年**

1983年5月,山西电影制片厂成立。未及半载,同年11月,山西省委根据中央对全国的电影制片厂进行大调整的精神,批准撤销山西电影制片厂。1984年5月,山西省编制委员会决定恢复山西电影摄制队。同年年底,山西省委宣传部批复山西电影摄制队更名为山西电影电视制片公司。1994年7月,山西电影电视制片公司又更名为山西电影制片厂。1996年8月,山西电影制片厂划归省广播电视厅主管。

1983年5月至1998年10月,从山西电影制片厂,再到山西电影摄制队、山西电影电视制片公司,又回到山西电影制片厂,是前后十五年的又一番轮回演变。这十五年的主要成绩是1983年摄制并发行了山西第一部彩色故事片《神行太保》,此后共生产了十二部故事片和一部戏曲片。其中,故事片《神行太保》《咱们的退伍兵》《山村锣鼓》《寻找魔鬼》《关公》《元帅的思念》和戏曲片《窦娥冤》都是比较好的作品。特别是《咱们的退伍兵》,赵焕章执导的农村喜剧三部曲之一(其余两部为《喜盈门》《咱们的牛百岁》),获得多项国家大奖。

这一阶段的负责人是栾世彪、李银锁、张健、贺新辉、韩北极、武凤山、侯慧茹、胡承柱、阎安广、贾茂盛、卢若琰、唐宪国、成霄冬、纪丁、樊星南、樊茂洲。

### 三、从1998年到2008年——山影厂跨世纪的辉煌十年

1998年10月,山西省广播电视厅调整了山西电影制片厂的领导班子,任命李水合为书记、厂长,王向英为副厂长。次年,任命王建昌为专职副书记。从此山西电影制片厂进入了一个新的历史阶段,迎来了1998年至2008年的辉煌十年。

1998年10月以来,以李水合为厂长、王向英为副厂长的山西电影制片厂闯出了一条有自己特色的办厂路子,很快地改变了面貌,进入空前发

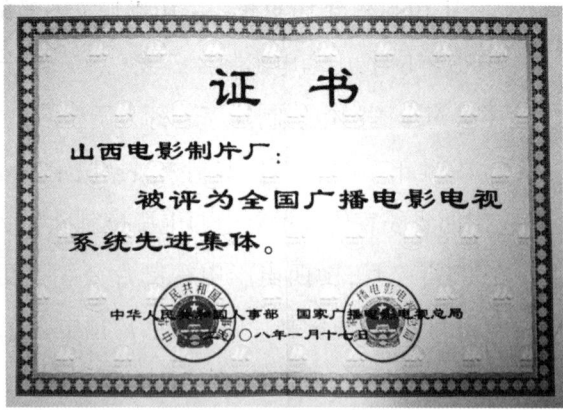

展的黄金时期,在全国电影界赢得了声誉和地位,多次受到国家广电总局和电影局的表彰。厂长李水合也被授予多种荣誉称号。

这十年,1998年至2008年,山西电影制片厂开拓创新,深化改革,狠抓电影创作生产,积极发展影视事业,不仅在竞争日趋激烈的电影市场中拼得一席之地,生产出了多部精品电影,而且取得了可观的经济效益,同时在开拓电影发行市场上走出了新路,成为多次受到国家广电总局电影局表彰的省办小厂的一面旗帜和山西建设文化强省的一个品牌。山西电影制片厂还荣获了山西省精神文明建设特别贡献奖。

这十年,山西电影制片厂共创作生产了电影故事片76部(其中1999年3部,2000年2部,2001年1部,2002年3部,2003年8部,2004年11部,2005年20部,2006年14部,2007年11部,2008年3部),电视电影31部,共计107部;电视连续剧55部1363集,电视专题片31部162集,共计86部1525集。十年平均每年生产各类电影片10.7部,各类电视片8.6部152.5集。十年拍摄的电影故事片比过去40年拍摄的故事片总和还多63部。

山西电影制片厂生产的电影作品不仅数量多,连续多年全国排名前列,而且质量高,多次获得多项国家大奖和国际奖。有八部电影获得中国电影的最高奖——"华表奖"。山影厂在社会上影响最大的电影有"暖"字系列的《暖春》《暖情》《暖秋》,被称为"暖春三部曲",还有"爱"字系列的《爱在路上》《爱在他乡》《爱在心中》的"爱心"电影。特别是呼唤人间真情的《暖春》上映后,在全国掀起了一股强劲的《暖春》热,不少地方举办了《暖春》展映活动,影片发行量居全国同期第一。《暖春》不仅走红全国,而且发行到日本、朝鲜,获得普遍好评,反响十分强烈。《暖春》成了山西建设文化强省的重要成果之一,成为山西电影的著名品牌。

除去《暖春》系列影片外,山影厂生产的《明天我爱你》《二十五个孩子一个爹》《走过严冬》《声震长空》《柳月弯弯》《生死托付》和《江北好人》等影片都在社会上产生了很大的影响。2007年4月,山影厂的故事片《夜袭》和《剃头匠》参加了上海国际电影节。

**四、从2009年到2019年——山影厂转企改制后的十年**

2009年1月至2019年12月,山西电影制片厂进入转企改制后阶段,电影生产持续繁荣,电影活动影响广泛。

2008年4月,山西省广电局党组任命荆太峰为山西电影电视剧制作中心党委书记、主任。2009年3月18日,山西省广播电视局党组任命丁泽兴为山西电影电视剧制作中心党委书记、主任,山西电影制片厂厂长。4月6日,为了加快推进转企改制工作,在山西省广电局党组领导下,山西电影制片厂成立了转企改制工作领导组,丁泽兴任组长,下设办公室、人员分流工作小组、清产工作小组、资金落实工作小组,制定了《山西电影制片厂转企改制工作方案》。

2011年4月25日,山西影视(集团)有限责任公司成立。山西电影制片厂整合于影视集团内。山西电影制片厂的全新企业名称为"山西电影制片厂(有限公司)"。山西电影制片厂的发展进入了一个新的历史时期。

以下是山西电影制片厂(有限公司)的历届领导班子名单:

2012年9月13日,黄建民任执行董事、经理。

2013年12月5日,黄建民任执行董事、经理,祁文瑞任副经理。

2014年12月26日,黄建民任执行董事、经理、党支部书记,祁文瑞任副经理,苗茂任党支部副书记。

2017年12月20日,黄建民任执行董事、经理、党支部书记,李静任副经理,苗茂任党支部副书记。

2018年1月18日,黄建民任执行董事、经理、党支部书记,李静任副经理、副书记。

2018年12月26日,黄建民任执行董事、经理、党支部书记,王剑任副经理。

2019年4月22日,王剑任执行董事、副经理(主持全面工作)。

2019年6月24日,王剑任党支部书记、执行董事、副经理(主持全面工作)。

2019年12月30日,王剑任党支部书记、执行董事、经理,李斌任副经理,朱云龙任副经理。

2012年以来,山西电影制片厂生产了多部优秀影片,并成功举行了一系列的电影展映和电影事业文化交流活动。

(一)2012年5月22日,中共山西省委宣传部表彰山西省全面深化文化体制改革以来一百部优秀文艺作品,山西影视集团有九部作品入列:电影《情归陶然亭》《决战太原》《乌龟也上网》《儿子、媳妇和老娘》《黄河喜事》《徐海东喋血町店》《老寨》《十八个手印》和电视剧《延安锄奸》。这九部受表彰的作品系山西电影制片厂与山西影视集团等单位联合摄制的。

(二)2013年7月16日,在山西省委宣传部和影视集团的支持下,由山影厂和全省农村数字电影院线共同主办的"展山西电影风采,促转型跨越发展——2013年山西电影制片厂优秀影片展映"活动启动仪式在晋中市榆次文化艺术活动中心举行。展映活动对进一步拓宽电影厂业务范围,增强电影厂影响力起到积极影响。

(三)电影《黄河喜事》参加了2013年—2014年年度香港工会联合会主办的"中国电影巡回欣赏"放映活动,并在山西省政府"晋善晋美——美丽山西休闲游"香港推介期间进行了首映。

(四)成功地承办了"2014年中国山西·韩国电影周"活动。2014年4月底,在国家新闻出版广电总局电影局和国际合作司指导下,山西与韩国光州国际电影节组委会达成在山西和韩国光州互办电影周活动的意向。山影厂参与承办的"2014年中国山西·韩国电影周"于4月底在太原进行了为期一周的活动。会上展映了《抓住那家伙》《随风而逝》等四部韩国电影。会议还举行了影片主创人员与观众互动会、电影创作研讨会等活动。活动期间,山影厂人员与韩国导演郑在恩、制片人安东奎、光州电影节副主席曹福礼等进行了座谈,双方就影片选题、创作及双方合作的可能性等议题进行了交流。

8月底,作为中韩电影文化交流的组成部分,"2014年韩国光州·中国电影周"在韩国光州市举行。山影厂选送《韩妈妈和她的儿女们》《黄河喜事》《剃头匠》三部影片参加电影周展映,《黄河喜事》在光州国际电影节上获奖。这期间,山影厂派人赴韩参加电影交流、研讨活动。中韩电影文化交流对提升山西电影创作水平,促进山西文化对外交流,推动中国电影"走出去"起到积极作用。

(五)2014年10月23日,山影厂摄制的电影《韩妈妈和她的儿女们》在太原举行首映仪式。首映仪式由山西省综治委主办,影视集团公司和山西省司法厅具体承办。山西省委副书记楼阳生,省委常委、宣传部部长胡苏平,省政法委书记王建明,副省长张建欣,以及综治委相关各厅局主要负责人出席了首映活动。电影《韩妈妈和她的儿女们》入选国家新闻出版广电总局"庆祝新中国成立六十五周年"重点国产影片展映展播活动。

(六)戏曲电视剧《峨嵋岭》入选国家新闻出版广电总局2014年"中国梦"电视剧展播活动。

(七)从2008年至2015年,在国家广电总局电影局和山西影视集团的支持下,分别同中央电视台电影频道节目中心、山西影视集团等单位合作,先后完成的农村电影三部曲——《十八个手印》《老寨》《土地志》,具有对改革开放四十年来中国农村发展进程史诗纪录的意义。《十八个手印》讲述安徽凤阳小岗村实行"家庭联产承包制"的故事,歌颂农村改革的先驱者。《老寨》通过农村基层民主选举村干部的故事,反映农村政治民主的文明进程。《土地志》围绕土地流转而引发的关于农村土地使用、农民权益保护和农村发展等一系列重大问题,宣传了依法治国的理念,反映了党和政府关于土地流转和发展现代农业的政策深入人心。农村电影三部曲以独特的视角、深刻的内涵和精湛的艺术获得了中国电影"华表奖""金鸡奖"等多项国家大奖,《老寨》还获中国优秀农村体裁电影"评委会特别奖"。

(八)2015年9月,在集团公司统一部署下,山影厂推荐重点影片《土地志》《村官段爱平》《韩妈妈和她的儿女们》《保山》《来电不善》和电视剧《江南锄奸》等参加"山西省第二届文博会",并组织重点影片项目"下柳林""火凤凰"和"廉吏曹学正"参加招商活动。特别是重点电影项目"下柳林"举行的现场招募演员活动,以新颖的形式和活跃的气氛成为文博会现场的一个亮点。

(九)参加2015年1月至3月"全省好电影公益展映季"活动。为贯彻习近平总书记文艺工作座谈会重要讲话精神,落实山西省委、省政府提出的"净化政治生态,实现弊革风清,重塑山西形象,实现富民强省"的总体要求,努力践行社会主义核心价值观,使电影起到"深入生活,扎根人民,服务群众"的作用,山西省委宣传部和山西省新闻出版广电局在山西省各城市影院开展"全省好电影公益展映季"活动。山影厂甄选出《黄河喜事》《村官段爱平》《夜袭》《情归陶然亭》及《韩妈妈和她的儿女们》等五部影片参加了展映活动,受到广泛好评。

(十)2016年10月,山影厂受邀作为协办方,协助中宣部和国家新闻出版广电总局在山西成功举办"电影剧本孵化计划"编剧采风会和改稿会。2017年4月,电影剧本《镇长》入选由中宣部和国家新闻出版广电总局组织的2015年—2016年年度"电影剧本孵化计划"扶持一类项目。

(十一)2018年5月,山影厂与北京天星兄弟影视文化公司联合出品的文艺电影《德皮》获法国戛纳国际电影节金蝶兰奖,斩获最佳影片、最佳导演和最佳男演员三项大奖。电影《德皮》由谢宜、黄恒立、胡艺川编剧,胡艺川执导,陈天星、王天宇领衔主演。

山西电影制片厂厂长李水合(左)在"飞天奖"颁奖会上

## 第二节 电影市场的搏击者——李水合

1998年10月至2008年4月,李水合担任山西电影制片厂书记、厂长,前后十年,取得了骄人的成绩,为山西电影事业的发展开辟了一个新的天地,受到国家电影局和新闻媒体的广泛关注,被称为"李水合现象"。了解李水合的生平和他在电影战线上的搏击与贡献,从山西电影史的角度来讲是一件很有意义的事情。

### 一、为山西电影"跑"出来一片新天地

李水合,1947年7月19日出生于山西省闻喜县凹底镇中宽峪村。1965年12月参加工作。1982年加入中国共产党。

李水合从1972年起从事电影发行、放映工作。他担任过运城地区电影公司宣传科科长、副经理,山西省电影公司电影经营部副经理、经理,直至担任山西电影制片厂书记、厂长。2008年5月,李水合离开山西到北

京后,他的事业搞得更大了,担任了北京九州同映国产数字电影院线公司总经理、中华爱子影视教育促进会常务副会长、中国电影制片人协会副理事长等职,这期间,他还是山西省文联副主席、山西省电影家协会主席,可以说,李水合把他的一生都献给了中国的电影事业。

1998年10月,上级领导机关调李水合到山西电影制片厂担任书记、厂长。当时山影厂处于瘫痪状态,人心涣散,经济困难,债主三天两头上门讨债,干部职工看不到任何希望。对于长期从事电影发行放映工作,但是并没有接触过拍电影的李水合来说,这是他人生道路上最严峻的一次考验。

李水合上任后,既没有新官上任三把火,也没有做豪言壮语式的就职演说,而是在认认真真地进行了三个多月的调查研究后,实实在在地开了一个全厂职工大会。李水合在会上向全体职工立了三条军令状:"第一条,只要我在电影厂当厂长,一个人都不会下岗;第二条,只要我在电影厂当厂长,绝不会拖欠职工工资和老干部医疗费,人人都是全工资;第三条,领导带头闯市场,每年至少完成两部故事片。"这次大会后,全厂职工人心稳定,情绪高涨,大家的积极性充分调动起来了。一个"聚精会神想出路,齐心协力干业务,一心一意谋发展"的良好氛围在电影厂很快形成。李水合带领全厂职工硬是凭着一步一个脚印,一年一点进步,在改革中找到出路,使这个原先默默无闻的省办小厂,在激烈的电影市场竞争中脱颖而出,引起全国电影界越来越多的关注。

李水合当厂长很少坐办公室。他认为:"做电影坐在办公室是做不出来的。在办公室里,既没人给你送点子,也没人给你送本子,更没人给你送票子,怎么拍电影?"他觉得作为一个电影业的领导,要求群众到市场上找项目、找资金、找合作伙伴,自己首先要带头走出办公室,到市场上去找点子、找本子、找资金。为此,李水合从1999年开始,把自己主要的工作地点定位在北京,因为北京是全国政治、文化中心,也是影视业最繁荣的地方。在北京天天都有项目可谈,在山西一个月都看不到一个本子。于是李水合靠出去"跑"来打开工作局面。他说："剧本是跑出来的,项目是跑出来的,发行是跑出来的。"自上任以来,他就一直在"跑"。1999年李水合在北京144天,2000年在北京162天,2001年在北京191天,2002年在北京173天,2003年在北京207天,2004年在北京180天,6年共计外出1057天。他的车每年都要跑7万公里左右。所以厂里的同志说,李厂长到北京是上班,回太原反而像出差。确实如此,他一年四季,除去一半时间在北京外,还要往全国其他地方跑,找本子,谈项目,搞发行,这样在太原的时间就没有多少天了。

李水合成天外出,但从不讲究吃住享受。这个每年创收数百万元的厂长,自己在外却过着一种十分简朴的生活。他在外头吃饭,向来只要一盘土豆丝,一碟辣子白,一大碗面,就打发了自己。至于住宿,但凡在北京找李水合办事的人,一般都会到北影厂附近的总政招待所找到他,因为这里房费最便宜。

李水合虽然自己生活简朴,但他却为厂里创造了可观的经济效益。过去是政府拿钱,厂里拍片,卖不了几个拷贝,创造不了多少利润,往往连成本也收不回来。他上任后拍摄的每一部影片都能为厂里增加收入。拍片多,投入大,但收入也大。厂里还清了外债,增加了积累,职工们也增加了收入,日子好过了。离退休干部的医疗费随时报销,从不拖欠,还每年组织老干部外出旅游一次。

李水合作为电影厂厂长,满脑子都是电影,从剧本到拍摄,从融资到发行,他样样操心,事事实干,把所有的心思和精力都用在他热爱的电影事业上。李水合带领全厂职工闯市场、创名牌、夺大奖,获得社会效益和经济效益的双丰收。

2003年,李水合被授予山西省"五一劳动奖章",被评为山西省劳动模范,被选为"全国中青年德艺双馨文艺工作者大会"代表。2004年,李水合获"全国十大文化杰出人物"提名奖,中国电影"华表奖"优秀出品人奖;同年年底,山西省人事厅和山西省文联授予他"山西省德艺双馨文艺工作者"称号。2005年,李水合获"全国农村电影先进工作者"称号。2007年,李水合获"山西省十大创新人物"称号,"全国德艺双馨电视艺术工作者"称号。2008年,李水合获"全国电视剧优秀出品人"奖。李水合面对荣誉,显得很冷静,想得也很实际。他说:"不管已经取得了多少成绩,都不能代表未来,最重要的还是脚踏实地地做好当前的每一部片子。不管有什么宏伟的目标、计划,都先得面对自己的现实,必须结合自己的实际,找出切实的对策,才好制定远景计划。当然,这绝不能脱离大的政策和环境,这是我们电影业赖以生存的前提。"

## 二、一位优秀的制片人——江平眼中的李水合

2006年5月26日,国家广电总局电影局副局长江平在全国农村电影题材创作研讨会上的讲话中,热情地赞扬了山西的农村题材电影创作、山西电影制片厂和厂长李水合同志。他说:

> 这几年也涌现出一些具有可看性,但是又有思想性和艺术性的农村题材影片,比如山西电影制片厂拍摄的《暖春》《二十五个孩子一个爹》和新近非常火的影片《天狗》等等。这些影片从不同视角反映社会主义新时期的新农村新农民的心态和生活经历,有很多戏是动人心弦、催人泪下的,确确实实在电影的百花园展现出它们作为农村题材的特殊魅力。
>
> 山西对中国农业电影、农村电影、农民电影所做的贡献,在中国电影事业上立下的汗马功劳,是可以大写特写、大书特书的。山西电影事业的脚步应该说很早就迈开了,不光是农村片,其他行业影片也是这样。山西在20世纪30年代初就成立了西北影业公司。山西拍电影比其他很多省份要早。在上海成为当时中国电影中心时,

国家电影局副局长江平(右)、山西电影制片厂厂长李水合(中)看望故事片《江北好人》剧组演员

当北平还没有像样的电影时,山西就有了自己的电影摄制公司。西北影业公司在30年代就拍出了比如《华北是我们的》等一批在抗战时期鼓舞全国人民同仇敌忾、抵御外寇的影片。

新中国成立之后,山西电影创作特别繁荣。1956年、1957年开始筹建,1958年正式成立的山西电影制片厂,于1959年跟长春电影制片厂合作生产了《我们村里的年轻人》。80年代初期,山西电影制片厂拍了属于自己的第一部影片《神行太保》,后来还有《关公》《刘胡兰》。山西电影制片厂走过了崎岖艰难但是闪光的道路。所以说在中国农村片创作中,山西厂、山西人、山西省都立下了汗马功劳。

我想说一个现象,这个现象就是电影创作的山西现象。山西电影制片厂从20世纪90年代末呈现出前所未有的非常良好的创作态势。山西厂在全国电影厂中、省办电影厂中像一匹黑马脱缰而出。

这五六年来，山西厂拍了六七十部电影和很多电视剧，一些电影作品获得了"五个一工程"奖、华表奖、金鸡奖、百花奖等多项国家大奖，一些电视作品也获得了不少奖项。在领奖台上我们可以看到山西人的身影，可以看到山西电影制片厂厂标的出现。我们可以看到《声震长空》《明天我爱你》《心急吃不了热豆腐》这样优秀的战争题材与农村题材影片；我们可以看到山西厂拓展思路，与香港合作拍摄的影片《古宅心慌慌》《炮制女朋友》等；也可看到山西厂独立出品的，可走市场，又有艺术品位、有思想性的类似聊斋系列的《侠女复仇记》等取得非常好的市场份额的影片；特别是看到"三暖"：《暖春》《暖秋》《暖情》这样的为农村、为农民拍摄的现实题材的优秀电影作品。《暖春》完全是贴近三农的影片。《暖秋》是一部反腐题材的影片：一个从农村长大的孩子，一个从农村走出来的娃娃，一个老父亲、老农民含辛茹苦养大的孩子，进了城，当上了交通局长，最后孩子没有看好自己的门，管好自己的人，一失足成千古恨……这是一个老父亲用自己的爱心唤回儿子良知的故事。《暖情》讲的是在一个接近农村的小城镇中发生的故事，取得非常好的市场效益，具有广泛影响；因为它是可以给农民工看，给下岗工人看，更可以给乡镇居民、村民们看的故事。这三部影片都在广大农村引起强烈反响，也在广大城镇引起强烈反响，而且市场都很好，这不能不说是一种现象。《暖春》有2000多万票房。《暖情》也很不错，仅在江苏扬州就做出了240万票房。这都是所谓的大片不敢想的事。这就是一种现象。

由这种现象，说到一位能人，是山西电影制片厂厂长李水合同志。当面对他歌功颂德，有点不是特别合适。但今天当各位作家、各位领导、各位编剧在场时，我要真诚地说一说一个从农村走出来的电影厂厂长，一个为农民放电影的放映员，一个在基层电影公司做了几十年电影宣传的报纸编辑，一个从基层电影公司到省电影公司的基层干部,一个在电影不景气、危难之时,挑起电影厂的重担,做出了优异成绩的厂长。我们经常可以看到他一碗面条就是一顿饭,永远夹着个小破包,抽着劣质的香烟,自己拎着拷贝,满世界跑。我们很少能看到一位国家干部、一位副厅级干部这样为自己厂里生产的影片去奔命。编剧朋友们,如果这样的厂长多一点,你们一定会开心。有很多人说,李水合给你送什么礼了,你经常在各种场合夸他! 说实在的,李水合送给我的最大的礼就是一盒麻花、两瓶山西陈醋之类的东西,我从来照收不误。背拷贝的肩膀背来几壶醋没有不收的道理,他把我感动了!

江平说,中国不缺好的电影编剧,过去山西有孙谦、马烽,《泪痕》《知音》是从山西出来的,也不缺好的电影导演和好的电影演员,缺的是优秀的制片人。一个好的制片人,要有高度政治觉悟、高超艺术才能和高超的理财能力。思想艺术和财经艺术一样不可缺。江平认为李水合就是一位优秀的制片人。

我觉得李水合同志也是唯上的,也是唯书的,更是唯实的。他听从领导意图,把农民需求——心理需求摸透了,国家政策琢磨透了。他会融资——如果一个电影厂厂长就会向省长要钱,那是不行的——关键是怎样把资金弄回来,去哪里弄钱。后电影开发,李水合已经开始做了,广告、音像制片、电影频道等,都是可以延伸的。所以说,制片人是非常重要的。李水合恰恰是一个好的制片人,一个每天吃着面条,在北京住着最差旅馆的制片人,在各种场合为山西电影、民族电影,特别是农村电影奔走呼号、磨穿鞋底的制片人,我们应向他致敬。我应为这样的厂长感到骄傲、自豪。我从农村电影谈到山西电影,再谈到这个从农村走出来的爱农村的人。我想,电影界对这样的人要更多鼓励,不要怕别人忌妒他,我们就是要支持他。李水合不是完人,李水合拍的片子也有差的。但他作为一个制片人,每做一件事,什么是主旋律,什么是走市场,他都很清楚。《跟头》是农村片,但它就是一部艺术片。为什么《跟头》受到意大利、夏威夷电影节的同时邀请,就是因为这个农村片拍得那么艺术,又那么真实、那么生活。他也有专门走市场的片子,《古宅心慌慌》很一般,但是有明星阵容,有Twins(中国香港的女子双人歌唱组合),在国内市场有上千万的票房。所以,我们要扶持、支持这样的厂长、这样的制片人。多一些这样的厂长,我们的电影就有希望。各位编剧朋友们回去和领导说,把李水合精神带回去,多一点支持我们的农村电影、我们的民族电影。

### 三、《欲哭无泪》——和悦笔下的李水合

2015年9月13日,被媒体称为"中国著名电影人"的李水合先生离我们而去。时在山西省委宣传部文艺处任职的诗人、散文家和悦是李水合的好友,曾同水合一起背着《暖春》的电影拷贝去各地宣传、发行山影厂拍摄的电影,当他惊悉水合辞世的消息后,"一时茫然",撰文《欲哭无泪——怀念李水合先生》。开篇就说:"说走就走了,也不打个招呼。"这令人震惊的一句话,反映了和悦对水合有多么深厚的感情。他说:

> 与水合先生相识并成为朋友已逾二十载。那个年代,他风华正茂马不停蹄坚忍不拔,为人生之理想,为他钟爱的电影事业上下求索,成绩斐然,干得风生水起。
>
> 水合先生在《暖春》的拍摄、发行及宣传过程中……所展现的睿智,所付出的心血,所流露的人情,令人感佩。
>
> 大体来看,水合先生是个温和的人,从来把自己摆在一个较低的位置,说说笑笑嘻嘻哈哈,基本不往心里去;水合先生是个执着的

人,看准的事情矢志不渝,不达目的不罢休;水合先生是个勤奋的人,节奏频率之快非常人可比;水合先生也是念旧的人,他对别人理解、包容、不计较,他对我个人多有启发和帮助……令人难忘。①

和悦《欲哭无泪》首发在博客上,为众多的朋友所转发、传诵,访问量超过一万人次,微信转发次数更是难以数计。和悦文中说:"电影演完了,该散场了。"我们觉得李水合先生的"电影"没有演完,他的音容笑貌仍在我们的眼前。李水合在山西电影史上应该是值得大写一笔的人。

---

① 和悦:《欲哭无泪——怀念李水合先生》,载《水流云在》,北岳文艺出版社,2017,第273—274页。

# 第三章　山西电影制片厂的电影作品

**题外话**：山西电影制片厂是山西主要的电影制作机构。1958年成立至今已六十年。在这六十年里，山影厂拍摄了大量影片，尤其是在李水合担任厂长期间（1998年10月至2008年4月），每年都有影片生产，有几年更是年产十多部，2005年一年竟生产了二十部电影，成为中国电影史上的奇迹。2011年6月编印的《银幕记忆——山西电影制片厂50年》一书中，王向英副厂长整理的《硕果满园：山西电影制片厂主要作品一览》中统计，山影厂五十年拍摄的电影故事片和电视电影就有上百部之多。

1983年至2008年拍摄的电影故事片共89部（含戏曲片2部），1999年至2008年拍摄的电视电影共31部，1958年至2004年拍摄的电影纪录片共50部，1960年至2003年拍摄的电影科教片共5部。其中重要的电影作品记述如下。

## 第一节　20世纪80年代的山影厂作品

《神行太保》于1982年6月正式建组开拍。这是一部体育题材片,是以当时山西省的运动强项——自行车运动员为表现对象的,也是我国第一部以自行车运动员的生活为题材的影片。

继《神行太保》之后,由山西电影制片厂独家或与其他电影制片厂联合摄制的故事片,有1985年的《咱们的退伍兵》(与上海电影制片厂联合摄制),1986年的《天涯孤旅》《山村锣鼓》,1988年的《金匾背后》(与北京电影制片厂联合摄制),1989年的《寻找魔鬼》(与北京电影制片厂联合摄制),1989年的《关公》(上下部)(与北京电影制片厂联合摄制,香港新海

《神行太保》剧照

著名电影艺术家、影片《神行太保》艺术顾问谢添(右)在拍摄现场。左一为山影厂摄影师曾庆煜,中为摄影师韩北极

华电影制作公司协助摄制)。

山西电影制片厂建厂虽早,但机构变化多,发展慢,规模小。不过建厂以来,拍摄了多部故事片,几乎是年产一部,而且不乏优秀之作,有些还在全国或全省评奖中获奖。除去《咱们的退伍兵》获得多项国家大奖外,《天涯孤旅》1986年获山西省首届优秀电影、电视剧"天龙奖"优秀故事片奖。

《咱们的退伍兵》和《山村锣鼓》两部作品在本书第八章中进行了专门论述,《金匾背后》在第九章中进行了专门论述,在这里均略去不提。

## 一、《神行太保》——山西第一部彩色故事片

《神行太保》描写一个自行车运动队,在调整训练中,发现了一名素质好、有毅力的农村邮递员马鸣,几经曲折,自行车运动队将马鸣破格录取吸收入队,经过严格的科学训练,马鸣成为一个优秀的自行车运动员,在一次国际比赛中,为国家争得了荣誉。影片以自行车运动员骑车拉练,跋

山涉水、沿途观赏祖国文物古迹、接受爱国主义教育为基本框架，塑造了一批驰骋太行、胜过戴宗（《水浒传》人物，绰号"神行太保"）的年轻的自行车运动员形象，展现了我国体育健儿刻苦锻炼、朝气蓬勃、拼搏向上的风貌，弘扬了爱国主义精神和民族自豪感。特别是影片在表现自行车运动员的拉练生活时，拍摄了山西的一些重点名胜古迹，如云冈石窟、应县木塔、五台山、晋祠、广胜寺、关帝庙、永乐宫等，展现了山西辉煌壮丽的人文景观和自然景观，宣传了山西本土文化，增强了影片的可视性和感染力。

《神行太保》的剧组在只有一台摄影机、五盏照明灯的条件下，苦战一百天，行程万余里，编、导、摄全部是靠自己的力量，拍出了山西第一部彩色故事片。1983年9月五届全运会期间，此片在全国及东南亚地区公开发行。据统计，《神行太保》在当年全国发行放映的体育片中，在当年地方电影制片厂拍摄的影片中均算得上是上座率较高的一部。《文艺报》《新华日报》《大众电影》《电影画报》等报刊均对此片有所评介。观众普遍反映，《神行太保》主题好、题材新、场景美、人物形象鲜明，是一部宣扬爱国主义、激发人们奋发向上的好影片。

《神行太保》在它的创作生产、发行前后，得到山西有关领导和专家的支持。《神行太保》的编剧是郭恩德，初稿写于1980年底，原名《追》，后更名为《关山飞渡》。郭恩德同志前后三年八易其稿。著名作家孙谦前后看过四稿，在初稿上就写下了"设想很好"的话，并一字一句地进行批注，提出具体修改意见。1981年3月，时任山西省副省长的王中青看了剧本后，做了"基础好，可拍"的批示，并电话通知作者到他家中，详细谈了修改意见，鼓励作者改下去，改好。

山西老一辈革命家，著名作家、文艺评论家史纪言亲自撰稿《为电影〈神行太保〉鼓掌》，赞扬山西自编自拍，摄制出山西历史上第一部彩色故事片：

《神行太保》故事影片是反映体育生活的。近来我国有不少故事片是以体育生活为内容的,但描写自行车运动员刻苦锻炼、为国争光的,这还是第一部。当我看到影片中自行车运动员骑着自行车伴着乐曲锻炼的勃勃英姿时,不禁想到我省自行车运动健儿,在繁华的大街上、在长途公路上刻苦锻炼的情景,也联想到近几年来我国运动员在艰苦锻炼的基础上,在国内外比赛中获得的突飞猛进、令人鼓舞的成绩。题材新颖是《神行太保》影片的一大特色。编剧、导演大胆创新、勇于探索的精神,值得赞扬。[①]

本片艺术顾问谢添,制片主任贺新辉,编剧郭恩德,导演罗国良、石玉山,摄影曾庆煜、韩北极、王祖田,美工王振华,主要演员梁同裕、陈丽明、齐卡。

## 二、《天涯孤旅》

1986年,由山西电影制片厂独立摄制的《天涯孤旅》是一部反映地质队员生活,表现大漠风光的彩色故事片,是山西第一部遮幅影片。

影片故事讲的是,刚刚从学校毕业的女地质队员兰华在野外工作中遇沙暴被邻队救起,并被早就爱慕她的队长袁野留下,随他们一同到沙漠腹地进行地质航检工作。在浩瀚沙海,因饮水紧张,对兰华也产生了感情的地质队员老加和另两名同志误饮了毒泉水被送出沙漠抢救,留下袁野和兰华以及队员小亮子继续完成最后的工作。沙漠中天气变幻无常,他们经历了无数艰难险阻,最后断水绝粮,迷失了方向。危难关头,袁野扔下将爱情献给了他的兰华和病弱的小亮子独自逃跑了。兰华受此沉重打击,虽悲愤痛苦至极,但她仍然怀着坚定的信念和小亮子向沙漠外艰难地

---

① 史纪言:《为电影〈神行太保〉鼓掌》,《新电影》1983年第1期。

《天涯孤旅》摄影现场。摄影机前为导演广布道尔吉

走去,最后终于得到营救。

《天涯孤旅》的外景全部是在沙漠地带拍摄的。"大漠孤烟直,长河落日圆",广阔无垠、荒僻悲凉是这部电影独有的景观和情调。《天涯孤旅》的人物很少,重要角色只有三四个,而且故事都是发生在大漠荒沙中。在这个人与自然抗争的特殊环境里,展示出人物间"友谊和爱情""生存与死亡"的复杂矛盾。在矛盾的较量发展中,讴歌了以兰华、老加、小亮子等为代表的地质队员的美好心灵和献身精神,鞭挞了袁野虚伪自私、贪生怕死的丑恶行为,影片具有很强的震撼性和观赏性。

本片制片主任齐陶,编剧黄世英、塞夫、奚青,导演广布道尔吉,摄影柳信、阎筱斌。主要人物兰华由中央戏剧学院表演系学生孙凤英扮演。影片发行上映后,以它奇异的风光和奇特的故事受到观众欢迎,得到电影界的好评。

### 三、《关公》(上下部)

1989年,山西电影制片厂与北京电影制片厂联合摄制,香港新海华电影制作公司协助摄制的彩色故事片《关公》(上下部)是总冠名为《三国志》的系列片之一,是山影厂第一部与香港合作的合拍电影。

《关公》电影的故事从桃园结义讲起,以三英战吕布、过五关斩六将、古城会等为主要情节,通过关羽一生中的这几个最为辉煌的片断,展现关羽豪放刚毅、叱咤风云的大将风姿和忠义神勇的武圣精神。编导拍摄此片的宗旨是:通过在银幕上再塑关公形象,增强全球中华儿女对中华民族的认同和热爱,促进世界对中华文化的了解。

《三国志》的总编导是香港的杨吉友。《关公》制片主任胡承柱(上部)、贾茂盛(下部),编剧、导演杨吉友,副导演宋平、史和平,摄影阎筱斌、巨波、王安光,主要演员有侯少奎、赵彦民、王文有、张建利、田春虎、李雨森。

《关公》剧照

《寻找魔鬼》剧照

**四、《寻找魔鬼》**

1988年,由山西电影制片厂和北京电影制片厂联合摄制的《寻找魔鬼》是一部投入较大、制作较精、上座率较高的故事片,制成70毫米和35毫米两种规格的彩色宽银幕立体声片,在全国各地发行上映。

《寻找魔鬼》讲的是一个发生在清朝雍正年间至民国初年的具有传奇色彩的故事。电影描写的是,西北广阔无垠的荒漠里,有座魔鬼城,里面藏着一批耀眼的珍贵宝物。寻宝的人纷至沓来,其中势力最大的是刘清的商队和鲁大刀的杂牌军。他们顶着炎炎烈日在大漠中艰难行进,在互相厮杀搏斗中,来到了魔鬼城的藏宝洞,各自得到始料不及的归宿。他们没有逃脱同几百年来的寻宝者一样的命运——宝物未获,死于非命。影片以奇特的情节、巨大的感情冲突和对人性的深刻剖析揭示出:贪欲可能使人进取,更能使人毁灭,魔鬼就在人们的心里。

本片制片主任王曙光,编剧刘伟宏、刘亚洲,导演齐卡·库尔班、王好为,摄影张忻喜,主要演员有张国民、冯恩鹤、麦小琴。

## 第二节　20世纪90年代初期和中期的山西电影作品

进入20世纪90年代，山西电影新作不断问世，且在艺术质量上有显著提高，其中最重要的作品是《元帅的思念》和《刘胡兰》。

### 一、《元帅的思念》

山西电影制片厂与北京电影学院青年电影制片厂联合摄制的彩色宽银幕故事片《元帅的思念》是国庆四十周年的献礼片。片名由李先念同志题写。

影片以临汾战役为背景，描写了徐向前元帅在1948年3月6日至5月17日指挥人民解放军克服重重困难，依靠广大人民群众，经过七十二

《元帅的思念》拍摄现场

《元帅的思念》剧照

昼夜的浴血奋战,一举攻克国民党反动派坚固设防的临汾城,为解放战争的全面胜利做出巨大贡献。《元帅的思念》作为一部典型的军事片,气势磅礴,威武雄壮,体现出毛泽东同志的伟大的军事战略思想,展现了徐向前同志的革命气魄和无畏胆略,以及山西人民在临汾战役中做出的伟大贡献,讴歌了解放军指战员英勇献身的精神,谱写了一曲辉煌壮丽的英雄战歌,被解放军军事院校列为一部攻坚战的形象教材。

《元帅的思念》在艺术上强调时代和历史的真实,因为影片反映的是真实的人物在真实的时间、真实的地区里发生的真实事件所构成的真实的历史。影片的某些人物、某些细节是虚构的,但就其整体来说基本上是历史的再现。它的时代气息、战争氛围、人物环境都是真实的,因而也是可信的、感人的。

影片也有虚构部分,序幕和尾声是虚构的;但这种艺术的虚构,是为了塑造徐向前元帅的形象,以期通过更好地再现历史达到艺术的真实。序幕中徐帅迈着刚健的步子走到黄河岸边,目视着波涛汹涌的黄河,流露出无比激动的心情。接着,徐帅走进烈士陵园,瞻仰当年为攻克临汾而献身的烈士的墓碑。这是虚构的。但徐帅一生都没有忘记那些为攻克临汾而倒下去的战友,每逢想起他们,他的心情就如黄河水那样的不平静却是真实的。影片序幕和尾声所塑造的徐帅形象,光彩夺目,展现了一代开国元勋、共和国元帅的风采。

影片中的徐向前性格鲜明。徐向前是无产阶级革命家、军事家。在临汾战役中,他不顾自己体弱多病,在十分艰苦的生活条件下,在瞬息万变的战斗环境中,机智沉着,精明果断,指挥部队取得临汾战役的彻底胜利。影片运用许多恢宏惨烈的战斗场面、真实具体的生活场景和生动感人的生活细节,成功地塑造了大智大勇的我军高级指挥员徐向前的形象。这是《元帅的思念》在思想性和艺术性上取得成功的根本所在。

在《元帅的思念》的创作和摄制过程中,解放军总参谋部以及北京卫戍区、上海警备区和南京部队某师(原临汾旅)的领导,以及参加过指挥临汾战役的王新亭同志的夫人田维新,都给予了很大的支持和关怀。他们还参加过剧本座谈,提出了很好的意见和建议。

本片制片主任王曙光,编剧史清锁,导演韦林玉、齐卡·库尔班,主要演员有袁志顺、董世泽、路希。

《元帅的思念》,1997年获第三届山西文学艺术创作金牌奖。

## 二、《开采太阳》

《开采太阳》是山西第一部反映煤矿工人生活和煤矿生产的影片。故事讲的是:乔志刚从赵村矿调到阳城矿当综采队队长,阳城矿矿长孙海安和矿党委书记方晋明得知后非常高兴,让乔志刚同井下通风区区长林大中共同担负把产量搞上去、把粉尘降下来的任务。这期间,乔志刚和林大中排除了农村小煤矿个体承包者为了小矿私利破坏国家煤矿安全设施的行径的干扰,克服了在家庭、婚姻问题上的种种困难,在工人冯小宝等的协助下,进行技术改革,成功地运用了通风、降尘新技术,解决了安全生产问题,使阳城矿晋升为国家一级企业。剧中还穿插了几个家庭的婚姻爱

《开采太阳》剧照

情故事,反映了人们不同的思想境界和处世原则,塑造了不同性格的煤矿职工和不同身份的妇女的形象,使整个影片充满了浓郁的生活情趣,具有一定的可视性。影片表现了中国青年一代矿工的精神风貌和奉献精神。

本片制片主任王曙光,编剧苏叔阳、陈元才,导演孙羽、姚贤玲,摄影张松平、巨波,主要演员有张志中、张琪、高惠彬、张国民、陈大伟。1992年由山西电影制片厂和北京电影学院青年电影制片厂联合摄制。

《开采太阳》1993年在第三届全国煤矿题材电影、电视剧、戏剧、广播剧、电视专题艺术片"乌金奖"评奖中,获特别奖;在中宣部1992年年度精神文明建设"五个一工程"入选作品的评选中获提名奖。

### 三、《刘胡兰》

电影《刘胡兰》是1996年山西电影制片厂取得独立出品权之后摄制的第一部影片。由于它取材于伟大革命战争年代火热的斗争生活,讴歌了活在千百万人民群众心中的英雄,弘扬了时代的主旋律,因而受到中宣部和广播电影电视部的重视和扶持,被列为1996年年度的重点影片,向全国推荐发行。

刘胡兰,年仅十五岁的革命烈士,"生的伟大,死的光荣"。刘胡兰的名字,家喻户晓;刘胡兰的事迹,激励人心。刘胡兰是一位为革命献出年轻生命的人民英雄,半个多世纪以来一直活在人民的心中,她是鼓舞广大军民前赴后继、团结奋进的一面旗帜;她的理想光辉、英雄品格和牺牲精神一直鞭策着广大青少年奋发向上。影片所概括的"无私奉献,不怕牺牲"的刘胡兰精神,曾鼓舞广大军民夺取了中国人民解放战争的伟大胜利,至今刘胡兰精神仍鼓舞着无数英雄儿女在建设有中国特色社会主义的伟大事业中做出各自的贡献。

山西的艺术家们热爱自己的英雄儿女,敬重民族的革命先烈,以不同的艺术形式写英雄、唱英雄、演英雄,在文坛艺苑塑造刘胡兰的艺术形象。有马烽创作的长篇小说《刘胡兰传》,有山西歌舞剧院演出的歌剧《刘胡兰》,有山西话剧院演出的话剧《刘胡兰》,有山西话剧院摄制的电视剧《刘胡兰》。

《刘胡兰》剧照(池华琼饰刘胡兰)

山西电影制片厂在取得独立出品权之后即拍摄《刘胡兰》,是因为他们认识到:"改革开放的时代,也是一个呼唤英雄的时代。英雄的理想光辉、品格力量、奉献热忱、牺牲精神必须发扬与光大,只有这样,具有中国特色的社会主义才能从胜利走向更大的胜利。"

影片《刘胡兰》讲的是:1941年,日本鬼子占领了刘胡兰的家乡文水县云周西村,关闭了抗日小学。刘胡兰积极参加儿童团,张贴抗日标语,为八路军站岗放哨,并担任村儿童团团长。1946年6月,刘胡兰光荣地加入了中国共产党。她不仅积极组织村民做军鞋、交粮织布,还支援前线,探敌情,除恶霸,悉心照料受伤的顾县长。1947年1月12日,叛徒石五则出卖了刘胡兰,在国民党阎匪军的威逼拷打下,刘胡兰誓不低头。在敌人的铡刀面前,十五岁的共产党员刘胡兰昂首挺胸,毫不畏惧。最后她大义凛然地走向鲜血淋漓的铡刀,为中国革命献出了年轻的生命。

影片《刘胡兰》以人物传记的形式,生动地再现了刘胡兰烈士短暂而光辉的一生。刘胡兰是英雄,但她毕竟还是个孩子,牺牲时年仅十五岁,所以作品不能把她大人化了,完全大人化了也就不真实了。但是,刘胡兰又不仅仅是一个"孩子",因为她是在残酷的战争环境中长大的,她接触到许多革命同志,包括共产党员,受到了革命的教育和影响,有很高的政治觉悟,也经历过各种斗争的考验。她当过儿童团团长、妇救会干部,还是共产党员;所以,刘胡兰是一个在政治上成熟得早,责任感强,又有一定对敌斗争经验的女孩子。电影编导正是把握住刘胡兰的这一特点,多侧面地塑造了刘胡兰形象。这个形象的价值正如本片编导在《刘胡兰》内容提要中所讲的:"五十年的风雨,已将当年的血腥洗尽。但所有的中国人都不会也没有忘记那个站岗放哨、贴标语、抓汉奸、收军鞋、搞土改、支前线……面对血淋淋的铡刀毫不畏惧、从容就义的女英雄刘胡兰。所有英雄的品格刘胡兰都具有了,但却没有一个英雄以十五妙龄慷慨走向铡刀。她信念坚如磐石,令太行沉默。她浩气直贯长天,掀起黄河的咆哮。她足以引发人们去做深沉的思索……"

为塑造"这一个"刘胡兰银幕形象,影片重视运用镜头语言,调节作品的节奏层次,揭示人物的感情世界,使刘胡兰的形象更为鲜活、丰满。

刘胡兰在抗日小学课堂上,怀着满腔怒火去擦日本兵写在黑板上的鼓吹侵略的文字。当她擦掉最后两个字,少顷,猛一转身,刘胡兰已是一个男孩打扮,在撕日本兵贴在墙上的标语。这两个表现刘胡兰背影和正

《刘胡兰》拍摄现场。图中前排左起：摄影师张忻喜、池华琼扮演的刘胡兰

面的镜头的快速转换，省掉了许多叙事过程，表现出刘胡兰对日本鬼子的仇恨和愤怒。顾县长为大家做形势报告，刘胡兰在凝神听讲中幻想同顾县长站在一起，模仿顾县长的讲话，表现出她想成为一个像顾县长一样的为人民办事的公家人的愿望。影片用化出、化入的手法很好地描绘了刘胡兰此时此刻丰富的内心世界。

卧病在床的奶奶想听听纺线的声音，让刘胡兰在她的床前纺线线。在纺车转动的嗡嗡声中，奶奶渐渐睡去。镜头显示：纺线停止不转，奶奶停止呼吸，胡兰的脸慢慢地转向床边，床已空，刘胡兰含着泪在思念奶奶。这些无声的简练的镜头语言突出了刘胡兰同奶奶的深厚感情，表现了刘胡兰对奶奶的深沉思念，省略了不必要的过程描写，给观众留下了充分的想象余地。这也说明，丰富的电影语言，包括镜头的运用和组接，在塑造人物上较之其他艺术形式，具有更强的独特的表现力。

至于完成刘胡兰形象塑造的，描写刘胡兰壮烈牺牲的重场戏，更是运用了大量的镜头语言加以充分地展现。

对敌人的威逼利诱,刘胡兰针锋相对,坚贞不屈。在敌人的铡刀面前,刘胡兰镇定自若,从容不迫,并且在精神、气势上始终压倒对方,是真正的强者。敌人以房子、土地来诱供,胡兰说:"就是给我一座金山,我也绝不自白!"敌人以死相恐吓,胡兰说:"怕死就不当共产党!"敌人想用杀死六名村干部的恐怖行为吓倒刘胡兰,胡兰神色坦然,毫无惧色,连问四句:"我咋个死法?"敌人要把刘胡兰押到铡刀前,胡兰甩开这些刽子手:"我自己走!"刘胡兰在血迹斑斑的路上,平静地走着,最后壮烈牺牲在敌人的铡刀下! 愤怒的父老乡亲,悲痛欲绝的母亲胡文秀,跳脚大喊的妹妹爱兰子,这些镜头,正是对刘胡兰牺牲这一重场戏的细节描写。波涛滚滚的黄河倾泻而下,悲壮雄浑的歌声蓦地而起,在颂扬烈士!"英雄的魂魄,民族的精灵:'生的伟大,死的光荣'",影片调动光色声画一切艺术手段把全剧推向了高潮,完成了刘胡兰银幕形象"这一个"的塑造。

1996年10月,在昆明举办的中国第五届金鸡百花电影节上,《刘胡兰》获得了"观众最喜爱的电影"特别奖。

1996年后半年,电影《刘胡兰》在全国各地先后上映,受到观众的热烈欢迎。时任中共山西省委书记胡富国撰文,盛赞电影《刘胡兰》,"反映了刘胡兰的英雄品格和牺牲精神,反映了中华民族的伟大气质,反映了山西人民的精神面貌",时代需要英雄,人民呼唤英雄,"我们需要《刘胡兰》这样的电影"。

上海电影电视集团总公司东方影视发行公司买断了电影《刘胡兰》除山西境内的全国发行权,仅在上海院线就组织了500多场次;在全国发行了16毫米拷贝825个,32毫米拷贝30多个。1996年12月3日,东方发行公司在上海举行了电影《刘胡兰》首映式,山西省委、省委宣传部和省广电厅的领导赴沪参加了首映活动。中共上海市委宣传部等单位联合发文,决定在上海举办《刘胡兰》电影的展映活动。许多学校组织学生观看影片,一些大专院校把《刘胡兰》作为教学观摩片,对学生进行革命传统教育。《文汇报》《解放日报》《上海文化报》《文汇电影时报》《新民晚报》等上海报刊发表了大量的评介文章,赞扬《刘胡兰》是一部进行革命传统教育的优秀影片,认为刘胡兰的崇高精神将激励我们为伟大理想而奋斗。

本片顾问李玉明,出品人唐献国,制片主任樊星南,编剧姜卫、纪丁,导演沈耀庭,摄影查祥康、巨波、王安光、张忻喜。刘胡兰由青年演员池华琼扮演,主要演员还有柏寒、张辉、李秀东。

## 第三节 新世纪前后十年山影厂的九大名片

山西电影制片厂从1987年至2008年共拍摄故事片89部,其中新世纪前后,即1999年至2008年就拍摄了76部。2003年和2004年,山影厂拍摄的电影故事片数量连续两年排名全国第三。1999年至2008年10年拍摄的电影故事片是过去40年拍摄的故事片总和的5.8倍多。

1999年以来,山西电影制片厂解放思想,大胆创新,开拓进取,研究影视剧生产走向市场后的新问题、新特点,探索影视剧生产市场化运作的新思路、新办法,通过多年实践,总结出"高起点精心策划,高层次整合资源,高质量组织实施"的创作生产原则和"低成本,小制作,大主题,高效益"的创作生产经验,开创了山影厂成立以来的最好局面,走出了一条符合实际、符合自身特点的发展道路,引起国内外同行的普遍关注,受到上级领导和有关部门的高度重视。

山西电影制片厂生产的影视作品,不仅数量多,而且质量高,多次获得国家大奖。十年来,山影厂共有十多部电影获得国际奖、国家级奖和省部级奖等各类大奖奖项。获得中国电影"华表奖"优秀故事片奖的有《明天我爱你》(2000年)、《走过严冬》(2000)、《声震长空》(2002)、《暖春》(2003)等精品电影。2004年,《暖情》获得第十届"华表奖"优秀故事片奖提名。《暖春》除获得第九届"华表奖"优秀故事片奖外,还获得第二十七届《大众电影》"百花奖"优秀故事片奖、第九届中宣部精神文明建设"五个一工程"优秀作品奖、第九届"神农奖"金奖等共十五项奖。《二十五个孩子一个爹》获第二十五届《大众电影》"百花奖"优秀故事片奖等十一项奖。

几部获奖影片的主创人员也纷纷夺得国家大奖。如《明天我爱你》主演潘长江获"百花奖"最佳男演员奖;《走过严冬》主演谢兰获"华表奖"优秀女演员奖;《声震长空》女主演周莉获"华表奖"优秀女演员新人奖、"金鸡奖"最佳女配角奖提名,男主演侯勇获中国长春电影节优秀男演员奖;《二十五个孩子一个爹》导演、编剧黄宏获"金鸡奖"导演处女作奖、"夏衍电影文学奖"三等奖;《暖春》女主演张妍获"百花奖"优秀女演员奖、"华表奖"优秀女演员新人奖提名,还被评为2003年北京大学生电影节"最受欢迎的小演员",男主演田成仁获"华表奖"优秀男演员奖提名、"百花奖"优秀男演员奖提名,导演乌兰塔娜获"华表奖"导演处女作奖提名、"金鸡奖"导演处女作奖。

山西电影制片厂厂长李水合获第十届中国电影"华表奖"优秀出品人奖。这在山西电影界是第一次,是山西电影史上填补空白的重要奖项。这一奖项的获得,既是对李水合个人在电影事业方面突出成就的褒奖,也是对山西电影制片厂在电影生产数量、质量以及市场营运等诸多方面的肯定。

这十年,山影厂还拍摄了三部电影纪录片:《光辉的历程》(1999)(编导李印康),展现了1949年至1999年山西在政治、经济、文化建设方面所取得的伟大成就;《胜利迈向新世纪》(2002)(编导苗茂),回顾了20世纪山西的社会巨变和建设成就,表达了山西人民实现新世纪美好图画的信心和决心;《腾飞之路》(2004)(编导雷震霖、杨巧文),记录了山西省委、省政府及各级地方政府在山西经济结构调整中所采取的一系列政策、措施以及所取得的成就。

此外，山西电影制片厂摄制的电影《情系故乡》《红孩儿大话火焰山》《柳月弯弯》《红山雨》《秋天的歌》等还获得了全国性奖或省部级奖。

2003年摄制的《暖春》，2004年摄制的《暖情》，2005年摄制的《暖秋》，作为《暖春》三部曲在下一节叙述，这里仅就这十年山西电影制片厂拍摄的、在全国电影界产生很大影响、受到观众广泛好评的九部电影加以评述。

这九部电影是：《明天我爱你》《走过严冬》《二十五个孩子一个爹》《声震长空》《生死托付》《剃头匠》《夜袭》《江北好人》和《黄河喜事》。

## 一、《明天我爱你》

电影讲的是，郝三多是河东村年轻的村主任，在他的带领下，河东、河西两村依靠科技兴农，村民的生活有了翻天覆地的变化，而小玉与三多的婚事更是喜上加喜。面对这美满喜人的结局和充满希望的幸福生活，每个人的心里都荡漾着一句话："明天，我爱你！"

影片获第六届中国电影"华表奖"评委会故事片奖，第七届国家"神农奖"铜奖；获2001年第四届山西省精神文明建设"五个一工程"奖。男主演潘长江获第

二十三届《大众电影》"百花奖"最佳男演员奖。

时任中共山西省委宣传部副部长的评论家杜学文在《人民日报》上热情评价这部电影。他还曾说:"由山西电影制片厂摄制的农村题材轻喜剧故事片《明天我爱你》,是一部充满了活力的动人之作,它在诙谐和幽默中让我们充分感受到了生活的美好和可爱,感受到了人们对未来的希冀和向往。"

杜学文对这部电影的深刻内涵进行了分析:

> 它不是表现具有古典意味的乡野,而是描写具有"现代"意义的新农村;它不是表现农村如何改变过去的落后与封闭,而是在深情地抒写已经摆脱贫困,走上富裕之路的农民的崭新人生;它没有去讲我们的父老乡亲如何从"过去"走向"现在",而是以生动诙谐充满激情的笔触来展示今天的农村如何迈向更加动人更加光辉灿烂的明天。[①]

本片制片人张枫、张海云,编剧崔凯,导演杨世光,主要演员有潘长江、李明启。

## 二、《走过严冬》

影片讲的是,摄影师罗天阳凭借自己的才华开办了影楼,母亲和妻子唐静一直把他当作生命中的骄傲。在朋友的劝诱下,罗天阳染上了毒瘾。温柔、善良的妻子鼓励他戒毒,耐心地帮助他战胜毒瘾的折磨。最终,罗天阳在母亲、妻子、朋友和公安人员的帮助下,彻底与毒品决裂,重新回归幸福的人生。

影片深刻揭示了毒品给个人、家庭和社会造成的危害,警示人们要远

---

① 杜学文:《美好生活的生动展示》,《人民日报》2001年8月18日。

离毒品,珍惜生命,呼吁全社会对戒毒者献出一片爱心,歌颂了公安人员保护人民、打击毒贩的无私奉献精神。播放后引起观众强烈反响。

本片制片主任张乔珍,导演王薇,摄影钱滔,主要演员有黄志忠、谢兰、吕中。山西电影制片厂、电视频道节目中心出品。

2001年获第七届中国电影"华表奖"优秀故事片奖,女主演谢兰获第七届中国电影"华表奖"优秀女演员奖。同年获2001年上海影评人十佳优秀故事片奖。

### 三、《二十五个孩子一个爹》

电影描写了养鸡大户赵光对二十五个孩子收、养、教的三个过程,从独特的视角揭示了当今人们对真情的渴望,弘扬了中华民族扶贫济困的传统美德,呼唤更多的人用爱心去帮助社会上的不幸个人和困难群体。影片把喜剧因素和情感因素巧妙地结合在一起,将喜剧因素作为手段来表达情感因素,更具震撼力。

本片编剧、导演黄宏,主要演员有黄宏、斯琴高娃、雷恪生、李琳。山西电影制片厂、中华慈善总会、北京东方年华文化交流有限公司、电影频道节目中心出品。

《二十五个孩子一个爹》中的养鸡大户赵光(黄宏饰)和孩子

  影片2002年获第六届中国长春电影节优秀华语故事片奖、第二十五届《大众电影》"百花奖"优秀故事片奖、北京大学生电影节最佳喜剧片奖、淄博国际儿童电影节最受欢迎影片奖、伊朗国际电影节最佳故事片"金蝴蝶奖"、希腊奥林匹亚国际电影节最佳导演奖、第九届国家"神农奖"铜奖、上海影评人十佳优秀故事片提名;2003年获山西省第五届精神文明建设"五个一工程"奖。导演、编剧黄宏2002年获电影"金鸡奖"导演处女作奖,2002年获"夏衍电影文学奖"三等奖。

  **四、《声震长空》**

  《声震长空》写的是中央人民广播电台和中国国际广播电台的前身,党所领导的第一个广播电台——延安新华广播电台的创建和发展的光辉历程。从1940年12月30日在延安王皮湾开播,到1949年10月1日北京新华广播电台在天安门城楼开国大典上向全世界播音,近十年的征程是艰苦卓绝的,也是壮丽辉煌的。它创办的艰难简直令人难以想象,它在革命斗争事业中所发挥出的巨大作用让人荡气回肠。影片描写的第一代广播战士献身广播事业的革命精神令人感佩。影片中表现的人民广播事业的发展反映了新生事物蕴藏着强大的生命力,这一历史规律给观众以振奋和启迪。

《声震长空》属于重大题材与重要主题共具的主旋律作品,但它摆脱了严肃与沉重,而呈现出一种生动活泼、颇具浪漫色彩的氛围,充满了浓郁的时代精神和强烈的生活气息。它不是对人民广播事业发展历程的简单阐释,而是将之充分生活化、艺术化、电影化和个性化。它写了人物,而且很生动;写了故事,而且很曲折。它充分运用电影的声画效果,拍摄得大气、好看。

《声震长空》歌颂了老一辈广播战士崇高的思想情操和不怕苦、不怕牺牲的革命精神,塑造了一个英雄群体。这个英雄群体包括广播电台队长苏志豪,播音员殷佳茹、郑之钰,技术员沈梅,编辑林兴国,指导员关祥瑞等人物。这个英雄群体从延安王皮湾迁移到瓦窑堡,从瓦窑堡到晋冀鲁豫,从晋冀鲁豫到北平,在近十年的艰苦斗争和风雨历程中,他们展示出各自不同的个性和风貌。妻子在皖南事变中壮烈牺牲,两岁的儿子不知下落,自己又身患重病却仍刚毅、强悍的苏志豪;刚从延安"鲁艺"分配到电台做播音员,遇事就紧张得只会讲上海话的殷佳茹;被日本鬼子杀了包括父母在内的全家二十多口人,一心要上前线报仇雪恨的播音员郑之钰……这些鲜活生动的形象都具有自己独特的个性色彩。这些在血与火的战斗中成长起来的战士,成为我国第一代广播事业的创业者。他们的成长是同人民广播事业的发展同步的。皖南事变、抗战胜利、国民党发动内战、胡宗南进攻延安、北平解放、南京解放、开国大典等重大事件,在电影中大都没有直接去表现,而是将之作为一种纵向的历史背景,以映衬人民广播事业在战争年代中的巨大作用,再通过刻画人物的性格,推动故事

发展。

《声震长空》表现了人民广播创业的艰难,一种令人难以想象的艰难,但它并不刻意表现苦难,而是让观众在艰难的战斗岁月里看到革命乐观主义的精神,这反映了编导的美学追求。处于创业阶段的延安新华广播电台,其条件的简陋,设备的缺乏,简直令人难以置信。电台报时的钟声是用筷子在碗上敲出来的;电台的动力靠的是烧木炭的煤气发生炉;电台的发射靠的是拴着长绳,由几个人用手拽着,随时和风抗拒的搭在树干上的天线……就是在这样的条件下,电台成功地播音了。它的声音划破长空,送到陕北,送到重庆,送到整个中国。毛主席、周副主席、朱总司令都听到了,广大指战员和人民群众都听到了。电台开播的成功给他们带来了巨大的喜悦。当日本鬼子投降的消息从电波传来后,他们扭着陕北的大秧歌来庆祝胜利。陕北的黄土高坡上到处是欢腾的海洋、舞动的人群。整个画面是一片喜庆的色彩。

《声震长空》还展现了一些陕北的民俗,但它不是原生态的自然展示,不是为了渲染愚昧和落后。全片充满了时代的气息,表现了革命者的情操。剧中,正当电台艰苦创业的时候,沈梅生了个女儿,全台同志为之欣喜若狂,按照陕北习俗在产妇门前挂起红布条。经过电影化的处理,红布条化作一条红色的彩练,挂在开凿山石的钢钎上,在晨风中飘动,一个小小的生命给革命带来了未来和希望。

革命的岁月结下了革命的爱情,殷佳茹要和饱受病痛折磨、朝不保夕的苏志豪结为夫妻。按照陕北的风俗,郑之钰手拿木梳给二人举行结发夫妻的仪式。梳子从殷佳茹长长的头发上梳到苏志豪的头上,殷佳茹的发丝飘落在苏志豪的脸上。郑之钰用陕北话念的《上头歌》响起:"头一木梳短,二一木梳长,张家的后生跳过王家的花院墙。双双核桃双双枣,双双儿女满炕跑……"在这催人泪下的浓浓的乡土情里渗透着的是革命结成的夫妻情。

后来苏志豪倒下了,按照他生前的愿望,将他埋葬在延安清凉山上。陕北老乡赵老汉把一个小收音机放在苏志豪的墓前,准备收听殷佳茹等在天安门城楼上播报开国大典的声音。赵老汉说:"你婆姨她们今个儿忙着咧,再等上一个时辰,你就能听到她们在天安门城楼上说话了。"音乐响起,回荡在清凉山上以及整个陕北高原上的是信天游歌声;画面是前不见头后不见尾的从四面八方赶来祭奠英雄的陕北群众。影片编导用动人心魄的声画语言来歌颂我们的英雄,赞颂人民的广播事业。

《声震长空》充分运用电影艺术的表现手法,以强烈的视觉冲击力和艺术感染力,征服了广大观众,震动了中国影坛,被国家广播电影电视总局确定为向党的十六大献礼的重点影片之一。

本片制片主任王向英、王建昌,编剧吴天、莫申、张敬民,导演陈力,摄影黄山,主要演员有侯勇、周莉、陈澍、高冰。山西电影制品厂、电影频道节目中心出品。

2002年,影片获第八届中国电影"华表奖"优秀故事片奖,北京新东安国产电影周特别奖;2003年,获上海影评人十佳优秀故事片奖,山西省第五届精神文明建设"五个一工程"奖。男主演侯勇2002年获第六届中国长春电影节最佳男主角奖;女主演周莉2002年获第八届中国电影"华表奖"电影女演员新人奖,同年获电影"金鸡奖"最佳女配角提名。

**五、《生死托付》**

《生死托付》塑造了新时期卫生医疗战线一名优秀共产党员的光辉形象,生动地再现了医务工作者视病人为亲人,以高尚的医德、精湛的医术、无私奉献的爱心为病人服务,赢得患者和人民群众爱戴的感人事迹。

故事讲的是,李玲是医院的骨髓移植专家,来她这里就诊的大多是徘徊于生与死边缘的白血病患者。他们有的无力支付高额费用而错过了最佳治疗时间;有的治疗后未见好转,丧失了信心;更有人无法承受身体的痛苦而放弃治疗。李玲带领全科室医护人员,坚持不懈地用爱心去关慰患者,从经济上给予他们尽可能的帮助,使患者逐渐建立起治疗的信心,勇敢地面对病痛。李玲本着一颗医者父母心,无愧于每一位患者对她的生死托付。

《生死托付》是根据全国劳动模范、白求恩奖章获得者、广东省模范共产党员、广东省第二人民医院血液科主任王玲博士的先进事迹编创的。由主演过《任长霞》《家有九凤》等电视剧而为观众所熟悉的著名演员刘佳扮演剧中人李玲,她所塑造的李玲成为新世纪医务工作者的艺术典型形象。

影片围绕白血病患者皮皮、赖家明和叶小青的病情展开,讲述了女主人公李玲在救助生命的过程中引发的一系列感人故事,反映了李玲高尚的医德和精湛的医术,而贯穿其中的是她对患者的一片爱心。

骨髓移植需要相合的配型。有了相合的骨髓还需要支付高额的费用方能完成,而成功率并不是百分之百。这个严酷的事实,使不少渴望获得救治的住院病人希望破灭。

可爱的皮皮是一个患白血病的小患者。由于家里无法支付巨大的费用,又无相合配型,父亲便先出去找钱,他留在医院里成了一个孤单的病儿。邻床小朋友弱小生命的逝去，使他倍感孤独，更加恐惧。影片中一个生动的细节深刻地揭示了皮皮的内心世界。皮皮把已经病逝的小伙伴留下的一个小鱼盆紧紧地抱在怀里，他时刻关心游动着的小鱼，显示了一种对生命的渴望。对这个小患者，李玲给他以母亲般的关爱和安抚。献身于事业，一直单身的李玲，把孩子接到自己的家里，让他感受家庭的温暖。相合的配型找到了，皮皮的父亲却无法承受巨额费用。李玲拿出了母亲给自己的两万元，科里的医护人员也主动捐助。他们的行动感动了一位企业家，他愿意为皮皮支付一切费用。可是这时皮皮却被爸爸领着离开了医院，他们要坐火车回家。李玲得知这一情况，赶紧同江河医生一起到火车站去追赶皮皮和他的爸爸。疲累的李玲在追赶过程中摔倒在地，但是皮皮找回来了，李玲的脸上露出了微笑。李玲给了皮皮生的希望，皮皮得到了救治也会给李玲的心以安慰。

赖家明是另一种类型的患者。他父母很有钱，支付得起高额医疗费用，但他治疗后未见好转，便丧失了信心；再加上无法承受身体在生与死的边缘挣扎的痛苦，便要放弃治疗。李玲坚持不懈地关慰他，要帮助

他逐渐建立对治疗的信心,却引起病人的误解,认为李玲是看上了他家的钱。即使这样,李玲也没有放弃一个医生的责任。她以赤忱的心灵、恳切的话语鼓励他勇敢地面对病痛带给身体和心灵的伤害。赖家明思想稳定下来同意治疗了,他的父亲要给李玲送红包,李玲再三婉拒不得,又为了使患者家长放心,只好收下,再划入患者的住院账户中。

记者叶小青在体检中得知自己身患白血病,无法接受这残酷的事实,精神面临崩溃的边缘。叶小青到医院诊治,却遇到冷淡的江河医生。她一气之下离开了医院,也失去了生活下去的勇气。李玲得知后,千方百计地找到叶小青,让她住院接受治疗。叶小青化疗后惊恐地发现自己美丽的青丝一绺绺地脱落,李玲告诉她干脆剃成光头,帮助她勇敢地面对现实,找到生活下去的勇气。

"生死托付"是处于生死边缘的患者把自己的生死托付给医生。他们渴望生命,把自己生的希望完全寄托在医生的身上,他们对医生充满了绝对的信任。世界上还会有什么样的托付比这更为宝贵,更为珍重?!只有患者对医生的绝对信任和医生对患者的一片爱心,才能铸成这种神圣的"生死托付"。影片中,李玲对患者所做的一切就体现了这种"生死托付"。李玲说:"患者信任医生,医生热爱患者,医生和患者是坐在同一条船上航行的。"目标是到达实现生命继续的彼岸。

李玲是骨髓移植专家,但她关心的不仅是寻找相合的配型和成功的手术,她更关心的是患者看病难、看病贵,以及医生看病收红包、销售药品吃回扣等等不和谐的现象。李玲热爱工作,热爱病人。不管病人有钱还是没钱,不管病人有没有希望治好,她都是一视同仁,竭尽全力地去挽救生命,实现一位医生救死扶伤的誓言。她对患者知冷知热,尊重患者的人格。她不同意公布住院欠费患者的名单,但收不回患者的欠费,科室医护人员就领不到奖金,这引起大家的不满。她耐心地做工作,让大家都对患者充满爱心,帮助患者解决各种实际问题。青年医生江河在工作中受到李玲的感染,体会到病患的痛苦,认识到医生的责任。患者叶小青在住院期间感受到医生和患者之间的亲情,感受到在李玲身上所体现出来的高尚的医德医风,就此她为报社写了大量的报道,这成了她住院的另一收获。

查房、看病、手术……李玲的医生工作是平凡的;上班、下班、看望母亲……李玲的单身生活更是平凡的。但是在平凡中透露出伟大,表现出一种不平凡的精神。她以自己的一颗关爱患者的金子般的心,用自己尽心、尽力、尽职的工作作风,用自己无私奉献的闪光人生,诠释了医生这一神圣而伟大的称谓,为广大医务工作者在社会上赢得了崇高的荣誉。"如果你是一滴水,你是否滋润了一寸土地?如果你是一缕阳光,你是否照亮了一片黑暗?"李玲就是这样的"一滴水""一缕阳光",滋润着那些在生命中遭到不幸、痛苦无助的患者的心田,让他们在病痛的黑暗中看到了光明,借此也展现出一位医务工作者对生命的信仰和追求。由李玲和她的病人所构成的医患关系,是一种和谐关系,体现了一种和谐文化。

李玲这个形象体现出了共产党人的先进性,她是我们最好的榜样。李玲这个形象所具有的艺术感染力,使之成为近年来出现在银幕上的难得的艺术典型。李玲和她的医疗集体,担起了广大患者精神上的"生死托付",因为他们相信我们众多的医生是李玲这样的好医生,或者是会成为李玲这样的好医生的。这就是艺术作品的力量,是《生死托付》这部优秀影片的价值。

在国家广电总局电影局举办的"纪念中国共产党建党八十五周年优秀国产影片展映活动"中,山西电影制片厂摄制的故事片《生死托付》入围,在全国各大城市上映,在包括数百万医务工作者的广大观众中引起强烈反响。国家卫生部发出通知,要求全国医疗卫生战线六百万干部职工都要观看此片。中共山西省委宣传部、山西省委组织部等七个单位联合下文,要求全省组织各地党员、干部观看此片。

本片编剧谢丽虹,导演高峰,摄影卢宏义、伍卫东,主要演员有刘佳、耿乐、韩梓庭、方圆。山西电影制片厂、北京沃森影视文化交流有限公司、中国国际电视总公司、中国广播电影电视节目交易中心等出品。

影片2007年获第十二届中国电影"华表奖"优秀故事片奖,山西省第七届精神文明建设"五个一工程"优秀作品奖;主演刘佳2006年获第八届中国长春电影节最佳女演员提名,2007年获第十一届中国电影表演协会"金凤凰"奖提名。

### 六、《剃头匠》

影片说的是,北京城的一位九十三岁的剃头匠,在什刹海老居民区走街串户一辈子,为老人们理发。眼见老人越来越少,他准备为自己料理后事。最终儿子发现了父亲的秘密,被深深触动。

这是一部京味十足,反映城市底层人民生活的影片,上映后广受观众欢迎,在国内外频频获奖。

影片2006年获印度第三十七届果阿国际电影节最佳影片奖"金孔

雀"奖,印度第五届浦那国际电影节最佳故事片奖;2007年,获第十届上海国际电影节之第四届电影频道传媒大奖组委会特别奖、最佳影片奖、最佳视觉效果奖;2008年,获第十四届法国维苏尔电影节最佳故事片奖。

本片编剧冉平,导演哈斯朝鲁,摄影海涛,主演靖奎。山西电影制片厂、北京世纪东方电影发行有限公司、广西柳州市金居房地产有限责任公司、北京潮儿文化发展有限公司出品。

### 七、《夜袭》

《夜袭》是一部军事动作巨片。影片艺术地再现了抗战历史上我军将士浴血奋战、彻底摧毁日军所占阳明堡机场的英雄壮举。

故事讲的是,1937年10月,八路军129师769团接受任务,北上敌后,牵制狙击向忻口进犯的日军增援部队,配合正面战场歼敌。10月19日凌晨,769团在团长陈锡联率领下,突袭了位于山西代县阳明堡的日军机场。六百多名勇士冲进机场,与日军展开白刃战。双方激战约一小时,炸毁了机场上全部二十四架日军飞机,歼灭日军一百多人,我军三十余勇士壮烈殉国。夜袭阳明堡极大地振奋了中华民族的抗战激情,创造了我军军史上以弱胜强的战例。

影片《夜袭》用简练的镜头语言和快捷的画面节奏,表现华北战场上,特别是山西境内战争的风云变幻,充满了深沉的历史感。

影片《夜袭》以充满爱国主义的激情和威武、悲壮、惨烈的风格真实地再现了这场战斗,震撼了观众的心灵。

影片《夜袭》是艺术片,不是文献片,虽然它取材于真实历史,但它是优秀的电影故事片。它塑造的英雄形象,如团长陈锡联、营长赵大力以及战士小飞刀等,都具有鲜明的个性,张扬着革命英雄主义的精神。影片虚构的国民党中央社记者黄小娟,是剧中不可缺少的人物,她的行动推动着剧情的发展。通过她的眼睛,观众看到了八路军将士的战斗风采。影片

《夜袭》以电影特有的手段,特别是数字特技制作,表现烈焰冲天、浓烟迷漫的战斗场面,表现以牙还牙、以眼还眼的肉搏情景,表现弹投机舱、敌机崩裂的战场景象,还有大刀向鬼子们的头上砍去的特写,刺刀捅向敌人心脏的画面,这些惨烈的甚至充满血腥味的镜头,壮我军威,雪我国耻,使影片具有极大的视觉冲击力。

影片《夜袭》是充满阳刚之气的战争片,但它有表现人性美的动人的情节和细节。在向阳明堡机场发起攻击之前,团长陈锡联向整装待发的突击队的战士们一一询问:家里有没有弟兄?是不是独生子?如果是独生子,一律出列。有一个战士说自己还有一个弟弟,于是由出列又入列;实际上他是一个独生子,为了打鬼子,他向团长说了谎话。在需要牺牲报国的关键时刻,我们的指挥员关心的是战士们的家庭。这个细节所表现

的血浓于水的官兵关系和军民关系令人潸然泪下。国民党中央社记者黄小娟随队采访,她不理解忻口在南面,八路军为什么偏偏要往北走。夜袭阳明堡机场的战斗打响后,她理解了,而且暗暗地爱上了陈团长这位她心目中的雄鹰。二十二岁的团长也产生了青春的萌动,但是严酷的战争环境难以成就英雄和美人的梦想。

就在"奇袭"的战斗中,黄小娟倒在敌人的枪口下。在浓烟滚滚的战场上,团长抱起这个美丽的姑娘。团长流着鲜血、沾满烟尘的脸庞和黄小娟白净的面孔构成鲜明的色彩对比。陈团长目眦尽裂,黄小娟秀目紧闭,她长长的黑发飘洒在团长的身上,这是对侵略战争的控诉,是对美被毁灭掉的哀挽。不能说这是影片编导的过分煽情,因为它激起的是对敌人的憎恨,给观众以心灵的净化。

影片《夜袭》以气壮山河的镜头和画面再现了中国人民团结抗日、浴血奋战的一个片段,使我们清晰地感受到那个历史时刻的沉重和悲壮,回击了日本右翼势力歪曲、窜改和否定侵略历史的无耻行径。战后,代表中国参加东京审判的一位法官曾经说过:"忘记过去的苦难可能招致未来的灾祸。""前事不忘,后事之师。"勿忘,中国人民曾经遭受过的灾难与屈辱;勿忘,中国人民为了正义与和平所付出的巨大的民族牺牲。也应该让世界记住:中国人民不可侮。这正是影片《夜袭》告诉我们的。

《夜袭》上映后,《解放军报》《中国电影报》等多家媒体发文评介,给予高度评价。

本片编剧祁振欣、刘英学,导演安澜,摄影王卫东,主要演员有王泳茗、刘天佐、徐洪浩、贺丹丹。山西电影制片厂、电影频道节目制作中心、八一电影制片厂出品。

影片2007年获第二十六届中国电影"金鸡奖",导演安澜获导演处女作奖;2008年,获第十五届北京大学生电影节军事题材创作奖,被国家广电总局评为第十九批向全国中小学生推荐的优秀影片。

## 八、《江北好人》

电影讲的是,农村女子赵小芸到城里给孩子看病,却把一万多元现金弄丢了。小芸通过电视台找到好心送他们母子的出租车司机张维扬,而张维扬说没有在车里发现小芸的钱。在群众都不相信张维扬的情况下,张维扬无奈把自己的钱给了小芸,说是在另外两个乘客那里找到的,结果引来那两个乘客的气愤。张维扬被迫辞职。小芸回到家后发现原来钱就丢在自己家门口,顿时明白了一切,赶紧回城找张维扬。最终张维扬原谅了小芸,两人也因此成就了美满姻缘。

影片通过出租车司机张维扬与女子赵小芸因误会而终成伉俪的浪漫感人的故事,塑造了当代普通人热情善良、乐于助人的形象,诠释、讴歌了真善美,提出了人与人之间相互理解、相互信任、和谐共生的社会理念。

这是一部用扬州话拍摄的电影,上映后在江苏,尤其是扬州引起很大反响。观众觉得电影贴近现实生活,说的是老百姓的事,讲的是本地的话,展现的是扬州特有的环境和风情,倍感亲切。在全国各地放映也广受好评,让观众看到了一部不一样的电影。

影片在北京上映后,影视界专家和媒体认为:"《江北好人》表现了新时期我国人民幸福和谐的生活状态,将主旋律生活化、亲情化,是一部具有艺术美和人情美的优秀作品。""影片将凡人小事拍得如此丝丝入扣,温情感人,实在难得。"

2007年9月28日,影片在中影影院举行首映式;12月23日,在太原解放电影院为太原市的出租车司机做了专场放映。观影的有关领导、专家和广大观众均给予高度评价,认为这是一部有真情实感和地域特色的好电影。2008年,《江北好人》和山西电影制片厂的另一部电影《盘尼西林·1944》参加了第十一届上海国际电影节展映。

本片编剧朱苹、窦牧,导演刘新、劳达,主要演员有夏雨、马伊琍、徐才根、侯勇、苗圃、马军勤。山西电影制片厂、北京橙天智鸿影视制作有限公司、扬州广播电视总台、江苏省文化产业集团有限公司出品。

《江北好人》2008年获第十五届北京大学生电影节组委会大奖,演员苗圃获最佳女演员奖;同年,入围第九届中国长春电影节最佳华语故事片评比,女主角马伊琍获最佳女主角奖;同年,获第十一届朝鲜平壤国际电

《江北好人》剧中的赵小芸(中,马伊琍饰)、张维扬(左,夏雨饰)和护士(苗圃饰)

影节特别放映奖。

**九、《黄河喜事》**

故事讲的是,20世纪40年代黄河岸边,年轻俊俏的新娘张蓝花被强行买入地主家冲喜。在喜庆的颠轿音乐声中,张蓝花跌出了花轿,因为怀有身孕,呕吐不止。她的情郎王天亮把她从地主家救出。随后,王天亮参加了解放军,这一去再也没有回来。

岁月流转,年过古稀的张蓝花时刻盼着在美国教书的孙子王贵能早日结婚。可是,在孙子是找一个城里媳妇还是找一个镇上知根知底的媳妇的问题上,一家人产生了极大矛盾。

王贵如期从美国回到家乡,却带回来了一个洋媳妇,名叫李香香。张蓝花一气之下住进了医院。但是,洋媳妇的诚恳真挚打动了张蓝花一家人。婚礼上,香香坐在花轿上,颠轿的音乐声再次响起,香香被颠出了轿子,呕吐不止。老年的张蓝花看见这一幕,百感交集,前尘往事涌上心头。

电影《黄河喜事》故事精彩,人物鲜活,地域文化色彩浓厚,时代特点突出,是一部带有喜剧风格的好影片。

全剧通过黄河岸边王天亮和张蓝花、王平安和桂兰、王贵与李香香祖孙三代追求婚姻自主,但命运不同的故事,反映出不同时代人们的爱情、婚姻、家庭状况和生存状态,具有震撼人心的艺术力量。全剧以当代人(王贵)的视点和角度讲爷爷奶奶一辈人和父亲母亲一辈人的爱情婚姻故事,以现代关照历史,具有深刻的思想内涵和人文价值。20世纪40年代爷爷奶奶辈的哀婉凄美的爱情故事,反映的是封建势力对婚姻自主权利的剥夺和对人性的扼杀;70年代父亲母亲辈的坎坷不平的人生遭遇,反映的是"以阶级斗争为纲"的时代对家庭生活的影响;新世纪新一代的浪漫幸福的婚姻道路,反映的是新的时代人们观念的变化和积极向上的精神面貌。

全剧最大的看点是三次婚礼场面。第一次是20世纪40年代,奶奶张蓝花被卖给富人家"冲喜",迎娶、颠轿、跨火盆、撒麦秸、拜天地、入洞房,完整的中国旧式婚礼。第二次是70年代,爸爸王平安和妈妈桂兰的婚礼。妈妈桂兰不为奶奶所容,因为桂兰的生父正好是奶奶被逼去"冲喜"的那个富家病男人。爸爸、妈妈只好跑到黄河边上,"黄河做媒,老天为证",面对黄河,跪拜成婚。第三次是"我"——王贵和从美国领回的洋对象——李香香举办的中西合璧的充满浪漫气氛的婚礼。二人在由三晋面馆改装成的简易"天主教堂"里,在由神婆扮演的"神甫"面前宣誓,李香香还要坐花轿,而且要求颠起来。三次不同的婚礼形式反映的是三代妇女不同的人生命运,折射出时代的变迁和人们观念的变化。

《黄河喜事》多有表现山西的风情民俗,外景拍摄大都在山西的民俗文化旅游景点临县碛口古镇完成,因而全剧显示出浓郁的山西地域文化特色,上映后深受观众欢迎。

《黄河喜事》剧照

《黄河喜事》被中宣部、国家广电总局确定为向新中国成立六十周年献礼的重点影片,在全国上映。

《黄河喜事》2014年参加港澳地区组织的"中国电影巡回欣赏——国产电影进社区进学校公益放映"活动,放映二十场,受到港澳同胞的欢迎。组织这一活动的雪龙文化(香港)发展公司致电山西有关部门说:"山西省影视集团、山西电影制片厂曾摄制过一批在思想内容和艺术水平上都很好的影片,给观众留下深刻的印象。在此我们热情期望能够提供一批该厂的外宣影片,继续参加港澳地区'中国电影巡回欣赏——国产电影进社区进学校公益放映'的活动,使广大港澳同胞从中获得一种艺术享受,激发他们对国产影片的热爱。"

本片编剧张冰,导演高峰,主要演员有范志博、李明启、房子斌、李槐龙。山西电影制片厂和北京青春风光影视有限公司联合摄制。

影片2009年10月入选第十八届金鸡百花电影节"新片推荐展映"。2010年6月,获第十三届上海国际电影节电影频道传媒大奖"评委会奖";同年8月,获第十届长春电影节"金穗奖"提名。2011年1月,获第九届山西省精神文明建设"五个一工程"优秀作品奖;同年4月,入选第一届北京国际电影季"北京展映"活动;同年8月,获第十四届中国电影"华表奖"优秀故事片奖提名。2012年5月23日,入选中共山西省委宣传部表彰的山西省全面深化文化体制改革以来一百部优秀文艺作品。2014年,获韩国光州国际电影节"最受观众欢迎奖"。

## 第四节 轰动影坛的《暖春》《暖情》《暖秋》系列三部曲

### 一、赞美人间真情的《暖春》

《暖春》的故事发生在20世纪80年代末,中国的一个偏远小村。这里山野开阔、民风淳朴,但封闭落后,人们生活穷困。一个七八岁的女娃闯进这个寂静的山村,激起了一场不小的波澜,敷演成一出人间的悲喜剧。山村贫穷,观念陈旧,人们喜欢男娃,不喜欢女娃,特别是不愿意接受一个从他乡流落到本村的女娃;因为添人加口,要增加一份口粮负担,于是那个孤儿小花便饿晕在村口。

年迈的宝柱爹背回来这个尚存一息的孩子,他成了小花的爷爷。在爷爷的疼爱下,小花摆脱了惊恐、疑惧,逐渐地安静下来了,变得依赖人、信任人,脸上露出了难得的笑容。爷孙相依为命,苦苦度日,小花也给爷爷孤独、辛酸的生活增添了一丝欢乐。

宝柱媳妇香草过门多年不生娃,得知宝柱他爹捡回个野娃时,认为宝柱爹想当众出她的丑,让全村人都知道她不会生娃,便心生怨恨。故事的巧妙处在于,到影片快结束时,由村主任揭开了一个埋藏了三十年的秘密,原来宝柱也是一个被宝柱爹捡回来的孤儿。因为贫穷一生没有结过婚的老人,把自己的一辈子都给了两个孤儿——一个成为自己的儿子,一个成为自己的孙女。

爷爷不仅收留了小花,还要让小花上学识字。他上山砍柳条,回家编筐篮,给小花积攒学费,使小花上了学;孩子也争气,年年考第一。十四年后,小花大学毕业,又回到爷爷的身边,回到这个养育了她的小山村,当了一名乡村教师。这个结局符合小花这个人物的性格发展,也满足了观众的欣赏愿望:好心的苦命爷爷应该得到感情上的回报。

影片《暖春》的主题和动人之处,就是通过小花和爷爷的故事,反映"人间自有真情在"的人文精神——生命应该得到尊重,幼小应该受到呵护。

影片《暖春》塑造得最成功的人物是小花,最能触动观众感情的也是小花。塑造小花的形象,最主要的是靠表现小花的悲惨身世和感情变化。通过对小花的人物命运的具体、形象地描绘,更为深刻地表现了"人间自有真情在"这一主题。这是这部影片的灵魂和精髓。

小花这个从小失去父母、流落在外的孩子,渴望人间真情,希望自己有个家;小花以真情回报人间,她真正有了个家。这就是小花感情生活的全部,是一首歌曲中所唱的"有妈的孩子像块宝,没妈的孩子像根草"的形象再现。

独特的苦难的经历使小花表现出一种与年龄不相称的异常的懂事。"穷人的孩子早当家""小大人"的说法似乎都不足以说明小花的懂事和早熟。爷爷收留、照顾小花,小花心疼、关心爷爷。她用稚嫩的双肩挑起了生活的重担,用长满老茧的小手帮助爷爷干活。她面对叔叔的冷漠和婶娘的歧视,忍气吞声,没明没夜地做家务,洗衣裳、做饭,为的是赢得他们的好脸色。但是狠心的婶娘不顾孩子的哭喊苦求,一次次地要把小花骗走,赶出家门。小花不记恨叔叔和婶娘,她用真情去对待他们。这既是出于小花求生存的需要,为了自己有一个栖身之地,更是由于小花有着善良的心地。她把自己亲手做好的贴饼子送给叔叔和婶娘,因为她觉得这一

《暖春》中的小花（张妍饰）

次做的贴饼子最好吃。当她听说吃蚂蚱能治好婶娘不生孩子的病，便偷偷地跑上山去抓蚂蚱，整整装了十大瓶，她的双手打满了血泡。面对此情此景，任凭铁人也会落下热泪。小花的真情终于焐热了婶娘和叔叔冷漠的心。当小花第一次听到叔叔和自己说话时，她兴奋地跑去告诉爷爷。她拼命地跑着，摔倒了爬起来再跑，她和爷爷说："叔叔跟我说话了！"叔叔的一句话竟使这个苦命的孩子这么激动，可见孩子孤寂的心灵是多么需要人们的真情抚爱啊！小花的真情感动了婶娘，她做了一桌好饭菜请被迫分灶的公爹和小花回来吃一顿团圆饭。面对满桌丰盛的饭菜，小花泪流满面，难以下咽，说了一句"我吃不下去"，便扑到婶娘的怀里，叫了一声："娘！"小花终于有了娘，有了自己的家。《暖春》在强烈的感情冲突中完成了小花形象的塑造。吃团圆饭这场戏成了人物情绪变化的关键时刻和感情爆发点。这种由冷漠、歧视，甚至虐待，到亲近、关爱的巨大感情转折，给观众以强烈的艺术震撼。

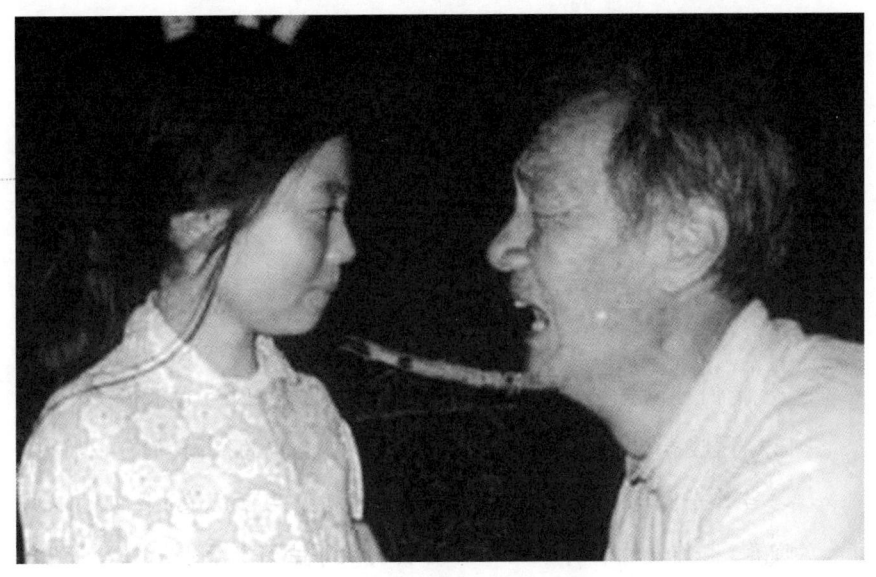

《暖春》中的小花的爷爷(田成仁饰)和小花

影片《暖春》非常好地体现了电影这一综合艺术的特点。镜头作为最主要的电影艺术造型手段,画面作为叙述故事、推进情节的电影艺术语言,音乐作为宣泄情绪、强化抒情、烘托气氛的电影声音艺术,这一切都在影片中得到了充分的运用,以更好地塑造小花的艺术形象,表现"人间自有真情在"的作品主题。《暖春》辽阔的原野、起伏的山峦,既衬托着难得一席容身之地的小花的孤寂,又象征着敞开胸怀的大地母亲对小花的呵护;悲戚忧伤的音符在诉说着小花的苦情,雄浑悠扬的旋律在赞颂着人间的真情。一个小小的纸风车,是表现小花感情波澜起伏的道具。风车是小花心爱的宝贝玩具,寄托了她的一片美好的童心。当狠心的婶娘一脚把风车踏碎时,无异于撕碎了孩子仅存的一点梦幻。后来婶娘重新做了一个风车送给小花,总算在孩子幼小的心灵上熨平了一点创伤。风车这个渲染人物感情不可或缺的道具,在展现人物性格和推动情节的发展中,发挥了独特的作用。

诗人、散文家和悦满怀激情地赞美《暖春》:

以其天然去雕饰的朴实与无华,以其于无声处的诗情与画意,以其宽厚绵长的人间真情,以其耐人寻味的乡间记事,为我们送来了一个春意融融的暖春。①

和悦还用诗一样的语言来评价这部电影:

我们可以将《暖春》当作一篇散文去品味,因为它很优美;我们可以将《暖春》当作一首诗去诵读,因为它极具韵律;我们可以将《暖春》当作一幅风俗画去欣赏,因为它充满了生活气息;我们可以将《暖春》当作发生在邻家的一个真实的故事去评说,因为它真的能唤起、惊醒和肯定我们许许多多的恩怨是非、理短情长。②

影片《暖春》的编剧、导演乌兰塔娜是一位年轻的艺术家。她以女性的独特视角和细腻手法,以充满动感的画面和充满激情的音乐,娓娓地叙述小花的故事,揭示了这个渴望人间真情和深深母爱的女娃的内心世界,也表达了编导自己对生活的深刻感受。影片中扮演宝柱爹的是以电视剧《篱笆·女人和狗》而闻名的著名演员田成仁。他以老到娴熟的演技刻画了一位淳厚慈祥、饱经风霜的老人形象,给观众留下深刻的印象。小花的扮演者张妍是一位年仅八岁的小演员。难得的是,她作为一个生活在幸福的家庭里,倍受父母宠爱的小学生,竟成功地扮演了一个受尽苦难的善良、可爱的孤儿的形象。影片中的小花天真质朴、善解人意,由此可见小演员张妍的聪慧伶俐、善解"人物"。演员及其所饰人物都表现出了一种我们在生活和艺术中同样企盼的真善美。

---

① ② 和悦:《想要有个家——我看电影〈暖春〉》,《山西日报》2003年2月7日。

《暖春》上映后,获得观众普遍好评,社会各界反映十分强烈,在全国各地形成了一股强劲的"《暖春》热"。河北省盐山县通过电影《暖春》的"百村百校"汇映活动,启动了救助贫困生的"春芽工程"。2004年一年内,"百村百校"汇映500多场,筹集救助资金26万元,185名大中小学生得到了资助。《暖春》和《声震长空》《二十五个孩子一个爹》还被列入由教育部、文化部、广电总局联合推荐的一批表现少年儿童题材、展示少年儿童精神风貌、塑造少年群像的影片中。2004年7月1日,大连市以《暖春》为首映影片,启动了未成年人优秀影片展演活动。

《暖春》歌吟中华民族的传统美德和人间真情的主题,震撼着观众的心灵。《暖春》以小题材反映大主题,它凭借小制作激活大市场的运作方式和低成本赢得高票房的经济效益,得到上级有关部门和影视界同行的肯定与赞扬。这部投资只有200万元的影片,在山西上映一个多月,票房收

太原师范学院学生观看《暖春》

入就达到了250万元,全国票房收入突破2000万元,创造了山西电影同期票房收入的最高纪录。到2003年10月就发行了35毫米拷贝360个、16毫米拷贝400多个,均居全国同期影片发行量第一。《暖春》还发行到日本、朝鲜以及我国香港、澳门、台湾等地。日本一家电影发行公司以5万美元的价格竞拍到发行权,使山西电影走出了国门,填补了山影厂电影发行历史上的空白。

本片编剧、导演乌兰塔娜,摄影智磊,主要演员有田成仁、张妍。山西电影制片厂、天津港保税区新宏利国际贸易有限公司出品。

电影《暖春》2003年获第五届中宣部精神文明建设"五个一工程"优秀作品奖。同年,获第九届中国电影"华表奖"优秀故事片奖,女主演张妍获优秀女演员新人奖提名,男主演田成仁获优秀男演员提名,导演乌兰塔娜获导演处女作奖提名。同年,导演乌兰塔娜获中国电影"金鸡奖"导演处女作奖。同年,女主演张妍获北京大学生电影节"最受欢迎的小演员"称号。2004年,获第二十七届《大众电影》"百花奖"优秀故事片奖,女主演张妍获优秀女演员奖,男主演田成仁获优秀男演员提名。同年,获第九届中国农业电影电视"神农奖"金奖。2005年,获山西省第六届精神文明建设"五个一工程"优秀作品奖。2006年,获第十三届国家人口计生委"中国人口文化奖"广播影视类电影二等奖,第三届山西人口计生委"山西人口文化奖"广播影视类电影一等奖,第十届朝鲜平壤国际电影节组委会大奖。

## 二、呼唤家庭亲情的《暖情》

山西电影制片厂继2003年出品《暖春》之后,于2004年推出了电影故事片《暖情》,真是"好雨知时节,当春乃发生"的"及时雨"。《暖情》是一部家庭亲情片,也是一部社会生活片。《暖情》是给孩子们看的,更是给做父母的家长们看的,是给每一个家庭看的,给全社会看的。《暖情》以动人的故事、鲜活的人物和充满人间真情的画面,打动着观众的心。它使每一位看过影片的人心灵得以震撼,感情得以净化,思想得以升华。它告诉我们应该关心、爱护自己的孩子,应该珍惜、维护自己的家庭。不要轻言分手、轻易别离,那将会造成终生遗恨。这种看法也许有人认为是世俗的——在人们看《暖情》以前。

《暖情》讲的是,小冬冬的妈妈下岗了,继而冬冬的爸爸也下岗了,冬冬的妈妈一气之下同她昔日的恋人去一个海滨城市投资新的项目,这使得整个家庭陷入困境。冬冬与爸爸靠打工度日。之后,失去妈妈的冬冬同父亲走上寻母之路,来到一个陌生的城市寻找妈妈。在寻找妈妈的日子里,小冬冬和爸爸送外卖、扫马路、收废品。父亲的坚强、自尊也在感染、影响着冬冬幼小的心灵,他在艰难和痛苦中成长。冬冬终于找到了妈妈,妈妈选择了回家,冬冬有了一个完整的温暖的家。

孩子是祖国的希望、民族的未来,关心孩子就是关心民族的未来和祖国的前途。"小荷才露尖尖角",孩子是纯洁的,但又是稚嫩的,需要的是充足的阳光雨露,需要的是格外精心的呵护。任何对孩子心灵的伤害,都是终生难以熨平的。孩子们的健康成长需要一定的条件和社会环境,其中最重要的条件和环境就是家庭,除此外还有学校和整个社会。

在孩子的成长过程中,首先需要一个温暖的家。孩子需要母爱,也需要父爱,需要一个完整的家庭的爱。《暖春》中的小花没有家,她需要找一个温暖的家;《暖情》中的冬冬有家,但他需要一个完整的家。在这个家里,不能没有母爱,也不能没有父爱。家庭问题带给孩子心灵上的创伤,是极其严重的。这正是《暖情》这部影片的社会意义,这也正是它引起社会普遍关注和强烈反响的根本原因。

作为编剧和导演的乌兰塔娜,在《暖情》中进一步展示了女性在艺术上特有的温情和细腻。她用饱含深情的镜头语言表达自己的人生见解,倾诉自己的思想感情。她对冬冬的妈妈是同情的,同情她的遭遇和困难处境；但也是责备的，责备她逃避责任，离家出走。她对冬冬的爸爸是同情的，同情他的困顿与无奈，同情他不被妻子所理解；但更多的是尊重和赞扬，尊重他不向困难低头的男子汉气概，赞扬他对妻子和儿子的细腻的感情。编导倾注大量心血，运用丰富的细节描写和电影造型手段塑造得最为动人的形象，是六岁的冬冬。

影片把冬冬随爸爸寻找妈妈作为基本贯穿线，连构一波三折、引人入胜的故事情节，反映了社会冷漠，更表现了人间真情，写了孩子眼睛中的世界，写了人们眼睛中的孩子。孩子失去母爱时的焦急、渴望、企盼，孩子的过早的懂事和与年龄不相符的负担，震撼着观众的心灵：本来应该是享受幸福生活的孩子却经历了数不尽的苦难，本来应该是充满快乐的童年却有着无限的忧伤。孩子对于"幸福"的理解，就是找到妈妈，有一个完整的家。孩子对于妈妈出走原因的猜测是，因为没有钱。在冬冬看来，只要有了钱就能找到妈妈，所以他跟着爸爸扫马路、送外卖、捡易拉罐，一分一分地攒钱。这些都是从孩子的生活感受出发且透露着几多令人心酸的天

《暖情》中的父亲大宇（宋运成饰）和冬冬（石云鹏饰）

《暖情》剧照

真无邪的描写。

　　冬冬毕竟是一个只有六岁的孩子,所以编导在描写冬冬寻找妈妈的苦难日子里时,也不忘表现他的童心、童真和童趣,从而加强了影片真实感人的艺术魅力。影片中冬冬喜爱一只花背小乌龟的细节,充分表现了冬冬的天真、纯朴和善良。冬冬想买一只小乌龟,因为妈妈下岗了没钱给他买,冬冬很失望,但他很懂事,把已经装进瓶子里的小乌龟倒了回去。后来,妈妈给他买上了,却离开了他,小乌龟也没有给冬冬带来多少快乐。在寻找妈妈的日子里,他曾想把自己心爱的小乌龟送给房东的女儿小雪,以求房东对他们好一些。后来冬冬把小乌龟放回了大海,好让小乌龟去找自己的妈妈。围绕小乌龟的这些细节描写,揪动着观众的心,成为影片中最为动人的地方。

　　投资三百万元的《暖情》在加强未成年人思想道德建设活动中起到了

独特的作用。2004年5月31日,山西省委宣传部、省教育厅、省妇联等十一个单位联合发出《关于组织观看影片〈暖情〉的通知》。上海市委宣传部、市教育局等八个单位联合下文要求组织广大学生、家长观看《暖情》。在上海市于2005年4月至11月举办的未成年人思想道德教育主题影片展映活动中,《暖情》是首轮推荐的影片之一。宁夏回族自治区教育厅在全区教育系统启动了观看《暖情》的活动。影片在上海、宁夏、四川、辽宁、吉林、福建等地上映,票房收入状况良好。

本片编剧、导演乌兰塔娜,摄影指导格日图,主要演员有宋运成、石云鹏、哈斯高娃。山西电影制片厂、北京人济东方影视有限公司出品。

影片2004年获第十届中国电影"华表奖"优秀故事片提名。2005年,获山西省第六届精神文明建设"五个一工程"优秀作品奖。2006年,获山西人口计生委"山西人口文化奖"广播影视类电影三等奖。2008年,获第十一届朝鲜平壤国际电影节组委会特别奖。

### 三、表现父子至情的《暖秋》

《暖情》的戏写得很好看,充满了悬念,扣人心弦;《暖秋》的戏写得很动人,充满了真情,催人泪下。

《暖秋》讲的是,出身农民家庭的年轻干部陈立生,在党的培养下,凭着自己的勤奋,被提拔为市交通局局长。但他在当上领导干部以后,经不起声色金钱的诱惑,对参加过抗美援朝、担任过农村党支部书记的老父亲的教育和劝告置若罔闻,一步步蜕变为谋私受贿的犯罪分子,受到了法律的制裁。陈立生被判刑后,发现身患晚期肝癌,保外就医,最后还是老父亲收留了他,送走了他。陈立生带着悔恨和遗憾走完了自己的人生道路。

作为《暖春》系列之一的《暖秋》,与《暖春》《暖情》一样,以一条"情"的红线贯穿全剧。《暖春》通过爷爷和小花的故事,赞美"人间真情";《暖情》通过爸爸、妈妈和冬冬的故事,呼唤"家庭亲情";《暖秋》则是通过一场正义与邪恶、清廉与腐败的激烈冲突,表现父子之间的"至情"和"大爱"。

作为《暖春》系列之一的《暖秋》,与《暖春》《暖情》一样,写的都是发生在家庭里的故事。《暖春》着力描写由于收养孤儿而引起的家庭成员矛盾,《暖情》重在描写家庭感情纠葛,《暖秋》则全面展示由于陈立生的腐败变质而引起的父子、夫妻、亲家之间的家庭冲突——这种冲突是发生在家庭里的,但反映的问题是整个社会的。《暖秋》的故事切入点虽然仍然是家庭,但是它的题材选择、主题发掘却远远地超出了家庭的范围,描绘了城市、乡村各色人等的众生相。

《暖秋》的思想内涵在于它揭示了一个年轻有为、很有前途的党员领导干部是怎样腐化堕落,走向犯罪道路的。陈立生的父亲是老党员、老支书,母亲在农村修路时光荣牺牲。良好的家庭环境和个人成长道路,使他在最初也有抵制腐败的自觉性;但他经不起外界的诱惑,一步步陷入犯罪的深渊。他对妻子的非法敛财行为,由反对到默许;他由拒收礼品演变为收受金钱;他追求婚外情,终于掉进了情人和包工头所设置的陷阱……陈立生触犯了党纪国法,受到了应有的惩处。影片告诉人们,领导干部要管好自己的身边人,守好自己的门。影片更告诉人们,作为一位党员领导干部,该怎样筑牢拒腐防变的思想道德防线,怎样对待自己的权力、地位、利益,怎样牢记立党为公、执政为民的执政理念,怎样自尊、自重、慎独、慎终等等,这都是应该深长思之的。

《暖秋》在艺术上最为成功的是塑造了陈立生的老父亲的形象,他保持了一位老党员的优秀品质。儿子当了官,他不愿进城,仍然住在村里;他发现儿子出现了腐败苗头,不断地提出警告;当儿子和儿媳被判刑,孙子成了"孤儿",他又承担起做父母的责任。最感动人的地方是,当发现儿子身患癌症保外就医时,他和孙子一起用小平车把儿子拉回村里,收留在家。爷孙俩给陈立生洗澡的镜头最为感人——老父亲要用满木桶的热水为儿子洗刷"干净"——这时木桶里的水越涨越多,越流越满,在一桶流淌

的清水中,伴随着悲怆的音乐,陈立生结束了一生,带走了由于他的努力曾经带给他的荣誉和地位,也带走了由于他的堕落最终带给他的责罚和惩处。在伟大的父爱中,陈立生带着改过自新的干净的躯体和灵魂,静静地走了。

春雨无声,滋润大地;秋阳和煦,温暖人间。影片中陈立生的老父亲,虽然年在桑榆,但犹如秋天的太阳,照样能给人间,包括他的迷途的儿子,带来片片暖意。这也许是这部影片题为《暖秋》的缘由。

投资二百五十万元的《暖秋》引起了社会各界的重视,成为当时开展的保持共产党员先进性教育活动的形象化教材。山西、江苏、福建、河北、云南、重庆、辽宁等七省市的有关部门均发文要求把《暖秋》作为共产党员必看影片。《暖秋》还未在影院大规模上映,就已经赢得各地电影院线的许多订单合同,票房收入已达四百二十万元。

本片编剧朱水、齐昕、白宗忠,导演刘新,摄影刘宝贵,主要演员有戈治均、郑晓宁、高宝宝。山西电影制片厂、扬州电视台、东方神龙影业公司、北京博纳文化交流有限公司、广西卓艺影视文化发展有限责任公司出品。

影片2005年获第十一届中国电影"华表奖"优秀故事片提名。2007

年,获第七届山西省精神文明建设"五个一工程"优秀作品奖。

山西电影制片厂继2003年早春拍出赞美"人间真情"的《暖春》之后,又于2004年初夏拍出了呼唤"家庭亲情"的《暖情》,于2005年新春拍出了通过一个反腐倡廉的故事,表现父子之间的"至情"与"大爱"的《暖秋》,完成了《暖春》系列三部曲。

《暖春》系列影片显著的社会效益和经济效益,在我国电影界和国产电影市场上掀起了层层波澜,被人们称之为"《暖春》现象"。它的主要特征是"小制作,低投入,大影响,高效益"。

山西电影制片厂的经验和"《暖春》现象"引起了中央有关部门领导和山西省领导的高度重视。2003年3月25日,中央宣传思想工作领导小组专门到山影厂进行视察调研。同年5月20日,全国电影工作会议在太原召开。会议期间,国家广电总局和电影局领导专门到山影厂进行视察调研,他们对山影厂的工作给予了充分肯定和高度评价。

山西电影制片厂把生产精品电影作为自己的第一要务,把思想上有

《暖秋》中的爷爷(中,戈治钧饰)、儿子陈立生(左,郑晓宁饰)、孙子(高宝宝饰)

亮点、艺术上有特点、市场上有卖点的精品电影作为自己的品牌,借以提高电影厂的品格和知名度。品牌成为他们吸引人力、物力、财力,进行资源整合的资本和前提,成为他们的标志和骄傲。品牌意识提高了山影厂抓精品电影的自觉性,品牌效应推动着山影厂事业的不断发展。

　　从《暖春》到《暖情》,再到《暖秋》,山西电影制片厂在精品电影生产中,重点抓了三个环节:(一)在精品电影题材的选择上,坚持"贴近现实、贴近群众、贴近生活"的"三贴近"原则;(二)在精品电影剧本的创作上,坚持"思想性、艺术性、观赏性"的"三性"统一原则;(三)在精品电影的摄制上,坚持编剧、导演、演员"三结合"的最佳组合。山影厂在抓精品电影生产的三个环节中始终贯穿着一条主线,那就是坚持"高起点精心策划,高层次整合资源,高质量组织实施"的"三高"指导思想。正是由于他们在创作生产中坚持"三高"原则,所以出现了拍一部成一部,几乎部部都是精品,都能够引起一定社会反响的不凡景象。

# 第四章　山西影视集团的成立及其出品的电影作品

**题外话:** 山西影视(集团)有限责任公司(简称山西影视集团)是2011年4月成立的,至2019年仅仅八年时间,但成绩斐然。最让集团公司董事长、党委书记高晓江感到自豪的是,公司出品的作品竟有三部在中央电视台一套黄金时段播出。一部是为纪念抗战胜利七十周年在央视一套黄金时段播放的三十二集电视连续剧《黄河在咆哮》,一部是央视2017年的开年大戏,在一套黄金时段播出的四十集电视连续剧《于成龙》。这部歌颂廉吏能臣于成龙的戏不仅是央视的开年大戏,紧接着又成了央视电视剧频道的开春大戏。一部戏既"开年"又"开春",真是百年难遇。还有一部是2018年国庆节期间,央视一套黄金时段热播的三十八集电视剧《右玉和她的县委书记们》。这些大成绩的取得主要是由于山西影视集团几位掌门人的胆识、眼光、才能和睿智。

山西影视集团董事长、党委书记高晓江,是我早已熟悉的年轻的剧作家、评论家,和我同样担任过山西省委宣传部文艺处处长,也同样是由部里外放任职。晓江发表的戏剧评论、艺术评论、学术论文多次获奖,并于1997年获首届曹禺文学评论奖提名奖。与人合作创作的电视剧《村官》《梁世奎》《哥哥你走西口》,电影《情系故乡》,舞台剧《走西口》《晋文公》,说唱剧《解放》等作品,分别获得中宣部精神文明建设"五个一工程奖",中国电视剧"飞天奖""金鹰奖",中国文联"曹禺戏剧文学奖"和文化部"国家舞台艺术十大精品"等奖项。2012年10月,他荣获"全国文化体制改革工作先进个人"称号。

山西影视集团总经理贾斌,同高晓江一样是一位专业干部。他策划和参与创作的电视新闻、专题、纪录片作品,获得过全国优秀电视新闻评比特等奖、一等奖,中国新闻奖电视专题二等奖,以及"金桥奖""中国彩虹奖"和山西省"五个一工程"优秀作品奖等。2002年,贾斌获"第五届全国百佳新闻工作者"称号,并被授予山西省"五一劳动奖章"。2007年,获山西省"十佳电视艺术工作者"称号。同年,又被评选为"中共山西省委联系的高级专家"。

这里还应该提到的是,本章的综述文字是由山西影视集团公司办公室文秘贾慧撰写的。综述写得言简意赅,重点突出,文字清新,而且富有新意。贾慧是毕业于中国艺术研究院的硕士研究生。她的专业方向是"中国电影历史与批评"。她的研究生导师是中国艺术研究院电影电视艺术研究所所长、博士生导师、中国培养的首届电影学博士丁亚平。贾慧的论文《从黑色电影到网络游戏——论导演宁浩在新媒体时代的影像书写》,收入《游戏与中国导演新势力》一书(丁亚平、张斌宁主编,文化艺术出版社2015年出版)。贾慧师出名家,学有所成,文字功底扎实。真为山西有这样一位年轻的影视艺术研究专门人才感到高兴。

## 第一节　山西影视集团的成立

2011年4月25日,山西影视(集团)有限责任公司组建,这是山西省重点扶持的六大文化产业集团之一。高晓江任党委书记、董事长,贾斌任总经理,丁泽兴任党委副书记、纪检书记。山西影视(集团)有限责任公司下设综合办公室、人力资源部、财务部、研发部、党工部、监察审计部、影视数据中心等七个职能部室,旗下拥有山西电影制片厂、山西省电影公司、山西广电音像出版有限责任公司、山西广电影视艺术传媒有限公司、山西影视集团影视基地发展有限责任公司等五个全资子公司和一个影视期刊《影视圈》。山西影视集团主要从事电影生产,院线经营,电视剧拍摄、制作、发行,影视期刊《影视圈》的出版、发行,电子音像制品出版、发行,广告代理、制作和发布、经营,大型文艺晚会组织、承办,演艺经纪代理,影视艺术培训等业务。

山西影视集团通过建立现代企业制度,充分整合产业资源,以影视生产为核心,以社会效益为责任,以市场需求为导向,努力把文化产品做多做好,把文化服务做优做全,把文化产业做大做强,逐步形成集影视剧投资、生产、发行、放映和影视文化创意产品开发、品牌经营于一身的系列产业集群,紧紧围绕"主业突出、品牌名优、市场竞争力强、综合实力雄厚"的发展目标,努力为山西经济的转型发展和文化的大发展大繁荣做出积极贡献。

集团自成立以来,围绕发展目标,按照"强队伍、建平台、出精品、树品牌"的发展思路,直面问题、迎难而上、团结一心、攻坚克难,克服了资产不清、资源不足、资金缺乏和离退休人员负担重等诸多不利条件,逐步扭转了组建初期组织涣散、业务滑坡、全面亏损的局面。集团坚持深化文化体制改革,使资源配置不断优化,管理体系逐步建立,影视产品精品纷呈,重点项目有序推进,发展效益逐步显现,在山西文化建设中发挥了积极的带动和集聚作用。2011年12月,集团被山西省委、省政府授予"文化体制改革先进单位"的荣誉称号。

集团紧紧围绕实现"两个一百年"的奋斗目标,围绕中华民族伟大复兴的"中国梦",围绕宣传社会主义核心价值观,坚持把社会效益放在首位,始终以传颂山西文化精髓、塑造山西美好形象为己任,寻找具有山西特色的地域文化资源与主旋律文化资源的交汇点,将电视剧产业作为重点发展领域,立足于渊源深厚的山西地域文化资源,推进精品创作,为山西影视产业发展创造条件。

从2011年至2018年的七年来,集团共创作、生产、发行影视作品196部。其中,电影117部,电视剧61部,专题、纪录片14部,出版音像制品4部。

集团成立之初创作、生产的首部电视剧《幸福生活万年长》(二十八集)对山西新农村建设的丰硕成果和山西新农民的幸福生活进行了展现,具有重要的社会意义和现实意义。大型抗战献礼片《黄河在咆哮》(三十二集),播出时段横跨2015年9月3日——中国首个法定的"中国人民抗日战争胜利纪念日",在弘扬爱国主义精神、增强民族凝聚力和向心力方面意义重大。凭借《黄河在咆哮》的大放异彩,成立不久的山西影视集团打开了山西文化产业的新局面。四十集历史正剧《于成龙》是以于成龙的一身正气、两袖清风为今人树立典范和榜样,为吏治提供良吏镜鉴。三十八集电视剧《右玉和她的县委书记们》,反映共产党人"不忘初心,牢记使命",在七十多年的时间里带领右玉干部群众治沙造林、改善生态环境、建设美好家园的感人故事,深刻诠释了习近平总书记盛赞的"右玉精神",以纪实风格全景式展现右玉波澜壮阔的伟大实践,受到了全国观众的热捧。此外,合作拍摄了电视连续剧《十三格格新传》(三十三集)、《山村大爷》(三十四集)、《当家大掌柜》(三十集)等多部电视剧,均有一定社会反响。

集团成立后一年多,就合作拍摄了《情归陶然亭》《来电不善》《龙城之恋》《街头舞王》《空火车》《恒山月光》等六部电影。其中,向中国共产党成立九十周年的献礼片《情归陶然亭》,描写了革命家高君宇短暂而光辉的革命人生,获第二十八届中国"金鸡奖"最佳摄影奖提名。

继山影厂电影《十八个手印》和《老寨》之后,集团重点打造完成了农村电影三部曲的第三部《土地志》(原名《草民草事》),该剧讲述农村土地流转的故事,承续了前两部电影,对中国农村发展进程具史诗纪录意义,获第十六届中国电影"华表奖"优秀编剧奖。以中国"最美村官"、"感动中国"年度人物、山西省"优秀共产党员"、襄垣县返底村党支部书记兼村委主任段爱平为原型创作的电影《村官段爱平》以及电影《韩妈妈和她的儿女们》被列为国家电影局重点影片,入选国家广电总局"2013年第二批推荐影片片目"。电影《风雨日昇昌》艺术地再现了日昇昌票号创业创新、汇通天下的辉煌历史,向观众展示了百年晋商"诚信、忠义、敬业、进取"的宝贵精神。

在着力呈现山西人民的精神世界和优秀禀赋的同时,集团还着眼于山西影视产业的"走出去",获得了不俗的成绩。电影《功夫战斗机》获第九届美国好莱坞AOF国际电影节"最佳动作设计奖"和第十三届韩国光州国际电影节"动作艺术成就奖";电影《双截棍》获第五届德国科隆国际电影节组委会奖。

集团秉承传承山西传统文化、弘扬山西宝贵精神的使命,深入挖掘和提炼山西优秀传统文化和历史资源中有艺术价值和思想内涵的选题,拍摄编辑了一系列思想性与艺术性兼备的专题纪录片。主要包括:弘扬山西红色文化的五集纪录片《吕梁》;真实再现人民作家、"山药蛋派"代表人物坎坷曲折一生的十集人物纪录片《赵树理》;通过现代影像技术再现山西古建魅力及其深厚文化意义,使山西厚重悠久的古代建筑得到永久影像保存的二十五集系列纪录片《凝固的音符》。

集团重视平台建设,在稳抓影视主业发展的同时,按照"影视剧创作中心、资本中心、影视基地(含电影主题园区)和影视资源数字化管理平台"四大板块协同发展的战略构想,积极探索"影视+互联网、资本、旅游、服务"的发展模式,优化利用各种资源要素和平台,扎实推进新型产业项目的建设工作。顺应当代城市文化商业业态复合化的发展潮流,利用影视产业综合体的区位优势、资源优势及服务优势,依托影视文化艺术的深度互动、融合,积极促进文化与科技、旅游、金融的结合,充分发挥产业集聚、行业引领和影视文化的融合优势。

八年的艺术积淀,山西影视集团的影视作品创作形成了自己独特的艺术风格,产业发展找到了一条适合自身的发展脉络,山西影视集团将秉承探索精神,坚持创新,坚持对地域文化的挖掘,以期不断取得新的成果。

## 第二节　山西影视集团出品的电影作品

山西影视集团成立以来,同山西电影制片厂或其他制片单位(山西星辰未来传媒有限公司等)联合摄制的重要电影作品有以下几部。

### 一、《情归陶然亭》

影片《情归陶然亭》讲了一个凄美的爱情故事,描写了早期革命家高君宇短暂而光辉的人生,再现了一代才女石评梅冰雪圣洁的一生,书写了二人为世人传颂的旷世情缘。

高君宇,山西娄烦人,五四运动的组织者,中共二大中央执委,山西党团组织的创建人,早期马克思主义者。英年早逝,年仅二十九岁。

《情归陶然亭》中的高君宇(辛柏青饰)和石评梅(范志博饰)

石评梅,山西平定人,民国时期四大才女之一,高君宇的恋人。高君宇离世后三年,石评梅亦随之而去,年仅二十六岁,与高君宇同葬于北京陶然亭。

影片以这两位青年为主角演绎了一个革命加爱情的动人心魄、悲壮凄美的故事。

高君宇如彗星般消逝的生命,在黑暗寂静的星空中,绽放出绚烂的华彩。石评梅怀着无尽的思念与凄伤魂归天际,她的美丽定格在永远的二十六周岁。生与死、才华和智慧、理想和激情、战斗与奉献,一同铭刻在陶然亭洁白的墓碑上,谱成一曲辽远的永恒。

出品人丁泽兴、宋保达,制片董新月、张枫,编剧朱睿,导演高峰,主要演员有辛柏青、范志博、韦颢、吕晶、龚娜翰、张华鑫。山西影视集团、山西电影制片厂、北京红菲林影视文化传媒有限公司出品。

2011年,影片获第二十八届中国电影"金鸡奖"最佳摄影提名;2012年,入选中共山西省委宣传部表彰的山西省全面深化文化体制改革以来一百部优秀文艺作品名录(简称山西省"百优"表彰工程)。影片还是国家教育部和国家广电总局"第二十九批向全国中小学生推荐优秀影片"。

## 二、《十八个手印》

这是一部反映中国社会主义农村改革先驱者的影片。

1978年春,安徽凤阳仍然处于贫穷落后、百姓外出乞讨的困境中。新任凤阳县委书记陈开元走马上任。他面对人心涣散、阻力重重的严峻现实,凭着一颗关注民生的责任心,顶住压力,深入农村走访调查,苦苦探寻解决农民温饱问题的有效途径。

小岗村生产队队长、共产党员严家昌,暗中引导村民搞起"分田到组"的责任制,初步调动了村民生产自救的积极性。陈开元抓住小岗村这个

现实典型,采用机动迂回的特殊手段排除干扰,遵循"实践是检验真理的唯一标准",不顾个人政治安危,拖着病体,鼓励、支持严家昌走变革之路。严家昌组织小岗村的十八位村民,冒着政治风险,立誓结盟,安排后路,在分田单干责任书上郑重地按下十八个鲜红的手印。小岗村终于在生产队自主分配下走上包产到户的大变革道路,走出了连年贫穷的困境,成

为中国农村改革的先行村,中国改革第一村由此诞生。"包产到户"的创举很快在凤阳全县产生巨大影响,陈开元因此被调离工作岗位;但"家庭联产承包责任制"的创新号角,好似一声拨开迷雾的"惊蛰"春雷,奏响了中国农村深刻变革、告别贫困、焕发生机的辉煌前奏曲。

影片反映了基层领导在改革初始阶段的疑虑、困惑以及压力下的探索与反复,但也正是由他们带领群众点燃了"大包干"的"星星之火"。此后,以"家庭联产承包责任制"命名的中国农村改革迅速地在全国农村推开。中国农村开始了由"人民公社"到"家庭联产承包责任制"的历史性变革。

本片出品人阎晓明,制作人马占文、张爱华、范迪军,编剧邢原平,导演高峰,主要演员有李心敏、王志刚、张兆北。

影片2009年获第九届数字电影"百合奖"优秀故事片一等奖第一名、优秀编剧奖、优秀导演奖、优秀男演员奖;2012年,获第十九届北京大学生电影节最佳电视电影男演员奖;2012年5月,入选山西省"百优"表彰工程。

该片剧本被力鸿杯改革开放三十年优秀电影剧本推选组委会特别推选为优秀电影剧本。

### 三、《村官段爱平》

本片是以中国"最美村官"、山西襄垣县返底村党支部书记兼村委主任段爱平的事迹改编的,影片"讴歌奋斗人生,刻画最美人物"。段爱平就任村官十五年来,为村集体无私奉献,花光了百万家财,也累坏了身体,人称"拼命书记",但她始终无怨无悔。影片主要讲述了她与病魔斗,与贫穷斗,散尽千金献大爱,一心为民、无私奉献,带领广大村民发家致富的故事。段爱平为了返底村贴钱贴力又贴命的大仁大义令观者难忘。

段爱平为什么会这样做?段爱平说:"我七岁丧母,十二岁父亲病逝,十七岁时唯一的亲人奶奶也撒手人寰。我吃百家饭穿百家衣长大,所以

我必须尽心为乡亲们做点事。我无时无刻不提醒自己,村里的乡亲们都是我的亲人……"

影片在二级院线、农村院线、部队院线组织发行放映,并在央视电影频道播出。在山西省委宣传部组织的"好电影放映周"活动中放映三百余场,受到社会各界广泛好评。

本片编剧宋振伟、苏晋,导演梁斌,主要演员有娜仁花(饰段爱平)、马迎春(饰段爱平丈夫)、范艳华(饰周大娘)、贾二娃(饰老支书)。

## 四、《韩妈妈和她的儿女们》

电影《韩妈妈和她的儿女们》以全国刑释解教人员安置帮教先进个人、全国劳动模范韩雅琴为原型,讲述了韩雅琴数十年如一日,投身安置帮教事业,收留刑释解教人员,帮教他们重新回归家庭、回归社会的感人故事。从1983年以来的三十年里,韩雅琴凭着伟大的慈母情怀和坚韧不拔的毅力,克服重重困难,先后收留了六百零三名刑释解教人员,为他们提供了无私的帮助。广大干部群众和刑释解教人员都尊敬地称她为"韩妈妈"。

2013年12月6日,该片被国家新闻出版广电总局列为第二批推荐影片。

《韩妈妈和她的儿女们》中的韩妈妈(左二,王馥荔饰)和韩妈妈原型(右二)韩雅琴在一起

本片编剧康丽雯、张遂遂,导演董玲,主要演员有王馥荔、李梦男、苗苗、储智傅。

## 五、《土地志》

影片《土地志》讲的是,凤凰台村的支书马天贵与其弟、房地产开发商马天元,一个有权,一个有钱,打着发展现代农业的幌子,试图把村民的土地流转在手,为日后的房地产开发囤积土地。镇党委书记孔庆南为了出政绩,下死力帮助马家兄弟搞土地流转,遭到镇长韩长河和大部分村民的反对,包括马家兄弟的亲叔叔马老厚的反对。一场关于土地所有权的争夺就此展开。

《土地志》是一部及时反映农村现实生活,具有强烈震撼力的作品。它将土地流转中遇到的问题作为影片的中心内容,通过对农民运用法律手段捍卫合法权益的铺陈,反映了当代中国农村在市场经济发展的形势下,围绕土地流转而引发的关于农村土地使用、农民权益保护和农村发展等一系列重大问题,宣传了依法治国的理念;同时,也反映了党和政府关于土地流转和发展现代农业政策的深得人心。

《土地志》题材重大,思想深刻,是国家电影局和农业部重点关注的作品,后在中央电视台电影频道播出。该片在山西省委党校组织的山西省省直机关支部书记示范培训班、山西省党群初任公务员培训班上进行了放映,观影人员有两千余人。为配合农村土地流转政策的宣传,农业部组织了在全国范围内的《土地志》观映活动。

本片编剧邢原平、贾茹,导演高峰、冷风文,主要演员有魏大鸣、贾二娃、张国荣、蒋君燕。山西影视集团、山西电影制片厂、北京经典华威影视文化传播有限公司联合摄制。

影片2015年9月获第三十届中国电影"金鸡奖"最佳中小成本故事片奖,编剧邢原平、贾茹获最佳编剧(原创)提名;2016年,获第十六届中国电影"华表奖"优秀农村题材电影提名,编剧邢原平、贾茹获优秀编剧奖;同年,获第十一届山西省精神文明建设"五个一工程"优秀作品奖。

### 六、《李司法的冬暖夏凉》

影片是以全国优秀共产党员,全国司法行政系统一级英模,"时代楷模"(中宣部授予荣誉称号),大同市阳高县信访服务中心原主任、阳高县司法局龙泉司法所原所长李培斌同志为原型,以这位基层干部感人至深的真实事迹为基础,改编出的主旋律电影。电影选取李培斌调解过的夫妻矛盾、邻里纠纷、父子矛盾、社会事件中的四个典型事例,表现他坚守司法基层一线二十八年,卓有成效地开展人民调解、社区矫正、安置帮教等工作,并被当地群众亲切地称为"李司法"的故事。

出品人黄建民、尹玲、戴效能、郑立国、王可心,制片人黄建民,编剧王家男,导演宋江波,摄影孙冶平,主要演员有李梦男、李晓红。山西电影制片厂、山西影视集团、山西青年曲艺艺术发展有限公司、苏州湖光山影影视文化有限公司、吉林动画学院、吉林市水砚文化传媒有限公司、中共山西省委宣传部、山西省司法厅、中共大同市委、大同市人民政府、中共阳高县委、阳高县人民政府、中共阳高县委宣传部、山西大美文化传媒有限公司、山西景辰未来影视传媒有限公司联合摄制。山西电影制片厂、山西影视集团、山西青年曲艺艺术发展有限公司、苏州湖光山影影视文化有限公司、吉林动画学院、吉林市水砚文化传媒有限公司出品。

《李司法的冬暖夏凉》剧照

# 第五章　山西其他电影制作机构的电影作品

2012年，国家广电总局遵照《国务院关于鼓励和引导民间投资健康发展的若干意见》（国发〔2012〕13号）和《国务院办公厅关于鼓励和引导民间投资健康发展重点工作分工的通知》（国办函〔2010〕120号）的有关精神，发布了《国家广电总局关于鼓励和引导民间资本投资广播影视产业的实施意见》（广〔2012〕36号）（以下简称《意见》，2015年进行了修订）。2015年10月26日，又发布了《国家新闻出版广电总局关于修订部分规章和规范性文件的决定》。

《意见》指出，要发挥民间资本在推动广播影视产业发展中的重要作用，促进广播影视产业健康发展。鼓励和引导民间资本投资广播电视节目制作领域，从事广播电视节目制作经营活动；鼓励和引导民间资本投资电影制片、发行、放映领域；鼓励和引导民间资本投资建设、改造电影院；鼓励民营企业摄制电影片。民营企业首次拍摄电影片时，应按照《电影企业经营资格准入暂行规定》相关规定，申领《摄制电影片许可证》。取得《摄制电影片许可证》的民营电影制片单位，享有与国有电影制片单位同等的权利和义务。

山西省新闻出版广电局积极贯彻国务院和国家广电总局有关鼓励和引导民间资本投资拍摄电影的文件精神，在山西涌现出一批拍摄电影的民营企业和有关部门,生产了不少优秀影片,受到观众欢迎,并在国家和省里评奖中取得佳绩。

山西省新闻出版广电局电影电视剧处于2017年统计了近三十家山西省民营电影制作单位制作完成的影片,从中可以看到民间资本对山西电影的发展所做出的重要贡献。

山西省广电局电影电视剧处在2016年工作总结中提到,山西民营企业创作、生产了《母亲》(戏曲片)、《黄河传人》、《大寒》、《吕梁汉子》、《右玉有个王一飞》、《牛儿肥了》等主题深刻、内容精彩,具有山西地方特色,贴近生活、贴近实际、贴近群众的影片。

山西省广电局电影电视剧处列出的二十七家山西民营企业生产的影片有:

1. 山西大爱文化传媒有限公司,2012年《党员妈妈》

2. 吕梁市鑫晖文化传媒有限公司,2013年《牛儿肥了》、《密战黑茶山》(合拍)、《黄河传人》,2017年《谷子熟了》《土豆花开了》

3. 山西创艺影视制片有限责任公司,2012年《乡间童谣》、2013《梨花情》、2014年《春天里的琴声》

4. 山西世纪博奥影视文化有限公司,2015年《风雨日昇昌》

5. 山西久盛影视有限公司,2013年《陇南往事》、2016年《浪漫七夕之疯狂搅局》、2017年《八亩良田》

6. 明羽文化传播有限公司,2013年《蒲怨》

7. 山西龙林山风景名胜区文化传媒有限公司,2013年《早安！小树》

8. 山西山广影视制作中心,2013年《吕梁铁骨》、《密战黑茶山》(合拍)

9. 忻州市北路梆子一团,2014年《黄河管子声》(戏曲片)

10. 山西颖园文化传媒有限公司,2014年《冰裂》

11. 吕梁黄河民间艺术有限公司,2014年《伞头和他的女人》

12. 山西世纪星美文化传播有限公司,2014年《心声》

13. 山西菲尔幕文化传媒有限公司,2015年《爱我就陪我看电影》《恐怖游泳馆》《半夜叫你别回头》《猫脸老太太》、2016年《枕边有张脸》《床下有人》《笔仙撞碟仙》《恐怖理发店》《夜班哭声》《碟仙之毕业照》《惊魂绣花鞋》《怨灵姐妹》《聊斋新编之画皮新娘》《恐怖毕业照②》,2017年《怨灵宿舍之白纸女生》《恐怖电影院2》《怨灵宿舍之人偶老师》

14. 朔州明枫光影文化传媒有限公司,2015年《右玉有个王一飞》

15. 山西五洲文化传播有限公司,2015年《血色西峪》

16. 阳泉广电传媒有限公司,2016年《大寒》

17. 山西星烨文化传播有限公司,2017年《春天的向日葵》

18. 长治银光农村数字电影院线有限公司,2016年《母亲》(戏曲片)

19. 山西黄河影视社,2016年《大山深处的烛光》

20. 山西金视文化传播中心,2016年《牡丹仙子之皇帝诏曰》

21. 山西省话剧院有限责任公司,2016年《吕梁汉子》

22. 山西峰钰影视文化有限公司,2017年《他们的生活》

23. 山西喜耕田影视传媒有限公司,2017年《七儿娘》

24. 山西伍芳影视文化创意有限公司,2016年《五台山儿女英雄传》

25. 山西李唐影业有限公司,2017年《山无棱天地合》

26. 临县艺达文化传媒有限公司,2017年《妈妈回来》

27. 山西大兆影视文化传媒有限责任公司,2017年《山风》

## 第一节　山西作家影视艺术制作有限公司

**题外话**：我同山西作家影视艺术制作有限公司交往甚多。参加过他们组织的剧本研讨，看过他们新出品的影视作品，知道他们出了一批优质的电影、电视剧，在全国打得很响。特别是公司的负责人赵建平、冯军、张志鸿等，年轻有为、精明强干，富有开拓创新精神，给我留下深刻印象。

给我印象最深的是公司办公室主任高海燕。听说高海燕是通过国家公务员考试被山西省作家协会录用的干部。从2011年起，我多次同她通电话，或者登门索要资料，她都是在最短的时间里为我提供了公司有关创作、生产的详细资料，包括剧照、海报等。2015年4月，我接受了高海燕交给的任务，为专题片《自是多才多艺手——王东满》撰稿。在撰写之前，多次和海燕交换意见，拟定大纲。完成后，我给海燕打电话，说送给她看看。她在电话里说："我不看了。我马上要到医院住院，您把稿子给李雪绯吧，现在这个片子由她负责。"我真想不到这竟是同海燕的最后一次通话。时间不长就听说她因病医治无效离世了。这么一位年轻的有作为的好同志竟这样匆匆地走了，真让人悲叹、惋惜。

在撰写本书的过程中，公司的负责人张志鸿同志也为我提供过公司的资料。冯军虽已调离公司，任山西省作协机关党委副书记，但他还是专门撰写了这一节条理清晰、内容丰富、资料翔实的综述性的稿子。这一节重点介绍的五部电影作品文稿转引自山西省作家协会创作研究部副主任、青年评论家王姝为《山西省志·文化艺术志》"电影编"撰写的"影视文学"一章。

在此,对赵建平、冯军、张志鸿和王姝同志表示衷心的感谢,对令人难以忘怀的好同志——高海燕表示深切的悼念。

山西作家影视艺术制作有限公司前身为山西省作家协会影视艺术中心,成立于1995年,人员编制三十人,为山西省作家协会直属企业。2003年改制为公司,是"山西省文化体制改革先进单位",全国电视制片委员会常务理事单位。2015年,根据山西省委、省政府统一安排,公司划归山西省文化资产管理委员会,仍由山西省作家协会代管。

公司成立二十余年来坚守艺术创作底线原则,大胆探索和开创影视文学市场转化方式,精心地、科学地组织拍摄、制作、发行,凝聚了一大批成熟编剧、实力演员、制作人才,以诚信和实实在在的业绩赢得了合作方的信赖,从一个不知名的公司成长为山西乃至全国影视制作企业中一支劲旅,并一直保持了良好的发展势头。

二十余年来,公司砥砺前行,围绕"推作品,出人才"这一基本出发点,坚持弘扬主旋律,弘扬时代精神,坚持"二为"方针和"三贴近"原则,充分利用山西省作家协会的创作资源优势和优秀的编剧队伍,抓住机遇,立足山西,放眼全国,瞄准国际市场,牢牢树立精品战略意识,认真打造文化品牌。组织创作和拍摄了大量的优秀影视作品,获得了国家和省级一系列重要奖项。公司在运营中,大胆开拓创新,精心组织运作,通过自筹资金、对外融资等手段,树品牌、创效益、走市场,拍摄制作了不同风格的优秀电影、电视剧四十余部,专题片十余部。

公司作品多次获得国际、国家和省级文艺评比奖项。其中《赵树理》获中宣部第十届精神文明建设"五个一工程"优秀作品奖;胶片电影《尉迟恭》获第二十二届美国旧金山环球电影节最佳专家评审奖;《生死之恋》获第二十三届中国电视剧"飞天奖"一等奖;《召唤》获第四届全国"乌金奖"二等奖;《老河》获第二十一届中国电视剧"飞天奖"二等奖;《野狐峪》《大追捕》《给我一支枪》等五部作品获山西省精神文明建设"五个一工程"优秀作品奖；《大追捕》获江苏省"观众最喜爱十佳电视剧奖"；《江阴要塞》和《试管婴儿之父——张民觉》分获山西省电视艺术评奖电视剧和专题片一等奖；《江阴要塞》还获得了"CCTV电视剧群英汇年度热播剧奖"、"解放战争题材电视剧三等奖"、第二十五届中国电视"金鹰奖"三等奖等。《浴血雁门关》《血战午城》在几千部影片中脱颖而出，获得全国农村电影院线点播和订购量2012年和2013年两个年度冠军。

  作为山西影视剧创作的生力军，公司始终将壮大山西影视业视为己任，充分利用省作协创作资源和编剧队伍的优势，对于所投拍的每一部影视剧，从剧本策划、创作、修改到后期制作，始终追求精益求精，取得了良好的社会效益和经济效益。

  首先，形成了鲜明的经营理念和方式。一是严格遵守党和政府有关政策、法令，接受主管单位在政治思想和艺术质量上的指导，坚持主旋律创作，坚持只做精品。二是在管理经营体制上不拘一格，根据文化产业发展情况进行大胆、灵活的探索与改革。三是政治方向与艺术质量保障措施严密。公司聘请有关著名专家组成了"影视艺术指导委员会"，对公司参与制作的所有影视剧项目进行审查、把关。四是坚守诚信原则，充分考虑合作方的利益，严格履行合同义务，通过良好的口碑赢得合作方的信任。

  第二，培养了一大批影视人才。作为山西省作家协会下属的影视公司，推作品、出人才始终是公司的职责所在。公司充分发挥了山西省作家协会的优质创作资源优势，一方面积极努力把山西作家的优秀作品转化成影视剧，扩大作品的影响力；另一方面积极引导和支持作家在搞好自身创作的同时尝试影视编剧业务，进一步壮大了山西的影视编剧力量。几年来，公司把成一、张石山、燕治国、肖扬、梁枫、梁志宏、孙涛、银小俊、李昌福、胡传阁、张卫平、张强、周山湖等众多知名作家的影视作品搬上银屏。另外，在所投拍的影视作品中，创造一切条件使用山西的演员和制作人员,一大批山西演员和影视制作人员得到了更多展示锻炼的机会,有的已经通过山西所提供的平台,活跃在全国各地的影视剧组。2013年,在国家广电总局组织的对准备投拍的影视文学作品评选中,由该公司组织创作、张石山编剧的《晋文公》剧本获得了优秀剧本奖,为山西编剧争得了荣誉。

公司创始和带头人赵建平先后荣获"山西省十佳电视艺术工作者"、全国第七届"德艺双馨"电视艺术工作者等荣誉称号,还被中国广播电影学会、中国制片委员会提名"全国十佳制片人",成为全国知名的专业影视策划和制作人、山西优秀的电影人之一,是山西唯一一位载入《中国电视剧60年大系·人物卷》(中国广播影视出版社2018年6月出版)的制片人。时任中国作家协会副主席、山西省副省长的作家张平说,山西文学在小说、诗歌、报告文学、网络文学的创作中全方位推进,都出现了领军人物。山西作协在影视文学创作和影视剧创作方面,走在全国作协前列。借助山西作家影视艺术制作有限公司这个平台,扩大了山西作家及其作品的社会影响力。

第三,对影视制作项目把控愈加成熟。近几年来,公司依然保持强劲的发展势头,所参与拍摄的电视剧都取得了不俗的播出成绩。2015年出品的《黄河在咆哮》和2016年出品的《于成龙》都在中央电视台一套黄金时段播出,2017年出品的《铁血将军》在中央电视台八套黄金时段播出,均取得了较好的播出效果,反响热烈,收视率均排名前列。《黄河在咆哮》获得"中国广播电视大奖·第三十届中国电视剧'飞天奖'优秀电视剧提名奖"。2017年,公司运作已久的电视连续剧《晋文公》和《奔向延安》开机拍摄。

公司抗战题材电影业绩突出。从2006年开始,公司陆续拍摄了《给我一支枪》《浴血雁门关》《血战午城》《伏击》《保卫人祖山》等山西本土题材抗战电影,组织创作了《黄崖洞保卫战》《米峪镇战斗》等大量抗战电影剧本,以期不断丰富山西抗战的影像历史。《浴血雁门关》《血战午城》《三打三捷》等均在央视电影频道黄金时段播出十余次。《浴血雁门关》《血战午城》分别获得2012年年度和2013年年度观众最喜爱的抗战影片第一名。电影《给我一支枪》被中国电影代表团赠送给朝鲜领导人,并于2013年2月在朝鲜中央电视台播出。2016年,《保卫人祖山》登陆央视电影频道,成为该频道开年播出的首部抗战戏。这部影片以抗战历史上著名的人祖山阻击战为背景,展现了中国军人和普通百姓为了抗击日军侵略,保卫中华民族宝贵文化遗产而展现出的大无畏献身精神,以新的视角再现了中华民族浴血抗战的历史片段。2015年,为纪念中国人民抗日战争暨世界反法西斯战争胜利七十周年,国家新闻出版广电总局电影数字中心精选出一百四十部抗战题材影片,向全国观众推荐,山西入选的八部影片中就有五部是由该公司制作的。

公司还有一些其他题材的电影作品。2016年摄制的重大历史题材电影《三打三捷》,作为电影频道"共和国名将系列"影片之一,在央视电影频道黄金时段多次播出,这是该系列影片中首部描写徐向前元帅的重量级作品。2017年6月2日,反腐倡廉电影《凤凰街风雨》登陆全国电影院。该片讲述了在反腐领域正邪双方生死较量的故事,展现了我党反腐的决心和勇气,以及真正共产党员的钢铁意志和情怀。影片感人至深、催人泪下、发人深思、令人奋起。

2011年,在山西作家影视艺术制作有限公司的策划和力推下,由山西省委宣传部和山西省作家协会共同主抓,旨在增强三晋文化传播力和影响力,打造文化品牌的"山西省塑造文化品牌数字电影工程"全面展开,山西十一个地市将分别推出一部最能体现当地旅游文化特色的电影,向全国观众展示当地的风土人情、民俗文化,以形成全面展示纵横山西、立体山西、文化山西的"山西文化名片"。已拍摄成的《浴血雁门关》《尉迟恭》深受观众好评。

公司有大量电影作品在中央电视台电影频道和农村院线播出,如《望远镜与蓝气球》《玫瑰寓言》《良大夫》《地气》《给我一支枪》《浴血雁门关》《那是你的眼神》《颤栗》《塞外有家》《尉迟恭》《激情炎岭》《花招》《血战午城》《红辫子》《疯狂的疯狂》《朝梦夕阳行》《凤凰街风雨》等。

公司在电视剧创作、生产方面也取得不凡的成绩。

2006年5月16日,为纪念人民作家赵树理一百周年诞辰,反映赵树理生平事迹和创作生活的十八集电视剧《赵树理》在央视一套黄金档播出。该剧由执导过《大决战》的八一电影制片厂导演韦廉担当导演,著名演员李雪健扮演赵树理。该剧获得了中宣部第十届精神文明建设"五个一工程"优秀作品奖和山西省精神文明建设"五个一工程"优秀作品奖。这部打着"山西制造"鲜明标识的剧目在央视一套播出后,好评如潮,曾在电视剧收视排行榜位居第一,被誉为"人物传记片的突破之作"。

2007年,二十集电视连续剧《大追捕》完成制作,热播于全国各地大小电视台,还获"江苏省观众最喜爱十佳电视剧"奖。这部投资不到五百万的低成本作品的成功,突出展示了公司对剧本项目的准确把握和制作发行的高超掌控,收获"收视长虹",取得了播出效果和投资回报的双丰收。

2011年5月21日,二十八集电视连续剧《矿山人家》,在央视八套播出。这是一部反映煤矿现代化建设跨越转型发展的电视剧。该剧充分展示了国有煤矿领导班子以人为本,坚持科学发展观的治矿方略,矿工不断提高安全生产意识,政府和矿山及周边农村联手用创新精神建设绿色矿山的现实生活。电视剧以身世之谜、寻亲之旅作为剧情发展脉络,在高扬主旋律的同时,充满人情味、乡土味,引人入胜,分外好看。《矿山人家》以贴近生活的方式将山西煤矿的方方面面还原给观众,被誉为"国内煤矿题材第一剧",播出后取得良好的收视效果,获山西省精神文明建设"五个一工程"优秀作品奖。

2012年,山西作家影视艺术制作有限公司影视剧制作达到了一个新的高潮。三十集民歌电视连续剧《西口情歌》、三十八集古装电视连续剧《苏三》同时在山西河曲和浙江横店开机拍摄。两部电视剧的拍摄引起了省内外的广泛关注,反复打磨之下产生的优秀剧本,再加以精湛的制作水准,把山西影视事业提升到了新的高度。

2016年8月20日,抗战胜利纪念日前夕,由两位山西编剧张强和周山湖创作的,山西作家影视艺术制作有限公司同山西影视集团联合摄制的,纪念抗战胜利献礼片、电视连续剧《黄河在咆哮》在中央电视台一套黄金时段播出。中宣部将这部戏作为纪念世界反法西斯战争暨中国抗日战争胜利七十周年的重点电视剧,在中央电视台隆重推出。在该剧剧本的创作、研讨、修改以及重点项目的申报立项等阶段,山西作家影视艺术制作有限公司均全程参与,他们协助作者克服了时间短、任务重、要求高的诸多困难,使作者得以高质量地完成了剧本创作任务,为山西影视文学又添一部厚重作品。

2017年5月8日,由著名导演韦廉执导,侯勇、刘芳毓、李丞峰、万思维等实力派演员主演的大型抗日题材战争剧《铁血将军》在央视八套结束播放。该剧自开播以来在网上引来无数热评,以金戈铁马的壮烈和热血男儿征战疆场的豪情备受瞩目,据索福瑞全国网数据统计,《铁血将军》全剧平均收视率1.15%,单集最高收视率1.91%,豆瓣评分7.9。同时,该剧在多个视频播放平台播放量破亿,网络播放量跻身热播剧排行榜前列。

创作和拍摄制作专题片是山西作家影视艺术制作有限公司的又一长项。为使山西老作家的文学财富和精神财富更好地传承下去,在省作协党组的全力支持下,该公司拍摄制作了一系列山西著名老作家专题片。这些专题片均由著名评论家、作家、编剧撰稿,对山西七十岁以上,在文学创作上有代表性,有一定造诣的作家进行拍摄与采访,体现了公司对老作家们的关心和尊重。专题片反映和记录了山西老作家们的人生历程、创作道路和人文思想,用珍贵的第一手影像资料丰富了山西的文学史。

专题片主要有:《情系家书的作家——孙谦》《太行松常青——诗人冈夫》《金黄色的回忆——作家西戎》《汾水长流——胡正》《跋涉者——焦祖尧》《文笔练达——李国涛》《一个人就是一个图书馆——董大中》《从顶凌下种到白银谷——成一》《笔收人间笑与哭——周宗奇》《自是多才多艺手——王东满》《后乐先忧古士风——蔡润田》等。

山西作家影视艺术制作有限公司出品的重要电影作品如下。

## 一、《地气》

《地气》场景单一,人物很少,风格质朴,没有激烈的戏剧冲突,更无跌宕起伏的故事情节,有的只是心灵的撞击、感情的纠葛,充满了浓浓的山乡情,好似一幅淡淡的风情画,让人动情,令人感喟。

影片改编自葛水平同名小说,描写的是发生在20世纪90年代中期太行山区一个叫十里岭的偏僻小村的故事。这个村子说小可真够小,全村只有两户人家,五口人。一户是住在当中院的队长德库和他的妻子翠花,一户是住井下院的村民来鱼和他的妻子李苗,还有他们上小学六年级的儿子狗蛋。十里岭全村只有一眼石井和清一色的石板屋、石板院、石板路,再有就是鸡栏、猪舍和一所破败不堪的学校。这里没水没电,连路也不通,真正是静谧邃远,与世隔绝,封闭落后。他们唯一的高兴事就是

葛水平小说原著《地气》

爬上山顶去了望远处城里的灯火,在黑茫茫的山野和灯火阑珊的远城的色调对比中,寄托自己的希望与憧憬。狗蛋会对着空旷的远山喊:"我要考到城里去!"

世界上哪里有人哪里就有故事,连这个只有两户人家的小山村也不例外,更何况这村子里有两个俊女人。翠花的男人又不算个"男人",翠花在"守活寡",这就难免生出一些是是非非,弄得两家人见面不说话,使得这个大山里的小村庄更加寂寞和单调。就在这时候,联区学校给十里岭派来了一位校长兼老师的王福顺。这位老师只有一个学生,那就是来鱼的儿子狗蛋。于是十里岭有了人气,有了故事。观众随着镜头的移动去领略这个行将消亡的山村的景象,感受那里人们的纯朴感情。

《地气》描写的是人,是深山里几乎与世隔绝的人,写人的生存状态,写人性中最本真的东西,写他们的生理饥渴和感情需求,写一个陌生的人闯进这个两户人家的世界里所掀起的感情波澜。在这些原生态描写的背后隐藏着编导细致的构思和对生活的深刻的思考,体现着编导的思想倾向和爱憎感情。村里的男人和女人,他们的文化水平虽然不高,但他们同样需要别人的理解和尊重。他们欢迎老师王福顺的到来,老师给他们带来了文化气息。这使他们沉闷的生活有了生气。老师刚进村,两户人家的女人同时做好了两大碗扯面,送给老师,这个用动作性极强的视觉形象描写的细节,包括切菜、和面、扯面、捞面等一系列快速动作,表现了她们接待客人的热情和真诚。

王福顺到了十里岭看到只有一个学生时,他想下山,不想教了。可是当狗蛋说:"王校长,你别走。我是你的学生狗蛋。你走了,我就没有老师了。"面对孩子企盼的眼睛,王福顺留下来了,上了"欢迎狗蛋开学"的第一课。一个校长兼老师和一个学生的教学生活开始了。王福顺被大家亲切地称为"狗蛋校长",大家都把学校老师当作狗蛋的"家教"。当老师向狗蛋说,我们上课是师生、下课是朋友,狗蛋问什么是"朋友"时,狗蛋他爸抢着回答"朋友就是相好的"。老师问狗蛋，你平时和谁说话？狗蛋说："我每天只和猪、鸡、兔子说话。"这令人心酸的话语使我们感到孩子的心田是多么需要呵护和滋润。王福顺这个工作了二十年才由民办转成公办的教师，把教书育人作为自己的神圣职责。即使是一个老师教一个学生，他也是认真负责、一丝不苟，所以狗蛋在联区学校考试中门门功课成绩优秀，考了个全乡第一。为了加强对狗蛋的爱国主义教育，王福顺还自己做了一面国旗，每天早晨他用唢呐吹奏国歌，同狗蛋一起举行升旗仪式。

老师来了，山村有了声音。作为视听艺术的电影，音响构成的形象同样是剧作的元素，是烘托环境和渲染气氛的手段。王福顺的唢呐声，唤起情绪的记忆，既为抒发这个单身男人的孤寂心情，也为使这个寂静的山村有动听的声音。王福顺给狗蛋上音乐课，老师教的"一棵呀小白杨"被狗蛋唱成了"也棵呀小柏杨"，难改的方言土音也给这个单调的小山村带来了些许情趣。

王福顺不仅认真教学，而且协调了村里两户人家的关系。他买了白酒和红酒，把全村五口人都请来，让两家人坐在一起。三个男人喝白酒，两个女人和狗蛋喝红酒。他说："有什么解不开的事，抬头不见低头见，庄户人家闹什么意见。"他同大家干杯："咱是喝了六下了，这叫六六大顺。人活着应该顺顺当当。你呀，我呀，他呀，彼此之间也应该顺顺当当。十里岭现在连我一共是六个人。六个人在一起能不顺顺当当吗？能有啥过不去的？一点鸡毛蒜皮还值得疙疙瘩瘩？一起干！"收完秋，两个男人要外出打工。临行前，把两个女人托付给了王福顺，请他照看。两个男人刚走，两个女人就打扮得光光亮亮，拿了针头线脑到学校同狗蛋一起听课。她们这样做分散了狗蛋的注意力，也影响了老师的教学。于是王福顺在教室门上写了个告示："教学重地，女人莫入。"十多年来一直"守活寡"的翠花更是对从外面来的老师充满了期待，她大胆主动地进行追求。王福顺也知道她们的心思，但他想的是，讲道德操守是读书人的本分，自己虽不是圣人,但绝不能越出道德底线。即使这样,他还是被罗列了三条罪名告到联校:一是让学生喝酒,二是私造国旗,三是占有了一岭的女人。王福顺的形象有它的典型性,因为它反映了生活的复杂性,深刻揭示了生活的某些本质特征。

十里岭上的两户人家终于要下山了。来鱼说:"都搬走了,一个学生也没了,十里岭的地气散了,你也下山吧?"王福顺说:"只要联区还有十里岭这个小学,就得有老师在,最起码得等到这个学期结束。""豆来大,豆来大,一间屋子盛不下。猜猜,是啥?""灯!"王福顺想的是,有灯的地方就有人气,有人气的地方就有地气。灯、人气、地气,是王福顺面对寂寞的生活和纷扰的人事能够坚强地生活下去的动力,也是电影《地气》所要表达的主题。

本片编剧木兵,导演强军,主要演员有邱林、张彩虹。长治市委、市政府和山西省作家协会联合摄制。

影片获第八届山西省精神文明建设"五个一工程"优秀作品奖。

**二、《给我一支枪》**

改编自张卫平同名长篇小说《给我一支枪》,讲述的是,1937年9月,雁门关附近的古城一片混乱。听闻日本鬼子要从北面打过来,"亨通药铺"程掌柜嘱咐徒弟、准女婿水根把女儿雨婷送往老家程家庄避难。不想他们到程家庄后,看到村子已被洗劫,乡亲们包括雨婷奶奶都被杀害了。接着,水根为掩护雨婷被鬼子打死——雨婷藏在一个地窖,亲眼看到了这一切。战争的残酷瞬间把天真的她彻底改变了,一夜之间她成为了一名战士。在地窖里,雨婷和负伤的八路军侦察兵铁柱相遇,两个人成为相依为命的战友。为尽快逃出鬼子的魔掌,雨婷利用熟悉地形的优势出色地完成了一连串看似不可能完成的任务,并用各种土办法把鬼子一一除掉。最后,二人及时将情报送到团部,挫败了鬼子的阴谋。

《给我一支枪》用崭新的角度解读当外敌入侵时，普通中国人在战争中觉醒，逐步由自发到自觉抗击敌寇的成长过程，描写了战争的残酷和中国人坚强不屈的意志。

本片总出品人赵建平，总制片人赵建平、王安生，编剧李萧、王姝，导演曾剑锋，主要演员有孙茜、李大为、李一凡。山西省作家协会、代县县委县政府联合摄制。山西作家影视艺术制作有限公司出品。

影片获第九届山西省精神文明建设"五个一工程"优秀作品奖。

### 三、《塞外有家》

故事讲的是，20世纪50年代，在海滨城市厦门出生长大的婉萍第一次携儿子来到大同的婆家。塞外的风寒和南北两地不同的风俗文化以及性格差异让她觉得她与这座城市格格不入。她发誓此生决不来第二次。

"文革"期间，因丈夫的政治问题家庭受到冲击，婉萍不得已再次带着儿子来到大同避难。婆婆一家人顶着来自生活和政治的双重压力接纳了他们，婆婆的豁达、宽厚与善良温暖着她那颗破碎的心。尽管她还没有把这里当作自己的家，但婆婆的一言一行都能看出她已把这位来自远方的儿媳妇视为己出。在塞外的日子虽然清苦，但她从这个家里得到了足够的温暖。正当她渐渐把自己融入这个家庭的时候，远在厦门的丈夫因受不了政治迫害自杀了。婉萍怀着一颗破碎的心第二次不辞而别离开了大同。

四十年后,婉萍的儿子不幸在美国发生车祸。孤苦伶仃的她再次想到了千里之外的大同,想到了婆婆和那个久违了的家。尽管四十年没回来,但大同已成为她魂牵梦绕的梦里老家。古稀之年的她又一次回到了大同。用婆婆的话说:"七十岁有个家,八十岁有个妈。"婉萍终于投入到婆婆温暖的怀抱。

本片通过婉萍的三次大同之行,描写了她对"家"的认同的心路历程,全方位展示了大同人的博大胸怀和淳朴的民风,同时也纵横展现了大同城近六十年来的风雨变迁。全片采用大同人熟悉的本土方言,情真意切,感人至深;大情大爱,荡气回肠。

本片出品人王晓生、魏巍,制片人李立芬、赵建平,编剧胡传阁,导演张跃平,主要演员有张晓红、李艳。大同市影视文化发展中心、大同市云中实业有限公司、中共大同市委统战部、大同市工商业联合会、大同市晨光国际酒店有限责任公司联合摄制。山西省中和影视文化传媒有限公司、山西作家影视艺术制作有限公司出品。

影片获第十届山西省精神文明建设"五个一工程"优秀作品奖。

**四、《尉迟恭》**

故事说的是:隋朝末年,尉迟恭为李世民的仁政爱民所感,降李世民,

后为大唐开疆拓土立下汗马功劳。白良关战场上，尉迟恭遇到了失散多年的爱子尉迟宝林，二人刀兵相见，不分胜负；最后终于解除误会，一同杀死仇人陈方金，突出重围。

尉迟恭是中国家喻户晓的传奇人物，被尊为门神。本片以唐朝初年为背景，以主人公尉迟恭的命运为主线，采用传统叙事手法，向观众展示了一幅波澜壮阔的历史画卷。它既有金戈铁马的疆场拼杀，又有柔情万般的侠骨柔肠；既有豪气干云的父子情深，又有幽默谐谑的插科打诨，是一部精彩中不乏深刻的历史传奇。电影片段式地表现了尉迟恭戎马倥偬的一生，在一代名将的铁血传奇中，穿插了他对妻子和儿子的思念以及他对战争与和平的思考。影片通过表现尉迟恭一生跌宕起伏的传奇经历，弘扬了中国传统文化。

本片出品人张明旺，总制片人赵建平、王安生，编剧高怀国、王平、王正，总导演郝一平，领衔主演晋松、刘芳毓、何中华，联合主演李庆祥、谢加起、霍尔查、徐冲、李一凡、徐巾淇。中共山西省委宣传部、山西省作家协会、中共朔州市委联合摄制。山西作家影视艺术制作有限公司、朔州市平鲁区委区政府出品。

**五、《浴血雁门关》**

1937年，卢沟桥事变，北平、大同相继沦陷，日本板垣师团长驱直入，抗击日寇入侵的忻口战役即将打响。忻口战役的成败直接关系到太原的安危。北同蒲铁路、平型关公路被我军破坏后，雁门关一线成为了日军向忻口提供给养和兵力的唯一运输线。为配合友军作战，保卫太原，我八路军派120师一部前往雁门关实施伏击战、阻击战，以彻底摧毁日军唯一的生命运输线，故事由此展开。

全剧情节曲折，悬念迭起，引人入胜，重点描写了八路军父子田老旺和田顺，日军渡边雄一、渡边雄二兄弟俩的命运。剧中人以生命的代价向观众诠释了战争与人，凶残与亲情的人性主题，使一部战争题材电影融进了人文主义的色彩，极大加强了影片的可看性，深化了战争题材的主题内涵，是一部近年来不可多得的战争题材影片。

《浴血雁门关》在央视六套黄金时段播出，首映第一周收视份额5.19%，在当周排行榜上排名第二。自2011年11月3日进入农村院线后，连续两周在订购排名榜上名列第一。截至2012年8月31日，累计播出179638次，取得了低成本电影的骄人成绩。

影片获第十届山西省精神文明建设"五个一工程"优秀作品奖。

本片出品人翁小绵、王凤岗,总制片人王安生、赵建平,编剧张卫平、王国伟,导演王明军,主要演员有郭铁成、马刚、胡彩虹、朱义、陈伟奋,友情出演王思懿。中共山西省委宣传部、中共忻州市委市政府、中共代县县委县政府、山西省作家协会、忻州市雁门关风景区管理局联合摄制。山西作家影视艺术制作有限公司出品。

## 第二节　山西黄河影视社

成立于2004年的山西黄河影视社隶属于共青团山西省委,是山西影视制作单位的一匹黑马。影视社成立十多年拍摄了《阿霞》《云婶》《黑金地的女人》等二十多部近千集的优秀影视作品。这些作品大部分在中央电视台黄金时段播出,一些作品还先后荣获中国电视剧"飞天奖"、中宣部"五个一工程奖"和山西省"五个一工程奖"等众多奖项。特别是山西黄河影视社同中央电视台、山西飞天影视传媒有限公司联合制作的女性题材三部曲、和谐主题三部曲的电视连续剧《阿霞》《云婶》《黑金地的女人》多次在中央电视台播出,广受观众好评,在社会上产生了较大影响,被赞为近年来少见的,朴实无华、返璞归真的好电视剧。

说到山西黄河影视社,不能不提到的是影视社党支部书记、社长孔凌云。这位以"恪尽职守、竭诚奉献、辛勤工作"为人生准则的领导者和带头人,以优异的成绩,多次荣获优秀党员、劳动模范、先进工作者称号,连续五年出席全国电视剧"群英汇",被中国电视艺术委员会评为"中国电视艺术人物",被业内人士誉为山西影视界的"领头羊"。

孔凌云在工作中积累了一套电视剧创作、摄制经验——以"低成本,高质量,争优秀,创好评"为核心,用低于同类、同档次、同水平电视剧的拍摄成本,制作出许多高质量影视作品——被人称为"孔氏制作法"。为保证作品质量,孔凌云找有关领导和专家咨询求证时,经常一等就是三个小时,就像当年山西电影制片厂厂长李水合为了得到国家广电总局的支持,经常到广电总局电影局"上班"那样。"一不图名,二不图利,只图在自己有生之年,尽自己最大的努力,低调做人,热情做事,有一分热,发一分光,为我省影视事业多做贡献!"这是发自孔凌云内心的话语。

山西黄河影视社在影视生产制作方面的主要成绩在电视剧,但他们同时也拍摄了几部很好的电影作品,如《边区造》和《大山深处的烛光》。

### 一、《边区造》

《边区造》这部革命历史题材的影片,改编自张乐朋的短篇同名小说。影片讲述了抗日战争时期,在山西的一个普通小山村,一把边区造的小手枪,引发的一系列激烈的矛盾冲突。1939年,太行山下的一个偏僻的小村,日伪军突然来搜寻铁匠乔老大的下落。青年村民杨祥和满井从小在这穷山沟里长大,只是听说但根本没见过日本鬼子和八路军。杨祥盼望自己能像抗日英雄乔老大一样打鬼子,满井想着什么时候自己也能有一把枪好打鬼子。

一天半夜,乔老大突然蒙面出现在杨祥家,给杨祥安排了一件锄奸任务,并给了他一把边区造的手枪。杨祥又惊又喜,叫上满井在全村到处找汉奸,经过一番查找和折腾,没有任何结果。二人商量决定,先成立一个锄奸队,由杨祥来当队长,满井当第一个成员。

在村民王德贵的帮助下,杨祥和满井开始秘密行动,通过杨祥的相好丑花,他们认识了妇救会的杜兰妮。可谁知,还没等查出汉奸,杜兰妮就被日伪军杀害了。恰巧的是,正好在前一天丑花爹康茂财骂杜兰妮,还嚷嚷着要告了她。于是,杨祥和满井误认为康茂财就是汉奸,便持枪怒斥茂财老汉。第二天,康茂财被害。

丑花认为她爹的死与杨祥有脱不开的关系,杨祥还因为丢了一颗子弹而无法解释，丑花伤心欲绝，骂走杨祥。

丑花爹下葬当天，伪军突然进村抓走丑花，杨祥和满井冒死拼命救下丑花，杨祥却被抓走，满井带丑花逃回王德贵家藏了起来。没多久，杨祥被莫名其妙放回村里，回来后大家都以为他投靠了日本人。满井翻脸离去，丑花一气之下上边区找八路军去了。杨祥装疯卖傻，痛苦不堪。满井以为杨祥真的疯了，怕出事，就将杨祥关在王德贵家里。

夜里，突然冲进几个人，把杨祥、满井和王德贵全部抓到了醋厂。原来村后的醋厂居然是个秘密的地下铁匠铺，也就是生产枪支弹药的地方。满井听见工人正为是否要枪毙杨祥而争执，便溜出去将杨祥悄悄放走。二人在逃跑过程中，满井说出自己偷了一颗子弹玩走火的事。杨祥恍然大悟，满井也终于明白了所有的一切。二人冒死返回醋厂，要找出真正的汉奸。回到醋厂，杨祥拼命解释，日伪军部队会很快搜查到这里，但无人相信。

这时，真正的抗日英雄乔老大，也就是铁匠铺的老板从边区赶回，事情终于水落石出，众人合力抓获汉奸。最后，杨祥和满井真正地参加了抗

日队伍。

《边区造》将寓意丰富的细节安排和艰苦卓绝的斗争场景、形象鲜明的英雄人物巧妙地融合为一体，刻画了"草根"群众从最初麻木、逃避到转变成为勇敢的抗日战士的心路历程，再现了抗战历史背景下，普通中国百姓所拥有的慷慨激昂的抗战热情和所经历的血雨腥风的苦难岁月。

该片得到贾樟柯、宁浩等山西籍著名导演的力挺。贾樟柯祝贺吴军导演的《边区造》上映时说，"这是山西导演山西故事，相信大家在这部影片里能获得超乎寻常的观影体验，发现一位有才华的导演"。作为和吴军同在山西省艺术职业学院读书的老同学，宁浩在祝贺吴军的同时也表示，"希望这部作品能为山西的电影产业尽一份力"。

本片出品人高晓江、黄建民、王欢、张睿，总制片人王宇，制片人李静、耿灏，制片主任吴俊贤、章耿亮，编剧吴军，导演吴军，执行导演陈奕霖，主要演员姚扩、卢倩文、梁欣、赵牧、张国荣。太原天域文化传播有限公司投资，山西影视集团、山西电影制片厂、山西宇欢文化传媒有限公司、浙江永康今马尚视影视文化传媒有限公司和山西黄河影视社联合摄制出品。

## 二、《大山深处的烛光》

影片《大山深处的烛光》是根据全国模范教师范妹锁的先进事迹创作的。

故事讲的是：20世纪80年代中期，二十岁的范妹锁从省城的师专毕业。他带着对未来工作的憧憬，返回故乡。途中，偶遇永红沟学校的师生抬着病重的老校长前往乡卫生院，范妹锁毫不犹豫地伸出援手。老校长因带病坚持上课，晕倒在讲台上。当医生无情地宣布因送来太迟，老校长不幸去世的噩耗时，永红沟的师生们悲痛欲绝，范妹锁很受震动。

乡教办陈主任闻讯赶来，悲痛万分，却意外见到自己曾经教过的好学生范妹锁。这时永红沟学校的代教们急切要求陈主任派一位正式教师来接老校长的班,一时无措的陈主任将求援的目光投向了范妹锁。

范妹锁的父亲范老倔是远近闻名的养兔大王,众乡亲都称赞他生养了个有出息,能到城里教书的好儿子。范老倔喜不自禁。在全家的团圆宴上,他追问儿子分配的情况。范妹锁在纠结中撒下善意的谎言。

范妹锁瞒着家人前往大山深处的永红沟学校报到,当他看到永红沟学校是建在四面环山的深沟沟里时,彷徨、犹豫,差点转身离去。陈主任心里明白委屈了这个大学生,他承诺范妹锁最多在这山旮旯里待一年,自己就是磕头捣蒜也要把范妹锁调到城里的学校去。

憨实的范妹锁甫一入校,就开始认真授课,他那灵活多变的教学形式令永红沟学校的孩子们很快就喜欢上了他这位大学生老师。山里孩子的质朴纯真和对读书的渴望也令范妹锁感动,他在快乐教学中逐渐找到了成就感。

范妹锁发现学校伙食很差,便偷偷从家里背来了肉、粮给孩子们改善。

他利用课余时间跑遍了分散在大山里的各个村落去家访。当他看到山村贫困的现状,心情愈加沉重,掏光了自己的工资和积蓄去接济。他暗下决心,要把孩子们带得有出息,以此来改变山区贫穷落后的面貌。

学生建萍的姐姐素萍高考落榜,素萍娘因家境困难,不许她复读,连建萍也不让上学了。范妹锁得知后急急赶往建萍家里去劝说。

永红沟学校的其他老师因为都是临时代教,农忙时纷纷离校回家务农。范妹锁只好独自扛起学校的全部教学任务,同时还得管住校孩子们的生活起居。

建萍劝说姐姐素萍来学校帮助教学,素萍不答应,但当她看到范妹锁的坚韧与乐观时,不由得心有所动。

范妹锁为了给孩子们增加营养,自己花钱购买猪仔,并回家偷拿自家的兔子。当范老倔得知儿子在大山里的一座学校教书的真相时,气得一病不起。范妹锁自知理亏,在床前长跪不起。幸而陈主任前来劝解,范老倔才勉强同意儿子在永红沟待上一年。

一年的时间转瞬即逝,在学年结业仪式上,陈主任宣布了两个喜讯,一是永红沟学校期末考试成绩全乡第一,二是范妹锁老师因为教学成果优异被调到市里的学校任教。

闻听消息的山里人从四面八方汇集学校,尽管对范老师有太多的不舍,很想留下他,但没有一个人愿意提出,大家反倒是用山里人特有的质朴替范老师高兴。送别的队伍走了一程又一程,孩子们终于抑制不住离别的伤痛放声大哭。此情此景令范妹锁迈不开腿,他毅然决定留下不走了。

范老倔大闹学校,斥骂儿子待在这穷山恶水是要让范家断子绝孙。素萍挺身而出,一句"如不嫌弃,愿嫁给范老师"的铿锵话语让所有人瞠目。后来素萍就真的嫁给了范妹锁。

范妹锁升任校长,他打算扩建校舍,让更多的适龄孩子能够接受九年义务制教育。为此,他不仅掏空了自己,还竭尽全力地筹措资金和建材扩建校舍。就在新校舍奠基的那一刻,范妹锁因劳累过度而病倒。

新校舍建成的典礼上,激动万分的范妹锁在欢呼的人群中看到了父亲范老倔赞许的眼神。

时光荏苒,二十年过去了,范妹锁依然坚守在永红沟学校。在范妹锁的影响下，从这所深山学校毕业的很多孩子都选择了教师这一神圣而光荣的职业。

该部电影将一个看似平凡的故事演绎为一个不平凡的故事。三十多年的教师生活，主人翁就像是一支蜡烛，将自己的青春乃至一生都燃烧在大山深处，贡献给了教育事业，为国家和社会培养出一批又一批有用之才的同时，自己也得到了社会的认可——在人民大会堂被授予全国模范教师的称号。

这部电影有人物，个性鲜明，写的是山村教师、农村学生和普通老百姓；有故事，高潮迭起，曲折动人；时代感强，倡导献身山村教育事业之风，弘扬了尊师爱教风气，具有现实意义。可以说，这是一部具有纪实风格、幽默色彩、接地气的电影，是一部弘扬中华民族传统道德观念、践行社会主义核心价值观、充满正能量、唱响主旋律的好戏。在城乡各地放映后，观众无不落泪，均深受触动。

本片艺术总监杜学文，艺术指导孙亚舒，出品人孔凌云，制片人王宇、郭翠蕊，编剧张芬、李小江，导演李小江、张芬，主要演员有王伟、韩玖诺。黄河影视社、中共晋中市委宣传部、晋中市教育局、中共榆次区委宣传部、榆次区教育局联合摄制出品。

影片2016年8月在第四届加拿大温哥华华语国际电影节获得最佳影片"红枫叶"奖、最佳男主角奖、最佳女配角奖、最佳男配角和最佳编剧提名奖。2017年，被评为山西省优秀电影。

## 第三节　山西飞天影视传媒有限公司

2006年，山西飞天影视传媒有限公司（简称飞天影视）成立，董事长李灵利。这是一家具有前沿理念的影视文化传媒机构，主要从事影视投资、策划、拍摄、制作、发行。飞天影视秉承"将独享的资源变成分享的财富,实现资源不断增值和影视文化产业链条化"的经营理念,立足"精、实、快、活"的经营策略,奉行"诚信、创新、合作、共享"的价值观念,追求"做高尚的文化人"的精神境界,在影视传媒领域谱写了新篇章。

十几年来,公司先后推出了同中央电视台、山西黄河影视社合作的"和谐主题三部曲"(电视剧《阿霞》《云婶》《黑金地的女人》),同国家安监总局、山西省纪委等单位合作的"安全题材三部曲"(电影《命比天大》《金牌班长》《安监局长》),在社会上引起很大反响。

此后,又与神华集团等单位联合拍摄了电影《阵痛》,与朔州市委宣传部合拍了电影《说谎的山歌》,与河北保定学院等单位联合拍摄了电影《大漠青春》。

电影《命比天大》《金牌班长》《安监局长》均获山西省"五个一工程奖",前两部影片还分别是国家广电总局2009年、2011年的重点推荐影片。电影《阵痛》获第二届中央企业精神文明建设"五个一工程"电影类优秀作品奖。电影《大漠青春》是共青团中央宣传部2015年向青少年推荐的优秀影片,第二届"巫山神女杯"艺术电影周入围影片。

十多年来,飞天公司的电影生产形成了自己的特点:一是全部为主旋律作品,传递正能量;二是小成本投入,一部电影的投入最多也不超过五百万元;三是创造了"一条龙"产业模式,影片从立项到剧本创作、拍摄、制作、宣传、发行,全部是独立运行。飞天公司的做法和经验赢得了社会和界内人士的称赞。

山西省电影家协会主席、秘书长杨志刚说:"山西飞天艺术传媒有限公司成立十年来,脚踏实地,锐意进取,牢牢把握'小成本、大运作,小人物、大命运,小事件、大主题'的影视创作、经营思路,共拍摄了六部电影、四部电视剧,一年一部作品,一年一个台阶,并且大都在中央电视台黄金时段播出。每部影片不仅收回了成本还能盈利,在为公司的发展壮大奠定了扎实经济基础的同时也取得了良好的社会效益。"

**题外话**：山西飞天影视传媒有限公司董事长李灵利是山西影视界的一位强人，曾获"山西省新长征突击手""中国青少年报刊优秀工作者"等称号。正如他的笔名"凌厉"那样，他做事干练，为人豪爽，工作中坚持以人民为中心的创作导向，把镜头对准普通百姓，弘扬主旋律，发挥正能量，先后推出了在界内很有影响的"和谐主题三部曲"和"安全题材三部曲"。飞天公司曾在山西文艺大厦办公。我曾到他办公室造访，见到公司管理有序，员工热情敬业，作品档案完整。李灵利作为董事长，掌握全盘，统摄全局，把工作重点放在制片和出品上，宗旨是小成本要有大作为。李灵利2005年从事影视工作以来，连续十多年每年主导拍摄一部主旋律影视作品，多次获得各种奖项，在社会上引起很大反响，真是有"大作为"了。我们在书中介绍的六部电影——《命比天大》《金牌班长》《安监局长》《阵痛》《说谎的山歌》《大漠青春》，李灵利都是出品人、总制片人。

### 一、《命比天大》

《命比天大》是一部以煤矿安全为主线，关注现实、关注民生、弘扬正气的影视力作，是我国首部正面反映煤矿安全的主旋律影片。影片主要讲述的是，丹川煤矿矿长王天印有胆识有谋略有魄力，针对该矿多年安全设施投入不足，矿井多处存在安全隐患的情况，克服重重困难，对矿井进行不惜血本的改造，持之以恒地抓安全生产，视生命高于一切。面对利欲熏心、目光短浅的董事长，面对心态各异的股东，或感情摩擦，或观念交锋，或思想对峙，最终在其高尚人格魅力的影响下，董事长齐建业等人幡然顿悟。煤矿在两人的带领下,开始了凤凰涅槃式的腾飞。本片在力图真实再现中小煤矿的生存现状,敲响煤矿安全生产警钟的同时,也塑造了新一代煤矿企业家不孚众望、勇于拓新的形象。

中共山西省纪律检查委员会、中共山西省委宣传部、山西省监察厅、山西省煤炭工业局、山西煤矿安全监察局联合下发晋煤办〔2009〕316号文件《关于认真组织观看煤矿安全题材电影〈命比天大〉暨开展"看电影、讲安全、重生命"活动的通知》,并组织了十个放映队送影片下矿区,在山西省部分煤矿巡回放映八百余场。

本片出品人尚德学、赵志祥、李灵利,总制片人丛者甲、李灵利、梁世勇,编剧封泉生,导演过华,摄影宋德华,主要演员有孙涛、石兆琪。飞天影视与中央电视台中视远图科技有限公司、中共山西省委宣传部、中共山西省纪委监察厅电教中心、山西省煤炭工业厅、山西煤矿安全监察局、山西省电影家协会等单位联合摄制。

影片获2011年山西省精神文明建设"五个一工程"优秀作品奖。

《命比天大》剧照

## 二、《金牌班长》

《金牌班长》是以中国平煤神马能源集团开拓四队班长白国周为原型的安全题材影片,是根据中央领导就"白国周班组安全管理法"的重要批示和国家安监总局等部委向白国周学习的文件精神拍摄的。该片是中国首部聚焦当代煤矿班组长形象,多角度反映新时代矿工班组生活,花大气力夯实生产第一线安全基石的主旋律影片。

故事发生在无时不面临重大安全考验的某国有煤矿。影片将白国周"班组安全管理法"艺术地反映在一连串或曲折或跌宕或紧迫或具悬念的事件中,表现白国周秉承安全第一理念,用心做事、恒心坚持和爱心待人的高尚品格和工作作风,强化了以人为本、安全为天的理念。

该片被国家广播电影电视总局列为 2011 年第一批重点推荐影片。国家安监总局办公厅、国家煤监局办公室联合下发《关于组织观看煤矿班组安全建设电影〈金牌班长〉的通知》。在国家安全生产监督管理总局办公厅、中华全国总工会办公厅、国家煤矿安全监察局办公室联合举行的"全国煤矿班组安全建设先进事迹巡回报告"活动期间,该片在全国煤矿巡回放映一千余场。

本片出品人韩三平、裴文田、李灵利,总制片人李水合,制片人李灵利、王笠臣,编剧封泉生,导演毛坚,摄影高锟,主要演员有庹宗华、王双宝。飞天影视与国家安全生产监督管理总局宣传教育中心、北京九州同映国产数字电影院线、山西省电影家协会、山西电影制片厂等单位联合摄制。

影片获2013年山西省第十届精神文明建设"五个一工程"优秀作品奖。

### 三、《安监局长》

《安监局长》是根据全国安监系统在"创先争优"活动中涌现出的先进典型、漯河市源汇区安监局原局长王茂俊的先进事迹创作改编的，真实再现了以王茂俊为代表的全国安全监管干部"爱岗、奉献、敬业、忠诚、廉洁"的精神风貌，热情讴歌了他们坚定信念、对党忠诚的政治品格，牢记宗旨、一心为民的公仆情怀，鞠躬尽瘁、不懈奋斗的崇高境界，大公无私、淡泊名利的奉献精神。本片是我国首部聚焦当代基层安监干部形象，多角度反映安监战线先进事迹，积极探索构建社会主义和谐社会的主旋律影片。

国家安监总局办公厅下发安监总厅政法函〔2012〕104号《关于组织观看电影〈安监局长〉的通知》，将该片列为重点推广影片。

本片出品人韩三平、裴文田，总制片人李灵利，制片人李军，编剧依然，导演王小明，摄影高琦，主要演员有储智伯、岳红。飞天影视与国家安全生产监督管理总局宣传教育中心、北京九州同映国产数字电影院线、中共漯河市源汇区委区政府等联合摄制。

影片获2016年山西省第十

一届精神文明建设"五个一工程"优秀作品奖。

**四、《阵痛》**

《阵痛》是根据神华集团安全生产经验创作的影片。该片以世纪之交我国工业体制改革为背景，描写国有老矿井被兼并重组，完成改革后，涅槃重生，焕发勃勃生机的历程。

影片的主要人物是白桦沟矿一个师傅带出来的有着患难之交的三兄弟。工作三十年后，老大董建设依旧在井下一线工作；老二崔世荣成了矿长；老三李长军成为集团副总工程师，受命担任兼并重组工作组组长。在煤炭企业改革重组中，老三运用先进的安全管理理念，实行"一井一面"、人员分流，引进新设备等，引起了三兄弟之间的矛盾、碰撞，一步步将故事推向高潮。

影片本着求真、朴实、亲切、感人的创作原则，以情为本，以质为根，用亲情的牵挂启发人，用无情的事故教育人，用绝情的管理爱护人，用温情的服务体贴人，润物无声地将"神华"缔造"效益神话"和"生命神话"的艰难历程展现给观众，寓意深刻，促人奋进，具有强烈的艺术感染力。影片有着重要的政治意义、社会意义和现实意义，堪为全国煤炭系统进行安全生产宣传和教育的生动教材。

2014年3月25日,国家安全生产监督管理总局、国家煤矿安全监察局配合全国安全生产月活动,联合下发〔2014〕65号文件《关于认真组织观看煤矿安全题材电影〈阵痛〉的通知》,并组织流动放映队送电影下矿区,在全国巡回放映六百余场,观众反映强烈。

本片出品人韩三平、裴文田,总制片人李灵利,制片人李军,编剧南飞雁,导演智磊,摄影曹超民,主要演员有宋运成、麻维江、方慧。飞天影视与国家安全生产监督管理总局宣传教育中心、北京九州同映国产数字电影院线、神华集团有限责任公司等联合摄制。

2014年10月获第二届中央企业精神文明建设"五个一工程"电影类优秀作品奖第一名。

**五、《说谎的山歌》**

电影《说谎的山歌》讲述了一个在灾难面前发生的故事。2006年5月末,距全国高考仅剩几天时间,在山西某边远穷困山村,发生了一起山体滑坡,几户村民遭遇灾难。正在城里高中紧张学习准备迎接高考的考生林荒萍家里也有亲人遇难身亡。村主任李永达接受了荒萍妈的临终委托,决定向荒萍隐瞒实情,以使荒萍能顺利参加高考。他去市电视台,要求电视台不要报道灾情——却被告知这是不可能的,因为省台甚至中央电视台都要报道此次灾难。无奈之下,在电视台记者的提示下,他找到了学校。学校决定全力封锁山村受灾的消息。林荒萍的班主任魏芳芳带领班干部对林荒萍进行贴身防范。但是,没有不透风的墙,林荒萍还是觉察到了。她打电话到村委会,正赶上村民们刚刚埋葬了亲人回来,李永达谎说灾害很小,没人伤亡,但林荒萍执意要听听父母的声音。无奈之下,李永达只好再增加一个谎言:荒萍的父母要参加山歌节,正在排练。荒萍哀求李永达,哪怕听听父母唱歌也好。李永达只好与山歌队的队员们商量,但正处于丧失亲人之痛的队员此时怎能唱出山歌来。在李永达的说服下,村民们

最终还是决定唱山歌给荒萍听。雨中,村民们含泪唱起了山歌。荒萍相信了,她知道,村民们只要唱山歌村里绝对没有不好的事情发生。

每周六是荒萍与妈妈约定的通话时间,到时候她要告诉妈妈,他们唱得真好。魏芳芳得知这个情况后,就与李永达商量,要再编一个谎言以打消荒萍往村里打电话的念头。这又谈何容易!荒萍终于从老师和村主任的口中发现了破绽,她发现这一切都是为她编织的谎言。

荒萍忍受着巨大的悲痛在自己的笔记本上写了几行字:"这是一个谎言,一个从山歌里飞出的谎言,但是,我接受……"

《说谎的山歌》通过温馨、细腻和朴实的创作手法,润物无声地向观众阐述了人性之美、和谐之美的中华传统美德和理念,尤其突出了教育青少年学会感恩、学会坚强的主题,是一部融思想性、艺术性、观赏性和教育性为一体的励志影片。

2014年,该片被中国电影家协会选入全国百部农村电影工程项目。中共太原市委宣传部、共青团太原市委、中共朔州市委宣传部、朔州市教育局、共青团朔州市委等单位联合发文组织观看。

本片出品人李水合、李灵利,制片人李军,编剧苏磊,导演苏磊,摄影高锟,主要演员有苗苗、王双宝、曹苑。飞天影视与北京九州同映国产数字电影院线、中国电影家协会、中共朔州市委宣传部、山西省电影家协会联合摄制。

影片2013年获全国百部农村电影工程作品奖。

### 六、《大漠青春》

《大漠青春》是一部记录当代中国青年伟大实践与时代进步的作品。影片是根据河北保定学院西部支教群体先进事迹创作改编的,艺术化地再现了西部志愿者的风采,具有强烈的艺术感染力。习近平总书记曾给河北保定学院西部支教毕业生群体代表回信,对他们予以肯定和赞扬。

故事讲的是,保州学院优秀毕业生田英普、岳超和来自江南的刘诗雨怀着"献身西部、绽放青春"的理想,到新疆且末县花园乡中学任教,立志做出一番事业。支教的道路不是平坦的,事业的成就也不会是一帆风顺的。生活充满了矛盾。青年人在新的环境里面临着诸多的考验。由于支教老师不了解本地学情,导致师生之间的误会,从而引发出激烈的冲突;又由于语言障碍,学生听不懂老师的讲课,也产生了一系列的矛盾。孤僻内向的女生茜玲娜依,倔强好斗、被称为"孩子王"的努尔江,成为三位老师的主要工作对象,并由此展开跌宕起伏的故事情节。由误会产生到风波平息,由思想沟通到报答师恩,演绎了一系列民族之间、师生之间的催人泪下的感情戏:学生们在病床前为老师庆贺生日;努尔江带着同学们不顾危险,艰难地寻找在沙漠中迷失方向并遇到特大暴风雪的老师——几个坚强、善良的孩子在沙漠中上演了一场惊险的雪地营救。

田英普和刘诗雨为打开茜玲娜依的心结而绞尽脑汁,各出妙招,把从不说话的茜玲娜依一步步引导得张开了口,能与人交流,能登台讲话,最终还参加了全县演讲比赛。茜玲娜依在未能取得决赛资格的情况下,坚持上台说几句话,以表达对老师的真挚感情。她的激情演讲,感动了在场的所有人,大家都为茜玲娜依喝彩,也为支教老师感到骄傲。历尽艰辛的三位支教老师,终于在新疆这块土地上,收获到新疆人民的深情,实现了自己的人生价值。他们也由初出校园的大学毕业生,成长为合格的人民教师。

三位支教青年也经历了生活习惯不适应、家庭变故、病痛折磨、感情纠葛,但学生般的真诚和自身的责任感让他们战胜了自己,坚定地留了下来。

这部以保定学院三位支教学生为原型的讲述青年去新疆支教的影片,反映了大学生志愿者服务西部计划的伟大实践,具有重要的现实意义。这些志愿者不仅优化了当地干部队伍的结构,还极大地促进了民族团结。三位支教学生,用生命来影响生命,用人格来塑造人格,用知识来传授知识,所表现出的志愿者服务的精神、艰苦奋斗的精神、团结友爱的精神、向上向善的精神,在有限的人生当中,凝结自己永生难忘的记忆,起到了激励青年积极向上、乐观进取的作用。

飞天公司以五百万元的小成本拍摄了这部反映支边支教的传播正能量、弘扬社会主义核心价值观的影片,得到团中央、中央电视台、中国电影

《大漠青春》剧照

家协会等各方面的关注和好评,是共青团中央宣传部向青少年推荐的优秀影片。

中央电视台电影频道在2017年五四青年节这天首播该片。播出前一天,即5月3日,中国电影家协会组织了"故事影片《大漠青春》首播仪式暨观摩研讨会",以这部志在四方、扎根西部、致力于边疆建设的青春励志片来迎接五四青年节。与会专家十分敬佩影片主创团队的新闻敏感性——抓到这样的题材,并把它付诸艺术行动。影片是小成本表现大题材的成功范例。

本片出品人袁萌、李灵利、李水合,总制片人李灵利,制片人李军、吴珂,编剧袁凤歧、冯小刚,导演智磊,摄影曹川民,主要演员有吕聿来、贡米。飞天影视与河北好人缘影视制作发行有限责任公司、北京九州同映国产数字电影院线、保定历史文化研究会、河北保定学院、中共清苑县委宣传部等联合摄制。

《大漠青春》是第二届"巫山神女杯"艺术电影周入围展映影片。2017年获河北省第十二届精神文明建设"五个一工程"奖。

## 第四节　山西世纪博奥影视文化有限公司

山西世纪博奥影视文化有限公司成立于2006年,坚持"崇德立信、精益求精"的发展理念,主要从事电影、电视剧、宣传片的创意策划、制作发行,各种媒体的广告代理发布,大型社会活动的策划执行。多年来不仅为众多知名企业进行营销策划、广告代理发布,还成功主办、协办过"山西首届中秋月饼文化节""千禧音乐会"等多种具有社会影响力的大型活动,还为各级政府、众多社会企业拍摄了大量的汇报片、宣传片、广告片、微电影、网络电影等影视作品。

山西世纪博奥影视文化有限公司董事长原有慧,是一位具有创新意识、开拓精神,敢作敢为的电影制片人。公司虽然不大,但是在他的领导下,从2008年起,先后摄制了三部有思想、有温度、接地气的电影,上映后深受广大观众欢迎——与中国电视艺术家协会联合摄制的电影《吹吹打打牛三牛》,与八一电影制片厂、山西电影制片厂联合摄制的电影《风雨日昇昌》,独家摄制的电影《闹腾男女——伙头军》。

**一、《吹吹打打牛三牛》**

2008年8月12日,《吹吹打打牛三牛》作为奥运献礼影片,于北京奥运会期间在央视六套电影频道黄金时段播出。

故事讲的是,山西万荣县农民牛三牛,听说乡里要去慰问奥运会比赛主场馆鸟巢工地的农民工,便想把自己种的金苹果作为慰劳品送到北京,以提高自己的知名度。牛三牛找到乡长,乡长同意了他的想法。可"西瓜大王"李福财也要送自己的产品上奥运。乡长左右为难,便提出谁能弄到奥运会门票就让谁上北京的条件。牛三牛为了能把金苹果送到北京,在乡长面前夸下海口。牛三牛媳妇翠兰责怪他吹牛,牛三牛道出了自己要赶牛车、吹唢呐一路宣传奥运,以引起重视挣得门票的主意。

在赶着牛车上北京的路上,经过大大小小的城市

和村庄,牛三牛一家和各种人的相遇以及碰撞,发生了许多有趣的故事。一路走来,牛三牛逐渐理解了真正的奥运精神,明白了坚持做好一件事情的意义。这是一个充满惊险和趣味的旅程,同时也是一个普通百姓追寻和发现生活意义的旅程。

这部影片作为中国奥组委特批的两部奥运题材影片之一,以山西农民喜迎奥运的真实事件为原型,表现了山西农民真诚、风趣的个性,淳朴真挚的爱国情怀。片中不仅展示了黄土高原的秀美景色、风土人情、风俗习惯,还展现了中国农民盼奥运、迎奥运的真实感情,让中国奥运精神随着影片走向世界。

本片编剧牛建荣,导演牛建荣,制片人张馨月,主要演员有李琦等。中国电视艺术家协会文化交流中心、中共山西省委宣传部、中共万荣县委宣传部、山西世纪博奥影视文化有限公司联合摄制。

影片获2009年山西省第八届精神文明建设"五个一工程"优秀作品奖。

**二、《风雨日昇昌》**

故事讲的是,清道光年间,山西商人出外经商,携带银两常被打劫。山西平遥商户西裕成的大掌柜雷履泰从《史记·货殖列传》中的"飞钱借贷"得到启发,提出创立票号的构想,但却遭到东家母亲李夫人和二东家的反对。

在大东家的支持下,票号试营,获利丰厚,但没有李夫人的同意及大笔银两的投入,票号无法正式开办。游手好闲的二东家李二全看上了雷履泰的闺女云儿,为了成全雷履泰的事业,云儿忍痛离开了青梅竹马的二掌柜毛鸿翙嫁给李二全。可深爱云儿的二掌柜毛鸿翙不解个中原因,认定是师傅为了高攀东家,逼女儿嫁与二东家,心中结下怨气。

日升昇票号正式挂牌营业,使得银两周转便捷快速,极大方便了各地商贾,同时商利成倍增长。深谋远虑的雷履泰深知,黄河里不能只有一条鱼,票号也不能单有日升昇,只有更多的票号产生,才能形成行业。为了票号业能长足发展,雷履泰设计逼走了二掌柜毛鸿翙。毛鸿翙并不理解师傅的用意,反而加深怨气。

离开日升昇后的毛鸿翙,创立了蔚字五连号,并与日升昇进行竞争。在日升昇和蔚字五连号的带动下,产生了更多的票号,遍布全国,使票号行业真正得到空前发展。

一场突发事件,日升昇天津分号被抢劫三百两柜银,由于商家作梗,谣传成被抢三百万两,引发日升昇各地分号储户抢兑风潮,且愈演愈烈。毛鸿翙欲借此机会,动用商业手段打垮日升昇。在生死存亡之际,云儿找到毛鸿翙,说明自己嫁给李二全的原因和父亲逼走毛鸿翙的真正用意。恍然大悟的毛鸿翙十分内疚,毅然决定为日升昇注入一百万两白银,化解了日升昇的抢兑危机。

道光二十二年(1842),日升昇票号以付息方式吸存民间闲散资金,

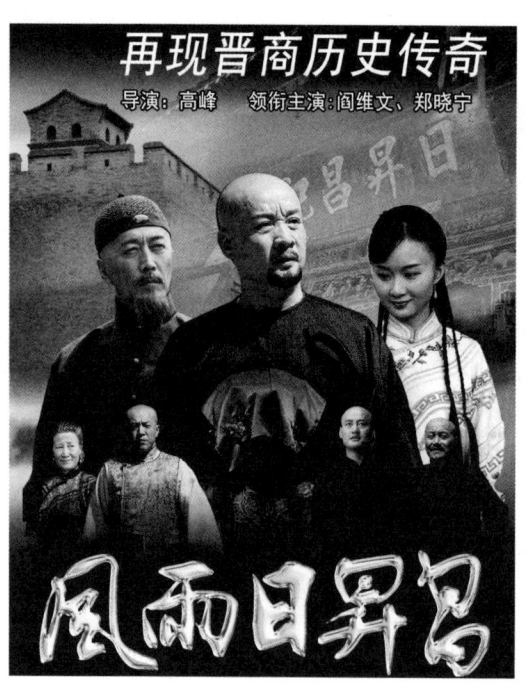

为清政府整军备战筹集了一千万两饷银,道光皇帝亲笔赐匾"汇通天下"。

历史上的晋、徽、浙三大商帮以晋商为首。晋商从明末盐商、茶商发展到清末的票号,真正达到历史的巅峰,大清国二分之一的财富曾掌握在晋商票号手中。票号是世界金融史上的一大创举,也是现代银行的鼻祖,作为中国第一家票号

电影《风雨日昇昌》媒体见面会。前排中：山西世纪博奥影视文化有限公司董事长、出品人原有慧。第二排左起：郑晓宁（饰雷履泰）、蔡国庆、董文华、阎维文（饰大东家）、"玖月奇迹"（王小海、王小玮）。第三排中：导演高峰

的日升昇，其发源地平遥被誉为中国的华尔街。日升昇不仅是山西人的骄傲，更是所有中国人的骄傲。

电影《风雨日昇昌》作为目前国内唯一的一部讲述"日升昇"票号创立过程的故事影片，展现了晋商艰苦创业、勇于创新的精神，是集思想性、艺术性、观赏性为一体的影视精品，获得多个奖项。该片作为著名歌唱家阎维文首次"触电"、踏足影视的处女作品，开机伊始便受到社会各界的广泛关注。随着中央电视台《回声嘹亮》《艺术人生》等多个节目对该片主创人员的专访在央视黄金时段循环播放，晋商文化的核心价值观"诚信"成为一大社会热点，晋商在用人体制、管理制度、股份分配等方面的智慧也为广大观众所津津乐道。

影片在北京、济南、郑州、昆明、武汉、太原等各大城市举行点映活动，众多的企业家自发组织集体观影，以学习晋商用人制度、管理制度。影片作为典型作品，先后在美国、德国、加拿大、日本、新加坡等地商会进行了

放映。

影片在发行上未走传统电影发行方式的道路,而是将之与旅游相结合,除在各大城市院线短期点映外,主要作为平遥旅游项目之一,在平遥景点长期循环放映。同时以精剪版本与相关企业合作刻录光碟,开发小人书等衍生产品,融入合作企业元素,扩大市场推广,不仅弘扬了晋商文化,宣传了合作企业,也使电影的发行收入有所增长。

本片出品人、制片人原有慧,编剧梁水宝、郭继政,导演高峰,摄影伍卫东,主要演员有阎维文、郑晓宁、葛晓凤、徐仕龙、邱云鹤。八一电影制片厂、山西电影制片厂、山西世纪博奥影视文化有限公司联合摄制。

影片获2016年山西省第十一届精神文明建设"五个一工程"优秀作品奖,第七届澳门国际电影节最佳男配角提名,第二十四届中国金鸡百花电影节优秀新片奖。

**三、《闹腾男女——伙头军》**

故事讲的是,某企业在转岗、分流、去产能的社会浪潮下,就餐职工减少,导致食堂经营难以为继。食堂管理员老王领着受失恋打击,失忆后只能听着歌才会炒菜的厨师李刚;刀工了得却经常从食堂往家偷菜的李梅;整日喝酒,边打醉拳边拉面的高大宽;呆头呆脑的服务员小喜,开始了对外经营的创业之路。创业之路并不平坦,老王刚刚有了新举措,李刚和李梅却被大酒店高薪挖走。李刚、李梅在新的环境里始终不能忘却相依为命多年的老王、大宽和小喜,而老王也没有因为李梅的离开而怨恨,仍然以老大哥的胸怀帮助着李梅。李刚和李梅在回去探望老王时,看到老王他们的恓惶情景,毅然决定回来,同大家一起干。老王在大家的共同努力下,又得到芙蓉集团和政府双创办的支持,开创了一家以车间文化为主题的、风格独特的旅游餐厅,顾客盈门,生意日益兴隆。

电影《闹腾男女——伙头军》讲述了在转岗分流的社会大背景下,太

原几个小人物努力自救、创新创业的励志故事。人物刻画真实,剧情贴近生活,充分表现了人民群众自强不息、积极向上的人生态度和不畏艰难、团结拼搏的乐观精神。

影片出在中央号召全国开展"大众创业、万众创新"的历史阶段,一经播出就受到社会各界的关注。影片不仅以直白的形式将双创的社会背景展示给了群众,同时也以极具戏剧性的情节,让观众深刻理解双创精神,在感悟中产生自主创业、勇于创新的激情。

本片出品人、制片人原有慧,编剧杨巧文、原有慧、银钢、刘帅,导演杨巧文,摄影王安光,主要演员有张嫣然、王建国、马腾飞、杨保华、王玺。

影片2017年获首届"华夏古文明 山西好风光"剧情片三等奖、最佳导演奖、最佳女演员奖。2018年,获浙江省首届网络电影大赛优秀作品奖。

## 第五节　山西星辰未来传媒有限公司

山西景辰未来影视传媒有限公司是一家集影视策划、投资、出品、发行为一体的影视传媒公司。成立以来,公司秉持"景行行止、众星成辰"的理念,立足于文化领域,专注于影视行业,先后成功策划并摄制了电影《下柳林》《村官段爱平》《李司法的冬暖夏凉》(与山西电影制片厂等联合摄制)等影片。2017年,摄制了山西省委宣传部重点扶持的院线喜剧电影《耿二不二》,与贵州影视节目交流有限公司合作的院线惊悚电影《原来如此》,与山西松溪文化传媒有限公司合作的电影《岭上花开》。公司董事长白建才,是山西省青年联合会副秘书长、山西省电影家协会理事,是倡导"责任担当未来,品质成就品牌"理念并取得实绩的制片人。

### 一、《下柳林》

影片以柳林青年张玉清和李改英的爱情为线索,讲述了在20世纪30年代日寇入侵、民族危亡时刻,国共携手抗敌,晋商担当大义,全民皆兵的抗战故事。

20世纪30年代，巍巍吕梁山下，晋商西进，创造了繁荣富庶的柳林镇明清街。在一年一度盛况空前的元宵节盘子会上，知识青年张玉清和李改英相识、相恋，演绎了一段美好浪漫的爱情故事。

随着日军入侵柳林，美好爱情被迫中断，幸福家园被破坏，人民群众遭到血腥屠杀。张家兄弟各自走上了不同的道路。主人公张玉清由晋绥军连长成长为八路军地下党，在开展地下工作、争取绝密情报的过程中，与凶残狡猾的日军指挥官德田斗智斗勇，后来成功策反佐藤，及时获取了绝密情报，彻底消灭了日军化武部队。残酷的对敌斗争，使张玉清和李改英的爱情经历了重重磨难，张玉清以坚强的斗志，严守纪律，忍辱负重，为抗日斗争默默地奉献。随着他地下活动的开展，二人不断产生误会，矛盾不断激化。后来张玉清被日军残忍杀害，魂断清河，浪漫爱情凄美落幕。李改英在经受感情的痛苦折磨后，逐步成长为一位意志坚定、机智勇敢的八路军战士，怀着家仇国恨走向新的战场。

本片出品人黄建民、白建才、戴效能，制片人白建才，编剧三川河，导演于向远，摄影于长江，主要演员有张子晨、刘馨圆、李万年、李坤霖、王海峰、俞名阳、石荣。山西星辰未来影视传媒有限公司等联合摄制。山西电影制片厂、山西影视集团出品。

### 二、《中共第一城》（电影文学剧本）

本剧编剧为侯讵望。剧本以阳泉的建制过程为轴线，讲述解放战争时期，中国人民解放军晋察冀军区部队对河北省石家庄市外围和正定至太原铁路沿线国民党军发起进攻。解放县城7座和井陉、阳泉、黄丹沟等矿区，控制了获鹿至榆次间铁路180余公里，孤立了战略要点石家庄的国民党守军，一举解放了平定县、阳泉镇，结束了国民党在阳泉的反动统治。与此同时，为了夺取和巩固全华北解放区，动用阳泉煤铁资源支援全国解放战争，中共晋察冀中央局决定，将阳泉镇从平定县划出，建设为新型工业城市。1947年5月4日,中共冀晋党委和行署、冀晋二地委和专署正式组建了首届中共阳泉市委和阳泉市人民政府。阳泉市有幸被历史选中,成为中国共产党亲手创建的第一座人民城市。

　　故事以阳泉解放、建市为背景,讲述了侦察员刘水河在正太战役胜利后,返回家乡阳泉继续从事侦察工作至新中国成立前夜,带领南下干部离开阳泉市期间发生的系列故事。故事反映了阳泉市委、市政府领导人民渡过饥荒、建立秩序、清匪反霸、土地改革、发展生产、支援全国的重要史事,展现了我党提出工作重心从农村转移到城市的战略决策后,阳泉市委、市政府创建新兴人民城市的过程。剧本把特定的城市和特定的人物联系起来,把历史和现实联系起来,通过刘水河这个人物,展现了阳泉的历史和共产党人的奋斗精神,具有深沉的历史感。

　　2018年1月14日,由中国电影家协会指导,山西省电影家协会、中共阳泉市委宣传部主办,阳泉市文学艺术界联合会、山西景辰未来影视传媒有限公司承办的"故事影片《中共第一城》剧本研讨会"在中国电影家协会举行。参加研讨会的专家学者对《中共第一城》剧本的题材和题旨给予高度评价,认为这是一部以真实历史事件为基础创作的纪录一个城市创建历程的厚重之作,是一部深度挖掘中国共产党在新中国诞生前夕重大战略转折的创新之作,是展示阳泉丰厚红色文化、打造阳泉城市名片的一个生动表现。他们期盼能将电影作品打造成一部讲好阳泉故事、传播阳泉声音、展示阳泉人文形象的优秀作品,一部携泥土、带露珠、冒热气的精品力作。

## 第六节　山西圆天影视文化传媒有限公司

　　《儿子、媳妇和老娘》是山西电影制片厂和山西圆天影视文化传媒有限公司推出的一部情感片。从影片的片名可以得知这是一部家庭故事片，从影片的基本内容可以了解到这是一部围绕一笔煤矿赔偿金的分配问题所展开的金钱与道德的较量的影片。从影片的主题表达可以感知到它所关注的是伟大的母爱以及子女应当具有的感恩情怀，即孝心。电影直白的片名、演员朴实的表演以及流畅的叙述语言、生动的人物对话、直观的镜头画面、逼真的生活场景，构成了影片独特的平实风格。在这种平实风格中却充满了震撼人心、催人泪下的感情穿透力量和深刻、犀利的道德批判力量——既展现了让人感动的伟大母爱，也展示了令人痛恨的被金钱欲望扭曲了的丑恶人性，更有教人敬佩的助人为乐、不图回报的高尚精神。

丁凤妹，一位普通的母亲，一位遇难矿工的妻子。她有一个亲生的儿子秦大山，有一个养子秦小川——煤矿工友的遗孤。她深明大义，对待养子胜过亲生儿子，因为她恪守传统道德观念，要对得起小川已经过世的父母。她省吃俭用，历尽艰辛，让大儿子大山种地供养子小川上大学。为了让小川读完大学找到称心的工作，她忍辱负重到城里齐律师家当保姆。然而，面对养子无休止的索取和大儿媳让她回去替自己看孩子、做家务的不断的强求，她寝食难安；特别是在齐律师帮她讨回丈夫十五万元的煤矿赔偿金后，更使她面临困境。她面对的是为了在女朋友面前装门面、摆阔气，不愿意在学校里认母亲，还想独占赔偿金的养子秦小川；面对的是同样想多分赔偿金而无理取闹的儿媳刘艳艳和误解她的亲生儿子秦大山。特别是儿媳为了赔偿金对待婆婆由"孝顺贤惠"到恶言相对，这判若两人的态度，深深地刺伤了这位善良母亲的心。即使如此，为了家庭和睦，她还是精心照料和丈夫闹离婚、负气出走、途中遭遇车祸的儿媳，终于使这个刁钻媳妇有所觉悟，叫了一声"妈"。就是这一声"妈"，让她感动得泪流满面，向儿子大喊："艳艳叫我妈了！"这就是做母亲所要求的最大的回报。当小川为了钱要把她告到法庭时，她不得不把一直埋藏在心底的秘密告诉了他，把他生母留给他的一封信给了他。秦小川了解真相后，幡然悔悟,投入河中,冲洗自己的灵魂,感悟母爱的伟大。他大声呼叫"妈妈",跪倒在母亲的膝下。母亲用她的真心换回了子女们的孝心,在"妈妈"的呼叫声中彰显了伟大母爱这一永恒的文学主题。这个带有理想主义色彩的大团圆结尾,既是为了适应观众传统的审美习惯,同时也是对人间真情和大爱的强烈呼唤。

《儿子、媳妇和老娘》剧照

《儿子、媳妇和老娘》的主题是歌颂伟大的母爱。它所揭示的深层次的社会问题,是儿女们的感恩、回报和孝心问题。伟大的母爱虽然不要求子女们的回报,也不需要子女们的感恩,但从子女一方来说,对母亲的孝心却是必不可少的。孝行天下是中华民族的传统美德,回报社会、感恩世界是每一个有良知的人的义务和责任。对待父母,对待社会,对待国家,莫不如此。影片所表现的金钱和道德的冲突深刻地触及这一现代社会问题。金钱可以让人的灵魂扭曲,道德却可以使人的良知回归,影片所揭示的这一深刻的思想内涵,有着很强的现实意义。

《儿子、媳妇和老娘》的拍摄走的是"低成本,小制作,大主题,高效益"的道路。《儿子、媳妇和老娘》一片所表现的家庭财产纷争问题,同样是一个小角度,但它反映的却是如何发扬中华民族传统美德,建设和谐社会,和睦家庭,树立尊老爱幼、互爱互助的家庭新风这一当代重大主题。

本片制片主任常阿兵,编剧韩素平、颜新,导演郭郅,主要演员有吕启凤、于乐、丁嘉丽、苏丽。山西电影制片厂、山西圆天影视文化传媒有限公司出品。

## 第七节　山西大兆影视文化传媒有限责任公司

山西大兆影视传媒有限责任公司的前身是侯马摄影工作者李马创办于2003年的侯马市大兆阳光摄影工作室。拍摄的作品有《紫金山下一小村》《和着时代的步伐前进》《优秀共产党员——李群》《滔滔汾水润新田》《机械化两茬平做》《引水解困造福于民》《农村教育的奇葩》《与爱心同行》等百余部电视专题片和纪录片。2011年拍摄的六集电视连续剧《暖冬》获山西省精神文明建设"五个一工程"优秀作品奖。2013年成立山西大兆影视文化传媒有限责任公司,李马任导演。

公司2017年拍摄的电影《山风》讲的是,经常在村里做好事的张长山,是一位豁达开朗的山村老

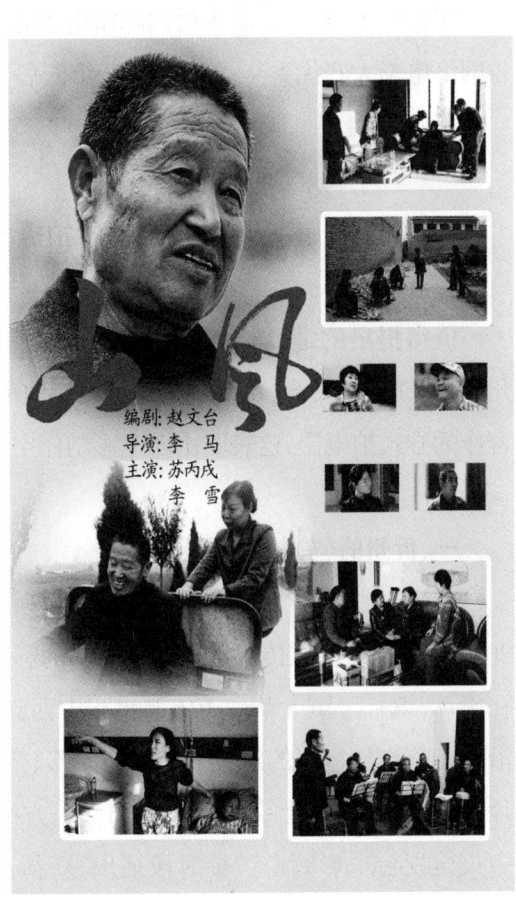

汉,被人们称为"常善叔"。一次在他开三轮车顺路拉上路大婶时,为了避开路上的小狗,把路大婶从三轮车上摔了下来,摔断了右小腿。路大婶的儿媳胡月娇坚持向张长山索要三万元,弄得张老汉东借西凑,十分为难。后由村里有威信的村民张长乐主持正义,化解矛盾,双方得以和解。

影片以新形势下晋南农村的富裕面貌和农村中活跃的文化生活为背景,通过山村中出现的好人好事,展现了现代农村生活的新风尚。影片中融入了晋南当地的风土人情、民间艺术和民俗文化,如皮影、剪纸、碗碗腔地方戏等。

本片编剧赵文台,导演李马,主要演员有苏丙戌、李雪。

影片2017年获美丽乡村国际微电影艺术节主单元优秀作品奖,浙江省网络电影大赛优秀奖;2018年,获第四届万峰林微电影入围奖。

## 第八节 地市单位拍摄的电影作品

值得提出的是,新世纪以来,不仅省里拍电影,太原、大同、朔州、忻州、吕梁、阳泉、长治、晋城、临汾、运城等地市也通过与其他影视制作公司合作的方式拍电影,这表明山西电影制作空前繁荣。

### 一、忻州的《东方欲晓》

张海云、牛建红策划的,毛新宇担任总顾问的电影《东方欲晓》是2015年山西省委宣传部重点扶持创作的影片,是庆祝建党九十五周年献礼影片,填补了重大革命历史题材和山西党史影视创作的空白。摄制组沿毛泽东当年行军的路线一路进行拍摄,受到当地群众的热情欢迎。影片播出后,在社会上引起很大反响。《东方欲晓》于2015年12月15日在中央电视台电影频道黄金时段播出,获得高收视率;2016年,在全省巡映,在全国新农村院线和军队院线发行上映。

故事讲的是:1948年春,中国人民解放军西北野战军在彭德怀的指挥下,攻克宜川城,歼灭胡宗南部两万九千余人。"宜川大捷"彻底改变了西北的局势。为了更好地指挥全国战场,迎接更大胜利,党中央决策毛泽东率领中央机关东渡黄河,取道山西,沿临县、兴县、岢岚、五寨、神池、宁武、代县、繁峙一路东进,翻越五台山,向华北解放区西柏坡实施战略大转移。胡宗南接到蒋介石的电话,命其不惜一切代价,找到毛泽东,消灭共产党中央首脑机关。胡宗南得知毛泽东早已渡过黄河的消息,顿觉大势已去。

东进途中,毛泽东、周恩来和任弼时一边指挥着全国战场,一边在山西解放区深入基层,围绕土地改革、党风建设进行详细的调查,纠正了土改中"左"的偏向,对农业生产和民族工商业的发展做出重要指示,为即将成立的新中国从依法治国到党的廉政建设方面进行了前瞻性研究。

登上黄河东岸,回望陕北,毛泽东感慨万千,心中充满对人民群众的深情厚谊。毛泽东率领中央机关躲过国民党的飞机和特工,一路向解放区进发。此时的解放区,在中国共产党领导下的土地改革推翻了封建剥削制度,解放了生产力,极大地调动了农民的生产积极性,有力地支援了前线,工农联盟和解放区人民民主政权得到进一步巩固。随着群众运动的持续高涨,一些地方出现了"左"的倾向,引起了党中央和毛主席的高度重视。

东进途中所到之处,毛泽东倾听群众的述说,了解群众的疾苦,参加商会组织的会议,和当地干部们一起研究土改工作和党风建设。

经过大量的调查,毛泽东在蔡家崖召开晋绥干部会议,纠正了土改中"左"的偏向,指明了新民主主义革命时期土改工作的总路线和总政策。随后,毛泽东和《晋绥日报》的编辑人员谈话,告诫大家不要再犯"左"的错误,新闻工作者要到群众中去,为群众发声。

途经岢岚县,毛泽东和参加三干会议的代表们见面,肯定了大家在发展农业生产、支援前线工作中的成绩,夸赞"晋绥是个好地方",还诙谐地用方言念起了顺口溜:岢岚山,好茶饭,莜面窝窝山药蛋。

在代县,毛泽东目睹了人民法庭民主审判一桩家庭纠纷案的审理过程,对民主审判的形式颇为赞赏,鼓励当地干部发扬民主,总结经验,并且详细阐述了将来建设新中国建立和健全法律的必要性。

大雪封山,毛泽东滞留在五台山脚下的伯强村,毛泽东和农会干部谈心,教房东孙女写字。毛泽东一边行军调研,一边指挥全国的战场。前方战场传来我军再克洛阳的捷报,毛泽东、周恩来、任弼时连夜讨论研究接管大城市的对策,为我党接收和管理大城市制定了严格的纪律和策略,发出了《再克洛阳后给洛阳前线指挥部的电报》,为全国新解放城市的接收和管理工作指明了方向。毛泽东登上五台山顶,远望表里河山,建设一个新中国的信念无比坚定。

山西的十九日之行,毛泽东、周恩来、任弼时深入基层完成了一次全面调研,是我党群众路线的一次伟大实践。一代伟人的视线已经从战争层面转移到新中国建设的宏伟前程。东方欲晓,一个崭新的中国,犹如一轮喷薄欲出的红日,冉冉升起。

影片通过毛泽东在山西的故事,生动地反映了党和人民水乳交融的革命感情,展现了一代伟人的领袖情怀,歌颂了我党实事求是的工作作风和人民利益高于一切的执政

《东方欲晓》剧照

理念。影片再现了毛泽东《在晋绥干部会议上的讲话》《对晋绥日报编辑人员的谈话》《再克洛阳后给洛阳前线指挥部的电报》等经典文献产生的背景和过程。影片用艺术的手段谱写这段光辉的历史,这是《东方欲晓》的重大价值。

本片出品人曹寅、黄建民,制片人董思涵、张枫,编剧朗云、张枫,导演安澜,摄影张永斌,主演有王霙等。中共忻州市委宣传部、中共岢岚县委宣传部、中共繁峙县委宣传部、山西作家影视艺术制作有限公司、北京文影国际文化发展有限公司联合摄制。中央电视台电影频道节目中心、山西影视集团、山西电影制片厂出品。

《东方欲晓》获2016年山西省第十一届精神文明建设"五个一工程"优秀作品奖。

**二、太原的《决战太原》**

2009年是中华人民共和国成立六十周年,也是太原解放六十周年。

解放太原是解放战争中历时最长、战斗最激烈、付出代价最大的城市攻坚战役。为隆重纪念太原解放六十周年，中共山西省委宣传部、中共太原市委宣传部、中央新闻纪录电影制片厂、山西电影制片厂联合出品了大型文献电影《决战太原》，运用大量翔实珍贵、鲜为人知的历史资料，结合寻访当年战争亲历者，全方位多视角地追述战争双方从谋划到对决的历史事实，展现战争双方决策者的心路历程和众多普通战士的战争经历，以及后人寻找阵亡烈士亲人的那一幕幕催人泪下、发人深思的场景，高度赞扬了为新中国的成立做出重要贡献，甚至是英勇牺牲的革命前辈，反映了解放太原对于华北全境解放和全国解放所具有的重大的政治意义。

影片得到了"中央重大理论文献影片创作小组办公室"和国家广播电影电视局的充分肯定，并被列入发行全国的重大文献电影片。

这部电影在太原解放六十周年活动中播映，反响强烈，受到观众普遍好评。

史料的翔实、丰富无疑是文献片最大的看点，而其中的真实性则是文献片的灵魂与生命。《决战太原》的真实性，一是体现在战争场面上。三十分钟的原始资料是战地记者留给后人的宝贵财富——有的战地记者永远倒在硝烟弥漫的战场上。二是体现在战争遗址遗物上。从影片中既可看到太原战役对决的山头、要塞，看到当年的碉堡、主攻战场，甚至民工指出的攻克要塞山头的羊肠小道；又可看到攻克太原城后的复工复业、供电供水布告，黄樵松将军写给爱妻的遗嘱，甚至听到阎锡山的录音讲话等。三是体现在战争亲历者的生动叙述上。如处理烈士后事工作队副队长杜明学以及冒死送达太原城防图而致终身残疾的霍桂花的动情讲述……很多镜头画面，使观众如同身临其境，很多鲜活事例令人潸然泪下。

《决战太原》不仅仅只是一部电影作品，或者纪实性文献作品，它背后有着极为深刻的民族记忆，蕴含着永恒不朽的崇高精神。从战争本身来看，它是国共双方的激烈对抗，但从其延伸意义看，更是当年每个人都无法回避、必然面对的人生航向的最终选择,是对两种不同前途命运、不同道路方向的抉择。徐向前、薄一波与阎锡山,这三位隔河相望的五台老乡,虽然在民族危亡的关键时刻曾走到一起,共赴国难;但却最终因为思想和信仰的差异而做出了各自的选择,在两条不同的道路上渐行渐远,成为同乡不同道的典型人物,这也是本剧最受观众欣赏的亮点。

《决战太原》讲述了解放战争史上那段历时最长、战斗最激烈、双方投入兵力最多、付出代价最大的城市攻坚战,但并没有过多记录其惨烈和血腥,而是客观记载双方决策者对历史潮流和形势发展的把握与决断,着力分析每一位战争经历者的思想认识、心路过程,着力展现战争对人的思维观念和精神世界的强烈冲击。

十四年抗战胜利了,人民盼望的和平局面即将到来,应蒋介石电邀,毛泽东亲赴重庆进行和平谈判,但是毫无和谈诚意的国民党却在同时挑起了内战,无情的战火重又点燃。经过三年解放战争的无情对决,人民解放军推翻了国民党的专制统治,迎来新中国的诞生。战争取得了胜利,然而残酷的战争也夺去了无数先辈的生命。

《决战太原》让我们看到了当年真实的战争场面,尽管是有限的,尽管并不

全面，但那一个个珍贵镜头都是当年战地记者冒着枪林弹雨，用鲜血和生命记录下的。因为选材的独具匠心、视角的新颖别致、史料的丰富翔实，使我们了解到这场城市攻坚战双方的巨大付出。

资料显示，太原战役从1948年10月5日发起，到1949年4月24日结束，前后历时6月有余，共计歼灭国民党军队135000余人，其中俘虏77000余名，包括岩田、王靖国、孙楚等人在内的师级以上军官40余人。解放军为攻取这座城市也付出了巨大牺牲，共计伤亡45000余人。仅在太原解放战役中就有7000多革命烈士长眠地下。当我们站在苍松翠柏间献花鞠躬的时候，在我们因英雄的战士而自豪和骄傲时，我们的心情也是十分悲痛和沉重的。在烈士陵园，我们看到一个个刻有烈士姓名的墓碑，还看到只有所在部队番号而无姓名的烈士墓碑，更有既无姓名又无部队番号的无名烈士墓碑，可能还有许多连墓碑也没有的烈士永远长眠在战场的某处遗址。他们是我们的前辈，是为了我们今天安宁的生存环境而英勇献身的亲人。

在人民解放军隆隆的炮声中，太原绥靖公署的地下室里，顽固不化、决不放下武器的梁化之、阎慧卿服毒自尽。在阎慧卿自尽前夕，由梁化之代笔写下了《阎慧卿致阎锡山的绝命电》："妹虽女流，死志已决。临电依依，不尽所言！妹今发电之刻尚在人间，大哥至阅电之时，已成隔世！"电文中，充满了一个被卷入战争的女人的绝望与悲怆。据说，阎锡山在上海读到这封绝命电时，泪流满面，悲痛万分。

电影《决战太原》同1989年太原电视台摄制的十集电视连续剧《攻克太原》堪称姊妹篇。

本片制片人郝蕴，导演郝蕴，撰稿郝蕴、张珉、王宏伟，总摄影罗凌，剪辑周影，解说李易。中共山西省委宣传部、中共太原市委宣传部、中央新闻纪录电影制片厂、山西电影制片厂联合出品。

2009年10月，影片获第二十七届中国电影"金鸡奖"最佳纪录片奖。

### 三、吕梁的《吕梁汉子》

影片以已故"当代吕梁英雄"、感动山西十大人物梁宝为原型,以真事——梁宝二十八年如一日不忘初心,带领村民艰苦奋斗、脱贫致富,明知身患肺癌已到晚期,仍然坚持工作,最后倒在工作岗位上的感人事迹为素材,用纪实的手法、朴实的风格,通过电影艺术的形式将一位当代农村基层党支部书记对党忠诚、牢记宗旨的政治品格,敬业奉献、求真务实的工作作风,公正无私、艰苦朴素的清廉本色,乐观豁达、自强不息的顽强意志进行了生动刻画。用二十余载的跨度讲述了梁宝在沟壑纵横、十年九旱的黄土高原上,带领村民战天斗地的感人故事,成功地塑造了一个敢于担当、重情重义、舍小家为大家、大公无私的村支书"梁宝"的银幕形象,树起新时期农村基层干部的旗帜,宣扬了英模人物的先进事迹和精神担当,影片多处让人怦然心动、潸然泪下,深受教育。

梁宝,石楼县灵泉镇薛家垣村人,1984年担任薛家垣村党支部书记。在他担任党支部书记的28年中,带领全村党员群众平整耕地1540亩,使昔日的山梁陡坡地变成了高标准农田,实现了种植、收割机械化;完成退耕还林818亩、荒坡造林1585亩,在荒山秃岭上实现了林木全覆盖;发展经济林2400亩,栽植核桃林1600亩,人均达8亩;建成年出栏5000头的自动化生猪养殖场项目,建成蔬菜大棚16座,创造了贫困山区建设农业循环园区的新模式。2011年,全村人均纯收入4500元,是当年全县农民人均纯收入的2.5倍,更是梁宝上任之初全村人均纯收入200元的22.5倍。

二十八年的担当,二十八的坚守,梁宝作为新时期农村基层干部的旗帜,多次被评为优秀共产党员和先进工作者,是感动山西十大人物之一,吕梁市道德模范,"当代吕梁英雄",石楼县人大代表,吕梁市、山西省党代会代表。薛家垣村党支部八次被吕梁市委授予"红旗党支部",十二次被石楼县委、县政府授予"先进集体"的荣誉称号,连续八年被评为全县"十大红旗村"和吕梁市"五星级农村党支部"。

2010年11月,梁宝确诊为肺癌晚期。与病魔顽强抗争两年多,2012年12月10日,他倒在为村里选种猪的路途中,年仅五十三岁。

《吕梁汉子》最大的成功在于塑造了以梁宝为原型的薛家垣村党支部书记薛宝的形象。在影片一波未平、一波又起的激烈的矛盾冲突中,作为一名共产党员,一个党的基层干部,如何面对自己的家人,面对自己的女儿、妻子、兄弟的要求、愿望,如何面对自己的身体,如何面对村里的人,时时、事事都在考验着他。他是母亲的儿子,是妻子的丈夫,是女儿的父亲,是弟弟的哥哥,他对他们充满了感情,也充满了愧疚。他也是乡亲们的支书,是人民的公仆,是共产党员。所以,他做出的每一件事,都是公正无私、坚持原则、维护全村群众利益的。他为了满足村里的发展和乡亲们的需求,拖着病体四处奔波、到处求援。在村里遇到各种困难时,他都是挺身而出,想方设法化解矛盾、解决问题。他是乡亲们的主心骨、村里发展的带头人。

薛宝这个基层党员形象的塑造有着重要的现实意义。因为基层党员干部是离老百姓最近的,反过来,老百姓对党员干部的评价也更直接来自基层干部——他们离

省委书记、市委书记、县委书记非常远,最近的就是村支部书记。他们每天都能看到他——他是怎么做的,怎么对待老百姓的。从这样的一个角度来看,最基层的党员形象,对老百姓是最有说服力的。

《吕梁汉子》这部影片将英雄主义情结、现实主义精神和浪漫主义情怀进行了完美的诠释。影片中所表现的深厚的历史文化、优美的山水文化、朴实的民俗文化、浓郁的乡土文化,使电影具有深刻的文化内涵。特别是那些高亢、深情、悲壮、悲凉的音乐,对剧情起到强有力的烘托作用,使影片有了强烈的艺术张力。

影片对于精准扶贫的艺术阐释更有它独到的现实意义。精准扶贫中最中心的是村支部书记怎么去带领村民改变家乡的面貌。什么是新农村,怎样建设新农村,这部电影给出了一些启示——就是要就地发展农村的经济、文化,并非让农民放弃土地涌向城市;要就地推动农村城市化的发展进程,不要让农村成为一种空巢、凋敝的景象,不能使农村的传统文化在这种进程中丢失了。

从电视连续剧《吕梁英雄传》到电影《吕梁汉子》,吕梁精神和吕梁文化得到传承——弘扬了吕梁精神,彰显了吕梁文化,而且重塑了吕梁形象。

《吕梁汉子》被中共山西省委组织部评为2016年山西省党员教育电视片观摩交流活动特别奖作品。2017年,影片被列为山西省委党校干部培训和新疆建设兵团第六师党员干部学习教育片。影片在太原、吕梁地区九个市县和新疆建设兵团放映近百场。

2016年9月13日,《吕梁汉子》在北京金鸡百花影城举行首映式暨专家研讨会。与会专家对《吕梁汉子》这部电影给予充分肯定和很高评价,认为这是一部有筋骨、有温度、接地气、扬正气的好影片。2017年9月8日,在中央电视台电影频道首播。

本片总出品人油晓峰,总制片人陈浩、梁春书,制片人薛志胜、刘云、闫建军、呼鹏燕、吴正德,编剧徐文雁,导演顾柯宇、金坡,主要演员有储智博、梁春书、李明启、张晶、张治中、张永健。北京铭天影视文化有限公司、山西龙鹏文化传媒有限公司联合摄制。中共吕梁市委组织部、中共吕梁市委宣传部、中共石楼县委、石楼县人民政府、山西省话剧院联合出品。

**四、阳泉的《大寒》**

《大寒》采用剧情和纪录相交叉的散文式的叙事方式,以中国的二十四节气为叙事节点讲述故事。故事有三条主线:盂县一乡村小学教师张双兵一直在为在日侵时期沦为"慰安妇"的受害老人们讨回尊严和公道而奔波;被迫为"慰安妇"的青年时代的大妮遭遇了那场罪恶的战争,带给了她苦难和耻辱;老年时的大妮过着一种心里揣着的冰疙瘩一次次被搅动,使她痛苦得难以忍受的生活。影片中这三条线时空交错,分别展开。

盂县桃园村,是一个有韩、崔、梁三姓村民居住的穷苦贫瘠但却和平安详的小村庄。日本帝国主义发动的侵华战争改变了这里的一切。日军侵占了桃园村,并将之设为"治安村"和据点。村长梁长贵为了让桃园村不受侵害,他和他的家人不受侵害,尽量讨好日军。日军翻译官让他在村里找"花姑娘",使他十分作难。

桃园村村口聚集着一堆逃难来的乡亲,他们认为"治安村"很安全,村长梁长贵苦苦地劝解:"这年头我们还是自己顾自己吧。"人群中,崔大妮的妹妹崔二妮,苦苦哀求,想要去姐姐家避难。梁长贵在安抚她的同时心生邪念。

已有身孕的崔大妮得知二妮被抓进日本军营,冲到军营救二妮,结果她也身陷魔窟,被日军小队长健二在众目睽睽之下强行施暴。

大妮的丈夫韩宝生为了救出大妮和二妮,冒死闯进日军军营,身负重伤,被日军追赶到了滹沱河,后被扔进河里。

桃园村因为宝生的反抗,遭到日军灭绝人性的血洗。

二妮怀孕了，被日军放回了家，遭到村里乡亲的歧视和辱骂，二妮忍受着各种痛苦，试图打掉肚子里的孽种，却无济于事。后二妮跳崖而亡。

大妮的养女小雪因为养母的经历一直嫁不出去，到了三十岁才嫁给远村的一个比她大二十岁的鞋匠，因为那边的人不知道她养母的事情。这一切都深深地刺激着大妮。

村长梁长贵也没有逃过一劫。女儿兰花被日军强行夺走，在遭受凌辱时拿剪刀把

日军少佐捅死，自己则被日军用刺刀活活杀害。梁长贵看着女儿的尸体，愤怒了，捂死了日军翻译官，当晚，自己把自己烧死在家里。

日本天皇下诏书，宣告日军无条件投降。抗战胜利了，但是不干净的名声让大妮走不到人前头。

八路军19团派人送来了宝生的遗物，说是原来宝生当年没有死，被八路军救起了，后来宝生加入抗日武装，杀死不少鬼子——为了给大妮报仇。宝生是抗日的大英雄，是桃园村的大荣耀。桃园村选了上风上水的好地方安葬了宝生。大妮隔着深深的沟壑，远远地望着她的男人，她知道自己不干净的名声是她永远迈不过去的心坎。

大妮终于把该放下的都放下了，终于走到她丈夫宝生的坟前了。她说："活着就是个盼头，终于盼到了。"这一天，大妮穿着当年出嫁的大红棉袄，看宝生去了，"宝生，你不觉得暖和了？宝生，打春了，宝生，打春

了!"

1982年的秋天,一次学生家访,让山西盂县西潘乡赵家庄村小学教师张双兵无意中知道了在日军侵华战争中遭受过日军性侵害的老人们的事情,他开始在家乡寻找、走访、调查有过"慰安妇"经历的受害老人,三十五年里,寻找并调查了一百二十七位受害老人。从1992年至2007年,他两次带领十六位受害老人到日本起诉日本政府,要求为受害老人公开谢罪并进行赔偿。整整十六年,经历了败诉、上诉、再败诉、再上诉的艰难历程,最终,日本最高法院终审判决败诉,其理由一是个人不能起诉政府,二是诉讼时效已过。

2015年10月6日,日军暴力性侵受害者曹黑毛(九十六岁)去世了。临死前她说的是:"……官司赢不赢吧,都死了……娃子们,你们以后可得把咱家的门看好了,再不能让人家说踢开就踢开,说进来就进来……"这是曹黑毛老人生命最后的遗言。

中国"慰安妇"民间调查人张双兵,十分愧疚,心情沉重,这是他送走的第一百二十六位受害老人。

2015年10月13日,盂县最后一名实名诉讼日本政府,要求公开谢罪、赔偿的日军暴力性侵受害者张先兔,在山西盂县西烟镇西村家中病逝,终年八十九岁。这是张双兵老师走访调查过的最后一位老人。

电影导演张跃平说,电影《大寒》从筹备、立项、拍摄、完成,走了五年极其艰难的道路。

张跃平拍摄电影《大寒》是源于他结识了这位小学老师张双兵。张双兵为遭受战争迫害的老人们讨回尊严与公道的事迹让他深受感动。张跃平曾问张双兵老师,为什么要做这件事儿,而且一做就是大半辈子。张双兵说:"我就是个农民,我就是个乡村老师,没有多大本事,做这件事儿的初衷真的是源于老师这个称号的良知和天职。重要的是,我和老人们有过许诺,是想在老人们的生命最后还她们个干净的名声,心里头能装

《大寒》剧中的老年大妮（鲁园饰）

上点儿温暖。"张双兵老师的初衷和行动使张跃平产生了拍摄电影《大寒》的想法。

艰难奋进整整五年，2017年12月初，电影《大寒》终于完成。

2017年12月13日，国家公祭日，在南京东南大学举办了电影《大寒》观影活动，引起强烈反响。

2018年1月10日，在北京大学红楼举办了电影《大寒》观摩研讨会，电影界二十多位著名专家、评论家、学者及北大学子和几十家媒体，进行观摩、研讨。清华大学教授尹鸿说："这是我近年来看到的最值得让人致敬的电影，致敬张双兵老师。这样的历史不应该被埋葬，应该用影像作品表达出来，所以这是一部有使命感的电影。"

2018年1月12日，电影《大寒》在全国院线公映。不久，即在全国院线下线。主要原因是《大寒》挤在贺岁档的娱乐片中，格格不入，尽管评分不低，口碑不错，但排片几乎没有，只有142.1万元票房，惨淡收场。但是，创作者们没有气馁，为了使更多的人记住这段历史，勿忘国耻、珍爱和平，电影《大寒》在第六个世界"慰安妇"纪念日的2018年8月14日再次在全国院线上映。影片复映第一天全国46个城市排片766场。与此同时，开启了电影《大寒》在山西十一个地市的展映活动。12月13日，电影《大寒》全国下线，最终取得669.2万的票房收入。

央视网、新华网、凤凰网等六十家平台视频直播复映活动，紫光阁、共青团中央、央广等官方微博也进行了报道。

2018年8月28日，七十五岁高龄的中日战争受害者"慰安妇"诉讼律师团团长、东京町田法律事务所律师大森典子来山西盂县看望受害者家属并观看影片《大寒》。从1994年开始，大森典子就为盂县的六位"慰安妇"打官司，自己花钱带着她们到日本向东京地方法院提起诉讼，要求日本政府为当年所犯下的罪行向受害者谢罪、道歉，并做出经济赔偿。官司虽然败诉，但日本法院在判决时承认受害者受害的事实。大森典子被人们称为中国"慰安妇"的守护者。十多年前，由她代理的六位"慰安妇"老人均已谢世，但大森典子没有放弃自己的斗争；因为日本教科书上仍然没有这段历史。她说："南京大屠杀、'慰安妇'，这些都是战争留下的伤痛，而作为加害国的人民，我们一点都不知道这些历史，所以我要为国人做点什么，至少能让这段历史登上教科书。"[1]大森典子律师每年都会来中国山西盂县看望这些受害老人及家属。大森典子在观看影片时，始终沉默，表情凝重，只看了一半，就看不下去了。她说："作为日本人，看过后很难过，我想把这部影片带回日本。"

电影《大寒》通过"慰安妇"问题对战争罪恶进行揭露和反思，在国际上引起了强烈反响。一部中国电影三出国门，显示了它的震撼力和影响力。

2018年3月8日，在韩国举办的"日军性奴隶问题亚洲团结会议"上，

---

[1] 孙轶琼：《75岁的她从未放弃为"慰安妇"讨说法》，《山西晚报》2018年9月2日。

导演张跃平向大森典子律师赠送电影《大寒》光碟

《大寒》作为特邀影片进行放映。张双兵老师应邀赴韩参加了这一活动。

2018年7月7日,应美国旧金山南京大屠杀索赔联盟、"慰安妇"正义联盟、旧金山中国统一促进会、抗日战争史实维护会的邀请,电影《大寒》在美国旧金山举办观影活动。

2018年9月22日,在旧金山举办的"慰安妇"塑像揭幕一周年纪念活动中,特别邀请了电影《大寒》导演张跃平和张双兵老师参加,在活动中放映了这部影片。

张跃平说,日本搞的"慰安妇"的罪恶行径,是20世纪人类历史中最丑陋、最肮脏、最黑暗的一页,也是世界文明进程中最耻辱的一段记忆。我们之所以竭尽全力拍摄和宣传这部电影,就是想告诉大家,"如果忘却大寒,你怎么能感受到春天的温暖?别忘了,今年的春天,是我们用自己的体温融化了大寒"。

本片出品人高巍,制片人高巍,执行制片人韩振东、李胜,制片主任韩振东,制片程远、史宝生,剧本原创、改编张跃平,编剧吕品品、房伟,导演张跃平,摄影指导孟晓清,剪辑指导翟金鹏,剪辑赵雄成(台湾),美术指导胡鹏,录音指导丁一林,灯光设计杨斌,造型设计徐丽,作曲王辉,剧本策划小岸、马绍明、张爱兰、韩从,文学统筹孙学君,纪录片编导徐雅秀、李锐,纪录片摄影李锐,亚洲爱乐乐团担任管弦乐演奏,特别出演张双兵,主要演员有鲁园(饰老年大妮)、许薇(饰青年大妮)、罗永恒(饰村长)、李可儿(饰二妮)、张世民(饰韩宝生)、张晋(饰健二)、何晋喜(饰翻译官)、马妮(饰小雪)、陈芮(饰兰花)。

《大寒》由中共阳泉市委、阳泉市人民政府、中共阳泉市委宣传部、中共盂县县委、盂县人民政府、阳泉广播电视台、阳泉广电传媒有限公司、顶果国际文化传播有限公司联合摄制。阳泉广电传媒有限公司出品。

# 第二辑

## 第六章  马烽的电影剧本创作

**题外话**：写山西电影文学史，首先离不开的就是我敬重的长者、作家马烽和孙谦。这一段时间我竟沉浸在马烽、孙谦的作品里，沉浸在研究他们、描写他们的著作和传记里。我好像是在聆听他们的教诲，他们的音容笑貌犹在眼前。他们在告诉我，他们的一部部电影是怎么写出来的。他们诉说自己有成功的喜悦，也有委屈、纠结和苦恼。他们的作品出来了，得到了许多荣誉和表彰，但是也受到过批评和指责。我觉得给他们的荣誉和奖励是应该的，因为他们是为人民写作的；而对他们的指责很多是不公正的，谁都无法完全不受政治和时代的影响。他们的作品虽然不部部都是完美无瑕的，但是反映了他们的真诚，写出了他们的真情，他们不愧为人民的作家。他们的作品经得住历史的检验。他们的《我们村里的年轻人》《泪痕》《咱们的退伍兵》在多部电影史上都有论述，成为中国电影的经典，记载在电影史上。

我为了写马烽、孙谦的电影剧本创作，细读了五部关于马烽的研究著作。周宗奇、杨品主编的"马烽研究丛书"，共五部，除去段崇轩著的《土色土香的农村画卷——马烽小说论》外，其他四部都是有关马烽的传记和研究马烽的专著。它们是：周宗奇编著的《栎树年轮：马烽自传·口述实录·宙之诠释》、杨品著的《马烽评传》、马明高著的《马烽电影艺术论》和周宗奇、杨品主编的《马烽研究文集》。此外，还有陈为人先生送我的他写的《马烽无刺——回眸中国文坛的一个视角》。这五部著作写作角度不同，内容有别，行文风格各异，但都以翔实的资料、独到的见解，深刻地形象地论述了马烽这位人品和文品都受人尊敬的著名作家。我在撰写马烽、孙谦的电影剧本创作时，从他们几位的著作中汲取了丰富的营养，引用了他们的不少观点和资料，在这里谨向他们表示深切的感谢。

马烽、孙谦生前我同他们交往甚多。无论是我在山西省委宣传部文艺处还是在山西省文联工作都不时登门请教。他们每有新作都会签名送我。1986年，希望出版社出版了马烽的《致初学写作者》，马烽也签名送我。2000年，大众文艺出版社出版了八卷本的《马烽文集》，马烽也亲自署名签章送我。他怕印章的印油沾污了书页，还在印章上盖了一小块宣纸。1987年，中国电影出版社出版了《马烽、孙谦电影剧作选》，马烽、孙谦一起签名送我，从书写用笔上可以看到是孙谦首先签名的，然后马烽也签上了他的名字。更有趣的是，1984年群众出版社出版马烽、孙谦创作的电影文学剧本《几度风雪几度春》，二位作家在1984年11月和1987年12月19日先后签名送我。这样我就有了两本《几度风雪几度春》的作家签名本。一本是马烽首先签名，然后孙谦加上签名的；一本相反，是孙谦首先签名，然后马烽加上签名的。2016年秋末，我曾同马烽的女儿梦妮去汾阳贾家庄参观"马烽纪念馆",曾想把其中的一本送给纪念馆。但考虑再三,哪一本也舍不得,因为都有他们的签名,而且签名的顺序也不一样。

2006年5月,由中国电影家协会、山西省文联、山西省名人联合会、中共晋中市委联合主办,山西省电影家协会、中共晋中市委宣传部、晋中市文联承办的"全国农村题材电影创作研讨会"在晋中市召开。会后把会上的讲话和论文编辑成册,书名为《全国农村题材电影创作研讨会论文选》。中国电影家协会副主席康健民为书作序,热情地赞扬了山西的农村题材电影创作。他说:

山西是我国已故著名作家赵树理、马烽、孙谦、西戎的故乡,在山西召开农村题材电影研讨会,我自然会想到他们对我国文学创作、电影创作所做出的巨大贡献。缅怀他们的丰硕成果,寻找他们的人生踪迹,总结他们的创作经验,分析他们取得辉煌成就的原因,我认为其中最重要的一条是:他们始终沿着正确的创作方向,坚持现实主义创作原则,心怀爱国赤忱,情系人民群众,关心国家命运,把握时代脉搏,忧患民生大众,特别是长期深入农村生活,和农民同吃、同住、同劳动,从生活中寻找主题,在生活中激发灵感,强调艺术真实与生活真实的完美结合,击恶扬善,针砭时弊,为广大农民而代言,为时代而呼喊,所以他们创作的《三里湾》《我们村里的年轻人》《咱们的退伍兵》等电影才能让观众满意,让市场接纳,在中国电影艺术长卷上留下他们壮丽的篇章。

现实题材是山西电影创作题材的主体,而反映农业、农村和农民的"三农"题材则是现实题材中的重中之重。在社会主义革命和建设时期是如此,进入改革开放的新时期仍然是如此。以农民为创作主体和服务对象,关注农业生产、反映农村生活、塑造农民形象的农村题材电影是山西电影创作的优秀传统。在这方面最有代表性的作家是马烽和孙谦。

2000年2月,由大众文艺出版社出版的八卷本《马烽文集》就有两卷共收了九部电影文学剧本,包括《我们村里的年轻人》及其续集等。

2001年7月,由山西人民出版社出版的五卷本《孙谦文集》就有四卷共收入二十一部电影文学剧本,包括《农家乐》《陕北牧歌》《葡萄熟了的时候》《万水千山》等。

评论家马明高根据马烽、孙谦创作思想的发展演变和电影文学作品的特征演变,把他们的创作大体划分为三个时期。第一个时期(1956—1976),他们创作的电影文学剧本都是讴歌和赞美新中国、新时代、新生活的,塑造了一批新人物,代表作是《我们村里的年轻人》及其续集以及《高山流水》。第二个时期(1977—1984),他们的剧本开始直面历史,反思历史,揭示现实生活更为深刻的本质,代表作是《泪痕》《几度风雪几度春》及其续集。第三个时期(1985—1989),他们把创作的重心放在强烈地关注空前火热的现实生活,用电影文学反映改革现实的复杂性和艰巨性,思考和回答农村改革中出现的重大社会问题上,代表作是"农村三部曲":《咱们的退伍兵》《山村锣鼓》和《黄土坡的婆姨们》。①

---

① 马明高:《马烽、孙谦的电影文学创作》,载杨志刚、杜学文主编《聚焦山西电影》,中国电影出版社,2005。

## 第一节　马烽的生平和他为什么喜欢写电影剧本

马烽(1922—2004),山西孝义人。1938年参加革命工作,同年加入中国共产党。历任晋绥出版社总编辑,中央文学研究所副秘书长,中国作家协会青年部副部长,山西省文联第二、三届副主席,中国作家协会山西分会主席,山西省文联第四、五届主席,中共山西省委宣传部副部长,中国

马烽在写作

文联第四届副主席,中国作家协会理事,山西省第五、六届政协副主席,中国作家协会党组书记、副主席。1992年,中共山西省委、省政府授予他"人民作家"荣誉称号。马烽作为中国当代文学史重要流派"山药蛋派"的代表作家之一,在半个多世纪的文学生涯中,坚持毛泽东同志《在延安文艺座谈会上的讲话》指引的方向,走民族化、大众化的道路,在长中短篇小说和电影文学创作上取得了卓越的成绩。

马烽1942年开始文学创作。他一生创作了《第一次侦察》《三年早知

道》《我的第一个上级》《太阳刚刚出山》等数十篇短篇小说,《吕梁英雄传》(与西戎合著)、《金宝娘》、《刘胡兰传》、《伍二四十五纪要》等十四部中长篇小说,《我们村里的年轻人》及其续集、《扑不灭的火焰》(与西戎合作)、《新来的县委书记》(即《泪痕》,与孙谦合作)、《咱们的退伍兵》(与孙谦合作)等九部电影文学剧本,是一位高产的著名作家。

马烽为什么喜欢写电影?还是从文艺的服务对象考虑的。1982年,他在四川乐山召开的一次全国性电影创作年会上说:

> 我的作品写的都是农村题材,我心目中的读者对象是农民和农村基层干部。可是后来我发现,除了回乡知识青年和一些爱好文艺的干部之外,一般人都不读文学作品,倒是电影受到了广大农民的欢迎。一听说哪里"耍电影",无论男女老少,无论识字的或不识字的都跑来了。农村里放映电影大都是在野场子里,即使是数九寒天冰雪满地,他们也不在乎,即使跑上十里八里,也甘心情愿。有时放映一部他们还不满足,连续放映两部他们才觉得过瘾。特别是近几年来电影事业有了很大的发展,一般的公社里都有电影放映队,甚至有的大队里也有了放映机,看电影成了农民主要的文艺享受。一个作家写出了作品,总希望有更多的人看,这是人之常情。这也就是我既怕"触电"而又乐意"触电"的原因。①

马烽是一位有着强烈责任感和使命感的作家。他贴近时代,与时俱进;面向未来,继承创新;情系百姓,为民众鼓与呼。他的剧作可以称之为中国农村四十年历史的风雨表。每个阶段农村工作的成就和问题、农民的思想与生活,都可以从他的作品中得到反映。他的剧作具有浓厚的生

---

① 马烽:《电影还是应该讲究民族化》,载《马烽文集》第8卷,大众文艺出版社,2000,第210—211页。

活气息、强烈的时代精神和朴素幽默的风格,在中国文学史和电影史上占有重要地位,有着广泛影响。

## 第二节 《我们村里的年轻人》从创作到摄制

电影《我们村里的年轻人》是马烽的代表作,分为正集和续集,正集于1959年上映,续集于1963年面世。

马烽曾向作家周宗奇谈起他的创作缘起:

> 1957年冬天,我下乡到了汾阳,主要搞水利建设、农田基本建设。我算是做客,也算是工作。后来省委让我兼任了县委副书记。县委分工,叫我分管文教,也算对口。但我没有答应,我说我是下来体验生活搞创作的,最好什么也别分管,以免误事。于是,我就骑着一辆自行车,带上铺盖卷下乡,各村都跑。跑到1958年,创作上丰收了,写了电影文学剧本《我们村里的年轻人》。
>
> 原来我是计划把这个题材写成中篇小说的。当时,孙谦正好在交城下乡,离我不远,见面后劝我说,现在正闹电影剧本荒,你还是直接写成电影剧本吧。我就听从了他的意见。过罢春节,我回到汾阳就开始写。一口气写完,拿上初稿骑着车子就去交城叫老孙看。他连夜看完,说:"行!"我就抄写了一份交给老孙,由他寄给长春电影制片厂。题目也是老孙给起的,琢磨了很久才定下来,叫《我们村里的年轻人》。[1]

---

[1] 周宗奇:《栎树年轮:马烽自传·口述实录·宙之诠释》,大众文艺出版社,2004,第417页。

马烽在汾阳贾家庄与社员们在一起

　　汾阳作为马烽的第二故乡,有它特殊的原因。马烽父亲是孝义人,母亲是汾阳人。马烽童年失去父亲,母亲为了与娘家兄弟就近生活,早晚互相有个照应,便由孝义搬迁到汾阳县东大王村娘家的村子居住,因此,马烽在汾阳姥姥家的村里生活了多年。1956年,马烽调回山西工作,就把汾阳贾家庄作为根据地,深入生活,扎根人民。特别是他挂职汾阳县委副书记期间,就住在贾家庄体验生活,撷取素材,熟悉社员的思想感情,了解农村的乡土人情。他以贾家庄的农民为生活原型,在这里创作了《三年早知道》《饲养员赵大叔》《韩梅梅》《青春的光彩》《老社员》等一大批脍炙人口的小说和《我们村里的年轻人》电影剧本。至今,汾阳贾家庄老一些的干部和农民还记得马烽当年在他们村里生活的情景。贾家庄人民不忘作家马烽,把马烽下乡时住过的贾家庄大队部辟为"马烽纪念馆",让作家永远生活在这块深情的土地上和勤劳的人民中。

　　我曾去马烽纪念馆参观,在纪念馆院内瞻仰马烽的雕塑坐像。在纪念馆门前有一副行书对联:"历武从文谱就吕梁英雄传,怀乡恋土唱响山西好风光。"一看题署,得知对联是由马烽的夫人、作家段杏绵撰联,戏剧家、书法家郭士星书写的。对联编得很好,正好嵌入了马烽的两部代表作:一部是长篇小说《吕梁英雄传》,一部是电影剧本《咱们村里的年轻人》。

剧本写好了,但是开拍并不那么顺利。剧本交给了长春电影制片厂导演苏里,可是苏里看了剧本心里直打鼓。当时银幕正"拔白旗"①,《我们村里的年轻人》却不仅写了恋爱,而且还是"多角恋爱",高占武爱孔淑贞,曹茂林爱孔淑贞,小狗小亮也都爱着孔淑贞,这样写行吗?苏里找厂长亚马谈了自己的想法。亚马说:"爱情是生活中必不可少的,关键是教育人以什么样的态度对待爱情,用共产主义的精神谈恋爱还是高尚的嘛!去山西找马烽谈谈,改改本子,我看本子还是好本子。"有厂长支持,苏里心里踏实了许多,便去山西找马烽改剧本。

到了山西,马烽表示愿意修改,还带苏里到农村去体验生活。剧本改好后拿回厂里,讨论通过了,苏里开始组建摄制组。吉林省委书记吴德也很关心这部电影的创作,鼓励苏里把片子拍好,说:"你大胆干吧,但不要

马烽女儿梦妮(右)和"马烽纪念馆"负责人张宏岩在纪念馆马烽塑像旁

---

①在1958年的"大跃进"过程中,曾把一些坚持实事求是、反对浮夸的人,以及一些所谓具有"资产阶级学术观点"的人都作为"资产阶级白旗"加以批判、斗争甚至处分。当时把这种做法叫作"拔白旗"。

把爱情写得太赤裸裸了,怎么处理舒服就看你的了。"有省委的支持,长影厂把《我们村里的年轻人》作为国庆十周年的献礼片纳入计划,由苏里导演,主要演员有李亚林、金迪、梁音、刘增庆、杨桄。

影片完成后送文化部电影局审查。电影局局长陈荒煤认为,题材新颖,情节生动,也塑造了几个人物,但仍显粗糙。在爱情上表现他们的共产主义风格,这是对的,但同时也应该表现出他们内心的转变过程,这是很重要的。影片根据各方面意见进行修改,完成后,1959年,作为国庆十周年献礼片正式上映,广受好评。影片塑造的几个年轻人的形象,特别是高占武和孔淑贞,得到青年观众的认可。扮演高占武的李亚林和扮演孔淑贞的金迪,后被选入"新中国二十二大明星"之列。

## 第三节　中国电影的经典之作《我们村里的年轻人》

《我们村里的年轻人》是新中国反映农村生活的影片中最具代表性的作品,是20世纪50年代国产影片中的经典之作。作者以一种快乐轻松

《我们村里的年轻人》剧照

的审美心态来审视与处理那个特定时代("大跃进")人与人之间的思想冲突及年轻人之间的爱情纠葛,使得影片整体上具有强烈的时代色彩。

《我们村里的年轻人》体现了马烽电影文学创作的特征:朴素、明朗、健康、幽默,全剧对社会主义新生事物热情歌颂,对人民群众中落后保守现象善意讽刺,拥有个性鲜明、性格突出的人物形象以及一波三折、引人入胜的故事情节。

《我们村里的年轻人》讲的是:一个名叫孔家庄的小山村,多年来饱受缺水的折磨,一遇天旱,不仅庄稼会渴死,人们吃水也保证不了。孔家庄的人们世世代代靠着离村五六里路远的一股小泉水生活度日。已经当家做主的孔家庄人民,不甘心这样的日子继续下去,一群年轻人满怀雄心大志,以降龙伏虎的气魄,劈山修渠,忘我劳动,在悬崖峭壁上大战苦战,终于把离村十五里的龙泉沟泉水引进了自己的村庄。

影片以热烈而又轻松、富有情趣且别开生面的基调,生动地刻画了一群性格迥异、朝气蓬勃、生龙活虎的年轻人的形象,特别突出了他们不同的内心世界和精神境界,展现出那个时代农村青年热爱家乡、热爱劳动、热爱生活的火热激情,真实地表现了那个时代农村青年健康、朴素、明朗而向上的爱情与友谊,赞扬他们用劳动和爱情谱写了自己的新生活。

在这群年轻人中,最突出的是勇敢顽强、善于思考而又性格沉稳的复员军人高占武,朴实忠厚、聪明内秀的曹茂林和开朗热情、倔强能干的孔淑贞。

修渠的创意者是复员军人高占武。他曾在抗美援朝志愿军中当过工兵排长,立过功。他的脾气有时比较急躁,但有一定的组织领导才能,还有爆破山崖的本领。他以身作则、雷厉风行,得到村里人们的尊重和支持。他下定决心要从山崖上打出一条渠道,把龙泉沟的水引到孔家庄来。他刚刚爱上孔淑贞时,好朋友曹茂林却向他倾吐早已爱上孔淑贞的心事,并请他帮忙。为了朋友的爱情和幸福,他抑制自己内心的感情,想办法给曹茂林和孔淑贞创造接触的机会。在他极其痛苦的时候,就用拼命抡锤打钎的办法去宣泄自己的感情。这样表现，不仅突出了他的倔强性格，而且也揭示了他崇高的精神境界。虽然孔淑贞也爱上了他，但他还是予以克制，直到曹茂林和小翠好起来，他才让压抑了许久的爱情火焰燃烧起来。

曹茂林不像高占武那样见多识广，但他朴实厚道、稳重善良，而且心灵手巧、善于创造，人们送给他的外号是"七十三行"。从他的身上，不仅反映出农村技术革命的开展，也表现出劳动人民创造发明的才能。曹茂林是众多质朴、聪慧农村青年的典型代表。

孔淑贞是一位新时代的新女性。她积极热情、大胆泼辣、豪爽坚强，中学毕业回到孔家庄，就决心投入家乡的建设事业。她对家乡的未来生活充满希望，设想引水、养鱼、种水稻，要让自己的家乡变成小江南。她不仅战胜了人们轻视妇女的传统观念，还在劳动中找到了自己的意中人。她与高占武、曹茂林之间的感情纠葛，她与高占武、曹茂林为改变孔家庄面貌的共同战斗，使她成为整部影片中不可缺少的核心人物之一。

《我们村里的年轻人》以两条冲突线构成了全片情节发展的脉络。一条是先进与落后的社会思想冲突，一条是爱情纠葛。两条发展线索密切结合，相辅而行。作者把爱情纠葛和展示人物的道德风貌紧紧地联系在一起，赋予爱情纠葛更多的社会内容。

1959年国庆节前后，为了庆祝新中国成立十周年，从9月25日至10月24日，文化部在全国各大城市同时举办"国产新片展览月"活动，共展出新片三十五部，其中故事片十八部。排在十八部故事片首位的就是《我们村里的年轻人》，其他还有《林则徐》《老兵新传》《五朵金花》《战火中的青春》《林家铺子》《风暴》《青春之歌》《聂耳》等。中国电影家协会研究员、评论家孟犁野在《银色与红色：撞击与交融——1949—1965年中国电影评述》中称，参加影片展览月的《我们村里的年轻人》是现实题材方面的"佳作"。[1]

---

[1] 孟犁野：《银色与红色：撞击与交融——1949—1965年中国电影评述》，载《中国电影年鉴：中国电影百年特刊》，中国电影年鉴社，2005，第187页。

## 第四节　成功的续集——《〈我们村里的年轻人〉续集》

由于《我们村里的年轻人》的成功，长春电影制片厂要求马烽写续集。马烽本来没有写续集的计划，而且他都打算不再"触电"了——因为写电影实在"太难缠"。长影厂那个专门为编剧开放的"小白楼"，不论多大的作家一住进去就变"小"了——这个提意见，那个也提意见，改起来没完没了。马烽知道，续写一部作品是比较困难的。原来作品所设置的矛盾冲突基本上解决了，主要人物性格也大体上展示了出来，在这种情况下，续作就必须去寻找新的矛盾冲突，去进一步丰富人物性格，而一般作家对生活的理解不是特别深刻，就不容易达到新的要求。因此，多数续作很难超过原作，古今中外概莫能外。但是，长影的负责人谈了影片仍有续写的空间，马烽也感到还有继续发挥的余地，同时，也碍于吉林省委和长影厂的一再要求，中央又有多给农民拍些电影的号召，于是就答应写了。

马烽继续深入生活，将故事的背景设为洪洞县发展小水利工程建设，这样"续集"围绕修小水电站展开情节，编织故事。续集由苏里、尹一青导演，主要演员有李亚林、金迪、梁音、刘增庆、卢桂兰、宋雪娟。

《〈我们村里的年轻人〉续集》拍摄于1963年。影片保留了正集中的高占武、曹茂林、孔淑贞、小翠、李克明等主要人物，剧情从上集的修水渠变为兴修水电站，冲突仍然在高占武等年轻人和老社长之间展开。李克明和孔淑贞从县里学成回村，准备修建水电站，老社长还是以劳力不足为由竭力反对。被提升为副大队长的高占武在公社赵书记的支持下，带领众人破土动工修建水电站。水电站的建设工程历经几次技术故障，最终发电成功。

续集延续了正集热情明快、风趣幽默、充满活力的艺术风格。几位主要人物的性格进一步深化。在爱情纠葛这条线上，续集比正集更为复杂，不仅让高占武和孔淑贞、曹茂林和小翠的恋爱关系有了起伏，还加上了李克明与冯巧英、二狗与小兰等几对青年男女的故事，使得喜剧色彩更强烈，人与人之间的关系更多样，故事更好看。影片中温顺体贴的小翠的形象，经过艰苦磨炼成为优秀农村知识分子的李克明的形象，均十分鲜明。在新中国的电影史上，为成功的影片拍续集，而这续集也获得成功，这是第一次。

## 第五节 《我们村里的年轻人》的社会反响

《我们村里的年轻人》上映后引起强烈反响，受到广大观众的欢迎。看这部电影，说电影里的故事，一时间成为人们的中心话题。在评论界更是好评如潮，《人民日报》《文汇报》《电影艺术》等报刊纷纷发表文章，从不同角度评价这部影片所取得的成就。

由于《我们村里的年轻人》在电影史上的地位和影响，在多部中国电影史和研究马烽的专著中，或有专章评述，或在书中提及。如孟犁野著的《新中国电影艺术（1949—1959）史稿》（2002年9月中国电影出版社出版），刘立滨主编、倪骏著的《中国电影史》（2004年2月中国电影出版社出版），金丹元等著的《新中国电影美学史（1949—2009）》（2013年7月上海三联书店出版），舒晓明著的《中国电影艺术史教程（1949—1999）》（2000年9月中国电影出版社出版），章柏青著的《中国电影·电视》（1999年1月文化艺术出版社出版），杨品著的《马烽评传》（2004年10月大众文艺出版社出版），周宗奇编著的《栎树年轮：马烽自传·口授实录·宙之诠释》，马明高著的《马烽电影艺术论》等，均有关于电影《我们村里的年轻人》的评述和赏析。

舒晓明在他的《中国电影艺术史教程(1949—1999)》一书中谈到"十七年"的电影创作时说:"现实题材的影片拍摄,受到的干扰较大,能够保留下来的成功之作不多,但也留下少量几部,像《老兵新传》《李双双》《我们村里的年轻人》《花好月圆》《农奴》等。"[1]

金丹元教授在分析影片中的人物时说:"影片力图依照现实主义创作原则,注意塑造典型环境中的典型人物,影片中的主人公退伍军人高占武与中学毕业生孔淑贞,都是有知识、有文化的新一代回乡青年,作为当时农村建设的带头人,他们领着一帮年轻人吃苦耐劳,战天斗地,在改造自己家乡的同时,也收获到了自己的爱情和事业上的成功。""整部影片风格自然、质朴,展现了新中国乡村日新月异的时代风貌。"[2]

评论家边善基在他的文章中说:

> 影片《我们村里的年轻人》有很多创作特色,首先它不是单纯让你重温一下人们征服自然的事件过程,而是通过有趣的故事和情节安排,写出了我们伟大时代具有共产主义风格的年轻的人。开山劈岭,引水入村,这些熟悉的事件,在这里也只是作为贯穿人物性格发展的一条线索;而电影主要是以朴素轻松的笔调,通过准确的人物创造,热情洋溢地歌颂了新生事物的成长;它又以清新的风格唤起了人们对美好未来的丰富想象。看完电影,我敢说不由你不由衷地爱上了这群意气风发、雄心壮志的我们村里的年轻人。[3]

评论家陶阳在《青春的赞歌——彩色影片〈我们村里的年轻人〉观后》一文中说:"它赞美了现实生活中新生的、前进的事物,赞美了在'大跃进'历史进

---

[1] 舒晓明:《中国电影艺术史教程(1949—1999)》,中国电影出版社,2000,第133页。
[2] 金丹元等:《新中国电影美学史(1949—2009)》,上海三联书店,2013,第146页。
[3] 边善基:《我爱〈我们村里的年轻人〉》,《文汇报》1989年10月25日。

程中成长着的一代新人。它表彰了伟大的今天,也揭示了美好的未来,给予我们很大的鼓舞力量,激励了我们自豪的感情。"①

在《马烽评传》中,评论家杨品对《我们村里的年轻人》的论述长达十一页之多。作家周宗奇在他的"诠释:'触电'之始"一段中说:"参与影视文学创作,作家圈内人士戏称为'触电'。创作电影文学剧本《我们村里的年轻人》,是马烽先生'触电'之始,拍成电影后一炮打响,从此使他成为既写小说又写电影文学剧本的'两栖作家'。"②

诗人、作家袁鹰以诗的情调、散文化的语言、与剧中人物对话的形式赞美《我们村里的年轻人》。他说,影片中"那一群青年人的声音笑貌,那一些生龙活虎般的形象,是那么鲜灵活跳,仿佛就在眼前"。"我凭窗西望,穿过巍巍的太行山,向山西那个可爱的山村,寄去我深深的怀念。"诗人写《给高占武》:"雄鹰在万里长空翱翔之后,飞落树枝略作栖息,又展开双翅,重上九霄";写《给曹茂林》:"我们从埋头苦干中认识了你,从对建设家乡的赤胆忠心中认识了你,从诚恳老实的待人接物中认识了你,从朴实纯洁的爱情中认识了你";写《给孔淑贞》:"随着那轻盈婉转的歌声,你出现在家乡的山路上,顿时,把地里的小伙子全吸引住了,把作为观众的我们,也都吸引住了";写《给小翠》:"小翠小翠,勤劳清脆,朴实温柔,叫人心醉。小翠,你是一位多么惹人喜爱的姑娘!有人说,看一个人的品质,就看他对待自己的劳动、对待自己的生活采取什么态度……你那么认真地对待自己的劳动,那么由衷地爱自己的生活,用一种高尚的情操对待它们"。"我们村里的年轻人啊,你们听见我的说话声了吗?"这部影片确实把诗人打动了,他不由得发出了这么美、

---

① 陶阳:《青春的赞歌——彩色影片〈我们村里的年轻人〉观后》,载周宗奇、杨品主编《马烽研究文集》,大众文艺出版社,2004,第370页。
② 周宗奇:《栎树年轮:马烽自传·口授实录·宙之诠释》,大众文艺出版社,2004,第418页。

这么多发自内心的赞叹。①

《我们村里的年轻人》及续集有两首插曲。一首是马烽作词、张棣昌作曲的正集插曲《幸福不会从天降》：

> 樱桃好吃树难栽，不下苦工花不开。幸福不会从天降，社会主义等不来。只要汗水勤浇灌，幸福的花儿遍地开。
>
> 莫说我们的家乡苦，夜明宝珠土里埋。只要汗水勤浇灌，幸福的花儿遍地开。只要汗水勤浇灌，幸福的花儿遍地开。

一首是乔羽作词、张棣昌作曲的续集插曲《人说山西好风光》：

> 人说山西好风光，地肥水美五谷香。左手一指太行山，右手一指是吕梁。站在那高处望上一望，你看那汾河的水呀，哗啦啦地流过我的小村旁。
>
> 杏花村里开杏花，儿女正当好年华。男儿不怕千般苦，女儿能绣万种花。人有那志气永不老，你看那白发的婆婆挺起了腰板也像十七八。

电影《我们村里的年轻人》及其续集的这两首插曲在群众中广泛传唱。特别是郭兰英演唱的《人说山西好风光》流传至今，成为代表山西形象的音乐品牌，是山西广播电视台《新闻联播》的开始曲。

1978年2月3日，电影《我们村里的年轻人》在被"四人帮"禁锢十年之后，在太原重新上映，观众排队购票，反响强烈，大受欢迎，这正可看出这部优秀影片的艺术魅力。

---

① 袁鹰：《壮志凌云——赞〈我们村里的年轻人〉》，载周宗奇、杨品主编《马烽研究文集》，大众文艺出版社，2004，第370页。

2018年4月20日,《太原日报》刊登山西省新闻工作者协会副主席、山西广播电视台副总编辑、高级记者张敬民撰写的《乔羽情系贾家庄》一文,回忆了半个多世纪以来乔老爷子与贾家庄的情缘,以及乔老在贾家庄创作经典电影插曲《人说山西好风光》的始末。

　　事情要从张敬民到贾家庄看望老书记邢利民说起。他同老书记一家人坐在一起,总有唠不完的开心话。一如以往,话头儿自然而然又拉到了著名词作家乔羽的身上。这老爷子和贾家庄的情缘,是村里人说了几十年、唠了几代人也道不尽的话题。这次他给老书记和现任村党委书记邢万里出了个主意,请乔老爷子给贾家庄题个词,写几句话,也算作是这段一个人与一个村庄割舍不断的情缘的一个见证。建议得到了大家的热烈响应。于是请了一位朋友居中联系,操办此事。

　　说起乔羽老爷子,那是为众人皆知的词作大家,他的创作跨越了半个多世纪,以赤子情深的笔墨记录了中华人民共和国的发展历程,许多歌曲大家耳熟能详,广为传唱,以至成为具有鲜明时代特征的不朽交响。而对于山西人来说,最为熟悉、最感亲切的莫过于那首《人说山西好风光》。这首歌不光从20世纪60年代初一直传唱至今,更成为了具有山西特质的标识性音乐符号,而她的诞生地就是汾阳县的贾家庄。

　　"山药蛋派"著名作家马烽的电影《我们村里的年轻人》,是以贾家庄的故事为背景创作的,其中的许多人物都有村里真名实姓的原型,在全国公映后引起观众巨大反响。剧组全体演职人员写信,热切期望作家马烽写续集。

　　1962年,在著名导演苏里的率领下,剧组的原班人马开进汾阳,彼时,马烽还特意请来了老朋友乔羽加盟助阵。乔羽深感压力巨大,因为正集的电影插曲《幸福不会从天降》是由马烽亲自创作的,且已经为人们喜爱并传唱,所以生怕写不出个"花容月貌"来,交代不了老友的一番盛情。说也奇怪,素来文思泉涌的脑袋竟不出"水"了,乔羽来到剧组,眉头便没有舒展过。

导演苏里也着急，可又不能跟在屁股后面催着要。一天，苏里特意停下手里的活儿，约上乔羽外出散心，调剂情绪，减减压，于是他们来到了杏花村汾酒厂。听说这两位大名人来了，汾酒厂的主人自然热情款待，介绍了汾酒两千多年的历史，还带领他们参观了汾酒酿造工艺的全部流程。酒量不高的乔羽有着山东汉子的爽直，对美酒佳酿情有所钟，在文人圈里素有"半斤量、出兴致"的美誉。汾酒厂的主人特意把窖藏的陈年佳酿搬上餐桌，酒香四溢，沁脾润怀。在主人的盛情之下，乔羽把酒临风，一连饮下几大杯，豪情奔放，兴致大发，索要笔墨纸砚，挥毫书写。只见铺展的白宣上落墨成行："劝君莫到杏花村……"围观的人顿时傻了眼，导演苏里也紧张起来，赶紧打圆场，歉意地笑道："乔公喝多了，还是歇歇再写吧。"乔羽却不急不忙，眯缝着那对标志性的小眼睛看看大家，然后沉稳地落下笔："此地有酒能醉人……"不等人们醒过神来，那只如椽之笔龙蛇飞舞，一泻而下："我今来此偶夸量，入口三杯已销魂。"人们见此妙语绝句，自是一番喧嚣喝彩……辞别主人返回时，两位老哥开心畅快，兴致不减。乔羽望着斜阳照射中的起伏山峦，耳畔伴着哗啦啦的流水，文思泉涌，深情感叹道："汾阳真是个好地方呀，山好水好人更好！"不出几天，那首穿透了几代人心灵的《人说山西好风光》诞生了。电影上映后，这首插曲眨眼间红遍大江南北，许多大城市里的年轻人、大学生被电影的故事和这首歌所感染，自愿放弃城市生活，纷纷来到山西扎根落户。

如今，半个世纪过去了，坚持走共同富裕道路的贾家庄人心里一直装着这位可亲可敬的乔老爷子，在乡亲们眼里，他不是旁人，就是"咱村里的人"。

几天过去了，一个星期过去了，他们等待着北京的消息，心里牵挂着请老爷子题词这件事情的结果，因为他老人家毕竟已是九十二岁高龄了，年岁不饶人啊！就在4月17日的清晨，张敬民突然被接连的微信铃吵醒，是邢万里发来的。他一个骨碌翻身，赶紧打开微信，大喜——乔羽老

爷子手执毛笔题词的照片和"墨香四溢"的书法手迹照片蓦地出现在眼前。他不敢相信,老人家硬朗的笔锋和满怀的激情仍不减当年——"山西汾阳贾家庄是我当年创作歌曲《人说山西好风光》的地方,电影《我们村里的年轻人》讲的正是当年贾家庄的故事。"

这真是一段佳话续写了六十年,一个故事讲述了几代人。

2017年5月3日,中国文艺评论家协会主席仲呈祥在中国电影家协会组织的一次电影观摩研讨会上说,他前段时间在长春电影制片厂电影博物馆里,"看到了电影《我们村里的年轻人》《五朵金花》,很亲切,因为自己就是看着这些影片成长起来的"。

这是这部经典影片六十年后的回响。

# 第七章　孙谦的电影剧本创作

## 第一节　一位"用电影书写新中国历史"的作家

孙谦(1920—1996),山西文水人。当代中国文学史重要流派"山药蛋派"的代表性作家之一。1937年参加革命工作,1939年加入中国共产党,1942开始文学创作。1947年冬,调东北电影制片厂(长春电影制片厂前身),后调中央电影局电影剧本创作所、北京电影制片厂当编剧。曾任

孙谦在写作

孙谦和爱人王之荷在东北电影制片厂　　吴印咸/摄

山西省文联副主席、山西省作家协会副主席、山西省电影家协会主席等职。1992年,中共山西省委、省政府授予他"人民作家"称号。

1948年底,孙谦写出第一个电影文学剧本《盐》,剧本讲述的是辽沈战役中民兵支前的故事。此后陆续创作了《农家乐》(1949)、《光荣人家》(1949)、《陕北牧歌》(1950)、《葡萄熟了的时候》(1951)、《夏天的故事》(1954)等二十一部电影文学剧本(含与他人合作的九部。其中拍成影片的十六部,发表、出版的十九部)和一批短篇小说、报告文学、散文作品。孙谦是新中国电影文学的奠基人和开拓者。

孙谦在半个多世纪的创作生涯中,坚持毛泽东同志《在延安文艺座谈会上的讲话》指引的方向,走民族化、大众化道路,深入生活,反映现实,始终同广大人民群众保持着血肉联系。他的作品具有浓厚的生活气息、强烈的时代精神,为广大人民群众所喜爱。他的作品在中国当代文学史和中国电影史上占有重要地位,有着广泛影响。孙谦在概括自己的创作道路时说,"毛主席的《讲话》是我走上文学、戏剧、电影创作道路的真正引路人","生活是创作的唯一源泉,革命的世界观是认识生活的钥匙,写作技巧是表现生活的手段"①。

马烽在《怀念孙谦》一文中说：

> 五十年代中期,我与孙谦先后离开北京,回到了山西。回来的目的很明确,也很简单:就是要深入农村生活,从事文学创作。我记得在中国作协召开的一次座谈会上,孙谦有过一段精彩的发言,大意是说:这些年,住在北京写反映农村题材的电影剧本,任务总算完成了,但凭的是过去的一点生活积累,可是脑子里积累下的那些人物,早已变成"人干"了,只能是拿水泡涨了使用,这就不可能写出有血有肉、活生生的人物形象。只靠泡"人干"搞创作,创作必然要枯萎了。当时,孙谦的"人干"论,引起了不少人的同感。在文学界传为美谈。②

评论家苏春生在他的《孙谦论》中这样评述孙谦创作中的主体性问题："他不仅坚持从生活出发,而且坚持从生活中的人出发,突出了人在创作对象中的主体性地位。""孙谦的主体性突出地表现为民本意识,他的民本意识又集中表现为农民的民本意识。这是作家过去忧患意识与抗争意识的融合与发展,是他和马烽合作写电影文学剧本获得成功的根本所在。"

评论家罗艺军说："孙谦是电影剧本成活率最高的少数个别编剧之一。他的政治敏锐性、文学表现力和艺术上的灵性都很出色。他为新中国电影做出了突出的贡献。"评论家孟黎野说："孙谦是中国电影事业的开

---

①孙谦：《写电影剧本的几个问题》，载《孙谦文集》第5卷，山西人民出版社，2001，第2710—2711页。

②马烽：《怀念孙谦》，载王学礼编著《我们的孙谦》，中国电影出版社，2012，第26页。

《孙谦作品自选集》书影

拓者和奠基人之一。他是我的文水老乡,也是我的前辈。他的剧本创造了新中国电影史上的好多第一。"作家周宗奇说:"孙谦先生是搞电影的老行家、老前辈,一位很有人性、人情、人道的老师。"①

孙谦的电影创作是同新中国的发展和中国农村变革同步的。孙谦的电影就是一部从1950年代到1980年代末的中国电影史。他是"用电影书写着新中国的历史"。②

1996年2月,北岳文艺出版社出版的《孙谦作品自选集》是孙谦重病时自己编选的。除去自选作品外,他还整理了一个《孙谦创作年表》附于作品之后。年表从1942年写到1995年。在1995年的这一年他写道:"患重病,在山医二院住院期间草完此表,因年老记忆坏,又缺乏资料,错记之处难免,希谅。"③此书编后未及半年,作者仙逝。孙谦生前并未看到他在生命的最后时间编选的这部书。

在《孙谦作品自选集》的折封上,有一段《作者简言》,读之让人动容:

我少从戎,后学文,然刀与笔之功能未分清,故"马失前蹄"多,"高歌凯旋"却甚少。今日始知:深入生活易,理解生活难;描摹表面

---

① 王学礼编著《我们的孙谦》,中国电影出版社,2012,折封。
② 王学礼编著《我们的孙谦》,中国电影出版社,2012,第212页。
③ 孙谦:《孙谦作品自选集》下册,北岳文艺出版社,1996,第1010页。

生活现象易,发掘英雄人物的心灵美更难。所谓以动人之情,乃中华民族之正气,捍卫社会主义之骨气,坚信共产主义之浩气——以此豪情,推动我国之现代化建设,激励炎黄子孙爱我中华!

愿吾侪勉之,愿后来者鉴之。

孙 谦

孙谦此言出于二十多年前,今日读之犹闻铮铮声,令人感佩,令人赞叹。正气、骨气、浩气永存,才能圆我中华民族伟大复兴的中国梦。

2019年7月,文水县委县政府在文水县南安村修建了孙谦纪念馆。

## 第二节 《农家乐》《光荣人家》和《陕北牧歌》

《农家乐》《光荣人家》和《陕北牧歌》是孙谦早期创作的三个电影文学剧本。解放初期,中国的电影市场充斥着美国的好莱坞电影和国内一些电影私营公司拍摄的思想落后的影片,即使有少数进步的电影,内容也多是描写国统区都市知识分子的。孙谦的作品为当时的电影市场带来了一股新鲜、健康、质朴的气息,受到观众欢迎。

**《农家乐》**,是上海电影制片厂成立后拍摄的第一部电影,导演张客,1950年出品。影片讲述土地改革时期,复员军人张国宝在家乡推广种植洋棉的故事,其中有不相信新鲜事物的"老把式"农民的反对,有一些"反面角色"的破坏。影片的主题是宣传政府奖励植棉的政策,作家甚至在作品中借人物之口喊出了"要发家,种棉花"的口号。《农家乐》是新中国第一部反映农村生活的电影,在银幕上第一次出现了翻身农民的形象。

**《光荣人家》**,剧本原名《全家光荣》,拍摄时改为《光荣人家》。1950年由长春东北电影制片厂摄制,导演凌子风。影片描写1948年冬,在解放东北的最后战役中，田永太一家五口积极支援前线的故事，其以浓郁的东北风情、鲜明的人物性格和幽默的喜剧风格，受到观众欢迎。剧本由群益书店出版。这部电影被国家有关部门列为新中国一百部经典老电影之一。

**《陕北牧歌》**，1951年由北京电影制片厂摄制，导演凌子风。影片讲的是，1935年的陕北，放羊娃成宝娃为了掩护红军地下工作者，放牧的羊被抢去两只，在地主的逼债下，成宝娃参加了游击队，在战斗中打死了地主。为了保卫好光景，成宝娃参加了红军。

《陕北牧歌》以生活在革命根据地的一对青梅竹马的青年男女的爱情故事为线索，把争取爱情与革命斗争紧紧地联系在一起，既表现了根据地人民崇高的思想品质，又歌颂了陕北人民顽强乐观、不屈不挠的斗争精神，影片洋溢着革命的、乐观的、青春的气息，为观众所喜爱。剧本由文光书店出版。影片中的插曲《崖畔上开花》，是作曲家刘炽改编自陕北民歌的音乐作品，旋律优美，感情朴实，地方色彩浓郁，影片上映后在观众中广为传唱，后被列入中国百年电影金曲精粹曲目。

1951年3月8日起，在全国二十六个大城市同时举办"国营电影厂出品影片展览月"活动，这是新中国成立初期电影创作的第一次展示，《陕北牧歌》就是展映的二十部故事片之一。

孙谦以一年一部的速度创作的这三部早期作品，歌颂劳动，表现支前，反映青年人的生活，有一定的现实意义。这三部作品虽然都程度不同地有配合完成政治任务的痕迹，但这也说明孙谦作为一名党员作家自觉地担负起了应尽的职责。从作家来说，他也是尽可能地做到影片故事性的强化，人物形象的鲜明和生活气息的浓厚，寓教于乐，以让观众喜爱。

## 第三节 《葡萄熟了的时候》

《葡萄熟了的时候》是1950年秋天,孙谦接受了写一个关于农村供销社应当如何办的写作任务而创作出来的一个电影文学剧本。他经过深入生活,完成初稿,反复修改五次之多,方才定稿,首先发表在《人民文学》1951年11月第5卷第1期上。这是《人民文学》继1951年2月第3卷第4期发表丁玲的电影文学剧本《战斗的人们》之后,再次刊载电影文学剧本,发表后获得读者好评。后由中华书局出版。1952年,由东北电影制片厂摄制,导演王家乙。影片上映后有赞扬者,也有批评者,在文艺界引起了一场讨论。

《葡萄熟了的时候》讲述的是:1951年,南沙村的葡萄丰收,投机商趁机压低价格,周大娘为给女儿红娥办嫁妆,想把葡萄卖给供销社,可供销社主任丁老贵却不同意收购。而丁的儿子双喜正和红娥谈恋爱,两家父母为葡萄的销售产生了矛盾。在县委、县联社的支持下,解决了社员的实际困难,打击了不法奸商。周大娘和丁老贵的误会解除,红娥和双喜愈加相爱。

《葡萄熟了的时候》描写农民的新生活,反映农村的新气象,宣传供销合作社必须为农民服务的方针,真实、朴素、动人,充满了质朴的生活气息。它的主题是宣传供销合作社必须为农民服务,帮助农民解决实际问题。著名文艺评论家王朝闻撰文说:"剧作者把自己的眼光和歌颂的热情,放在人民切身利益的主题和飞跃前进的新事物上,是值得欢迎和鼓励的。影片提出了农村生活中的一个问题——农产品的市场问题,并在这个问题的解决中,显示了国营经济、合作社经济对于农民的保护,以及对于不法商人的斗争。"①王朝闻在文中也指出了影片在主题设置、人物塑造和矛盾冲突方面,还不够准确的地方。也有些文章,主要是围绕人物塑造、矛盾冲突问题提出批评的。

孙谦认真对待这些意见,反思自己的创作,于1953年前后写了三篇谈创作的文章:《我所想到的》《关于〈葡萄熟了的时候〉》《我在创作电影剧本中的一点体会》。在这些文章中,他认真解剖自己作品中的缺陷。他说:"自己创作上的毛病,简单地说就是,习惯于用作品来解释某一个具体政策。"(《我在创作电影剧本中的一点体会》)其实,这样的问题是当时整个文艺创作中普遍性的问题,然而,只有像孙谦这样真诚的作家,才有勇气坦然表达出自己的思想,这也使他在后来的创作中得到不断的提高。

## 第四节 《夏天的故事》

《夏天的故事》,中国青年出版社1955年出版;同年,由长春电影制片厂摄制,导演于彦夫。影片描写的是初中毕业生田金生,虽然考上高中,但决心留在村里,帮助村里搞清了账目,揭露了拿合作社集体资金做投机生意的米三多的恶行,并和高二妞建立了感情。影片表现青年学生参加农业生产的故事,塑造了一个新时代的农村知识青年的形象。作者想从田金生这个人物身上,发现一种美德:一个青年在党的培养与教育下,产生了一种高度的社会主义觉悟,他有自己的理想、自己的希望,他的理想和希望是与集体利益、祖国的社会主义建设紧紧地连在一起的。如果有必要,这个青年可以心甘情愿地牺牲自己的愿望,投身到任何需要他的地方。这是作者塑造这个形象的真正期待。同时,围绕田金生的几个人物

---

① 杨品:《人民作家孙谦》,山西春秋电子音像出版社,2007,第16页。

也塑造得各有个性。影片的主题是宣传知识青年参加农业劳动。

影片上映后,又引起了争论,争论的焦点是围绕主人公、初中毕业生田金生是否应该放弃升学而参加农业生产展开的。《大众电影》发表《赞美吧,青春和劳动!》的赞扬文章,《中国青年报》和《文艺报》则展开了争鸣。《文艺报》1956年第2期发表了力浦的一篇总结性的文章《谈电影剧本〈夏天的故事〉和对它的批评》,认为:这部电影虽然存在一些缺点,但总的看它是成功的,它的思想意义和艺术技巧,都达到了一定的水平。

## 第五节 《丰收》等其他八部电影文学剧本

在创作以上电影剧本前后,孙谦还创作了八部电影剧本(有与他人合作的),有的投入拍摄,有的出版发行。

**《丰收》**,这是1952年5月孙谦同林杉合作的一个表现农村兴修水利、开展农业增产运动的电影剧本。1953年,由东北电影制片厂摄制,导演沙蒙;同年,剧本由中华书局出版。

故事讲的是,历来缺水的陈家庄,在村支部书记、全国农业劳动模范陈初元和青年农民孙小冬的带领下,破除陈家庄自古就没有地下水的成见,克服重重困难,治理流沙,打井成功,粮食亩产超过上年"九斗零五",获得丰收。故事中,最反对陈初元打井的就是孙小冬的父亲、村主任孙富贵,而孙小冬正与陈家的女儿金花谈恋爱,因此两对亲家之间又发生种种误会和不快。当然,这些矛盾和不快都随着水井的建成和粮食的丰收而烟消云散。影片通过"打井"这一中心事件,揭示了广大农村普遍存在的因循守旧和勇于突破这两种思想的矛盾,成功地塑造了主人公陈初元的形象。

在1956年文化部举办的全国优秀影片展中,《丰收》获三等奖,这是新中国成立后,山西电影工作者的作品第一次在全国影展中获奖。在全国获奖的十六部影片中,《丰收》是唯一的一部农村题材片。

《谁是凶手》,这是孙谦根据高琨的短篇小说《谁是凶手》改编的。1956年由上海电影制片厂摄制,导演方徨。剧本于1957年由山西人民出版社出版。故事讲的是,白杨树农业社社长张登山中毒,医院化验是藤黄中毒,恰巧田大虎在同张登山吵嘴那天买了藤黄,于是传出谣言说田大虎为当社长而下毒手,田大虎有口难辩。经公安局详细侦查,是张登山的本家叔叔、暗藏的反革命分子张万寿做的案。

《未完的旅程——大老杨的经历》(上集),这是1956年孙谦与成荫合作的电影文学剧本,塑造了一个带有传奇色彩的平民英雄大老杨的形象——农民出身的大老杨历经炮火的洗礼、革命的锻炼,克服了重重困难,由大老粗变成为一个有一定政治素养,具备一定领导才能的革命干部。剧本格调幽默诙谐,1959年在《电影创作》杂志发表。

《谁是被抛弃的人》,1958年由海燕电影制片厂摄制,导演黄祖模;剧本由山西人民出版社出版。

孙谦把自己的小说《奇异的离婚故事》改编成电影文学剧本,易名《谁是被抛弃的人》,作品凸显了作家的忧患意识——他不仅关心个人的命运,关注家庭的命运,社会上的一些问题也引起了他的极大关注。故事说的是,党员干部于树德进城后,由于地位和生活环境的变化,逐步走向腐化堕落。他开始厌弃在战争时期曾经冒着生命危险掩护他,对他有过救命之恩,至今仍生活在乡下的贤惠善良的妻子杨玉梅,转而结交年轻漂亮的城市姑娘。他抛弃了结发妻子,但他最后丑行暴露,失去了一切,成了被抛弃的人。影片批判了和平时期在个别干部身上出现的腐化堕落倾向,为广大干部保持革命优良传统、拒腐防变敲响了警钟,具有重大的现实意义。

但是在随后的政治运动中,这部影片给作者带来了无休止的厄运,作品甚至在全国遭到点名批判。有评论认为,《谁是被抛弃的人》滥用讽刺,借口"反映真实""干预生活"来"直接攻击党和新社会",是"指向我们党、指向我们社会主义制度,挑拨城乡关系,制造工农矛盾的一支毒箭"。[1]实际上,这部影片显示了作家面对现实、崇尚真实、反对腐败的勇气,具有独特的现实意义。

《春山春雨》,创作于1958年的《春山春雨》,讲述了一个刚由学校毕业的热情、忠厚、诚恳,带有几分书生气的青年崔琦被派到一个农业社开展水土保持工作的故事,人物性格鲜明,生活气息浓郁。1958年,剧本由中国电影出版社出版。

《伤疤的故事》,这是孙谦根据自己的小说《伤疤的故事》改编的同名电影,讲了一个关于农业合作化运动的故事。1958年,由长春电影制片厂摄制,导演王家乙。影片在人物性格塑造、叙事技巧掌握以及时空交错、声音画面处理等方面与同时代影片相比都有不同程度的提高。

影片讲述的是,军人陈友德年幼时由哥哥陈修德一手拉扯大,对哥哥有着深厚的感情。十年之后,他复员回了家,兄嫂却变得若路人,不近人情。当他们勉强生活在一起时,由于志趣不同,矛盾逐步激化。陈友德在合作化运动中,当选为合作社社长。兄嫂不但不支持合作社的工作,反而非法倒贩粮食,搞起了投机倒把的勾当。在一场面对面的争斗中,哥哥竟对弟弟扬起了手中的铁锹,打伤了弟弟的胳膊,留下了一块伤疤。哥哥本来是个吃苦、肯干的庄稼人,但翻身后一心想着个人发家致富,而割断了手足之情。影片塑造了走不同道路的陈修德和陈友德兄弟俩的形象。茅盾评价陈修德是一个"很典型的人物"。

《一天一夜》,这是1958年孙谦在"大跃进"时代创作的,描写了1958年7月20日这个星期天,文平县煤矿领导发动群众,鼓足干劲,在一天一

---

[1] 张凤娟、夏晓红:《情系黄土地——浅谈孙谦早期电影文学创作》,载杨志刚、杜学文主编《聚焦山西电影》,中国电影出版社,2005,第67页。

夜的时间里取得许多成绩的故事——实际上是写在一天一夜之间发生的许多冒进的故事。1958年,由北京电影制片厂摄制,导演欧凡;1959年,剧本由中国电影出版社出版。

**《万水千山》**,1959年由北京电影制片厂和八一电影制片厂联合摄制,导演成荫、华纯;同年,剧本由中国电影出版社出版。本片是新中国第一部反映红军长征的彩色宽银幕立体声故事片,是1959年国庆十周年献礼片之一。

文化部电影局局长陈荒煤说:"这是一部好影片,一部反映红军的英雄史诗的影片。它把震撼世界的二万五千里长征搬上了银幕,使我们亲眼看到强渡大渡河、过雪山、走草地这些惊心动魄的伟大场面,影片真实地、具体地再现了那一典型环境,反映了红军在长征中所表现的史无前例的英雄气概。"[1]

---

[1] 王学礼:《孙谦与毛泽东》,载王学礼编著《我们的孙谦》,中国电影出版社,2012,第156页。

# 第八章 马烽、孙谦合作的电影文学创作

## 第一节 从"单干"到"联手"——马烽、孙谦合作创作的缘由

党的十一届三中全会后,马烽、孙谦的电影文学创作,由"单干"转变为"联手",二人合作写了一系列反映新时期农村生活的作品。其中有:1979年北京电影制片厂摄制的《泪痕》,1985年山西电影制片厂和上海电影制片厂联合摄制的《咱们的退伍兵》,1986年山西电影制片厂摄制的《山村锣鼓》,1988年北京电影制片厂摄制的《黄土坡的婆姨们》。此外,他们还创作了《高山流水》《几度风雪几度春》(正、续集)等电影文学剧本,1987年由中国电影出版社结集出版。这些作品反映了从20世纪60年代到80年代中国农村的变化,塑造了不同

孙谦和马烽

历史时期的中国农民形象,富有强烈的时代感和浓郁的生活气息。

马烽、孙谦在《马烽、孙谦电影剧作选·后记》中开头就说:"有人问过我们:'你俩过去写电影剧本都是"单干",可近年来,你俩为什么老是要合穿一条裤子?'"实际上,他俩能够合作搞电影文学创作,照他们的话来说,是"因为我俩都生长在山西农村,又长期活动在山西农村","尽管我俩的创作风格各异,但在农村问题上却有共同语言,观点也比较一致"。"我俩的岁数都大了,参加农村的实际工作有许多困难,而我们对农村生活又仍有很大兴趣,于是就采取了参观访问、走马观花的办法,每次出去都是结伴而行,以便有个互相照应。所接触的人,所知道的事,都一样;平常交谈的也是这些内容,两人又都有为农村提供精神食粮的愿望,这大概也是我俩能够长期合写剧本的一个重要原因。"[1]

马烽和孙谦能够合作,主要是由于他们的经历和志趣相同,多年来结下的深厚友谊。马烽参加革命最早是在部队当兵,一开始孙谦就是马烽的班长。此后的几十年他们基本没有分开,顺境、逆境、欢乐、愁苦,他们都在一起度过;文朋、诤友、战友、同事,是他们的密切交往。马烽在回忆孙谦时说:我"写出初稿来总想找人看一看,听听意见,反复修改,然后才拿去发表。送给孙谦看的较多,他曾开玩笑说:'除你老婆外,我是你作品的第一读者。'这确也是事实。孙谦没有当过专业编辑,可看别人的稿件很认真。提意见也没有一般的客套话,而是直截了当说他的看法。遇到好的篇章,他会兴奋地说:'这一段写的真他妈绝了。'遇到不好的地方又会说:'这写球的是个甚?瞎编!'也许有人觉得这些粗话不像是从一个作家嘴里说出来的,可他就是这么说的。我因为听惯了,反而觉得亲切"[2]。

马烽夫人、作家段杏绵在《孙谦与马烽》一文中写到马烽和孙谦的友谊和他们在创作上的合作。她说:"在创作上他们俩合作很多。老马在汾

---

[1] 马烽、孙谦:《马烽、孙谦电影剧作选》,中国电影出版社,1988,第531—536页。
[2] 马烽:《怀念孙谦》,载王学礼编著《我们的孙谦》,中国电影出版社,2012,第27—28页。

马烽、孙谦与农民在一起

阳挂职的时候,准备写小说《我们村里的年轻人》,他骑上车子找到在文水下乡挂职的孙谦商量,老孙说:你不要写小说,写电影吧。给他讲写电影的好处。果然写了电影很受农民欢迎。"[1]

段杏绵还说:"他们俩的合作是互补的,老孙细节的语言想得好,他的语言很适合他要塑造的人物;老马呢,善于安排整个剧本的结构。老孙写的《大寨英雄谱》那人物写得多好啊,但他的结构就没有老马想得好。老孙就说过:他妈的,你这个脑袋是怎么长的,你就能想出这个办法来?!"

"一个细节好,一个结构好,形成了互补,所以就合作得来,合作得好。"[2]

的确如此。马烽、孙谦联手创作电影文学剧本,从1965年到1988年前后长达二十多年,而大部分作品合作时他们均已年过花甲。但是,他们仍然坚持深入生活,每一部作品都是产生于深入生活之后。生活是艺术的唯一源泉,他们永远牢记这一真理;人民是艺术的母亲,他们永不忘记

---

[1][2]段杏绵:《孙谦与马烽》,载王学礼编著《我们的孙谦》,中国电影出版社,2012,第34—36页。

投入母亲的怀抱,从母亲的乳汁中吸取丰富的营养。从《泪痕》到《黄土坡的婆姨们》,他们始终沿着现实主义的创作道路,扎扎实实地开拓着,前进着,为中国的电影事业做出了贡献。

评论家杨占平对"文人不相轻:马烽与孙谦难能可贵的合作创作"有着深刻的论述。他认为,一是他们两人的生活经历基本相似,二是他们的文艺创作观点基本相同。"他们都坚持现实主义创作方法,都以表现农村生活为写作方向,思考农村中的各种普遍问题,为农民提供精神食粮。他们都写小说和电影剧本,艺术风格大体一致,注重结构故事情节,注重人物描写等等,是'山药蛋派'的骨干人物。"①

马烽、孙谦合作的这些电影剧本,依然是钟情于农村题材,他们选择从不同生活断面,以黄土高原的农村为背景,描绘出20世纪60年代到80年代中国农村发展变革的情景,每一部作品相对集中地表现一个较有代表性而重大的社会问题。如果说五六十年代"山药蛋派"的电影作品更多地是以反映农村新生活为主要内容,那么这个时期马烽、孙谦的电影创作更多地体现出了一种对农村社会现实的文化反思。老作家并非只为配合政策而对农村生活进行记载,而是在责任心的驱使下对农民命运的自觉的思考。这就使他们这一时期的电影作品呈现出一种不同于以往的思想内涵和时代风貌。

## 第二节 从《千秋大业》到《山花》—— 一部耗时近四年的难产的电影

1965年春天,农业学大寨运动在全国轰轰烈烈地开展起来。山西省委负责同志建议孙谦、马烽写个反映大寨精神的电影剧本。孙谦、马烽对

---

① 杨占平:《山西文坛30年作家掠影》,三晋出版社,2009,第24页。

大寨人民艰苦奋斗、自力更生、治山治水、彻底改变生产条件和家乡面貌的精神非常敬佩，于是欣然接受了这一任务。孙谦与马烽、刘德怀经过深入生活、艺术构思，三易其稿才基本完成，定名为《千秋大业》。剧本经过层层审查，基本定稿后交给北京电影制片厂拍摄。不久"文革"开始，作家遭难，原稿、资料被抄抢一空，拍摄电影之事只能搁置起来。

"文革"后期的1972年，正是"大寨红旗"到处飘扬的时候，他们又被从乡下抽回省城。文化部负责人以"两位作者年老体衰，思想境界上不去，必须重新组织队伍"为由，调来郭恩德、杨茂林、谢俊杰三位青年作家，组成一个写作班子，"继续修改表现大寨精神"的电影剧本。在修改过程中，这个领导让这样写，那个头头让那样写，"由于关口太多，因而意见也不一致，你叫往东，他让往西，就是把作家夹在当中受罪"。[1]文化部负责人又是强调"三突出"，又是要求"高大全"，作家没有一点自由思考和创作的权利。按孙谦、马烽两位作家的话是"我俩便陷入了'精神折磨'的深渊"，"没办法，我们只好泡，只好磨，只好在泥泞中挣扎"。[2]

同马烽、孙谦一起创作这部电影的青年作家杨茂林回忆说："这剧本的创作过程中，政治干预太多了，作家不能完全按照自己的生活体验和艺术规律去写作，把人折腾得够呛。二位恩师每次听了那些'横挑鼻子竖挑眼'的意见，私下免不了发些牢骚，但过后接着又吭哧吭哧改起来。孙谦、马烽老师常对我们说：'这是周总理交下来的任务，大寨又在我们山西，我们不把这个剧本搞成，对不起父老乡亲；不把这个剧本搞好，死不瞑目啊！'"

他们历时四年（不计"文革"前的一年半），前后改写多达十九次（不计

---

[1] 孙谦：《在中国作协二次理事会上的发言》，载《孙谦文集》第5卷，山西人民出版社，2001，第2678页。

[2] 马烽、孙谦：《马烽、孙谦电影剧作选》，中国电影出版社，1988，第532—533页。

1976年,创作《山花》时在北京电影制片厂招待所合影。后排右起:谢俊杰、杨茂林,前排左起郭恩德、马烽、孙谦

"文革"前的三稿),更名《山花》,才算交了差。1976年,由北京电影制片厂摄制,导演崔嵬、桑夫;剧本由《汾水》杂志发表。

《山花》讲的是,大队党支部书记高山花在乱石滩造地,遭到其养父、大队长胡根茂的反对,老板出身的孙光祖也进行破坏。在群众和领导的支持下,高山花联合黄土坡大队共同淤地造田——加强了农田基本建设,增加了农业收入,提高了农民生活水平。

影片《山花》上映不久,便悄然从银幕上消失。《山花》的"创作"对孙谦、马烽来说,简直是一场折磨和灾难。《山花》是"在特定的历史条件下出生的怪胎",因而要"坚决把它摒弃掉"。①

---

① 马烽、孙谦:《马烽、孙谦电影剧作选》,中国电影出版社,1988,第533—534页。

## 第三节　《高山流水》和《几度风雪几度春》——两部没有搬上银幕的电影文学剧本

**一、未能投入拍摄的《高山流水》**

《高山流水》是1975年孙谦与马烽、卢石华、张文德合作完成的,也是继《山花》之后孙谦、马烽两位作家联手创作的他们比较满意的一部电影文学作品,发表于《汾水》杂志1977年4月号。

《高山流水》是以20世纪六七十年代黎城县上遥公社修建了一条水渠,把漳河水从几十里外经过深沟峡谷引入悬崖绝壁上的盘山渠中,浇灌千百年来干旱的土地为故事原型创作的。剧本围绕修建胜天渠的关键工程七孔渡槽展开的一场人与自然、人与人之间的矛盾冲突,塑造了公社书记赵春山、老石匠钱永年、工程党委副书记孙秀兰、李家沟大队支书李耀庭,以及他们周围的亲属、上级领导、技术人员、男女民工等众多个性鲜明的人物形象,再现了党员干部带领群众兴修水利、发展生产、改变生存条件的奋斗事迹。由于故事发生在"文革"期间,如何对待和表现"文革"中的问题,就成为两位作家进入创作后"不可逾越的难题"。他们在走访群众中找到了办法:"把引水工程的历史背景改放在'三年困难'时期。这样,不仅可以避开了可憎的'文化大革命',而且可以毫无顾忌地、自由地表现我国农民及干部迎击困难、战胜灾害的勇气、信心、品格和大无畏精神","说了我们想说的话,写了我们想写的人,为他们的英雄业绩唱出了我们发自内心深处的赞歌"!这部两位作家"对她是深有感情的""比较满意的"剧本,"'上面'却迟迟不批准投入拍摄,一拖再拖,终于拖荒",①最终只成为书面作品,未能同观众见面。

## 二、反映中国农村三十年变迁的《几度风雪几度春》

《几度风雪几度春》(正、续集)是马烽、孙谦于1982年创作的另一部没有能够投入拍摄,却是他们自己最满意最看重的电影文学作品。他们之所以看重这部作品,是因为他们把它当作一部三十年的中国农村变迁史来写的——这是他们对三十年农村社会发展道路进行深入思考的一个作品。

剧本通过北堡党支部书记云务本几十年的经历,描写了我国农村所经历的种种坎坷,真实、深刻地揭示了从1958年"大跃进""浮夸风",60年代的"四清运动""文化大革命"及其后的反击"右倾翻案风",直到80年代初中国农村走过的坎坷道路,可以说是倾吐了千百万农民的心声,总结了极"左"路线在农村中的教训。

作品着力刻画的主人公——北堡党支部书记云务本,是一位很有代表性的村干部,在几十年的风风雨雨中几起几落,但他始终坚持实事求是的精神。他一心一意为北堡村的发展谋利益,努力为父老乡亲办实事,却左右不了大的政治气候。对云务本的刻画体现了两位作家多年来对农村干部的深刻理解和深切同情。围绕着云务本的其他一些人物,包括在政治运动中遭受迫害的老干部,以及一些在政治运动中有不同表演的反面人物,也各有鲜明的个性,代表着不同人群的喜怒哀乐、思想感情。作品中的人物、情节、语言都很鲜明、生动、朴实,散发出浓郁的生活气息。剧作以云务本的北堡大队为主线,同时还设置了南堡大队为副线,以北堡带动南堡,以南堡衬托北堡,两条线或平行或交叉地发展,避免了简单化。

---

① 马烽、孙谦:《马烽、孙谦电影剧作选》,中国电影出版社,1988,第535—536页。

作品总的格调是沉重中不乏生活化的情节，让人们在一连串跌宕起伏的故事中，思考中国农村走过的一段坎坷之路。作品有着厚重的历史感，宛如一部新中国的农村史诗。

《几度风雪几度春》在《电影创作》1982年第11、12期发表；1984年4月由群众出版社出版，印数10000册。

## 第四节 《泪痕》——痛定思痛的"伤痕文学"式的电影作品

新时期以来，马烽、孙谦共同创作了《新来的县委书记》(1979)、《咱们的退伍兵》(1985)、《山村锣鼓》(1986)、《黄土坡的婆姨们》(1988)四个电影文学剧本，均拍摄成影片。这四部影片都以黄土高原的农村生活为背景，及时提出重大的社会问题，这说明作家具有关注现实、反映生活的使命感。

### 一、从《新来的县委书记》到《泪痕》

1978年，北京电影制片厂约孙谦和马烽写一部反映农村题材的电影剧本。他们跑了七八个县，了解和熟悉了一些人，并考察了几处农田水利建设工地后，创作了电影文学剧本《新来的县委书记》。他们是在广泛接触农村基层干部、走访社员群众的基础上，结合他们长期对农村生活的了解、对基层干部熟悉的优势，经过酝酿构思、反复修改，创作完成这部作品的。剧本发表在《汾水》杂志1979年第1、2期。同年，由北京电影制片厂摄制，李文化、赵明导演，主要演员有李仁堂(饰演朱克实)，谢芳(饰演孔妮娜)。

《新来的县委书记》"较早地运用电影这种艺术形式真实地展示出十一届三中全会前后这个特定时期的农村波澜起伏的时代画卷,真实地描写了历史给人民留下的泪痕,抒发了人民心目中久藏而压抑的心声"[1],被文艺评论界称为新时期"伤痕文学"的代表作之一。北京电影制片厂将其拍成影片后,导演为了适应当时"伤痕文学"的流行现状和吸引观众,将片名易名《泪痕》。马烽和孙谦并不十分赞同这个剧名,但尊重了导演的意愿,没有反对。

1980年春节期间上映后,成为城乡各地轰动一时的电影,在广大观众中引起强烈共鸣。李谷一演唱的影片主题歌《心中的玫瑰》深受观众欢迎。

**二、朱克实——人民心目中的理想干部形象**

剧本以"四人帮"肆虐时期令人窒息的压抑气氛为大背景,描写广大干部和群众在那个特殊年代以各种形式同"四人帮"进行斗争,表现了人民群众追求正义、祛除邪恶的勇气和决心。

《泪痕》写一个县委书记拨乱反正,解决冤假错案,使广大干部、群众得到再一次解放的故事。新来的县委书记朱克实,通过泪痕这一线索,打破了县委内部的帮派体系,揭露和处理了张伟等人的罪恶活动,为前县委书记曹毅及其妻子孔妮娜的冤案平了反,使全县面貌大变。

朱克实是金县新上任的县委书记。他在调查研究中了解到,正在施工的土石岭水利工程耗资费力却不受群众欢迎,他还对"文革"中死去的前任县委书记曹毅的案情及其爱人孔妮娜的"疯病"产生了疑问。当他着手解决这些问题时,以县委办公室主任张伟为首的帮派集团设下层层障碍,阻挠工作的开展。朱克实充分依靠群众,在原公安局长吕明远的协助下,弄清了孔妮娜被迫装疯的情况;查清了曹毅被害的真相,并为之平反昭雪;决定土石岭水利工程立即下马;揭露了张伟等人在木村搞的假典型

---

[1] 马明高:《马烽、孙谦的电影文学创作》,杨志刚、杜学文主编《聚焦山西电影》,中国电影出版社,2005,第46页。

问题,使金县的帮派团伙彻底瓦解。

作为剧中主要人物的县委书记朱克实,是一位贯彻执行党的十一届三中全会路线,坚持实事求是精神的"清官";是一位敢于坚持真理,敢于为人民群众撑腰做主,敢于同歪风邪气进行斗争,脚踏实地,一切从实际出发的好干部。他对复杂的现实斗争有着深刻的洞察力,对各类人物有着敏锐的鉴别力。他保持了深入群众作调查研究的工作作风,又有断然处理重大问题的能力,还有真挚的人情味,是一位人民群众心目中的理想干部。朱克实是新时期电影文学作品中最早出现的具有实事求是性格特征的典型形象。这个形象的出现,符合当时政治斗争的需要,也是群众情绪和愿望的反映。新来的县委书记朱克实的形象塑造,是在十年浩劫刚刚结束,拨乱反正刚刚开始的历史背景下进行的,有着一定的时代价值和典型意义。

影片比较深刻地表现了"文化大革命"摧残人性、迫害无辜,既嘲讽、谴责了十年动乱中的种种丑恶,也尖锐地指出以往政策中"左"的倾向,具有较强的现实批判精神。影片塑造的县委书记朱克实和被残害致死的老县委书记曹毅的遗孀孔妮娜的形象给观众留下深刻的印象。作品中一批普通干部、知识分子对新时期到来的喜悦和积极参与现代化建设的热情,都很好地传达出那几年间人民的普遍情绪。

《泪痕》在艺术上构思精巧而新颖,悬念迭出,动人心弦,引人入胜,成功地塑造了一系列栩栩如生的人物,给观众留下十分难忘的印象。影片独具艺术胆识,大胆地干预生活,激起人们愤怒的火焰,引起人们痛苦的反思,提醒人们要警觉、要振奋。影片充满了强烈的时代气息和浓厚的生活韵味。

### 三、《泪痕》——新时期"伤痕文学"的代表作之一

影片《泪痕》上映后,受到广大观众的普遍好评和舆论界的高度重视,在当时拨乱反正、正本清源、确立实事求是的思想路线的进程中,起到了积极的影响作用,被文艺界评价为新时期"伤痕文学"的代表作之一。

中国艺术研究院电影电视艺术研究所所长、研究员丁亚平说:"1979年创作上解放思想,大胆探索,片种多样,在电影形式上勇于突破,在内容表现上,最常见的片型是以批判与反思为特色的'伤痕电影'。""作为以一种新的艺术风貌出现的影片类型,'伤痕电影'侧重表现普通人受'文革'和极'左'路线戕害的种种苦难,对产生'文革'和极'左'路线的思想根源给予尖锐批判。"[1]

评论家曲六乙说:"当人们通过真实生动的艺术形象,感受到老作家孙谦、马烽同志和其他电影艺术家的革命现实主义批判精神时,禁不住要赞美《泪痕》是近两三年来少有的敢于干预生活的好影片。""《泪痕》是思想解放的产物,是文艺干预生活的珍品,是从当前现实主义创作新潮中飞溅的浪花。"曲六乙认为,《泪痕》的上映必将引起强烈的反响。"工人读者和观众看了小说《乔厂长上任记》、话剧《报春花》之后,欢迎乔厂长、张健到他们的厂里任职。我想,农民看了《泪痕》,也肯定会盼望朱克实调到他们的县里当第一书记。人们还说,如果工厂的厂长和党委书记,全是乔厂长、张健这样的好干部,工业的现代化肯定会提前到来。现在不妨加一

---

[1] 丁亚平:《中国当代电影史》,中国电影出版社,2011,第49—50页。

句,如果全国二千多个县的第一书记,都是朱克实这样的好干部,农业现代化也会提前实现。"

评论家黄式宪认为《泪痕》的艺术构想贵在"巧"。影片中出场的人物主要是县委书记朱克实和老书记曹毅的妻子孔妮娜,而不出场的人物则是老书记曹毅和女医生苏婉。曹毅之死,这个大冤案,是贯穿影片的一个"谜",构成了影片的总悬念;而苏婉的遗书则是拨开云雾、揭示冤案的关键,它将悲剧情节推向高潮。这种构思之"巧","把主题深深包孕于艺术形象的血肉之中,使影片显示出深沉、内在的美,并寓艺术的美于构思之巧,从而显示了艺术的独创性"。①

《泪痕》获文化部1979年优秀影片奖,1980年第三届《大众电影》"百花奖"最佳故事片奖、最佳男演员奖,1984年山西省首届文学艺术创作金牌奖。

## 第五节 《咱们的退伍兵》——新时期农村三部曲(上)

新时期"农村三部曲":《咱们的退伍兵》《山村锣鼓》《黄土坡的婆姨们》,是马烽、孙谦在20世纪80年代创作的三部电影文学剧本,分别发表于1985、1986、1988年的文学季刊《黄河》杂志上,并先后搬上了银幕。

### 一、"农村三部曲"的共同主题——联合起来走共同富裕的道路

"农村三部曲"反映了作者对新时期农村问题和农民命运的关注与思考。三部影片通过鲜活生动的人物形象,表达出联合起来走共同富裕道

---

① 黄式宪:《艺术构思之"巧"——〈泪痕〉浅探》,载杨品《人民作家孙谦》,山西春秋电子音像出版社,2007,第29页。

路的主题,洋溢着农民的乐观主义精神,闪烁着劳动人民的诙谐与智慧,达到了雅俗共赏的境界。

党的十一届三中全会以后,农村推行了各项生产责任制和家庭承包政策,农民的精神面貌发生了极大变化。跟农民有着深厚感情的马烽和孙谦,看到了这些变化,感到很兴奋。但同时,他们也看到部分缺乏劳力的农民,或者虽有劳力却没有致富门路的农民,在解决了口粮问题后仍处于贫困状态;一家一户的经营方式,调动了农民的生产积极性,却不可避免地带来某些无法解决的困难,影响着整个农村经济的发展。如何才能让所有农民致富,如何才能促进农村经济全面进步,成为两位作家苦苦思考的问题。他们认为需要提倡一种为了大家致富而牺牲个人利益的精神,提倡联合起来共同致富——不同于过去"大锅饭"体制的经营方式。

评论家李影在论述马烽、孙谦新时期的电影文学创作时说:"他们以一种复杂的心情注视着周围发生的变化,既为呈现的一派活力欣喜,又为新出现的不良倾向忧虑。尤其当某些重大原则在生活中被忽视、被动摇时,他们勇敢地拿起笔来高声呐喊,理直气壮地向人们重申:社会主义道路是共同富裕的道路;共产党员要关心群众疾苦,带领群众摆脱贫穷与落后,走共同富裕的道路;发展农业经济,要以农为本,只有不断发展壮大集体经济,才能深化农村改革。这便是马烽、孙谦这两位老作家在'农村三部曲'中提出的重大主题。必须指出,在新时期的电影创作中,这样的一而再,再而三地提出这个重大主题的,是绝无仅有的。"

这就促使两位作家先后创作了《咱们的退伍兵》《山村锣鼓》和《黄土坡的婆姨们》三部电影剧本,塑造了方二虎、费成树、常绿叶等牺牲个人利益,带领农民走向共同富裕道路的出类拔萃的农村先进青年的形象,表现了联合起来共同致富的主题。

评论家马明高说:"这三部剧作以当代中国农村的社会现实为内容,以当前农村现实变革为主题,密切关注生活现实,直面人生,努力表现出

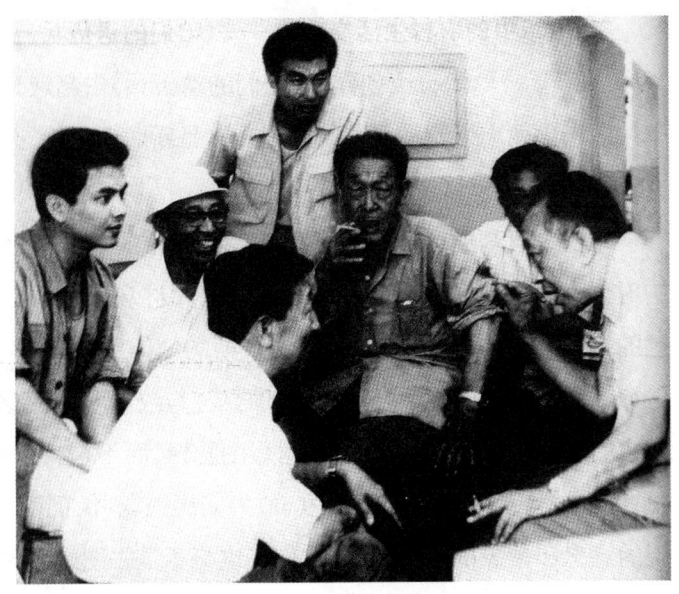

1985年秋,电影《咱们的退伍兵》拍摄现场。前排右侧为马烽,左侧为导演赵焕章,中排右二为孙谦　　　　　　　　陈炬/摄

了改革开放中的新生活、新现象、新问题。"①

评论家傅书华说:"在《咱们的退伍兵》《山村锣鼓》《黄土坡的婆姨们》这三个作品中,作者敏锐地抓住了三中全会后一部分人先富起来之后出现的贫富悬殊现象,抓住了怎样富起来这一普遍存在的突出问题,抓住了争相以工商富起来时,忽视农业生产的严重倾向,应该说,作者是高度关注现实社会,直接逼近现实社会的。作者的感觉是敏锐的,对社会抱有高度的责任心。"②当然,傅书华是从这三个电影剧本论及一种他不予肯定,而是有他自己独特见解的创作模式,但是,对这三部电影主题的概括还是比较客观、准确的。

---

①马明高:《马烽、孙谦的电影文学创作》,载杨志刚、杜学文主编《聚焦山西电影》,中国电影出版社,2005,第51页。

②傅书华:《山西作家群论稿》,中国文联出版社,1999,第101页。

## 二、改革中的农村生活交响曲——《咱们的退伍兵》

1985年,马烽、孙谦创作的《咱们的退伍兵》由赵焕章执导,上海电影制片厂与山西电影制片厂联合摄制。这是新时期马烽、孙谦电影创作"农村三部曲"的第一部。

作为具有高度历史使命感和社会责任感的作家,应该把反映变革中的时代生活,塑造新的人物形象,描写广大群众最为关心的问题,作为自己的神圣职责。马烽、孙谦在他们长期的创作生活中是实践了作家的这一神圣职责的。他们的作品与时代同步,与改革同行,而不是同生活保持一定的"距离";他们的作品紧贴时代的脉搏,而不是有意去"淡化"时代背景;他们的作品敢为时代唱赞歌,敢为人民鼓与呼,而不是去追求什么朦胧的意念和抽象的空灵;他们的作品也绝不是去图解一时的政策,而是从更广阔的历史背景下和更深厚的现实土壤中去观察、描写和评价生活。所以,他们的作品真实性和社会性往往是统一的,充满了强烈的时代精神和现实意义。这就是马烽、孙谦作品的特色,也是《咱们的退伍兵》的特色。

《咱们的退伍兵》的主题可以说是单纯的,描写一个共产党员退伍兵怎样引导农民群众走向共同富裕的道路。《咱们的退伍兵》的主题也可以说是复杂的,因为它反映了一系列农村改革中出现的新情况和新问题,如怎样正确估量农村的形势和农民的富裕程度,党的政策允许一些地方和一些人先富起来同引导广大农民群众走向共同富裕道路是什么关系,在新形势下农村的党员、干部应该发挥什么样的作用,在当前农村调整产业结构的改革中怎么体现"以工补农,以工养农"的精神,怎样看待当前农民群众特别是青年一代在思想观念、道德风尚和生活追求上的新变化,等等。这样众多复杂的问题被作者浓缩在一个故事里,得到了比较充分的表现,从而加强了作品的思想内涵,具有一定的认识价值和教育意义。

《咱们的退伍兵》反映了20世纪80年代我国北方农村的生活面貌,真实地描述了在农村的改革中农民的现状和向往,以及他们思想上发生的深刻变化。影片"以现实主义的精神聚焦中国当代农村,从中国农村中发掘新时代的典型,以汽车兵方二虎复员回到家乡开办炼焦场为主线,来展开处于改革中的农民如何摆脱困境,实现共同富裕目标的故事。影片在一定程度上展现了新时期农村的活力和改革开放后人的精神面貌"[①]。

《咱们的退伍兵》写的是退伍兵方二虎回到家乡"乱石沟"后,面对家乡的贫困户与闲散劳力,他放弃当个体运输户赚大钱的致富机会,牺牲了自己的爱情,坚定地同大伙儿一起办起了土法炼焦场,经过种种磨难,终于与大伙儿走上了共同富裕的道路。影片还表现了全村七户人家的不同经济地位、政治态度、家庭生活和愿望追求。在这些人家中,有的是专业户、冒尖户,兵强马壮、财大气粗,想富了再富;有的是不愁温饱,但也想广开致富门路;有的是空有一身力气,缺乏技术,成为闲散劳力,闷得没事干,和村里小后生们玩"老鹰捉小鸡";有的是老弱病残,衣食难以蔽体果腹……这是复杂的现实农村的众生相,构成了作品情节的生动性、丰富性和复杂的矛盾冲突。

这种冲突集中表现在思想观念上的冲突,有公与私的冲突,有集体与个人的冲突。但这种冲突不是绝对化的,而是具有新时期的新的特点,既有矛盾的一面,又是可以统一的。二虎的哥哥大虎是党员、村主任,他认为"党员首先得认清形势,现在形势是八仙过海,各显其能",所以他成为首先富起来的运输专业户。二虎的看法却是党员带头致富是应该的,不然"怎能冲破'大锅饭和穷光荣'?怎能引起大家都想致富"?但是,"自己富,也让别人富,最好能和大家一起富"。这是二虎比大虎在思想认识上的高明之处。二虎的对象水仙认为二虎放着开汽车跑运输,一本万利的事儿不干,偏偏要领着大伙炼焦,简直是"傻瓜"。二虎的答案是:"人活着,总不能只为了自己……"这又是二虎比水仙在思想境界上的高超之

---

① 金丹元等:《新中国电影美学史(1949—2009)》,上海三联书店,2013,第337页。

处。二虎的行动毕竟体现了群众的利益，所以得到了广大农民，包括母亲的支持。方大妈对儿子说："咱得过集体的好处。人活在世上，要知恩必报，要有良心。"这位带着传统的道德观念又具有新社会农民高尚品格的母亲对儿子的理解，使二虎更坚定了自己的决心："我就是碰得头破血流，也得为大家办点好事！"方二虎这一退伍兵的形象就是在这种冲突中很自然地突现出来，充满了激励人们前进的精神力量。

《咱们的退伍兵》的格调是情与趣并重，而趣又胜于情，形成它特有的喜剧风格——作家和导演的风格（从《我们村里的年轻人》和《喜盈门》《咱们的牛百岁》中我们可以感受到这种情趣），这种风格的形成源自于创作者对火热的农村现实生活的反映。党的十一届三中全会以来，尽管在农村中还存在着各种矛盾、问题和困难，但总的来说农村毕竟是大踏步地前进了。农民已经和过去的无数次的折腾、运动、痛苦诀别，走向富裕、幸福和欢乐，加上现代意识的冲击和现代文明的影响，农民固有的乐观开朗、幽默诙谐的性格得到了尽情的表现。作家自己的风格特点和描写对象的性格色彩，使影片充满了浓厚的生活情趣、感人的艺术魅力。

20世纪60年代，马烽创作了优秀电影文学剧本《我们村里的年轻人》；80年代，马烽和孙谦合作的《咱们的退伍兵》又搬上了银幕。这两部影片的主角都是复员军人、共产党员、年轻人。《我们村里的年轻人》中的高占武从部队复员后，回到家乡，带领群众开山修渠、引水发电，给贫穷落后的山村带来了生气和光明。《咱们的退伍兵》中的方二虎从部队复员后，回到家乡，带领群众开办炼焦厂，走共同富裕的道路。这两部影片具有共同的艺术风格和美学追求，乐观的情绪、机智的幽默和浓郁的情趣，是时代风格和作家个人风格的统一。

《咱们的退伍兵》成为《我们村里的年轻人》的姊妹篇。《咱们的退伍兵》同《我们村里的年轻人》一样，由于充满强烈的艺术感染力，使这样一部歌颂农村青年党员，反映农村改革生活，具有严肃主题的作品，有着强

《咱们的退伍兵》剧照

烈的艺术感染力和可视性,受到广大观众的欢迎。特别是《咱们的退伍兵》,洋溢着一种轻松、喜庆的格调。鲜明的形象、幽默的语言与出人意料又尽在情理之中的情节,充满生活化的场面结合得浑然一体,让观众常常情不自禁地发出会意的笑声。

《咱们的退伍兵》剧本发表在《黄河》杂志1985年第4期。马烽原来准备把它作为《我们村里的年轻人》的姊妹篇,定名为《我们村里的退伍兵》,后来尊重导演赵焕章的意见,把"我们村里的……"改为"咱们的……"。于是《咱们的退伍兵》就与赵焕章执导的《喜盈门》《咱们的牛百岁》并称"农村三部曲",亦成为上影和赵焕章的"三部曲"。从这件事上也可以看出作家马烽的豁达和大度。

1986年1月17日,山西省作家协会和山西省电影家协会联合召开电影《咱们的退伍兵》座谈会。马烽、孙谦出席了座谈会,并谈了创作经过。大家一致肯定这是一部具有时代意义和民族特色的好影片。

《咱们的退伍兵》在1986年我国电影评奖的"三大奖"中全部获奖。这些奖是:国家广播电影电视部1985年年度优秀故事片奖第一名;第六届中国电影"金鸡奖"故事片特别奖;第九届《大众电影》"百花奖"最佳故事片奖,陈裕德(饰柳铁旦)获最佳男配角奖。此外,还获得了第二届解放军文艺创作奖;国家民政部"扶贫扶优双扶"奖;上影、美影第五届"小百花奖"最佳故事片奖、最佳编剧奖;山西省首届优秀电影电视剧"天龙奖"优秀故事片奖,马烽、孙谦获优秀编剧奖;山西省第二届文学艺术创作特别奖。一部作品获多项国家级或全国性的大奖,以及省里的最高奖,这在我省的文化史上还是第一次。

## 第六节 《山村锣鼓》《黄土坡的婆姨们》——新时期农村三部曲(下)

1986年和1987年,马烽、孙谦合作的电影文学剧本《山村锣鼓》和《黄土坡的婆姨们》相继在《黄河》杂志上刊载,并分别由山西电影制片厂和北京电影制片厂拍摄。至此,他们创作的新时期农村三部曲全部完成。

### 一、奏响走共同富裕道路的主旋律——《山村锣鼓》

《山村锣鼓》延续了《咱们的退伍兵》的创作思想,可以说是《咱们的退伍兵》的续篇。贯穿在两部影片中的一条红线,是在提倡一些人先富起来的情况下,如何把个人富与集体富结合起来,走共同富裕的道路。《山村锣鼓》在这个基础上更强调了发展集体经济的必要性,进一步深化了《咱们的退伍兵》的思想内涵。

《山村锣鼓》,1986年由山西电影制片厂摄制,艺术顾问苏里,导演于连起、于琦。

故事讲的是,知识青年、共产党员费成树,高中毕业拿上了大学录取通知书,因父母有病,放弃了上大学的机会,回到了贫困的红土沟村。改选村干部时,他被群众选为村主任——接手的是一个烂摊子,留给他的只是"一张桌子、一个戳子"和三万元贷款。他的态度是:"既然群众选上我,我就豁出来了,干!"他面对困难,在同以权谋私、违法乱纪,利用手中权势自己先富起来的村支书廉振家的斗争中,依靠老支书和群众的支持,因地制宜,千辛万苦创办集体企业,给红土沟村民带来了新的希望。马烽、孙谦选择农村知识青年作为带领农民致富的领头人,塑造了费成树等一批农村改革开放中出现的新人物,表明了他们对农村发展前景的思考——在科学技术飞速发展的时代,农民青年有知识才能担当走农业现代化道路的重任。

评论家马明高在评价《山村锣鼓》这部电影时说:"马烽和孙谦仍在直面现实,用自己的创作来思考和回答农村改革中出现的重大问题。他们再次向人们理直气壮地重申:社会主义道路是共同富裕的道路;共产党员要关心群众疾苦,带领群众摆脱贫穷与落后,走共同富裕的道路;发展农村经济,必须不断发展壮大集体经济。只有发展壮大集体经济,才能深化农村改革。"[1]

孙谦在接受一家报社记者采访谈到这个剧本的写作目的时说:"农村要想发展,只靠农业是不够的。这是因为一来耕地逐年缩小,二来土地肥力逐年削减。农业的欠缺,必须依靠工副业来补。但要搞工副业,单靠一家一户的力量是远不够的,必须依靠集体。为此,我们在该影片中塑造了一个高中毕业的年轻人形象。他宁愿放弃升学就业机会,在本村当起了村委主任,领导人们搞副业,走共同富裕的道路。我们通过主人公歌颂了一种服务精神和献身精神。"

---

[1] 马明高:《马烽、孙谦的电影文学创作》,载杨志刚、杜学文主编《聚焦山西电影》,中国电影出版社,2005,第54页。

《山村锣鼓》拍摄现场

## 二、改革开放时期农村妇女精神面貌的画卷——《黄土坡的婆姨们》

《黄土坡的婆姨们》影片中的黄土坡是一个只有四五十户人家的山村,在商品经济的大潮中,黄土坡的汉子们纷纷外出谋生挣钱去了,村里只剩下妇女、老人,使大片土地荒芜。青年妇女常绿叶挺身而出,用准备盖新院子的钱买了拖拉机帮乡亲们耕种,带领妇女们成立"联合体",集体承包土地,科学种田,夺得了粮食大丰收。她们还发展养殖业,抓粮食深加工,办饲料厂、榨油厂、淀粉厂等。一伙婆姨们为黄土坡村开创了一个新天地。影片成功地塑造了一个带领婆姨们进行农业生产、成立联合体搞集体承包的常绿叶的形象,展现出改革开放时期农村妇女崭新的精神面貌。

《黄土坡的婆姨们》提出了在改革开放、搞活经济的形势下,部分农民离开土地以后,农业生产如何加快发展,农村产业结构如何完善的问题;特别是提出要十分重视粮食生产这一关系到国计民生的根本性的问题。

这既体现了无工不富、无商不活的思想,又体现了无农不稳的战略思想。影片还涉及在坚持自愿互利的基础上组织各种形式的互助合作和"联合体",以及科学种田、信息交流等问题。特别是作家以实事求是的精神,直面社会,直面人生,大胆揭示当时农村基层组织建设的瘫痪软弱状态,直指农村生活的难点和焦点问题。这些都是作者抓住的20世纪80年代中期中国农村所出现的新情况、新问题。由于作家的政治敏感,增强了作品的时代感和包容量,深化了主题。

影片公映后,在电影圈内反响平平,但在农村放映时,在普通农民和农村干部中反响强烈,深受欢迎。影片送到全国农业会议上,送到中央党校,在各省负责农村工作的干部中放映,同样受到好评。饶有风趣的喜剧性情节,惹人喜爱的人物形象,幽默风趣的人物对话,都吸引和感染着观众,放映场上始终笑声不断,他们认为这是近年来看到的最为亲切、感人的农村题材影片。这部影片既是主旋律作品,又有着娱乐性,洋溢着农民乐观豁达的精神,闪烁着劳动群众的智慧火花,体现了导演董克娜"寓教于乐"的美学原则,真实地展现了农民们的欢乐与忧伤、向往与追求,让观者感到轻松、活泼和快乐。

《黄土坡的婆姨们》由董克娜执导,北京电影制片厂摄制。影片获国家广播电影电视部1988年优秀影片奖,山西省第二届文学艺术创作特别奖。

### 三、讲好农村故事,展现农村风情——"农村三部曲"的时代色彩

在《泪痕》上映六年后,1985年至1987年,马烽、孙谦合作的电影文学作品《咱们的退伍兵》《山村锣鼓》和《黄土坡的婆姨们》相继问世,被电影界视为马烽、孙谦创作的新时期"农村三部曲"。它们反映了作者对新时期农村问题与农民命运的思考,表现了作者的胆识和强烈的社会责任感。

评论家丁宁在他的《孙谦的编剧人生》一文中说:"《咱们的退伍兵》《山村锣鼓》和《黄土坡的婆姨们》被称为'农村三部曲'。以其时代气息和乡土气息在1980年代的中国银幕上呈现了一道别样的农村风情。孙谦和马烽扎根在山西这片土地,将故事发生地都放在黄土高原的农村,带有浓郁的西北风情,以极大的热情塑造出方二虎、费成树、常绿叶等走在时代前列的农村青年形象。"①

在"农村三部曲"中,作者通过新鲜、生动的农村故事,反映急剧变化的农村现实,体现了他们关心农村问题、情系农民生活的一贯的创作方向,展现了他们对新时期农村和农民问题的思考。他们认为,社会主义道路是共同富裕的道路;共产党员要关心群众疾苦,带领群众摆脱贫穷与落后,走共同富裕的道路;发展农村经济,要以农为主,只有不断发展壮大集体经济,才能深化农村改革。作者在20世纪80年代后期,通过作品所表达的对农村问题的这些见解,至今仍有它的现实意义。这正是来自于生活的作品的生命力。"农村三部曲"的创作和退伍战士方二虎、知识青年费成树、青年妇女常绿叶等新的农民形象的塑造,紧扣时代脉搏,展现社会前进步伐,描写了变革中的农村生活,表现了具有开拓精神的新一代农民,这正是马烽、孙谦肩负起历史使命感和社会责任感的反映。

---

① 丁宁:《孙谦的编剧人生》,载王学礼编著《我们的孙谦》,中国电影出版社,2012,第97页。

"农村三部曲"体现出马烽、孙谦作品的诙谐、幽默、风趣的特色和自然、流畅、质朴的风格。

　　对于"农村三部曲",评论家杨占平有一个很好的评价:"马烽和孙谦的'农村三部曲',通过鲜活的人物形象塑造,表达出联合起来共同富裕的主题。方二虎、费成树、常绿叶,是出类拔萃的农村先进青年,具有共产党人的传统品格。""他们是农村改革大潮中涌现出来的佼佼者,也是带领群众走共同富裕道路的领头人。"[1]"孙谦和马烽在'农村三部曲'中,以极大的热忱塑造了一批出类拔萃的农村青年形象,他们是在农村改革大潮中涌现出来的新的人物,是带领群众走共同富裕道路的关键人物,体现了两位作家倡导农村共同富裕的思想和期盼农村深化改革的愿望。在艺术上,三部作品都洋溢着乐观主义精神,用喜剧的风格表达深刻的思想,闪烁着劳动人民的智慧与诙谐,达到了雅俗共赏的境界。"[2]

---

[1] 杨占平:《山西文坛30年作家掠影》,三晋出版社,2009,第29页。
[2] 杨品:《人民作家孙谦》,山西春秋电子音像出版社,2007,第36页。

# 第九章　西戎、胡正的电影剧本创作

**题外话：**20世纪七八十年代，我在山西省委宣传部文艺处工作，同当时的山西省文艺工作室（"文革"后，省作家协会恢复前的创作机构）领导人西戎、胡正有密切的交往。当时，山西省文艺工作室虽然人不多，单位不大，但也经常组织各种创作、研讨活动。比如，召开过电影创作研讨会，上海电影制片厂的著名演员夏天就来太原参加了。当时的各种活动，大多数是由西戎、胡正主持，我参加，办会务的只有顾全芳一个人。就是在登门拜访、一起开会这样的场合下，我同西戎、胡正逐渐地熟悉了。

西戎给我的印象是，待人亲切，说话随和，衣着朴素，完全没有那种大作家的派头。见面后，我很想知道"西戎"这个笔名的来历。他就从他的家庭和参加革命谈起。西戎本名席诚正。他十八岁参加革命后，自己想，"席诚正"这三个字虽然算不上封建，但也够不上革命。改个什么名字好呢？苦思冥想，豁然贯通。他认为，第一自己是山西人，第二生在蒲县西坡村，第三自己又是西坡村二十七户百十几口人中第一个投笔从戎的革命战士，干脆叫"西戎"好了。我说这个名字既革命化又有点文人味道，从此，中国有了个名叫西戎的大作家。他会心地笑了。

我看过的西戎作品很多，听他的讲话和发言也很多，给我印象最深的一句话是："我写作就是要写我所相信的、所喜欢的、所熟悉的。"而所相信的、所喜欢的，必须首先是所熟悉的，这就要求作家要长期地无条件地深入生活。西戎做到了。

西戎是以短篇小说闻名于世的，我想不到他竟然写过多部电影文学剧本。在这方面我从来没有听他说过什么。他是一个极不愿意宣传自己的人。实际上，他不仅是一位著名的小说家，而且也是电影剧作家。

1999年6月26日，山西省文联、山西省作家协会、山西省高级法院联合主办"张平研讨会暨新作《十面埋伏》首发式"。马烽、西戎、胡正都参加了。马烽在上午的会上发了言。西戎下午在会上做了热情洋溢的发言，谈到了赵树理，谈到了生活和创作的关系，谈到了作家的人品与文品，语重心长，忧思深远。当时，我和胡正、西戎坐在一起。西戎坐居长条会议桌的中间，胡正坐在他的右手，我坐在胡正的右手。西戎发言后大约半小时，我看到西戎的头搭在会议厅的桌子上。我急忙同胡正说："老胡，你看，老西怎么啦！"胡正赶紧呼唤西戎，大家都围上来呼唤"老西"，但是他没有应声。120急救车来了，把西戎用椅子抬出会场，原来他是突发脑溢血。这次研讨会上西戎的发言成了他留给这个世界的最后话语。西戎出院后，我去他家里看望他，见他坐在沙发上，面容光净，气色很好，只是不说话，不认识人了。2001年1月6日，西戎医治无效去世。我们的人民作家西戎继李束为、孙谦之后走了!

前几天,西戎的女儿席小荣送给我一本鸣夏编写的《西戎图传》。这本书记述了西戎的一生,收了许多西戎生前的珍贵照片。让我惊奇的是,还收了多幅西戎的书法作品。我知道西戎的字写得不错,却没有想到写得这么好。行书笔法遒劲,潇洒流畅,内容则多为他的自撰诗词。西戎既是著名作家,也是名副其实的书法家。但是,在他生前从来也没有听人说过西戎是书法家,当然他自然更不会说自己是书法家。一位作家、书法家竟然谦虚到如此地步,令人称奇,也令人赞颂。我同小荣说,我同你爸爸交往那么多,怎么就不向他求一幅字呢?! 小荣说,只要你要,他一定会给你写的。怪就怪在我当时也没有把作家西戎当作一位书法家。

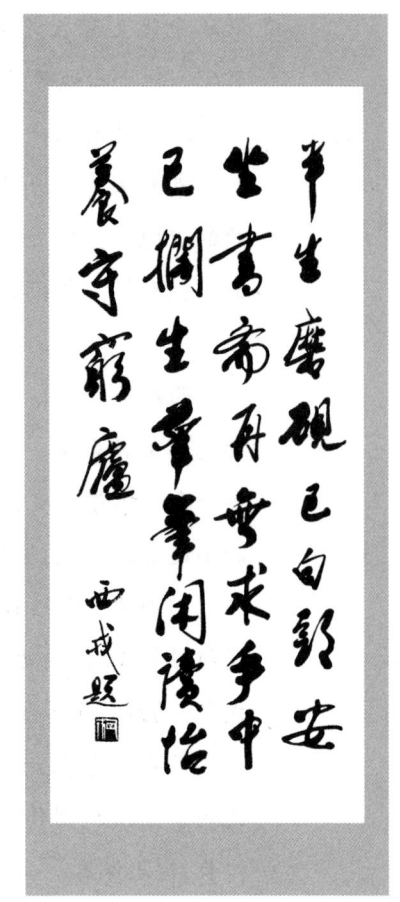

西戎书法作品

20世纪80年代,有一次省作协在迎泽宾馆开会,欢迎王蒙同志。大家坐好了,客人还未到。不一会儿,门外传来一串笑声,我对坐在旁边的胡正的夫人郁波说:"听!老胡来了!"郁波莞尔而笑。这真是人未来,声先到,胡正就是这样一个带着笑声前进的人。

但是在20世纪70年代,可不是这样。当时的胡正大概有十多年(从1964年文艺整风算起)没有写什么东西了。1975年,一次一起开会时,我问他:"您怎么不写呢?"他想了想,低低地说了一句:"我不想给他们脸上贴金!""他们"指的是谁?彼此会意地沉默了。整整十二年,没有留下一个字,这对一位作家来说多么残酷!粉碎"四人帮"后,胡正又有了欢乐的笑声,回到了我开头所说的那样。

这里说胡正,还是为了下面说他创作的曾经十分火的一部电影《汾水长流》。胡正是以小说和散文著称的,他的电影创作就这一部,但却确立了他在中国电影史上的地位。

## 第一节 西戎的电影剧本创作

西戎(1922—2001),山西蒲县人。1938年7月,十六岁的他就参加了革命,从事宣传文艺工作。1942年,开始文艺创作。1949年10月,随军南下四川,做文艺组织领导和编辑工作。1954年,调中国作家协会从事专业创作。1955年5月,调回山西工作。历任中国作家协会第四届理事,山西省文联副主席、党组副书记,山西省作家协会副主席、主席、名誉主席,《火花》《汾水》文学月刊主编。山西省人民代表大会第五、六、七届常务委员会委员。1992年5月,被中共山西省委、省政府授予"人民作家"称号。几十年来,在文艺领导岗位上,既发表了大量作品,又热心培养文学青年,为山西的文学事业发展做出了重要贡献。

西戎在写作

西戎是当代中国文学史上重要流派"山药蛋派"的代表作家之一,以短篇小说《宋老大进城》《灯芯绒》《赖大嫂》等驰名于世,以同马烽合著的长篇小说《吕梁英雄传》而在中国现当代文学史上占有重要的地位。西戎同时热心于剧本创作,创作有眉户剧、秧歌剧、话剧等,还创作了多部电影文学剧本。其中有与马烽合作的《扑不灭的火焰》,与李逸民合作的《兴业春秋》,与义夫合作的《叔伯兄弟》(《金匾背后》),其中有的搬上了银幕。还有与谢俊杰合作的电视剧本《好一个孺子牛》,与谢俊杰、黄冲合作的电视剧本《希望的田野》。《好一个孺子牛》,发表于《火花》杂志1991年第12期,随后由山西电影制片厂拍摄,易名为《月到中秋》。《希望的田野》,1992年由山西电影制片厂拍摄。

《扑不灭的火焰》是写抗日斗争的。《兴业春秋》《金匾背后》《希望的田野》是反映农村生活的。《好一个孺子牛》是写一位优秀的乡民政助理员一心做好优抚工作,为民服务的先进事迹。这说明西戎的影视剧本表现的主要还是农村和农民。

## 一、《扑不灭的火焰》

关于马烽和西戎合作的电影文学剧本《扑不灭的火焰》,马烽在他的一篇题为《悼念蒋妈妈》的散文中有比较详细的记述:

> 一九五三年,我和西戎都在中央文学讲习所工作。那年春天,他决定去汾阳县深入生活。走前,我向他简单介绍了蒋三一家的情况,我希望他能抽时间去唐兴庄搜集这方面的材料。西戎到汾阳后,虽然担任了县委副书记,他还是去唐兴庄住了一段,进行了认真的调查。同年秋末冬初,我也去汾阳下乡,他又陪同我到唐兴庄住了十几天,而且就住在蒋妈妈家。那时候,她已年近六旬,身体还很硬朗,只是两眼失明了,生活无法自理,由娘家侄女儿帮助料理家务。蒋妈妈谈起她儿子们牺牲的情景来,难免有些痛惜,但同时也充满了自豪。她是应该自豪的,在抗日战争和解放战争中,她的三个儿子先后都为国捐躯了!她的一生是艰难的一生,是血和泪的一生,也是光荣的一生! [1]

此后,马烽每逢到汾阳下乡,总要抽时间去看望蒋妈妈。1981年10月中旬,马烽再次到汾阳,却碰上了蒋妈妈的追悼会。他想起这一家人在艰苦的战争年代里,对革命所做的贡献,于是就有了我们上面所看到的那段文字。

1953年,马烽和西戎住在汾阳唐兴庄,广泛采访群众,包括蒋三的母亲。马烽觉得蒋三这个题材,人物好、故事好、情节好,就决定写这个剧

---

[1]《马烽文集》第7卷,大众文艺出版社,2000,第282页。

马烽和西戎

本。年底,马烽、西戎回到北京,集中时间,以蒋三兄弟为原型,创作了电影文学剧本《扑不灭的火焰》。

关于《扑不灭的火焰》的创作和拍摄,马烽在他的《京华七载》中有一段生动的记述:

> 我俩就像写《吕梁英雄传》一样,首先研究讨论拟了个详细提纲,然后就分头动笔写。西戎是快手,分给他的那一部分很快就写完了,然后又帮我写了两章。最后合在一起,两人从头至尾改了几遍。起了个剧名叫《扑不灭的火焰》。
>
> 这个剧本我们是直接寄给陈荒煤同志的。那时他是文化部电影局局长。一方面因为他曾在一次会上号召作家们写电影剧本,另一方面在延安时候他是鲁艺的文学教员,我们曾听过他的课。这算是学生交教员的作文。陈荒煤同志很快就看完了初稿,并约我们到他家谈话。他首先对这个剧本加以肯定,然后就逐章逐段提出修改

意见。意见提得很中肯,也不难改。我们回来很快就改完了。陈荒煤同志又看了一遍,就推荐给了长影。后来外景是在汾阳拍摄的。写电影剧本最麻烦的是要不断地进行修改,可以说是拍不完,改不完。在拍摄中的修改工作都是西戎同志负责进行的。由于这部影片的拍摄,自然而然就引起了汾阳县委和地委的重视。他们很快就在唐兴庄兴建了一座蒋三兄弟们的烈士陵园,花钱雇了一个人专门帮蒋大妈料理生活,还为蒋三和一个相好的寡妇所生的女儿治疗好肺病,保送到中学读书。这些都是后话了。①

《扑不灭的火焰》,1956年由长春电影制片厂摄制。导演伊琳,摄影王启明,主要演员有葛振邦、杜征、丁惟敏。后来两位作家对剧本做了较大加工、修改,以文学剧本形式,于1957年在中国青年出版社出版。

---

① 《马烽文集》第7卷,大众文艺出版社,2000,第219—220页。

影片讲述的是，1942年，共产党员蒋三从根据地回到家乡汾阳开展抗日武装斗争。他的哥哥蒋二是伪军中队长，依靠日寇势力，带兵长驻家乡，无恶不作。于是，他们之间产生了激烈的斗争。蒋三领导群众首先镇压了作恶多端的伪村长，瓦解了伪军，最后采取声东击西的战术，诱蒋二走进了预先撒下的天罗地网中。

孟犁野在他所著的《新中国电影艺术(1949—1959)史稿》一书中，对《扑不灭的火焰》这部影片有着十分精辟的分析。他说：影片"在剧作与导演处理上，确有一些独特的东西，这就是把抗日民族斗争浓缩、深入到一个普通农民家庭中去。哥哥蒋二是为日军效劳的'皇协军'中队长，弟弟蒋三则是八路军派到山西汾阳地区开展抗日战争的武装工作队长。蒋二、蒋三的关系，既是骨肉兄弟，又代表着势不两立的政治、军事势力，加上亲人们的介入，于是这场斗争就变得相当微妙，既严肃紧张，又颇富人情味，引起了观众的兴趣"[①]。

《扑不灭的火焰》基本上是正剧风格，但也带有一些传奇的色彩，如蒋二、蒋三兄弟二人会面及全家为母亲过生日的情节，就处理得十分紧张又比较精彩。

孟犁野在评价这部影片的内涵时说："兄弟之间的冲突，被融解于手足情的家庭伦理氛围中，而且透过尖锐的政治斗争层面，深入到兄弟二人及家人们各自的人生观、价值观冲突的文化层面上，丰富了战争片的内涵。"[②]

影片凭借跌宕起伏的故事情节和富有传奇色彩的人物，在观众中产生了强烈的反响，是当时深受观众欢迎的影片之一。评论家杨占平对电影的主题有个很好的概括："影片通过抗日英雄蒋三等人，同敌人坚决斗争的故事，讲述一个道理：人民是永远不会屈服的，只要有火种在，斗争的

---

[①][②] 孟犁野：《新中国电影艺术(1949—1959)史稿》，中国电影出版社，2002，第181—182页。

西戎和青年作家在一起。后排左为周宗琦,前排右为成一,后排左二为马力

烈焰就会熊熊地燃烧,任何人也扑灭不了它。"[①]

1956年8月22日,共青团太原市委和太原市民主青年联合会,为祝贺《扑不灭的火焰》的成功,联合举办"作家马烽、西戎和太原青年见面会"。到会青年八百多人,听了西戎关于《扑不灭的火焰》创作经过的报告。会后放映了这部电影。

二、《兴业春秋》

《兴业春秋》是西戎1963年与李逸民合作的电影文学剧本,发表于《火花》杂志1964年第8、9期。为了写这个作品,西戎曾到李逸民在运城解州公社蹲点的阎家村体验生活。他在深入生活中,还对生产大队在经营管理、农业生产中发现的问题提出意见。他关心贫苦农民的生活,同大队干部商量解决的办法。当公社组织农业生产巡回检查时,他也骑着自

---

[①] 杨占平:《"山药蛋派"作家的电影文学创作》,杨志刚、杜学文主编《聚焦山西电影》中国电影出版社,2005,第13页。

行车,一个上午跑五六个村子。西戎在解州公社断断续续住了半年之久,和李逸民一起创作出了电影文学剧本《兴业春秋》。

《兴业春秋》初稿完成后寄给北京电影制片厂,北影认可,同意拍摄,确定林扬为导演,并邀作者赴京修改。改完剧本,导演、副导演随同作者到解州公社选景,着手进行分镜头的准备。意外的是,1964年9月,《文艺报》突然发表了批判"写中间人物"的编辑部文章,而西戎的短篇小说《赖大嫂》又是所谓"写中间人物"的艺术标本,北影厂拍摄电影《兴业春秋》的计划随之告吹。

李逸民回忆说:"电影剧本在《火花》发表后,西戎同志给我寄来一半稿费。我回信表示拒收,理由是:应按劳取酬,剧本总体构思和人物设置,西戎同志付出劳动最多,我虽提供零星素材,创作中只是敲边鼓而已;再说,我同他合作是一次'实地练兵',旨在跟着学习,不掏学费便是沾了光,何敢平分稿费?西戎同志很严厉很坚决,我无奈收下一半,心里极为不安。"

### 三、《金匾背后》

20世纪80年代末期,西戎与义夫合作写出电影文学剧本《叔伯兄弟》,拍成电影后更名为《金匾背后》。

《金匾背后》是一部具有喜剧色彩的影片。故事说的是,清河乡政府决定对乡里的"万元户"挂匾表彰。"老式"农民、"万元户"王满福害怕露富,推说没钱,拒绝挂匾。"新式"农民、现任华夏化工公司经理、王满福的堂弟王满喜靠挪用畜牧专用款项走私手表、倒卖彩电,制假贩假,发了横财,乡政府却给他挂上了"生财有道"的金字牌匾。过了不久,金字匾上被人抹上了牛屎……影片通过王满福、王满喜兄弟及其子女王金虎、王银龙,以及他们周围包括乡长、信用社主任、乡企业办主任、养鸡专业户、兽医站主任、县剧团演员等在内的生动鲜活的众多人物,向观众展现了一幅

《金匾背后》剧照

现代意识与传统文化共存的晋南农村生活风情画,反映了社会主义初级阶段农村出现的许多事——有新的,有旧的,有农民们看得惯的,有农民们看不惯的,掀起了一场场轩然大波,构成了影片跌宕起伏的故事情节,全剧充满了农民式的幽默和农村生活的情趣。

影片以一个家庭为背景结构故事,反映了由农村经济改革带来的人的观念和人际关系的变化,既有进步的一面,也有落后的一面。叔伯兄弟王满福与王满喜之间的矛盾纠葛,就体现了这一点——两种观念的思想冲突、道德冲突和价值冲突。王满喜成为走红的农民企业家,居然是靠制作假药,而且那么心安理得。透过王满喜道德沦丧的事实,剧本向人们提出了一个严肃而带有普遍性的问题,这就是:当人们都在急切地为满足物质生活的欲望而拼搏时,不可避免地会让一些人的心态和人格发生畸变。而王满福的道路与观念同王满喜截然相异,代表了另一种价值观。在经济大潮中,两兄弟孰对孰错一目了然,但根由在何处?却是两位作家让观众思考的。这也正体现了他们强烈的社会责任感和道德使命感。

本片导演王好为,摄影李晨声、张彬,主要演员有马恩然、杨子纯、李明珠、梁冠华。《金匾背后》1987年由山西电影制片厂和北京电影制片厂联合摄制成彩色遮幅式故事片,于1988年上映。

## 第二节 胡正和电影《汾水长流》

胡正(1924—2011),原名胡振邦,出生于山西灵石县。1938年参加晋西南吕梁剧社,后到延安"鲁艺"、部队艺术学校学习。1943年开始发表作品。著有短篇小说集《摘南瓜》《七月古庙会》,中短篇小说集《几度元宵》,散文报告文学集《七月的彩虹》,长篇小说《汾水长流》(后改编为同名电影、话剧、戏曲)、《明天清明》等。曾任山西省作家协会党组书记、副主席,山西省文联副主席、秘书长,山西省老文学艺术家协会主席、名誉主席。山西省政协第四、五届委员,中国作家协会第四届理事。1992年,中共山西省委、省政府授予他"人民作家"称号。

胡正是中国当代文学史上重要流派"山药蛋派"的代表作家之一。在近七十年的文学生涯中,坚持毛泽东同志《在延安文艺座谈会上的讲话》精神指引的方向,深入生活,密切关注社会现实,始终同广大人民群众保持血肉联系,选择民族化、大众化的创作道路,作品为广大人民群众所喜爱。

### 一、长篇小说《汾水长流》

1960年到1964年是胡正小说创作的黄金时期。这一时期产生了他的代表作——长篇小说《汾水长流》,这是他1954年到1955年两年长期深入农村生活结出的硕果。1953年冬,胡正以工作队员的身份,到榆次县张庆村参加合作化运动。他同农民一起办起了曙光农业社。他和农民们一起迎来了合作化运动后的第一个丰收的季节。为此,他先后

1992年4月，胡正在山西省榆次市张庆村　　　曹平安/摄

写了多篇散文——《欢乐的季节——榆次张庆村秋收散记》《新的希望——榆次张庆村散记》《初冬的一天——榆次张庆村秋收散记》，热情地歌颂了中国农村的这一伟大变革。之后又经过几年的构思和酝酿，胡正从1959年起开始创作长篇小说《汾水长流》。1960年，小说在《火花》文学月刊连载；1962年，作家出版社和山西人民出版社同时将其出版。其时，《人民日报》《光明日报》《文艺报》等报纸就成为全国文坛引人注目的优秀作品《汾水长流》展开讨论，发文评介。

### 二、电影《汾水长流》

胡正与沙蒙合作将其长篇小说《汾水长流》改编为同名电影剧本，1963年由北京电影制片厂摄制。导演沙蒙、傅杰，摄影杨霁明、徐孝先、吴生汉，主要演员有高保成、王志刚、张平、李壬林、郭筠、赵子岳、尹助力。

故事讲的是，1954年，党的过渡时期总路线公布后，农业社在全国农业合作化运动中，像雨后春笋一样纷纷诞生。在晋中平原，一个位于汾河岸边的村庄里，刚刚诞生不久的杏园堡农业社，一开始就遇到了严重的困难:霜冻、天旱、春荒缺粮。年轻的党支部书记郭春海,带领群众渡灾自救。而一心想发财致富的副社长刘元禄却伙同富农兼商人的赵玉昌趁机倒卖粮食,造谣生事,煽动社员闹退社,还栽赃陷害贫农积极分子王连生,企图搞垮农业社。郭春海依靠群众,揭穿了他们的阴谋,战胜了灾害,取得了夏粮大丰收。影片深刻地反映了中国农村在合作化运动中的伟大变革,塑造了郭春海、王连生、郭守成、周有富、杜红莲等人物,全剧充满了强烈的生活气息和浓厚的地方色彩。

电影《汾水长流》活画出一幅新中国成立初期中国农村百景图,也是多个人物形象的大画廊。影片中人物多达近三十人。众多的人物与繁多的线索扭结,编织成一个个好看的故事。剧中塑造的人物大都个性鲜明,具有典型性。

杏园堡村党员郭春海是一个既有强烈爱心又有聪慧头脑的青年。他依靠贫雇农组建互助组和农业社,带领大伙发家致富的故事,是电影的主线。在面临灾害、春荒缺粮的情况下,他坚决依靠党团员和贫下中农,及时地提出了抗旱办法,以借公家粮和互借粮解决了社员的缺粮困难,稳定了大家的情绪,凝聚了人心,团结了广大社员。

其他人物,如贫雇农出身的王连生,是一个村民积极分子,迫切要求入社,见不得一丝一毫的落后行为,爱憎分明,性格直爽,斗争性强,由于他性子倔强,与人相处也就闹了不少笑话。郭春海的爹郭守成是个守财奴,自私胆小,发财心切,抠门悭吝,处处算计,结果是聪明反被聪明误。郭守成自认为"粪大不怕天旱",为自留地多上社里的肥,庄稼反而被烧死;他放任视如命根子的大黄牛偷吃社里麦子,大黄牛却因吃得太多反被撑死,落得大家分牛肉吃。还有一个周有富,中年丧妻,娶进一寡妇,带进来五亩地。寡妇有一女儿杜红莲,他又打起红莲的主意——如果让自己的憨傻儿子娶到,岂不是连彩礼钱都省下了。杜红莲根本看不上这憨傻的后哥哥,而是暗恋着英俊能干的郭春海,最后她冲破阻力与郭春海自主结婚,使周有富的梦想落空。这些人物使影片情节曲折,充满喜剧色彩,观众笑声不断。

电影《汾水长流》刚一上映,便红遍大地,盛演不衰,好评如潮。《人民日报》《电影艺术》《北京文艺》《北京晚报》《山西日报》《山西晚报》等报刊纷纷发表评论。中央实验话剧院和山西人民话剧团将其改编为话剧搬上舞台,太原市实验晋剧团、临猗县剧团将其改编为戏曲相继演出。一部电影带动了诸多艺术形式同观众见面,可谓盛况空前。

汾河流水哗啦啦,阳春三月看杏花。待到五月杏儿熟,大麦小麦又扬花。九月那个重阳你再来,黄澄澄的谷穗好像是狼尾巴。你看那滚滚长流日夜向前无牵挂。

由乔羽作词、高如星作曲、王爱爱演唱的电影《汾水长流》插曲,随着电影的放映,更是唱响了20世纪六七十年代的中国大地。"汾河流水哗啦

电影《汾水长流》海报

啦",优美婉转的旋律和王爱爱清亮甜美的歌声,深深渗入几代人的心田,这歌曲也成为山西的一张音乐名片。

故事片《我们村里的年轻人》续集插曲《人说山西好风光》的词作者也是乔羽,十二集电视连续剧《郭兰英》的主题歌的词作者还是乔羽。一首《汾河流水哗啦啦》,一首《人说山西好风光》,一首"水呀水清灵灵,天呀天蓝个英英",乔羽先生写尽了山西的山美、水美、人美,纯情的歌词加上温婉的旋律,使得这些歌曲一直传唱至今。

《汾河流水哗啦啦》的曲作者高如星,观众对他了解甚少。作家九井在一篇题为《伟大的作者,名不见经传》文中说:"在政治高压,文网严密的过去——即所谓'十七年'和'文革'——竟然有人冒着'政治生命'甚至肉体生命的危险,谱写出一首首滋养我们民族精神的歌曲,让我们的心不至于彻底干枯。这些作者,在我心中是伟大的。"剧作家、诗人白桦在《朋友高如星》一文和"口述实录"中也讲道:"中国许多所谓作曲家一生一世都没有旋律,高如星的旋律随时都可以从他的铅笔上流淌出来,没有一支曲子是不美的。""高如星在中国音乐界将来会是高空中的一颗亮星。""一半中国人会唱他的歌,却不知道这个山西天才作曲家的悲剧人生。"[①]

从九井和白桦的文章中,我们了解到,高如星是山西兴县人,从一个放羊娃、小八路,凭借自己的天赋和勤奋成长为天才作曲家。电影《柳堡的故事》插曲《九九艳阳天》、电影《汾水长流》主题歌《汾河流水哗啦啦》等,都是高如星作曲。九井说:"我素来认为,《汾河流水哗啦啦》的词曲之美,美到无以复加,美到深奥不可解!"就是这样一位天才的作曲家,"文革"中被迫害致死,年仅四十二岁。在他住院治疗期间,来自家乡兴县的一个小侄女在照顾他。这个小女孩会唱她叔叔写的所有歌曲。在他弥留之际,小侄女为他唱的是《柳堡的故事》插曲《九九艳阳天》。在送他火化

---

[①] 引自《黄河》杂志1999年第3期。

1963年12月,在中央实验话剧院《汾水长流》剧组来山西省榆次市张庆村体验生活时,胡正与剧组导演孙维世(中)一起讨论剧本。

时,她为叔叔唱的是《汾水长流》插曲《汾河流水哗啦啦》。那时,她已哽咽不能语,唱着唱着大哭起来!周围的人也随着她断断续续的歌声唏嘘长叹、泪流满面。

为电影《我们村里的年轻人》演唱插曲《人说山西好风光》的是著名的中国民族声乐歌唱家郭兰英,为电影《汾水长流》演唱主题曲的是著名晋剧表演艺术家王爱爱。她们都是把戏曲的唱法成功地运用于歌剧和民歌的演唱中,唱腔圆润甜美,灵巧多变,高低自如,因而深受群众喜爱。电影与插曲互为映衬,相得益彰。听到郭兰英演唱的"人说山西好风光,地肥水美五谷香……"我们想起电影《我们村里的年轻人》;听到王爱爱演唱的"汾河流水哗啦啦,阳春三月看杏花……"我们想起电影《汾水长流》。这就是电影歌曲的魅力。

# 第十章　山西其他作家原创的电影剧本

山西的电影大旗是由老一代作家马烽、孙谦、西戎、胡正等举起的。他们都是以小说创作闻名于世的,但是他们为了自己的作品能得到更多人的欣赏,特别是为老百姓所普遍接受,同时创作了一系列电影文学剧本,这些剧本在中国电影史上,占有重要的地位。在老作家的带动和影响下,山西的一批中青年作家也投入了电影剧本创作,而且取得了不菲的成绩,如华而实、牛建荣、钟道新、张石山、张卫平、杨志刚等。

还有一些作家,如齐陶、郭恩德、马明高等,创作了不少电影文学剧本,这些剧本有的拍摄成片,有的没有拍摄。这些作家均为山西的电影事业做出了贡献。

齐陶是位多产作家,涉猎很广,在戏曲、话剧、歌剧、电影、曲艺、小说等诸领域均有作品问世。他创作并演出的各类剧本有晋剧《齐王拉马》等几十种之多,其中电影文学剧本有反映明末清初黑旗军援越抗法的《南疆遗恨》,反映武林豪杰的《大盗周三》,还有反映我国玉雕艺术家崇德爱国的《遗产》(与阎安广合作),有描写我省著名抗日女英雄王光的《永不熄灭的荧光》(与子彬合作)。

剧作家郭恩德创作的《神行太保》成为山西电影制片厂拍摄的第一部彩色故事片(见本书第三章第一节),他创作的另一部电影文学剧本《女跤王》由安徽电影制片厂拍摄搬上银幕。

作家、评论家、文化学者马明高除去发表了大量的散文、小说、戏剧作品和理论评论外,还创作了《城市与人》《龙镇一家人》《罪犯的妻子》等电影文学剧本。

本章评述的电影作品以摄制时间为序,电影文学剧本以发表或出版时间为序。

## 第一节 华而实的电影剧本《知音》

### 一、华而实——影视剧三栖作家

华而实,原名潘耀麟。一级编剧。祖籍山东济宁市,1932年出生于北京,就读于北京辅仁大学、北京大学。早年即从事戏剧和电影创作,1957年发表和出版了电影文学剧本《汉衣冠》,获中央文化部和中国作协颁发的优秀电影剧本奖。曾任第四届山西省政协委员,第五、六、七届常委;第八届全国政协委员。山西省劳动模范、山西省特级劳动模范。山西电视艺术家协会主席。1991年7月,任山西省文史研究馆馆长。

1978年后问世的作

华而实和夫人孙玫

品有：电影剧本《知音》《梅兰芳与程砚秋》《赛金花绿皮书》，晋剧《红娘子》，京剧《海王魂》《秋声赋》《蔡锷与小凤仙》，歌剧《湖畔双碑》，电视连续剧剧本《上党战役》《评梅女士》《秋水长天》《落花时节》《大敌当前》《载酒行》，戏曲电视连续剧《鲜卑骄子》，河南越调戏曲电影剧本《智取姜维》（2012年11月珠江电影制片厂摄制），栏目剧剧本《宝贝保卫战》等。作品在全国及山西省省内多次获奖。出版有文集《悲欢五重奏》《刚柔四重奏》《华而实剧作集》。

华而实个性突出，才华出众。业界人士称他有山东人的豪爽，北京人的豪言，山西人的豪迈。从《汉衣冠》到《知音》《大敌当前》《评梅女士》……无不体现着他对历史事件的非凡诠释。作品典雅的语言、诡奇的情节、血肉丰满的人物形象，无不反映着作家的胆识和才气，令人赞叹。

华而实自己说："我虽非史才，却有史癖。"事实上，他既有史癖，更有史才。华而实历史题材作品的风骨和力度，源于他的历史胸襟、历史视野和对某些波澜壮阔的历史场景的准确把握。华而实营造诗的史或史的诗的大手笔，常常体现于有能力超越琐碎的个人欲望的烦冗陈述，紧扣住历史脉搏的张动，创作出既大气磅礴又血肉丰盈，蕴含着审美价值的人物形象。

**题外话**：华而实原来是山西省京剧院的专职编剧。我在京剧院看过他创作的几部戏，有《红娘子》《彩练明珠》《蔡锷与小凤仙》等，便同他相识了。当年的华而实风度翩翩、才华横溢，个性也强。如果他说话，别人绝对没有插嘴的机会。有一次看戏，我就坐在他的旁边。他一边专注看戏，一边按节击掌，表情愉悦，十分陶醉。照华而实自己的话说："闭不拢常开的笑口，也不善制怒，大概正应了'喜怒形于色'这句带点贬义的词儿。"①

华而实调到山西省电视艺术家协会后,我们的来往就更多了,多年合作共事,成了知己好友。华而实后来离开太原常住北京。

2010年,为了纪念辛亥革命一百周年,山西省京剧院白向杰院长提出要把20世纪80年代演出的《蔡锷与小凤仙》重新改编搬上舞台。时隔三十年,剧院决定还是请华而实出马担任编剧。华而实从2010年7月到2011年1月,历时半年多,修改六七稿,山西省京剧院终于推出了由名作家(华而实)、名导演(孙桂元)和名演员(于魁智、李胜素)组成的豪华阵营上演的一台大戏,表现大题材、反映大主题、体现大史观的一台大戏。这台由山西省京剧院、国家京剧院和山西省歌舞剧院交响乐团演出的新编交响京剧《剑胆琴心》(《知音》)上演后,广受观众欢迎和业界好评,成为纪念辛亥革命一百周年的一台重头戏。

当我即将完成这一节的写作,准备把写好的书稿发到北京,请华而实过目,就先给他打了个电话。电话接通后,接电话的人不是华而实,而是他的夫人孙玫。我问孙玫,老华在家吗?她好一阵子沉默不语,我想可能情况不好,因为在前几年我就听说他身患重病,但因久未谋面,具体情况不得而知。过了一会儿,孙玫告诉我,老华在(2018年)4月28日走了!这使我十分震惊、悲痛!天丧英才,华而实这位才华出众的大作家就这样走了。华而实告别各界朋友的话是:"谢'知音',天上再见。"我是华而实的"知音"之一,现在阴阳两隔,

---

① 《华而实剧作选·后记》,中国戏剧出版社,1993,第384页。

无法相见，只能是"天上再见"了！

**二、《知音》——蔡锷和小凤仙的传奇故事**

《知音》讲的是：1911年，云南起义将领蔡锷自调京以来，目睹袁世凯的倒行逆施，郁悒于心。袁世凯复辟帝制之心已久，他一面令人对蔡严加防范，一面诱之以利，并把京都交际花小凤仙介绍给蔡，妄图使其沉溺于声色。

当时，日本出兵山东，逼袁签订"二十一条"条约，蔡锷力主拒约应战，袁世凯为获日本支持，屈从签约。全国掀起抗日爱国运动，袁世凯派兵血腥镇压。蔡锷认清袁的面目，秘密联络，筹备讨袁起义。袁对其猜疑，蔡锷遂用韬晦之计麻痹他。蔡锷的名声虽早使小凤仙倾倒，但由于相互猜疑和不信任，两人虽朝夕相处，心却相隔如山。后来，小凤仙不露痕迹地掩护了蔡锷，随后在《高山流水》的琴曲中，小凤仙向蔡锷吐露了自己的悲惨身世和除国贼之心愿，彼此终于觅到知音。袁世凯登基前夕，起义之事紧迫，小凤仙掩护蔡锷离开北京，自己却被投入监狱。

蔡锷借道日本到云南，打响讨袁第一枪，各省联袂而起。不到半年，袁世凯病死，护国讨袁战争胜利结束。蔡锷却操劳成疾，在日本病逝。此时，小凤仙静坐船头再抚瑶琴，思念知音，突然，一根琴弦崩断，小凤仙一愣，似乎心有灵犀，马上明白了什么，珠泪顿时涌出。

《知音》是一部描写云南辛亥重九起义将领蔡锷，在京都名妓小凤仙的掩护下，冲破袁世凯的监控，回滇兴师讨袁的影片。通过男女主人公对共同理想的追求，反映出了当时帝制独裁与自由民主的殊死搏斗。

影片力求保持高格调，把具传奇性的故事置于真实的历史背景之下，通过蔡锷与小凤仙关系的发展变化反映出当时风云变幻的政治形势。它在对时代气氛的把握、传奇手法的运用、情绪组接、意境渲染、场景设置方面都做了许多有益的探索。

《知音》剧照:蔡锷(王心刚饰)与小凤仙(张瑜饰)

影片剪辑准确流畅,颇多创新。影片在蔡锷同袁世凯的冲突和蔡锷同小凤仙的纠葛两条线索中,着意加强蔡锷与小凤仙之间富有传奇性的纠葛,渲染整个影片的传奇色彩,从而突出体现"反对帝制、维护共和、知音遍天下"的主题。

在影片《知音》中,王心刚、张瑜演绎的蔡锷、小凤仙,从"拔剑四顾、知音难觅"的怅惘,到"灯火阑珊、高山流水"的欣喜,拨动了无数观众的心弦。

本片制片人王学朴,编剧华而实,导演谢铁骊、陈怀皑、巴鸿,摄影聂晶、汝水仁,特技摄影金燕茜,主要演员有王心刚、张瑜、英若诚(饰袁世凯)、林默予(饰蔡母)。1981年,由北京电影制片厂摄制。

影片1982年获第二届中国电影"金鸡奖"最佳剪辑奖(傅正义),第五届《大众电影》"百花奖"最佳男演员奖(王心刚);1984年,获山西省首届文学艺术创作金牌奖。1982年1月,参展第六届香港国际电影节。

## 三、"山青青,水碧碧,高山流水韵依依"——《知音》主题曲

　　山青青,水碧碧,高山流水韵依依。一声声,如泣如诉如悲啼。叹的是,人生难得一知己,千古知音最难觅……一声声如颂如歌如赞礼。赞的是,将军拔剑南天起,我愿做长风绕战旗。

主题曲作词华而实,作曲王铭,演唱李谷一,古筝弹奏李祥霆。
《知音》主题曲歌词典雅,曲调优美,悦耳动听,深受观众和听众的欢迎。

## 第二节　斗兵的电影剧本《东陵大盗》

　　斗兵,原名窦斌,河北省宁晋县人,1930年出生。戏剧表演艺术家,导演,编剧。中国电影家协会会员,山西省话剧院一级演员。1949年5月至1952年1月,在山西省文工团任演员。1952年6月至1953年8月,在山西省艺术学校任教员。1953年8月至1989年5月,在山西省话剧院先后任演员、编剧、导演。代表作品《最后一幕》《万水千山》《霓虹灯下的哨兵》《镇关东》。

　　斗兵在认真做好演员的同时,刻苦学习,潜心研究剧本创作。独立或与他人合作,编创了二十余部各种题材,反映革命斗争史、表现百姓心声的话剧作品,如大型话剧《黄河魂》《山城围困》,独幕话剧《一米之差》。戏曲传统剧目作品有《岳飞》等。其中《黄河魂》曾到北京中南海怀仁堂为中央首长演出,获得好评。

　　20世纪80年代,斗兵参与创作并演出的系列电影《东陵大盗》获得成功,更使他名噪一时。

1928年7月，原奉系军阀孙殿英用七天七夜的时间盗掘了清乾隆皇帝和慈禧太后的陵墓，舆论大哗，举世震惊，成为中国现代史上的一桩大案。

1986年，由斗兵、苏金星编剧，李云东执导的《东陵大盗》在西安电影制片厂拍摄完成。影片拍摄成系列电影共五集，开创了中国商业电影的先河。这是新中国成立以来的首部系列故事片，讲述了孙殿英盗掘清东陵而引发的夺宝护宝争斗。最

初，西安电影制片厂计划投拍十集，后来缩减一半，改拍成五集，历时三年拍成。第一、二集上映即引起市场轰动，于是制片方决定接下来的三集同时发行，有部分电影院甚至五集连映，号称"电影大超市"。这种超长的影片，当时还有北京电影制片厂摄制的《红楼梦》（六集，七百三十分钟）。

由于市场火爆，观众欢迎，2008年，张多福执导的由系列电影改编成的二十六集同名电视剧搬上荧屏。原来电影的故事情节显然不足以支撑起一部长达二十六集的连续剧，因此电视剧在改编时增加了不少角色，设置了多条线索，反映了当时军阀混战的时局和市井民俗。剧中人物除原有之外，还新增加了爱国青年、住在清东陵附近村落的村姑、盗墓贼、揭露盗墓真相的女记者，等等。

系列电影《东陵大盗》讲的是：1928年秋天，蒋介石用裁军和整编杂

牌军的办法排除异己、增强自己的实力。原奉系军阀第十二军军长孙殿英不甘心被蒋介石吞并，企图占山为王，以缺乏军饷为由，借军事演习之机，开进东陵，准备伺机盗掘清乾隆皇帝和慈禧太后陵墓。

盗墓前，孙殿英以须去南京催饷为由，支开了具有爱国思想的副军长那辛庭，派心腹团长张厚歧直接指挥盗墓行动。他们找到了入口处，但由于道口狭窄，又没光亮，只得将士兵吊进洞里。由于墓中安有暗器机关，接连死伤数人，张厚歧恩威并用，最终打开了慈禧的墓穴。蜂拥而入的士兵在无数金银财宝面前红了眼，发了疯。为抢珠宝，士兵们在古墓里展开械斗。心狠手毒的孙殿英率五师师长谭温江在墓道口架起机枪，才得以在一片混乱中将珠宝加封运走。

那辛庭事先对孙殿英的用心有所察觉，日夜兼程赶回东陵，途中险遭垂涎副军长职位已久的五师师长谭温江暗算。看到民族文化遗产惨遭洗劫，那辛庭气愤至极，急将此事密报平津卫戍司令部。司令部参谋长朱绶光接此密报后，假借制止这次行动，企图染指分赃。

盗墓消息传出，国内爱国志士和团体纷纷要求查明真相，严惩罪犯；一些军阀、政客则煽风点火，企图从中渔利；一批批洋人打着收藏家、商人的旗号，企图收买珍宝，带往国外。一时间，小小遵化城笼罩在神秘莫测的气氛中。

本片情节复杂，矛盾交织，斗争激烈，上演了一场各色人等对文物进行掠夺的闹剧，突出表现了一群爱国志士为保护国宝不流失海外而进行的艰辛努力和英勇斗争。

本片制片人邓立民、张怀强，编剧斗兵、苏金星，导演李云东，摄影杨宝石，主要演员有胡庆士（饰孙殿英）、郝知本（饰那辛庭）、孙飞虎（饰蒋介石）、薄贯君（饰徐源泉）、李良涛（饰张宝昌）、傅崇诚（饰朱绶光）、丁岚（饰沈作虹）、斗兵（饰阎锡山）、彭军（饰张厚歧）、姜华（饰谭温江）、江化霖（饰于跃先）。

## 第三节 宋达恩的电影剧本《康熙大闹五台山》

宋达恩,山西宁武县人,1942年出生。民间文学家。中国民间文艺家协会会员,山西省民间文艺家协会第一、二、三届理事。山西省作家协会会员,山西省电影家协会会员,山西省电视艺术家协会会员。曾在各级报刊上发表诗歌等作品。创作的电影文学剧本《康熙大闹五台山》,在1988年由珠江电影制片厂摄制。与贺新辉合作选注的《现代咏晋诗词选》,1981年9月由山西人民出版社出版。

《康熙大闹五台山》取材于民间传说故事:康熙假扮大侠到五台山私访,想以此找到出家多年的父亲顺治。私访中,了解到地方贪官违抗圣旨、侵吞资财、压榨百姓的情况十分严重,并且吴三桂的余党马明阳也流窜到此地与穆尔赛勾结,企图以"劫持顺治"迫使康熙割让西南三省。康熙大胆重用郑成功之孙郑克塽,终将穆尔赛处死,把马明阳叛匪全部歼灭。

影片讲的是:康熙皇

帝即将巡幸五台山,山西巡抚穆尔赛亲自组织装点布置街巷。吴三桂余党马明阳派兵劫持了穆尔赛,以他当年写给吴三桂的密信为把柄,要他刺杀康熙。后因皇帝警卫森严,阴谋未能得逞。想看一眼皇帝的痴和尚及其义女梅姑被官府认作"犯上"投入监牢。康熙抵达行宫,将政事交托大臣,自己假扮"飞龙大侠",携侍从王宝出宫寻找出家多年的父亲顺治,途中了解到地方官吏压榨百姓、欺瞒朝廷的行径。康熙十分恼怒,以侠客身份暗访穆尔赛,恰遇五台知县欲将梅姑献给穆尔赛以换取官职,康熙和王宝将痴和尚与梅姑救出,击退穆尔赛和他请来相助的大内总管乌尔都和高手云里飞。梅姑对"飞龙大侠"的遭遇深表同情,康熙也百般安慰身世不幸的梅姑,两人同病相怜,渐生情愫。

从台湾回归的郑成功之孙郑克塽来五台山见驾,康熙以礼待之,使郑克塽感激不已。马明阳探知康熙此行实为寻父,遂声言已控制了顺治帝,并提出条件,请康熙割西南三省做他的辖地以换取顺治。不巧正值康熙微服出访,郑克塽决定假扮皇帝前去谈判。康熙正与梅姑欢聚,云里飞却奉乌尔都之命率兵追击"飞龙大侠"。危急当头,马明阳部下赶到,击退云里飞,把康熙、王宝、痴和尚和梅姑救出重围。马明阳久慕"飞龙大侠"足智多谋,欲与之结拜,共谋"反清大业",他得意地告诉"飞龙"兄弟,他已抓到康熙,并命人带上来假康熙郑克塽及其部下装扮的假顺治。康熙以为那人真是父亲顺治帝,心中不安。

不知内情的乌尔都带兵杀到马明阳驻地要他交出皇上,马明阳喝令穆尔赛捉拿乌尔都,乌尔都方知被骗,与穆军展开激战。康熙带王宝冲下山,亮出皇帝身份。穆尔赛欲行刺康熙被王宝杀死;乌尔都伏地请罪,康熙恕其无罪,命他带兵全歼叛匪。马明阳得知真相,欲刺杀郑克塽,痴和尚趋前保护中剑身亡,康熙赶来处死叛匪。梅姑捧着从痴和尚衣服里掉出的玉佩,康熙方知痴和尚正是父亲顺治帝,悲痛不已。梅姑伤心欲绝,知道今生与康熙无缘,出家为尼。康熙起程回京,眼前闪现出梅姑秀丽的脸庞和痛苦的神情。

本片制片人徐康,编剧宋达恩,导演于得水,摄影吴本立,主要演员有张东升(饰马明阳)、王珏(饰康熙)、羊莅新(饰梅姑)、杨德智(饰顺治)。1988年,由珠江电影制片厂摄制。1991年,获山西省第二届文学艺术创作奖银牌奖。

## 第四节　杨茂林的电影剧本《五台山奇情》

杨茂林,山西原平县人,1938年出生。1959年毕业于山西省范亭中学。历任原平县委通讯组干事,忻州地区文联主席、党组书记,《五台山》杂志社主编、社长,山西省电影家协会第三届副主席,山西省作家协会第四届理事,山西省民间文艺家协会副主席等职。享受政府特殊津贴。1955年开始发表作品。1982年加入中国作家协会。文学创作一级。著有作品集《茂林文选》,长篇小说《冷月无声》(合作)、《神兵》,电影文学剧本《五台山奇情》,电视剧剧本《康熙遗妃五台山》,理论专著《艺术辩证法漫谈》等。《神兵》获中国作家创作成果报告委员会等单位授予的金奖荣誉,《康熙遗妃五台山》获山西省第九届电视艺术评奖一等奖,《艺

术辩证法漫谈》获山西省首届社会科学优秀成果三等奖，短篇小说《酒醉方醒》获《汾水》优秀短篇小说一等奖、赵树理文学奖二等奖。

影片《五台山奇情》叙述的是康熙与其私生子圆空及圆空生母梅枝的恋人曲凤舞之间的恩怨故事。

清朝康熙皇帝出巡五台山，看中一个年轻貌美的民女梅枝，与她生下一个私生子，取名龙儿。龙儿两个月的时候，被梅枝的恋人曲凤舞在嫉恨之下阉割，从此成了一个废人。他五岁出家，改名圆空，十五岁时被康熙皇帝赐封为具有王侯特权的御封禅师，拥有尚方宝剑和提督印信。成人后，生理上的缺陷使他成为一个性变态者，又依仗皇封特权，以"黑龙"的面目出现残害百姓。雍正继位后为巩固自己的地位而铲除异己，圆空自然在被铲除之列。雍正几次派大臣前往五台山查办"黑龙"，但均被其暗杀在途中。

御史司马真奉雍正御旨继续查办。他登门邀请从五台山出走的江湖义士曲凤舞相助。他们闯过重重险关，走访百姓，查访僧人，终于得到了"黑龙"作恶的证据——先帝御赐的十八罗汉佛珠，证实"黑龙"就是圆空。为顺利除掉圆空，雍正将自己的佩剑赐给回京禀报的司马真，准其先斩后奏。司马真在返回五台山途中被圆空的御行官总管赫尔蛮抓获。五台山德高望重的达天和尚和陆知县带领清兵、百姓、僧人与曲凤舞、梅枝的妹妹梅英里应外合攻打御行官，围歼"黑龙"。梅英假扮新娘潜入地下密室，救出了司马真和三位受迫害的新娘。御行官总管赫尔蛮被曲凤舞击毙在密室。走投无路的圆空被官兵、百姓及达天和尚逼上了山崖。这时，圆空的生母德贞法师（即梅枝）突然赶来，说明了自己的身份。母子相见，彼此醒悟到各自的遭遇均源于皇权作孽，圆空跳崖自杀，德贞则用剪刀自尽。然而，一切还没有结束：司马真因知晓皇家隐情而被雍正所赐御酒毒死；曲凤舞经历了这场恩怨仇杀之后，心灰意冷，从此出家当了和尚。

《五台山奇情》是一部非常奇特而富有人情味的武术故事片,是一部融思想、艺术、娱乐为一体的影片。导演张华勋认为,中国是中华武术的故乡,武术是中华民族文化遗产中的重要组成部分,把武术故事片搬上银幕,提高武术片的文化底蕴,是弘扬中华民族文化的重要举措。

本片编剧杨茂林、杨时文,导演张华勋,主要演员有董洪林(饰黑龙)、王建军(饰圆空)、吕丽(饰梅枝)、江庚辰(饰司马真)、刘长生(饰疯老头)、王秀萍(饰梅英)、傅祖成(饰雍正)。1989年,由北京电影制片厂摄制。

## 第五节 钟道新的电影剧本

**题外话**:这一节是由钟道新之子钟小骏撰写的。钟小骏,大学本科学历,二级文学创作员,现在省级刊物《黄河》担任小说编辑。其作品曾获山西省赵树理文学奖长篇小说一等奖,山西省精神文明建设"五个一工程"优秀作品奖。参与创作电视剧、电影、广播剧多部。担任山西工商学院下设的传媒学院任课老师,担任山西农业大学信息学院创意写作学院任课教师。钟道新生前创作的最后一部作品《巅峰对决》未完成,是由钟小骏续写完成的。钟道新英年早逝,是中国文坛的巨大损失。从这一节的文字中可知钟小骏对其父其人其文的了解,钟小骏为我们研究钟道新提供了第一手的宝贵资料。

钟道新,男,汉族。祖籍浙江金华。1951年生于北京。2007年因心脏病突发逝世。

钟道新于1968年北京清华园初中毕业后到山西昔阳县插队。1991

作家钟道新

年调任山西省作家协会文学院任专业作家。中国作家协会会员。一级作家。山西省作家协会副主席。第七、八、九届山西省政协委员。1993年获国务院颁发的政府特殊津贴。1981年开始文学写作,发表处女作短篇小说《继承》(小说发表后即由西安电影制片厂导演滕文骥改编为电影剧本)。从1985年起,主要从事中长篇小说创作,发表有《历史的十分钟》《国手》《有感于斯文》《超导》等二十余部,约两百万字。内有十四部被《新华文摘》《小说月报》《中篇小说选刊》转载。另著有电视剧本《黑冰》《天娇》《登录黑名单》《权利场》《淘金时代》《天之云,地之雾》《苦菜花》《日寇终结者》《督察风云》。

外界对钟道新的写作风格的评价定位于:高知、高智、高科、高干,其尤以高浓度的人物对话受人称道。小说创作的方向集中于技术、金融和官场的特色,以及他个人风格浓烈的台词创作,让他的作品天然地倾向于影视市场。遗作《巅峰对决》是他觉察到国内影视市场趋向成熟时有意识的一次"影视文"结合的"概念性"创作,意图打通电影、电视剧和小说之间的渠道,这比国内的"大IP"概念领先近五年,市场给予的反应也十分积极。惜乎天不假年!

## 一、《继承》

这是钟道新的处女作,可以看到这个时候他的创作还受到传统作品极大的影响,或者说这个时候的作者还战战兢兢,把所有能被总结出来的经验当作不可触碰的规律,完全不敢越雷池一步。不过即使如此,在小说以及之后参与改编的剧本当中,也呈现出了作家的主要特色,能看出他追求的风格的一些影子。小说后来被电影导演滕文骥改编成了电影剧本,钟道新部分参与其中,但剧本主要是导演滕文骥的意志体现。

本节中的剧本介绍依托的是钟道新本人的作品初稿,其与导演滕文骥的剧本并不完全一致。

故事发生的时间背景相对模糊,没有特别强调,甚至有意不强调。一个大学教授的离世,使得家中产生动荡,两个儿子在没有遗嘱的情况下分了父亲留下的遗产,虽然都有私心,但也基本和平。当然,每个人都觉得自己有点委屈,觉得对方占了便宜。

小儿子不在父亲的城市生活,因此,带着从小和爷爷一起长大的儿子最后一次在祖宅中度过一夜后,就将彻底离开这段生活,融入那边疆般的外地小城中的庸常。但是,第一次戏剧转折出现,孙子对爷爷的感情,让他不愿意接受从此再也见不到爷爷的结局,所以,孩子的挣扎直接导致父子感情跌入低点,以至更改了预定行程。

孙子最终还是离开了这充满感情的屋子,跟着父亲回到了父亲工作的小城,他随身带着许多和爷爷有关的东西,最多的是书,最引人注意的是爷爷亲手给他做的模型。当然,我们最后知道,孙子带来的、最珍贵的是爷爷教给他的对待生活的态度。这构成了戏剧的中点。父亲在儿子的行为影响下,渐渐想起了自己父亲的音容笑貌,曾经,自己也是像儿子一样的儿子啊!是什么让自己变了模样呢?

于是在最后的大高潮当中,考上爷爷曾经执教的大学的孙子在车站等到了匆匆赶来的父亲,两人虽然相对无言,但最终和解。看着远去的列车,父亲知道,儿子身上继承了爷爷留下的最宝贵的遗产。

剧本最终没有投拍,原因比较复杂,但那些不重要。就剧本而言,作家本身的创作,无论从表述还是技巧来看,剧作尚且没有达到出类拔萃的地步;从电影角度来看,剧作没有进行更多的尝试,只是最简单的中点模式的应用。但是这个剧本,已经体现了钟道新创作的最大的特色:他关注的方向——高知、高智、高科、高干。

我们在他日后的一系列的小说、剧作当中,看到这种风格越来越清晰,并最终成为他个人的标志。

**二、《巅峰对决》**

这部作品是钟道新的遗作,并未完成。后五章由作家的儿子钟小骏续写。

故事讲述在新形势下,公安部门要把之前的工作原则进行一定的改变:之前工作的主要原则是剿灭犯罪,现在则变成保护公民。原则的变化

带来了工作方法的变化,甚至创造了新工作:"谈判专家"应运而生。

邢天是一位经受过高阶心理学训练的专家,在Ａ市成立了"谈判专家"这个部门之后,他成为了第一位负责人,同时也是第一位谈判专家。在苦心孤诣地建立起队伍的同时,他也在不停地解决着层出不穷的人质挟持事件。犯罪嫌疑人并不全都是穷凶极恶的惯犯,如果能够在谈判阶段让他们停止犯罪,是同时挽救了人质和嫌疑人两方。随着邢天工作的渐入佳境,领导对他以及他的部门越来越信任,他也终于有机会接触到一些遗留已久的大案要案。就在邢天摩拳擦掌,准备大显身手的时候,围绕着他发生了很多的事情。

在这次的创作当中,钟道新有意识地进行了新的尝试。除了对话还保留作家一直以来的风格外,作品关注的对象、主人公的身份都进行了有意识的调整。邢天虽然受过良好的教育,但他的出身已经不再是大学教授或者中科院院士之类的高级知识分子,故事发生的主要环境也不再是智力极大丰富的科技前沿或者中央省部委之中——眼光的向下移动,实际上是为了更有力地展现思考:在这很多原则被一再践踏,底线被一再突破的时代,那些生活在生活中的人,他们要怎么办?他们能怎么办?作家带着对被时代拨弄着的百姓们的极大同情和对时代走向的观察眼光,试图采用能够展现不同立场的特殊形式来完成对这个时代的观察和预言。

钟道新在创作这部作品之前,做了很仔细的市场调查,发现当时的市场对涉案剧的热情并未消退,而且他已经感受到了信息时代各种文艺消费品之间互相影响的能力大大增加。于是,他决定这次对作品进行一次全渠道的操作——刊物、图片、电视剧和电影同步推进。最终,电影版权被上海电影厂拿走。

### 三、《超导》

这部电影是由钟道新创作的小说改编的,小说本身给作家带来了很

大的荣誉:山西省第二届文学艺术创作银牌奖。小说在发表十年后的1997年,由广电部国家电影基金出资,著名导演王冀邢拍摄成电影,后影片获大学生电影节特别奖。

百度上关于这部剧的信息是:《超导》是王冀邢执导的彩色故事片,由王志文、李志舆、吴坚主演。影片讲述的是20世纪80年代中期,在高科技领域一场世界范围内的低温物理超导研究竞赛引来世界许多国家的热情关注。在此背景下,一批中国的物理学专家在林亚眠老教授和青年物理学家贝小知的带领下,建立了"低温俱乐部"。在艰苦的条件下,他们克服重重困难,以不同的思维方式和理念,奉献着他们的聪明智慧,使停滞数十年的超导研究得以深层次进展并取得重大突破,从而赢得世界各国科技界的尊敬。但是,中国科学家们明明提前取得了领先的成果,却因为种种原因,在申报时间上比主要竞争对手日本的科学家晚了三个月。这让我们不但无法申请诺贝尔物理奖,甚至连分享的机会都没有。影片歌颂了中国科学家的拼搏奉献精神。

之所以说这部作品是钟道新的代表作品,是从几个维度来讲的。首先是题材方面。超导是一种物理现象——物体在某个温度下,会失去电阻。这样的现象如果能够被人类掌握,那么在输电方面能够带来的效益简直不可想象,但其中的难度在于这个产生超导现象的温度实在太低了,只能存在于实验室当中而无法在现实生产生活当中应用(在小说发表三十年后,物理界终于把这个温度提高到接近零度)。其次是作家的语言。描述知识分子,尤其是高级知识分子,是需要做很多功课的——没有人能够随口讲出高阶函数的图形是什么样子,除非他就是干这个的。最后是作家的意图。在涵盖了政治、经济和科技的一个故事当中,最终能够体现作者本人态度的,是他在当时已经敏感地察觉到了中国当时面临的主要问题,已经从大国的集体主义逐渐转向了个人要展开奋斗的精英主义,但毕竟是如此巨大的转型,注定整个体系会出现种种的不适应。这种不适应在整体上看来首先不可避免,其次又轻描淡写;但在牵扯到其中的个人看来,就是晴天霹雳,非人力所能抗拒。尤其重要的是,在其中起到权力传递作用的各级官僚(原始意义上的名词,非贬义),他们的个人品性在这样一个被放大了的时代可以如此清晰地影响到另外一个人的整个生命。所以作家在作品的最后,无论是小说还是剧本当中,都坚持着说出了一句话:愿这整个民族呈超导态。

## 第六节 杨志刚的电影剧本——农村喜剧电影三部曲

杨志刚,山西阳泉人,1959年出生。中国电影家协会理事,中国电视艺术家协会理事,中国合唱协会理事,中国音乐家协会会员。第九、十届山西省政协委员,第九届政协常委。第十三届山西省人大常委。现任山西省电影家协会主席,兼任山西省名人联合会副会长、秘书长,山西省农村文化促进会副会长、秘书长,山西省新阶层联谊会副会长。先后编辑出版了八本相关专业书籍,发表了百余篇文艺作品,创作的少儿合唱歌曲

《小石桥》获山西省"五个一工程"优秀作品奖,电影剧本《耿二有点二》获赵树理文学奖。《同喜同喜》入选中宣部电影剧本孵化计划。

**一、《耿二驴那些事儿》**

电影《耿二驴那些事儿》是山西省委宣传部2017年年度重点扶持项目,是党的十九大后山西首部"精准扶贫"题材院线喜剧电影。影片讲述了新任村主任耿二带领村民养驴自主脱贫的故事。电影文学剧本原名《耿二有点二》,入选2013年年度"十二五"中国百部农村电影工程,排名第一。该剧本也是至今山西省唯一入选该工程的电影剧本。

故事讲的是,桃源乡乡政府为了尽快让全乡脱贫,根据县委"发展特色农业,全力打造一村一品一乡一业"的文件精神,做出了发展水果乡、村村种水果的决定。青龙山村刚刚当选村委主任的耿二,性格倔强,不会趋炎附势,不善八面玲珑,爱较真、认死理,一根筋,被人们认为脑子有点

《耿二驴那些事儿》剧照

"二"。他全然不顾上级领导的"面子",坚决不执行刁乡长要求种植樱桃、打造青龙山樱桃村的指示,坚持因地制宜发展养驴产业。最后,凭着一股犟劲和毅力,在大学生村官袁芳和驴肉香饭庄李董事长的帮助下,克服了没有资金、没有经验等困难,发展起了一个现代化养驴基地,也收获了爱情。正当养驴产业蒸蒸日上之时,耿二再次做出一个"二"的决定,坚决提出辞职,舍弃了企业"高薪",力推有文化的袁芳取代自己担任董事长;而他发挥自己所长,重新扛起了镢头、拿起了锄头,用养驴基地的驴粪做肥料,带领村民发展无公害农业。

剧本用突出的主题、鲜明的特色、诙谐的语言、有趣的情节,塑造出一个"二"得可笑、"二"得可爱、"二"得可敬的村委会主任形象,讴歌了实事求是的精神,诠释了中央精准扶贫的伟大意义,弘扬了社会主义核心价值观,用喜剧的形式让人们在轻松愉快的欣赏中对如何打赢"脱贫攻坚"战进行深入思考。

2013年12月16日,中国电影家协会邀请国内著名编剧、导演、电影评论家,在京召开了《耿二有点二》剧本研讨会,对剧本给予高度评价。

中国电影家协会分党组书记、驻会副主席、著名导演康健民说:"《耿二有点二》剧本承载了当今农村的发展变化,十分接地气,充满泥土气息,很真实。首先是《耿二有点二》的剧本整体的轻喜剧风格十分明显,有典型的来自山西万荣县的幽默。主人公耿二的性格特质是'二',但他有着自己独特的思维和行为方式,这其实是很聪明的表现。他做的事说的话,一开始让人诧异,最后让人惊喜。耿二这个人物很真实,真正给农民办实事,毫不做作。剧中的其他人物,像袁芳、胖寡妇、老支书等性格也很鲜明。每个人物的性格发展也很充分。剧本基础相当好!如果有好的导演来操刀,好的制作团队和适合的演员,电影完成后会有很大的反响,能取得很好的成绩。"

中国电影家协会分党组副书记、文艺理论家许柏林说:"《耿二有点二》是这次中国百部农村电影工程中最出彩的作品,排名第一,它的出现对于现今农村电影有着巨大非凡的意义。好的戏剧源于真实,决定戏剧成败的细节永远在生活中寻找。耿二是一个推动社会发展的催化剂,他实事求是,做事一根筋,却又天真得可爱。耿二'二'得精明,且敢于担当。剧本是编剧杨志刚自己生活经验的体验与积累。全剧的幽默一串到底,让人捧腹,这幽默不仅来自于有戏剧冲突、诙谐智慧的段子,更是源于主人公耿二的性格,是一部典型的性格喜剧。"

中国影协电影文学创作委员会主任、著名编剧张思涛说:"这是一部真正的性格喜剧片。一部好的艺术作品得益于一个典型的人物形象的塑造,耿二就可以成为一个'又二又智慧'的充满正能量的性格典型。耿二善良耿直,从心底关心群众和家乡,一切从实际出发,说实话,干实事,性格十分突出。剧本中心情节突出,集中了许多来自民间的笑话段子,我数了一下,有五十多个笑点。但这些让人发笑的事件背后都能让人深思,这是很了不起的。我想,这样一部能够倡导当今主流风气的戏,不管你是城里人还是乡下人,都会喜欢看。"

中国影协电影文学创作委员会副主任、著名编剧赵葆华说:"《耿二有点二》给我带来一种不期而遇的喜悦,这样的好剧本真是久违了,山西'山药蛋派'后继有人。在现今众多的电影剧本中,《耿二有点二》是一部让我感到惊艳的充满生活情趣的乡土喜剧。我在阅读的时候是一气呵成的,感到故事十分幽默通畅。细想下去,该剧本真实,接地气,有一种生活质感、时代质感、人物质感、乡土质感。这个作品是表现农村的现实生活的,但是它是以轻喜剧的形式举重若轻地告诉人们要如何说实话,干实事,讲真情。编剧杨志刚也秉承了山西幽默的乡土文学传统。这让我们想起了赵树理、马烽、西戎、孙谦这样一些文学前辈,不但给山西的文学,也给全国的文学奠定了乡土文学的现实传统。剧中人物耿二的'二'让人捧腹之余,更让人感叹与佩服。耿二的'二'源于他对家乡乡土的真挚热爱,是特别率真的可爱、真诚的可爱。《耿二有点二》让人深深地沉吟——什么是真理,什么是真情,什么样的干部是受农民喜爱的好干部,什么样的电影剧本是受电影业界欢迎的好剧本,什么样的电影是真正受观众喜爱的好电影。"

《电影艺术》编辑部原主任、电影评论家陈宝光说:"到了新时期,中国的喜剧片比起以前没有什么太大的起色。现在的喜剧片大多'缺智慧',以'闹'为主,成了乱哄哄的闹剧,这样其实是有点'玷污'喜剧。真正让人乐的才是好喜剧。喜剧片是很难拍的,好片难求,新时期的如《疯狂的石头》等算是不错的作品。《耿二有点二》剧本塑造了一个喜剧效果很强的角色,耿二是一个像堂·吉诃德一样荒诞、真实的人物,这是一种对当今社会不正风气的善意的讽刺。像东北、四川的喜剧特色在全国都很有名,山西还欠缺这一块儿;《耿二有点二》给做了一个很好的表率,填补了山西喜剧的空白。"

《耿二有点二》获2013—2015年年度赵树理文学奖影视戏剧文学奖。评委评语是:"这是一部以喜剧的形式反映农村现实的作品。主角耿二以其独特、质朴而又略带狡黠的方式,带领村民寻找到适合自身发展要求的致富道路,对于改变农村面貌,走向共同富裕,具有突出的现实意义。作者避免了概念化,塑造了一系列生动的农民形象,增进了作品的吸引力、感染力。"

《耿二有点二》后更名为《耿二不二》,后又更名为《耿二驴那些事儿》。2018年10月,在第二届平遥国际电影节上映。2018年12月,入选庆祝改革开放四十周年中影股份公司重点展映影片。2019年5月24日,登陆全国院线。

2019年6月6日,《人民日报》发表了中国电影评论学会会长饶曙光评论电影《耿二驴那些事儿》的文章:《谱写脱贫致富的华彩乐章》。文中说:"影片诙谐幽默、动感十足,尤其是沿袭了'山药蛋派'文学开创的贴近现实生活、注意细节'毛边'的现实主义呈现和表达,形神兼备地塑造了耿二这一新时代的农民形象,是近年农村电影难得的佳作。"

本片编剧杨志刚,总导演韩志君,执行导演戴曙鸣,摄影指导于长江,领衔主演巩汉林、关思慧、关小平、周笑莉,主要演员有杨树林、郝岩、任杰、王建国、郭苏星、李小宇。中共山西省委宣传部、中国电影股份有限公司、山西省文学艺术界联合会、中共忻州市委宣传部、中共保德县委、保德县人民政府、山西星辰未来影视传媒有限公司联合摄制。

### 二、《同喜同喜》

无论是凑份子还是上礼,最初的出发点都是好的,为的就是增进亲友间的彼此交流,互帮互助,特别是在乡村,这体现了农民之间的感情、农村特有的淳朴。可是不知道什么时候,随礼就变成了一种瞬间聚集资金的手段,次数越来越多,礼数越来越重。电影《同喜同喜》讲述了老实本分的贾有权,因为中了两万元的彩票,成了村里的风云人物,街坊四邻谁家有了红白喜事都请他去喝酒。因为爱面子,贾有权也总是逢请必到,而且总要比别人多上一两百的礼金。娶媳妇嫁闺女,过生日办满月,乔迁升学,更有甚者把办过的婚礼再办一遍,在旧房子里从东房搬西房都要请酒——各种名目层出不穷,闹剧般的人情往来,让人啼笑皆非。有权有势的局长借机敛财,无权无势的小算盘等人也都想尽办法趁机收回往年投资,最终苦了贾有权这样的老实人:碍于情面,宁愿债台压弯腰,不愿人前落寒碜。两万元的奖金,没多久就变成了手里厚厚的请柬,自家果园闹虫害,却没钱买农药。受上礼风之害,家家都是捉襟见肘,到处借钱的贾有权四处碰壁,最后从信用社贷到款才解了燃眉之急。刚刚松了一口气的贾有权突然听说村里今年有十个孩子考上了大学,都要办升学宴,吓得带上妻子连夜跑到了城里女儿家。谁知刚过了两天的舒心日子,却因为在公园偶遇战友而被打破,因为在战友聚会时得知,下个月有六个战友家不是娶媳妇,就是嫁姑娘。为了躲避新一轮的上礼,既不敢回家,也不敢继续留在女儿家的夫妻俩,只好远走他乡去打工。看似荒诞的剧情背后,却折射出广大城乡,特别是农村请客送礼之风的泛滥成灾,村民不堪重负的现状。

2018年10月,《同喜同喜》更名为《同喜》在山西沁源县开机拍摄,由山西镁乐影视文化有限公司出品。

### 三、《邻居麻翠花》

新时期以来,随着我国现代化进程的加快和城市化的深入发展,越来越多的乡下人怀揣梦想涌入城市。特别是20世纪80年代社会转型期以来,"进城"成为了中国农民最普遍的行为方式。"乡下人进城"也随之成为中国社会发展道路上不可忽视的现象,从而引起了全社会的关注。作为总是能够及时地反映社会热点的艺术形式,电影对于进城的乡下人这一社会群体,给予了积极的关注——涌现了一批此类题材的影片,如《十七岁的单车》《盲山》《泥鳅也是鱼》《不许抢劫》《我的美丽乡愁》《欢迎你到城里来》等等。这些电影大多表现了乡下人对城市生活的向往、在城市生活的艰辛以及家园难归的困惑,基本上呈现为"奋斗—成功""碰壁—堕落""受辱—死亡"这三种叙述类型。

随着时代生活的发展,"农民进城"的现实语境已经发生了变化,剧作家杨志刚敏锐地感知到了这一点。在他创作的剧本《邻居麻翠花》中,从乡下进城的麻翠花们已经不再是弱势群体的代表,而是以现代化进程中的主人翁形象出现在观众面前,他们不再是社会转型中的漂泊者,而是"中国梦"的缔造者、分享者,甚至是城市文明的构建者。麻翠花丈夫通过经营工程公司致富,在城里买了大房子,于是在农村待了大半辈子的麻翠花随丈夫一起搬进了城里的小洋房。邻里间的冷漠、城市生活的孤独,也让麻翠花遭遇了身份认同的尴尬,但是她用农村人特有的热情、淳朴、勇敢、执着,打破了所谓的城市规则,让亲仁善邻的传统美德回到城市。麻翠花所代表的乡村文明不再是落后的、弱势的,而是积极的、向上的,成为吹进城市的一缕馨香。

青年评论家王姝对杨志刚的农村喜剧电影三部曲有一段上升到理性层面的很好的概括。她总结杨志刚"农村三部曲"的成功之处首先是有着丰富的农村生活体验,带有浓厚乡土气息。对农村的生活面貌、农村改革中出现的新人、新问题、新矛盾都能用艺术的、幽默的方式表现出来,而不是简单的说教和图解政策,使人相信这故事就发生在今天的乡村,从而产生亲切感和信任感。第二,人物鲜活,既不生硬也不做作。人物性格发展充分,特别善于用丰富的细节塑造喜剧人物,抓住了喜剧人物的关键,就是让他(她)尽可能地执迷不悟,而且是不自知的。于是杨志刚笔下的角色都是自带幽默感,让人感觉真实可信,避免了概念化。即便是歌颂先进人物,也没有随意拔高,写的都是带着乡土气的朴实的普通人,使人感觉可亲可爱。第三,以喜剧的形式反映农村的现实生活,充满了乡村的情趣和智慧。平铺直叙、有头有尾,以及"大团圆"的结尾,也更符合普通观众,特别是广大农民群众的审美趣味。

## 第七节　张卫平的电影剧本

张卫平,男,山西代县人,1966年出生。中国作家协会会员。山西文学院院长。主要从事小说、散文、影视文学创作。有长篇小说《给我一支枪》《歌太平——萨都剌》,长篇旅游文化散文《走马雁门》《三垂冈——一代伟人瞩目的古战场》,电视连续剧剧本《忽必烈》,电影剧本《浴血雁门关》《血战午城》《保卫人祖山》《杀山》《特战》《朱德儿童团》《扶贫干部》等作品。长篇小说《歌太平——萨都剌》入选由国家新闻出版广电总局、国家民委举办的全国百优图书,电影文学剧本《浴血雁门关》获赵树理文学奖,电影文学剧本《特战》获2017年第十一届"夏衍杯·电影文学剧本奖",其担任编剧的电影多次获得山西省精神文明建设"五个一工程"奖等奖项。

张卫平近年来热衷于电影文学的创作,因为他认为:"我越来越感觉到电影和小说、散文等文体一样,也能展示丰富的社会现实,也能展示复杂的人性世界,一样具有震撼人心的思想情感力量。"他一再强调,作为一种艺术表达形式,电影文学剧本创作一样可以反映出作家对世界、对人生的丰富情感。"所有的艺术从本质上来说,没有高低贵贱之分,有的只是品质的优劣之别。"张卫平说:"写作是我生命的一部分。""小说也罢,散文也罢,影视也罢,只是手段而已,写出能让自己满意的作品来才是根本。"

张卫平是山西代县人,故乡对于他来说,是他汲取营养、进行文学创作的永恒存在。张卫平说起故乡总是充满感情,他说:"我出生的地方是一个名叫书房院的小村子,村子的大北面是绵延不断的恒山山脉。村子的前面过去有一条又细又瘦的小河,水不大,时断时续……"张卫平曾以故乡先贤、著名诗人萨都刺为题,创作了长篇小说《歌太平——萨都刺》。近几年,张卫平在影视文学创作方面成绩斐然,同样得自故乡这片热土对他的滋养。

代县古称代州,自古乃兵家必争之地。抗日战争时期,这里更是敌我交锋的前沿,留下了许多抗击日军侵略、歌颂民族精神的故事。生于斯长于斯的张卫平,代州的故事、代州人民强悍的斗争精神是他创作多部抗日题材影视作品的缘起。正如张卫平自己所说:"于我而言,代县是个神奇的地方。雁门关的雄奇,边塞的荒凉,屯兵戍边的多元地域文化……无不令人神往。"于是,张卫平创作了一系列大都以代县为背景的战争题材的影视作品。

由张卫平长篇小说《给我一支枪》改编的同名电影,表现了一种对故乡的深情眷恋以及爱国的情怀，先后在中国中央电视台、朝鲜中央电视台播出，广受好评，获山西省精神文明建设"五个一工程"奖。（见本书第五章第一节）评论家段崇轩在评价《给我一支枪》时说，张卫平把战争作为一个时代大背景，"在这个大背景下，作者真实细微地展现了一幅较广阔的社会人生图画。这幅图画是古代代州所特有的，是具有地域特色的，是土色土香的。因此读来有一种沁人心脾的感觉，就像饮了一杯代州的黄酒一样……"

张卫平编剧的电影《浴血雁门关》2012年拍摄完成后，多次在中央电视台电影频道黄金时段播出，在全国农村院线播出近三十万场，被观众评为2012年最受欢迎的五部军事题材电影之一，入选山西百部优秀文艺作品，获山西省精神文明建设"五个一工程"优秀作品奖、赵树理文学奖。（见本书第五章第一节）

张卫平2017年创作完成电影文学剧本《特战》。《特战》讲述的是20世纪30年代中国人民银行前身——冀南银行从成立到发展的一段艰辛秘史。1939年10月，冀南银行在太行山根据地成立。1948年，冀南银行与晋察冀边区银行组成华北银行；同年，华北银行与西北农业银行、北海银行组成了中国人民银行。

现就张卫平编剧的电影《血战午城》《保卫人祖山》《杀山》《朱德儿童团》进行评述。

### 一、《血战午城》

2010年前后，张卫平在隰县午城镇下乡扶贫。他了解到抗战时期这里发生过著名的午城战役。于是他深入当地了解，广泛收集历史资料，以此为题材创作了电影文学剧本《血战午城》。

电影《血战午城》以抗战历史上著名的午城战役为背景，通过讲述抗日战争中隰县午城镇酒坊孙贵、梨花、孙世武等人在战争中的悲壮经历，

《血战午城》剧照

表现了中国普通百姓抗击外敌入侵、保卫国土的英勇斗争精神,再现了那段激情燃烧的岁月。

1938年2月,日寇香月师团侵占山西临汾后,分兵西进,企图占领黄河渡口,进犯我陕甘宁抗日根据地。为了粉碎日寇图谋,我八路军总部命令115师务必于隰县、蒲县、大宁一带狙击日军。午城位于隰县、蒲县、大宁三县交界之地,四面环山,地势险要,自古为兵家必争之地。敌我双方直扑午城,午城大战随之展开。

为了阻击日军,八路军686团先敌一步占据午城西面有利地形,狠狠打击了日寇先遣部队。日寇飞机狂轰滥炸,并派出大批日军增援,我686团被迫后撤。

午城德义坊掌柜孙贵正给大儿子孙世英和儿媳梨花举办婚礼,不想祸从天降,日寇飞机炸弹落下来,婚礼现场一片狼藉,新郎孙世英为救新娘梨花被炸身亡。

横路、小野带领日军先遣部队占领午城。孙贵二儿子孙世武为了保护孙家为日寇献上了德义坊的老酒午城烧。横路、小野被午城美酒所陶醉，提出购买大量午城烧。孙贵宁死不愿给炸死自己大儿子的小鬼子做酒，怒斥二儿子孙世武。八路军团长得知后，决定利用这一机会，让酒坊佯装答应给日本人做酒，借机刺探军情。深明大义的梨花答应下来，却也为此受到了父亲和午城老百姓的唾骂。

日寇企图即日出发攻占黄河马头关渡口，我八路军决定把炸药藏在送往日军的酒坛之中，寻机炸毁日军军火库。梨花等成功将装有炸药的酒坛送到日军驻地，却不料被日军官抓捕，无法脱身……孙世武目睹嫂子被日寇强暴而发疯后，猛然觉醒，毅然点燃炸药。巨大的爆炸将鬼子的弹药库引爆，鬼子阵地一片火海。八路军总攻之战也随即打响，并取得重大胜利。

此战，我军共歼灭日军一千余人，缴获大批物资，予日军以沉重打击，从而粉碎了日军西犯黄河的企图，对晋西南抗日根据地的开辟和陕甘宁边区的巩固都具有十分重要的意义。

本片总制片人赵建平，出品人王安生，编剧张卫平、王军，导演张闻君，摄影王正军、高玉栋，主要演员有刘芳毓（饰梨花）、闫庆元（饰孙世武）、李庆祥（饰孙贵）、李丞峰（饰曹政委）。2012年，山西作家影视艺术制作有限公司、中共隰县县委、隰县人民政府联合摄制。山西作家影视艺术制作有限公司、北京中泰泓影视文化发展公司联合出品。

《血战午城》在中央电视台电影频道黄金时段播出，获得好评，被观众评为最受欢迎的五部抗战题材电影之一，获山西省精神文明建设"五个一工程"优秀作品奖。

## 二、《保卫人祖山》

影片故事发生于1938年3月18日，晋绥军第66师206旅431团在人祖山与五千余众的日寇侵略军展开了众寡悬殊的激战，以牺牲一百二十六名战士的代价取得了阻击战的胜利。同一天，八路军115师在邻近的隰县部署了午城战役,歼灭日军一千余人,取得了重大胜利。

七七卢沟桥事变后,日寇侵华战争全面爆发,继北平、天津后,华北重镇大同、太原等地也相继落入敌手,第二战区长官司令部及山西省政府被迫向黄河对岸的陕西宜川境内撤退。人祖山位于黄河岸边,是掩护我军撤退的一道天然屏障。为保卫第二战区长官司令部及山西省政府安全转移,晋绥军206旅某部奉命在人祖山阻击日军。晋绥军在八路军、游击队及当地群众的支持下,抗击数倍于我的日军,彻底粉碎了日寇图谋,掩护了二战区长官司令部及山西省政府安全转移到黄河对岸,充分展示了中国军民在外敌入侵时保家卫国、舍生忘死的大无畏精神。

影片以人祖山下牛鸿儒一家命运变化为叙述视角。牛鸿儒的儿子、晋绥军连长牛保中结婚后一走就是三年,这次趁着回乡,偷偷潜回人祖山下的造化坪村看望家人,没想到正值人祖山庙会之际,遇到了日军特工人员德川信介。

德川信介以文化学者身份为掩护,骗取了牛鸿儒的信任。牛鸿儒带领德川信介来到人祖山。德川信介以考察当地文化为名,趁机侦查到阎锡山的二战区长官司令部。牛保中打发身边的士兵跟踪德川。就在德川要下山报告这一重要的情报时,两名士兵突然出现打晕德川并将他抛下山沟。德川半夜醒来,爬回日军司令部。

日寇根据德川信介的情报,决定从人祖山偷袭二战区长官司令部。牛保中在家中刚刚等回两位士兵,部队就来人宣布,因牛保中擅离职守,部队以逃兵名义要将他们抓回去。为严肃军纪,206旅要处斩逃兵。在这紧要关头,牛保中的妻子玉莲等人赶到部队向旅长说明情况。牛保中也将从日寇身上缴获的地图交给旅长。旅长从收缴地图的标注中发现鬼子的动向,立刻安排牛保中率军守卫人祖山。

为了偷袭第二战区长官司令部,更重要的是,从精神上打垮中国人,德川逃回去后再率大队日军偷袭人祖山。双方展开激烈决战。

为策应晋绥军作战,我八路军在午城打响了午城战役;同时,吉县游击队也积极配合晋绥军作战。德川为了劝说牛保中放弃抵抗,押来了牛保中的妻子玉莲,让玉莲劝说牛保中放弃抵抗。玉莲为了不让丈夫为难,跳崖身亡。牛保中大怒,率领剩下人员痛击日军。没了子弹,大家搬起石头、树木狠狠打击日本鬼子。中国军人面对数倍于己的敌人,顽强战斗,利用有利地形打退鬼子无数次的进攻,圆满完成狙击任务。由于双方兵力悬殊,包括牛保中在内的一百二十六位战士全部战死。

该片是以抗战时期人祖山阻击战为背景创作的一部电影作品,讲述了中国军人和山西吉县淳朴百姓抗击日军侵略者的战斗故事,以新的视角再现了中华民族浴血抗战的历史片段,真实反映了在国家危难之际,我中华儿女保家卫国、舍生忘死的英雄主义情怀。同时,影片也反映了中日两国人民在世界反法西斯战争中反战反侵略、爱好和平的精神内涵。

本片编剧张卫平、张发,导演赵建平,主要演员有刘芳毓(饰玉莲)、卢海华(饰牛保中)、李庆祥(饰牛鸿儒)。2014年,山西省委宣传部,山西作家协会,吉县县委、县政府等联合摄制。人祖山文化旅游开发有限公司、山西作家影视艺术制作有限公司出品。

《保卫人祖山》2016年在中央电视台电影频道黄金时段播出,成为该频道开年播出的首部抗战片。2017年2月27日,央视电影频道重播。

### 三、《杀山》

故事以杨家将后人、青年跤王杨二牛与日本柔道高手小泉一郎的"跤王争霸"为核心,充分展示了以杨二牛、锅盔杨、十六红等为代表的中华儿女在民族危亡之际,舍生忘死、奔赴国难的浩然之气,成功塑造了一批底层中国民众形象,演绎了他们在战乱年代的爱恨情仇,是一部弘扬爱国主义精神的主旋律影片。

电影取材于20世纪40年代原平峙峪惨案。原平有一座山,名叫天涯山,山脚下的峙峪庄住着百八十户人家,庄里人皆姓杨,传为杨家将后人。杨二牛就出生在峙峪庄,受父亲锅盔杨的影响,自幼习练杨家拳,尤为精通杨家跤法,是这一带有名的跤王。

每年农历八月十五日为村中六郎庙庙会日。当地风俗,庙会日期间必唱戏,唱完戏后举办挠羊赛,胜者为王,可挠羊而归。这一天正是峙峪庄的庙会日,戏台上上演的是晋北名角十六红的《穆桂英挂帅》,十六红扮演的穆桂英一出场,引得台下欢呼声一片。四邻八村的摔跤好汉们来到峙峪庄,一个个摩拳擦掌准备一较高下。山上游击队王队长也出现在人

《杀山》剧照

群中。二牛给戏台后面的演员们送来家传秘制的锅盔。王队长告诉杨二牛,由于鬼子的封锁,山上缺乏粮食、药品、食盐,特别是因为缺乏药品,不少弟兄被伤病折磨而死。就在这时,古镇据点里的日军小队长白岩、警备队队长郎彪率大批鬼子及警备队包围了峙峪庄。

原来白岩喜好相扑,这家伙要参加今晚的挠羊赛。王队长一行虚惊一场,拿上锅盔趁夜幕悄悄撤走。

小鬼子果然厉害,打败我方十几位好汉,锅盔杨被迫出场。戏台上郎彪调戏女演员,二牛智救十六红,十六红非常感激二牛。摔跤台上,锅盔杨和白岩相持不下。由于上了年纪,锅盔杨体力不支,被白岩摔下跤台摔成重伤。

二牛挑起家庭重担,到古镇戏园子送锅盔——戏园子里的演员们都喜欢吃锅盔杨家的锅盔——并听从父亲安排顺便到德盛堂给游击队取药。二牛代替父亲克服种种困难为天涯山上的游击队送去情报、药品、食盐等,二牛把情报夹在锅盔里的办法受到了王队长的夸奖。

这天,古镇上的鬼子宣布要举办中日跤王争霸赛,白岩邀请了日本国内来的相扑高手小泉一郎,小鬼子企图借此从心理上彻底征服当地群众。二牛想参加比赛,但遭到母亲的坚决反对。锅盔杨看到老婆态度坚决也不再坚持。古镇上已经连续比赛八九天了,小鬼子相扑高手小泉一郎罕逢对手。

一天,二牛出去卖家传秘制的锅盔,不想在六郎庙前遇到父亲锅盔杨。二牛同父亲说,要去参加争霸赛,同鬼子较量一番。锅盔杨同意了,吩咐儿子一定不能丢我杨家人的脸,不能丢我中国人的脸。二牛和同村的伙伴们来到古镇。二牛接连打败了六七个小鬼子。鬼子相扑高手小泉一郎出场,二牛技高一筹,举起对手,就在将对手扔下跤台的一瞬间,二牛拉住了对方。白岩恼羞成怒,背后偷袭二牛,台下观战的瘸腿老汉飞出暗镖射中白岩。白岩大怒,命令鬼子抓住二牛。跤台上下大乱。德盛堂老板和瘸腿老汉混乱中救走二牛。

古镇鬼子大肆搜捕二牛。十六红偷偷来到德盛堂,与二牛相见。几人商量着如何将二牛救出古镇。十六红告诉德盛堂老板,原平县城里的小鬼子要唱堂会,他们的戏班子要去古镇。德盛堂老板想出了救二牛的办法。古镇四门,鬼子严密搜查来往行人。东门上鬼子拦住戏箱子,戏箱子里搜出来的不是二牛却是瘸腿老汉,瘸腿老汉与鬼子搏斗,不幸遇难。

在另一个出口前,装扮成瘸腿老汉的二牛被鬼子拦住,危急时刻那个被二牛打败的日本跤手小泉一郎出现了,小泉一郎认出了二牛,但却挥手放走了二牛。二牛向峙峪庄飞奔而去。

白岩带领鬼子、警备队到德盛堂搜捕老板,德盛堂老板却已提前一步逃走。郎彪带领警备队埋伏在峙峪庄,就等二牛前来自投罗网。没想到警备队的行动被偷跑出来的德盛堂老板撞个正着。县城里,十六红等被鬼子押着唱堂会,堂会唱完幕布拉起,鬼子的机关枪响了,十六红等演员们全部倒在血泊中。二牛跳进院门,就在这时身后枪声大作,德盛堂老板和警备队交起手来。德盛堂老板牺牲。警备队、小鬼子被二牛引到天涯山山沟里。二牛再无退路,与敌人拼死搏斗。王队长率领大批游击队员来到天涯山上。二牛终因寡不敌众壮烈牺牲!

王队长带领游击队员利用有利地形狠狠打击小鬼子、警备队。白岩、郎彪被游击队击毙,小泉一郎躲进六郎庙里被锅盔杨救走。

当地老百姓为纪念二牛、德盛堂老板、瘸腿老汉等烈士,把天涯山改名叫作杀山——杀鬼子的山!

本片出品人卢宏凌,编剧张卫平,导演王明军,主要演员有潘若瑶(饰十六红)、王智(饰杨二牛)、王卓(饰锅盔杨)、牛军(饰朗彪)。2017年,山西五洲影视集团出品。

## 四、《朱德儿童团》

《朱德儿童团》一片以抗日战争时期,在太行山区红色革命根据地武乡真实存在的"朱德儿童团"为题材,讲述了儿童团在中国共产党及其领导的八路军的关怀下,健康茁壮成长,并且在保卫八路军总部的战斗中,为中华民族抗战历史做出卓越贡献的故事。

故事发生在20世纪30年代的晋东南地区。当时我八路军总部部分机关及首长驻扎在武乡县的王家峪村。侵华日军驻华北司令部千方百计想找到八路军总部所在地,派遣特工潜入根据地,寻找我八路军总部,企图实施"斩首"计划。

王家峪村位于武乡县东面七十余里处,四面环山,地势险要。八路军总部驻扎后,村里各种抗日组织纷纷建立。正如当时的民歌所唱:"乡亲们,仔细听,当前工作记心中。农会减租闹生产,妇女做鞋去拥军。儿童站岗查汉奸,青年参加八路军。男女老少齐动员,坚决打败鬼子兵。"武乡的男人、女人、老人、孩子都义无反顾地投入到这场浩浩荡荡的抗日大潮中,为抗日战争的胜利做出了巨大的贡献。该剧也充分展示了武乡人民那种在国家危难之际挺身而出、舍生忘死、精忠报国的大爱情怀。

在抗日战争中,武乡涌现出许多英雄人物,其中就包括英雄小号兵、小

小神枪手等少年英雄。他们以武乡人的机智、勇敢和无畏,演绎出一场场感天动地的英雄传奇。电影围绕安冬生加入村里儿童团,送情报、抓汉奸,特别是发现潜入村里的日寇特工香川佑二的故事,塑造了我根据地儿童机智、勇敢的英雄形象。八路军也在我儿童团的配合下狠狠打击了偷袭八路军总部的日寇特种分队。王家峪村儿童团受到了八路军总部首长的表扬,区政府将王家峪村儿童团命名为"朱德儿童团"。

《朱德儿童团》是一部具有特别教育意义的影片。该片向观众展现了中国共产党人领导太行儿女勇敢顽强、不畏艰难的革命英雄主义精神;在极其艰苦的条件下百折不挠、艰苦奋斗的精神;为人民利益勇于牺牲、乐于奉献的精神。这些经过数千年积淀和延续的中华民族精神,是值得每一个人学习的。观众可以从影片中真切感受到抗日战争年代的人们为了国家与民族的尊严,为了战争能取得最后的胜利,敢于牺牲自我的大无畏精神。特别是生活在和平年代的人们,不曾亲历过战争,很难想象到先辈们的英勇和牺牲精神,而这部影片无疑能够让观众得到更多的深刻感受。

习近平总书记《在文艺工作座谈会上的讲话》强调指出:"在社会主义核心价值观中,最深层、最根本、最永恒的是爱国主义。爱国主义是常写常新的主题。拥有家国情怀的作品,最能感召中华儿女团结奋斗。"电影《朱德儿童团》取材于武乡儿童的抗战故事,不仅是在向英勇的革命先辈们致敬,更能够召唤更多中国人的爱国主义情怀,成为激励他们不断前进的动力。

本片编剧张卫平,导演黄庆奇,主要演员有周华(饰安德海)、潘宜刚(饰香川佑二)、黄冲(饰老村长)、贺加(饰安冬生)、王子豪(饰二牛)、涂嘉娜(饰小梅)。2017年,山西三色堇文化艺术有限公司、山西红星杨旅游发展有限公司联合出品。

## 第八节　张石山的电影剧本《清明无战事》

张石山,山西盂县人,1947年出生。曾任《山西文学》主编,山西省作协副主席。1973年开始创作,1981年被接纳为中国作协会员,1988年后为山西文学院专业作家,一级创作员,2007年退休。

早年主要从事小说创作。凭借1980年《镢柄韩宝山》、1986年《甜苣儿》两度获全国优秀短篇小说奖。1988年,获中国作协首届"庄重文文学奖"。2013年,电视剧文学剧本《晋文公》获国家广播电视新闻出版总局全国影视优秀剧本编剧大奖。

自20世纪至今,出版有中短篇小说集《镢柄韩宝山》《单身汉的乐趣》《母系家谱》《神主牌楼》,诗集《永远的三月》,散文集《爱河之源》,随笔集《叙述的乐趣》,民俗文化集《人间耳录经》等,自传体长篇《商海炼狱》,"走马黄河"民俗文化考察研究长篇《洪荒的太息》,长篇小说《兄弟如手足》《攻城》《清明无战事》,长篇传记文学《六福客栈》,纪实长篇《穿越——文坛行走三十年》,文化思考专著《拷问经典》,传统民俗文化专著《你所不知道的中国民间文化》,文化专著《礼失求诸野》,学术著作《被误读的论语》。这些著作分别由中国青年出版社、北京十月文艺出版社、山西人民出版社、北岳文艺出版社和台湾秀威出版社等出版。

改编、创作电视剧多部,有二十集连续剧《吕梁英雄传》、二十集连续剧《兄弟如手足》、三十集连续剧《晋文公》。

《清明无战事》电影文学剧本是作者为纪念世界反法西斯战争胜利暨中国人民抗日战争胜利七十周年而创作的。剧本以1941年12月7日珍珠港事件之后,美日正式宣战为国际背景,以发生在山西敌我交错区的小山村唐家山中各方力量之间的冲突、较量为叙事主线,展现了中国军民不屈不挠的抗日意志和坚强决心,揭示了正义必将战胜邪恶、多行不义必自毙的真理。

故事发生在晋绥抗日根据地边缘的山西某县。这个县里有个小山村唐家山,山下是平川地带,鬼子在其占领区汉王镇建有炮台;与唐家山和汉王镇成掎角之势的小河湾,有美国基督教会在华建造的一所教堂。就在这个敌我交错、斗争形势极其复杂的地带上演了一系列震撼人心的故事。

在反"扫荡"作战中,中方缴获日方成百盒骨灰,但并没有随意丢弃,而是归还日方。代表中国人民做这一件事情的是当地乡绅唐汉宸。这位保全了中华文明和士子传统的民间乡绅却在归还日方骨灰后牺牲在日寇的屠刀下!协助教会转移战争孤儿的我善良妇女被日寇抓捕,惨遭侮辱杀害!在这场文明与野蛮、人性与兽性的较量中,突显了华夏文明的道义高标,暴露了日本法西斯军国主义的残暴丑陋。

这种中国普通民众的抗战,看似小人物的抗战,实际上是文明道义层面上的抗战,是中华文明对日本法西斯的抗战。小中见大,追本溯源,不同于以往抗日题材的作品。

《清明无战事》电影剧本完成之后,曾在北京召开研讨会,与会专家给予高度评价,认为是抗战题材的影视作品的重大突破。专家们认为,在今天人们的价值观、人生观乃至世界观正在随时代的发展发生着变化的时候,现代中国人当如何反思那场旷日持久的战争,在张石山的剧本中,可以看到他带给大家的是一种完全不同于以往抗战题材模式作品的新的思路和视角。

该剧本没有写正面战场,而是将视角投向了战争背景下的民间生活,延续了编剧一贯的创作传统,以小故事蕴含大境界,以小人物书写大情怀,以新的视角和思路给抗战题材影视剧叙事模式、表现程式带来了创新。同时,剧本开掘出了一条揭示中华民族传统中最具生命力的文化基因的通道,直抵人性深处,把中华文明放在世界文明的大背景下进行审视,提升了此类题材创作的思想境界。

谈及创作初衷,张石山表示,当下抗战抗日题材的影视作品泛滥,粗制滥造者太多,精品阙如,创作上陷入一种模式化的重复:鬼子残暴而愚蠢,我们抵抗坚决而惨烈,最终是我们大获全胜。中国人民为世界反法西斯战争付出了无与伦比的惨烈代价,但是在影视艺术的表达方面,更多还是关起门来自说自话,没有拿得出能够同国外优秀作品对话的等量级作品。他希望,《清明无战事》能在这方面有所突破,用中国智慧讲述那段历史,向世界展示伟大的华夏文明对日本军国主义的殊死抵抗。

令人遗憾的是,这部电影的摄制计划中途夭折。幸有山西人民出版社让张石山把电影剧本改成长篇小说,于是才有了今天读者可以读到的《清明无战事》。一般来说,文艺体裁的转化由小说改剧本是常态,而张石山是由剧本改小说,可谓特例。

## 第九节　牛建荣的电影作品

牛建荣,山西吕梁人,1961年2月出生。1978年入伍,在北京卫戍区服役。山西文化艺术学校82级编导班学生。1985年,在山西吕梁市电视台做文艺编导。1993年,由中央戏剧学院导演系毕业。1994年至2003年,在山西艺术职业学院任教,同时开始编导电视剧。2003年,在山西戏剧研究所从事电影、电视剧导演、编剧工作。2006年,在北京成立牛建荣导演工作室。2009年,加入中国电视剧导演工作委员会。

牛建荣创作的影视作品内容丰富、形式多样,大部分都是农村题材。牛建荣执导的电视剧《喜耕田的故事》《湖光山色》《幸福生活万年长》《小村风景》《画画》《大树临风》等,深受观众欢迎和业界好评。其作品曾获中宣部精神文明建设"五个一工程"优秀作品奖、中国电视剧"飞天奖"、中国电视"金鹰奖"等奖。特别是2006年由其执导的农村剧《喜耕田的故事》在中央电视台综合频道首播,赢得观众广泛好评,获第二十四届中国电视"金鹰奖"长篇电视剧优秀奖、第二十七届中国电视剧"飞天奖"长篇电视剧一等奖。该剧讲述了在中央免征农业税的背景下,进城务工的农民喜耕田返乡种田的故事。喜耕田不仅成为观众喜爱的家喻户晓的人物,而且还成为一个品牌——山西喜耕田影视传媒有限公司。牛建荣编剧、导演的电视剧《我惹谁了》《黄河那道弯》等十多部电视剧都曾在中央电视台黄金时段播出。

近十几年来,牛建荣一方面拍摄电视剧,一方面把关注的目光投向银幕,自编自导的几部电影都因为具有鲜明的地域文化特色而深受观众欢迎。2008年,编导以农民申奥为题材的剧情电影《吹吹打打牛三牛》(见本书第五章第四节)。2015年,编导的表现地域文化的爱情电影《伞头和他的女人》获第三十届中国电影"金鸡奖"最佳原创剧本奖,第七届"中国影协杯"十佳优秀电影剧作奖。2017年,编导的农村题材电影《七儿娘》获第三十一届中国电影"金鸡奖"提名。

牛建荣坚持走现实主义的创作道路,长期扎根生活,深入群众。学习"山药蛋派"文学流派的风格,创作中追求生活的真实。其作品故事情节自然、生动、有趣,在人物塑造上突出个性——不光是思想上的个性,还包括生活中的脾气、秉性都是鲜明的"这一个"。在锤炼人物语言上,探索语言的生活内涵、地域特征的"饱和度"。创作中讲究语言的诙谐,吸收山西的万荣笑话、左权民歌、河曲二人台的营养,把从日常生活中搜集到的许多生动鲜活、富有时代气息的地方土语、方言等都注入自己的作品中,使其更加生动活泼,更接地气,也更为观众所喜爱。

## 一、《伞头和他的女人》

伞头秧歌是一种山西的民间歌舞艺术,中国北方众多社火秧歌中的一种。其主要流行在黄河流域的晋西和陕北黄土高原,具体指山西省吕梁市的临县、离石、柳林、方山、中阳、石楼和陕西省榆林市的吴堡、绥德、佳县、米脂、子洲、清涧等十几个县市,以及延安市,其中尤以临县最盛,因此又称"临县伞头秧歌"。2008年,临县伞头秧歌被列为首批国家级非物质文化遗产扩展项目。

山西临县伞头秧歌的标志性唱词:"伞头秧歌人人爱,现炒现卖来得快。"这说的正是伞头秧歌即兴编词的演唱特点。伞头秧歌的唱词是在特定的背景、时间、地点和环境气氛下产生的。歌手们或触景生情,或遇事有感,或因人议论,或有问有答,演绎方式极为生活化、地域化、趣味化。

伞头秧歌之所以有此称谓,在于秧歌队中有一举足轻重的角色——伞头。伞头是一支秧歌队的统领,其主要职责是指挥全局,选派节目,带领秧歌队排街、串院、掏场子,并代表秧歌队即兴编唱秧歌,向外界答谢致意。伞头衣着整洁(随时代变迁而选定服装,如民国初年多为长衫礼帽,现今却是西装革履),风度翩翩,举止文雅大方。其右手执花伞,左手摇响环。响环俗称"虎衬",是用响铜铸造而成的环状圆筒,直径约十公分,朝外沿开缝,形似手镯,内装小圆球,摇动时发出串铃般响声。响环的作用:一是作

《伞头和他的女人》剧照

为道具使用，象征威武；二是摇响后作为唱秧歌或行动前的信号，以指挥锣鼓乐队。伞是普通的花伞，周围缀有红绫，表演时随着音乐节奏向左旋转，上下飘动，轻盈好看。

《伞头和他的女人》是牛建荣的电影导演处女作。生活和创作电视剧的"厚积"，实现了电影的"厚积薄发"。牛建荣把来自家乡吕梁的爱情故事搬上银幕，把家乡的伞头秧歌推入观众的视野。

《伞头和他的女人》讲述了伞头艺人聂得人和青梅竹马的初恋吕翠花、第一个妻子张爱兰之间三十年的爱恨纠葛。

1980年，山西吕梁秧歌的伞头聂得人与村中可称"村花"的姑娘吕翠花相爱。可他家里穷，又挨过批判，翠花娘要他两个月之内拿来五千元聘金，否则婚事免谈。聂得人拿不出这笔钱，翠花娘就逼翠花嫁给一个名叫贾宏伟的富家子弟，聂得人对此却毫不知情。

聂得人为了挣钱娶妻，雇上女拖拉机手张爱兰搞运输，没明没夜地干。钱挣来了，他高高兴兴往回赶，路上遇到贾宏伟迎娶吕翠花的婚队。聂得人彻底崩溃了。在万般无奈之下，聂得人同不爱的张爱兰结了婚。这给两段婚姻埋下了祸种，压抑的情绪笼罩了整部影片。

十年后，1990年，吕翠花心里还是只有聂得人，与丈夫贾宏伟又不是一路人，过不下去了，虽然生下了儿子奔奔，还是离了婚。聂得人得知后，旧情复萌，二人私下见面，不巧被妻子张爱兰发现。张爱兰虽已与聂得人生下女儿青青，但也坚决离了婚。贾宏伟要聂得人给他的再婚宴唱堂会，聂得人至死不肯。贾宏伟令人围殴聂得人。吕翠花见状用板砖打破贾宏伟的头。吕翠花获刑二十年，她要聂得人与张爱兰复了婚，并将儿子奔奔托付给了他俩。善良的张爱兰收养了吕翠花的儿子，精心照护着丈夫、奔奔和青青一家人。

又是一个十年，2010年，孩子们都长大了，聂得人、张爱兰和吕翠花都老了。这三个人的故事也该有个结局了，可又有了新的故事。聂得人的饭店拆迁得到了十六万八千元的补偿款,在女儿青青和养子奔奔之间怎么分呢?在这种"超家庭"的家庭纠纷面前,青青怨怼爸爸:要不是你拈花惹草,还至于这样?张爱兰掏心地对青青说,你必须给你爸爸道歉!

聂得人如此波折地过了三十年,他终于发现对自己始终不离不弃的正是妻子张爱兰;但为时已晚,张爱兰罹患癌症,生命将尽。平生第一次来到大海边,张爱兰问聂得人,这一辈子你爱过我吗?聂得人说,以前不爱,现在爱了,可是晚了。张爱兰不要他说前半句和后半句,只要中间那半句。聂得人对着大海高喊:"现在爱了!"海空回响。张爱兰走了,吕翠花出狱了,她不敢也不愿再介入聂得人的生活,即使张爱兰已经离去,她要住到儿子奔奔在太原的家里去。不久,奔奔就给养父聂得人打来电话,说他娘住不惯太原,还要回到聂得人身边。至此,一个会唱秧歌的伞头男人,一生的爱情悲喜剧就要谢幕了。

《伞头和他的女人》是一部优秀的电影艺术作品,影片以较好的电影艺术手法讲述了一个令人动容、给人启发与思考的现实生活中的乡村爱情故事。伞头艺人聂得人与真爱吕翠花及妻子张爱兰之间跨越三十多年的情感纠葛是整个故事的主线,影片浓墨重彩地描摹了张爱兰感人的大爱,向观众展示了乡村女性朴实、纯洁、善良的美好形象。影片的音乐也是一大亮点,时而悠扬动听,时而欢快轻盈,时而悲声低吟,与影片情节紧紧相扣。影片再次向观众展示了具有中国精神、中国魅力、中国风情的美丽乡村,以及世代生活在那里却又紧紧追随时代脚步的美丽的乡村人民。

中国文艺评论家协会主席、著名文艺评论家仲呈祥评述这部电影说:《伞头和他的女人》是一部描写普通农民在改革开放背景下的婚姻爱情故事的电影,影片启发人们去思考人世间什么样的婚姻才是道德的。影片以生动的形象和揪心的故事雄辩地证明,以精神文化追求的一致性和在患难与共的人生拼搏中产生的爱情才是美好的,因此,影片的情感与精神的指归都是奔向真善美的。

本片出品人刘毅,制作人杜旭华,编剧牛建荣,导演牛建荣,摄影格日图、牛忠民,主要演员有褚栓忠(饰聂得人)、丁柳元(饰张爱兰)、彭婧(饰吕翠花)、吴国华(饰贾宏伟)、虞路(饰青青)、任志宏(饰奔奔)、高宇涵(饰童年青青)、曹轶(饰童年奔奔)、陈伟奋(饰翠花娘)、孙启鹏(饰聂爷爷)。吕梁黄河民间艺术有限公司出品。

2015年,影片获第三十届中国电影"金鸡奖"最佳原创剧本奖,牛建荣获最佳编剧奖提名;2016年,获第七届"中国影协杯"十佳优秀电影剧作奖,获美国"世界民族电影节"最佳音乐故事片奖。

### 二、《七儿娘》

《七儿娘》是牛建荣执导并担任编剧的剧情电影,影片讲述了七儿娘寻子的故事。

民国年间,山西某农村,七儿娘生了六个孩子,莫名其妙全死了。怀上七儿时,为了保住七儿,夫妻俩去了娘娘庙。算命先生说要想有后,七儿出生后,你们要终生不杀生、不沾荤,俗称"忌口"。

七儿十七岁到县里上中学。国民政府号召青年学生参军,七儿想报名,七儿爹娘坚决不答应。日本兵进村杀了鸡逼着七儿娘炖熟,又怕七儿娘下毒,逼着七儿娘试吃。七儿娘因"忌口"坚决不吃,日本兵就打七儿娘,七儿爹忍无可忍,一棍子打死一个日本兵,日本兵开枪杀了七儿爹。埋葬七儿爹后,七儿娘同意七儿去当兵了,当的是国民党的青年军。

抗战结束了,七儿来信说要打内战,还不能回家。七儿娘不理解中国人为什么要打中国人,就迈着小脚去前线战场,由此踏上了寻子之路。

《七儿娘》唱响的是一曲母亲的颂歌。影片将母亲的无私与伟大放在一个思儿、念儿、盼儿的简单故事里来展现,而作品的思想价值,则体现在家国情怀上。影片以一个女人的一生为叙事线索,将小家庭生活融入整个时代的变迁之中,既有真挚动人的情感,又有着对时代的敏锐把握。电

影没有跌宕起伏的故事情节,完全是生活化的展现,细节真实,情感细腻,在不动声色中将一个母亲盼望和平的心态通过踏上寻儿征程这一事件鲜明地呈现出来。影片画面给人苍凉、大气之感,演员表演自然、生动,离石方言和地方戏曲等元素的运用赋予影片浓郁的山西地方色彩,不仅宣传了悠久的山西文化,还使得电影具有鲜明的地域特色。

作为一名土生土长的离石人,拍一部充满家乡情怀的作品一直是牛建荣的一个心愿,于是就有了《七儿娘》这部充满离石气息和吕梁地域文化的作品。

牛建荣说,这部电影展现了一些山西吕梁离石的地域文化,特别是非物质文化遗产,诸如离石弹唱、离石锣鼓等;更主要的是,全剧要用离石方言来拍,所以难度特别大。他表示,通过这部电影可以让全国乃至全世界的人们都能了解离石、了解吕梁,也能让吕梁人更了解自己脚下的这片热土。

为了让作品更接地气,牛建荣在开机前半个月就组织演员来到吕梁市离石区信义镇永红村体验生活。牛建荣一到永红村,就把村里的老支书王秋生请过来,请他教剧组的演员干农活,让演员和剧中人物的距离近一点。除了学习割黍子、掰玉米、收葵花之外,充满离石地域特色的生活习俗和文化也是剧组人员要学习的重点。在牛建荣看来,只有扎根农村、深入生活,才能创作出更贴地气的作品。

剧中扮演七儿娘的时畅来村里的第一天,就觉得获益匪浅。她说,现在的电影、电视剧拍摄的周期非常短,真正能够身心踏实体验生活这还是第一次。她说,劳动上十天、一个礼拜,演起来心里就更有根底,更能演绎出生活的真实。

本片编剧牛建荣,导演牛建荣、牛牛,摄影刘平,主要演员有时畅(饰七儿娘)、于艳强(饰七儿)。山西喜耕田影视传媒有限公司摄制。

2017年8月,影片获第三十一届中国电影"金鸡奖"最佳中小成本故事片提名;2018年8月,被山西省新闻出版广电局评为2017年山西出品的十部优秀电影之一。

## 第十节  张敬民的电影剧本《库布其》

题外话:惊悉张敬民先生于2020年1月30日病逝,不胜悲痛!在本书中,有写张敬民的电影剧本《库布其》一节,他为我提供了大量的资料,还送了我多本他的著作,让我十分感动。张敬民写的《库布其》的悲情故事,浸透了他的激情和泪水。《山西电影文学史》已经脱稿,原计划2019年年底出版,怎奈图书出版需经多次审读、内外质检,一直没有付印。我曾在电话上对张敬民说,希望他能出席首发式,他说到时再说,没想到这竟成了我和他的最后一次通话。他以为书已经出来了,曾请山西电视台的一位同志给我打电话说要两本书,我说书还没出来,春节后付印,出来后立即奉上,想不到这竟成了一句空话!

张敬民先生上班时,我同他多有交往。我十分惊奇,他身居山西电视台领导岗位的要职,竟写了那么多的大部头作品,有《西口大逃荒》等,可谓著作等身,实属不易。2012年7月,山西广播电视台拍摄了五集大型红色文化访谈节目《红客集结号》,张敬民让我参加研讨座谈,我就这部纪录片表现的理想和信念引领受众的主题、充满的思想和艺术魅力进行了评析,得到张敬民的热情肯定。

　　天不假年,英才早逝,徒唤奈何!张敬民是继华而实之后,我在书中写到但不能见到书的第二位艺术家。我书何迟,君行何急,让人痛断肝肠!敬民一路走好,白发人为你送行了!

　　张敬民,河北顺平人,1959年3月出生。山西广播电视台副总编辑,山西省新闻工作者协会副主席,高级记者。获得的奖项、荣誉称号有:全

张敬民出版的多种著作

国文化名家暨"四个一批"人才，首届"范长江新闻奖"提名奖，全国百佳新闻工作者，全国"十佳百优"广播电视理论工作者，全国广播电影电视系统先进工作者，山西省优秀专家等。多部新闻作品获国际及国家级奖项。出版著作有：《西口大逃荒》《美国孤旅》《西口在望》《划破夜空的灯塔》《土耳其并不遥远》《东张西望》《凡音之起》《库布其》等。担任编剧的电影《声震长空》2002年获第八届中国电影"华表奖"优秀故事片奖。

电影文学剧本《库布其》写了一个发生在20世纪40年代初的悲情故事。

在晋陕蒙的库布其沙漠边缘地带，有一条蜿蜒其间的苍凉沙路，连接着"口里"与"口外"。几百年来，讨生活的穷苦百姓都是从这里徒步穿越沙漠，抵达包头，再分散到各地，"揽长打短"去谋生。"春出秋回"，到了每年秋后，辛勤劳作的人们怀揣挣得不多的血汗钱，又从这条道上返回"口里"的家乡。于是，这条来来往往过多少代走西口人的沙路，便成了名副其实的"西口古道"。正因如此，在这条道路上常有土匪出没，有人被抢夺了钱财，更有甚者丢掉了性命。

故事主人公刘三毛旦，为了自己郑重的承诺，在这条古道上已荒败的沙蒿塔车马大店住了下来，过着清贫但却自在悠闲的生活。

初春的一日，数架日本人的轰炸机飞过头顶，打破了库布其的宁静。刘三毛旦赤裸着身子站在沙漠里，仰头冲着天空怒骂。这时，风送来一个遥远的声音，一个女人、一个孩子正在急切地呼救。他寻声奔去，在凶残的沙漠野狗的血盆大口之下，救下了李金香和丫丫母女俩。

因犯下命案而出逃的母亲带着女儿原打算去包头寻找走西口三年未归的丈夫，但丫丫被狗咬伤，高烧不退，生命垂危。刘三毛旦夜奔百里寻医求药，又经过多日的悉心调养，终于挽救了小姑娘的性命。李金香感激无比……

李金香带着女儿正要继续前行，不经意中获知丈夫遇害，情急之中，拿起剪刀刺向刘三毛旦……刘三毛旦夺下剪刀,详述其夫遭匪劫持经过。母女二人听罢跪下悲泣号啕,诉冤招魂……

走投无路的母女俩暂时在沙蒿塔栖身下来,丫丫也多了一个小伙伴"小黑",这是她冒险抢救回来的一条几个月大的沙漠野狗。日子就这样平平静静地过着,刘三毛旦整天到正川河边的河滩地里打理侍弄着庄稼,李金香洗洗补补、烧火做饭,丫丫乖巧懂事地与小黑快乐相伴。寂静的库布其沙漠上空,不时飘荡起优美动听的河曲民歌——"山曲儿"。

刘三毛旦本是河曲南沙窊人,父母早亡,孤苦伶仃,被生活所迫只能光棍一条逃荒走西口,几乎命断西口路……李金香的父母在日本鬼子的飞机轰炸河曲城时不幸遇难,她本人又遭人欺凌,因而犯下命案,走投无路,只得携女夜逃……天涯沦落,同是苦命人,慢慢地相处,渐渐地了解,使这对背井离乡的男女相互确立了信任,彼此产生了情感……在忽明忽暗的油灯下,两人长久地默默相对,李金香浅吟低唱:

灯瓜瓜点灯半炕炕明,烧酒盅盅挖米不嫌哥哥你穷。

刘三毛旦再也无法控制情感的闸门,情感奔泻而出:

一铺滩滩柳树一铺滩滩草,一铺滩滩姑娘就属妹妹你好。
……

从此,一个男人一个女人一个娃一条狗过着与世隔绝、纯净祥和的生活。面对静默、庄严的库布其沙漠,他们活出了人本的善真性情,活出了纯粹的大美人性……

然而有一天,这样的宁静被打破了——正在给屋子外墙涂抹红泥巴的李金香被骑着马的土匪们掳去。在地里干活的刘三毛旦闻声赶回沙坝下的"红房子",只见地上洒有血迹但不见人,于是寻着沙土里的蹄痕疯了似的追去……而这时在庄稼地里玩耍的丫丫和小黑还浑然不知。

天空飞过隆隆作响的日本轰炸机机群,沙丘在不停地颤抖……

刘三毛旦在沙漠中奔跑着、呼号着,直至夕阳西沉,黄沙遍染殷红。突然,沙暴袭来,风沙漫卷,天昏地暗,刘三毛旦拼尽全力顶风前行,还不停地张着嘴呼唤着金香,以至沙子灌进嘴里,呛得难以发声。他已筋疲力尽,终于不敌风沙,重重地倒下了……清晨,昨晚肆虐的库布其沙漠在和煦的晨光中苏醒,被风沙掩埋了的刘三毛旦突然惊醒,从沙堆里站了起来。他蓦地想起了丢下的丫丫和小黑,不禁打了个冷战,赶紧向沙蒿塔的方向奔去……

回到沙蒿塔,眼前的一切已面目全非。那座被李金香用泥巴精心涂抹的红房子,已被日本人的飞机投弹炸塌,只剩残垣断壁……残留的半截炕上,散落着李金香的衣物和那只见证男女主人公爱情的灯瓜瓜。刘三毛旦狂奔到正川河边的庄稼地,那里静悄悄的,无有人迹,只有一对丫丫的红布鞋和受了重伤趴在地下的小黑。他向四处呼喊,没有回答。他绝望地看着小黑,乞求小狗能告诉他丫丫的去向。可是,小黑睁开眼睛只是无力地看着主人,眸子渐渐失去了光泽,呼出最后一口气。

……

刘三毛旦重新把房子盖了起来,每年都用正川河的红泥巴涂抹房子——在黄黄的沙漠当中远远地看就像一团火。他等待着,等待着……用苍凉的嗓音不断地唱着那首属于他和金香的情歌——

> 灯瓜瓜点灯半炕炕明,烧酒盅盅挖米不嫌哥哥你穷。
> 一铺滩滩柳树一铺滩滩草,一铺滩滩姑娘就属妹妹你好。
> ……

在《我为什么写这个剧本》一文中,张敬民说:"这个故事在我心里已酝酿了三十年。""我与这个题材的情结可谓深厚,其人物、故事以及地理环境等等都是我亲身探访所获得的,都有着真实的背景。"

1985年夏天,张敬民做了一次长途徒步采访,选择的路线是昔日晋西北人"走西口"的逃荒古道——从山西的朔县起程,经平鲁、偏关、保德,过黄河到陕北的府谷,再出古城乡城门洞的"西口",进入内蒙古的准格尔旗,穿越库布其大沙漠到达拉特旗,最终抵达目的地包头,历时八十二天,行程两千多里。张敬民此举获得了新闻界前辈的热情鼓励。当年,他作为一个年仅二十六岁的年轻记者,从中收获了影响和享用终身的财富,积累了许多生活素材,为他创作电影文学剧本《库布其》打下了很好的基础。

对于故事中的人物问题、背景问题、环境问题、时间问题、民歌问题和主题问题,张敬民也结合自己的亲历做了独到的分析。

电影主人公刘三毛旦和李金香,是有生活原型的。刘三毛旦的原型是一个名叫刘巨仓的在当地名声很响的晋西北汉子、民歌手。李金香是刘巨仓的婆姨,本名就叫李金香。刘巨仓是个孤儿,从十几岁时就跟着村里的大人们"走西口"。口里、口外,孤身一人,冷锅冷灶,实在憋闷难活了就唱上几声民歌解烦忧。这光棍汉的歌声飘过邻家的高墙,打动了童养媳李金香的芳心。靠着新中国颁布的第一部《婚姻法》,一对"自由恋爱"的苦命人走到了一起。这对苦命夫妇的结局是悲剧性的:李金香患癌症离开了这个世界,刘三毛旦因难以放下对妻子的思念而服农药自杀!张敬民就是以这一对夫妇为原型塑造了电影中的两位主人公。他们是歌为媒,心相连,伴随他们一生的是"灯瓜瓜点灯半坑坑明,烧酒盅盅挖米不嫌哥哥你穷"。

张敬民熟悉"走西口"。他认为走西口这种生活是一次农耕文明与草原文明的碰撞、交汇、相融。它们的结合带来了社会变革和进步,在特有的地域环境、生活背景下,自然而然地催生了富有鲜明性格的人和独特魅力的文化。这样厚实的历史文化背景,正是电影文学剧本《库布其》的根基和底蕴。库布其是我国第七大沙漠。作者曾经背着行囊、手拄棍子来到沙蒿塔——库布其沙漠中曾经唯一能留宿的地方。他不知道在沙蒿塔的沙土里尘封着多少鲜为人知的故事,于是就有了以沙蒿塔的环境背景创作一部作品的设想,于是就有了这部电影文学剧本《库布其》。

电影故事的时间设定在20世纪40年代,因为这个年代正是走西口的晋西北人过着"让人心酸让人哭"的苦年代;还是日本军国主义发动灭绝人性的侵华战争,中国民族历史上的苦难岁月。《库布其》的故事在这样的真实的时间与事件的历史大背景下展开,既符合当时的现实,还原了历史,又从另一个侧面反映了这场战争给中国人民带来的深重灾难。

《库布其》在艺术上最大的特点是剧情里加入了大量民歌。这些民歌是在这一带的老百姓生活中自然生成的,民歌与人们的生活密不可分,是人们情感表达的载体,是这一带人们诉说衷肠的最自然生动的表达。这些民歌以及同样产生于这一地域的艺术奇葩"二人台",是"西口文化"的直接反映和典型代表。因而,民歌就成为作者写作《库布其》自然而然采用的一种造化天成的语汇,所以也可以这样认为,这部电影从一开始取材即在"骨子里"生就了音乐旋律化的独特个性。

对于《库布其》主题,作者在于表现人的本性的"善"与"恶"。电影中李金香和刘三毛旦的对话就代表了普通人对人性的看法。李金香说:"你说那土匪不是从包头城里跑出来的,说哇都见过个世面,咋做出来的事就不叫人咧?!还有那日本人,那不是天那边的吗?你说他们不好好待在自己国家,非跑到咱这儿来祸害。听说他们个个都识文断字的,可咋就不懂个礼数道义咧,飞机大炮的杀人放火,这还叫个人干出的事情?畜生不如嘛!"刘三毛旦望着眼前这个柔情而又坚毅的女人说:"嗯,人活着,要像个人!"

库布其是世界上目前唯一被整体治理成功的沙漠,被联合国环境规划署确定为"全球沙漠生态经济示范区",国内外媒体评价库布其治沙创造了"绿色奇迹"。2018年8月,中央电视台新闻联播多日连续以"全球样板——从沙漠到绿洲的沧桑巨变"为题进行系列报道。黄沙变黄金,贫穷变富裕,库布其的沧桑巨变,是习近平总书记"绿水青山就是金山银山"理念的生动体现和丰硕成果。

张敬民把心里酝酿了三十多年的沙漠里的故事化作电影文学剧本《库布其》,今天,库布其的巨变可以算是对作者三十多年前对库布其的愿望、期待和梦想的一个回馈。这同样是一个奇迹。

## 第十一节　贾樟柯的电影作品

贾樟柯,1970年5月24日出生于山西省汾阳市,导演、编剧、制片人、演员、作家,毕业于北京电影学院文学系。十三届全国人大代表,山西省青联副主席,中国电影导演协会副会长,国际作家和作曲家协会副主席,上海大学温哥华电影学院院长。2017年"感动山西"十大人物之一。从1995年起开始电影编导工作。代表作有"故乡三部曲"《小武》《站台》《任逍遥》及《世界》《三峡好人》《二十四城》等。近年来,贾樟柯编剧并导演的《山河故人》《江湖儿女》引起业界的广泛关注。作为走向世界的导演,贾樟柯多次担任国际电影节评委会主席、主竞赛单元评委,他的电影多次参加国际影展并频频获奖,这是中国电影界少有的现象。

1997年,执导的剧情片《小武》获第四十八届柏林国际电影节亚洲电影促进联盟奖、沃尔福冈·施多德奖、第三届釜山国际电影节新浪潮奖。

2000年,执导的剧情片《站台》获第五十七届威尼斯国际电影节亚洲电影促进联盟奖。

2006年,执导的剧情片《三峡好人》获第一届亚洲电影大奖最佳导演奖、第六十三届威尼斯国际电影节金狮奖。

2007年,执导的纪录片《无用》获第六十四届威尼斯国际电影节地平线单元最佳纪录片奖。

2010年,获第六十三届洛迦诺国际电影节终身成就奖,是该奖设置以来获此殊荣的最年轻的电影人。

2014年,获第三十八届圣保罗国际电影节终身成就奖。

2015年,获第六十八届戛纳国际电影节导演双周单元终身成就"金马车奖";同年,编导的电影《山河故人》获第五十二届台湾电影金马奖最佳原创剧本奖。

2016年,获第十八届孟买国际电影节杰出艺术成就奖、第三十八届开罗国际电影节杰出艺术成就奖。

2018年5月,获第二十九届日本福冈亚洲文化大奖,贾樟柯是继费孝通、王仲殊、侯孝贤、张艺谋、许鞍华、莫言之后第七位获得该奖项的华人;10月,编导的影片《江湖儿女》获第五十四届芝加哥国际电影节最佳导演银雨果奖、第二十五届明斯克国际电影节最佳导演奖。

2019年,《江湖儿女》获第十三届亚洲电影大奖最佳编剧奖;他本人凭借此剧获导演协会授予的"2018年度导演"称号。

由贾樟柯发起,意大利著名艺术家马克·穆勒担任艺术总监,陈凯歌、冯小刚、李安担任顾问的平遥国际电影节于2017年10月正式创办,这是继上海国际电影节、长春国际电影节、北京国际电影节和丝绸之路电影节之后,第五个获得国家批准的国际电影节,吸引了国内外、行业内外的瞩目。

首届平遥国际电影节于2017年10月28日至11月4日举行,旨在"让电影回归市集",以此推动山西电影产业发展,助力"小地方"走向全国、走向世界,增强中国电影与国际电影界的联系与合作,为中国文化传播和中国电影事业发展做出贡献。贾樟柯说:"平遥国际电影节只有一个标准,就是寻找有创意、有艺术价值、有启发性的影片。"

平遥国际电影节开创了一个依靠市场,在政府指导下运营的模式。实践证明,这种模式可以让活动常办常新,保证电影节的运转质量。

首届平遥国际电影节设有八个单元:"卧虎""藏龙""首映""特别展映""影展之最""中国新生代""平遥之夜"及"回顾/致敬"(法国电影大师梅尔维尔百年诞辰回顾展)。"卧虎藏龙"预示着平遥国际电影节将是一个聚集杰出电影人、优秀电影作品的专业平台。

对于创办平遥国际电影节,贾樟柯说过这样一段话:"我从二十七岁拍出第一个电影开始,就过着双重的生活。一方面,我的每一部电影都根扎中国、根扎山西大地,我一直在讲述山西的故事;另一方面,我又带着这些作品,往来于世界各地各种各样的电影节。""在这样一个漂泊的过程中,我常常想,什么时候能在我们自己的国家、自己的故乡有一个电影节,让人们看看我们的文化、我们的作品,为世界电影带去我们的评价、我们的观点? 今天,这个愿望达成了。"①

贾樟柯还说:"我带着电影流浪了二十年,这是第一次带着电影回到家乡,举办电影展。我特别自信,因为这背后是我们自己的土地。希望大家能年年来平遥,带着电影、带着友谊。"

第二届平遥国际电影节于2018年10月11日至20日举行。本届除延续首届的"卧虎""藏龙""首映""影展之最""回顾/致敬"单元之外,为了鼓励本土导演创作,还增加了"山西制造"及"华语新生代""形象大使之选"单元。

第三届平遥国际电影节于2019年10月10日至19日举行,延续了前两届多元性、开放性的特点,放映了国内外的不少新影片,受到电影界和广大观众欢迎和好评。

---

① 张洁:《山西终于有了自己的电影盛会》,《山西晚报》2017年3月17日。

贾樟柯还在山西吕梁汾阳贾家庄村创建了种子影院,成立了贾樟柯艺术中心,拍摄了纪录片《一个村庄的文学》。在种子影院开业仪式上一位导演说:"希望种子影院像种子一样开枝散叶,引发年轻人对电影和文学的热爱。"

贾樟柯艺术中心举办的首届吕梁文学季于2018年5月9日至16日在汾阳贾家庄和临县碛口镇举行。这是汇集了众多作家、文学爱好者的盛大的文学活动。吕梁文学季的主题是"从乡村出发的写作",体现贾樟柯所提倡的"将电影展、文学季办在县城、村镇","让艺术家回到最接地气的地方,去讨论文学艺术"的理念。吕梁文学季致力于将文学与阅读氛围带入大众乡居生活,搭建文学家与读者之间、文学家彼此之间、文学家与批评家和出版人之间沟通交流的桥梁,凝聚当代中国经典文学与新生代的力量。吕梁文学季设吕梁文学奖和马烽文学奖。

贾樟柯在"故乡三部曲"的序言《我的边城,我的国》中表达了他的创作理念,回顾了"三部曲"的创作历程。他说:"汾阳,躲在吕梁山里的我的边城,那日日夜夜,无数难忘的人和事,让我落笔下去变成了电影。这电影又是我的国,里面一人一事、一草一木都是我的世界。"[①]

贾樟柯说:"我所处的时代,满是无法阻挡的变化。拿起摄影机拍摄这颠覆坍塌的变化,或许是我的天命。""我想用电影去面对:无论哪一个时代,所有人都要经历的那些不可回避的艰难时刻。"贾樟柯一直用他自己的方式记录着中国社会的变迁。他的电影镜头一直都对准二三线城市的边缘人物,以小人物反映大社会。

《山西晚报》记者范璐在讲到贾樟柯这位第六代导演领军人物时说:"在贾樟柯的镜头下,总有对中国底层的人文关怀。"他作品的主人公"要么来自山西,要么人物原型取材山西人,他的'故乡情结'使得镜头始终对

---

[①] 贾樟柯:《贾想Ⅱ》,台海出版社,2018,第14页。

准山西人的生活历程"①。特别是平遥的老城、街道、民居,往往是他影片中的背景,发生在这里的故事又都不失为中国社会转型发展时期中的缩影。

作家李陀等人言,"贾樟柯影片中的一个母题,也就是他的主题,就是故乡生活"。他把对山西土地的爱融进了心里,融进了他的电影里,始终透露着山西人骨子里特有的文化气韵。

国内业界认为,作为中国第六代导演的贾樟柯用精湛的现实主义手法,真实呈现中国普通百姓,展现他们在经济快速发展和社会变革的背景中设法规划自己的人生,尤其体现出了年轻一代的希望与挫折。贾樟柯追求影像对现实表象的穿透力,特立独行,用镜头语言去描绘一个巨大的社会转型时代普通人所要承受的代价和命运发生的转变。

意大利新现实主义电影节评价,贾樟柯的影像世界正在逐步成为理解中国的一种特殊方式,亦在重新诠释中国电影的现实主义。与曾经流行的批判现实主义相比,贾樟柯的叙事更为冷静和不张扬,从不作单纯的道德判断,而是通过个性鲜明的纪实性风格一一拓展;与现代虚无主义相比,贾樟柯更是从不故弄玄虚,倾力专注于历史变迁中的细枝末节,在冷酷的现实中保持着一种温暖的基调。

法国《电影手册》评论贾樟柯的首部长片《小武》摆脱了中国电影的常规,是标志着中国电影复兴与活力的影片;认为他具有勇敢的创新精神,是继安东尼奥尼之后最会处理时间与空间的导演,他的电影一直带领人们理解当代社会,拥有一种描绘社会现实的纪实风格,在中国经济起飞之后,他的电影总在提醒人们关注人在其中的境遇。

德国评论家乌利希·格雷格尔称贾樟柯为"亚洲电影闪电般耀眼的希望之光"。"他的电影摒弃传统的文学性叙事方式,直接引导观众进入影片人物所生活的环境,与影片人物同呼吸,共同感悟人生,具有真正的电影感。"

---

①范璐:《听说,山西盛产导演》,《山西晚报》2019年3月18日。

## 一、《山河故人》

《山河故人》是由贾樟柯编剧、导演的一部现实题材的家庭剧电影,由赵涛、张译、梁景东、董子健等主演,张艾嘉特别演出,于2015年10月30日在全国公映。

影片讲述了汾阳姑娘沈涛一家三代人从1999年到2025年的情感变化和时代变迁的故事。

影片的过去部分发生在1999年的山西汾阳,女主角沈涛(赵涛饰)和男主角张晋生(张译饰)、梁建军是中学同学。20世纪的最后一个秋天,涛儿嫁给了煤老板张晋生,同样爱着沈涛的梁建军只能远走他乡、郁郁离开。

影片的当代部分发生在2014年,已经三十八岁的沈涛与张晋生离婚,有一个八岁的儿子Dollar,正准备移民到澳大利亚。彼时远走他乡的梁建军发现自己患了重病,于是带着妻儿回到故乡,他在无奈之下找到沈涛借钱治病。此时沈涛的父亲去世,Dollar回到了汾阳参加葬礼。沈涛深感儿子的变化,知道他不可能留在自己身边,只是把家门的钥匙给了他。

影片的最后部分发生在2025年,沈涛的儿子Dollar已经十九岁,住在澳大利亚海边的城市,这里的大多数人都讲英语,而他对母亲有着很模糊的印象,在那个城市里他常常说一句中文:"涛,波浪的意思。"

Dollar 在中文学校学习,认识了张艾嘉饰演的老师,老师与前夫离婚后,也处在一种不安定的状态中,恰好与进入叛逆期想要追求自由的Dollar心灵相通,两人发生了一场忘年恋。Dollar虽然一直挂着母亲给他的钥匙,但他已经想不起母亲的名字,只记得她叫涛,波浪的意思。

《山河故人》的叙事结构选取了1999年、2014年、2025年三个时间点,讲述主角沈涛、张晋生、梁建军等人或因为感情,或为了生活,彼此由相聚到最终离别的故事。影片以人物的离合为主线,片中"离别"的场景随处可见,无论是好友为争夺爱人反目、夫妻彼此感情失和而离婚,还是年迈的老父亲突然因病逝世、亲生骨肉远走他乡,小人物的悲欢离合被逐渐放大。"每个人只能陪你走一段路",这句印在电影《山河故人》宣传海报上的台词,将影片中所有突兀的欢聚与离别凝聚起来,展现在观众眼前。影片中的情感描写动人心弦,让众多观影者开始反思自己和父母以及家庭的关系:"越是关系亲近的人越容易彼此伤害,比如父母、爱人","父母在,不远游,离开了山河的人们不知是否也会与'故人'越来越远","每个人都要有一把回家的钥匙"。这些议论无不令人动心、痛彻心扉。

影片形式上的特点是画幅的变化。随着时间的变迁,影片从4∶3、16∶9,再到超宽,讲述了国人在过去、现在与未来不同时空的不同境遇。这样的变化和情节相互呼应,提升了影片的情感张力。

在中国电影市场整体红火兴盛的情况下,文艺片处于市场弱势地位。作为文艺片的《山河故人》的成功得益于导演的走心,准确地抓住了人们欢聚离别的情感变化,用文艺气息浓重的表现方式展现出来。就像导演张一白的评论:"每个人都有自己的山河故人,只有贾樟柯把他们拍出来了。"

2015年,影片获第六十八届戛纳国际电影节主竞赛单元金棕榈奖、第五十二届台湾电影金马奖最佳剧情片奖、第六十三届圣塞巴斯蒂安国际电影节公众大奖。

## 二、《江湖儿女》

电影《江湖儿女》是由贾樟柯编剧、导演,由廖凡、赵涛领衔主演,徐峥、梁嘉艳、冯小刚、刁亦男、张一白等联合主演的爱情片,于2018年9月21日在全国上映。

故事讲述从2001年至2017年共十七年时间,一对恋人巧巧与斌哥,从寒冷的大同到炎热的三峡,他们分分合合,但终于没有走到一起。本片被贾樟柯称为讲述了"一场狂暴的爱情",讲述的是"时代洪流中的江湖情义"。

2001年的山西大同,模特巧巧(赵涛饰)与出租车公司老板斌哥(廖凡饰)是一对恋人,她倾心于当地的黑道大哥斌哥,最大的愿望就是让斌哥娶她为妻和为老父亲买一所房子。斌哥是一名出租车公司的老板,也是在大同雄霸一方的江湖老大,斌哥每天在外面呼朋唤友,巧巧希望能够尽快进入婚姻。一次,斌哥在街头遭到竞争对手的袭击,巧巧为了保护斌哥街头开枪,被判刑五年。巧巧出狱以后,开始寻找斌哥以便重新开始,然而事情却发生了意想不到的变化。十七年相爱与背叛、分离又重逢的错综复杂、浪漫传奇的爱情故事,充满了儿女深情和江湖义气。

《江湖儿女》秉承了贾樟柯电影一贯的关注现实生活中普通人的生活状态和境遇变迁的主题。但从故事讲述的风格上看,影片更关注银幕的"光鲜"和"亮丽"成分,并引入了黑帮片的因素。而在此前,贾樟柯的电影更偏重风格的纪实和情节的淡化。影片情节引人入胜,戏剧性大大增强,银幕呈现方式更追求适合当代观众。这也是贾樟柯电影向市场探索迈出的一大步。

《江湖儿女》上映六天,票房突破五千五百万元,刷新了贾樟柯电影票房的最高纪录。

就电影《江湖儿女》贾樟柯接受《山西晚报》记者张洁采访时说:"这部电影是拍给两类人看的:一类是心中有'江湖'的人,会产生强烈的共鸣感;另一类是心中无'江湖'的人,看完后发现,自己也是'江湖中人'。"对

于这部电影,贾樟柯说:"十七年的岁月改变了这对'江湖儿女',其实也改变了我们这样身在'江湖'的普通人。"①

贾樟柯谈到自己所理解的"江湖":"江湖是激荡的社会背景、危机四伏的生存环境,还有复杂的人际关系。"他认为电影《江湖儿女》里讲的"江湖"也与每个观众息息相关:"现在大多数人离开家乡去外地闯江湖,找到一个适合自己生存的地方,这种四海为家的感受,每个人都有。"贾樟柯认为,片中巧巧与斌哥的爱情有情有义,即便后来巧巧对斌哥已经无情了,但还是收留了他,其实就是出于心中的一份义。她说:"过去我不会把情义分开,因为小时候受到的教育就是有情有义,但在这个世界上,任何人不会一直有情,但义是需要的。"②

2018年4月,该片入围第七十一届戛纳国际电影节主竞赛单元。同年8月,该片入选第五十六届纽约电影节展映片。电影节主办方林肯中心电影协会认为,贾樟柯导演通过《江湖儿女》这部非凡的作品,记录了21世纪中国及其社会的剧烈变化。从最完整的意义上说,《江湖儿女》是一出悲喜剧,它是贾樟柯最有趣,同时也是最悲伤的电影,通过叙事上的跨越描绘了时间的消逝。

---

① 见2018年9月20日《山西晚报》。
② 王雪:《贾樟柯透过"江湖谈人生"》,《中国电视报》2018年10月11日。

## 第十二节  李珈西的电影作品

**题外话**：李珈西，太原姑娘，山西电影界最年轻的导演、编剧。我一直关注着这位仿佛一颗新星在中国影空冉冉升起的电影人；但是在撰写《山西电影文学史》时并没有把她和贾樟柯列入书中，认为他们都是以导演闻名于世的。后来有朋友提出，贾樟柯和李珈西不仅有执导的电影作品，而且有编剧的电影作品，李珈西更是有多部自编自导自演自剪的电影，于是我在写了"贾樟柯的电影作品"后，便开始准备写"李珈西的电影作品"这一节。

我知道李珈西有不少作品问世，在国际上打得很响；但是要写她，还得去了解她，采访她。出乎我的预料，她接到我这个从未谋面的陌生人的电话时竟是那样的热情、那样的爽快，几次交流沟通，为我提供了许多珍贵的第一手资料，于是就有了"李珈西的电影作品"这一节。

山西电影史上有了贾樟柯、李珈西这样蜚声中外的年轻的电影人，自然会为全书增色添彩。山西电影史上前有新中国电影的奠基人孙谦、马烽，后有登上国际影坛的贾樟柯、李珈西，还有华而实、郑义、张平等等，这颗颗闪烁在八十多年山西电影链条上的明珠，璀璨夺目，照亮了三晋大地的影像星空。

李珈西，1989年11月11日出生于山西省太原市。2002年到2008年就读于山西太原成成中学。2009年到2013年就读于南京艺术学院表演与导演专业。

导演、编剧、演员、剪辑,山西省首位院线电影85后女导演,第十届澳门国际电影节最佳新锐导演——这是李珈西的头衔。

李珈西在南京艺术学院毕业后,首先在表演上发挥了她的艺术才能,以清纯靓丽的面貌,先登上话剧舞台,后又上了银幕,走进大众视野。2012年至2015年参演话剧《遗嘱》《现代城》、电影《狼》、电视剧《太行赤子》《特警力量》。2015年凭借她自己创作的都市青春电影《夜色温柔》,获第二届金核奖最佳女演员奖。舞台和银幕的表演实践为李珈西之后从事导演工作创造了条件,进行了很好的准备,可见"演而优则导"绝非虚言。

2017年至2019年这三年是李珈西艺术生涯的爆发期。李珈西接连推出了由她自己编剧并导演的四部电影作品:《山无棱天地合》《恋恋不舍》《幸福的她》《大河向东流之沁源故事》。这四部电影作品的亮相,使李珈西声名鹊起。李珈西的成功引起一些电影人的艳羡。他们说,年轻的女演员应该学习李珈西,自编自导自演拍电影,参加各种电影节,他们赞扬她不断追求的实践精神和不忘初心的担当精神。

2017年,李珈西自编自导自演的个人首部电影《山无棱天地合》入围第一届平遥国际电影节主竞赛"中国新生代"单元。2018年,李珈西又一部自编自导自演的电影《恋恋不舍》获第十届澳门国际电影节最佳新锐导演奖;入围第二届平遥国际电影节主竞赛"华语新生代"单元,并作为本单元开幕影片;入围第十七届达卡国际电影节主竞赛"全球影院"单元,李珈西成为入围本届达卡国际电影节的唯一中国籍女导演;入围第二十九届亚非拉国际电影节展映单元。

2018年,李珈西被评为"感动山西"十大新闻人物之一。评委会的颁奖词嵌入了李珈西的两部电影《山无棱天地合》和《恋恋不舍》的片名,这也反映出了李珈西的艺术成就:

纵山无棱,芳心永牵三晋;恋恋不舍,电影常现乡音;以编导演剪,铸形貌精神,唯愿山西文艺,得以寰宇同钦。

这段颁奖词盛赞李珈西是山西首位走向世界的女导演,是一个集"编导演剪"于一身的电影女超人。

在电影道路上迅速奔跑的李珈西在她的艺术实践中已经形成了她的电影创作观,那就是做院线导演、为女性发声、深植家乡元素。这三点成就了李珈西,也成为李珈西的电影特色。

走院线,是李珈西电影创作的出发点和归宿。"山西首位院线女导演"已经成为李珈西的一个标签。李珈西说,选择进院线是因为自己也是一位狂热的观众。小时候,看电影是李珈西的最大爱好。长大了,拍电影成了李珈西的最大愿望。她说:"我记得我看的第一部电影就是小学包场看电影,看《一个都不能少》。然后你就发现,那么多你不认识的小朋友在一起坐着,跟你一起在看银幕上放一个故事。这个时候大家会一起在那儿哭,一起在那儿笑,你会觉得电影这个东西真的好神奇啊!然后我就想这个银幕上的故事如果是我讲的多好。那时候就会有这种想法。"可见李珈西心目中的院线就是电影院,就是观众和电影。

院线连着电影和观众。拍电影就要进院线,大银幕有着网络等介质替代不了的魅力。做一个真诚的创作者,拍片子前你就要想到你为了谁。你的目标不是为了获什么奖,而是要观众认可,让观众喜欢。作为院线导演的李珈西,进院线就是她创作的出发点和落脚处。在她心里,观众在电影院的一声笑声、一滴眼泪,或是一句认可,远远比电影节的一个奖项更珍贵。

为女性发声,是李珈西众多电影创作的主题。李珈西早年在话剧作品《遗嘱》和《现代城》中分别扮演两位年轻的母亲,诠释了母亲这个温暖而不易的角色,她温柔恬静的气质中透着不可阻挡的魅力和倔强。电影《恋恋不舍》改编自李珈西个人小说《两次恋爱三次分离》,影片立足女性主题,讲述了一位而立之年的女性的故事。影片《大河向东流之沁源故事》虽然主要讲述了村党支部书记郭大河多少年来一直坚守奋战在脱贫攻坚一线的故事,但是大学毕业后带着先进思想、先进理念回到农村的郭大河的女儿郭小河仍然是故事的中心。校园轻喜剧电影《山无棱天地合》讲述了高中生韩梅梅与她的三个小伙伴和他们与老师之间发生的故事,中心人物仍然是韩梅梅。

实际上,李珈西喜欢尝试不同的角色,热爱所诠释的人物,全身心的忘我投入让她感受到融入角色带来的快感。只是因为她是女性,又善表演,她所扮演的女性角色往往又是银幕上的聚焦点,所以就在观众中形成李珈西"为女性发声"的印象。

"为女性发声",不仅因为李珈西是女性导演,而且因为她对生活中的男性和女性有自己的独特的看法。她说:"珈西并未刻意为女性发声,可能因为我就是女人,拍摄的内容和主题多表现女性为梦想的奋斗以及女性生存和情感状态,所以很多女性看了我的电影会感同身受,同时也能让男性观众更了解身边的女性。"她还说:"珈西觉得世界由男性和女性两种不同性别组成,我们总是在不同中希望离对方更近,希望我的电影能让彼此都近一些。"

深植家乡元素,是李珈西电影创作的精华。民风民俗是地域文化的特点。乡音乡语是地域文化的标志。不同地域的风俗习惯、生活方式、情感样式都体现了中华人文精神,反映在电影中就是它的民族性、地域性。李珈西的电影是中国的、山西的,甚至是太原的,就是因为它充满了家乡元素,描写了丰富的民风民俗,运用了独特的乡音乡语。

李珈西带着家乡走世界。李珈西说:"我带着《山无棱天地合》走了很多站路演,参加一些国外影展。《山无棱天地合》里面有很多山西话的笑点,老师会用山西方言,或者他会说一些我们小时候的哏。我挺希望自己能做一个我们山西的喜剧导演,把山西美好的、开心的一面带到全国各地或者全世界各地。""我很热爱自己的家乡,这是从小我长大的地方,所以我对家乡那种感情真的是非常深刻,是扎根在我的记忆和骨髓里的。我非常非常希望自己的电影作品,把我们家乡这些,不管是亲切的人物面貌也好,还是风景面貌也好,可以带到更多的地方。"

李珈西影片中太原元素随处可见。她的第一部作品《山无棱天地合》中,老师说一口太普(太原普通话)版英语、汽车是晋A牌照、主角在南中环桥上漫步,等等。李珈西的第二部作品《恋恋不舍》,蒙山大佛、汾河、摄乐桥……众多太原人熟悉的地标都出现在影片中,山西方言依旧贯穿其中。无疑,《山无棱天地合》和《恋恋不舍》成了让太原观众倍感亲切的院线影片。

### 一、《山无棱天地合》

《山无棱天地合》是由李珈西执导并编剧,李珈西、上白、张洛晨、丁宏、安乐主演的校园青春喜剧片,于2017年7月14日上映。影片以80、90后的中学生为背景,展现了一代人的追梦历程,讲述了作为还珠迷的高中生韩梅梅与她的三个小伙伴李雷、林涛、吉姆和他们的英语老师之间发生的青春往事。影片反映非典、奥运、汶川地震等一系列大事件对一代年轻人的影响,以及补课、逃课、高考、艺考等留在孩子们心中深刻的记忆,是一部校园青春喜剧片。

编剧、导演李珈西说:在很多年以前,我们几乎用生命算一个叫三角函数的东西;在很多年以前,我们认识了一个伟大的诗人杜甫;在很多年以前,我们上课打盹儿,下课打架;在很多年以前,我们躲在课本后面下五子棋,吃着辣条、麦丽素、小当家。那时候冬天必须穿秋裤,那时候菊花还只是一种花,那时候的我们喜欢自我崇拜,最佩服的人是自己,九个人的理想是联合国秘书长,剩下一个是国家主席。女生们理所当然地认为自己会成为赵薇,男生们则觉得自己是下一个周杰伦……《山无棱天地合》就是表现了像李珈西一样的孩子们天真烂漫的幻想和憧憬。

本片是李珈西导演的处女作,上映后曾有影院工作人员记录这部反映80、90一代青春记忆的喜剧电影令全场爆笑达到五十余次,尤其当大银幕上英语老师"太普"版的教学画面出现时,观影现场更是一片笑声。这是李珈西这个快乐的女孩日常生活的真实写照,也是她第一次以导演的身份被观众认识。同时,这部电影也让她成为山西电影史上第一位院线电影女性导演。

《山无棱天地合》入围2017年第一届平遥国际电影节主竞赛"中国新生代"单元,获最受欢迎影片提名。电影节艺术总监、前威尼斯国际电影节主席马克·穆勒称赞该片是"本届电影节最好的喜剧片"。2018年9月10日,影片作为中非文化交流·山西影周开幕片在毛里求斯放映;同年,

《山无棱天地合》剧照

获山西广播影视奖"优秀故事片奖",李珈西获山西广播影视奖"优秀青年电影创作奖"。

本片编剧李珈西,导演李珈西,制片人唐永康、尚丹、张绑珠、丁宏,摄影彭凯、来哲正,录音杨磊,剪辑李铮、李珈西、王新丽,音乐徐寅,美术赖佳锦、吕海燕、李珈西,主演李珈西、上白、张洛晨、丁宏。

## 二、《恋恋不舍》

影片《恋恋不舍》是根据李珈西自己的小说《两次恋爱三次分离》改编的,讲述了一位而立之年的女性面对在她生活中承担四种不同角色的男性先后离开她的故事,表现当代女性面对家庭和事业的彷徨与无奈,探讨她们生存的不易。文艺女青年泽清人到中年,在家乡筹备画展的同时在高考美术班教书,她以博学和知性深受学生喜爱。但纷繁复杂的社会与平凡琐碎的日常生活,亲情、爱情和离别的困惑,始终伴随着她,使她不开心。一个冬日,在她的画展筹备接近尾声的时候,她的姥爷永远离开了她。在不愿告别的告别中,泽清的生活完成了另一种意义的交接。

李珈西认为,很多人会害怕分离的时候,不只是分手或死亡这样的大事,甚至是一个短期旅行团结束时同一堆本来陌生的人说再见的时候。分离是人生的常态,每个人都不可能同一时间离开。面对分离,有的人会反应强烈,就像面对有些食物有的人皮肤容易过敏一样。本片描述了一位对"分离"比较敏感的女性在人生中三次分离时的思索和痛苦。

影片于2019年重阳节院线上映,与全国观众见面。当大家觉得李珈西会朝着喜剧冲杀的时候,她的这部新作却大胆挑战悲剧,探讨人的生离死别。重阳节当天,许多观众带老人观看,现场观众纷纷落泪,表示应该多一些这样的电影,让这个社会更加重视和关爱老人。

"亲亲圪蛋,咋还哭了?"每当熟悉的方言响起,点映现场总会有反应。随着剧情慢慢推进,姥爷去世,观众的心情也被影响,变得沉重起来,

《恋恋不舍》剧照

偶尔能听到现场有观众擦鼻子的声音。

  2018年1月11日,《恋恋不舍》在太原开机,这是李珈西第一部在本土开机的电影。集编剧、导演和主演于一身的李珈西,近一个月的拍摄,每天只睡两三个小时,高强度工作,让李珈西在开机没几天就晕倒在片场,被紧急送往医院。当时临近年关,影片拍摄被迫中断。2018年元宵节,电影重新开机,为了追赶进度,李珈西每天只睡三四个小时。杀青后,她又变成"剪辑师",做后期连续二十小时不睡,她坚持下来了,只是为了她的《恋恋不舍》。

  2018年10月,影片《恋恋不舍》入围第二届平遥国际电影展,并作为主竞赛"华语新生代"单元开幕影片亮相。平遥电影展艺术总监、前威尼斯国际电影节主席马克·穆勒,担任《恋恋不舍》首映的现场主持,他说:"李珈西是跨越度最大的一个山西导演,为什么这样说呢?因为去年给我们带来的是一个有喜剧性的类型片《山无棱天地合》,今年又带来一部非常女性的情节片,一部有商业价值的艺术片。我觉得这方面李珈西肯定能算是在山西导演中,最会有跨越的可能性的一位年轻的大导演。"

同年12月,《恋恋不舍》在第十届澳门国际电影节亮相,李珈西获最佳新锐导演奖,这是她获得的第一个导演奖。

此后,这部"山西制造"的影片获得了不少国际电影展的邀请。2019年1月17日,《恋恋不舍》入围第十七届达卡国际电影节主竞赛"全球影院"单元,李珈西成为入围本届达卡国际电影节的唯一中国籍女导演。在孟加拉国家博物馆放映这部影片,当太原柳巷川流不息的人群画面出现、片尾字幕拉出时,观众席响起了热烈的掌声。李珈西全程用英文向台下观众介绍她的电影。她说:"我是来自中国山西的导演CiCi Li,影片在我的家乡取景拍摄……非常开心把它带到这里。"

2019年3月30日,《恋恋不舍》入围二十九届亚非拉国际电影节展映单元。在意大利米兰展映的是首次亮相的"导演剪辑版"。影片字幕同时配有意大利文和英文,即便如此,影厅里依然飘出浓浓的"老西儿"味道:太原方言、长风街景……这些山西元素充满了大银幕。在映后交流中,意大利观众的提问都很"专业"和"文艺",有些问题甚至比媒体还尖锐。一个上了年纪的当地观众用法国导演让·吕克·戈达尔一部旧作中的台词,来表达自己的观影感受。他的一番话,让李珈西现场落泪。一个在米兰读研究生的太原女孩董博雯在观影结束后,紧紧抱住了李珈西,她说:"能在异国他乡看到《恋恋不舍》,有一种让我觉得又和家人在一起的感觉。"

2019年9月23日晚,电影《恋恋不舍》在太原师范学院举行点映会。来自戏剧影视文学专业、美术专业的学生,现场与导演李珈西、主演张鸿敬交流观影感受。

有细心的学生表示,影片中穿插了两次小区阿姨跳舞的画面,想知道导演的拍摄用意。李珈西表示,影片中跳舞的阿姨,就是自己家小区里的真实的邻居,"她丈夫很忙,她也面临过家人去世,但这位阿姨每天都一如既往地跳舞,她是我生活中一个很特别的存在,这样的镜头分别出现在回忆和结尾处,我是想表达:无论生活如何,我们都要继续生活下去"。

正在学习剧本创作的学生提问,将一部小说改编成剧本需要克服什么样的问题。李珈西如实表达,这也是自己多年来的困扰,因为要把小说变成影像真的很难。"相对于驾驭文字,我觉得驾驭影像更难,如何用影像来表达小说的精髓,也是我穷尽一生要追求的事。"李珈西说,她对自己小说的打分远比电影要高很多。

针对"姥爷去世"是否由真实经历改编的问题,李珈西表示,片中姥爷的故事,来源于现实生活中自己姥姥、姥爷的真实情况,她在自己家中送别了两位老人,很多成长经历也都是真实的。李珈西将影片定于"重阳节"档期,就是想以此片献给自己的家人以及与自己有同样经历和感受的人们。在《恋恋不舍》中扮演姥爷的演员张鸿敬现场表示,"希望咱们年轻人可以从这部影片中重新思考亲情、爱情以及与长辈、亲人的关系和情感"。

太原师范学院文学院现场为李珈西颁发了"客座导师"聘书。

本片编剧李珈西,导演李珈西,制片人岳冠廷,摄影王若愚,录音贾健源,剪辑智鹏、李珈西、王如月,音乐徐寅,美术赖佳锦、侯丽芳、梁帅,主演李珈西、王韬、周浩东、董昱皓、张鸿敬。

### 三、《幸福的她》

影片《幸福的她》讲的是,怀孕的作家季子与老公的生活趋于平淡,她在小说中勾勒了一场轰轰烈烈的爱情。小说主人公叫温柔,与一个意大利男生如胶似漆地恋爱。烧烤摊上的老板、学唱歌的小孩,这些季子现实生活中遇到的人都变成了她小说里的人物;同时,她在小说中帮生活中的人完成了愿望。一次夫妇俩去烧烤摊时,季子竟然看到了小说中她写的人物温柔,那么温柔究竟是谁呢?

《幸福的她》剧照

编剧、导演李珈西是这样讲她的故事的。她说，如果有人告诉你她的故事，你可能会忘了她；如果她让你进入她的故事，你就会成为她。我们都是电影的作者，充满善意地写作，就像生活一样善良。

片中男主演安德里阿诺·塔迪奥罗是第七十一届戛纳电影节获奖影片《幸福的拉扎罗》的主角，凭借他在影片中"天使的眼神"拥有不少中国粉丝。2019年春天，李珈西远赴意大利与安德里阿诺谈起自己的新剧本，安德里阿诺非常喜欢，他拒绝了几家公司，而来到中国山西拍摄李珈西导演的这部电影，将"中国银幕首秀"交给了山西导演李珈西。

本片编剧李珈西、郭潇涵，导演李珈西，制片人王中琳、刘成、张彪，摄影阚录常、郭秋实，录音贾健源，剪辑刘成、智鹏、李珈西、张峰、常书毓，音乐徐寅，美术阚录常、李若晟，主演安德里阿诺·塔迪奥罗、王梦莹、戎瑞鹏、李珈西、赵凌彬、张彪、梁帅、赵凯、来哲正、李若晟。

**四、《大河向东流之沁源故事》**

这是一部以脱贫攻坚为题材的喜剧电影。影片主要讲述了村党支部书记郭大河多少年来一直坚守奋战在脱贫攻坚一线，女儿郭小河大学毕业后带着先进思想、先进理念毅然回到农村，父女二人在脱贫攻坚道路上并肩作战、勇往直前的故事。

编剧薛晋文说:"电影取名'大河向东流'颇具创意,寄寓着农村发展不断脉,乡土文化不断流,中国农村的振兴'青山挡不住,毕竟东流去'的深刻内涵。"

李珈西说:"拍摄扶贫题材电影,原因是看到了许许多多的人在为伟大的脱贫攻坚事业做出巨大的努力,我只会拍电影,希望能在自己的行业中为脱贫攻坚尽一分力量。"

片中李珈西扮演了郭大河的女儿。她说,作为一个女儿,三十年来和父亲的点点滴滴,有笑有泪,相信是很多父亲和女儿之间都有的血脉默契。

《大河向东流之沁源故事》剧照

这是李珈西重返喜剧创作的一部电影。她说:"作为山西籍导演,我认为山西电影应该有更多的可能,我想拍一部有我个人特点的农村喜剧,通过轻喜剧的方式来讲一个严肃的题材。在拍摄方式上会用一些拍抖音的方法去拍摄买菜、卖牛、村里修路等画面内容。"影片由央视98版《水浒传》"李逵"扮演者赵小锐扮演郭大河。片中有许多致敬经典的桥段,也有许多日常生活中令人捧腹的情节。

本片编剧薛晋文、李

珈西,导演李珈西,制片人王中琳、刘源远,摄影李堂,录音贾健源,剪辑智鹏、李珈西,音乐徐寅,美术阙录常,主演赵小锐、李珈西、白虎虎、孙志宏、孙志伟。

# 第十一章　山西作家根据自己的小说改编的电影剧本

在全球生产的影片中,由文学作品改编的电影占有相当大的比例。改编者用电影思维把文学形象转化为银幕形象,这在中外电影史上不乏成功的范例。夏衍的电影剧本《祝福》(鲁迅原著)、《林家铺子》(茅盾原著),还有根据巴金小说《家》改编的同名电影,根据柔石的小说《二月》改编的电影《早春二月》,都是把文学名著改编后搬上银幕的成功范例。将小说改编为电影,不仅使电影受益于小说,有了一个很好的创作基础,而且小说也借助于电影得到更广泛的传播,从而拥有了更多的读者。

在山西,有的作家把自己的小说改编为电影剧本,有的作家的小说被其他编剧改编为电影作品,这两方面都为数不少,也有精品,丰富了银幕,充实了山西电影史。

> **题外话:**青年评论家王姝是山西女评论家群体中的一员。她在从事文学评论和理论研究的同时还进行电影电视剧方面的研究,她在对山西作家的小说创作和影视创作二者的相互关系方面的研究多有独到的见解。

王姝在为《山西省志·文化艺术志·文学编·影视文学》撰写的文稿中

论及山西作家的影视文学创作时说:

> 20世纪80年代初,除了"山药蛋派"作家老骥伏枥再谱新篇外,山西新一代作家更多以文学的方式为电影的起跳做了准备……他们的作品,也同样受到影视改编的青睐。这其中,有两部影视作品在山西乃至全国引起反响。由郑义的小说《老井》改编的同名电影,把民族沉重的苦难与坚忍的奋争精神,真实、充分地表现出来,使其在当时的民族寻根、民族反思电影中脱颖而出;柯云路的小说《新星》被改编为电视连续剧搬上屏幕,在全国引起轰动。剧中的改革者李向南和他所代表的思想观念、行为作风深入人心。其意义还在于这些作品对于现实主义的坚持,将正义、责任、良知等"主旋律"创作思想传递给山西的文艺工作者,使他们一而再,再而三地选择"主旋律"文学、"主旋律"影视剧的创作。

这里仅就山西作家根据自己的小说改编的电影作品做一评述。

## 第一节　王东满的电影剧本《点燃朝霞的人》

王东满,山西省长治县人,1941年出生。笔名漳柳、高扬。他先后在本村小学、南呈完小、长治市第一中学读书。1962年,毕业于山西艺术学院。1958年,开始发表作品;1983年,加入中国作家协会。文学创作一级。1962年后,先后在山西省文化厅戏剧研究室、山西省文艺工作室、山西人民出版社、山西省作家协会等做编辑、编剧、专业作家。历任山西省文联副主席、山西省电影家协会主席、山西文学院副院长、山西作家书画研究院院长、中国电影家协会理事等职。享受政府特殊津贴。

著有长篇小说《大梦醒来迟》《风流父子》等七部,中短篇小说集《柳大翠一家的故事》《点燃朝霞的人》等三部,散文报告文学《邓小平在太行》《岛国行》《高扬斋文集》,诗词书法集《王东满诗词书法集》《艺苑翰墨》等四部,剧本《男儿泪》等九部。另有十卷本《王东满文集》行世。

其作品《风流父子》获中国电视剧"飞天奖",《活人难》获台湾《联合报》第十五届优秀小说奖,《柳大翠一家的故事》《点燃朝霞的人》分获赵树理文学奖和山西文学艺术创作奖。

1984年,王东满根据长春电影制片厂的意见,把他的一部中篇小说《点燃朝霞的人》(原载于《山西文学》1983年第7期)改编成电影剧本,所拍影片成为山西作家担任编剧的众多农村题材电影中的一部重要作品。他还创作了《哈尔滨姑娘》《大梦醒来迟》《真迹》《梦圆母亲河》等多部电影剧本。这些电影剧本,有的是根据作者自己的小说改编的,有的则是直接写成电影剧本的。这些电影剧本大多是农村题材,但也有刑侦等题材,这说明王东满剧本创作题材的丰富性。王东满多部电影剧本的问世,使他

成为继马烽、孙谦之后山西又一重要的电影剧作家。

影片《点燃朝霞的人》讲的是：党的十一届三中全会后，金牛滩大队决定把砖窑承包给个体户。老窑工万金贵是个私心较重的人，他故意压低承包价格，想凭借一技之长要挟大队，这犯了众怒。年轻人栾金彪，不畏困难，为改变家乡的贫困面貌，挺身而出决定承包砖窑，并得到大家的支持。金彪的父母是一对胆小怕事、谨小慎微的老人，生怕儿子闯祸，竭力阻挠儿子承包砖窑。可是金彪决心已下，且得到年轻的党支部书记何大凤的支持——金彪在城里学会了一整套烧窑的本领，具备承包条件，于是大队与他签订了合同。栾金彪贴出砖窑招工告示后，有人旁观等待，有人冷嘲热讽，万金贵则和他唱起对台戏。栾金彪并没有被困难吓倒，他组织大家整修报废砖窑，并向大家传授烧窑技艺，搞来贷款，订购了制砖机，主动热情地帮助困难户共同致富。栾金彪的这些举动颇得人心，使一些观望户也向他靠拢。万事开头难，第一次点火烧窑，因李二鬼喝了万金贵女儿杏花送来的酒误了添火，出了一窑次品。万金贵等人幸灾乐祸，栾金彪则冷静地查明了情况，狠狠地批评了李二鬼。在何大凤的支持下，栾金彪稳定了大家的情绪，扩大了承包队伍，不久，砖窑收到了良好的经济效益，面貌焕然一新。栾金彪致富不忘本，主动热情地帮助困难户共同致富。他的行为团结了群众，他因此深得乡亲们的信任，并收获了爱情。这部剧教育人们不但要走富裕之路，还要走得堂堂正正。

著名作家马烽曾为《点燃朝霞的人》作序，积极评价王东满的这部现实主义作品。他说："近年来王东满同志所写的作品，有一个共同的特点：不仅都是写农村题材的，而且都是写十一届三中全会之后农村变化的。或者说是写十一届三中全会之后，各项农业政策在农村所取得的成就，所产生的影响，所产生的新情况、新问题、新的矛盾冲突。一句话，就是描写当前农村的现实生活。现在有一种怪论，他们认为反映当前现实生活的作品，是赶时髦，赶浪头，是迎合当前的政策，这就必然导致作品的概念化。他们认为,要提高作品的质量,只有和当前的现实生活拉开距离,要尽量摆脱政策的影响。这种似是而非的怪论,在一部分不愿深入实际的青年作者中,颇有市场。我对这种怪论是持反对意见的。"对于政策,"作家应当是了解、研究、熟悉它,而不能摆脱,也不应摆脱。这样做,目的不是为了写政策,图解政策,因为这不是作家的任务,而是为了更进一步了解当前的社会生活,了解在政策影响下的人与人之间的关系等等"。马烽评价王东满的作品,"差不多篇篇都涉及当前的农村政策,但并没有给读者概念化的印象。展现在读者面前的,是一幅幅富有生活气息的图画,是一些生动有趣的故事,是各式各样的人物"。

马烽还说:"《点燃朝霞的人》发表后,不仅受到了读者和文学界的重视,也受到了电影界的欢迎。长春电影制片厂特邀请作者改编为电影剧本,业已开拍,不久即可搬上银幕,与广大观众见面。"[1]

著名作家胡正在观看电影《点燃朝霞的人》后,写了《反映当代的青年生活》的影评,热情地评价了这部电影。他说:"电影是人们很喜欢的文艺形式,在众多的观众中,又是以青年人为最多。因而我们在电影文学创作中,就要更多地注意反映青年的生活,反映新时代青年的新的生活,反映当代青年所关心的喜爱的题材。""《点燃朝霞的人》所以受到观众的欢迎,正是因为这部影片反映了当代农村青年大胆的革新精神,反映了青年人对于美好生活的向往和追求。"[2]

本片编剧王东满,导演苏里,主要演员有尹福文(饰栾金彪)、赵凤霞(饰何大凤)、宋戈(饰万金贵)、马骉(饰二马虎)、李铁峰(饰水命老汉)、张帆(饰水命婶)。1984年,由长春电影制片厂摄制。

1991年,影片获山西省第二届文学艺术创作银牌奖。

---

[1]《马烽文集》第8卷,大众文艺出版社,2000,第319—320页。
[2]《胡正文集》第3卷,山西人民出版社,2001,第1506页。

## 第二节 罗雪珂的电影剧本《女人的力量》

罗雪珂,女,笔名雪珂,河北威县人,1951年出生。1967年从北京四中毕业,1981年开始发表作品,主要有《女人的力量》《耿耿难眠》《星》等中短篇小说。曾获赵树理文学奖和山西省文艺创作奖。

罗雪珂后来将《女人的力量》改编为剧本。

故事讲的是:珠山市化纤厂面临危机,大量产品积压,奖金停发三个月了,开支全靠贷款。老厂长辞职,省委书记破格提拔二十九岁的女助理工程师黎莎担任厂长,着手治理这个烂摊子。黎莎勇挑重担,决心改革。虽然困难重重,但她并不灰心,审慎地发扬民主,集思广益,大胆实施销售承包、裁汰冗员、开办服务公司等措施,加上生产科科长周鲁生的鼎力相助,使各种问题一一得到解决,化纤厂终于走出困境,黎莎也因此得到了人们的尊重和信任。

《女人的力量》1985年上映,展现了改革开放初期青年企业领导的魄力。影片通过珠山市化纤厂女助理工程师黎莎在应聘出任厂长后所进行的一系列具体的改革行为和平凡感人

的生活细节,展示了20世纪80年代的知识女性所特有的性格魅力,刻画了一个有追求、有胆识的女厂长形象。

本片编剧罗雪珂,导演姜树森、赵实,摄影张松平,主要演员有李克纯、林达信、赵炎等。长春电影制片厂摄制。1985年,获广播电影电视部颁发的优秀故事片奖;1991年,获山西省第二届文学艺术创作特别奖。

## 第三节　田东照的电影剧本《黄河在这儿转了个弯》①

田东照(1938—2013),山西兴县人。1965年毕业于山西大学中文系并留校任教。1970年调回原籍兴县工作,任兴县文化局局长、宣传部副部长。1982年至1989年在吕梁地区文联工作,先后任副主席、主席。1989年调到山西省作家协会任常务副主席。专业作家,文学创作一级。1963年开始发表作品。1982年加入中国作家协会。大学期间开始文学创作,"文革"中断,1975年又重新执笔。代表作品有:长篇小说《长虹》《龙山游击队》《异国情缘》,中短篇小说集《黄河在这儿转了个弯》《河缘》《跑官》,短篇小说《第28号人物》《秋天的故事》《外公》等。2016年6月,十卷本《田东照全集》由三晋出版社出版。中篇小说《黄河在这儿转了个弯》于1991年获山西省第二届文学艺术创作金牌奖。

电影《黄河在这儿转了个弯》的剧本是作者根据自己的同名中篇小说改编的。影片歌颂了改革开放给农村、农民带来的变化。

故事讲的是:1969年冬,山寒水瘦的黄河岸边,穷庄稼汉赵大四十岁还未娶亲。邻村姑娘狗旦与赵大相好,她出身不好,母亲病重无钱医治,赵大出于好心,卖掉自留羊资助她们。谁知,公社武装部部长米来昌竟粗

---

① 本剧本为田东照与罗贤保合作完成。

暴干涉，带人抓走狗旦。批斗大会上，狗旦备受侮辱，赵大挺身而出大闹会场，结果遭人毒打。狗旦来到黄河边，四顾茫茫，万念俱灭，跳进汹涌的黄河。狗旦死后，赵大的好友双喜四处为之求亲，但终无用处。赵大为了满足母亲的遗愿，一气之下揭下《阴婚启事》。米来昌对此横加斥责，赵大怒不可遏，顶风冒雪，将姑娘的尸骨埋进祖坟后挥泪离乡。

星移斗转，冬去春来，赵大跟着春天的足迹重返故乡。邻居青青姑娘年轻漂亮、大方泼辣，但因换亲被迫嫁给了一个比她大十多岁的拐子。赵大同情她的不幸，青青从心底里爱上了赵大。一次赶集，赵大发现有人在自己书包内悄悄塞了双新布鞋和一张纸条，尤其那张劝慰他摆脱烦恼、投入新生活的纸条，滋润着他干涸的心田。他首先想到青青，但布鞋不是青青所送，赵大陷入迷茫。米来昌愧于当年迫害赵大、逼死狗旦，几次登门道歉，并要为赵大说媒，勾起赵大无限痛楚。双喜又为赵大介绍了农村教师沈玉兰。正当二人确定婚约时，赵大得知玉兰竟是自己"死妻"的寡母，深为惊讶。同族长辈坚决反对，玉兰的婆母极力阻挠。而玉兰又说出那双布鞋和纸条是她所赠，赵大左右为难。得知消息后，陷入无限痛苦的青青，在黄河边交给赵大一双她亲手做的布鞋，在他面前长跪不起。一时间，赵大的婚事又起波澜……

著名作家马烽曾在1987年5月著文称赞田东照的这篇小说。他说："《黄河在这

儿转了个弯》中写了一个比较奇特的情节……黄河上的老艄公赵大,是个四十多岁的老光棍,竟然娶了个病死的小姑娘,埋在了他家坟地里,准备将来与自己合葬。最后结果却是和这个小姑娘的寡妇妈结婚了。在偏僻的农村里,向来有冥婚的习惯。不过都是人死后,亲属们为之办理。活人娶死妻实属少见。""这事乍听起来,确有点奇特,但作品写得入情入理,真实可信。因为作者不是在猎奇而是在塑造人物。""实际上是写了赵大以这种荒唐的行为对旧的习惯势力的反抗。""拿时下流行的话来说,就是写出了'被扭曲了的人性的复归'。"[1]

本片编剧田东照、罗贤保,导演金音,主要演员有冯恩鹤(饰赵大)、李卫涛(饰米来昌)、毕福生(饰朱三)、黄爱玲(饰青青)、杨小若(饰狗旦)、陈新(饰赵天堂)、王向荣(饰双喜)、蔡鸣翔(饰拐子)、张忠杰(饰吴有贵)。西安电影制片厂摄制。

## 第四节 郑义的电影剧本《老井》

郑义,原名郑光召,祖籍四川省双流县。1947年3月生于重庆,现旅居国外。中国作家协会会员,山西省作家协会专业作家。曾任山西省文联委员、山西省作家协会理事、《黄河》副主编。

1957年,他十岁时来到北京;1966年,于北京清华附中高中毕业;1968年,到山西太行山区插队六年,后又在吕梁山区煤矿当工人四年;1977年,考入晋中师专中文系。1981年,毕业分配到晋中地区文联,任文学期刊编辑。1979年,发表了以红卫兵运动中武斗为背景的处女作、短篇小说《枫》,揭示了一代人的痛苦和挣扎,立即引起了人们的注意。随后

---

[1]《马烽文集》第8卷,大众文艺出版社,2000,第329—330页。

又陆续发表了《柳》《凝结了的微笑》《秋雨漫漫》等作品。1983年,发表了中篇小说《远村》。作品以他生活过的太行山区为背景,描写了山区人民艰难、辛酸的生活,以及"左"的思潮给山区人民带来的灾难,出版后得到好评,获《中篇小说选刊》1984年年度优秀小说奖和第三届全国优秀中篇小说奖。1985年,发表了中篇小说《老井》,这是《远村》的姊妹篇,以太行旱区人打井寻源为主线,表现太行人民艰辛的生活,后改编为电影文学剧本。作品还有写大学选举故事的《迷雾》,反映一次真实的冰难事件的《冰河》等。

郑义作品有浑厚沉郁的风格和宏阔的历史感,在反映当时农村的变革和民族性格方面,有新的开掘和大胆探索。

郑义从北京来山西农村插队后,《当代》文学杂志编辑章仲锷来到郑义家,看到他家徒四壁,穷困不堪。郑义给了章仲锷一部中篇小说《远村》的手稿,告诉他这篇作品已经被六个刊物退稿。章仲锷看了小说,深深地被吸引。小说写的是山西边远山村妇女"拉帮套"的婚俗——这是一个形象的说法——那些妇女为生活所迫,委身于两个男人。小说讲了两个男人和一个女人及一只狗的故事,女人嫁给的那个男人是正式的丈夫,另一个羊倌是非正式的男人,这个男人和她的丈夫达成默契,彼此心照不宣。这是女人因为经济原因而做出的无奈选择。章仲锷20世纪60年代在京郊密云县搞"四清"时,见到过这种畸形的婚姻状况,所以对郑义的描写有真切的了解。他觉得这篇小说的人物写得非常生动,那条狗也写得活灵活现。这个令人心酸的故事反映出严肃的社会问题,那就是农村的贫穷。他担心《当代》主编孟伟哉不同意发稿,就写了几千字的审读意见交给孟伟哉。孟伟哉认真地看了稿子和章仲锷写的审读意见,拍板同意刊登。为了不惹人注目,排的小号字——万万没有想到,《远村》这篇不受人"待见"的小说,居然获得了全国优秀中篇小说奖。《远村》的成功使郑义增强了信心,他又写了个中篇小说《老井》,依然是农村题材。

章仲锷从山西"满载而归",他发现了几颗文坛新星。之后,他兴致勃勃地在1985年的《当代》杂志出了个山西作家中篇小说专号,隆重推出了郑义的《老井》、李锐的《红房子》、成一的《云中河》、罗雪珂的《女人的力量》,还热情洋溢地以《晋军崛起,引人注目》为题写了编者按,"晋军"的冠名由此为全国文坛所认可。《老井》被搬上银幕,引起强烈反响,获得国内外多项电影大奖。

影片《老井》讲的是:黄土高原的老井村祖祖辈辈打不出一眼甜水井,几百年来,打了一百二十七眼井,个个都是黑窟窿。吃水,要到几十里外的沟里去挑。旱极了,人们喝的是连牲口都不喝的"旱池"水……为了水,羊和人争水吃;为了水,老井村的党支部书记和石门村的党支部书记各自率领自己的人马展开械斗……

老年人把打井的希望寄托在年轻人身上。容貌俊秀的农村姑娘巧英,高考落第后只好回乡务农。她热恋着同村小伙子孙旺泉。两人都向往着山外世界,他们在一起常常会憧憬美好的未来。但事违人愿,万水爷为了给旺泉的弟弟旺才娶亲,硬要旺泉做年轻寡妇喜凤的"倒插门"女婿。眼看着理想就要在眼前消失,两个倔强的年轻人巧英、旺泉决定离家出走,反抗这包办的婚姻。万水爷得知后大怒,砸锅摔罐,硬是将二人拦住。正在这时,旺泉爹意外被炸死在井下。迫于家庭压力,旺泉只好答应去做倒插门女婿。

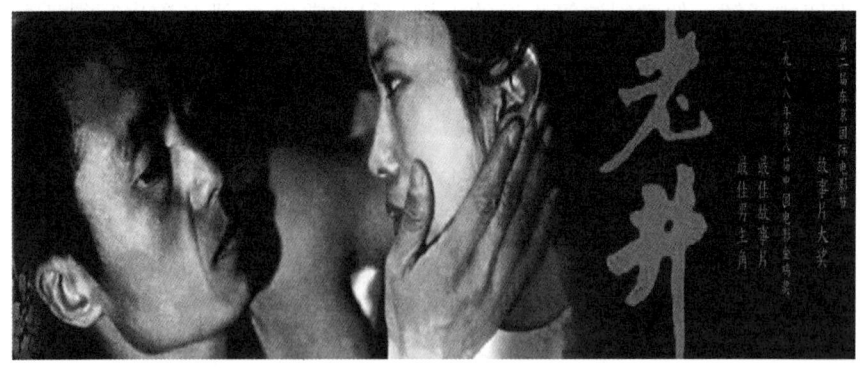

为了让家乡人喝上水,旺泉把全部精力都投在打井上,在省水利局孙总工程师的推荐下,旺泉参加了县办水文地质学习班。学成归来,他与巧英、旺才等年轻人风餐露宿,终日行走在群山之中。老井村终于开始在历史上第一个以科学方法测定的井位上打井。正当全村人日夜奋战的关键时刻,出现了塌方事故,旺才牺牲了。巧英和旺泉被土石封在井下,在随时都有危险的情况下,他们终于做了一次夫妻。不久,他们被救上地面。旺泉出院后又继续带领大家打井,资金没有了,万水爷带头捐出自己的棺木,喜凤也将自家的缝纫机捐出来,村民们踊跃捐献。巧英托人将自己准备的嫁妆全部捐出来后,独自走出这万重大山,去寻找新的生活。井,终于出水了。村民们集资刻了一块石碑,石碑上镌刻着"千古流芳"和《老井村打井史碑记》,刻上了老井村从雍正年间几百年来为打井而死去的一长串先人的名字,他们想让这种坚忍不拔的精神千古流芳。

郑义根据自己的小说改编的电影剧本《老井》,以严肃的态度和全新的视角,去挖掘民族文化心理结构的深厚积淀,去寻找几千年民族传统的历史重负,也在寻找民族生存的强大伟力;影片充溢着对人民的炽热的感情和深厚的爱,同时也向观众展现了山区人民的缺水情况。

让人民看到自己的真实生活是一方面,让人民感到自己有力量去否定旧的生活方式,追求自己的新的生活方式是更重要的一方面。所以,影片着重表现人民为改变自己的生活方式和命运所进行的斗争——在斗争中反映群众的勇敢、智慧、力量和丰富复杂的彩色人生,在同大自然进行斗争的不同方式中,反映不同时代群众的不同道德观念和文化心理结构,从而增强了影片的思想性。

老井村三百多年的打井史,既反映了人与严酷自然的斗争,也揭示了在那种特定的历史、地域、气候条件下群众有着心理上的重负——根深蒂固的浓厚的传统意识,以及新的现代意识对传统意识的渗透和撞击。整个影片情节的展开和人物的塑造都是以人物观念形态的表现和变化为基础,并且紧紧围绕打井找水这一主线来完成的。

影片《老井》上映后,获得电影界和媒体的高度赞赏,认为这是20世纪80年代的中国创造的一部神奇的电影。《中国电影史》《中国当代电影史》《中国电影艺术史教程》《中国电影·电视》等电影史著作均论述了《老井》,给予很高的评价。

《老井》获得了多项国内外大奖。1987年,获美国第七届夏威夷国际电影节评审团特别奖。1988年10月,在第二届东京国际电影节上获最佳影片奖、最佳男演员奖、国际电影评论家特别奖、东京都知事奖。同年,获第八届中国电影"金鸡奖"最佳故事片奖,张艺谋获最佳男主角奖,吕丽萍获最佳女配角奖。同年,获第十一届《大众电影》"百花奖"最佳故事片奖,张艺谋获最佳男演员奖,吕丽萍获最佳女配角奖。

电影界人士认为:"这次《老井》的获奖,犹如1951年日本黑泽明影片在威尼斯电影节的获奖,它标志中国电影走入世界一流电影的行列,引起了世界的瞩目,在中国电影史上是一个里程碑。""《老井》将中国优秀影片推进到世界电影的先进行列。"①台湾影评家、留美博士焦雄屏说:"从《老井》中,我看到了一种伟大的民族精神,因而得出结论:中华民族是有希望的。"②这种精神,象征着中华民族的形象,既原始、落后,又顽强、坚韧,具有强大的生命力,充分体现出中华民族的内在力量。总之,《老井》的出现,将当代中国电影推向一个新的高度。

本片编剧郑义,导演吴天明,摄影陈旺才、张艺谋,主要演员有张艺谋(饰孙旺泉)、梁玉瑾(饰巧英)、牛星丽(饰万水爷)、吕丽萍(饰喜凤)、解衍(饰孙旺才)、平兰庭(饰孙福昌)、赵世基(饰疯二爷)、郝教勇(饰孙富贵)、穆牧(饰喜凤妈)、谭希和(饰喜柱儿)、李京京(饰春梅)、张原(饰三则)、侯小林(饰枝儿)、丁惟敏(饰三婶)、张慕芹(饰旺才妈)、李万年(饰张三货)、

---

① 舒晓鸣:《中国电影艺术史教程》,中国电影出版社,1996,第223页。
② 舒晓鸣:《中国电影艺术史教程》,中国电影出版社,1996,第224页。

李金榜（饰孙总工程师）、路辉（饰石门村书记）、程森林（饰井博士）。1987年西安电影制片厂出品。

电影《老井》火了，《老井》的拍摄地山西省左权县石玉峧村变了。一部电影改变了一个村子的命运。如今，有着几百年找水苦难历史的石玉峧村家家户户喝上了甘甜的"自来泉水"。石玉峧村还成了民俗旅游村，村民们多了个致富路子。石玉峧村人不忘电影《老井》，2005年10月17日，石玉峧村正式更名为老井村。

## 第五节　哲夫的电影剧本

哲夫，原名孙志坚，祖籍北京丰台，中共党员。1955年1月出生于山西大同，1969年12月参加工作，1989年毕业于武汉大学作家班。历任大同糖厂干部，雁北地区李林创作组、山西省出版社创作员，《城市文学》副主编，《都市》主编，山西省作家协会副主席，山西省文学院特聘作家，太原市文联副主席，太原市文学院院长，太原市作家协会荣誉主席。曾任太原市人大代表，人大教科文卫委员会委员，太原市第七、八、九、十一届政协委员。1976年开始发表作品，1977年由山西人民出版社出版处女作长篇小说《啊……》，1988年加入中国作家协会。专业作家，文学创作正高二级。1997年，长江文艺出版社出版《哲夫文集》十卷本；2003年，美国强磊出版社出版《哲夫文选》十卷本。

哲夫的作品获得过第十三届中国图书奖、2002年冰心文学奖、赵树理文学奖、中国首届环保文学优秀作品奖、中国首届"白玉兰杯"一等奖、新世纪首届《北京文学》奖、中国电影"华表奖"优秀作品提名奖等奖项，他个人还被评为山西省德艺双馨优秀文学艺术工作者。

哲夫多年来关注环保问题，创作了一系列环保题材的纪实文学作品，被授予各种环保荣誉称号,获得多种环保方面的奖项。

哲夫连续六年被特邀参加全国人大"中华环保世纪行"记者采访团活动,并被多次评为先进工作者,2007年被国家环保部授予中国"绿色卫士"称号。多次参加山西省"三晋环保行"采访活动,并任副团长。他还是中国环保文学研究会理事、中国环境文化促进会理事,山西省环境文化促进会副会长,山西省首届环保形象大使,全美中国作家联谊会国际生存文学研究会共同会长、自然之友会员。获1997年—1999年山西省环境保护公众参与奖、山西省首届环保奖、山西省环境保护工作先进个人荣誉称号。

在一个人人喊环保但环保问题却日益尖锐的年代,哲夫坚持以"一支秃笔,一颗人心,一部头脑,一介身躯,著书立说,直斥环保软肋"。

1998年,光明日报出版社出版了哲夫的生态环保长篇报告文学《中国档案》(上下册),该书写了1993年伊始的淮河污染治理过程,出版后在全国引起反响。2000年,哲夫随中华环保世纪行考察长江,从上海出发,走了十三个省,历时一百零八天,行程两万多公里;后又随三晋环保行从黄河源头到入海口,沿黄河采访,行程上万公里,奔走八省区。通过这几次沿江、沿河行,哲夫又创作出版了中国首套百万字的生态纪实文学丛书——《长江生态报告》《黄河生态报告》《淮河生态报告》,以及长篇纪实文学《黄河追踪》(上下册),表达了对深受污染的母亲河的痛惜,这些图书读罢令人"血脉贲张,惊慄骇然"。有人说,这百多万字的作品不仅仅是作者一字字写出来的,也是一步步丈量踩踏出来的。2006年,长江文艺出版社出版的长篇纪实《世纪之痒——中国林业生态报告》,是哲夫前后走访和调查了西部九个省区,行程上万里,耗时两年余,推出的一部六十万字的全景式反映中国林业生态状况的作品,被国家林业局评选为中国"2006年生态文化十件大事"之一。2008年,由作家出版社出版了中国首部政论体长篇报告文学、哲夫的《执政能力》一书——作为"改革开放三十年重点图书"推出,该书荣登作家出版社畅销书榜,印刷达六次之多。

2018年10月,由中国青年出版社出版了哲夫最新报告文学作品《水土:中国水土生态报告》。中国图书评论学会推荐的"中国好书2018年11月榜单"中就有哲夫的《水土:中国水土生态报告》一书。

《水土:中国水土生态报告》是我国第一部以水土保持为题材的长篇报告文学。自2015年10月开始,哲夫深入陕西、福建、江西、广东、黑龙江等省区的水保一线采访,从黄土高原到黑土地,再到南方红壤区,准确地了解了各地水保建设的进展和成效,把水保摸得很透彻,理解得很深刻,因而写出了这部让外行看得懂不觉得深,让内行看得透不觉得浅的高质量、高水平的作品。本书深得水利部门职工和领导的好评和肯定,他们认为作品选题好、故事生动、文字优美,大气磅礴,很接地气,从中也能看出作家的担当和使命感。

除以上作品外,哲夫还有系列生态长篇小说《黑雪》《毒吻》《天猎》(上下册)、《地猎》、《极乐》(上下册)、《天欲》、《地欲》、《人欲》等,生态环保长篇报告文学《怒语长江》《帝国时代的黄河》等,生态环保中篇报告文学《大爱无敌》《国家高速》等,名人传记《王维大传——诗书画三绝》,中篇小说《长牙齿的土地》《船儿也曾有过舵》《雾恋山》《鱼虫》《电影导演和他的两个女演员》《燃烧的诱惑》《畸恋》《畸祸》《野床》等,短篇小说《孩儿眼系列》《畜牲》等,散文《能量怪物》《头顶一斤铅》《地球的眼泪》等,诗歌《软性包装》《猎熊人》等,剧作《毒吻》《零点行动》。

哲夫的环保书受到各级环保部门的重视、读者的欢迎和学者的好评。有的书一版再版,发行量很大。《天猎》发行达百万册,其他环保小说也发行有十几万册。

目前,哲夫正在根据中国作家协会与中国科学院"科学家报国创新七十年"的选题,撰写反映大气污染防治的报告文学《蓝天保卫战》。

对于环保题材文学作品,哲夫有自己独特的看法。他说:"文学即人学,人学说到底就是生存之学,最接近人类的本质,也最接近文学的本质。生存环境一旦溃灭,一切学科都将荡然无存。这就是生存的意义。"哲夫还说:"为官一方,富裕一方,清净一方,这才是清官和好官。你为官清正廉明,可是却污染了一方土地,亦难逃'污吏'的恶谥。"

作家莫言说:"哲夫是中国作家中最早关注环保问题,并以自己的大量作品做出特殊贡献的第一人。他的功绩甚至超出了文学的范畴。"

作家陈建功在评价哲夫时说:"义不容辞的社会责任感,应该是这位作家安身立命的根本。读哲夫文章,不难读出他殚精竭虑、奔走呼号的激情,不难读出他义无反顾、指点江山的决绝。"

作家周梅森说:"人类的环境是属于全人类的,从这种意义上说,哲夫的小说也是属于全人类的。读哲夫小说时,我常想,但愿哲夫描写的那些灾难性的故事和场面永远不要成为人类生活的真实。"

中国作家协会副主席何建明对哲夫的评价是:在中国,还没有哪位作家像哲夫那样用几十年时间一直关注国家的水土生态建设,他以十几年的漫长岁月,双脚跑出来的对当代中国水土生态的作品,与其说是文学作品,还不如说是他对国土、民族、时代和全人类的命运的呕心咏叹。

出版《哲夫文选》的美国强磊出版社总编辑冰凌赞扬哲夫:"中外文学史上如哲夫者,以燃烧生命的激情和豪气,叩问天穹,触摸地心,深切关注人类生存环境,惨淡经营,潜心创作,完成史诗巨著十卷本,还有几人?"

## 一、《毒吻》

哲夫根据自己的小说改编的电影剧本《毒吻》,是献给世界环境日的一部惊悚剧情恐怖奇幻剧。

故事讲的是:某化工厂一对青年夫妇喜得贵子,不料小孩生下来他母亲吻了他一下就死了,小孩就由父亲养着。一次父亲喂他喝完奶,自己也喝了一口,结果父亲也死了。市长一家收养了他,结果市长家中养的虎皮鹦鹉和猫喝了孩子喝剩下的牛奶后全死了。随后小孩就被隔离起来研究。研究人员发现,这个小孩不但口水中有剧毒,而且患有巨人症,只要一逢雷电交加就迅速长大,而导致这一怪胎的罪魁祸首就是环境污染。经过几次打雷闪电后,孩子从婴儿一下子变成幼儿,又变成儿童,最后变成青年,长大的过程很恐怖。更可怕的是,随着他的长大其毒性越来越强,连体表也有剧毒了,只要挨着,人畜皆死,草木皆枯。对此,国内外专家们都束手无策,而无辜的孩子也因此失去了一切平常人应有的幸福,他的性情也随着他的长大变得越来越古怪。后来他逃了出来,逃到山里一个女孩家,她家人看他挺可怜,就让他住下了。他把自己的事情告诉了女孩后,女孩问他有没有把自己身上的毒用水洗掉,他说自己在水缸里洗,但怎么也洗不掉。女孩把他带到河边,告诉他在河里洗就能洗掉。他下了河后,天空突然打雷闪电,河里的水滚了起来,河里的鱼全部都死了。他上岸后,和那个女孩接吻,结果女孩也死了。这时,全副武装的军警正在到处找他。他抱起女孩的尸体上了山,最终他在绝望的怒吼声中被闪电击中,没了踪影……

业界评论这部电影:荒诞的故事,却在每一个看过影片的观众心中留下不可磨灭的印象。产妇吻了一下刚出世的婴儿便立即倒下了;年轻的父亲也满嘴流血暴死家中;男孩将手伸入水中竟会产生许多气泡;遇雷雨时男孩会痛苦地暴长,把衣服都撑破了;男孩怪脾气发作时牙齿也暴了出来,面目狰狞,十分恐怖……这些都是观

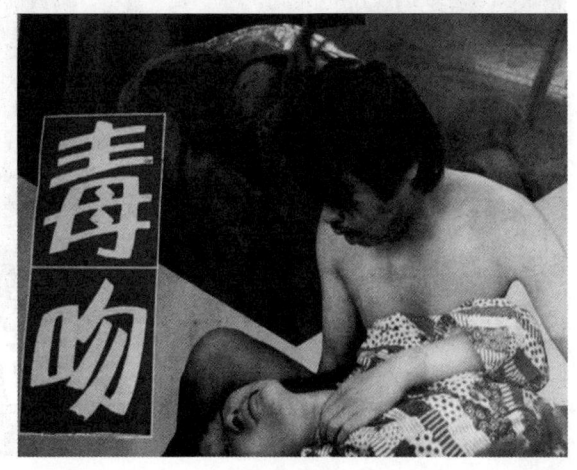

众闻所未闻、见所未见的,无论在视觉上还是在心理上,都给人以强烈的冲击。它形象地向世人敲响了环境保护的警钟,这响亮的钟声会长久萦绕在每一位观众的耳际。

1992年摄制的电影《毒吻》与哲夫的原著相较,小说比电影更为惊悚,在剔除了原著最惊悚的部分之后,这部电影的震撼力仍然巨大。在20世纪90年代,像《毒吻》那样运用荒诞片的形式处理环保题材,大胆运用新的手法,展开奇异的想象,确是难能可贵的,它启发我们的电影编导不囿于旧有的题材和思维定式,敢于突破类型的限制,使电影的多样化再上一个台阶。

本片编剧哲夫,导演陈兴中,主要演员有阎青(饰林囡)、高明(饰林非)、徐蕾(饰张兰)、师小红(饰胡礼)、解衍(饰康大豹)、杨斐然(饰三三)。1992年西安电影制片厂摄制出品。

### 二、《零点行动》

哲夫根据自己创作的生态环保长篇报告文学《中国档案》改编的剧本

《零点行动》，在1998年拍摄为电影，上映后获得广泛好评，2000年获中国电影"华表奖"优秀作品提名奖。

电影《零点行动》讲的是：作家吴东在采访淮河污染问题的过程中，遇到为治理淮河污染而下基层调研的副省长魏峰，吴东反映的问题引起魏峰的重视。农民状告东方化工厂污染水源的案子尚未完结，一个特大污染源又突现淮州市。市领导决心同市民齐心协力战胜污染灾害。为实施中央的彻底治理污染的"零点行动"的战略部署，魏峰坐镇淮州市，下大决心毅然关闭了造纸厂，关停了东方化工厂等一批污染严重的工厂，打响了全省"零点行动"的第一炮。

本片编剧哲夫，导演刘云舟，主要演员有鲍国安（饰魏峰）、刘东（饰周瑛）、徐敏（饰吴东）、宗平（饰金杰）。1998年海峡世纪（福建）影视文化有限公司摄制。

## 第六节　成一的电影剧本《白银帝国》[①]

晋商，作为"纵横欧亚九千里，称雄商场五百年"的山西地区商帮，是山西作家、艺术家尽情表现的题材之一，在文学、戏剧、音乐、舞蹈、影视方面都有不少关于晋商的精品佳作问世——描写晋商的辉煌，称颂晋商的精神，为世人所瞩目。仅以影视作品而言，山西作家编剧或参与编剧，山西摄制或参与摄制的电视剧就有《昌晋源票号》《驼道》《龙票》《白银谷》《乔家大院》《走西口》等多部，电影有《白银帝国》、《风雨日昇昌》（见本书第五章第四节）。本节介绍、评述的是成一编剧的电影《白银帝国》。

成一，原名王成业，河南济源人，1943年出生。中共党员。1968年，

---

[①] 本剧本为成一与姚树华合作完成。

毕业于南开大学中文系；1969年，赴山西省原平县杨武河水利工地劳动锻炼；1970年后，历任中共山西原平县委通讯组干事、县委办公室文字秘书等职。1978年开始发表作品，1979年加入中国作家协会，1984年调入山西省作家协会。历任《黄河》杂志主编、山西文学院院长、山西省作家协会副主席、中国作家协会第六届全国委员会委员等职。享受国务院特殊津贴。专业作家，文学创作一级。

著有长篇小说《游戏》、《真迹》、《西厢纪事》、《回家的路》（少儿题材）、《白银谷》、《茶道青红》等，短篇小说《远天远地》《外面的世界》等，系列小说《苦夏恋情》，中篇小说《千山》《悬挂滑翔》《历史试点》《云中河》等。短篇小说《顶凌下种》获全国首届优秀短篇小说奖，《绿色山岗》获1980年《北京文学》奖、山西省首届文学艺术创作奖银奖。短篇小说《远天远地》获1979—1984年《新港》文学奖，《人样儿》获《汾水》文学奖，《本家主任》获1981年《山西文学》作品奖，《白银谷》获2001—2003年年度赵树理文学奖，《茶道青红》获2007—2009年年度赵树理文学奖。

2001年，作家出版社出版的《白银谷》，是成一耗时十六载写出的一部九十万字的多卷本长篇小说。该书于2002年由台湾尖端出版社出版繁体字版在境外发行；2011年由中国戏剧出版社出版发行"十年典藏版"；2016年选入"三晋百部长篇小说文库"，由北岳文艺出版社出版发行。

成一应制片方邀请，和姚树华一起将自己的长篇小说《白银谷》改编为电影剧本《白银帝国》，该剧描写清朝末年一山西票号——"天成元"的沉浮起落、两代传承的故事。

清朝商业发达，晋商发明了汇票制度，以汇兑代替危险的镖局押现银运输，且兼营存放款，是今日银行制度的前身，其劳方身股（即员工配股）的制度，更是首开世界先河。由于山西票号掌控当时的全国金融，以至有"清廷的财政部"之称。此片描写的"天成元"票号，堪称清代的全国"金融大鳄"，它掌控全国金融，兼营存放款，生意鼎盛时拥有中国各地以及俄国、日本及南洋的二十三个分号,富可敌国。影片以康家"天成元"票号父子两代人在家族传承过程中价值观与经营理念上的冲突为主线,展现了康家票号"天成元"的兴衰故事,彰显晋商"以义制利"的仁义精神。

康老爷经营的"天成元"是个大家族,有四个儿子,大儿子热心慈善,宽厚待人,吃斋念佛;二儿子一心习武,脾气刚烈,因鲁莽行事而导致残疾;三儿子游手好闲,不过心眼不坏;四儿子年纪尚轻,醉心于过自己的小日子。康老爷的四个儿子秉性各异,他们各自在享受祖上福荫庇护的同时,选择了不同的人生道路。故事集中在康老爷与三儿子的身上。持家颇具威严的康老爷,纳了一个妾,是一个留洋归来的年轻女人,而这个女人恰恰是三儿子的初恋情人。这就使他们父子之间形成了一种微妙而尴尬的关系。

一场突如其来的家族变故,使康三爷临危受命,成为康家"天成元"票号的唯一继承人。在康家大院这座白银堆砌的"帝国"中,这场危机也推动了整个康家在康三爷的带领下走向新的机遇。对康三爷来说,继承不仅是一种权利,更是一种能力和责任,要承担起挽救家族的使命。

在影片中,通过对八国联军、戊戌变法等一系列历史事件的背景展示,凸显出"商人重义"这一晋商不同于其他商帮的仁义精神。《白银帝国》一片旨在展现晋商制度,发扬晋商精神,向全世界宣示纵横五百年于中、俄地区的商业霸主文化。同时,通过晋商票号"天成元"

《白银帝国》剧照

康家父子两代人在乱世飘摇的晚清时代的人生际遇和传奇经历，展现出以康家父子为代表的晋商群落的生存理念和处世哲学，说明了个体命运与时代与国家命运的契合。

为了顺利完成影片《白银帝国》的创作和摄制，编剧和剧组做出了很大的努力，进行了充分的准备。成一为了熟悉晋商、研究晋商，20世纪80年代中期，辞去《黄河》杂志主编，到祁县挂职县委副书记。虽然没有具体分管某项工作，但是这一职务为他搜集晋商史料、文献等提供了很大便利。剧组为了忠实呈现晋商"博学、知耻、腿长"的经营哲学，追寻当年晋商之足迹，不顾酷暑严寒、风沙刺骨之苦，特地在北京、天津、山西、陕西、甘肃、青海的四十六个景点拍摄，后期制作奔波于九个国家和地区，以期全面展现那个时代的辉煌的商业文明，将这部弘扬晋商文化的电影拍好。

《白银帝国》这部由成一、姚树华编剧，台湾地区首富郭台铭投资，旅美导演姚树华执导，张铁林、郭富城倾情出演的影片上映后，引起观众和业界的广泛关注。

业界评价，这部影片最大的看点，一是展现了晋商两百多年的金融传奇，具有很强的故事性；一是塑造了几个在以前的同类作品中没有出现过的人物，对豪门深藏的善恶恩怨，商家周围的官场宦海、儒业士林、武林镖局、西洋教会都有丰满鲜活、淋漓尽致的描绘。

影片具有宏伟壮观的画面、传奇般的人物、梦幻般的光影效果，将家族传承的戏剧点演绎得声色俱佳，可称是一部优良的商业文艺片。影片剧情开阔，动荡年代下各种矛盾激荡，人物关系复杂，角色命运坎坷，从个人到家族，再到金融帝国，乱世中每一个人、每一种关系都面临考验，这些都可以成为《白银帝国》值得炫耀的资本，并树立起后古装大片时代的标杆。

专家认为，这是一部讲述了能够感动观众的、制作精良、演员表演真诚的影片。山西大学刘建生教授在分析晋商影视剧热潮的原因时谈道："晋商悠久的历史、传奇的故事给文艺创作提供了取之不尽用之不竭的素材,而影视剧中包括山西风土人情、宗教、民俗、演艺、建筑、饮食、礼仪等在内的'晋'文化,又以其独特之处引发了全国观众的关注热情。"①影片《白银帝国》正是在展示其晋商宗旨、诚信主题的同时表现了丰富多彩的晋文化,从而吸引了观众。

影片上映后,有观众认为,影片结尾草草收场,那些令人期待的大碰撞以及大结局还没有发生,还有那么多人物命运没有交代,有那么多情节谜团没有揭开,影片就宣告结束,观众对此感到不满足。

对于"天成元"票号是否在晋商中存在的问题,学界也有讨论。

据晋商研究学者高春平的《晋商学》一书统计,自清朝道光初年第一家山西票号——"日昇昌"开始,到清末,晋商们在山西平遥、祁县、太谷、太原四地先后开设了四十三家票号,其中既没有名叫"天成元"的山西票号,也没有康家人开设的票号。电影中的"天成元"票号,也许就是作者根据"天成亨""合盛元"等晋商票号而创设出来的山西票号的意象代表。

历史上虽不曾有个"天成元"票号,但《白银帝国》中讲述的那些"天成元"票号的白银故事,却都有历史的依据。如为了表现"绝处出智勇"的晋商智慧,电影中设计了"天成元"戴掌柜让镖局银车运送石头冒充银两去化解天津分号挤兑风波的一场戏。这一瞒天过海的商战手法就取自于侯氏家族的"蔚字号"票号。太平天国期间,"蔚字号"在平遥的票号发生挤兑,侯氏就用成队的骡车、马车,浩浩荡荡地向平遥运送银两,其中不少运银车辆中装的就是石头。再如,为了刻画大仁大义的晋商精神,电影中设计了在清政府倒台,银票大幅贬值的时候,康三爷毅然决然拿出列祖列宗多年窖藏的银子,兑现给平民百姓。这一场景就可以在祁县"大德通"票号身上找到依据。"大德通"票号的存款户以山西本省最多,放款却多在外省。1930年中原大战爆发,晋钞大幅贬值,约二十五元晋钞才能兑换一

---

① 苗壮:《晋商:光影转世背后的文化》,山西人民出版社,2013,第5页。

元新币。"大德通"动用历年公积金兑付存款,宁愿自己蒙受巨额损失。此外,晋商务实,有"藏富"的风气,剧中康家老爷窖藏白银的情景,在晋商中也有实例。"长裕川"票号东家渠源潮,一次就将票号分红所得的四十万两白银全部藏在票号院内;"三晋源"票号东家渠源祯也在票号窖藏大量白银,后人一次就挖出过三十万两。

晋商艰辛创业,讲求诚信,财雄势大,纵横商界五百余年,是我国明清时期第一商帮,为我们留下了多姿多彩的精神遗产。看《白银帝国》,探寻"天成元"背后的白银故事,正如太原张家大院中的一副楹联所说:"今事即古事欲知今事看古事,戏情是世情要知世情看戏情。"

太原大学教育学院中文系讲师苗壮在她的《晋商:光影转世背后的文化》一书中,对电影《白银帝国》有多侧面、深层次的分析评述,提出了一些值得商讨、研究的问题,但她对《白银帝国》总体上持肯定的态度。在论述到影片《白银帝国》的"价值启示"时她说:"以晋商为主角的《白银帝国》,以'天成元票号'历尽动荡时局以及家庭巨变为主轴,剧情在儿女私情的家族矛盾和金融运作的商业智谋之间穿梭发展,剧情张力颇具史诗格局。""从本片创作团队来看,投资人、监制、导演、后期制作团队遍布世界很多地方……堪称制作班底豪华。这是中国历史题材电影拍摄的创新。……这部片子有了一个国际化的视野,从而使晋商精神不局限于一地一域,而是将它放在了全球大背景之下。""影片故事价值中所反映的中国气度仍然让人感动和敬慕。"[1]

2009年,影片荣获第十二届上海国际电影节评审团奖,第十二届上海国际电影节金爵奖最佳影片提名,第二十九届夏威夷电影节最佳电影奖。影片还是第五十九届柏林国际电影节"特别展映"单元受邀影片。导演姚树华获2009年电影频道传媒大奖最受媒体关注导演奖和第十二届

---

[1] 苗壮:《晋商:光影转世背后的文化》,山西人民出版社,2013,第140—142页。

上海国际电影节金爵奖评委会特别奖。

本片出品人韩三平、于冬,制作人焦雄屏、张震燕、Congxi Li、韩三平、于冬、韩晓黎、姜涛、史东明,制片人赵海城,编剧姚树华、成一,导演姚树华,摄影潘耀明,艺术指导奚仲文、张叔平,主要演员有郭富城(饰康三爷)、郝蕾(饰杜筠清)、张铁林(饰康老爷)、杜江(饰四爷)。2008年,晶晶电影公司、博纳影业集团(中国)、Ocean Pictures联合摄制,山水国际娱乐公司、博纳影业集团(中国)、安乐影片有限公司(中国香港)发行。影片2009年7月31日在中国台湾上映,8月21日在中国内地上映,11月6日在美国上映,2010年1月28日在中国香港上映。

# 第十二章　根据山西作家的小说改编拍摄的电影

　　文学名著往往拥有丰富的历史文化内涵和广大的读者群,将其搬上银幕,当然能产生较为广泛的社会影响。山西作家的作品向来为影视界所青睐。赵树理的小说《登记》《三里湾》《小二黑结婚》,马烽的《三年早知道》《太阳刚刚出山》等是在20世纪五六十年代就被搬上了银幕。20世纪80年代以来,张平的小说《天狗》《抉择》等,刘慈欣的小说《流浪地球》也被陆续搬上了银幕,产生了广泛而深远的影响。

## 第一节　根据赵树理小说改编的电影

　　赵树理(1906—1970),原名赵树礼,山西晋城市沁水县尉迟村人,现代小说家、人民艺术家,"山药蛋派"创始人。中国共产党第八次代表大会代表,全国人民代表大会第一、二、三届代表。
　　赵树理于1925年夏考入山西省立长治第四师范,开始写新诗和小说。1937年加入中国共产党,投身革命。新中国成立后先后在《工人日报》《说说唱唱》《曲艺》《人民文学》等刊物工作,1964年回山西晋城工作。"文革"期间遭到残酷迫害,于1970年9月23日含冤去世。

赵树理的小说多以华北农村为背景,反映农村社会的变迁和存在其间的矛盾斗争,塑造农村各式人物的形象,开创的文学流派"山药蛋派",成为新中国文学史上最重要、最有影响的文学流派之一。代表作品有:《小二黑结婚》《李有才板话》《李家庄的变迁》《"锻炼锻炼"》《灵泉洞》《三里湾》等。有《赵树理全集》(五卷本,执行编委董大中)北岳文艺出版社1994年7月版及《赵树理全集》(六卷本,董大中主编)大众文艺出版社2006年9月版行世。

**一、《小二黑结婚》**

1948年下半年,在当时进步的电影工作者的支持下,大光明影业公司在香港成立。他们继拍摄了《野火春风》(以群编剧,欧阳予倩导演)、《水上人家》(瞿白音编剧,顾而已导演)等进步电影之后,1950年又拍摄了《小二黑结婚》。①这是在全国解放之前,香港进步电影工作者拍的最早的一部山西题材的影片。他们为了表现故事发生在太行山的解放区里,顶着国民党特务随时会暗杀破坏的压力,在香港清水湾的摄影棚里,挂起毛主席、朱总司令的画像。

他们拍摄电影没有资金,"大光明"创办人顾也鲁找到自己在上海时的好友、香港金山航运公司经理董浩云(香港特别行政区首任行政长官董建华之父),董浩云得知是拍摄赵树理的《小二黑结婚》,很是高兴,便表示,"你们的责任是拍好电影,资金由我解决",并言明,他只管出钱,但是不要挂名。

影片拍成后,特务来到"大光明"找顾也鲁,要他交出赵树理,弄得顾也鲁哭笑不得,他们哪里知道赵树理根本就没有来过香港,他远在山西呢!

1951年,"港版"《小二黑结婚》上映后,轰动了香港。同年10月27

---

①程季华主编《中国电影发展史》第2卷,中国电影出版社,1963,第322—323页。

日,在北京公映,受到观众的热烈欢迎。《小二黑结婚》在北京公映后,在全国上下掀起了一股"小二黑结婚"热,各类表现"小二黑结婚"的文艺作品层出不穷,其中,尤以新凤霞主演的评剧《小二黑结婚》影响最大。

1964年,北京电影制片厂再次将《小二黑结婚》搬上了银幕。遗憾的是,1950年由"大光明"拍摄的《小二黑结婚》拷贝遗失了,至今未能找到。

影片《小二黑结婚》讲的是,抗日战争时期,民主根据地刘家峪村的青年队长、杀敌英雄小二黑,与本村俊美聪慧的姑娘小芹相爱。但因违背了封建迷信思想严重的两家家长二诸葛和三仙姑的意志,遭到了他们的强烈反对。

小二黑和小芹的恋爱障碍重重。小二黑是村里的民兵队长,相貌堂堂,不仅女孩子对他有好感,连小芹名声不好的神婆妈妈三仙姑也对他有意,因此反对他俩的婚事。小二黑爸爸二诸葛相信算命,指二人八字相冲,不能结婚。此外,村里的坏蛋金旺、兴旺两兄弟垂涎小芹美貌,也要拆散他俩。为了让小二黑死心,二诸葛买来一名九岁女孩给他做童养媳,但小二黑不加理会。三仙姑亦忙于四处替小芹谋亲事,金旺、兴旺乘机推荐五十多岁的吴旅长。三仙姑贪图聘礼,答应了婚

《小二黑结婚》(香港版)海报

事,还把小芹关起来。下聘当日,小芹破窗逃去。小二黑找到了她,两人匿藏在山洞内。金旺、兴旺诬蔑他俩有奸情,强拉他们到区公所。幸区长明理,指出他们有婚姻自主权。村长亦查到金旺、兴旺

《小二黑结婚》(北京版)海报

的罪行,将二人治罪。最后二诸葛和三仙姑亦觉悟自由婚姻的可贵,不再迷信。

  1950年大光明影业公司出品、长城电影制片有限公司发行的港版电影《小二黑结婚》,制片人高执欧、赵瑀,编剧黄若海,导演顾而已,摄影王剑寒,化妆宋小江,主要演员有顾也鲁(饰小二黑)、陈娟娟(饰小芹)、孙景路(饰三仙姑)、严化(饰金旺)、郑敏(饰二诸葛)、巴鸿(饰小福)。

  1964年由北京电影制片厂拍摄的电影《小二黑结婚》,改编、导演于学伟,演员有赵子岳(饰二诸葛)、周婷(饰三仙姑)、杨建业(饰小二黑)、俞平(饰小芹)、葛存壮(饰村主任金旺)、李百万(饰区长)。

## 二、《鬼话》

  **题外话**:李镛德、杨志刚在《根据山西作家的原著改编的电影》一文中说:赵树理的"被改编为电影的小说有:《鬼话》,王家乙改编并导演,摄影傅宏,主演赵滋民、黄玲、安琪、高

平，1951年由东北电影制片厂拍成电影"。[1]笔者查阅两部《赵树理全集》均未见《鬼话》这一小说。

影片《鬼话》讲的是，解放后人民觉悟普遍提高，已不像从前那样迷信。反动的一贯道会头子想通过封建会道门来破坏抗美援朝运动，他们派爪牙蛊惑人心。农民周成两口子是安守本分的农民，他们的妹妹小荣是个少先队员。周成过去被骗参加过一贯道，这次又被他们散布的鬼话吓住了。小荣却偏不相信什么"吾太佛弥勒"的鬼话。经过干部的精心调查，破除了群众的迷信思想，粉碎了阶级敌人的破坏阴谋。

本片编剧王家乙，导演王家乙，摄影傅宏，美工设计刘学尧，作曲张国昌，录音沙原，剪辑于莹，主要演员有赵滋民（饰周成）、黄玲（饰周成妻）、安琪（饰小荣）。1951年东北电影制片厂摄制。

### 三、《罗汉钱》

沪剧电影《罗汉钱》是根据赵树理的短篇小说《登记》改编的。

故事讲的是，新中国成立初期，江南农村青年李小晚和张艾艾相恋，互赠罗汉钱、小方戒为爱情表记，遭到有封建思想的村长等人的反对。

---

[1] 杨志刚、杜学文主编《聚焦山西电影》，中国电影出版社，2005，第9页。

艾艾母亲小飞娥发现女儿所藏之罗汉钱,回忆起二十年前自己与恋人保安相爱,后来被父母拆散,强迫自己嫁给张木匠的经历,恐女儿日后蹈自己的覆辙,于是拒绝了媒婆

《罗汉钱》剧照

的说亲。村里另一对男女青年小进与燕燕也在相恋,在旧习惯势力包围中,他们为争取婚姻自由相互支持。燕燕主动上门找小飞娥为艾艾"说媒",经劝说小飞娥同意将艾艾许配给小晚,但因村长阻挠而未办成婚姻登记。两个月后,《婚姻法》颁布,两对恋人终于圆满结合。

本剧由上海市文化局戏曲改进处创作研究室集体改编,宗华、文牧、幸之执笔。导演张骏祥,助理导演蓝流,作曲董源、刘如曾,舞台设计张坚安,主要演员有丁是娥、筱爱琴、邵滨孙、解洪元、石筱英。1956年上海电影制片厂摄制。

### 四、《花好月圆》

电影《花好月圆》是根据赵树理小说《三里湾》改编的。《花好月圆》的电影文学剧本发表在《中国电影》1959年第6期上。赵树理在接受《中国电影》杂志记者采访时高兴地说:"这是一个好剧本,虽然我只是仓促地看了一遍,但给我的印象是好的:它使'爱情'一部分戏比较完整了,小说中的主要人物都写出来了,而且性格也很鲜明。"①

---

① 孟犁野:《新中国电影艺术1949—1959》,中国电影出版社,2002,第297页。

故事讲的是，华北农村的三里湾村正筹划着开渠、扩社，支部决定让村长范登高去动员富裕农民"糊涂涂"让出他家祖传的刀把地。范登高非但不做"糊涂涂"的工作，反而带头反对支部决定，准备自己进城去跑买卖，搞个人发家致富。民兵队队长王玉生对村长的这种行为极为不满，就在村口把他堵住了。俩人争执得非常激烈，幸村支书等赶到，才使局面暂时缓和下来。村长仍旧赶着驴进城了。范登高的女儿灵芝与"糊涂涂"的儿子有翼，都是共青团员，又是村里仅有的两个中学生，他们都恨自己的家庭落后。灵芝要走社会主义道路，和父亲进行斗争。有翼则怯弱，屈服于家庭的顽固势力。党支部根据当前个别党员、干部的思想情况，做出了处分决定。范登高热衷于小买卖，放弃扩社宣传，受到留党察看的处分；对另一些思想不坚定的党员，像袁天成，也给予了教育帮助。这样，干部们对三里湾开渠扩社工作在思想上有了新的认识。"糊涂涂"为了拉住儿子有翼不入社，保住刀把地，暗中和"能不够"商量，把"能不够"的女儿小俊嫁给有翼。灵芝爱过有翼，原来就对有翼的怯弱很不满，在玉生和小俊因志趣不合离婚后，她和玉生由于工作中经常接触，便对玉生产生了好感。这时，她听说有翼和小俊要结婚，便离开了有翼，向玉生表白了自己对他的爱情。后来有翼在玉梅等人的帮助下，鼓起勇气和家庭进行斗争，挣脱了家庭的包办婚姻，将自己所分得的一份土地交给合作社开渠，并促使全家入了社。经过青年们的斗争，三里湾开渠、扩社的事终于成功了。玉生与灵芝、有翼与玉梅、满喜与小俊都实现了自由结婚的心愿。他们迈着幸福的步伐劳动和生活。

赵树理为电影《花好月圆》写了主题歌：

> 三里湾，三里湾，
> 对着水，靠着山，
> 青枝绿叶上下滩。
> 自从有了农业社，
> 又治水，又治山，
> 人定胜过天。
>
> 自从有了农业社，
> 人连心，地连片，
> 事事随心愿。
>
> 自从有了农业社，
> 有情人，成亲眷，
> 花好月又圆。

影片《花好月圆》直到今天仍受到专家、学者的重视和好评。吴琼在他的专著《中国电影的类型研究》一书中说："21世纪的今天重温这部佳作时，依然会被作品中那些生动丰满的人物形象所感染，被那些生活在1953年华北农村偏僻又缺水的贫下中富农们所打动，他们在推广扩大合作社过程中遭遇的喜怒哀乐，依然让今天的我们感同身受。""编导郭维以简练精准的叙事手法，在开场戏中便有效建立了合作社\单干、社会主义\

资本主义、务农\经商、党支部书记\村长、青年人\老年人、新\旧、进步\落后等多组文化对立。"①

本片编剧郭维,导演郭维,摄影葛伟卿,作曲雷振邦,主要演员有王秋颖(饰范登高)、秦汉(饰玉生)、王景芳(饰金生)、徐连凯(饰张乐意)、郭筠(饰"糊涂涂")、霍克(饰"常有理")、杨启天(饰有翼)、田华(饰灵芝)、顾谦(饰"铁算盘")、陈琳(饰玉梅)、贺汝瑜(饰小聚)、金迪(饰小俊)、陈立中(饰"能不够")、郭振清(饰满喜)、蒙纳(饰登高妻)、阎杰(饰袁天成)、侯旭(饰"惹不起")。1958年长春电影制片厂出品。

## 第二节　根据马烽小说改编的电影

马烽生平见本书第六章第一节。马烽、西戎合著的《吕梁英雄传》是我国第一部反映中国共产党领导的全民族抵御日本侵略者,并在抗日战争时期就发表的长篇小说,是吕梁革命史的真实写照。1950年,北京电影制片厂将此小说改编、拍摄为电影《吕梁英雄》。本节主要介绍根据马烽小说《三年早知道》和《太阳刚刚出山》改编的电影。

### 一、《三年早知道》

影片《三年早知道》根据马烽同名小说改编,讲述的是一个自私自利的社员在农业合作社这个大集体的影响下逐渐提高思想觉悟的故事。影片通过对"三年早知道"这一形象的精彩塑造,真实地再现了那个年代农村的生活面貌。

影片的主人公是一个勉强入合作社,外号叫"三年早知道"的中农赵

---

① 吴琼:《中国电影的类型研究》,中国电影出版社,2005,第154页。

满囤,他是个有名的机灵鬼。他无论做什么事总先算算对自己有没有利。当全村合作化,别人问他入社不入的时候,他抚摸着自己那匹健壮的大红马说道:"多咱我这匹马说了话,我就入社。"可是过了一夜,赵满囤突然牵着马入社来了。原来赵满囤的弟弟是人民解放军,他弟弟来信叫他入社,并说如果他不入社就把自己那份家产给入了社。寻思了一夜,自私自利的赵满囤算来算去不合算,如果和弟弟分了家,就是两条腿缺了一条腿,他只好牵着牲口入了社。赵满囤虽然人入了社,心可没有入社。他在社里做饲养员,这本来是他的拿手戏,但他私心太重,竟给自己的牲口吃小灶,叫社里的牲口啃起槽帮子。这件事被社长知道了,社长批评了他,派他去赶车。哪知他不为合作社工作,却拉脚做起买卖了。社里派他进城拉肥料,他不但没有进城,反而用合作社买肥料的钱买了一对小猪仔。

大家又对他进行了一次严厉的批评。赵满囤虽然是一把劳动能手,但是他的臭名远扬,所有的生产队都不要他,甚至连他的亲戚也不敢沾他了,这对他的确是一次很好的教育。最后还是社长去找他,分配他做打井工作,赵满囤高兴地接受了工作。这回赵满囤总会好好工作,不再犯毛病了吧?他却因偷偷贩卖红枣耽误了工作,又挨了一次批评。这次在社长和大家的教育与帮助下,他终于认识到自己的错误,工作态度也积极认真起来。有一天,赵满囤看见关城社的二贵赶着一口种猪从门前走过,他想为合作社做件好事,便把二贵请到屋里坐下,然后偷偷地把种猪赶到后院为合作社的三口母猪配了种。赵满囤满以为自己不是为个人,而是为合作社做了一件好事,便向大家夸耀起来,哪知又挨了社长一顿批评。赵满囤在党的教育下,终于克服了自私自利的思想,后来他还被选为水利委员,在全村水利化运动中起了很大的作用。他把自己存在银行的钱全部取出来支援社里的水利建设,成为优秀的社员。从此,别人再叫他"三年早知道",他就会面带愧色地说道:"别看我叫'三年早知道',其实以前我什么也不知道,现在走了社会主义道路,我才真正地知道了。"

本片编剧王炎,导演王炎,摄影尹志,主要演员有陈强、马世达、王春英、马瑜。1958年长春电影制片厂出品。

### 二、《太阳刚刚出山》

电影《太阳刚刚出山》根据马烽的小说改编,讲述在我国北部某地的一个叫柳庄的小村中发生的故事。

柳庄的社员们在高冈地一口气打了九眼井,每眼井出水都很旺,社员们都很高兴。可全社只有几部涡轮机,满足不了全社浇地的需要,大家都很着急。党支部郭支书进城几次也没搞到。听说生产资料公司有几部已拨给东照村但还未拉走的涡轮机,高老大急忙去找县委高书记想让他批准村里借用。此时,高书记正与区委李书记在东照村与田主任等社干部研究东照村打井不出水的原因,看到这些,高老大没有马上提出调拨涡轮机的要求。高书记和李书记仔细查看柳庄打井出水情况和出水记录,发现柳庄把井都打在村北面,通过修建一条不渗水的水渠,引水浇灌较远的土地,于是决定在全县推广这种集中打井,修渠引水的方法。他们把东、西照村的打井队集中到柳庄,在柳庄设立一个抽水站以灌溉三村土地。高老大对这种做法一时想不通,他不同意三村合作打井,怕柳庄吃亏。高书记批评他自私,高老大不能接受。高书记耐心地说服他,终于使他认识到自己的错误,迅速投身到三村合作搞生产的运动中。他提出,从合作打井开始将三村建设合并成一个社。高书记决定拨一台发电机给他们办一个发电厂,这样抽水、

《太阳刚刚出山》剧照

照明、磨面等等用电问题都解决了。东、西照村的人们听到这个消息,当夜便敲锣打鼓来到柳庄,人们在一起兴奋地研究打井、修渠、搞生产。在党的领导下,为满足农民群众的迫切需要,一个大办农村人民公社的高潮到来了。一轮红日从地平线上升起,放射出万道霞光,田野上充满了欢快的歌声。

本片导演王逸,副导演张凤翔,摄影汪一之,美术设计李俊杰,主要演员有任颐(饰高老大)、梁音(饰高书记)、刘振中(饰郭支书)。1960年长春电影制片厂摄制。

## 第三节　根据张平小说改编的电影

张平,山西新绛人,1954年出生。现任十三届全国人大常委会委员、民盟中央专职副主席、中国文联副主席。1982年毕业于山西师范大学中文系。1976年参加工作,历任山西新绛县东街学校教师,山西临汾地区文联编辑、文艺科长,山西省文联《火花》副主编、创研室副主任,山西省作

家协会主席,中国作家协会副主席,山西省副省长。专业作家,国家一级作家。1981年开始发表作品。1985年加入中国作家协会。著有长篇小说《法撼汾西》《天网》《少男少女》《抉择》《凶犯》《十面埋伏》《国家干部》《重新生活》,中短篇小说集《祭妻》《姐姐》《夜朦胧》《对面的女孩》,长篇报告文学《孤儿泪》等。作品曾获全国第七届优秀短篇小说奖、山西省首届赵树理文学奖、第六届庄重文文学奖、第五届茅盾文学奖。2000年被山西省委、省政府授予"人民作家"称号。

### 一、《天网》

张平以反贪小说闻名全国。在他的《法撼汾西》出版之后不久,又创作了另一部作品《天网》,可以说是《法撼汾西》的姊妹篇。

20世纪80年代出版的反贪小说《天网》,叙述的是一个惊心动魄的故事,塑造了一个面对上级敢坚持正义、坚持原则的好县委书记的形象。新上任的县委书记刘郁瑞,偶然遇见了告状三十年而家破人亡的普通农民李荣才。刘郁瑞以人民公仆的强烈责任感,深入调查研究,顶着来自社会各个方面的阻力,不惧权势,扶正祛邪,终使多年来因官官相护未能昭雪的李荣才冤案得以彻底平反,同时也坚决惩处了那些滥用人民赋予权力的人。这部书被媒体和读者评价为"以作家的良知写农民的命运"之作,是"一部震撼人心的当代正气歌"。因为这部书触动了一些滥用职权的人的利益,张平被这些人告上了法庭。但法律是公正的,最终以张平的胜诉而结案。

《天网》发表后,全国几十家报刊纷纷转载,电影、电视剧、连环画、话剧、地方戏等几乎所有的重要艺术形式都推出了改编自《天网》的作品。

1994年,谢铁骊根据张平小说原著拍摄了反腐倡廉的电影《天网》。谢铁骊将影片的背景放在20世纪80年代初期,一个山西偏远山区的小县城里。影片中的李荣才因被诬陷贪污二百九十七元,竟然上访、告状二十多年,以至告得倾家荡产、家破人亡,直到带领一家老小沿街乞讨,被视为所谓"告状"专业户,其间遭受的打击和摧残,令人惨不忍睹。在这部影片中,谢铁骊力图通过为李荣才的申冤和昭雪,塑造

《天网》剧照

秦裕民这样一个抱诚守志、深切关心百姓疾苦、坚持正义的县委书记形象,借以表现共产党人的浩然正气和人民公仆在老百姓心目中的地位。影片的魅力主要来自对生活真实的反映,在人民群众对腐败积蓄了相当程度的愤懑情绪的时候,艺术适时地以相当的规模和深度加以表现,自然具有动人的魅力。

影片获1995年年度中国电影"华表奖"和中宣部精神文明建设"五个一工程"入选作品奖。

## 二、《孤儿泪》

电影《孤儿泪》改编自张平的同名报告文学。此片讲述了党生五三因患有先天性足内翻,自幼被父亲遗弃,善良的耿二女通过福利院收养了党生五三的一段令人动容的故事。

1975年春节,对于煤矿工人任建国来说是个难过的年,妻子丢给他四个幼小的孩子去世了。面对一贫如洗的家,他不得已把患有先天性足内翻的小四抛弃在大同福利院门口。福利院收留了这个男婴,取名党生五三。任建国割舍不下小儿子,又跑回福利院,想确切知道儿子的下落,正赶上保育员要带党生五三到乡下去,他一直跟到骆驼房村,亲眼看见儿

子被交到了村妇耿二女手里。耿二女家境贫穷,丈夫赵老实患有严重的哮喘病,他们已有了一个儿子,可善良的耿二女还是收养了党生五三。日子一天天过去了,小党生五三六岁了,长得活泼可爱,可看到他那残疾的脚,二女就心疼。一家人省吃俭用决心为党生五三治病。耿二女带着党生五三来到大同,医院的大夫说大同医疗条件较差,应尽早到北京去做手术。可这要花好几千元,哪有这么多钱啊!这愁坏了耿二女一家。他们回到村里,村里来了个云游的老道士。老道士告诉他们一个秘方:妈妈每天晚上用温水给孩子揉脚,直到天亮孩子的脚发红发胀发麻为止,还得坚持下去。耿二女每天让亲生儿子挑水、烧水,自己给党生五三揉脚。几个月下来,她病倒了。福利院院长大花知道后,深受感动。她组织了社会募捐,把募捐的钱交给二女,让她带孩子去北京治病。在大同,耿二女将党生五三一人暂放在一家饭店门口,去追一个丢钱的女孩,回来后看到饭店老板的儿子和伙计正欺负党生五三,又心疼又气愤,便去找老板讲理,却认出老板就是发了财的任建国。任建国也认出了受

《孤儿泪》剧照

欺凌的正是自己几年前抛弃的儿子,忙拿些食物追出去,可耿二女已带着党生五三上车走了。

北京医院的医生说即使做了手术也难免是瘸子。耿二女绝望了,带着孩子又回到村里。她继续用老道士的方法给孩子揉脚。任建国自从见了孩子,就到福利院恳求想领回自己的儿子,福利院院长同意了。在外卖粮食的耿二女听说了,急忙赶来截住任建国的车,党生五三与她抱头痛哭,那难舍难分的样子使任建国黯然离去。十二年的光阴过去了,又是一个大年夜,任建国给赵老实他们一家送来的礼物是党生五三的领养证,他说:"孩子是你们的了。"耿二女听了失声痛哭,悬了十几年的心终于放下了。

张平为了写《孤儿泪》,曾多次到大同市福利院进行采访。那些父母在抛弃自己的亲骨肉时所表现出的冷酷和残忍,那些生活在社会最底层的普普通通的老百姓们在抚养这些弃婴时所表现出来的仁慈和善良,使张平大为震动,达到了"五内俱焚,血泪盈襟"的地步。张平产生了一种要把它写出来的冲动。于是他用大爱和大恨写出来这部反映人生真谛、世界温暖,呼唤真情和爱心的《孤儿泪》。

《孤儿泪》写的是大同市福利院分散寄养孤残儿童的故事。大同市福利院,作为一个由民政部门主管的社会福利机构,从解放到现在,它收养的弃婴和孤残儿童就有近万名之多。一个小小的福利院,怎么能养得起这么多孤残儿童?一条被逼出来的路找到了,那就是分散寄养,给孩子们找一个比较好的生存环境。于是就有了多少个奶爹奶妈,于是就产生了多少个感天地泣鬼神、令人痛断肝肠的故事,于是就有了这本书和这部电影——《孤儿泪》。

贯穿电影《孤儿泪》中一系列动人心魄的故事的一条红线,就是母爱。这种爱,不图回报,不含杂质,没有任何功利目的,是人类最伟大、最高尚、最纯洁、最无私的爱。这种伟大的母爱足以净化人们的灵魂,培养人们的情操,使人们懂得同情、懂得爱。这种伟大的母爱中所包含的尊老爱幼、勤劳善良的传统美德,也是我们当今社会所需要的。我们呼唤人间真善美,希望摒弃世上假恶丑。我们需要以真情代替冷漠,以理解消除猜忌,在社会主义精神文明建设中,建立起和谐友爱的人际关系,形成建设祖国、振兴中华的合力。

本片出品人韩三平、吴宝文,制片人徐晓青、吕厚生,编剧江怀延、武寒青、程彤,导演周力,副导演(助理)邓雪松、黄辉,摄影罗逊,副摄影刘辉,剪辑朱红,道具李宝泰,美术设计张滋雨,副美术设计祝天云,服装设计刘芳,作曲王华,化妆王秀芬,灯光高作明、范平,录音关键,场记张汉渝,烟火黄建华,拟音刘万富,制片主任王小川、杨汉平,主要演员有曹翠芬(饰耿二女)、廉冠(饰童年党生五三)、樊志刚(饰青年党生五三)、黄宗洛(饰老个旦)、高强(饰赵老实)、孙敏(饰任建国)、王玉芝(饰大花)、刘玉玺(饰乡下汉子)、张双利(饰经理)、王哲(饰道士)。1996年北京电影制片厂、峨眉电影制片厂出品。北京电影制片厂发行。

影片获1996年年度中国电影"华表奖"和1997年年度中宣部精神文明建设"五个一工程"入选作品奖。

### 三、《天狗》

电影《天狗》改编自张平20世纪90年代初写的中篇小说《凶犯》。影片描述了小人物李天狗历经苦难、拼尽全力与黑恶愚昧势力坚决斗争,用生命和鲜血守护国有山林的故事。

凌晨,一场血案发生在山林——护林员李天狗开枪打死了孔家三兄弟。李天狗是个战斗英雄,在战场上伤残了一条腿,复员后被分配到偏远的国有林场当护林员。被他枪杀的孔家三兄弟则是当地声名显赫的权势人物,被称为"三条龙"。公安老王进驻村庄调查案情。令人难以置信的是,李天狗是在身受重创、生命垂危的情况下,用一杆老枪完成了精准的射击,而这起血案背后,更有一个惊心动魄、感天动地的故事。

评论家陈茹在她的《血性的呼唤——由电影〈天狗〉所想到》一文中简明地讲了这个故事。

《天狗》剧照

退伍军人李天狗在对越自卫反击战中被打残了腿,回村当了护林员。当时有称霸乡里的三兄弟,人称"三条龙",长年把持村委会大权,大肆盗伐国有山林,并进行倒卖,因而富甲一方。李天狗的到来中断了他们的财路。为继续他们的美梦,他们先是对李天狗投之以桃,请客送礼,见不奏效,霍然一变,阴毒手段连番出笼。卡电卡水,欺辱其妻,诱害其子,种种卑劣恶毒不一而足;而李天狗以常人不具有的坚韧咬牙硬扛了下来,就是不准他们破坏山林。最后,气急败坏的三兄弟丧尽天良唆使村民将李天狗毒打至昏迷。当他们把罪恶之手再一次伸向山林时,忍无可忍的李天狗缓慢而坚决地举起了枪。三声枪响,"三条龙"应声倒地,罪恶的污血在喷溅。三声枪响,正义的执法与自卫,喷涌的热血终于冲决了最后的畏惧与犹疑,毅然决然地射杀了罪大恶极的恶霸,护卫了贫瘠的山区里如十亩地一棵苗般宝贵的森林。

陈茹在文中说:"张平以他'人民作家'的良知与眼力,将笔锋直指某些手握实权的作威作福的为所欲为的村霸、乡霸、县霸,这些乡这些县在中国的大地上,是基层也是底层。然而它是共和国大厦的基础,是我们赖以生存的土壤。"

作家的这种"血性的呼唤"是多么地具有震撼的力量。

本片出品人任仲伦、肖锋、周永生、李峰,制作人肖锋、李虹、郑宏志、郭大冬、史山河、林丹萍,编剧郑宏志,导演戚健,副导演(助理)谢民、沈迎庆,摄影李明、张川、刘书和、肖斌,配乐刘思军、董卫,剪辑周新霞,道具朱海、王建林、林福忠,艺术指导周力,美术设计张丹、杨晓家,造型设计周勤、朱虹、刘云,服装设计李淑燕、张淑华,视觉特效蔡进平,灯光梁家林、李冰、曹洪波、孙进松、曹三、梁杰,录音郭昕、刘海亮、黄河、印永信、励和平,剧务王军良、耿树清、汤庆福、王朝栋,场记伍幸芝,中国爱乐乐团演奏,主要演员富大龙(饰李天狗)、朱媛媛(饰桃花)、刘子枫(饰村长)、周力(饰王所长)、王振(饰秧子)、王建荣(饰吴县长)、杜杜(饰乡长)、刘畅(饰李公安)、杨晓明(饰孔金龙)、刘小溪(饰孔银龙)、高昌昊(饰孔钰龙)、谢民(饰孔青河)、范贵清(饰老七叔)、李希忠(饰老板筋)、张元宝(饰厚眼镜)、李巧英(饰村长妻)。2006年,福建省东宇影视有限公司、广东国际文化传播有限公司、北京李家文化艺术有限公司联合摄制。上海电影制片厂、中共福建省委宣传部出品。

影片《天狗》2006年获第十三届大学生电影节最佳故事片奖;第九届上海电影节评委会大奖;第十五届上海影评人"2005年度十佳影片"奖,女主角朱媛媛获最佳女演员奖。2007年获第二十六届中国电影"金鸡奖"最佳故事片奖,导演戚健获最佳导演奖,男主角富大龙获最佳主角奖;男主角富大龙还获第七届华语传媒电影大奖最佳男主角奖。

剧作家王兴东在一次讲话中提到,电影《天狗》的导演和演员获了大奖,但是没有几个人知道这是根据作家张平的小说《凶犯》改编的电影。张平在接受记者采访时说:"由我的小说《凶犯》改编而成的电影《天狗》获得了最佳导演奖,导演戚健上台领奖时,特别说了一句'感谢作家张平',只这一句话让我感动了好长时间。"他还说:"只要从事过影视拍摄工作的作家、剧作家,对剧本创作的艰辛都会有切身的感受。剧本创作所耗费的精力是难以想象的,从构思到写作,这一过程比拍摄要漫长得多。构思和创作过程浸透了作家、剧作家的心血和汗水,说十年磨一剑的话丝毫不夸张。"

2019年5月11日,影片《天狗》在首届吕梁文学季、汾阳贾家庄种子映院放映。让观众惊喜的是,张平现身放映前观众见面会,他向观众讲述了自己当年同意作品改编成电影的初衷以及电影拍摄的艰难过程,"没想到影片拍出来后赢得了很多年度大奖,当时因为宣传经费不足,片子太沉重,所以看到的人并不多。但《天狗》在豆瓣网的评分一直在8.5分左右,它是你应该去看的片子。今天看到这么多人坐在这里,我很欣慰"。他还特别提道:"在文学看似越来越热闹且越来越边缘化的今天,吕梁文学季意义重大。"[1]

### 四、《生死抉择》

1997年8月出版的长篇小说《抉择》是张平的一部重要作品。在《抉择》创作之前,张平曾采访了数十个国有大中型企业。他发现在一些国有企业里,对企业破坏、损害最大的是腐败,是权钱交易,是资产流失,是一些企业的领导巧立名目、假公济私,对国有资产大肆掠夺,大发横财。而那些因停工停产被迫下岗的工人们的生活困境却是令人触目惊心。严酷的现实使张平产生了一种强烈的创作冲动、全新的创作意识,他一定要替那些工人们说说心里话,一定要揭露那些正在动摇我们改革基石的腐败分子,一定要为那些立党为公的真正的改革者讴歌、呐喊。于是就有了长篇小说《抉择》。

在《抉择》这部四十多万字的以国有企业改革为背景的长篇小说里,张平以饱满的政治激情、沉重的忧患意识、高度的责任感和使命感,对社会矛盾予以深刻揭示和无情剖析,紧紧抓住反腐败这一关系到党和国家

---

[1] 见2019年5月13日《山西日报》。

生死存亡的重大问题，反映人民的心声，这表现了作家直面现实的理性精神和勇气，因而这部作品能给人以强烈的冲击和震撼。

电影《生死抉择》是根据张平的《抉择》改编的。导演于本正说："我对《抉择》一书所揭露的问题和揭示的主题深感震惊，并感动于作者张平在作品中所表现出来的社会责任感和使命感，因而我抛开顾虑，全身心投入到创作中去。"于是就有了我们今天所看到的电影《生死抉择》。

影片以大型国有企业中阳纺织集团的艰难改革为线索，通过一系列权与钱、贪与廉、忠与奸、爱与恨的激烈的矛盾冲突，生动、真实地塑造了李高成、杨诚等一批真正的共产党人的形象，同时入木三分地刻画了郭中姚、陈永明等腐败分子的丑恶嘴脸，具有发人深省、震撼人心的艺术魅力。该片以反腐败斗争的现实与电影艺术几近完美的结合，表达出了人们心中所有而笔下所无的东西，以其强烈的艺术感染力，深深地拨动了时代之弦。

故事讲的是，北方某省会城市市长李高成自中央党校学习一年后回来，就面临复杂的局面和尖锐的矛盾。一方面，自己面前出现了一个强有力的竞争对手杨诚，他来了才半年，省委就已经任命他主持市委工作；另一方面，自己曾经工作过的中阳纺织厂有上千工人准备到市政府请愿，这令他大吃一惊。六年前,李高成就是该厂的厂长,几十年来它一直是本市纳税大户,但现在却面临着破产和倒闭。

李高成进入中阳纺织厂进行调查,但随着调查的一步步深入,他发现由他一手提拔的中阳纺织厂领导班子存在着集体腐败,自己的妻子吴蔼珍也深深卷入其中。李高成的四弟李宝柱本来在家种田,却成了"青苹果娱乐城"的总经理。这个乌烟瘴气的娱乐城,幕后老板正是中阳纺织厂的领导班子。而所有这些盘根错节的关系网背后,正是培养他的省委副书记严阵。李高成面临着痛苦的抉择。最终,在党性和良知的要求下,在杨诚的协助下,李高成做出了一个共产党员应有的选择。

《生死抉择》是一部振聋发聩的反腐倡廉力作,具有很强的思想震撼力和艺术感染力。影片以澎湃的激情成功地塑造了李高成、杨诚等有血有肉、令人信服的优秀领导干部形象,他们在金钱、亲情、友情面前所表现出来的浩然正气令人振奋和鼓舞,从他们的身上折射出党和政府反对腐败、从严治党的坚定信心和决心。同时,影片中揭露的腐败现象发人深省,深刻地揭示了反腐败是一场关系到党和国家生死存亡的斗争。

影片题材重大,主题鲜明,贯穿着党中央关于从严治党、反对腐败的精神,塑造了当代共产党人立党为公、不惧邪恶,充满浩然正气的光辉形象,表现了我们党反对腐败的坚定决心。影片揭露了一些领导干部经不起物欲的诱惑,堕入罪恶的深渊,走上犯罪道路的过程;揭露了腐败分子极力编织关系网,从领导身边的人打开缺口,妄图把领导干部拉下水的丑恶行径。影片塑造的艺术形象具有典型意义和教育意义,是配合当时全党开展的"三讲"教育和党风廉政建设难得的形象化教材。它告诉我们,只有坚持不懈地反对腐败,才能兴党兴国。

电影《生死抉择》在全国各地上映后,引起社会各界强烈反响,成为大江南北的焦点话题和电影市场的"全新景观"。影院内外,人头攒动,街谈巷议,好评如潮,出现了万民争看、众说《抉择》的喜人局面。从中央领导到普通百姓,从机关厂矿到部队学校,从新闻媒体到影视圈内,无不交口称赞,认为这是一部近年来难得一见的反映人民心声、展示共产党人凛然正气的优秀影片,是一部给人强烈震撼和深刻警示的反腐倡廉的文艺精品,观后令人震惊,促人警醒,使人振奋。

党中央和全党各地党委对影片《生死抉择》的发行上映非常重视。中共中央纪委、中央组织部、中央宣传部、国家广播电影电视总局2000年8月14日联合发出通知,要求认真组织广大党员、干部观看影片《生死抉择》。

中共山西省纪委、省委组织部、省委宣传部等八个单位于2000年7月18日发出《关于做好影片〈生死抉择〉宣传、发行、放映和组织观看工作的通知》,要求"组织广大党员、团员和各级干部及其家属观看此片","主要领导要亲自布置落实,带头观看,特别是处以上领导干部要观看此片"。

8月30日,中国作家协会、中共上海市委宣传部和上海市文化广播影视管理局在上海联合召开电影《生死抉择》研讨会,总结从小说《抉择》改编成电影《生死抉择》的成功经验。中国作协党组书记翟泰丰、上海市委副书记龚学平,以及小说作者张平、电影导演于本正等出席了研讨会。

影片《生死抉择》的火爆引起了新闻媒体的重视,新闻媒体的介入又推动了影片的发行。文艺作品和新闻媒体共生互促,谱写了精神文明建设的辉煌篇章。《人民日报》《光明日报》《中国艺术报》《文艺报》《文学报》等全国大报,以及《山西日报》《太原日报》等地方报纸多次发表有关作家张平、小说《抉择》、电影《生死抉择》的报道和评论。

新华社2000年8月13、18、23日三次就影片《生死抉择》在全国各地上映后引起强烈反响,就中纪委等部门要求组织党员、干部观看影片《生死抉择》,就新华社记者专门采访了原著作者张平等发了通稿;8月26日新华社再次以"新华视点"之名发了新华社记者的署名文章《反腐倡廉——执政党的生死抉择》。

中央电视台8月份连续四次在每晚黄金时间的《新闻联播》里报道影

片《生死抉择》在各地上映后引起强烈反响的消息。

全国各级领导部门的高度重视,广大观众的热情关注,新闻媒体的广泛宣传,使电影《生死抉择》火爆全国。在火辣辣的中国盛夏刮起了一场强劲的反腐倡廉的风暴,掀起了一股持续高温的张平作品热。一部电影能够在全社会产生这么强烈的积极影响,能够引起全国这么多的地方和部门的关心和重视,这在新中国的电影发展史上是极其少见的。电影《生死抉择》的火爆全国,是当时文艺界的一大盛事。

《生死抉择》也是迄今为止根据张平作品改编的影视作品中最成功的一部,具有强烈的视觉冲击力、思想震撼力和艺术感染力,是近几年来现实题材包括反腐倡廉题材作品中的精品力作和重大突破,也是那一阶段影视创作的一个重要收获。

电影《生死抉择》是好剧本和强制作的强强结合,是思想性、艺术性和观赏性并重,思想精深、艺术精湛、制作精良的精品佳作。张平对电影的改编是满意的,说这是所有根据他的作品改编的影视剧中最成功的一部。张平认为,电影充满了正气,拍得很大气,是一部名副其实的大作品。它的拍摄提供了主旋律影片改编的一个成功范例。电影的火爆反过来又促进了小说的销售。从小说《抉择》到电影《生死抉择》正是文学与影视联姻,走近读者和观众、走向市场的又一成功范例。

本片制作人朱永德,编剧贺子壮、宋继高,导演于本正,摄影沈妙荣、费福祥,主要演员有王庆祥、廖京生、左翎、王振荣、雷明、张弘。2000年上海电影制片厂摄制。

影片2000年获第二十届中国电影"金鸡奖"最佳故事片奖,最佳编剧、最佳男主角、最佳男配角奖;中国电影"华表奖"优秀故事片奖,优秀编剧、优秀导演、优秀男主角奖;中宣部精神文明建设"五个一工程"特等奖。2001年获第二十四届《大众电影》"百花奖"最佳故事片奖,最佳男主角奖。

## 第四节　根据刘慈欣小说改编的电影

刘慈欣,1963年6月出生,山西阳泉人,大学本科学历。1985年10月参加工作,高级工程师。中国作家协会会员,中国作协第九届全委会委员,中国科普作家协会会员,山西省作家协会副主席,阳泉市作家协会副主席。中国科幻小说代表作家之一。自20世纪90年代开始,他一边在山西阳泉娘子关发电厂担任计算机工程师,一边利用业余时间从事文学创作。著有七部长篇小说,十六部中篇小说,十八部短篇小说以及部分评论文章。作品蝉联1999年—2006年中国科幻小说银河奖,获2010年赵树理文学奖,2011年《当代》年度长篇小说五佳,2011年年度全球华语科幻星云奖最佳长篇小说金奖,2010年、2011年全球华语科幻星云奖最佳科幻作家奖,2012年人民文学柔石奖短篇小说金奖,2013年首届"西湖·类型文学双年奖"金奖,第九届全国优秀儿童文学奖(科幻文学类)。2013年,更是以三百七十万元的年度版税收入,成为第一位登上中国作家富豪榜的科幻作家。2014年11月,出任电影《三体》监制。

2019年5月,第十三届作家榜主榜单发布,刘慈欣以《三体》系列斩获一千八百万元版税收入登顶。

代表作有长篇小说《超新星纪元》、《球状闪电》、《三体》三部曲等,中短篇小说《流浪地球》《乡村教师》《朝闻道》《全频带阻塞干扰》等。其中《三体》三部曲被普遍认为是中国科幻文学的里程碑之作,被翻译成二十八种文字出版,将中国科幻作品推上世界的高度。

2015年8月23日,刘慈欣凭借《三体》获第七十三届世界科幻大会颁发的雨果奖最佳长篇小说奖。雨果奖,是公认的最具权威性和影响力的国际科幻大奖,堪称科幻界的诺贝尔奖。刘慈欣是该奖项自1953年设立以来的首位亚洲获奖者。刘慈欣却冷静得像一个旁观者,他甚至调侃:"除了我之外,别人似乎都很兴奋。"

2017年6月25日,刘慈欣凭借《三体Ⅲ·死神永生》获得轨迹奖最佳长篇科幻小说奖;2018年11月8日,获2018年克拉克想象力服务社会奖。2018年12月21日,刘慈欣进入2018年亚马逊中国Kindle(电子阅读器)年度付费电子书作家榜前十,排第二名。2019年4月,美国布兰迪斯大学官网宣布,布兰迪斯大学会在2019年5月19日举行的毕业典礼上授予中国科幻作家刘慈欣文学荣誉博士学位。

2019年2月5日(中国农历大年初一),根据刘慈欣作品改编的电影《流浪地球》(导演郭帆)和《疯狂的外星人》(导演宁浩)上映。同日,《流浪地球》在美国二十九座城市的三十三家影院同步上映;2月8日,在澳大利亚、新西兰上映。《纽约时报》报道称,《流浪地球》是"中国电影制作新时代的曙光"。2019年被称作"中国科幻电影大片元年"。刘慈欣被誉为"中国当代科幻第一人"。2019年4月,在北京国际电影节上,《流浪地球》获天坛奖·最佳视觉效果奖。2019年11月,获第三十二届中国电影"金鸡

奖"最佳故事片奖。

《流浪地球》的故事设定在2075年,讲述了太阳即将毁灭,太阳系已经不适合人类生存,人类面对绝境,将开启"流浪地球"计划,试图带着地球一起逃离太阳系,寻找人类新家园的故事。电影综合了自然灾害、技术进步和人类生存的宇宙困境等宏大主题。

那时,科学家们发现太阳急速衰老膨胀,短时间内包括地球在内的整个太阳系都将被太阳所吞没。为了自救,人类提出一个名为"流浪地球"的大胆计划,即倾全球之力在地球表面建造上万座发动机和转向发动机,推动地球离开太阳系,用两千五百年的时间奔往新家园——四点二光年外的比邻星。为此,一个庞大而又漫长的逃跑计划产生。人类开始在地球上安装一个巨大的发动机,预想将整个地球当作一个飞行方舟,以此逃离太阳系,前往宇宙搜寻新的家园。然而这个计划所付出的代价也是极其高昂的,常识、伦理,从人的思想中消失,剩下的只有人类对生存的渴望。疑惑、猜忌,一度引发人类之间的战火,但在太阳最后死亡的瞬间,战火平息下来,人类开始满怀希望踏上新的旅程。"地球啊,我的流浪地球啊"成为无数这个时代人类临终前的遗言。它代表了人类最深处的呐喊:我们一定要活下去。

在流浪地球的征程中也有具体的人物和故事。中国航天员刘培强(吴京饰)在儿子刘启四岁那年前往国际空间站,和国际同侪肩负起领航者的重任。转眼刘启(屈楚萧饰)长大,他带着表妹朵朵(赵今麦饰)偷偷跑到地表,偷开外公韩子昂(吴孟达饰)的运输车,结果被逮捕。恰巧此时发生了全球发动机停摆的事件。为了修好发动机,阻止地球坠入木星,全球展开饱和式营救,刘启他们连车带人也被强行征用。在与时间赛跑的过程中,无数的人前仆后继,奋不顾身,只为延续百代子孙生存的希望。

属于硬科幻的电影《流浪地球》摒弃了美国大片中的"太空探险片"套路,基于中国语境,在片中渗透了中国特色的安土重迁与恋家的核心情

《流浪地球》剧照

感,坚持"带着地球去流浪",这种情感也为影片注入了一个中式灵魂。

《流浪地球》上映后登顶IMAX(巨幕电影)票房冠军,至2019年5月6日,票房已达46.55亿元,暂居中国影史票房第二位,仅次于《战狼2》(56.85亿元)。在北美的票房也突破了530万美元,成为近五年来在北美上映的票房最高的中国电影。

《流浪地球》上映后,受到国内外媒体、专家、学者和广大观众的广泛好评。影片获得主管部门的高度关注,国家电影局为此召开《流浪地球》专题研讨会。

《人民日报》评论文章称:《流浪地球》中体现的是中国亲情观念、英雄情怀、奉献精神、故土情结和国际合作理念。电影不再是超级英雄拯救世界,而是人类共同努力改变自己的命运。这样的理念,是对好莱坞科幻电影叙事套路的突破,将中国独特的思想和价值观念融入对人类未来的畅想与探讨,拓展了人类憧憬美好未来的视野。

《光明日报》评论文章称：影片从精神层面来说，在电影宏大的故事设定、突破天际的想象和荡气回肠的叙事下，观众能看到中国人的世界观、中国人的思维方式、中国人的行为逻辑。无论是顾全大局舍弃个人利益，还是执着的亲情纽带、向死而生的勇气；无论是对家园故土的眷恋和珍视，愚公移山一般的执着，还是影片中因为缺乏交流沟通而疏离的父子关系，都有很多对现实的投影。

从物质层面来说，一些道具细节的设计灵感来源于中国传统文化，当中国观众看到时就会觉得无比亲切，达到极大的审美契合。长久以来，中国的很多电影用带有中国特色的故事情节来体现非本土的价值观，从而使电影整体呈现出不和谐的感觉。《流浪地球》在这一点上处理得很巧妙，使观众在科幻场景中看到的依旧是纯而又纯的中国人，感受到的依旧是中国人的处事原则和道德标准。

《经济日报》评论文章称：《流浪地球》剧情中的种种反套路设置，是在末世危机面前人类命运共同体更为科学合理的设想，极有中国特色。山挡路了移走，海成灾了填掉，天破了补起来，愚公移山、精卫填海、女娲补天，这些融于中国人血脉中与天地抗争的豪情，与面对末世争生机、寻希望的电影主题异常合拍。影片凸显不惧牺牲的集体主义精神的饱和式救援，这掐中了观众痛点，成为中国科幻电影攀登世界先进水平的重要标志，满足了中国观众对国产科幻大片多年的期待。更重要的是，影片具有中国特色，有着富有中国气质的独特创新。

著名导演贾樟柯说："这部电影充分说明中国电影多元化的趋势在不断扩展。与过去的科幻题材电影相比，《流浪地球》的叙事水平、制作水平、特效水平都有了很大提升，这是中国电影综合实力提升的重要体现。"

山西省作家协会党组书记、主席，文艺理论评论家杜学文撰文说："春节期间，有多部新摄制的电影上线，为人们贺岁。而最引人注目的是两部。一部是宁浩导演的《疯狂的外星人》，一度夺得票房第一。这是宁浩

'疯狂'系列中的新作。不仅其喜剧设计令人称道,隐含的思想内核也具有深邃的哲学意蕴。而另一部根据山西作家刘慈欣小说《流浪地球》改编的同名电影也与观众见面了。在我写下这些文字的时候,这部影片在上映六天的时间内票房突破二十亿,稳居新春贺岁档票房第一。有专家认为,这是中国由电影大国向电影强国转型升级的代表性作品,也是中国科幻电影的里程碑式作品;《流浪地球》的出现,是中国文明转型,科幻想象力、电影工业体系等'综合实力、综合国力'形成的结果,是中国电影工业美学的胜利。我难以判断这样的评价是否准确,但我知道,电影《流浪地球》的出现,已经不仅仅是一种'电影现象',而是延展为一种文化现象,成为2019年春节期间最热门的话题。从电影的发展完全可以感受到国家的进步。尽管我们不能说电影《流浪地球》是山西的作品,但我们可以说,这仍然是一部与山西有着密切关系的作品。在原小说中,刘慈欣写到了人类建立在太行山颠的地球发动机,推动地球远行。人类,在严峻的考验面前结成了命运共同体,激发出巨大的创造力与想象力,以及牺牲与奉献精神。他们在情感、理智、智慧的统领下,付出艰辛的努力,共同寻找人类的未来。这是多么震撼人心的想象与呈现。而这样的电影,就在我们的身边。我们的电影也将与人类同行,走向远方。"

著名作家李骏虎对于科幻小说是如何在中国发展的,之前也做过研究。他说:"早在清朝晚期和民国时期,就有很多作家写过科幻小说。鲁迅先生就翻译过不少国外科幻小说。只不过之前的科幻作家想象上很受局限,无非是对未来的畅想和对地球邻居的探索,关系对象是月亮或者火星,直到刘慈欣的出现,国产科幻小说才有了对外太空的无限'猜测'。刘慈欣是中国科幻小说家里程碑式的人物,其幻想力具有超越性。可以说,中国科幻小说的新阶段是从刘慈欣开始的。可以说,刘慈欣是目前想象

---

① 孙轶琼:《刘慈欣:一个有终极幻想的科幻作家》,《山西晚报》2019年2月25日。

力最强大的科幻作家,可以说是有终极幻想的科幻作家。"①

有的评论家从《流浪地球》这部中国科幻电影,谈到中西科幻电影的差异和文化碰撞。青年文学评论家吕轶芳说:"简单来剖析一下这部在中西文学碰撞下的中国'希望'之作。如果把刘慈欣的《流浪地球》和西方凡尔赛和威尔斯的科幻电影相比,还存在诸多的差异和文化碰撞,诸如作品中背着地球去流浪而不是西方式的放弃地球,自己坐上飞船逃走,这是中国人安土重迁精神的体现。同时,中国科幻作品更加重视精神的力量,而西方科幻更加崇拜超能力;中国人用希望和勇气来使地球逃生,西方人用超自然能力来拯救世界;中国人相信三个臭皮匠抵一个诸葛亮,西方人永远崇拜像钢铁侠和绿巨人一样的Superman(超人);中国人崇尚和平与自由,西方的种族主义在无意间侵入了科幻领域;中国的作品更强调的是星球的灾难、文明的碰撞,西方的科幻更加重视种族之间的优胜劣汰;西方的科幻大片大多包含着英雄美女的爱情史诗,而中国的电影更加宣扬温暖朴素的人间亲情、友情。"①

青年作家晋洋从《流浪地球》影片的人物到影片的主题进行了分析。他说:"我很高兴地发现在《流浪地球》里,以吴京为代表的宇航员与地球上的救援队员们都不是冰冷僵硬的口号式的英雄,而是有血有肉来自普通人中的英雄。也有儿女情长,也怕死,也会犹豫不决,但令人感动的在于在人类生死存亡的大背景下可以为人类的集体利益放弃个人家庭的利益,团结一致,共赴危难。就像电影结尾,说着俄语、韩语、日语、英语、法语的人,不同的国籍,不同的肤色,乃至不同的种族的人,但只要是救援队一员,都放弃了最后与家人团聚的机会,以几乎为零的概率殊死拼搏,为了人类共同的家园地球,为了人类的生存而拼尽全力。此时人类这两个字眼已经成为了全球智慧生物共同的信仰。看到这里让我热泪盈眶。什

---

① 吕轶芳:《中国科幻文学的崛起之路》,《火花》2019年第3期。

么和平与战争、意识形态政治纷争、宗教信仰冲突,在人类的存亡之际都不值得一提。这就是本片最大的软实力体现,人文主义关怀,人道主义的精神。我们中华文明里最重要的一点就是世界大同、大爱无疆。有着这层软文化作为影片的主题,使这部科幻电影有了感动人心的永恒魅力,才能算得上是科幻经典力作。"①

《流浪地球》火到美国,吸引了以华人为主的大量北美观众。他们赞扬这部影片"达到好莱坞科幻大片的水准"。一位注册名为Sylph-R的影迷说:"这部影片体现了好莱坞电影所代表的美国文化与中国文化的许多差别。在好莱坞电影中,当地球不再适合人类生存时,情节设定可以想到的是登上太空船去寻找避难之所等内容,但是《流浪地球》却体现了中国人的思维:不言舍弃故土与家园,才有了给地球装上一万台发动机的设想……拯救全世界的也不再是超级英雄和个人主义,而是所有人共同挽救世界的故事。"②

加州理工学院物理学教授陈雁北说:"这部影片场景宏大,情节扣人心弦,同时也体现了细腻的情感,是一部很好看的电影。优秀的科幻作品能把人们的日常生活和真挚情感融入科学幻想中。遐想之余,能有更深刻的思考。作为科学家,我为电影中出现的科学技术而欣慰;作为久居国外的中国人,我为电影中的中国元素而感动。"③

面对业界和观众的评价以及媒体的采访,刘慈欣对中国的科幻作品满怀信心。他说:"对于中国的科幻电影和影视,我是持乐观态度的。通过这两部片子,中国的科幻电影应该很快成长、繁荣,说不定不久的将来,就可以成为继美国之后第二个科幻电影大国了!"④

本片制作人龚格尔、王鸿,监制、原创刘慈欣,导演郭帆,副导演郁刚,

---

① 晋洋:《〈流浪地球〉:中国科幻史的里程碑》,《火花》2019年第3期。
②③ 新华社稿,《太原晚报》,2019年2月16日。
④ 孙轶琼:《科幻作家刘慈欣:你的想象就是全宇宙》,《山西晚报》2019年2月25日。

编剧龚格尔、严东旭、郭帆、叶俊策、杨治学、吴荑、叶濡畅,摄影刘寅,配乐阿鲲、刘韬(附加音乐),剪辑张嘉辉,美术设计郜昂,动作指导严华,造型设计王熙雨,视觉特效丁燕来、徐建、赵浩强,录音王丹戎,主要演员有吴京(饰吴培强)、屈楚萧(饰刘启)、李光洁(饰王磊)、吴孟达(饰韩子昂)、赵今麦(饰韩朵朵)。2017年5月,由中国电影股份有限公司、北京京西文化旅游股份有限公司、北京登峰国际文化传播有限公司、郭帆文化传媒(北京)有限公司摄制、出品。中国电影股份有限公司、北京京西文化旅游股份有限公司发行。

# 第三辑

## 第十三章　山西的抗战电影

中国是世界反法西斯战争的亚洲主战场,山西是抗日战争时期八路军晋绥、晋察冀和晋冀鲁豫三大根据地的重要组成部分,八路军总部在山西。山西抗战在中国抗日战争中具有重要的战略地位。十四年抗战中,山西是华北抗战乃至全国抗战的重要战略支点。山西民族精英荟萃,斗争史册恢宏,是民族解放的中坚和前哨。在山西境内的八路军主力部队和地方兵团进行的70次著名战役、战斗中,歼灭日军近7万人,占侵略华北日军总数22万人的31.8%。山西地方党组织培养了15万名共产党员,山西根据地向八路军输送了60万名热血青年。山西人民在抗日战争中做出了重大的牺牲和贡献。

在山西这片热土上,上演过一出出可歌可泣的历史壮歌,留下了一段段感人肺腑的民族记忆,引导我们回望那个抗战浪潮风起云涌的烽火年代。近年热播的《八路军》《吕梁英雄传》《亮剑》《白求恩》《抗日名将左权》《太行山上》等一系列红色影视剧的历史故事就发生在这里。

山西的电影工作者怀着神圣的历史使命感拍摄过多部反映抗战的有历史价值和艺术力量的作品。山西的抗战电影所表现的题材是多方面的。有表现重大抗日活动或事件的,有表现具体战役或战斗的,有表现抗日英烈或抗日英雄的,有表现民兵和普通老百姓抗日斗争的,也有表现国民党军队正面抗击日军的;反映的是中国人民保卫国家、反抗侵略的坚定决心、不屈意志。

这方面的电影重要的有,山西电影制片厂摄制的表现奇袭阳明堡机场的《夜袭》;山西电影制片厂摄制的讲述在徐海东、黄克诚指挥下,八路军在阳城町店镇成功伏击歼灭日军千余人的町店战役的《徐海东血战町店》;山西电影制片厂和上海电影制片厂联合摄制的讲述为了争夺珍贵的盘尼西林药品,我地下党员与日军展开生死较量的故事的《盘尼西林·1944》;山西省作协和代县联合摄制的表现普通中国老百姓抗日斗争的《给我一支枪》;山西省作协摄制的讲述中国军人联合山西吉州百姓抗击日寇侵略、保护中国民族宝贵文化遗产的战斗故事的《保卫人祖山》;山西省作协和忻州市联合摄制的表现雁门关伏击战、摧毁日军运输线的《浴血雁门关》;山西省作协和阳泉市联合摄制的反映平定七亘村伏击战的《伏击》;太原市委宣传部和太原成成中学等摄制的反映太原成成中学抗日游击队可歌可泣的悲壮历史故事的系列电影《成成烽火》(共十部);山西省作协和临汾市等摄制的讲述八路军115师集中于隰县、蒲县、大宁一带与日军展开午城大战的《血战午城》;忻州市等摄制的反映八路军120师主力将日本侵略军赶出我晋西北根据地的《浴血反击》;山西五洲文化传播公司摄制的讲述在日寇制造的"西峪惨案"中八路军和人民群众生死与共、奋力抗敌的悲壮故事的《血染西峪》;晋城市等摄制的讲述在"百团大战"中,由386旅参谋长周希汉任总指挥的八路军在迂回运动战中集中兵力歼灭日军的《战将周希汉》等。

这些抗战电影坚持思想性、真实性、时代性、艺术性的统一,表现出浓郁的民族风格,具有地域特色,吸纳地域文化元素,充满强烈的爱国主义情怀和精神。

我们记述这些表现以爱国主义为核心的民族精神的抗战电影,对于我们勿忘国耻,提高民族自信心和自豪感有着重要的现实意义。《夜袭》

(见本书第三章第三节)、《给我一支枪》(见本书第五章第一节)、《浴血雁门关》(见本书第五章第一节)已在有关章节记述,本章主要记述《落经山》《伏击》和《咆哮无声》这三部抗日电影。

## 第一节 《落经山》:一部好看、有思想、有筋骨的影片

《落经山》是我国首部溶洞夺宝大片。故事发生在一个美丽的山村、一个巨大的天然溶洞中,美景让人陶醉,故事令人惊颤。一个逃难的哑巴来到一个与世隔绝的小山村,被一位善良的老和尚收留,在清贫宁静的生活中逐渐融入了这个世外桃源,并与一个美丽清纯的女子产生了朦胧的感情。一天,他偶然进入了一个巨大而神秘的洞穴,意外地知道了一个尘封千年的惊天秘密。一个早晨,天上突然掉下一架冒火的飞机,侵略者日本飞行员被善良的哑巴救起,这却给这个世外桃源带来了灭顶之灾。山村的宁静被打破,拉开了一场夺宝与护宝的殊死搏斗。

《落经山》以美轮美奂的山村、溪流、溶洞的场景和围绕夺宝与护宝的殊死搏斗展开的故事,既让人震撼惊叹,又令人热血沸腾,把这两种不同的观影感受连接在一起的是日寇的侵略和企图夺取藏在大山溶洞里的经卷这一剧中的主要情节。这就使《落经山》成为一部表现正义与邪恶斗争的影片。战争破坏了和平,战火烧毁了田园,兽性毁灭了人性——这是日本侵略者带给中国人民的灾难;善有善报恶有恶报,以眼还眼以牙还牙——这是中国人民对付日本侵略者的办法。影片《落经山》艺术地反映了这一段我们永远都不会忘却的历史。

《落经山》这部电影好看,因为它是一部充分发挥电影特性,用镜头语言讲述故事,同观众进行交流,完全按照电影的艺术规律制作的影片。影片引人赞赏的是人物少、台词少、场景少,情节也不复杂;吸引人眼球的是

画面美、人物美、意境美。就是在这种节奏徐缓、美轮美奂的视觉享受中,导演用镜头吸引着观众把电影一点点地看下去。

在影片中,巍峨陡峭的大山,幽深莫测的溶洞,百步九折的天梯,巉岩绝壁上的独木桥,危峰对峙间的一线天……无不令人产生一种神秘的敬畏感;而清澈明净的潺潺流水,落英缤纷的湖光山色,红黄相间的河边树叶,溶洞里不时飞出来的一群群白鸽……让人赏心悦目,陶醉其间。善良的老人、纯朴的哑巴和美丽的村姑与大自然的美景融合在一起。这是影片中最为观众感叹、赞赏的部分。

但是,这一切美好的东西都因为日寇的入侵而毁灭。老人被杀害,村姑自沉在溪流中,手无寸铁的老百姓被血腥屠杀……美的展现和美的毁灭是影片的深刻内涵。

《落经山》这部电影有思想、有筋骨,因为它是一部"弘扬主旋律,传播正能量"、增强人民精神力量的优秀作品。

日本人发现落经山的溶洞里藏着他们觊觎已久的无价之宝——唐代经卷。日本帝国主义不仅要占领中国的土地,奴役中国的人民,而且要掠夺中华民族的传世文化珍宝。那个被哑巴救了的日本飞行员领着一队日本兵闯进了深山,逼着村民交出珍宝,老和尚以死抗争,村民无一人带路,最终全被屠杀。而侥幸外出的哑巴成了唯一的幸存者,也成了向日本人讨还血债的唯一的战斗者。为了复仇,哑巴同日寇的生死绝杀是影片最为震撼人心的段落。

哑巴默默地带着一队寻宝的日本入侵者走进了那个深不见底、结构复杂的巨大洞穴。在洞穴中,义愤填膺、手持大刀的哑巴与惊恐万状、困兽犹斗的鬼子展开搏斗。我们仿佛听到了"风在吼,马在叫,黄河在咆哮"的怒吼声,听到了"我们都是神枪手,每一颗子弹消灭一个敌人"的拼杀声,听到了"大刀向鬼子们的头上砍去"的复仇声。刀光剑影的溶洞夺宝大战是影片最大的看点。进入洞穴的十四个日本鬼子在神秘、恐怖的怪石和黑暗中,发出一声声惨叫,有的被大刀砍死,有的掉进深渊,有的被巨石砸死……恶魔们得到了报应。当那个蔑称中国人是"傻瓜"的日本飞行员最后一个逃出洞穴时,一把血染的钢刀横在他的面前。这个日本飞行员在他的那本日记最后一页写道:"那个哑巴诱使我们用炮火轰塌了洞口,用最聪明的办法保护了真经。直到这时我才明白:我们才是一群最傻的傻瓜!"

中国人民是善良的,但是,中国人民是不能任意让人宰割的。"朋友来了有好酒,豺狼来了迎接它的有猎枪。"以眼还眼,以牙还牙;人不犯我我不犯人,人若犯我我必犯人——这就是中国人民对待侵略者的态度。

影片《落经山》是冯小宁拍摄的抗日题材系列电影中的一部。他匠心独运,精心选材,以草根百姓为主角,通过一个普通人的英勇壮举,用洞穴大片的形式,创作了这部电影。洞穴片国外早已有之,但将重要的情节、场景设置在洞穴中,对于国内观众来说还是一次全新的体验。

本片编剧冯小宁,导演冯小宁,摄影冯小宁,主要演员有李正、曾昂。中共山西省委宣传部、山西广播电视台、中共朔州市委宣传部、北京紫太阳影视策划有限公司联合摄制。电影频道节目制作中心出品。

## 第二节 《伏击》：一个表现敌后抗日战争的范例

影片描写抗日战争初期，挺进山西的八路军129师师长刘伯承指挥的平定七亘村伏击战，给日寇以沉重的打击，大大激励了根据地军民抗战热情的故事，彰显了爱国主义精神。

故事讲的是：八路军战士董明才跟随部队东渡黄河回到了家乡平定县阻击日军。离家越近，他越急切地想回家探望年迈的父母；由于部队统一行动，未能如愿。一天趁部队休整，他悄悄离开驻地，准备去探望父母。回家路上他发现日军正准备偷袭我八路军一驻地，急忙开枪报警，使日军包围我军的阴谋未能得逞，但董明才也没能回家见到父母。

部队根据这一突发情况，决定利用当地有利地形伏击偷袭我军的日军部队。团长找来身为本地人的董明才，由他带路找到当地开明士绅穆久义借粮。借粮时，董明才见到了穆久义的女儿——他幼时的玩伴，如今已是县中学教师、牺盟会干部的穆秀岩。

为了掌握敌情，董明才陪同团长化妆后到日军驻地侦查，途中遇到了同村的老牧羊人，得到了日军辎重部队明天就会到达这里的重要信息，团长决定马上实施伏击方案。老牧羊人回村带回了董明才的消息，董明才的父母急切盼望能见到多年未见的儿子。

次日，日军辎重部队三百余人果然如期进入我军的埋伏圈，日军大部被歼灭，中队长三兵少佐侥幸逃生。穆久义、穆秀岩和乡亲们连夜帮助部队运送缴获的物资。

为了再次打击日军的运输部队，掌握敌军的准确动向，董明才再次奉命前去日军驻地测鱼镇侦查，穆秀岩自告奋勇陪同前去。就在这一天，三兵少佐带着日军对村民进行了残酷的烧杀报复，董明才的父母也惨遭杀害。

董明才和穆秀岩机智地完成了侦查任务,却在返回途中被日军发现遭到追击。为了保护穆秀岩并使情报得以安全送回,董明才故意把日军引到另外一条路上,不幸中弹落水。

第二天,犹疑不定的日军涩谷大佐在上级的压力下,不得不继续为前方日军运送物资,却一路警惕万分。就要进入我军的埋伏圈时,警觉的日军停止了前进。埋伏已久的我八路军战士的心都悬了起来,不知道发生了什么情况。这时前方突然出现了董明才的身影,他和老牧羊人吵闹打架,成功地将日军引入埋伏圈。日军被我八路军痛打得即将溃败时,恼羞成怒的三兵少佐点燃了炸药包。混战中,董明才及时发现这一危险,迅速抢过炸药包避开人群奔向山崖,随着一声巨响董明才壮烈牺牲。

这部电影从一个侧面反映了中国共产党所领导的抗日游击战争在中国整个抗日战争中的地位和作用。中国抗日战争包括国民党指挥的正面对敌战争和共产党领导的敌后抗日游击战争。这部电影所体现的就是毛泽东同志关于山西抗战的战略部署和八路军奉命挺进山西抗日前线、建立敌后抗日根据地的战略决策。八路军129师刘伯承师长所指挥的平定县七亘村伏击战就是实现

这种战略部署和战略决策的重大战斗。两次七亘村伏击战的胜利,沉重打击了七七事变后日寇要"一个月拿下山西,三个月灭亡全中国"的狂妄野心。

本片编剧史辉华、侯讵望,导演鹿峰,摄影程国杰、雷雄,主要演员有卢海华、刘芳毓、陈楷、白燕忠。山西作家协会影视艺术制作有限公司、中共阳泉市委宣传部、阳泉市文联联合摄制。

## 第三节 《咆哮无声》:一首气吞山河的壮丽诗篇

在中华民族抗击日本帝国主义的侵略战争中,我们熟知八路军"狼牙山五壮士"跳崖的英雄壮举,我们也传诵着东北抗日联军"八女投江"的巾帼悲歌;但是,人们对"八百壮士投黄河"这一极其悲壮的故事还是所知甚少。影片《咆哮无声》打开尘封的记忆,揭开历史的谜底,为我们讲述了这个充满伟大民族精神和英雄主义情怀而又鲜为人知的动人故事。

影片以抗日战争为背景,以一个记者的采访为引线,讲述了一个尘封多年的抗日英雄的故事。通过两个不同国籍的军人的经历以及后代人的回忆剖析了两个民族对这场战争的反思。

中国女孩万云在姑奶奶万静娴去世以后看了她当年的日记。日记里记录的姑奶奶在青年时代的战争经历、情感经历,以及八百抗战战士英勇投江的故事,深深打动了她。她决定沿着姑奶奶当年的脚印,走上寻找真相之路。日本人中村一郎由父亲中村次平一手带大。老中村不仅患有阿尔茨海默病,还被自己的战争经历困扰着。为了让父亲有个平静的晚年,中村一郎踏上了前往当年老中村在华作战地的马家崖的旅途。两个不同国籍、不同文化、不同经历的年轻人在相同的地点相遇了。纪念碑、千人坑、革命纪念馆、老人杨镇江的回忆,故事碎片渐渐拼合,一个尘封已久的抗战故事浮现在两人面前。

《咆哮无声》的背景是1941年5月爆发的中条山战役。这一战役是抗日战争进入相持阶段后，中国军队在山西范围内展开的唯一一场大规模对日作战。中条山横广170公里、纵深50公里，像一条巨蚕横卧在运城盆地与黄河谷地之间，与太行、吕梁、太岳三山互为犄角，战略地位十分重要，是中原地区的天然屏障。日军向中条山地区发动大规模进攻，其意在占据黄河各个渡口，以便相机进犯中原、袭击西北。进犯中条山的日军有10万人，中国军队有20万人。在这场历时一个多月的战役中，中国军队伤亡惨重，日军以数千人的损失造成我军数万人的牺牲。蒋介石称此战役是"抗战史上最大之耻辱"。

但是，中华民族不可侮，中国人民不可欺，"八百壮士投黄河"的义举，展现了威武不屈、共抵外侮的民族精神，是用一种无声的方式，汇聚成那个特殊时代的最强音：咆哮无声。

作为一部战争题材的影片，《咆哮无声》不是传统的戏剧式结构，没有用一个有头有尾、线性发展的故事表现中条山战役始末，而是通过中日两个不同国籍的军人的经历和一个个悲壮、惨烈的情节表现战争中人的命运，从人性、人情的角度去透视战争、剖析战争，探索战争与人的关系，表现战争带给人民的苦难和经久难愈的心

灵创伤,表达当代人对历史、对战争的思考,这就使它具有特殊的认识价值。

《咆哮无声》以倒叙追溯的表达方式,现代戏和战争戏交织在一起的叙事方法,体现了电影艺术的特点。影片以万静娴的日记和杨镇江老人的回忆写过去,以万云的"寻找"之路和内心独白写现在。用一种真实的情感联系,把过去与现在衔接起来,表现战争与和平时代人们不同的奋斗足迹和理想追求。

《咆哮无声》中代表和平年代的主人公是80后时尚、靓丽的城市女孩万云。她拿着姑奶奶万静娴生前所写的日记,前往万静娴当年留下青春、梦想和爱情的地方,寻找抗日英雄的遗迹。起初,万云对于她所接触到的过去的事有许多不理解。她不理解她的姑奶奶:"执着地爱一个不知道生死的人,他们到底是什么样的人呢?"她认为"镇江爷爷他们那一代人特傻。他们就只认一个理,连命都可以不要"。随着这条"寻找"之旅的深入,通过姑奶奶的日记和镇江爷爷的回忆,以及她的实地所见所闻,万云的认识发生了变化,对前辈的故事有了更深的了解,对人性的善与恶有了切身的感受,她开始客观地审视自己的生活理想和人生价值。她说:"呐喊,咆哮,我从来没有这么深刻地理解过这些词语。原来这些词语并不是从喉咙里发出来的,不是一个个肤浅的音节。你眼前的这些孩子,他们穿着耐克鞋,背着阿迪包,他们对着网络,对着另一边的陌生人,声嘶力竭,做着英雄梦,却不会为自己的父母做一顿饭,不会为一个倒在路边的老人伸出一只手,在虚拟的社会里,他们以为自己拥有一切,但唯独不知他们是否拥有热血和担当。当年那些和我们同样年纪的战士们,他们不曾哭喊,不曾呼号,但他们无声的咆哮却存留在这片土地的每一个角落。"万云说:"我终于找到了。"她一路走来,找到了生活的真谛,找到了人生的价值。

《咆哮无声》中代表战争年代的主人公是跳崖战士中唯一的幸存者、

年已九十的杨镇江老人。他一家七口都死在日本鬼子的屠刀下。他的众多战友纵身跳河壮烈殉国。他对日本鬼子有着强烈的国仇家恨,但他人性善良,收养了日本人的遗腹子,做出了一件连日本人都想不到的事。杨镇江老人对牺牲的战友们,七十年来昼思夜想,梦寐萦怀。他唯一的心愿就是让他们"回家"。他按照士兵名册把这些年仅十八九岁的烈士们的姓名一一刻在石碑上,然后用这几百块石碑筑成一面烈士墙。当镇江老人把他刻好的最后一块石碑砌在烈士墙上时,他说:"在烈士跳崖后的七十年,我刻完最后一块石碑,了却我的心愿了。大伙就把这里当成自己的家吧!大伙的灵魂可以在这里相聚了!"在镇江老人说这些话的时候,衬托在老人苍老面孔、瘦弱身躯后面的是一面高高的长长的烈士墙。烈士墙和老人融合在一起,就像一座巍峨的浮雕矗立在人们面前,给观众以巨大的视觉冲击力。

《咆哮无声》影片中另一个战争年代的人物是日本侵略军士兵中村次平。由于他对中国人民犯下的残暴罪行,使他在晚年饱受精神折磨的痛苦。他派他的儿子中村一郎带着他写给杨镇江老人的一封谢罪信来到中国。中村一郎跪在杨家七口人的墓碑前,读他父亲的谢罪信:"虽然我从战争中苟活下来,但这么多年来,我一直无法忘却对您家人所施加的残暴恶行。随着年岁的增长,比较能看清楚了。那个疯狂的年代,效忠也好,被逼也好,都不能洗脱我们对手无寸铁的你一家大小所犯下的罪孽……必须诚心乞求原谅,乞求后生晚辈别再走同样的路,不要再犯同样的错误,祈求人类世界和平共存。罪人中村次平。"这个侵华日本兵的忏悔和认罪,同样是对过去的这场战争的反思。

来到中国替父亲谢罪的中村一郎也曾生活在战争的阴影中。中村是广岛人,战争期间原子弹的袭击给他留下了可怕的记忆。他的母亲、姨母和姥姥都是因为受到核辐射而患癌症去世的。他认为自己身上埋藏着"定时炸弹",所以他决定不结婚,不要孩子。

《咆哮无声》作为一部战争片,写的最惨烈的战斗是马家崖血战。烽火连天、硝烟弥漫的战场;子弹打光了,刺刀劈弯了,就用石头砸,以血肉之躯同日寇搏斗的细节;战士们目眦尽裂、鲜血满面、放声怒吼的特写——这种大尺度的战争场景,加上紧张快速的节奏和悲愤壮烈的配乐,将一场真实而惨烈的战争展现在观众面前,具有惊天动地、震撼人心的艺术力量。《咆哮无声》被认为是中国战争片中"最残酷"也"最英勇"的影片。

　　在敌人把弹尽粮绝的我军战士逼到黄河岸边马家崖的悬崖峭壁上时,为了民族的尊严,他们高呼:"爹娘,孩儿不孝,先走一步了!"战士们在"死就死,一起跳啊!"的呼喊声中,一个个、一排排纷纷跳下,淹没在滚滚的黄河浪涛中,投入到孕育我们这个伟大民族的母亲河!他们以年轻的生命践行了自己捍卫民族尊严的誓言。在英勇跳崖的中国战士面前,日本鬼子震惊了!事实告诉他们,中国人民用血肉筑成的钢铁长城永远是不可逾越的。

　　《咆哮无声》是一部体现崇高文化理想和艺术追求的优秀影片,引起我们对战争与和平的反思,对抗日英雄的缅怀,对以爱国主义为核心的民族精神的尊崇,对激发中国当代青年勿忘国耻、振兴中华,具有重要的现实意义。

　　本片制作人张熙晞,编剧王海平,导演萧锋,主要演员有李宗翰、李立群、刘芸、恬妞。中共山西省委宣传部、新晋商(北京)投资公司、北京龙海星光文化传媒公司、北京红绒花文化传媒公司、中共运城市委宣传部联合摄制。

# 第十四章　山西的戏曲电影

**题外话**：本章是在刘涛同志撰写的《山西戏曲电影》的基础上，按照本书体例删节、补充、加工整理而成的。刘涛是山西省戏剧家协会副秘书长，从事协会组织、戏剧史论研究等工作。编著有《山西杂字说山西》、《山西杂字藏谈》、《山西杂字辑要》（上下）、《山西地方戏曲》（小学1—3年级）、《山西话剧档案》等图书，发表戏剧评论多篇。本章内容参阅了山西省话剧院贾耀华同志的《山西戏曲电影初探》一文。山西电影制片厂制片人张乔珍、导演张忻喜同志也为本章提供了有关资料和图片。在这里，向刘涛、贾耀华、张巧珍、张忻喜同志表示感谢。

戏曲是中国传统舞台艺术之一，以其独特化、程式化的语言巧妙融合了"唱念做打"的舞台技艺。当中国传统戏曲与西方电影技术结合后，就于1905年产生了中国电影史上的第一部戏曲电影《定军山》。从此，独具民族特色的戏曲艺术得以从小舞台走向大银幕。

《定军山》是由丰泰照相馆拍摄的我国第一部影片，是由我国著名京剧演员谭鑫培主演的。那一年正是谭鑫培先生六十华诞。谭鑫培饰演黄忠,表演了《定军山》中"请缨""舞刀""交锋"等场面,表现了中国古代名将的英雄气概。为了利用日光,影片拍摄是在丰泰照相馆中院的露天广场上进行的。摄影师是该馆照相技师刘仲伦,前后拍摄了三天,共成影片三本。这部短片是我国最早的一部戏曲片,从此宣告中国电影的诞生。① 从这个意义上说,中国诞生的第一部电影就是戏曲电影。戏曲电影在中国是比其他任何电影类型都要早的电影类型。

新中国成立后,中国戏曲电影进入繁荣时期,不仅京、昆、沪、淮剧戏曲电影不断增多,出现了许多精品佳作,如《红楼梦》《梁山伯与祝英台》《天仙配》《十五贯》等,其他地方剧种也突破戏曲舞台的局限,搬上银幕,走向全国。

山西是中国戏曲的摇篮,有着丰富的戏曲资源,剧种众多,剧团也多,山西百姓特别爱看戏,戏曲在山西各地有着深厚的群众基础。山西戏曲电影是中国戏曲电影的重要组成部分,中国戏曲电影的发展有起有伏、有兴有衰,山西戏曲电影也是有起步、有成长、有繁荣、有低落、有兴盛。同时,山西作为戏曲大省,戏曲电影也有自己独特的发展脉络与风格特色。一些著名艺术家的表演经拍摄电影得以永久保存下来,成为珍贵的文化遗产。

戏曲与电影联姻,有一对主要矛盾主导着戏曲电影的创作理念与创作思维,影响制约着戏曲电影的发展,这就是以虚拟化为重要特征的戏曲艺术与以逼真性为重要特征的电影艺术的关系。逼真性往往会破坏虚拟艺术的美感,而虚拟性又常常会限制逼真艺术特长的发挥。这一普遍性的问题,贯穿戏曲电影的整个历史,渗透到每一部具体的作品里,山西拍摄的戏曲电影也不例外。

---

① 程季华主编《中国电影发展史》第一卷,中国电影出版社,1963,第14页。

## 山西戏曲电影一览表(1955—2018)

| 序号 | 出品时间 | 剧种及片名 | 导演(文学顾问/艺术顾问) | 制片方 |
|---|---|---|---|---|
| 1 | 1955 | 晋剧《打金枝》 | 刘国权 | 长春电影制片厂 |
| 2 | 1959 | 蒲剧《窦娥冤》 | 赵乙　张辛实 | 长春电影制片厂 |
| 3 | 1960 | 眉户剧《涧水东流》 | 刘国权 | 长春电影制片厂 |
| 4 | 1962 | 上党梆子《三关排宴》 | 刘国权 | 长春电影制片厂 |
| 5 | 1965 | 眉户剧《一颗红心》 | 王岚 | 长春电影制片厂 |
| 6 | 1976 | 晋剧《小宴》 | 沙丹 | 中央新闻纪录电影制片厂 |
| 7 | 1981 | 北路梆子《金水桥》 | 温明轩、杨耕泉、龙庆云 | 中央新闻纪录电影制片厂 |
| 8 | 1984 | 晋剧《三关点帅》 | 孙建勋 | 西安电影制片厂 |
| 9 | 1984 | 上党梆子《佘赛花》 | 常甄华 | 长春电影制片厂 |
| 10 | 1986 | 上党梆子《斩花堂》 | 高廷伦 | 长春电影制片厂 |
| 11 | 1988 | 蒲剧《烟花泪》 | 谢添 | 北京电影制片厂 |
| 12 | 1997 | 蒲剧《窦娥冤》 | 王永宏 | 山西电影制片厂、上海谢晋恒通有限公司 |
| 13 | 1999 | 眉户剧《唢呐情》 | 阎筱斌、张忻喜 | 山西电影制片厂 |
| 14 | 2008 | 碗碗腔《酸枣坡》 | 王英权 | 国家广电总局新视点电视节目制作中心 |
| 15 | 2010 | 上党梆子《一门忠烈》 | 刘巳生 | 山西电影制片厂 |
| 16 | 2010 | 晋剧《傅山进京》 | 张峰 | 中国文联、中国剧协等 |
| 17 | 2014 | 北路梆子《黄河管子声》 | 王冰河 | 忻州市政府、忻州市北路梆子一团、北京金尊影视文化传播中心等 |
| 18 | 2015 | 蒲剧《山村母亲》 | 朱赵伟 | 山西电影制片厂、中国剧协等 |
| 19 | 2017 | 豫剧《母亲》 | 曹运福 | 长治银光院线、长治市兆丰文化传媒公司等 |
| 20 | 2018 | 蒲剧《枣儿谣》 | 沈聪 | 山西影视集团、山西电影制片厂等 |
| 21 | 2018 | 晋剧《于成龙》 | 张峰 | 中国文联、中国剧协等 |
| 22 | 2018 | 眉户剧《父亲啊！父亲》 | 尹大为 | 中国剧协、山西电影制片厂等 |
| 23 | 2018 | 粤剧《花月影》 | 黎涛 | 山西电影制片厂、广州粤剧院等 |

新中国成立后至2018年,山西共拍摄了二十三部戏曲电影。戏曲电影的创作,可分为四个阶段。

第一阶段,1955年至1965年,起步成长阶段,拍摄五部。

第二阶段,1976年至1988年,复兴繁荣阶段,拍摄六部。

第三阶段,1989年至2007年,消歇低谷阶段,拍摄两部。

第四阶段,2008年至2018年,全面兴盛阶段,拍摄十部。

现分阶段加以叙述。

## 第一节　第一阶段:起步成长阶段(1955—1965)

这一时期,山西一共拍摄了五部戏曲电影。

三个大戏是晋剧《打金枝》、蒲剧《窦娥冤》和上党梆子《三关排宴》,都是对传统戏加以改编,由当时最优秀的演员演出的。这些演员都正当年,正是艺术上最成熟的年龄,拍摄戏曲电影为他们留下了宝贵的音像资料,也为后人学习他们的艺术留下了参考媒介,同时对传播山西四大梆子起到了巨大的作用,扩大了山西四大梆子在全国的影响。

两个小剧种戏是眉户现代戏电影《涧水东流》和《一颗红心》,是由临猗县眉户剧团创作演出的。临猗县眉户剧团坚持演出现代戏,其传统剧目以"三小戏"(小生、小旦、小丑)为特色,特别擅长表现现代生活,表演朴实健康,接近生活,音乐好听,富有浓厚的生活气息,深受晋南人民的喜爱。

这五部戏曲电影都是由长春电影制片厂拍摄的。三部传统戏、两部现代戏,五部戏无一不是先在舞台上演出获得巨大成功,引起各方注意,然后拍摄成戏曲电影的。可见,在戏曲舞台上演出成功是戏曲拍摄成戏曲电影的首要条件。戏好,演员好,这才为我们留下了戏曲电影的精品之作。

### 一、晋剧电影《打金枝》

晋剧,即中路梆子,流行于晋中、晋北及内蒙古与河北、陕西部分地区。抗日战争以前,晋中一带人称之为大戏或梆子戏,与北路梆子区别时称下路调或下调戏,山西省之外泛称中路梆子,间称太原梆子。1954年山西省首届戏曲观摩汇演大会将之定名为中路梆子。这以后,山西省内外渐称之为晋剧。

新中国成立后,山西首部戏曲电影是晋剧《打金枝》。

晋剧《打金枝》,1952年参加了全国第一届戏曲观摩演出大会,获集体演出二等奖,扮演唐代宗的丁果仙获演员一等奖,扮演沈后的牛桂英获演员二等奖,扮演郭暧的郭凤英获演员二等奖,扮演升平公主的刘仙玲获演员三等奖。

剧本经过寒声、张万一、张焕、王易风的加工修改后,主题更加突出,立意更深刻,于1955年由长春电影制片厂拍摄为舞台艺术片,搬上了银幕。参加影片拍摄的主要演员有丁果仙(饰演唐代宗)、牛桂英(饰演沈

《打金枝》剧照:唐代宗(丁果仙饰)和沈后(牛桂英饰)

《打金枝》剧照：郭暧（郭凤英饰）和升平公主（冀萍饰）

后）、郭凤英（饰演郭暧）、冀萍（饰演升平公主）、王正奎（饰演郭子仪）、梁小云（饰演郭夫人）。影片在全国放映之后，颇受欢迎。《打金枝》由舞台搬上银幕，也为以丁果仙为代表的晋剧表演艺术家做了珍贵的艺术传真记录，成为山西戏曲的宝贵文献。

《打金枝》讲的是唐代宗的女儿升平公主嫁给大将郭子仪的第六子郭暧为妻。郭子仪寿诞，众子媳均前往拜寿，唯升平公主不去祝寿，郭暧生气打了公主，公主跑回皇宫哭诉。郭子仪绑了儿子上殿请罪，代宗不为儿女争吵私事而伤君臣和气，不仅不责罪郭暧，反晋升三级，免去宫廷法章，并责令女儿立刻去给公公拜寿赔礼。在母后的劝诫下，郭暧、升平公主和好如初。

直到今日，没有一个晋剧团体不会演《打金枝》，《打金枝》已经成为剧团下乡演出的开门戏、打炮戏。观众用《打金枝》这出戏来衡量剧团的综合实力。因为这出戏行当齐全，生旦净丑样样都有，演员众多，场面宏大。一个剧团行当是否齐全，表演是否有实力，舞美是否漂亮华丽，龙套是否精干齐全,文武场是否配合默契,从这一出戏中全部都能体现出来。因此,老百姓以能否演《打金枝》和能否演好《打金枝》来评价一个剧团的综合实力——是否与剧团签写演出合同就看此剧了。由此可见,《打金枝》这出戏在山西观众心目中的地位——《打金枝》对于一个剧团的生存至关重要。

《打金枝》又名《满床笏》,山西百姓特别爱看,也不仅仅是因为这出戏吉祥喜庆,热闹红火,更为重要的是,山西戏曲素有一种传统,善于把宫廷戏世俗化、民间化,以民间百姓的生活和情感表达方式来演绎宫廷人物的情感,这样就拉近了与百姓之间的距离,使得朝廷人物具有了烟火味、人情味。《打金枝》围绕一个"打"字,演了一个晚上,虽说的是宫廷里皇后、皇帝、公主、驸马、大臣之间的故事,却以民间百姓的生活方式演绎,让观众看后觉得就像邻居家发生的事一样亲切自然。一部《打金枝》具有了多重的文化内涵和社会意义,不同层次的观众有不同的欣赏心得。政治家学到了皇帝处理矛盾的方法与智慧,得出了君臣和谐相处之道;山野村民学到了夫妻相处之道;家长学会了调解家庭矛盾的方法。而有的人看《打金枝》,就是为了看小旦的娇气,或者花脸的吼,或者皇后的雍容富贵,神奇的戏曲就是这样让人痴迷,永远看不够。

《打金枝》拍摄成舞台艺术片,对于这部经典剧目的传承和中华优秀戏曲文化的传播,有着重要的作用。

### 二、蒲剧电影《窦娥冤》

蒲剧因产生于蒲州而得名,又称蒲州梆子。在陕西,蒲剧被称为东路戏;在山西北中部蒲剧则被称为南路戏。晋南当地习惯称蒲剧为大戏或乱弹。蒲剧传统剧目有本戏、折戏五百多个,精品众多,佳作荟萃,《窦娥冤》就是其中之一。

1959年出品的蒲剧电影《窦娥冤》讲的是恶棍张驴儿企图毒死蔡婆,

《窦娥冤》剧照：窦娥（王秀兰饰）和父亲窦天章（阎逢春饰）

霸占窦娥，不料张驴儿之父误饮毒药而死。张驴儿贿赂县令桃杌，嫁祸于蔡婆，窦娥恐婆婆受不了酷刑，只得自己含冤屈招。窦娥死后，应其誓言，血溅素练、三伏降雪、楚州大旱三年。六年后，窦娥之父重审此案，终为窦娥申冤。

《窦娥冤》是元代伟大现实主义剧作家关汉卿的代表作，取材于此剧的《六月雪》为蒲剧的传统剧目。20世纪50年代初，山西省大众蒲剧团成立，对剧本做了进一步加工修改，改名为《窦娥冤》，在城乡广为演出，深受观众欢迎。1959年，为了纪念关汉卿诞辰五百周年，由长春电影制片厂将蒲剧《窦娥冤》拍摄成彩色戏曲影片，搬上了银幕。

蒲剧的五大名演员均在影片中担任了角色，王秀兰演窦娥，阎逢春扮演窦天章，张庆奎扮演监斩官，杨虎山演山阳县令桃杌，筱月来扮演张驴儿之父，此外还有著名蒲剧青衣曹洪文扮演蔡婆婆，演员阵容强大。

影片在尊重关氏原作的基础上，做了必要的加工修改，使窦娥屈死这一主线更清晰，为屈者申冤寄予了希望。影片由晋南蒲剧院集体改编，行乐贤执笔，赵乙、张辛实导演，包杰摄影。

戏曲电影《窦娥冤》上映后，观众反映强烈。由于影片中有窦娥冤死后鬼魂的出现，在观众中引起不同意见的争论，《山西日报》为此开辟专栏进行过讨论。

### 三、眉户剧电影《涧水东流》

眉户,即晋南眉户,原称"迷胡",因曲调婉转缠绵,使人听之入迷而得名,俗称曲子戏。1955年,依延安书写习惯,由晋南眉户剧团开始,改称"眉户"。山西现有临汾市眉户剧团和临猗县眉户剧团两个眉户剧团。

眉户剧《两涧春秋》是根据西戎的小说《两涧之间》改编的。故事说的是:东涧农业合作社与西涧农业合作社之间仅隔着一条河。西涧的姑娘李小兰和东涧的小伙子吕茂森情意相投。他们建议两社合修一条水渠解决东涧的灌溉问题,得到两社广大干部群众的赞同。小兰兴致勃勃地将蓝图交给西涧的社长刘来虎,但刘来虎觉得修水渠只是对东涧有利,而西涧抗旱灌溉农田有两台抽水机就够了,不需要修建水渠。小兰不同意他的观点,据理力争。东涧的社长、刘来虎的岳父吕三多和西涧生产队队长、刘来虎的妻子吕月菊也支持小兰,都帮助小兰说服刘来虎。刘来虎仍固执己见,坚决反对修渠,还说小兰身为机械股长,主要任务是保养好机器,不要管修渠的事。在副业股长刘富锁错误思想影响下,西涧放弃了农业生产,转而将全部精力投入到副业。由于东涧得不到西涧的支持,只好自己动手修渠。在东涧修渠的过程中,人力、物资都十分紧张,小兰闻讯召集西涧的年轻人,调动车辆主动进行支援。刘来虎得知大为恼火,撤了小兰机械股长的职务,并勒令她写检查;

《涧水东流》剧照:小兰(王秀兰饰)和吕三多(任洪饰)

还斥责他的岳父吕三多,认为他有意设下圈套,要搞垮西涧,而让茂森与小兰谈恋爱是想将西涧的人才挖走。小兰妈也责怪女儿不该顶撞刘来虎,小兰顶住一切压力,和其他几名青年一起给刘来虎写了大字报,批评他在抗旱的紧要关头抽出人力和车马跑买卖搞运输,影响抗旱,还批评他的主观粗暴、本位主义的作风。党支部书记也对刘来虎进行了批评和帮助,刘来虎感到很委屈。这时,地里的谷子旱象越来越严重,两台抽水机因连夜工作突然出现故障。就在刘来虎心急如焚的时候,东涧社主动调来劳力和物资,支援西涧抗旱,东涧的这一行动感动了刘来虎,他开始认识到自己的错误,表示一定要和东涧联合修渠。

1960年长春电影制片厂出品的眉户剧电影《涧水东流》是根据山西临猗眉户剧团演出的眉户剧《两涧春秋》拍摄的,拍摄电影时更名为《涧水东流》。

本片编剧王世荣、韩刚、张万一,导演刘国权,摄影陈民魂,美工孙世祥、纪自强,临猗县眉户剧团音乐研究组编曲,临猗县眉户剧团乐队、长影乐团民族乐队演奏,主要演员有王秀兰、任洪、李英杰、杨翠花、王斌。

**四、上党梆子电影《三关排宴》**

上党梆子流行于山西东南部古上党郡地区。清道光末年官方称其为"本地土戏"。民国二十三年(1934),赴省城太原演出,曾叫上党宫调,当地群众一直只称之为大戏。1954年,山西省首届戏曲观摩演出大会将之始定名为上党梆子。

《三关排宴》是上党梆子的传统剧目,1962年在人民作家赵树理同志的协助与指导下,经山西省上党戏剧院加工整理,由长春电影制片厂摄制成戏曲影片,在全国公映,电影剧本发表于《电影文学》1961年9月号。

《三关排宴》电影诞生的大致过程:1956年,长治专区赴京汇报演出团在京期间演出了上党梆子《三关排宴》,引起了首都戏曲界的重视,认为这是一出政治思想与艺术表现都相当完美的剧目，很有加工价值。1957年，经过进一步加工，参加了当年举行的山西省第二届戏剧汇演，受到好评。《剧本》月刊5月号发表了《三关排宴》

剧本，北京宝文堂也将上党梆子《三关排宴》与京剧《四郎探母》辑作一书，书名就叫《三关排宴·四郎探母》。1959年，长治专区人民剧团第一分团作为山西人民福建前线慰问团第四演出团赴福建前线慰问时，《三关排宴》即为重点演出剧目，返回后，全团留住太原加工排演由程联考等整理的《三关排宴》剧本。中国戏曲研究院郭汉城、黄克保、余从、潘仲甫等驻团帮助指导加工排练。9月份，山西省举行第三届戏剧汇演，晋东南代表团演出了《三关排宴》(由郭金顺饰演杨八郎，温喜云饰演佘赛花，吴婉芝饰演萧银宗)，震撼了三晋剧坛，剧本改编兼导演程联考向大会做了经验介绍。长春电影制片厂导演张辛实看过《三关排宴》后，建议长影拍成电影，经双方协商，晋东南专区上党梆子剧团于1960年9月去长春，但由于剧本尚须修改，又于1961年1月返回山西。

1961年2月，赵树理同志由京返长治，听了各方面的情况介绍后，提出对《三关排宴》修改的个人设想。中共晋东南地委和长春电影制片厂都恳求赵树理着手修改。赵树理5月和8月两赴长春，与长影领导和业务骨干讨论后，写出了协助整理本。晋东南专区上党梆子剧团于8月份赴长春，9月下旬开始细排，改由郝聘之扮演佘赛花(郝聘之原唱上党落子，因排《三关排宴》，在1960年调入上党梆子剧团)，电影导演刘国权。11

403

月6日开始前期录音,12月4日开始入棚摄影,1962年3月全部完成,剧团于1962年4月离开长春。

本剧描写的是,杨四郎延辉战场被俘,改名木易,被辽邦国后萧银宗招为驸马。十年后,辽邦兵败,两国议和,萧后命延辉随驾来到三关。宴前议厅中佘赛花认出延辉,对其偷生招亲愤慨异常,便向萧后讲明真情,为护杨家千秋忠烈之誉,决意不认四郎为子,延辉羞愧难当,拔刀自尽。

影片中,郭金顺扮演杨延辉,郝聘之扮演佘赛花,吴婉芝扮演萧银宗,郭唐虎扮演杨宗保,高玉林扮演穆桂英,王凤姣扮演桃花公主,宋清秀扮演焦光普,李素秋扮演杨排风。

**五、眉户剧电影《一颗红心》**

1965年山西临猗县眉户剧团演出、长春电影制片厂摄制的眉户剧电影《一颗红心》,是根据农业合作社时期临猗县"槽头十状元"王传合、冯六六等人的先进模范事迹改编的。影片讲述的是正值农忙季节,红星生产队的大黄牛病了,这可急坏了生产队队长田明和模范饲养员许老三。老三日夜守护在大黄牛身边,精心照料,喂汤喂药,使患病的大黄牛渐渐康复。社员潘发家私心严重,趁着用牲口给队里耕地的机会,顺便耕了自己的自留地,并且把牲口打得满身是伤。共青团员田秀发现后,批评了潘发家,但潘很不服气。老三得知后心疼牲口,指责潘

《一颗红心》剧照:田明(范琳饰)和田秀(郝淑玲饰)

发家不该私自用队里的牲口耕自留地,潘虽无理,仍为自己辩解。田明看着大黄牛眼下不能为队里耕地,找老三商量,把大黄牛卖了换一头小毛驴。老三坚决反对,认为大黄牛只要好好照料,肯定会好起来的,说着便和田明争吵起来。田明见老三固执己见,很生气,觉得老三虽然是模范也不该顶撞领导。

潘发家借机火上浇油,挑拨说,老三不愿卖大黄牛是为了借病牛的招牌搞外快,还诬告老三偷饲料回家。田明听信了潘发家的话,批评老三公私不分,不容老三辩解,撤了老三的职,换上潘发家当饲养员。潘发家上任当夜就把一袋谷子偷回了家,恰被老三发现,二人争执起来。原来,这袋谷子是老三从自己家拿来喂牲口的。田明调查清楚了那袋谷子的来龙去脉后,深感内疚,连忙向老三道歉,承认自己脱离群众的错误,并令潘发家退回赃物,听候处理。老三又回到自己的岗位。队党支部书记支持老三的意见——病牛只要还有指望,就要耐心喂养。社员们都夸奖老三:"风格高尚心儿红,热爱集体,舍己为公。立场坚定,敢于斗争,他好似古老苍松常年青。"

本片编剧山西临猗眉户剧团,导演王岚,副导演华克,摄影郭镇铤,美工汪滔,临猗县眉户剧团音乐研究组编曲,临猗县眉户剧团乐队、长影乐团民族乐队演奏,主要演员有李英杰、范琳、王满喜。

## 第二节　第二阶段:复兴繁荣阶段(1976—1988)

党的十一届三中全会后,我国进入了一个新时期。文化战线拨乱反正,思想解放,出现了百花齐放、文艺繁荣的新景象。戏曲舞台空前活跃,戏曲电影也进入了复兴繁荣的新阶段。这一时期的山西戏曲电影以新编戏曲剧目、历史题材剧目居多。

这一阶段共出现了六部戏曲电影：晋剧电影《小宴》、北路梆子电影《金水桥》、晋剧电影《三关点帅》、上党梆子电影《佘赛花》、上党梆子电影《斩花堂》、蒲剧电影《烟花泪》。这六部戏曲电影都是由传统戏改编的，表现出这一阶段"新戏曲"以历史题材为载体，对历史事件人物进行现时代的解释，演出形式既保留了传统戏曲的基本方式，又吸纳了相关艺术门类的创作手段，使戏曲形式具有一定的现代感，更贴近现实的方向。

### 一、晋剧电影《小宴》

《小宴》（又名《谢冠》）是晋剧《凤仪亭》的一折。《凤仪亭》讲的是，东汉末，董卓独揽大权，设宴以试百官。酒席宴上闻张温私通袁术，当众斩之，百官无人敢言。司徒王允回府，独自在花园忧思，恰逢丫鬟貂蝉也在为国忧伤。于是二人暗定连环计，让貂蝉明许吕布暗许董卓，以使董、吕反目。吕布先纳貂蝉，董卓复霸貂蝉，吕布于凤仪亭见而恨之。为报夺妻之恨，吕布依王允计，诳董卓至禁门，用戟将其刺死。

《小宴》中吕布有翎子功特技表演，这是山西梆子特有的戏曲技能。

本片导演沙丹，摄影陈锦荻，山西省晋剧院乐队演奏，主要演员有田桂兰（饰貂蝉）、刘惠生（饰吕布）、李万林（饰董卓）。1976年中央新闻纪录电影制片厂摄制。

《小宴》剧照：貂蝉（田桂兰饰）和吕布（刘惠生饰）

## 二、北路梆子电影《金水桥》

北路梆子，又名上路戏，与中路梆子、上党梆子、蒲州梆子并称山西四大梆子，是在华北地区较有影响的剧种之一。郭沫若同志曾用"听罢南梆又北梆，激昂慷慨不寻常"的诗句，来赞誉北路梆子。

北路梆子《金水桥》，根据传统剧《乾坤带》的部分情节改编，讲的是唐太宗时期，驸马秦怀玉出征后，儿子秦英偷偷从家中溜到金水桥去钓鱼。眼见就要上钩的鱼被太师詹沛的护卫鸣锣开道吓跑了，秦英在争执间一怒打死了老太师。詹沛之女詹贵妃想为父报仇，找李世民哭诉。银屏公主获悉儿子闯了大祸，绑子上殿谢罪，李世民一怒之下判斩。长孙皇后上殿求情，要女儿银屏公主下跪求詹贵妃，詹贵妃被银屏公主的话语感动，终于答应不杀秦英。适逢驸马爷秦怀玉被困锁阳，为顾全大局遂命秦英戴罪立功去救援父亲。

领衔主演、时年六十四岁的贾桂林克服种种困难，在片中成功地塑造了银屏公主的银幕形象，展现了她表演艺术的隽永魅力。

专家评论贾桂林在电影中饰演的银屏公主的唱腔明快清亮、悠扬动

《金水桥》剧照：银屏公主（贾桂林饰）和秦英（白桂成饰）等

听,听之如饮甘泉,如沐春风;高唱如歌,低泣如诉,发自肺腑,沁人心脾。听其音,品其味,意味深长;观其演,赏其戏,技艺不凡。其唱腔既保持了北路梆子固有的激昂、慷慨、豪迈,有燕赵之风的基本特点,刚劲有力,高唱入云,又发展了北路梆子所特有的"弯调",把拖腔唱得很长,婉转抑扬,盘旋曲折,一口气能唱二三分钟,令观众听后大有"余音绕梁,三日不绝"之感。

《金水桥》汇集了北路梆子众多表演艺术家,成为北路梆子阵容最强的一出大戏。

本片编剧张沛、武承仁(执笔),导演温明轩、杨耕泉、龙庆云,摄影姜英杰,音乐续柯璜,主要演员有贾桂林(饰银屏公主)、李万林(饰唐太宗)、康桂兰(饰国母)、白桂成(饰秦英)、王翠兰(饰詹妃)、翟效安(饰秦怀玉)、孙一清(饰徐茂公)、董福(饰程咬金)。1981年,由中央新闻纪录电影制片厂拍摄。该片完成后曾在中央电视台戏曲频道播出。1986年获山西省电影电视剧"天龙奖"优秀戏曲艺术片一等奖。

### 三、晋剧电影《三关点帅》

《三关点帅》讲的是宋真宗时期,宋辽之间进行的一场旷日持久的战争。时值中秋,辽邦大元帅萧天佐,举兵南侵,在边关外摆了一座"天门大阵",欲与宋军决一死战,意图南进中原。三关元帅杨延昭,为戍边破敌,亲率焦、孟二将及将士试探"天门阵",不料被辽兵察觉,引起激战。杨延昭力斩辽将,趁势追歼,不料误入迷阵,眼看就有被擒之险。此时在峭峰观战的穆桂英飞身杀入阵中,其势锐不可当。萧天佐落荒而逃。穆桂英带领杨延昭夺路而出,化险为夷。杨延昭在急难中得遇智勇神将,大为惊叹。回营后,杨延昭力荐穆桂英,而代表皇权势力的八贤王却认为穆桂英是山寇之女,其父又是罪臣,不应起用。

杨延昭之子杨宗保,一日奉命巡营来到穆山脚下,为争一只大雁,被穆桂英"捉"上山寨，二人一见倾心，私订终身。杨延昭得知此事非常高兴。但穆家积怨未消，不肯下山扶宋，使他一筹莫展。在战不能胜、求救无援、请贤不到的紧急情况下，杨延昭果断对外谎称要斩宗保，终于引得穆桂英下山，献出《破阵方略图》。杨延昭观图后更觉穆桂英不仅  武艺超群，而且韬略在胸，认定这才是年轻有为、才华出众、制服辽邦的三关统帅。杨延昭决心将帅印让给穆桂英，八贤王却坚决反对，两人为此相争不下，形成僵局，最后杨延昭不得不以"交印"相激才使八贤王让步。穆桂英登上帅位，手捧皇家玉玺，亲率士卒投入收复失地、保卫边关的抗辽战斗中。

　　本片编剧张翔、张宴杰、梁枫，导演孙建勋，副导演赵涛，摄影林宣、段得仁，美术王非，主要演员有李月仙、闫慧贞、高翠英。这些正值盛年的艺术家们的娴熟表演赋予剧中人物鲜活的生命。1984年，由太原市实验晋剧团演出，西安电影制片厂摄制。

　　**四、上党梆子电影《佘赛花》**

　　《佘赛花》主要讲佘赛花与杨继业二人七星庙里结姻缘的爱情故事。佘赛花的父亲叫佘德扆，五代云中（今山西大同）人，出身于官宦之家，世居府州地区，后汉时任府州团练使，其宗族力抵外侵，为将门豪族，号称"佘家军"。佘赛花受家庭的熏陶，文武双全、深明大义，喜欢骑马射箭、舞

《佘赛花》剧照：佘赛花（吴国华饰）

剑抢刀，她使的一手绝活叫"走线铜锤"，在关键时候如流星绕飞令敌防不胜防。后晋天福二年(973)，杨佘两家结为军事联盟，在共同抗辽、保卫家乡的斗争中，结下深厚友谊。两家都是北路人，又门当户对，因此佘德扆将女儿自幼许给杨继业为妻。佘赛花和杨继业青梅竹马，从小一起长大，共同的战事经历和志向，为他们的感情打下了坚实的基础。一年秋天，契丹派兵五万侵犯府州。时佘德扆病卧在床，佘赛花向父亲请战后，一方面借辽军使者下战书相威胁之际，将计就计，拖延交战时间；一方面急派人前往火山王杨信那里求援。辽兵在佘杨两支抗辽雄军的夹攻下大败。这次战斗大获全胜，佘赛花受到父亲佘德扆和杨家父子的赞扬。战毕，杨继业与佘赛花更是互为尊重，爱慕中两人相约以武会友，跨战骑，持刀枪，在府州城南的野外打将起来，你来我往，枪来刀去，都想胜对方，但又怕伤害了对方。战了无数个回合，杨继业想，我身为男子总不能让妻子把我打败，于是卖个破绽，佯装败逃，佘赛花紧追不舍，当追至七星庙前，杨继业瞅准时机，使出了杨家的看家本领"回马枪"，一枪挑定佘赛花的战袍将她挑下马背。佘赛花落马也不示弱，抛出了走线铜锤，将杨继业缠住拉下马来。两人双双落马，互相担心对方是否受伤。杨继业要撩起佘赛花的战袍查看，佘赛花直羞得跑入七星庙内。杨继业进入七星庙后与佘赛花成了亲,两位抗辽英雄喜结良缘。

本片编剧张宝祥、李小猫、栗守田,导演常甄华,摄影贾守信,美术刘金乃、纪自强,主要演员有吴国华、王文清、郭森、刘福全、郝建生。1984年,由山西晋东南地区上党戏剧院落子演出团演出,长春电影制片厂摄制。

**五、上党梆子电影《斩花堂》**

《斩花堂》讲的是,明朝河间知府宋廉登船靠岸时遇害身亡,偏乡县令颜惠明补任知府。颜惠明之子颜兆原本与宋廉之女宋巧莲有婚约,却因贪图富贵另允了奸臣张从女儿张金香的婚事。颜惠明知情后断然拒绝这门婚事,随即被贬职。后张从遭弹劾,吏部侍郎冯剑保举颜惠明重新到河间任知府。经过查访,颜惠明发现杀害宋廉的正是张从的女儿张金香,他刚想要去缉拿凶犯,张从官复原职。颜惠明将计就计,允诺了儿子颜兆与张金香的婚事,在洞房花烛夜,严惩了杀人凶手。

《收书》是上党梆子新编古代戏《斩花堂》中的一折。这是一出唱做功兼备的须生戏,饰演颜惠明的郝同生,歌喉洪

亮,激情充沛,而且做工精细。他运用"倒甩发""一盆花""高台僵尸""自接甩冠"等技巧,为揭示人物的内在性格,塑造艺术典型做了充分的渲染和铺垫,使得上党梆子须生的阳刚之美在熟练的舞台动作中充分得到展现。

长子籍的长春电影制片厂导演常甄华,看过此剧后,十分重视,经过他的推荐和厂领导的审查,决定将此剧搬上银幕。

本片编剧张宝祥,导演常甄华、贺米生,摄影陈长安,美术高廷伦,主要演员有张爱珍、郝建凤、马正瑞、宋小云。1986年由山西晋城市上党梆子剧团演出,长春电影制片厂摄制。

## 六、蒲剧电影《烟花泪》

影片《烟花泪》是在蒲剧优秀保留剧目《打神告庙》和《情探》的基础上改编的。主要讲述的是宋朝年间,美丽、善良的敫桂英为葬父而卖身,落入烟花柳巷成为名妓。一天,敫桂英去海神庙进香,在雪地中救出一个名叫王魁的破落书生并与之结为夫妻,每日悉心照料,全力帮助他攻读书文。在王魁赴京赶考前,夫妻二人专程来到海神庙,在海神面前盟誓,互不负心。从此,敫桂英日盼夜想地等待着丈夫的音讯。可她万万没想到,一年之后自己等来的竟是高中状元的王魁差人送来的一纸休书。敫桂英悲愤欲绝,奔入曾与王魁定情明誓的海神庙,向海神哭诉自己的不幸,恳求海神主持公道。然而,海神、判官、小鬼终无灵验。面对冷漠的诸神,桂英绝望了,她发誓一定要报仇。强烈的复仇心理使敫桂英产生了幻觉,她觉得自己已经变成了鬼,海神恩准她与判官、小鬼一起前去捉拿王魁。到相府后,敫桂英见到了负心的王魁,向他述说着别后的思念,想重新唤起王魁旧日的感情。然而,这一切都无法打动王魁的心,他生怕费尽心机获得的荣华富贵化为乌有。因此,他开始以谎言哄骗,最后竟恶毒地羞辱敫桂英。敫桂英怒不可遏,狠狠地打了这个忘恩负义的无耻之徒。王魁恼

《烟花泪》剧照：敫桂英（任跟心饰）

羞成怒，竟然拔出宝剑欲杀敫桂英，这时，判官、小鬼一拥上前，将王魁拿下。然而，这只是一场幻梦，醒来之后一切如故，敫桂英的满腔怨恨无处倾诉，真是空悲对寒秋，怨恨悠悠无尽头。

　　影片《烟花泪》把原剧目中敫桂英死后鬼魂复仇的情节，改为以幻觉形式出现，是一大提高。它使整个戏排除了"鬼戏"的阴影，而建立在现实的基础上。评论家董大中说："我所以喜欢《烟花泪》，就在于这部利用了传统艺术形式的影片，并不是简单地描写男女主人公在感情上的离异，更不是宣扬封建的伦理关系或'传统道德'，而是涉及当今人们——特别是青年一代——所热心谈论的一个题目——人的价值问题。可以说，这部影片的思想是现代的，它是一部高扬人性之作。但这一切又并非外加，它完全从当时人物的情境出发，符合人物的心理逻辑。"影片中"那个出身贫贱的烟花女子所追求的，不仅仅是美满的爱情、和睦的家庭、幸福的生活,而且还有更重要的是做人的尊严和价值"。①

在原剧目《打神告庙》中,主演任跟心通过云手袖、团花袖、波浪袖、涟漪袖、车轮袖、托塔袖、单摆转盘袖、正侧重叠转盘袖、直冲展翅飞卷等一系列的水袖功技巧表演,来表现主人公敫桂英内心世界的愤怒、哀怨、凄凉、悲苦。但是在转换成镜头语言后,部分水袖功不得不被割舍,如何补充这一可以解释人物内心世界的艺术语言表达呢?导演经过改编,运用电影的表现手段,加进了一些场次,对整部戏的主题思想、人物刻画起到了深化作用,在叙事上比原有的舞台戏更加完美。比如在敫桂英奔赴海神庙的途中,重新设计了动作,改为敫桂英拖着长长的水袖在海边奔走,伴随她的是波涛如怒撞击海岩的千层巨浪。镜头语言通过敫桂英凄苦哀怨的面部表情与滚滚波涛对比,用平行蒙太奇的镜头语言达到了异曲同工的艺术表达效果。

本片艺术顾问赵子岳,编剧杜波、赵乙、张峰、李安华、谢添,导演谢添,副导演朱玉荣,摄影张中平,美术石建都,主要演员有任跟心、雷俊生、薛晓鸣、郭泽民、崔彩彩。1988年,由北京电影制片厂摄制,1989年春节期间在全国发行放映。

## 第三节　第三阶段:消歇低谷阶段(1989—2007)

这一阶段戏曲电影有明显的衰微之势。随着文艺事业走向市场的步伐日益加快,大众文化多元化的出现,受世界流行文化影响的、代表新的审美时尚的、以年轻一代为消费主体的文艺演出形式潮涌一般冲向前台,把戏曲这种古老的艺术形式推到了后台。传统戏曲与快速多变的时尚潮

---

①董大中:《幻觉,作为一种形式——看戏曲电影〈烟花泪〉》,载《董大中文集》第8卷,北岳文艺出版社,2017,第313—316页。

流之间产生断裂。戏曲电影生产走过一段高潮之后,逐渐进入低谷,戏曲电影面临着生存的困境。

但是,从1989年至2007年,将近二十年的时间,山西的戏曲事业并没有止步不前,而是有着辉煌的成果。这二十年产生了三十五名中国戏曲"梅花奖"演员,人数位居全国首位,彰显着山西戏曲的强劲实力。同时,山西也创排了大量的影响全国的新剧目。出人、出戏、出作品是山西艺术界的指标话语。

这一阶段,山西只拍摄了两部戏曲电影:蒲剧《窦娥冤》和眉户剧《唢呐情》,这两部电影一部是由山西电影制片厂和上海谢晋恒通有限公司合拍的,一部是由山西电影制片厂拍摄的。

### 一、蒲剧电影《窦娥冤》

早在1959年,长春电影制片厂就为当时以王秀兰、阎逢春为代表的老一代艺术家拍摄了黑白蒲剧电影《窦娥冤》。今天,广大观众仍然可以从中看到当年他们精湛的艺术表演。1997年,距离山西第一次拍摄戏曲电影《窦娥冤》,时间已过去了近四十年,新的一代优秀青年艺术家出现了,与20世纪50年代相比,电影的技术本体发生了很大的变化,人们的艺术观念也大不同了,而且新一代戏曲艺术家的表演风格亦趋于成熟,这样拍出来的戏曲片的审美价值也会

《窦娥冤》剧照:窦娥(景雪变饰)和蔡婆(闫雅珍饰)

有所不同。所以,重拍戏曲电影《窦娥冤》就成为山西电影制片厂的一个重点项目。

山西电影制片厂特别邀请了著名导演谢晋为该影片的艺术顾问。谢晋对拍摄《窦娥冤》的艺术主张是:其一,不能因为电影的技巧与手法影响了舞台艺术;其二,不能因银幕掩盖了舞台艺术特色;其三,要充分发挥和调动戏曲演员的表演特点,万不可将戏曲艺术的表演特点冲淡。编剧由著名剧作家纪丁担任,他有长期在剧团工作的经验,并创作过以《土炕上的女人》为代表的三十余部大型戏曲,对舞台艺术非常熟悉。扮演窦娥的是蒲剧著名表演艺术家,曾获得过中国戏剧"梅花奖"的景雪变。有强强联手的艺术创作班子,电影于1997年拍摄完成。影片上映后,深受观众欢迎。

这部影片具有相当的思想性与艺术性。第一,历史剧的现实意义。《窦娥冤》是一部由关汉卿的经典原著改编而成的戏曲影片,改编者在原著的基础上,赋予作品一定的现实意义。作品的主旨是揭露贪官污吏,他们横行之时,必然会造成类似窦娥这样许许多多的冤假错案,这在今天仍有一定的警示作用。第二,将这部蒲剧舞台剧搬上银幕,并没有使舞台的表演受到拘泥与削弱,而是充分发挥电影的手法以使戏曲舞台艺术更加完美地呈现。对演员一些高难度的戏曲表演动作,电影艺术化地将其完整地记录下来。第三,完成了对一代艺术家的艺术纪录。当年获得"梅花奖"的景雪变才三十岁出头,正是一个戏曲演员最美好的年龄,正是最精美的艺术人生阶段。景雪变在戏曲电影《窦娥冤》中扮相、唱腔、表演俱佳,成功地塑造了窦娥这个从贤惠善良的孝顺媳妇到绝望愤懑、起誓反抗的悲剧形象。电影《窦娥冤》成了景雪变的代表作之一。

本片艺术指导谢晋,文学顾问郭汉城、朱文相,原著关汉卿,改编纪丁,导演王永宏,舞台导演韩树荆,摄影巨波,作曲高中秋、张玉龙,板胡王齐生,鼓板宁维良,舞美设计梅坤平,化妆张雪、林欣,副美术梁克勤、张洁、石宝林,制片主任毕立奎、杨建平,制片傅仁杰、杨福林,领衔主演景雪变(饰窦娥),主要演员有郭泽民(饰窦天章)、闫雅珍(饰蔡婆)、兰敬生(饰张驴儿)、姬荣生(饰桃杌)、范俊全(饰赛卢医)、程小荣(饰张驴父)、王艺华(饰蔡公子)。1997年,由山西省运城地区蒲剧团演出,山西电影制片厂、上海谢晋恒通有限公司联合摄制。

## 二、眉户剧电影《唢呐情》

眉户剧电影《唢呐情》说的是,祖传乐人常胜酷爱唢呐,在为亲家胡经理的大叔吊丧时竟收到胡儿二宝给自己女儿小燕的退婚信,并受到胡经理夫妇的羞辱。常胜的女儿小燕和喜春青梅竹马,一直相爱,但爱攀高的常胜坚持不许女儿嫁给乐人喜春,并解散了乐班。常胜外甥木墩和寡妇桃叶原来就好,想再续前缘,常胜也极力反对。两对情人偷出家门互诉唢呐情,常胜见后如雷轰顶。在老伴诉说了他们的唢呐爱情后,常胜同意了女儿的婚事,但提出,他俩必须考上大学以改换门庭。为供女儿上大学,

《唢呐情》剧照

常胜改行做生意、卖菜、养牛……都亏了本,最后又重操唢呐,办起了家庭乐班。后来,小燕、喜春考上了函授大学,木墩、桃叶领到了结婚证,常胜这才兴高采烈起来。

影片由中央电视台电影频道收购,总政、武警部队购买。十六毫米拷贝在全国农村发行。

本片编剧高建宏、郭启宏、王俊杰,导演阎筱斌、张忻喜,摄影张忻喜、巴特,录音李利戈、董宴,美术梁克勤,剪辑陈振丽,制片主任王向英、张忻喜,主要演员有李英杰(饰常胜)、张俊芳(饰雪娥)、郭高计(饰木墩)、李崇喜(饰喜春)、王彩燕(饰小燕)、阎惠芳(饰桃叶)、范琳(饰胡经理)。1999年,由山西临猗眉户剧团演出,山西电影制片厂摄制。

## 第四节　第四阶段:全面兴盛阶段(2008—2018)

进入新世纪,特别是进入新时代,全民族的文化自信进一步提升,国家对传统文化的传承与发展更加重视。戏曲作为中国传统文化的重要组成部分,受到国家的高度重视,特别是在国家级非物质文化遗产项目的政策支持下,山西无论大剧种还是小剧种都得到了极大的发展,山西戏曲呈现出全面繁荣的景象。同时,山西戏曲电影也进入一个全面兴盛的发展阶段。这一阶段共拍摄了十部戏曲电影。这十部戏曲电影在摄制、发行等方面有以下特点:

一是大剧种小剧种齐头并进,各个剧种均有电影拍摄。既有小剧种孝义碗碗腔《酸枣坡》、临汾眉户剧《我的父亲牛耕田》的拍摄,也有山西四大梆子如蒲剧《山村母亲》《枣儿谣》、晋剧《傅山进京》《于成龙》、上党梆子《一门忠烈》、北路梆子《黄河管子声》的戏曲电影产生,还有粤剧电影《花月影》。

二是制作模式多种多样。

第一类是依托中国戏剧"梅花奖"获奖演员优秀剧目进行数字电影工程制作。经过多年的积淀,山西获得中国戏剧"梅花奖"的演员人数位居全国第一,中国戏剧"梅花奖"获奖演员优秀剧目数字电影工程给山西戏曲电影的发展带来新的契机。该工程是由中国文联、中国剧协主办,旨在以数字电影的形式记录、宣传中国戏剧奖、"梅花"表演奖获得者及其优秀代表剧目,弘扬中国传统戏曲艺术的全新艺术工程。依托这项利国利民、促进戏曲事业大发展的大好政策,山西连续拍摄了《山村母亲》《傅山进京》《于成龙》《黄河管子声》《枣儿谣》《我的父亲牛耕田》等戏,主演皆是山西"梅花奖"演员,都是各个剧种的领军人物。

第二类是通过市场化操作拍摄戏曲电影,争取进入院线发行。如豫剧《母亲》就是由长治银光院线、长治市兆丰文化传媒有限公司等共同拍摄的。长治银光院线担负山西省长治市3450个行政村、245所寄宿制学校的公益电影放映工作,年放映场次达43605场。院线在承担放映任务中,经常深入到基层举行座谈,与农民群众密切接触,征求他们的观影意见及建议,因而深知农民的观影口味。山西省紧邻河南省,豫剧不仅在全国受欢迎,更是深受山西人民的喜爱。长治银光院线基于基层百姓对豫剧的喜好和戏曲电影片源匮乏的局面,以院线持续发展为目的,突破自身束缚,大胆进行尝试,他们参与投资拍摄山西省首家以农村数字电影院线为第一出品方的戏曲电影《母亲》,使院线工作由放映电影向拍摄电影迈出第一步,为实现院线自我发展探索出新模式,蹚出新路子。

第三类是戏曲演员个人筹款拍摄戏曲电影,比如上党梆子戏曲电影《一门忠烈》,就是由主要演员王国伟负责总联络,个人筹款十八万元,动员全家人一起拍摄的电影,妻子、女儿都在影片中担任主要角色。这样的壮举感动了所有的拍摄人员。《一门忠烈》属于戏曲电影的小制作,但片子并不小气,更不简陋,而是最大限度彰显了戏曲的魅力,感人至深,令人回味,特别是影片中的音乐处理,很有特色,把上党梆子音乐的魅力发挥到了极致。

三是多种机构积极合力制作和生产戏曲电影。过去,戏曲电影的制作方比较单一,就是由演出剧团演出,制片厂来组织拍摄。进入新世纪,由于对传统文化的认识逐渐提升,文化自信不断增加,各个机构对于文艺生产都表现出极大的热情。许多戏曲电影都是多方联合拍摄,显示出强大的艺术生产的合力作用。出钱、出力、出人、出政策,多方合作,促进戏曲电影全面繁荣发展。

四是现代题材的戏曲电影拍摄异常活跃。从2008年到2018年十年间,山西共拍摄了十部戏曲电影,其中有三部是新编历史剧,其他七部都是现代戏:《酸枣坡》《一门忠烈》《黄河管子声》《山村母亲》《母爱》《枣儿谣》《我的父亲牛耕田》。这说明现代戏更贴近观众的生活,更能引起观众的强烈共鸣,说明深入生活、扎根人民、反映当下人民的真实生活是文艺创作的重要方向指引。

五是山西戏曲电影屡获国内国际大奖,充分证明山西戏剧影片拥有广阔的发展前景。

## 一、碗碗腔电影《酸枣坡》

碗碗腔电影《酸枣坡》通过一位矿工母亲回忆自己两次不幸婚姻的独特视角,讲述了矿难给矿工家庭带来的苦难,真实地反映了煤矿工人的生活,在寓教于乐中唤醒人们的安全生产意识,期盼天下老百姓都能平安幸福。电影在中央电视台戏曲频道多次播出,使碗碗腔传统艺术真正走向了全国。

本片编剧任学谦,导演王英权,主演张建琴。2008年,由山西省孝义碗碗腔剧团演出,国家广电总局新视点电视节目制作中心摄制,吕梁市委市政府、孝义市委市政府、孝义碗碗腔剧团协助摄制。

《酸枣坡》剧照：左起全生（王耀先饰）、玉枝（张建琴饰）、桂生（王守仁饰）、桃花（刘淑芳饰）

影片获山西省委宣传部精神文明建设"五个一工程"优秀作品奖，吕梁市委宣传部"五个一工程"奖，在中美国际电影节上获"金天使奖"。

**二、上党梆子电影《一门忠烈》**

上党梆子电影《一门忠烈》讲的是，1938年7月3日，由于汉奸告密，八路军决死纵队的上党银号暴露，敌人重兵扑来，在指导员掩护下，乔家湾村共产党员闫林旺带领银号人员突围上山，而指导员不幸受伤落入敌人之手，英勇牺牲。山路上，闫林旺之女、妇救会的雪梅和妹妹素梅发现掩埋的公文包，确认是上党银号指导员身背之物，包内装有银号出入库账本和印钞铁模。闫林旺嘱咐家人一定要严守秘密，并让雪梅乘黑将银号账本和印钞铁模送上山。雪梅走后不久，鬼子来到闫林旺家中，女儿素梅被鬼子刺腹身亡。雪梅将银号账本和印钞铁模交与政委后，在下山的路上被捕。鬼子为了得到银号和决死队的去处，对闫林旺一家加以酷刑，闫林旺和家人受尽了折磨，但始终不说出转移的地方，最终被鬼子残忍地杀害。上党银号和决死纵队得以安全转移，鬼子的又一次"扫荡"被

《一门忠烈》拍摄现场：左起闫林旺（王国伟饰）、导演刘巳生、雪梅（王贝贝饰）

粉碎了。

这部电影情节跌宕起伏，情感充沛淋漓，充分展示了以主人公为代表的太岳老区人民的抗争精神和爱国的赤子情怀。

本片编剧王国伟、王泽宇，导演刘巳生，执行导演常玉平，戏曲导演王国伟，摄影李晋，副摄影梁瑞兵，剪辑梁瑞兵，音乐设计赵雪峰，唱腔设计张天柱，美术刘俊山，长治市上党梆子剧团伴奏，主要演员有王贝贝（饰雪梅）、王国伟（饰闫林旺）、李彩英（饰闫大婶）、罗小妹（饰素梅）、李晓刚（饰闫云生）、霍少波（饰指导员）、常玉平（饰政委）、田四怀（饰老班长）、刘建睿（饰老王）、李子龙（饰通讯员）、张玉清（饰川上）、常效春（饰汉奸）。2010年，由长治市上党梆子剧团演出，山西电影制片厂摄制。

电影上党梆子《一门忠烈》获山西省精神文明建设"五个一工程"优秀作品奖。

### 三、晋剧电影《傅山进京》

太原市实验晋剧院青年剧团演出的晋剧《傅山进京》属于新编历史剧。该剧把傅山放在一个封建王朝更迭的历史背景下，在表现他威武不能屈的气节的同时，着力展现了他朴素的亲民思想。全剧从傅山被逼进京开始，到安然重返故里结束。在有限的舞台时空里，以艺术的手法浓缩和再现了傅山最具光彩的生命乐章。在斗智斗勇的戏剧情节中,既展现了傅山刚直不阿、开一代文风之先河的传统学者风范,又刻画出康熙皇帝尊儒惜才、海纳百川的天子气度。"明亡于奴,非亡于满"是对民族劣根性的尖锐批判,也是对后人的警世名言。傅青主与玄烨,虽然隔着一道谁都不肯逾越的朝代天河,但他们都不愧是遥遥先行于时代的奇才伟人。

2010年,新编晋剧《傅山进京》入选由中国文联和中国剧协策划、出品并拍摄的首批中国戏剧"梅花奖"获奖演员优秀剧目数字电影工程(简称:"梅花奖"数字电影工程),拍摄成晋剧数字电影全国发行。2013年6月,在北京中国文艺家之家举行了首批"梅花奖"数字电影工程《傅山进京》首映仪式。

本片总出品人胡振民,出品人季国平,艺术总监冯小宁,艺术策划刘沙,制片人崔伟、康小卫、杜金、陶臣,编剧郑怀兴,电影导演张峰,舞台导演石玉昆,音乐总监刘和仁,美术指导赵海,摄影余标、聂桂清,服装造型蓝玲,剪辑程鹏,领衔主演谢涛(饰傅山),主要演员有王波(饰康熙)、梁忠威(饰冯溥)、王均(饰戴梦熊)、刘建伟(饰太监)、李静平(饰长老)、魏建琴(饰张静君)、李洁(饰傅莲苏)、王鹏(饰朱二)、商永吉(饰庞苣郎)。

《傅山进京》由中国文联、中国戏剧家协会、中共山西省委宣传部、

《傅山进京》剧照:傅山(谢涛饰)与妻子张静君(魏建琴饰)梦中相见,互诉衷肠

《傅山进京》剧照:傅山(谢涛饰)和康熙(王波饰)

太原市委宣传部、太原市文化广电新闻出版局、太原市实验晋剧院、太原市尖草坪区政府、煜星世际文化传媒(北京)有限公司联合摄制。

戏曲电影《傅山进京》2015年获第三十届中国电影"金鸡奖"最佳戏曲片提名;同年,获中美国际电影节最佳戏曲片奖,张峰获最佳导演奖,谢涛获最佳女演员奖。

**四、北路梆子电影《黄河管子声》**

北路梆子电影《黄河管子声》讲述了一个黄土地上悲欢离合的故事,将视角对准黄河岸边普通人的朴实情感,贯穿全片的管子声犹如一根红线,折射出黄土坡上的文化风情和人物心声。

故事讲的是黄河边一个扳船汉留下了女人大花眼和刚出生的闺女小杏儿,一去未回。八年后,又一个年轻的扳船汉二柱在黄河失事。消息传来,二柱未过门的媳妇小花眼怀着没出世的娃娃跳了黄河,去和二柱做伴。大花眼从河滩挑菜,在河滩上救起了顺水飘来的二柱。二柱被救活了,也唤起了大花眼压抑八年的做女人的欲望。得知小花眼的死讯,二柱痛不欲生。大花眼告诉他,把爱装在心底,好好活下去,他们走到了一起。然而,小花眼也没死,被救了。二柱和大花眼的心被撕裂了。但为了小花眼,大花眼忍痛赶走了二柱。二柱回来了,却发现救了小花眼的正是他走西口归来的亲哥哥大柱,大柱还为小花眼垒起个凄惶的小窝。二柱不忍拆散他们,黯然离去。

农历七月十五,黄河畔放起了祭奠亲人的河灯。大花眼也来了,为亲人,也为自己,放下自己的河灯。黄河又疯了!狂浪打没了河灯,也打没了一个饱尝了酸甜苦辣的女人——大花眼;然而最终,她幸福地笑着,倒在心爱的扳船汉二柱的怀里。

黄河仍在流淌,黄河上的管子声仍在悠扬,黄河人仍在一辈一辈体味着人生的悲欢,体味着朴实无华的美与善良厚实的魂。

戏曲数字电影《黄河管子声》萃取了北路梆子、二人台和地方音乐、歌舞的精华,像一首缠绵悱恻的西口情歌,以人性化的视角、个性化的人物,酣畅淋漓地表现了晋西北人"苦日子笑着过,难日子唱着过"的乐观精神。戏曲电影用实景拍摄的形式将北路梆子这一古老剧种搬上了银幕。

本片编剧俞立华,舞台剧导演裴福林、侯青莲,电影导演王冰河,音乐唱腔设计张德宁、孙宏旺,配器张德宁,舞美设计李威,灯光设计马路,服装人物造型设计吕荣贵,领衔主演成凤英(饰大花眼)、李建国(饰二柱),主要演员有顾小英(饰小花眼)、齐满成(饰大柱)、田华(饰小杏儿)、张志强(饰船老大)。2014年,由忻州市北路梆子戏剧研究院一团演出,忻州市政府摄制,忻州市委宣传部、忻州市文化广电新闻出版局、忻州市北路梆子一团、忻州师范学院协

《黄河管子声》剧照:大花眼(成凤英饰)和二柱(李建国饰)

助拍摄,北京金尊影视文化传播中心承制。

### 五、蒲剧电影《山村母亲》

影片讲的是,中国农村改革开放初期,一位山村母亲(豆花)为了儿子能走出大山开创新生活而不惜负重度过的一段艰难岁月。为了将自幼失去父亲的儿子全宝抚养成人,母亲砍荆棘编箩筐,供儿子到山外求学。全宝大学毕业后,一时找不下工作,因家贫找对象更难。美丽善良的城市姑娘玉莲遇到了全宝,她许诺让妈妈给他找一份工作,可是玉莲妈提出女婿和家不能有牵连的苛刻条件。为了不耽误儿子的前程,成就这门亲事,全

宝母亲强逼全宝向玉莲谎称"母亲已不在人世"。全宝、玉莲生下儿子后,玉莲让全宝回村找保姆,母亲得知后,以保姆身份进城照看小孙子。经过几多曲折和风波,两个家庭最终达到和谐。

电影《山村母亲》以中国农村改革开放初期为背景,通过城乡两个不同家庭从冲突到融合的情感演绎,折射出社会转型期构建和谐社会人际关系的时代主题。

2016年4月,戏曲电影《山村母亲》在美国洛杉矶举办的第十三届世界民族电影节上获最佳影片奖和文化交流杰出奉献

奖,景雪变获"最佳女演员奖",被组委会授予"蒲剧皇后"称号;2016年7月,在北京举办的首届中国戏曲微电影大赛上获最佳经典片奖;2016年9月,在河北唐山举办的第二十五届中国金鸡百花电影节上获优秀新片奖;2017年8月,获中国首届戏曲电影展"十佳优秀戏曲片奖";2017年9月,获第三十届中国电影"金鸡奖"最佳戏曲片提名。

电影《山村母亲》能够屡获国内国际大奖,令业内专家惊艳叫绝、交口称赞,其中一个深层次的原因就是,《山村母亲》表现的是亘古不变的母爱亲情,沟通了华夏民族五千年传统德孝文化,牵动了改革开放后新旧观念碰撞的时代脉搏。另外,该剧在舞台剧基础上,将电影特有的现代表现手段与传统的艺术相结合,精心打造精品,这也是一代蒲剧人不断努力适应社会发展的结果。

本片编剧王辉、马肇录、杨焕育、贾潞、田伟泓,导演朱赵伟,执行导演刘澍,副导演毛赛男,摄影王辉,美术王汉军,作曲张玉龙、高中秋,领衔主演景雪变(饰母亲豆花),主要演员有任玲(饰玉莲)、南征(饰全宝)、范宝香(饰吴香琴)。2015年,由山西电影制片厂、中国戏剧家协会、运城市蒲剧青年实验演出团、北京国粹映画影视文化传媒有限公司联合摄制。

**六、豫剧电影《母亲》**

豫剧电影《母亲》讲的是沁州县东关村民李菊英与工人贺志刚组成再婚家庭,二人却时常发生纷争。贺志刚娇惯的亲生女儿金香为了钱的事,在家里唱《芦花》讥讽后娘,在单位利用会计职权挪用公款为丈夫倒腾鱼苗垫资,事发后潜逃。贺志刚气极身亡。

李菊英遵照丈夫遗愿,从漳河到湘江千里寻女,终使金香悔悟投案自首。为帮金香赎罪退赔巨款,李菊英不顾亲生女儿清兰和父亲李宏生的反对,卖掉自己名下的回迁新房。

三年后,狱警带着刑期将满的金香回家探母,不料李菊英已是来日无

多的重症病人,她此刻心里想的是金香出狱后的落户和再就业问题,她又把金香托付给创业有成的亲生女儿李清兰。

《母亲》是一部反腐倡廉,教育公民知法、懂法、守法,鼓励大众创业的正能量影片,选题突出"农味",贴近生活,深受观众欢迎,取得了很好的社会效益和经济效益。

中共长治市委宣传部、长治市总工会、长治市文化局三家联合发文,组织全市十三个县市区广大干部群众观看电影《母亲》,在黎城、沁县、壶关县等地掀起了观影热潮,观众反响热烈,他们饱含热泪观看影片。

戏曲电影《母亲》是由舞台剧《母亲》改编而成,影片的拍摄结合了戏曲和电影两种不同的艺术特点,以戏曲为表现对象,电影为表现手段,用人文情怀关照当下的反腐倡廉,唱响了一曲感天动地的爱之歌,弘扬了时代主旋律。正如习近平总书记所强调的:把社会主义核心价值观生动具体地体现在文艺创作中,"用栩栩如生的作品形象告诉人们什么是应该肯定和赞扬的,什么是必须反对和否定的,做到春风化雨、润物无声"①。

电影《母亲》的成功拍摄发行,吸引了河南等多地院线到长治取经,这

---

① 《习近平总书记系列重要讲话读本》,学习出版社、人民出版社,2016,第190—191页。

部影片给戏曲电影的发展提供了一条可供借鉴的道路。

本片编剧张宝祥、张华,导演曹运福,唱腔设计耿玉卿,舞美设计康定杰,化妆造型、服装设计艾淑云,配器张庭营,主要演员有闫清珍(饰李菊英)、刘秋霞(饰贺金香)、王付海(饰贺志刚)。2017年,由长治市豫剧团演出,长治市兆丰文化传媒公司摄制。同年11月,在首届平遥国际电影展上上映。

### 七、蒲剧电影《枣儿谣》

影片由山西八朵"梅花奖"演员王艺华、贾菊兰、许爱英、郭泽民、吉有芳、闫慧芳、潘国梁、张治中联袂演出,这是继当年王秀兰、阎逢春、张庆奎、杨虎山、筱月来五大名演员联合拍摄《窦娥冤》之后,众多戏剧大家精诚合作、联合演出的又一部经典之作,这本身就是具有蒲剧史意义的梨园盛事。

蒲剧电影《枣儿谣》讲的是,清康熙年间,山西稷山县吴城村吴伯宗父母双亡,他的两个弟弟被人贩子拐骗出走,他遵照母亲的临终嘱托,毅然

《枣儿谣》剧照:风雨交加中的吴伯宗(左,王艺华饰)和二弟吴伯桃(王安武饰)

决定出门寻找弟弟。吴伯宗肩扛一把大锯,靠给人拉锯打工挣盘缠,历时十八年,遍寻十九省,徒步数万里,受尽千辛万苦,手足都被冻坏,终将流落京城高府当使役的三弟伯乐找到,又把被卖到边疆宁古塔为奴的二弟伯桃找到。终于兄弟相聚、妻儿团圆,吴伯宗却因积劳成疾不幸病故。康熙皇帝为了表彰他的义举,钦封吴伯宗为"大清义民",并赐金字御匾"兄弟孔怀"。

"红枣枣、甜枣枣,甜甜的枣儿哄宝宝;宝儿吃了好枣枣,香香甜甜睡觉觉。"《枣儿谣》既是主人公和两个弟弟憧憬美好家庭生活与幸福的精神支柱,又是吴伯宗践行孝悌文化的真实写照,更是对该剧的主题思想的充分展示。

"问大地,何为同胞?问苍天,何为兄弟?问风雪,何为骨肉?问荒原,何为亲情?今生有缘做兄弟,生生死死不离分……"青年戏剧评论家王嘉说:《枣儿谣》"彰显了主人公吴伯宗矢志不渝的兄弟情义,弘扬了孝悌的中华传统美德,同时也体现了信念的坚定在成功中的重要性,这在今天是极有现实意义的"[①]。

影片中扮演吴伯宗的王艺华凭借自己非常成熟的演唱技巧和过硬的艺术表现手段,把吴伯宗在得知两个弟弟丢失后的焦急,寻找过程的艰辛,得知兄弟消息后的急迫,闯进宁古塔时之奋不顾身,表演得层次分明、淋漓尽致。

本片制片人张乔珍,编剧高吉林、安宁,导演沈聪,摄影谢戢峰,作曲畅原发,录音史江鹏,剪辑王亮,美术设计贾作亮,领衔主演王艺华(饰吴伯宗)、贾菊兰(饰吴伯宗妻子枣香),主要演员有王安武(饰吴伯桃)、褚小丹(饰吴伯乐)、潘国良(饰李大伯)、吉有芳(饰李大娘)、郭泽民(饰山东老伯)、许爱英(饰吴宗伯母亲)、张治中(饰京城名医高老爷)、阎慧芳(饰高

---

[①] 王嘉:《一曲感人的孝悌颂歌》,《山西晚报》2017年8月24日。

夫人)。2018年,由运城市蒲剧团演出,山西影视集团、山西省电影制片厂、中共运城市委宣传部、运城市文化局、稷山县委县政府、运城市蒲剧团联合拍摄。

**八、晋剧电影《于成龙》**

晋剧数字影片《于成龙》,由著名晋剧表演艺术家谢涛领衔主演,该片诠释了清代名臣于成龙"待民要宽,治吏当严"的为官主张,塑造了一个具有突破意义的"廉能并重"的贤吏形象。

故事讲的是,康熙十三年(1674)夏天,于成龙署理武昌知府,恰逢"三藩之乱"爆发,他奉命建造供官军通行的两座浮桥被特大洪水冲垮,因而被革职为民。时于成龙年近六旬,本来可以回乡赡养高堂,安享天伦之乐;然而,湖北的局势非常危急,外有吴三桂叛军进攻,内有因官府借追查伪札(吴三桂乱发的委令状)之名大肆滥捕而激起的民变。为了稳定局势,于成龙毅然接受湖广巡抚张朝珍的慰留,前往黄州平乱。对待民变,该剿还是该抚?于成龙认为,应该严惩贪官污吏,以收拾民心,并力主招抚聚啸山林的"山贼草寇"。而以尚大将军为首的反对派认为,应该痛加

《于成龙》剧照

《于成龙》剧照：于成龙（谢涛饰）和张朝珍（牛建伟饰）

剿杀造反的民众，斩草除根，才能保住江山，于成龙这样纵寇，是背叛朝廷，应予以究治。于成龙如何巧治酷吏？他能否招抚成功？他是否会被朝廷究治？影片就是借助这种错综复杂的局势，塑造了于成龙这位平易近人、具有忧国忧民情怀的古代士大夫的鲜明形象。

晋剧数字电影《于成龙》采用了国内一流的拍摄设备，超清画面摄制，采用宽银幕放映。导演张峰表示，戏曲电影作为一种艺术片，让平面的舞台艺术变得更加立体丰富、层次分明，"只要观众安安静静坐在那儿看完我们的片子就算成功。我相信只要你欣赏完就会知道它的好，不用愁年轻人不爱看"[①]。

本片出品人季国平、崔伟，制片人陶臣、张岩，编剧郑怀兴，导演张峰，舞台导演曹其敬、徐春兰，音乐总监刘和仁、刘和跃，剧本责编柯章和，美术韩建安，摄影余标，灯光宋光伟，服装造型蓝玲、张颖、吕丽云，司鼓闫耀，晋胡刘和仁、郑海珍，太原市晋剧艺术研究院实验一团乐队伴奏，领衔主演谢涛（饰于成龙），主要演员有牛建伟（饰张朝珍）、李静平（饰尚善）、翟丽梅（饰杨玉贞）、梁忠威（饰邹克忠）、王波（饰刘君孚）、郝文龙（饰苏小憨）、韩瑞鲭（饰眇道士）、商永吉（饰阿凯）、韩龙龙（饰阿才）、程利恒（饰阿旺）、侯升旭（饰阿贵）、王日飞（饰差役）、王永强（饰差役）。2018年，由太原市晋剧艺术研究院实验一团演出，中国文联、中国戏剧家协会、

---

① 陈辛华：《晋剧电影〈于成龙〉杀青》，《太原晚报》2018年6月7日。

中共山西省委宣传部、太原市人民政府、中共太原市委宣传部、太原市文化局、山西省戏剧家协会、太原市晋剧艺术研究院、霍尔果斯六七文化传媒有限公司联合摄制。

**九、眉户剧电影《父亲啊！父亲》**

眉户剧电影《父亲啊！父亲》，讲述了一个善良、朴实、勤劳、有担当的父亲牛耕田，为抚养孩子、救治养女，面对困难不屈不挠、坚韧不拔的故事。

影片以农民工牛耕田的家庭生活为背景，以养女小春的命运为主线，为人们讲述了一个就发生在我们身边的感人至深、催人泪下的故事。牛耕田收养了一个女孩，起名牛小春，他含辛茹苦地把女儿拉扯大，突然有一天，女儿的亲生父亲出现了，牛耕田阻止小春的亲生父亲认小春。当牛耕田亲生儿子和牛小春同时接到大学通知书的那天，牛耕田内心的喜悦难以用语言来表达；同时，困难也摆在了他的面前，家庭的贫困与昂贵的学费成为他心头的一块大石头。矛盾、自责和心痛围绕着他，手心手背都是肉，最终他不得不让儿子放弃自己的梦想，让女儿圆了大学梦。但命运总是在捉弄人，一波未平一波又起，儿子受伤的心还未痊愈，女儿又得了肾炎，本来就不富裕的家庭更是雪上加霜。为了昂贵的医疗费，牛耕

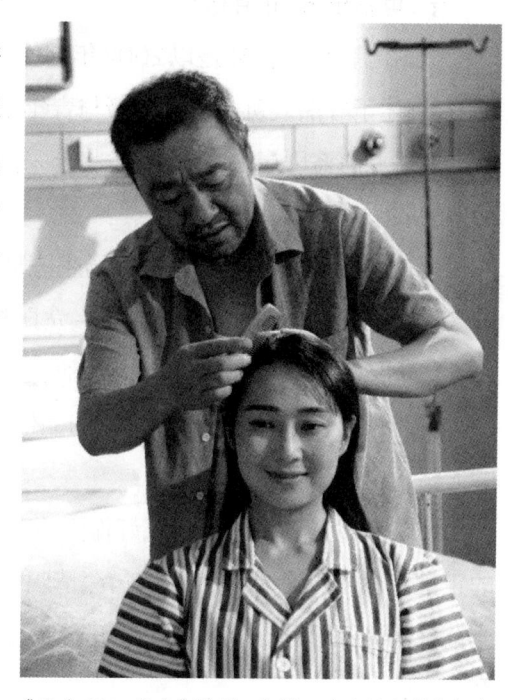

《父亲啊！父亲》剧照：牛耕田（潘国梁饰）和女儿牛小春（王倩饰）

田外出打工,甚至去卖血,当得知自己的肾跟女儿匹配时,他更是格外的高兴,他把肾捐献给了女儿。后来,他终于明白,自己的爱有点自私,生父也需要女儿的爱,最终,他把女儿送还给了她的生父。

2019年10月,《父亲啊!父亲》入选第三届平遥国际电影节"从山西出发"单元展映片。

本片编剧小上,总导演尹大为,执行导演张军,美术王大雄,摄影袁宝宁,灯光洪一荻,主要演员有潘国梁(饰牛耕田)、王倩(饰牛小春)、张云霞(饰奶奶)、张剑(饰牛小强)、贾福林(饰高麦山)。2018年,由临汾市眉户剧团演出,中国剧协、临汾市文化局、山西电影制片厂、山西锦之绣文化传媒有限公司联合摄制。

### 十、粤剧电影《花月影》

粤剧电影《花月影》是以2002年创作的同名大型古装粤剧为蓝本拍摄的,讲述了红船戏班女子杜采薇与青年军官林园生相恋后,粤州总兵何镇南为平息海盗匪患,命令林园生将杜采薇送与海盗,而采薇自杀于送亲路上的故事。

影片《花月影》深刻揭露了官场生态环境的丑恶,批判了粤州总兵何镇南欺骗朝廷、骗取军饷、玩弄权术、贪赃枉法、鱼肉人民、兵匪勾结的罪行,揭示了青年军官林园生放弃爱情而选择仕途的扭曲的性格,歌颂了红船歌女杜采薇不畏强权、以死抗争的品格,展示了光辉的人性,呼唤正直的人格。

"休为虚名抛诚信,莫为权奸作弄臣,跳出功名利禄涧,做个立地顶天的正直人。"女主角杜采薇的这句深情唱词,动人心魄,催人泪下,不仅将剧情推向高潮,而且道出了影片的深刻主题,这也正是《花月影》的价值所在。

《花月影》以电影方式呈现在大银幕,以逼真的立体舞台背景、纯粹的电影镜头语言,将粤剧艺术与电影艺术以现代影视数码制作技术加以糅合,既保留了原汁原味的传统戏曲舞台艺术风格,还使古老的粤剧艺术充满鲜活的艺术感染力。全剧重点呈现倪惠英、黎骏声等艺术家的优美唱腔与精湛表演。

本片艺术总监欧凯明,编剧谢小明、陈自强、梁都南,导演黎涛,摄影张伟、曹洪,作曲董为杰,唱腔设计卜灿荣、黄健,美术指导何长命,美术林国明,录音呼德,剪辑胡晓彬,制片主任张忻喜,领衔主演倪惠英、黎骏声。2018年,由广州粤剧院演出,广州市文化广电新闻出版局、广州粤剧院、山西电影制片厂联合出品。

# 第十五章 山西的微电影

**题外话**：微电影是电影家族的一个新品种，诞生至今也不过六七年的时间，但正是由于它的"微"——观众能够在很短的时间内欣赏到同样很短的故事而备受欢迎。任何艺术形式，只要它有受众，就有存在的价值和发展的空间，微电影自然也不例外。山西的微电影发展时间不长，但成绩斐然，短短几年举办了三种、五次省级大赛，受到影视界的普遍关注和称赞。究其原因，主要是借力全国微电影形势的发展，也是山西电影界的一些有心人顺势而为、勇于开创的结果。这里主要有山西省电影家协会主席杨志刚和山西广播电影电视协会常务理事、山西省广电局网络视听节目管理处处长张十洲等同志的努力。他们殚精竭虑、亲力亲为，为山西微电影的发展做出了重要的贡献。

本章初稿由太原师范学院文学院副教授张霞提供。本章在此初稿基础上，按照全书撰写体例进行了增删、调整。在此向张霞副教授表示感谢。

张霞副教授有很好的艺术修养和文学基础。她作为评委参加了微电影几大赛事的评选工作，掌握了大量资料，写成的这一章内容充实、思想深刻、见解独特、文字晓畅,十分好读的初稿。

## 第一节 热血点燃了一个崭新概念——微电影

2010年年底,香港电影明星吴彦祖主演了一个广告片《一触即发》——好莱坞大片的叙事风格,扑朔迷离的剧情,穿插了谍战打斗、都市追逐、高楼跳伞、惊险爆破等刺激场景,以表现凯迪拉克SLS赛威的卓越性能。该片无论从创意内容上还是从演员表演、制作水准上都达到了一部电影大片的标准。预告片登录网络之后,短短一周,点击量就超过六千万次。12月27日,《一触即发》九十秒完整版正式在全国首播,当日凯迪拉克官方网站浏览次数过亿。这个具有微电影性质的、片长仅有九十秒的商业广告片为已至审美疲劳的汽车广告注入了一股热血蓬勃的新生力量。

微电影,一种新型的视听作品,专门在网络和新媒体平台播放的,可在短时间内或移动状态下观看的,具有完整故事情节的叙事性作品。微电影之"微",表现在以下"三微":一是"微"时放映,在三十分钟以内;二是"微"制作,指投资比较小、制作周期比较短;三是"微"平台播出,指在网络平台和各种新媒体移动终端播出。

2011年5月27日,由网易发起的国内第一个微电影节在北京落下帷幕。随着微电影在新媒体平台上发展得风生水起,越来越多的微电影节也如雨后春笋般涌现。如中国国际微电影节、华语大学生微电影节、"盛大我美"微电影节等。微电影节的不断涌现从一个侧面显示了微电影作为一种新兴影视形式的蓬勃发展势头。

2012年,微电影进入大发展、大流行之年。

山西微电影的发展与全国的微电影创作一样，在经历了一个勇于尝试但制作未免粗糙的探索阶段之后，以2014年山西省首届微电影大赛为标志进入了一个有迹可循、欣欣向荣的状态，形成了专业机构引领，高校和多种传媒文化公司积极参与，作品质量明显提升的局面：大型赛事增多而且开始制度化；参赛者增多，涉及专业和非专业的多个层面；参赛作品的质量不断提高，涌现出许多创作人才。

## 第二节　三大赛事检阅了山西微电影的创作态势

从2014年6月至2017年6月的三年时间里，山西省举办了首届微电影大赛、"阳光杯"山西省优秀网络视听作品评选（后更名为"山西省优秀红色网络视听作品评选"）、"首届华夏古文明　山西好风光"微电影大赛等三大省级赛事，以及政府部门、银行和其他机构举办的各类赛事，如山西大学生微电影大赛、"追梦·平遥"微电影大赛、山西消防微电影评选大赛、山西司法厅微电影大赛、"银行杯"山西省高校金融知识微电影大赛等。除此外，还举办了省级微电影创作培训班、微电影创作研讨会和微电影创作论坛。以上多种形式的活动为山西省的微电影创作提供了集中展示的平台，培养了众多微电影创作人才，形成了微电影创作欣欣向荣的局面。

### 一、山西省首届微电影大赛——山西最早的微电影赛事

2014年6月14日，由山西省文联、山西省电影家协会等部门联合举办，山西梦羽博翔文化传媒有限公司承办的"山西省首届微电影大赛"开始启动。大赛的宗旨是发现本土的影视创作人才，为山西影视的发展寻找突破口，促进全省影视业的繁荣。参赛作品题材不限。评选采用专家

打分和观众网上投票相结合的办法,在一百二十个参赛作品中,有十八个分别获得一、二、三等奖。其他奖项设置还有最具创意奖、最具人气奖以及最佳编剧、最佳导演、最佳摄影、最佳女演员、最佳男演员和优秀组织奖等多个奖项。

此次大赛的意义在于检阅山西省微电影创作的水平,给有电影梦的人们提供展示才华的机会,鼓励和引导广大电影爱好者,发现和展示身边的正能量,传播格调健康的网络文化,激发创作的热情。

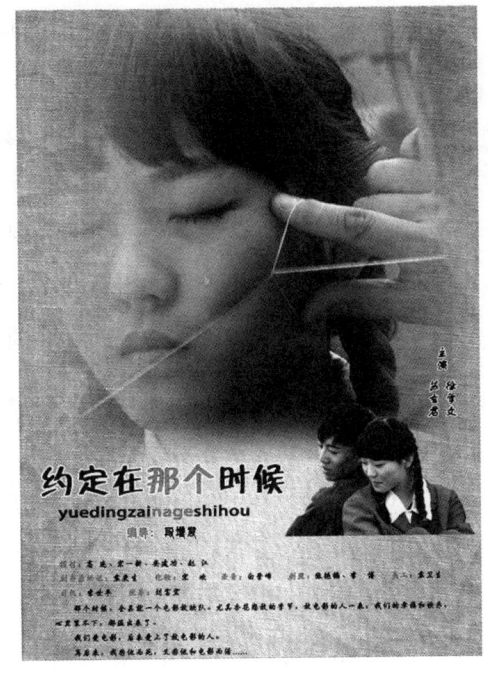

## 二、"阳光杯"山西省优秀网络视听作品评选——山西最大规模的微电影赛事

山西省优秀网络视听作品评选活动由山西省新闻出版广电局主办,山西经济网、山西传媒学院、黄河新闻网和山西省微电影协会承办,阳光文化传媒有限公司独家赞助。活动以"弘扬社会主义核心价值观 共筑中国梦"为主题,旨在鼓励山西省网络视听作品原创热情,促进山西省宣传文化事业发展,推动中国特色社会主义和中国梦的宣传教育深入开展,用社会主义核心价值观引领社会思潮、凝聚社会共识。

2015年,"阳光杯"山西省优秀网络视听作品评选活动设计了"中国梦"单元、网络影视作品单元、视听网络作品单元和大学生网络视听作品单元四个部分,包括微电影、网络剧、纪录片、动画片、实验短片等门类,于

5月18日启动,有八十四部作品参评,在三个月的时间内,收到网民有效投票近四万张。最终有十五部主题鲜明、拍摄精良、充满正能量的优秀作品获奖。

2016年,该活动更名为山西省优秀红色网络视听作品评选活动,包括"原创'中国梦'"单元、"全民阅读微视频"单元、"清风山西"单元、原创网络视听单元、原创网络视听节目单元、大学生网络视听原创单元等六部分,涵盖了微电影、网络剧、纪录片、动画片、实验短片等多个门类。有八十七部作品参赛,在投票环节共收到网友有效投票十五万张,有十九部优秀作品获奖。

此次大赛的意义在于对微电影进行了分类,进一步扩大了网络影响力。这项评选活动的成功举办,对弘扬主旋律,传播正能量,繁荣山西的微电影创作,正面引导山西网络业发展,弘扬和践行社会主义核心价值观起到了积极的助推作用。

**三、首届"华夏古文明 山西好风光"微电影大赛——山西最具号召力的微电影赛事**

以"华夏古文明 山西好风光"山西旅游主题宣传口号命名的微电影大赛,由山西省委宣传部批准,山西省文联、省旅游局、省新闻出版广电局

联合主办,山西传媒学院、中国黄河电视台、山西黄河新闻网协办,山西省电影家协会等单位承办,旨在贯彻落实山西省委"塑造山西美好形象,实现山西振兴崛起"的重大战略决策,更好地发挥微电影最具活力、最具影响力、参与人数多、传递速度快、传播范围广的优势,为山西旅游增温、助力,促进文化与旅游融合。

2016年10月25日,大赛在阳曲县青龙古镇正式启动。大赛明确规定参赛作品要以山西独具魅力的旅游资源为素材,以故事片、纪录片为载体,突出山西的旅游文化元素,大赛分剧情片、纪实片、动画片等三个类型,省内外影视公司和广大微电影爱好者均可参赛。组委会设立了奖金:最佳作品奖金三万元,一等奖一万元,二等奖五千元,三等奖三千元。

大赛期间还举办了山西省首届乡村旅游文化研讨会、微电影创作研修班、"光影山西"微电影艺术采风、获奖作品展映月、颁奖晚会等活动。这一赛事的意义在于把单一的旅游宣传延伸至对历史变迁、传统文化、民俗风情及风景风貌等具有潜在本土文化和旅游经济价值的深度挖掘、宣传、推广上,突出了"宣传华夏古文明、展示山西好风光"的主题。

山西的微电影还有作品在国际微电影评奖中获奖。据《山西晚报》记者白洁报道:在2017年第五届亚洲微电影节上,由山西省太原市公安局交警支队选送的微电影《哭没有泪》获"金海棠奖"平安中国单元优秀微电影奖。太原市公安局交警支队已是连续两年在亚洲微电影节上获奖。2016年,该支队选送的微电影《不容等待》也获得了微电影优秀作品奖。这两部作品都以"关爱生命,文明出行"为主题,针对当前严重的交通安全形势,以微电影为载体,宣传交通安全知识。

"华夏古文明 山西好风光"微电影大赛颁奖晚会

## 第三节 山西微电影创作的三种面貌

**一、小荷才露尖尖角：微电影的兴起**

2010年的《一触即发》点燃了微电影的火焰，从此，在微小说、微新闻、微博、微信组成的"微时代"里又加入了一名新成员——微电影。作为网络时代的发展产物，微电影以迷你型的传播内容，备受网民，尤其是青年网民的青睐。它以传播的移动性、瞬时性等"微"时代的显著特征，迎合了大众碎片化、娱乐化、分享化的生活模式，因此，各种各样的微型视频陆续出现，经过互动、转发和模仿而被推向高潮。一时间，微电影成为一种时尚，恰似"小荷才露尖尖角"，在新媒体时代形成了新的"注意力经济"，满足着不同人群在娱乐、文化上的多样化诉求。

由于微电影的制作成本往往不太高，是许多心怀电影梦想的人们练手的选择，因而，到2014年前后，山西的微电影创作大都呈现多元、开放，以至散兵游勇的状态，许多上传的视频仅仅是满足个人兴趣的自娱自乐。许多微电影的拍摄尚不够专业，更有甚者，带有较强的山寨感。

**二、红杏枝头春意闹：微电影的发力**

山西省首届微电影大赛的影响力，激发了电影爱好者，包括传媒文化类公司创作微电影的热情，大赛期间，组委会还先后举办了微电影专家研讨会、世界微电影经典作品观赏会、参赛作品展映会等活动，引领、影响了山西微电影创作的方向。加之，不断涌现的国内外微电影优秀作品，也成为绝好的样板和模板，到2015年山西省举办优秀网络视听作品评选活动时，参赛的作品质量已经有了明显的提升。

例如，山西传媒学院制作的《春泥》，以令人动容的故事塑造了"化作春泥更护花"的乡村教师可敬的形象，赞美了"长大后我就成了你"的报恩情怀；在画面构图、场面调度、音效和细节等方面表现出较高的专业水准。该校的另一个作品《小雨》则以清新淡雅的风格，讲述了两小无猜的两位盲童纯洁美好的友情，充满了童真之美，同时，还具有明显的要自食其力的励志元素，心理刻画细腻，故事情节感人。大同市文化局选送的《族谱》是一部反腐警示剧。通过修族谱，带出主人公的成长史和堕落史，构思巧妙；采用喜剧的手法，漫画式地刻画了一个腐败干部的丑恶嘴脸，主题鲜明，具有强烈的警示性。太原市委外宣办制作的《回家》是一部城市形象宣传片，展示了今日太原"一川清水两岸锦绣"的美丽风貌，同时也突出了太原这座古城深厚的历史文化底蕴，画面优美、景观迷人，充满着现代化气息，洋溢着太原人自豪、自信的情怀。

这些优秀的微电影作品在引导社会意识，促进全社会的政治、文化、思想进步等方面具有良好的功效。诸如此类的微电影作品数量在增多，类似于大同市影视文学研究会、大同市京汶文化创意传播中心这样的创作团体在增多，形成了"红杏枝头春意闹"的微电影发力的局面。

**三、东方风来满眼春：微电影的大热**

连续三年的山西省优秀红色网络视听作品评选活动和"华夏古文明 山西好风光"微电影大赛，以及山西大学生微电影大赛、"追梦·平遥"微电影大赛、山西消防微电影评选大赛、"银行杯"山西省高校金融知识微电影大赛等多个赛事的成功举办，彰显了一个事实，山西的微电影创作正处于积极探索、勇于创新的大热阶段，可谓"东方风来满眼春"！在2016年的首届"华夏古文明 山西好风光"微电影大赛中就涌现出一批出类拔萃的创作者，例如优秀编剧王克文，优秀纪录片撰稿人王志宏、刘红庆、唐振勇，优秀导演杨巧文、原勋、何劲湧，优秀摄影刘斌、宋一新、刘廉洁、郭雷，优秀演员李宗全、张嫣然等。

这种局面的形成也得益于理论上的引导。2016年12月13日至15日，首届山西省微电影创作论坛在临汾吉县人祖山风景区举行。来自太原、大同、阳泉、晋城、朔州、临汾、运城、晋中、忻州和吕梁等地的相关机构的代表五十二人参加了会议。著名导演朱正对在论坛展映的所有作品逐一做了专业点评。这次点评对在场的创作人员的帮助是直接的，影响是深远的。山西省电影家协会主席、秘书长杨志刚讲授了微电影创作的思路和方法。论坛就微电影的本体特征、社会价值和审美特征，微电影的创作、传播和消费，微电影的生存和发展之道等诸多话题进行了深度探讨，厘清了微电影的概念，明确了创作的方向，交流了微电影创作的技巧和方法。

随着青年学生、知识分子的深度参与和介入，目前，山西的微电影发展态势良好。从创作队伍上看，产生了一批成熟的人才，如导演魏晓军、杨巧文、原勋、陈震、畅舒，编剧范晓玲、李健全，摄影师逯友青、史英豪，演员畅舒等；从创作成果来看，产生了一批优秀的作品，如《红色气质》《米粒的夏天》《早安，小树》《第八个》《不容等待》《哭没有泪》《我们的选择》《火头军》《我的石圪节》《上党味道》《云中八景》等。当然，这些成果的取得离不开众多的影视、传媒、文化公司作为拍摄和后期制作的技术支撑。

# 第十六章　山西的动画电影

**题外话**：动画片是孩子们娱乐生活中的最爱,可以说,动画片在儿童成长中是不可或缺的部分。家长和儿童呼唤的是内核优秀的动画片。优秀的动画片在帮助儿童培养良好情操、树立正确价值导向的同时,也传播了优秀的中华传统文化。所以,动画制作要讲究品质,要有知识上思想上的教育深度。山西创作动画电影的艺术家们正是以这样的责任感从事这一工作,取得了不菲的成绩,出现了《终极大冒险》等优秀作品。本章所评述的动画作品,近40%是动画电影,大部分是由小、短动画构成的系列动画,反映的都是山西在动画电影制作上所取得的实绩。动画电影在山西电影史上应有它一席之地。

　　本章初稿是在山西传媒学院院长李伟、原院长王建国、副院长郭卫东的支持和山西传媒学院动画学院副院长隋津云的指导下,由动画学院的两位青年教师周强(助教,硕士研究生,北京电影学院在读博士生)、郭婧文(助教,硕士研究生)撰写完成的。为了撰写此章,他们收集了大量的资料,梳理了山西动画电影发展的历程。本章在周强、郭婧文两位教师初稿的基础上,进行了调整和文字加工,以求得全书体例一致、行文一致、书写风格一致。在此,向周强、郭婧文两位教师表示感谢。

## 第一节 中国动画电影的兴起与发展

动画作为一种艺术形式诞生于20世纪初的欧洲。1918年左右传入上海,自此动画片登上了中国的舞台。受其影响,中国开始尝试制作自己的动画作品。1922年,中国有了第一部广告动画片《舒振东式华文打印机》——以这部作品为契机,开启了中国动画片制作的先河。

在上海万氏兄弟的带领下,中国不断向世界动画技术积极靠拢。1926年,黑白默片《大闹画室》诞生,这部具备完整故事情节和成熟技法的动画作品成为中国电影史上第一部真正意义上的动画片。随后的《铁扇公主》以亚洲第一部、世界第四部动画长篇的身份正式宣告了中国动画的世界地位。

20世纪50年代初,东北电影制片厂美术组来到上海,成立了上海电影制片厂美术片组。人才的融合与技术的进步将中国动画带入第一个黄金时期,诸如《乌鸦为什么是黑的》《东郭先生》《神笔》《一幅僮锦》等佳作开始涌现,并在国际评奖中有所斩获。

20世纪60年代,中国动画保持着高产量与高质量的创作态势。凭借对中国传统文化的发掘、对中华传统美学的继承、对中国民族风格的探索、对中国传统元素的融合,中国动画作品的影响力持续扩大。以《大闹天宫》的诞生为标志,中国动画不仅收获了在世界动画界持续至今的荣誉,更将"中国动画学派"推向一个高峰。

高歌猛进中的中国动画在20世纪60年代中期,受"文化大革命"的影响,发展停滞,即使有个别作品出现,也改变不了奔放自由的艺术作品成为枯燥无味的说教材料的趋势。这种状况一直持续到1976年才得以疏解。上海美术电影制片厂以极快的速度恢复了旺盛的创作力,人们对精神生活的需求极大地推动了中国动画再一次进入制作的高潮。《哪吒闹海》对传统文化的继承,《三个和尚》在创作手段上的创新,《山水情》对中国水墨画的延续,《不射之射》与外国友人的合作,《葫芦兄弟》《邋遢大王奇遇记》《黑猫警长》等系列电视动画的生产,让元气大伤的中国动画恢复了勃勃生机。

从20世纪90年代开始,中国动画开始新的尝试。一方面,电视动画大型化与连续化的概念不断被作用于实际创作中,诸如《舒克和贝塔》《蓝皮鼠与大脸猫》《大头儿子和小头爸爸》《西游记》等系列动画片赢得受众的广泛关注;另一方面,开始适应影院美学规律的电影动画也在不断探索,首要的标志即1999年出现的《宝莲灯》。这部作品开启了中国动画电影的复兴道路。随后的《熊猫小贝》《梁祝》等作品的出现进一步推动着中国动画产业的完善。

2004年,国家广电总局印发《关于发展我国影视动画产业的若干意见》;2006年,国务院办公厅转发财政部等部门《关于推动我国动漫产业发展若干意见》;2012年,《"十二五"时期国家动漫产业发展规划》发布。各地方政府也不断地从政策方面予以支持,加之中国动画人才的扩充,近年来我国动画市场逐渐诞生出一批优秀作品,《秦时明月》《西游记之大圣归来》《大鱼海棠》《大护法》等成为"惊喜之作"。动画的原创作品不断增加,产品种类不断丰富,受众群体以较高的速度增长,由动画衍生的周边产业发展成果也十分喜人,动画这一艺术形式在中国的发展迎来新的高潮。

## 第二节　山西的动画作品

　　山西是一个历史悠久、文化积淀厚重的省份,产生过不少优秀的传世文艺作品;但是,作为我国的中部省份,文化产业发展较晚,发展速度较慢,而动画作品的完成需要的是一群具备相关专业素养的动画人、一条相对完整的工作链。动画产业薄弱、动画作品稀缺是山西现实存的问题。即使如此,自20世纪80年代以来,山西动画仍不断制作出在全国动画界有一定影响的优秀作品。

### 一、专业影视单位制作的动画作品

（一）山西电化教育馆制作的《寂寥的天空》

　　1987年,山西电化教育馆摄制了动画短片《寂寥的天空》。这部动画作品的编导、美术设计是陈信和、李珍。动画片采用在中国动画片中极少见的彩色铅笔画的风格,讲了一个盲童用望远镜对向天空,在想象中看到了奇妙的飞船,结果却引来一大堆人引颈观望,而盲童则悄然离去的故事。此片寓意深刻,甚为感人。这时期的山西动画已经不仅仅在电影美学中有所追求,更注重故事本身的意境与情怀。

（二）山西电影制片厂等制作的《红孩儿大话火焰山》

　　2005年上映的《红孩儿大话火焰山》是山西电影制片厂、北京儿童艺术剧院和宏广动画(苏州)有限公司联合出品的动画电影。编导王童(台湾),动画部分由杨芳璋、康进和完成。故事取材于中国古典小说《西游记》中唐僧、孙悟空一行到西天取经途中,在火焰山发生的故事。故事分为两条线索:一边是善良孝顺的红孩儿为救治中毒的母亲而听信谗言,求助于要得到唐僧肉炼制丹药的铁扇公主;一边是西去取经的唐僧师徒需有铁扇公主的芭蕉扇才能顺利度过这一劫难。故事设置障碍重重,最终以双方化解矛盾,联手对付共同的敌人而圆满结束。这部作品故事情节紧凑,人物性格丰满,在基本为手绘的基础上运用了3D技术,尝试性使用了一些当时的流行元素,所以作品一出颇受好评,不仅赢得二百五十万元的票房,还获得了2005年第十一届电影"华表奖"优秀动画片奖和第四十二届台湾电影"金马奖"最佳动画长片奖两项殊荣。

(三)山西电影制片厂等制作的《不亦乐乎》

2007年,山西电影制片厂与山西完形文化科技有限公司联合制作完成系列动画片《不亦乐乎》,该片描写了发生在中国古代的一所学堂里的故事。学堂里的先生,在别人眼中是落魄的秀才;但他认为人生最大的快乐是像孔夫子那样诲人不倦。他的学生各有各的烦恼和问题。师生们相互碰撞、相互启发,演绎了一系列好看好笑的故事。

(四)山西省动画艺术协会等制作的《精卫填海》

2007年,在中央电视台少儿频道播出的动画片《精卫填海》是由北京动漫乐园电视传媒有限公司、山西省动画艺术协会、中国传媒大学动画学院联合制作的神话动画片,共十集。动画片以中国神话故事为蓝本,讲述炎帝的女儿精卫被共工迫害致死后,为了保护人类把大海填平的故事。《精卫填海》由于艺术上乘、制作精良,在中央电视台少儿频道播出后,好评如潮,又在央视一套和各地方卫视陆续播出。该片获第四届中国国际动漫节"美猴奖"动画短篇大奖,第十四届上海

电视节"白玉兰"奖最佳国产动画片提名,山西省第三届动漫艺术节"原创动漫大赛动画类最佳奖",中央电视台2007年优秀国产动画片等多个奖项。

(五)中共晋中市委宣传部等制作的《终极大冒险》

中共晋中市委宣传部、北京电影学院、北京艾美迅动画制作有限公司联合摄制的动画电影《终极大冒险》于2013年7月上映。牛博鸳、李文贤、路鹏、杨磊、朱云潇编剧,孙立军导演。该片是中国首部都市时尚动画电影,以中国都市白领人群为主要表现对象,以北京为故事背景地,通过细致入微而又丰富奇特的观察与想象,将中国当代白领的"职场文化"展现在观众面前。影片将一个封闭小社会中人性的多元性和复杂性表现得淋漓尽致。

《终极大冒险》的故事发生在一个与世隔绝的小岛——门索岛上。数十年前,有一群人因为各种原因登上该岛,他们看似与普通人无异,但他们的日常行为又异于常人,十分怪异。在岛上,银行是不锁门的,枯瘦如柴的银行行长根本不怕金条丢失,他有一套独特的防范措施。科学家们

则热衷于摧毁和爆炸,没人能知道他们心里在想什么。岛上还有许多奇怪的原始植物,仿佛有不可名状的生命力。岛上居民看似普通,实则一个个高深莫测。这时,一个自命清高的职场小男人和一个乐观开朗、追求自由的摄影师开始了他们的冒险之旅。职场小男人准备上岛卖防盗门,而摄影师则想去岛上探寻那不为人知的秘密。

《终极大冒险》定位于国内首部全龄化的合家欢类型动画电影,被业内人士誉为中国动画电影的转折点。它一改国产动画普遍低幼化的现状,目标定位于全龄化观众,希望能够大手拉小手一起走进电影院。因此,电影风格走潮流、时尚、浪漫的都市风,再搭配搞笑、神秘、迷幻的小岛历险故事,使影片具有高度的观赏性和吸引力。

电影配音阵容强大,有著名女艺人谢娜,著名演员韩童生,著名配音艺术家、唐老鸭配音者李扬,电影《少年派》的配音演员路知行,著名影视演员、北京电影学院表演系教师王劲松,《每日文娱播报》主持人刘婧,爱奇艺《娱乐猛回头》"萌主播"杨逸飞等。这些影视娱乐明星参与配音助阵了中国动漫产业的全龄化发展。

《终极大冒险》先后获第二十九届中国电影"金鸡奖"最佳美术片奖,第十五届中国电影"华表奖"优秀动画片奖,第十三届中宣部精神文明建设"五个一工程"奖,中国文化艺术政府奖第二届动漫奖最佳动画电影奖,2014年"天马杯"中国动画电影最佳长片奖等奖项;影片还是第六十七届法国戛纳国际电影节官方展映作品,香港中国电影展2013年官方展映作品。

**二、民营影视企业制作的动画作品**

动画产业的发展不仅需要专业影视部门的支撑,还需要众多的民营影视企业的配合,形成合力,推动地方动画的可持续发展。纵观山西动画的发展历程就会发现,山西民营企业在动画创作与动画传播中起到了重要作用,出现了不少深受观众欢迎的好作品。

(一)山西云剑实业有限公司等制作的《闪话八方之成语故事》

2007年,山西云剑实业有限公司与北京般若之光文化艺术有限公司联合制作完成系列动画片《闪话八方之成语故事》,共三百六十五集,每集五分钟,属于教育类动画片。播出后起到普及成语知识、传播中华文化的作用。

(二)山西博奥文化传媒有限公司制作的《天天健康》

2008年,山西博奥文化传媒有限公司邀请到编剧方子、导演亢宝晶完成国内首部医疗行业动画片《天天健康》,该片成为国家广电总局推荐的优秀国产动画片,获第十七届山西省电视艺术奖美术片一等奖。2008年北京奥运会期间,《天天健康》在央视少儿频道、一套黄金时段与全国观众见面,成为山西首部在央视播出的动画片。这部动画片衍生出一系列的周边产品,成为山西动画史中杰出的代表。2014年,该公司继续制作并成功发行三十集动画片《沃沃健康系列之囧爸囧妈第一季》。

(三)山西森艺文化传媒有限公司制作的《包子剪子锤》

2009年,山西森艺文化传媒有限公司制作完成一百集系列动画短片《包子剪子锤》。该片是中国首部未成年人思想道德建设动画短片,动画人物形象可爱,表现手段轻松活泼,得以在央视一套播出。动画短片内容分为营养卫生、自护自救、健身运动、生活小常识四个系列,涉及未成年人思想道德建设中的问题,宣传孩子们日常生活中应该坚持的行为习惯。同年,该公司还发行了益智类家庭动画片《太空娃》《吟诗唱词之泊船瓜洲》。

(四)山西乐酷文化传媒有限公司制作的《大红公鸡毛毛腿》等

2010年9月20日成立的山西乐酷文化传媒有限公司是一家集文化创新和动画制作为一体的文创公司,在成立的第一年就创作了山西民歌动画MV《大红公鸡毛毛腿》,并获得"金恐龙"常州国际动漫节"最佳动画电视大奖"。2011年,该公司凭借《走西口》这一作品再次获得该奖项。2014年,《天使降临》《亲圪蛋——山西民歌音乐动画》获准备案;2016年,原创暖萌动画《叽哩与咕噜》入选2017年"原动力"中国原创动漫出版扶持计划。公司还长期与中央电视台央视动画有限公司及法国动画公司合作,从事动画片外加工制作,作品如《少年狄仁杰》《哈比兔历险记》等。

## （五）山西灌木文化传播有限公司制作的《奇奇怪怪》等

2012年，山西灌木文化传播有限公司创办。2016年，该公司旗下子公司山西梓楠文化艺术有限公司投资制作一部以山西非遗布老虎为形象的一百集动画片《奇奇怪怪》，以期对山西非遗文化进行保护。该公司制作的《拼兵》入选2017年"原动力"中国原创动漫出版扶持计划的网络漫画类项目。该公司还参与了系列动画《大话成语》、《名城太原》、《伢仔学艺》、《郭德纲相声》、《飞哥与小佛》（迪士尼系列动画）、《PETZ》（美国系列动画）、《阿凡提》（央视系列动画）以及《爸爸去哪儿3》的人物动漫图组设计等。

## （六）山西泽州中南影视制作有限公司和央视动画有限公司联合制作的《大耳朵爷爷历险记》

2012年，在中央电视台少儿频道播出的《大耳朵爷爷历险记》是由山西泽州中南影视制作有限公司和央视动画有限公司联合制作的。韩三平监制。这是一部依托山西当地独特的文化资源，汇聚各方力量精心打造的五十二集大型神话原创动画片。该片讲述了在远古时期，黑洞洞主侵霸宇宙，利用邪恶能量在天界组建了"宇宙自由军团"，搅乱天地，破坏宇宙安宁。机智幽默的大耳朵爷爷在女娲娘娘的帮助下，为了宇宙的安宁，用二十八片青莲花瓣召集二十八位身怀绝技的少年英雄，共同抗击作乱的黑洞洞主，以永保天地和平的故事。该片获2011年山西省原创动漫大赛最佳动画长片奖。

除以上外，山西的动画作品还有2012年山西汇众动漫科技开发有限公司制作的《孟母三迁》,2013年山西太原博视文化传媒有限公司制作的《皇城相府之少年陈廷敬》,2014年山西盖亚文化传媒有限公司制作的《世界著名童话故事》,2014年山西迪迈创意文化传媒有限公司制作的《棒棒猴》《大能人解士美》及2016年制作的《三晋传奇之一代廉吏于成龙》(入选2016年中国原创动漫出版扶持计划多媒体动画类项目),山西畅达富源网络科技有限公司制作的《中华文字幼儿版》。

**三、山西高等院校创作的动画作品**

动画的创作需要团队的配合,除了社会主导力量下完成的作品外,另一个作品来源就是高校。山西的动画专业建成较早,影响力较大,出现了不少好作品。

原太原广播电视干部进修学院在1985年就开办了动画专业,创作作品多,动画质量好,在业内获得较高认可率。21世纪初,山西高校创作的

动画片已在国内外获得各类奖项多个。2002年,动画作品《小亲圪蛋》获韩国国际大学生动画节优秀奖;2003年,陈伟导演的作品《给予》、姚桂萍导演的《我心飞翔》、刘涛导演的《影子》获得第三届北京电影学院动画学院优秀学生作业奖;2006年,董立荣的《邂逅》、张庆春的《爬在高塔上的猫》入围常州国际动画节。近年来,随着制作技术的发展和创作水平的提高,山西高校贡献出越来越多的动画作品,并在各动画类奖项评奖中都有所斩获。

为支持引导优秀原创动漫作品的创作生产,加快推动我国动漫出版产业的繁荣发展,国家新闻出版广电总局近年来一直在推进"原动力"中国

原创动漫出版扶持计划,有越来越多的山西高校积极加入这一活动。如山西传媒学院教师隋津云、何劲涌等创作的《明德中华》之《孝》篇入选2016年中国原创动漫出版扶持计划多媒体动画类项目。他们的作品《婉婉姥姥的布老虎》入选2017年中国原创动漫出版扶持计划网络动画类项目。2016年"原动力"中国高校动漫出版孵化计划入选项目名单中,就有山西大同大学李唯佳的《不一样的成语,不一样的鸡汤——东施外传》。

## 第三节　山西的动漫艺术节

为了激发大学生、动漫爱好者及动漫工作室的原创力,整合山西动画资源,搭建山西动画平台,促进国内外动画爱好者的交流,营造更好的学术氛围,山西高度重视举办集专业性、艺术性、学术性和商业性为一体的具有特色的动漫艺术节。

2006年,山西首届动漫艺术节由山西省文化厅、山西省教育厅、山西省科技厅、山西省商务厅、山西省广播电影电视局、山西省新闻出版局、共青团山西省委共同主办,太原国家高新技术产业开发区管委会、山西省文化发展基金会等协办,太原市动漫协会具体承办,取得了成功,扩大了动画电影在群众中的影响。

至今,这一艺术节已经举办了四届。第四届山西动漫艺术节主要活动内容包括动漫真人秀大赛、国内外精品漫画展、精品动画片展播、漫画名家签名见面会、动漫社团展示、漫画图书阅览、现场涂鸦表演、原创动漫作品大赛、漫画设计和绘画讲座、少儿科学幻想绘画展等。《三体》作者刘慈欣等科幻名家现场为读者签名。

2009年,在中共山西省宣传部和山西省文化厅的支持下,太原广播电影电视管理干部学院与中国动画协会联合主办首届"金麒麟"奖动漫艺术节,参与的单位有WACOM公司、太原理工大学美术学院、太原师范学院。参赛的作品分动画类和漫画类两大类。

2011年,为了进一步推动山西动漫产业的发展,培育新的文化经济增长点,中共山西省委宣传部、山西省文化厅主办,太原市文广新局、山西省文化产业发展中心、山西网络文化艺术中心、太原市动漫协会承办了"2011山西省原创动漫大赛"。大赛分漫画、动画、新媒体动漫、单项奖四大类进行评比,对于作品的主题、专业素养、审美判断、传播方式均有较高的要求。

地方性的艺术节还有"2008中国·太原首届动漫艺术节",这是太原市动漫协会几十家会员单位共同参与承办,旨在探讨省城动漫产业发展现状,寻求山西动漫产业的出路和对策,以期共同推动省市动漫产业向前发展的一次盛会。这一动漫艺术节重点推介本土动漫企业和院校,同时邀请国内外知名动漫、游戏企业和大专院校及动漫界专家学者加盟,以打造太原与国内外动漫界交流、互动的平台。在太原高新开发区安排的主会场活动有:动漫原创作品展、动漫企业及其产品展览、经典动画影视及动漫精品展演、动漫系列比赛等。

其他动漫产业周边活动也较为丰富。2015年年底举办的山西首届City Eleven(十一城市)动漫游戏嘉年华,是向动漫市场的一次积极靠拢,请到了大量的知名coser(角色扮演),组织了多种丰富的活动。这类动漫活动还有山西省CICE动漫节、山西省ACE动漫节、山西省590CE动漫节、山西省MACE动漫节、晋城新软动漫嘉年华、运城COSPLAY(角色扮演)梦想季、临汾COSPLAY动漫展、太原蒲公英动漫嘉年华、晋城馨漫园动漫展、忻州首届动漫文化季、大同CAC动漫狂欢节、运城德玛西柚动漫节、CACA阳泉首届动漫游戏艺术节等。

# 附录

**题外话**：附录卷收了十五个资料，其中包括山西在历届中国"百佳"电视艺术工作者评选中获奖名录，在历届中宣部精神文明建设"五个一工程"评选中获奖作品的名录，在历届中国电影"三大奖"中的获奖名录，以及山西省第一届至第十一届精神文明建设"五个一工程"评选获奖名录，山西省第一至第三届文学艺术创作奖电影、电视剧部分获奖名录，山西省首届优秀电影、电视剧"天龙奖"获奖名录，2018"山西优秀电影奖"获奖名录，山西首届微电影大赛获奖名录，首届"华夏古文明 山西好风光"微电影大赛获奖名录，2015—2019年优秀网络视听作品评选获奖名录。在中宣部举办的一至十五届"五个一工程"评选中，山西每一届都有获奖作品。山西省"五个一工程"奖举办了十一届，山西省文学艺术创作奖举办了三届，"天龙奖"举办了一届，山西省优秀电影奖举办了一届，山西微电影大赛和"华夏古文明 山西好风光"微电影大赛各举办过一次，网络视听作品评选举办过四次，所有的获奖单位、获奖作品以及部分作品的获奖者名单都列入其中，以供读者查阅。

由于时间久、范围广、作品多，整理这些资料并非易事。中宣部和山西省委宣传部"五个一工程"评奖资料的整理，得到了山西省委宣传部原文艺处处长、现任山西省文联驻会副主席的王招宇同志和文艺处调研员赵凯军同志的大力支持。赵凯军同志为了查对在中宣部"五个一工程"评选中山西省获奖作品的主创单位，一部一部地在网上查看获奖的电影、电视剧原作，力求整理的资料准确无误。

中国电影"三大奖"由《三晋都市报》特稿部记者李尚鸿同志整理。2018"山西优秀电影奖"获奖名录由山西省广电局电影处副处长罗平海同志整理。山西省首届微电影大赛和首届"华夏古文明 山西好风光"微电影大赛获奖名录由山西省电影家协会魏曦明、杨舒淇同志整理。2015—2019年优秀网络视听节目评选获奖作品和获奖单位名录由山西省广电局网络视听节目管理处副处长武向辉同志整理。

历届中国"百佳"电视艺术工作者获得者名单的整理得到了山西广播电视台编委、总编室主任王云飞，总编室谢小湛和山西省电视艺术家协会李明、王华清、李力军、张勇慧同志的支持和帮助，诸位"百佳"获得者也积极配合，及时提供资料和照片，以使这个"百佳"名单能够完整地呈现在读者面前。

这十五个资料由多位同志整理，虽有大致要求，但字号大小、字形变化、间隔距离均不一致。为了统一编排体例，本书内文设计、太原鑫昭惠文化传播有限公司程秀丽同志对本卷所收录的资料逐篇逐行，对字号、字体、行距做了统一的调整，为达到整齐划一、美观醒目的要求，付出了艰辛的劳动。

附录资料珍贵、繁博，工作劳累、烦琐，凝聚了大家的汗水和心血，在编辑完成之际，仅对以上同志表示衷心的感谢。

需要说明的是，这些资料所提及的单位名称等均以原表彰文件为依据。

# 历届中国"百佳"电视艺术工作者[①]山西获得者名录

中国电视艺术家协会颁发的百佳（德艺双馨）电视艺术工作者名册

## 第一届 （1998年）

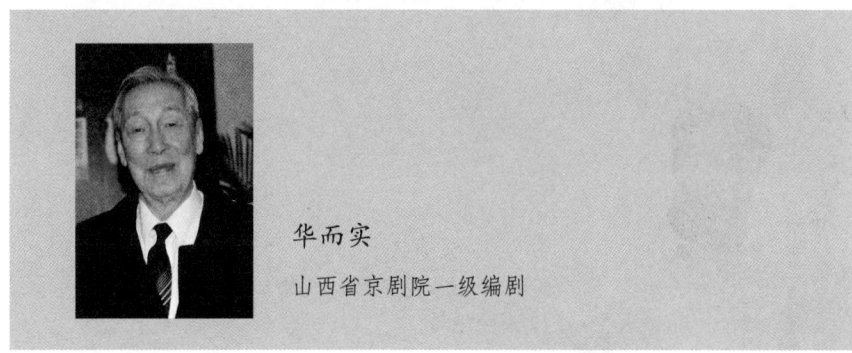

华而实

山西省京剧院一级编剧

---

[①]从第五届起称"全国德艺双馨电视艺术工作者"。由中国电视艺术家协会授予。

## 第二届（2000年）

**史启发**
　　山西省话剧院院长，一级编剧，山西省视协副主席

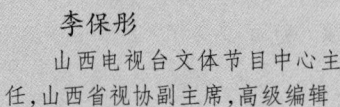

**李保彤**
　　山西电视台文体节目中心主任，山西省视协副主席，高级编辑

**徐重民**
　　山西电视台电视剧部主任，高级编辑

**全国"百佳"老电视艺术工作者：**

王家贤
　　山西省广播电视厅原副厅长,山西电视台台长

孙　伟
山西省话剧院一级导演

崔俊波
　　山西省电视台电视剧制作中心一级导演

## 第三届（2002年）

朱　正(女)
山西省电视艺术家协会副主席，太原电视台文艺部副主任、电视剧中心副主任，一级导演

董育中
山西省广播电视厅副厅长，山西电视台台长

## 第四届（2004年）

邬二田
山西电视台电视剧制作中心主任，高级编辑

孙亚舒
山西电视台一级导演

## 第五届（2007年）

李水合
山西电影制片厂厂长

## 第六届（2009年）

王云飞
山西广播电视总台副总编辑，
主任记者

杨　虹(女)
中国黄河电视台SCOLA
台总监，主任播音员

## 第七届（2011年）

赵建平
山西省作家协会影视文学创作部主任

苏云丽（女）
山西广播电视台新闻中心外宣部主任，主任播音员

## 第八届（2013年）

肖彦芳（女）
山西广播电视台黄河频道总监，高级编辑

## 第九届（2015年）

郭晓青(女)
太原广播电视台主持人，高级编辑

## 第十届（2017年）

李桂琴(女)
山西广播电视台新闻中心播音部主任，播音指导

说明：以上获得荣誉称号者的职务、职称均是中国电视艺术家协会授予本奖时的职务、职称。

王云飞　谢小湛/整理

# 历届中宣部精神文明建设"五个一工程"评选山西电影、电视剧获奖名录

中共中央宣传部组织的精神文明建设"五个一工程"评选活动,包括电影、电视剧、动画片、戏剧、歌曲、广播剧、文艺图书等门类。各省区市和部分中央国家部委,以及解放军总政治部等单位组织生产、推荐申报作品参评。对评选出的文艺作品授予优秀作品奖。对成绩突出的参评单位和部门授予组织工作奖。自1991年启动以来,前几届一年一评,后评选周期改为每五年评选两次。

中宣部"五个一工程"评选至2019年8月已举办十五届,山西共有二十七部作品获奖。中共山西省委宣传部从第四届(1994年)到第十届(2003—2006年),先后七次被中宣部授予组织工作奖,实现了"七连冠",第十三届(2012—2014年)、第十五届(2017—2019年)又获得了组织工作奖。

在历届中宣部精神文

明建设"五个一工程"评选中,山西申报的电影、电视剧获奖名单如下:

### 第一届(1991年度)

电视剧《好人燕居谦》 中共山西省委宣传部、山西电视台联合摄制,中宣部"五个一工程"获奖作品。

### 第二届(1992年度)

电影《开采太阳》 山西电影制片厂、北京电影学院青年电影制片厂联合摄制,中宣部"五个一工程"提名奖作品。

### 第三届(1993年度)

电视剧《一个医生的故事》 山西省卫生厅、中共长治市委市政府、山西电视台联合摄制,中宣部"五个一工程"获奖作品。

电视剧《矿山小英雄》(儿童片) 太原电视台、大同电视台联合摄制,中宣部"五个一工程"提名奖作品。

### 第四届(1994年度)

电视剧《沟里人》 中共晋城市委市政府、中央电视台影视部、山西电视台联合摄制,中宣部"五个一工程"获奖作品。

电视剧《昌晋源票号》 中央电视台影视部、中共晋中地委宣传部、山西电视台联合摄制,中宣部"五个一工程"提名奖作品。

## 第五届(1995年度)

电视剧《天网》 太原电视台摄制,中宣部"五个一工程"获奖作品。

## 第六届(1996年度)

电视剧《我的奶奶》 山西电视台摄制,中宣部"五个一工程"获奖作品。

## 第七届(1997—1999年度)

电视剧《郭兰英》 中央电视台影视部、山西电视台、山西省话剧院等联合摄制,中宣部"五个一工程"获奖作品。

## 第八届(1999—2001年度)

电视剧《一代廉吏于成龙》 中央纪委监察部电教中心、太原电视台等联合摄制,中宣部"五个一工程"入选作品。

电视剧《小点》 山西电视台摄制,中宣部"五个一工程"入选作品。

## 第九届(2001—2003年度)

电影《暖春》 山西电影制片厂等联合摄制,中宣部"五个一工程"优秀作品。

电视剧《村官》 山西电视台摄制,中宣部"五个一工程"入选作品。

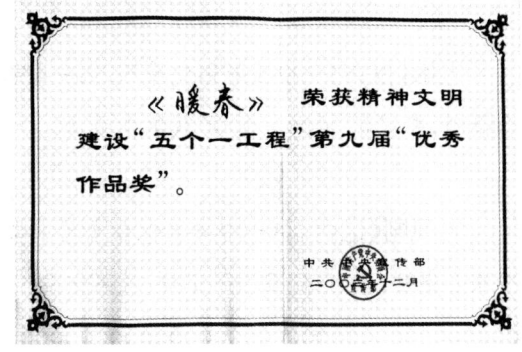

## 第十届(2003—2006年度)

电视剧《八路军》 中央电视台、中共山西省委宣传部、八一电影制片厂、山西广播电视总台等联合摄制,中宣部"五个一工程"优秀作品。

电视剧《赵树理》 中共山西省委宣传部、山西省作家协会、中共晋城市委市政府、汾酒集团等联合摄制,中宣部"五个一工程"优秀作品。

电视剧《乔家大院》 山西广播电视总台等联合摄制,中宣部"五个一工程"优秀作品。

电影《生死托付》 国家卫生部、山西电影制片厂等联合摄制,中宣部"五个一工程"优秀作品。

电视剧《吕梁英雄传》 中央电视台中国电视剧制作中心、中共吕梁市委市政府、山西广播电视总台等联合摄制,中宣部"五个一工程"优秀作品。

## 第十一届(2007—2009年度)

电影《夜袭》 山西电影制片厂、八一电影制片厂、电视频道节目中心联合摄制,中宣部"五个一工程"获奖作品。

电视剧《走西口》 中央电视台文艺中心影视部、中共山西省委宣传部等联合摄制,中宣部"五个一工程"获奖作品。

电视剧《文化站长》 山西广播电视总台等联合摄制,中宣部"五个一工程"获奖作品。

## 第十二届(2009—2012年度)

电视剧《革命人永远是年轻》 中共山西省委宣传部、上海广播电视台等联合摄制,中宣部"五个一工程"获奖作品。

## 第十三届(2012—2014年度)

电影《终极大冒险》(动画片) 中共晋中市委宣传部等联合摄制,中宣部"五个一工程"获奖作品。

电视剧《幸福生活万年长》 中

央电视台、中共山西省委宣传部、山西影视集团、山西电影制片厂、山西广电影视艺术传媒有限公司等联合摄制，中宣部"五个一工程"获奖作品。

### 第十四届(2014—2017年度)

电视剧《于成龙》 中央纪委、中共山西省委宣传部联合摄制，中宣部"五个一工程"优秀作品。

### 第十五届(2017—2019年度)

电影《流浪地球》 中宣部"五个一工程"优秀作品。

电视剧《右玉和她的县委书记们》 山西省委宣传部摄制，中宣部"五个一工程"优秀作品。

赵凯军/整理

说明：以上获奖名录系根据中宣部文艺局编的《2012中华艺术之花"五个一工程"获奖作品》(学习出版社2013年版)一书的附录《历届精神文明建设"五个一工程"获奖作品名录》整理的。此名录包括第一届到第十二届的获奖作品，但各届所设奖项的名称不同：第一届至第七届设"获奖作品"和"提名奖作品"，第八届设"特等奖"和"入选作品"，第九届设"优秀作品"和"入选作品"，第十届设"特等奖"和"优秀作品奖"，第十一、十二、十三届设"获奖作品"，第十四、十五届设"特别奖"和"优秀作品奖"。我们在整理时一律沿用名录所载奖项名称，以保持原貌。

# 历届中国电影"华表奖"山西获奖名录

中国电影"华表奖"是中国电影的政府奖。"华表奖"奖杯采用的是北京天安门城楼前的华表造型。"华表奖"的前身是"文化部优秀影片奖",每年评选一次,始评于1957年,中断了二十二年后,从1979年继续进行评奖活动,一年一届。1985年,文化部电影局整建制划归广播电影电视部后,此奖项更名为"广播电影电视部优秀影片奖"。1986年与1987年、1989年与1990年合并举办,2005年后正式改为两年一届。1994年又定名为"中国广播影视大奖·中国电影华表奖",由国家新闻出版广电总局主办。

"华表奖"至2018年12月已举办十七届,山西共有十七部作品获奖。山西电影制片厂和上海电影制片厂联合摄制的电影《咱们村里的退伍兵》,1985年获"文化部优秀影片奖"。

### 第六届(1999年度)

《明天我爱你》 山西电影制片厂摄制,获中国电影"华表奖"故事片奖。

### 第七届(2000年度)

《走过严冬》 山西电影制片厂摄制;获中国电影"华表奖"优秀故事片奖,女主演谢兰获优秀女演员奖。

### 第八届(2001年度)

《声震长空》 山西电影制片厂、电影频道节目中心摄制;获中国电影"华表奖"优秀故事片奖,女主演周莉获优秀女演员新人奖。

### 第九届(2002年度)

《暖春》 山西电影制片厂摄制;获中国电影"华表奖"优秀故事片奖,女主演张妍获优秀女演员新人提名荣誉奖,男主演田成仁获优秀男演员提名荣誉奖,导演乌兰塔娜获导演处女作提名荣誉奖。

## 第十届(2003年度)

《暖情》 山西电影制片厂摄制;获中国电影"华表奖"优秀故事片提名荣誉奖,山西电影制片厂厂长李水合获优秀出品人奖。

## 第十一届(2004年度)

《暖秋》 山西电影制片厂摄制,获中国电影"华表奖"优秀故事片提名荣誉奖。

《红孩儿大话火焰山》 山西电影制片厂摄制,获中国电影"华表奖"优秀动画片奖。

《心急吃不了热豆腐》 山西电影制片厂摄制,获中国电影"华表奖"优秀故事片提名荣誉奖。

## 第十二届(2005—2006年度)

《生死托付》 山西电影制片厂摄制,获中国电影"华表奖"优秀故事片奖。

《王长喜来了》 山西电影制片厂摄制,获中国电影"华表奖"优秀数字电影奖。

《爱在他乡》 山西电影制片厂摄制,获中国电影"华表奖"优秀故事片提名荣誉奖。

## 第十三届(2007—2008年度)

《十八个手印》 山西电影制片厂摄制,获中国电影"华表奖"优秀数字电影奖。

《男孩都想有辆车》 山西电影制片厂摄制,获中国电影"华表奖"优秀少儿影片提名荣誉奖。

## 第十四届(2009—2010年度)

《黄河喜事》 山西电影制片厂摄制,获中国电影"华表奖"优秀故事片提名荣誉奖。

《老寨》 山西电影制片厂、电影频道节目中心摄制;获中国电影"华表奖"优秀数字电影奖,邢原平获优秀编剧奖。

## 第十五届(2011—2013年度)

《终极大冒险》 中共晋中市委宣传部等摄制,获中国电影"华表奖"优秀动画片奖。

## 第十六届(2014—2015年度)

《土地志》 山西电影制片厂摄制,邢原平、贾茹获中国电影"华表奖"优秀编剧奖。

李尚鸿/整理

# 历届中国电影"金鸡奖"山西获奖名录

中国电影"金鸡奖"由中国电影家协会和中国文联联合主办,于1981年创办,因当年属中国农历鸡年,故名中国电影"金鸡奖",简称"金鸡奖"。"金鸡奖"评奖委员会是由中国最具权威的电影艺术家、理论家、教育家等共同组成,因此又被称为"专家奖",是中国电影界最权威和最专业的电影奖。

中国电影"金鸡奖"至2019年11月已举办三十二届,山西共有十部作品获奖。

## 第六届(1986年度)

《咱们的退伍兵》 山西电影制片厂摄制,获中国电影"金鸡奖"故事片特别奖。

## 第二十二届(2002年度)

《二十五个孩子一个爹》 山西电影制片厂摄制,导演黄宏获中国电影"金鸡奖"导演处女作奖。

《声震长空》 山西电影制片厂摄制,女主演周莉获中国电影"金鸡奖"最佳女配角提名荣誉奖。

## 第二十三届(2003年度)

《暖春》 山西电影制片厂摄制,导演乌兰塔娜获电影"金鸡奖"导演处女作奖。

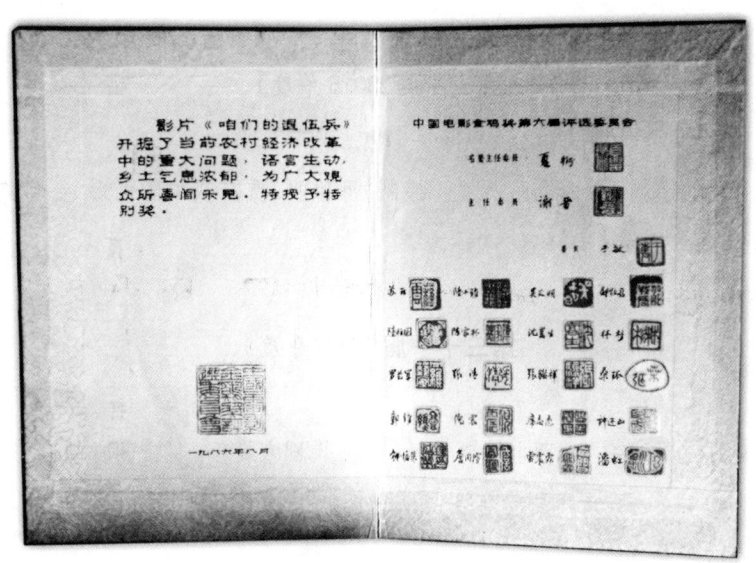

## 第二十六届(2007年度)

《夜袭》 山西电影制片厂摄制,导演安澜获电影"金鸡奖"导演处女作奖。

## 第二十七届(2009年度)

《决战太原》 中央新闻纪录电影制片厂、中共山西省委宣传部、山西省发展改革委员会、中共太原市委宣传部、山西电影制片厂联合摄制,获中国电影"金鸡奖"最佳纪录片奖。

## 第二十九届(2013年度)

《终极大冒险》 中共晋中市委宣传部等摄制,获中国电影"金鸡奖"最佳美术片奖。

## 第三十届(2015年度)

《土地志》 山西电影制片厂摄制,邢原平、贾茹获中国电影"金鸡奖"最佳原创编剧提名荣誉奖。

## 第三十一届(2017年度)

《山村母亲》 山西电影制片厂、中国戏剧家协会、北京国粹映画影视文化有限公司、运城市蒲剧青年实验演出团联合摄制,获中国电影"金鸡奖"最佳戏曲片奖提名。

## 第三十二届(2019年度)

《流浪地球》 获中国电影"金鸡奖"最佳故事片奖。

李尚鸿/整理

# 历届《大众电影》"百花奖"山西获奖名录

《大众电影》"百花奖"由中国电影家协会和中国文联联合主办,简称"百花奖",创办于1962年,是由周恩来总理特地指示举办的电影大奖。"百花奖"只代表观众对电影的看法和评价,并由观众投票产生奖项,因此又被称为"观众奖"。"百花奖"之所以用"百花"命名,是为了体现"百花齐放,百家争鸣"的文艺方针,奖杯为铜质镀金花神。"百花奖"也是历史最为悠久和最具群众基础的电影大奖。

1963年举办第二届之后,中断了十七年,直到1980年才恢复,举办了第三届。此后每年举行一次。

"百花奖"至2018年3月已举办三十四届,山西共有五部作品获奖。

## 第九届(1986年度)

《咱们的退伍兵》山西电影制片厂摄制,获《大众电影》"百花奖"最佳故事片奖。

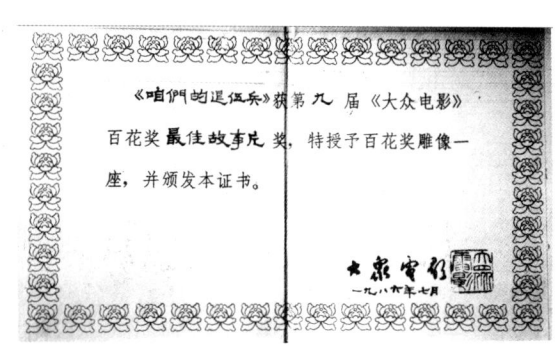

## 第十九届(1996年度)

《刘胡兰》 山西电影制片厂摄制,获《大众电影》"百花奖"观众最喜爱的影片特别奖。

## 第二十三届(2000年度)

《明天我爱你》 山西电影制片厂摄制,男主演潘长江获《大众电影》"百花奖"最佳男演员奖。

## 第二十五届(2002年度)

《二十五个孩子一个爹》 山西电影制片厂摄制,获《大众电影》"百花奖"优秀故事片奖。

## 第二十七届(2004年度)

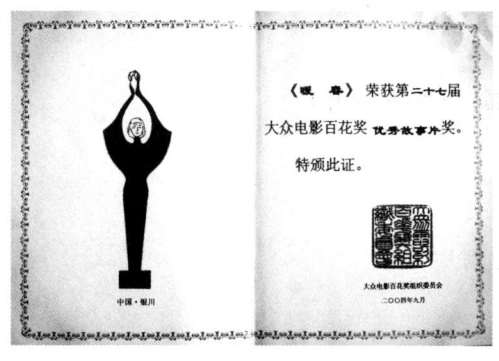

《暖春》 山西电影制片厂摄制,获《大众电影》"百花奖"优秀故事片奖。

李尚鸿/整理

# 山西省第一届至第十一届精神文明建设"五个一工程"①评选电影、电视剧(片)获奖名录

### 第一届(1997年10月)

电视剧(8部)

《我的奶奶》 山西电视台 省军区政治部 临汾地委行署

《魁星楼》 山西电视台 晋城电视台

《小村风景》 山西省电影学校

《热土壮歌》 省委组织部

《罗贯中》 山西电视台 太原电视台

《社火》 阳泉电视台

《西厢记》 运城地区文化局 黄河影视社

《在法律面前》 朔州市委市政府 山西电影制片厂

### 第二届(1998年11月)

电影(1部)

《窦娥冤》 运城 山西电影制片厂

---

① 由中共山西省委宣传部主办。

电视剧(7部)

《狗不吃回村记》(上下集)　晋城

《晋魂》(31集)　太原

《卜宗亮》(上下集)　大同电视台

　　　　　　　　　山西电视台

《太行留下的》(文献片)　阳泉

《期待》(上下集)　省文联

《嫁妆》(戏曲片)　晋中

《我想要朵小红花》(单本剧)　太原

## 第三届(1999年12月)

电视剧(片)(9部)

《郭兰英》　山西电视台　山西省话剧院

《大树临风》　大同市委宣传部　大同有线电视台

《李月生的大半辈子》　吕梁地委宣传部

《大女》　太原电视台

《稷山事件》　运城区电视台

《丁果仙》　山西电视台

《海内最富》　晋中电视台

《太行松常青》　山西省作协影视艺术中心

《太行陵川风月无边》　陵川县广播电视台

## 第四届(2001年1月)

### 电影(1部)
《明天我爱你》 山西省广电局

### 电视剧(6部)
《小点》 山西省广电局
《煞年》 山西省广电局
《野狐峪》 山西省作家协会
《承诺》 阳泉市委宣传部
《来自尧都的报告》 临汾市委宣传部
《健康快车》 大同市委宣传部

### 电视专题片(4部)
《晋颂》 太原市委宣传部
《人民代表申纪兰》 长治市委宣传部
《官来祥和他的戏剧人物画》 阳泉市委宣传部
《用生命染绿荒原》 吕梁地委宣传部

## 第五届(2003年1月)

### 电影(2部)
《声震长空》 山西电影制片厂
《二十五个孩子一个爹》 山西电影制片厂

电视剧(10部)

《一代廉吏于成龙》 太原市委宣传部

《村官》 山西电视台

《山羊坡》 临汾市委宣传部

《兵哥》 山西电影制片厂

《彩玲》 阳泉市委宣传部

《水落石出》 山西电视台 晋城市委宣传部

《初定中原》 晋城市委宣传部

《立春》 省文明办

《生死之恋》 省文化厅 太原市委宣传部

《一路真情》 大同市委宣传部

电视专题片(1部)

《绵山礼赞》 晋中市委宣传部

## 第六届(2005年1月)

电影(3部)

《暖春》 省广电局

《暖情》 省广电局

《明天,我还要上班》 大同市委宣传部

电视剧 (5部)

《小镇所长》 省广电局

《共产党员张小民》 运城市委宣传部

《铁血长平》 晋城市委宣传部

《凤临阁》　大同市委宣传部

《凤凰岭》　临汾市委宣传部

**电视专题片(4部)**

《晋商》　省广电局

《别忘了,太行山》　长治市委宣传部

《傅山》　省广电局

《毛泽东在山西》　省史志研究院　山西党史人物研究会
　　　　　　　　国家广播电视总局管理干部学院

## 第七届(2007年5月)

**电影(5部)**

《生死托付》　山西省广播电视局

《海哥》　中共临汾市委宣传部

《暖秋》　山西省广播电视局

《红山雨》　中共晋城市委宣传部

《秋天的歌》　中共大同市委宣传部

**电视剧(8部)**

《八路军》　山西省精神文明建设指导委员会办公室　山西省广播电视局

《吕梁英雄传》　中共吕梁市委宣传部

《阿霞》　共青团山西省委　中共运城市委宣传部

《赵树理》　中共山西省委宣传部　山西省作家协会
　　　　　中共晋城市委宣传部

《塞北婆姨》　山西省广播电视局

《枣园纪事》 中共阳泉市委宣传部

《警察本色》 山西省公安厅 山西省广播电视局 中共大同市委宣传部

《别拿豆包不当干粮》 山西省广播电视局

**电视专题片、文献片（3部）**

《邓小平在太行》 山西省史志研究院

《西岭背故事》 中共长治市委宣传部

《版画家力群》 山西省广播电视局

## 第八届（2009年12月）

**电影（8部）**

《夜袭》 省广电局

《江北好人》 省广电局

《地气》 省作协 长治市

《愚公移山》 省文化厅

《哑娘》 太原市

《盘尼西林·1944》 省广电局

《白雪花·红窗花》（数字电影） 晋城市

《酸枣坡》（数字电影） 吕梁市

**电视剧（8部）**

《喜耕田的故事》 省广电局 太原市

《黑金地的女人》 晋城市

《文化站长》 省广电局

《兰花花》 省广电局

《水落石出Ⅳ》　省广电局

《大追捕》　省作协

《杏花岭》　运城市

《大过年》　省广电局

电视片(4部)

《忠贞》　省广电局

《红旗飘飘》　长治市

《千年回响——神秘的绛州之一》　运城市

《名士傅山》　太原市

电视动画片(3部)

《精卫填海》　长治市

《天天健康》　太原市

《不亦乐乎》　吕梁市

## 第九届(2011年1月)

电影(10部)

《决战太原》　太原市　省广电局

《徐海东血战町店》　晋城市

《命比天大》　省文联

《儿子、媳妇和老娘》　太原市

《黄河喜事》　省广电局

《给我一支枪》　省作协

《乌龟也上网》　省广电局

《乡路》 忻州市

《百姓法官》 省高院

《大学生小村官》 朔州市

**电视剧(10部)**

《天地民心》 晋中市

《在那遥远的地方》 省电视台

《西口长歌》 省电视台 朔州市

《江阴要塞》 省作协

《神探狄仁杰》 太原市

《延安锄奸》 省广电局

《燃烧的生命》 大同市

《喜耕田的故事Ⅱ》 省广电局

《大河风歌》 省文化厅

《一门忠烈》 长治市

**电视动画片(2部)**

《白马少年》 晋城市

《山西民歌系列》 太原市

**电视专题片(3部)**

《申纪兰》 省文化厅 长治市

《静静的震撼》 太原市

《希望》 吕梁市

## 第十届(2013年1月)

### 特别奖(1部)
电视剧《革命人永远是年轻》　山西省委宣传部

### 电影(14部)
《情归陶然亭》　山西影视集团　太原市委宣传部
《老寨》(数字电影)　山西影视集团
《空火车》　山西影视集团　山西演艺集团
《尉迟恭》　山西省作协　朔州市委宣传部
《高举·爱》　山西影视集团
《浴血雁门关》　山西省作协　忻州市委宣传部
《塞外有家》　山西省作协　大同市委宣传部
《我的少女时代》　大同市委宣传部
《选举》(数字电影)　长治市委宣传部
《燃烧的石头》(数字电影)　运城市委宣传部
《成成烽火》(数字电影)　太原市委宣传部
《血战午城》　临汾市委宣传部
《金牌班长》　山西省文联
《一个老师的学校》　山西省高校工委

### 电视剧(6部)
《红军东征》　吕梁市委宣传部
《国门英雄》　山西广播电视台
《矿山人家》　山西省作协　临汾市委宣传部

《下海》 山西广播电视台
《夺宝》 山西广播电视台
《江南锄奸》 山西影视集团

### 电视动画片(3部)
《大耳朵爷爷历险记》 晋城市委宣传部
《乐在其中》 吕梁市委宣传部
《凤鸟栖台》 晋中市委宣传部

## 第十一届(2016年5月)

### 特别奖(2部)
动画电影《终极大冒险》 山西省新闻出版广电局 晋中市委宣传部
电视剧《幸福生活万年长》 山西影视集团

### 电影(8部)
《土地志》 山西影视集团
《风雨日昇昌》 太原市委宣传部 晋中市委宣传部
《东方欲晓》 忻州市委宣传部
《一乡之长》 临汾市委宣传部
《爱我就陪我看电影》 山西省新闻出版广电局
《战将周希汉》 晋城市委宣传部
《伞头和他的女人》 吕梁市委宣传部
《安监局长》 山西广电传媒集团

电视剧（6部）

《黄河在咆哮》 山西影视集团

《别让我看见》 山西广播电视台

《云婶》 共青团山西省委

《烽火侨女》 朔州市委宣传部

《快乐的万家村》 山西省文化厅

《风雪飘落的季节之风雪太行》 晋中市委宣传部

电视动画片（1部）

《大能人解士美》 临汾市委宣传部

电视纪录片（4部）

《飞跃山西》 山西广播电视台

《狂飙为我从天落》 阳泉市委宣传部

《太原·抗战》 太原市委宣传部

《右玉——六十年荒漠变绿洲》 山西广播电视台

韩玉峰　尚　昆／整理

说明：各届获奖作品的申报单位名称均按原表彰决定文件所载的单位名称登录。但各届表彰决定文件所载的申报单位名称不尽一致，如"山西省广播电视局"或作"省广电局"，"中共太原市委宣传部"或作"太原市委宣传部"，均按原文件所载登录，不作统一调整，以保持原貌。

# 山西省第一届至第三届文学艺术创作奖[①]
## 电影、电视剧部分获奖名录

### 第一届（1984年9月）

**金牌奖**

《泪痕》（电影文学剧本） 作者：孙谦、马烽

《知音》（电影文学剧本） 作者：潘耀麟（华而实）

**铜牌奖**

《借姑娘》（电视剧） 编剧：马骏　傅平

### 第二届（1991年1月）

**特别奖**

《咱们的退伍兵》（电影） 编剧：马烽、孙谦

《黄土坡的婆姨们》（电影） 编剧：马烽、孙谦

《女人的力量》（电影） 编剧：罗雪柯

《太阳从这里升起》（电视单本剧） 编剧：石零；导演：张绍林；摄像：张绍林；摄制单位：山西电视台

---

[①] 由山西省文学艺术创作基金会主办。

《葛掌柜》(电视连续剧) 编剧:杨友军、卢润泽、黄冲;导演:史启发;摄像:刘庆梅;摄制单位:山西电视台

《杨家将》(电视连续剧) 编剧:梁枫、冯铁山;导演:孙伟;摄像:张绍林、徐重民;摄制单位:山西电视台

《上党战役》(电视连续剧) 编剧:华而实、郭忠群、王元生;导演:孙伟;摄像:张绍林;摄制单位:山西电视台

《鲜卑骄子》(戏曲电视连续剧) 编剧:华而实

《太阳之子》(电视音乐片) 导演:张成田;作词:赵越;摄像:张建生;摄制单位:山西电视台

《好大的风》(电视音乐片) 编导:潘大为;摄像:潘大为;摄制单位:山西电视台

《山区日记》(电视音乐片) 撰稿:赵越;导演:张成田;摄像:刘庆梅;摄制单位:山西电视台

《筑路者之歌》(电视音乐片) 编导:秦安强;摄像:李全安;摄制单位:山西电视台

### 金牌奖

《大敌当前》(电视连续剧) 编剧:华而实;摄像:徐重民;摄制单位:山西电视台

### 银牌奖

《康熙大闹五台山》(电影文学剧本) 作者:宋达恩

《点燃朝霞的人》(电影文学剧本) 作者:王东满

《无字的歌》(电视单本剧) 编剧:石零;导演:张绍林;摄像:张绍林;摄制单位:山西电视台

《佘赛花》(戏曲艺术片) 编剧:张宝祥、李小猫、栗守田

《黄土风情》(电视艺术片) 导演:秦安强;摄像:李全安、任砚文、张建生;摄制单位:山西电视台

**铜牌奖**

《忻口战役》(电视文学剧本) 作者:董耀章、郭秋池

《狄仁杰断案传奇》(电视连续剧) 编剧:梁枫;导演:孙伟;摄制单位:太原电视台

《酸溜溜》(电视连续剧) 编剧:马骏、陈忠廉、张辉璞;导演:张辉璞;摄制单位:雁北电视台

## 第三届(1997年10月)

**特别奖**

《有这样一个民警》(短篇电视剧) 编剧:石零;导演、摄像:张绍林;摄制单位:大同市公安局、山西电视台

《一个医生的故事》(短篇电视剧) 编剧:赵震寰、李洪;导演:张亚舒;摄像:张和平;摄制单位:山西省卫生厅、长治市委市政府、山西电视台

《好人燕居谦》(短篇电视剧) 编剧:石零;导演、摄像:张绍林;摄制单位:山西电视台

《杨家将》(电视连续剧) 编剧:梁波;导演:张绍林、高建国;摄像:张绍林;摄制单位:山西电视台

《回娘家》(电视连续剧) 编剧:马彬、赵国蔺、朱建华;导演:高建国;摄

像:张和平;摄制单位:山西电视台

《离太阳最近的人》(电视连续剧)　编剧、导演:斗琪;摄像:谷锦云、张志坚;摄制单位:太原电视台

《矿山小英雄》(短篇电视剧)　编剧、导演:斗琪;摄像:谷锦云、杜希源;摄制单位:太原电视台

《这山·这土·这秧歌》(电视文艺专题)　编导:袁雅丽;摄像:田荣伟;摄制单位:太原电视台

《神算子》(短篇电视剧)　编剧:李昕;摄制单位:平陆县政府等

《豆花》(电视连续剧)　编剧:马连伦(执笔)、鲁文、石连甲;导演:石连甲;摄像:苏承忠等;摄制单位:山西省话剧院、山西省教委、汾阳县教育局

《风流父子》(电视连续剧)　编剧:王东满;导演:李希茂;摄像:张和平;摄制单位:山西电视台

《两个女人和一个男人》(戏曲短篇电视剧)　编剧:小尚;导演:李希茂;摄制单位:山西电视台、临汾地委行署

《喜期将临》(戏曲电视剧)　编剧:钮宇大、张起云、王旭峰;导演:孙伟;摄像:张建生;摄制单位:山西电视台

《战争·和平·士兵》(电视音乐片)　导演:张成田;摄制单位:山西电视台

《路的记忆》(电视音乐片)　导演、摄像:张成田;作词:赵越;摄制单位:山西电视台

《好大的风》(电视音乐片)　导演、摄像:潘大为;摄制单位:山西电视台

《歌从黄河来》(电视音乐片)　导演、摄像:张成田;作词:赵越;摄制单位:山西电视台

《太阳之子》(电视音乐片)　导演:张成田;作词:赵越;摄像:张建生;摄制单位:山西电视台

《黄河一方土》(电视文艺节目)　导演:张成田、秦瑜东;摄像:张建生、温杰、李全安;摄制单位:山西电视台

《黄土情》(电视音乐专题) 编导:章洁;摄像:王晓澎、朱斌;作曲:王小刚;摄制单位:太原电视台

《幼儿夺标》(电视文艺节目) 编导:刘英、绍秉华;美术设计:赵化宇、李惠文;摄像:李若星、田荣伟、王晓澎、程晋云、朱斌、赵文胜;摄制单位:太原电视台、太原市青年宫

《五月阳光》(电视文艺节目) 导演:秦安强、郑钢花、程晋;撰稿:赵越;摄像:郝黎明、赵志耀、王晋、刘勇峰、冉建峰、邓海鹰;摄制单位:山西电视台

《黄河神韵》(电视文艺片) 导演:张成田、李中豪;摄像:张和平、赵刚、张欣;摄制单位:黄河电视台

### 金牌奖

《百团大战》(电视连续剧) 编剧:郭庆平、许元上、孙伟;导演:孙伟;摄像:张和平、王祖田;摄制单位:山西电视台、阳泉电视台、晋中电视台

《元帅的思念》(电影) 编剧:史清锁;导演:奇卡·库尔班等;摄制单位:山西电影制片厂等

《百年忧患》(电视连续剧) 编剧:石零、张凡;导演、摄像:张绍林;摄制单位:山西省教委、临汾行署教育局、山西电视台等

### 银牌奖

《胡子将军孙毅》(短篇电视剧) 编剧:朱正、张文玲等;导演:朱正、靳大力;摄像:田荣伟;摄制单位:太原电视台等

《赵四小姐与张学良》(电视连续剧) 改编:崔俊波;导演:崔俊波、孙亚舒;摄像:刘庆梅;摄制单位:山西电视台

### 铜牌奖

《丰碑》(革命历史题材电视系列剧精编本解说词) 作者:华而实

《纪念毛泽东诞辰100周年文艺晚会》(电视文艺晚会)　编导:英瑞、秦安强、李少平;摄像:温杰、张欣、冉建峰、赵志强、李冰;摄制单位:山西电视台

《河曲民歌展播》(电视文艺晚会)　导演:李中豪;导播:秦安强;摄像:张欣、冉建峰、李冰、韩玮;摄制单位:山西电视台、黄河电视台

《黄河情》(电视连续剧)　编剧:李思义;导演:姚大石、吴彦姝(执行);摄像:杜希源;摄制单位:山西省话剧院

韩玉峰/整理

# 山西省首届优秀电影、电视剧"天龙奖"[①]获奖名录

（1986年12月）

优秀作品奖（16部）

优秀故事片：《咱们的退伍兵》《天涯孤旅》

优秀戏曲艺术片：《金水桥》《佘赛花》

优秀电视连续剧：《新星》《上党战役》《鲁迅在日本》《李林》《杨家将》

优秀短篇电视剧：《太阳从这里升起》《婚礼上的儿歌》《白色的大雁》
《无字的歌》

优秀电视报道剧：《红烛》《山溪之歌》

优秀戏曲电视剧：《雇驴》

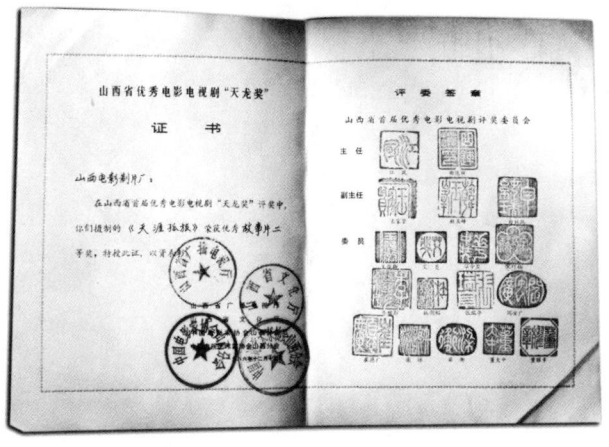

---

[①]由山西省广播电视厅、山西省文化厅、山西省电影家协会、山西省电视艺术家协会共同主办。

**个人单项奖(19人)**
优秀编剧奖:马烽、石零、孙谦、华而实、马骏、武承仁、罗雪珂
优秀导演奖:孙伟、张绍林、张辉璞、崔俊波
优秀摄影(摄像)奖:任砚文、张绍林、丰沛东、徐重民、阎筱斌
优秀制片奖:段成明、靳大力、蔡蔚

韩玉峰　赵小萍/整理

# 2018"山西优秀电影奖"[①]获奖名录

(2018年8月)

### 优秀故事片(5部)

《土地志》 山西电影制片厂(有限公司)出品

《七儿娘》 山西喜耕田影视传媒有限公司出品

《母亲》 长治银光农村数字电影院线有限公司出品

《爱我就陪我看电影》 山西菲尔幕文化传媒有限公司出品

《山无棱天地合》 山西李唐影业有限公司出品

### 优秀导演

高峰 《土地志》

### 优秀编剧

邢原平 《土地志》

### 优秀青年电影创作

李珈西 《山无棱天地合》

---

[①] 由山西省新闻出版广电局主办。

**优秀男演员**
　　魏大鸣　《土地志》

**优秀女演员**
　　阎青珍　《母亲》

**优秀电影音乐**
　　牛朝阳　《爱我就陪我看电影》

**优秀电影摄影**
　　刘平　《七儿娘》

**优秀微电影(5部)**
《高原上的心愿》　山西智德珑源文化传媒有限公司出品
《老高回到洛江沟》　山西向红影视文化传媒有限公司出品
《乡村e站故事》　山西科技新闻出版传媒集团出品
《山上有棵树》　版权所有人李俊出品
《抢修队长王二小》　版权所有人李骞出品

罗平海/整理

# 山西省首届微电影大赛[①]获奖名录

(2014年12月)

## 一等奖

剧情片《重生》 卡达电影工作室

剧情片《中国式警察》 山西传媒学院

剧情片《约定在那个时候》 大同市影视文学研究会 大同市京汉文化创意传播中心

## 二等奖

剧情片《零元招租》 四川影响力传媒有限公司

剧情片《77公路》 卡达电影工作室

剧情片《永远的玫瑰》 林烨作品(中央戏剧学院)

剧情片《雪乡》 汇垠百应大学生就业创业俱乐部

剧情片《倾听者》 太原师范学院影视艺术系2010级戏剧影视文学毕业作品

纪实片《太原太山》 北京天和集智信息科技有限公司

## 三等奖

剧情片《一杯承诺》 于飞作品

---

[①] 由山西省文学艺术界联合会、山西省电影家协会主办。

2014年12月25日,山西省首届微电影大赛颁奖典礼,时任中共山西省委宣传部副部长杜学文与获奖者合影

剧情片《龙城爱》　山西鼎立影视文化传媒有限公司　太原市新拍客文化传媒有限公司　印象光影工作室　龙城梦工场　太原广播电视剧制作中心

剧情片《金沙清风》　宁夏中卫市人民检察院　沙坡头区人民检察院　中宁县人民检察院　海原县人民检察院　宁夏凡客杰瑞文化艺术传媒公司

剧情片《粮食印记》　共青团山西省委　山西省电视艺术家协会　咔咔动漫集团

剧情片《鱼》　张姗姗作品

剧情片《最美那一天》　九九辉煌(北京)影视文化发展有限公司　陈阳影视工作室　晋凯律师事务所

剧情片《片警侯哥》　阳泉市公安局

剧情片《家》　山西鼎立影视文化传媒有限公司　田浩影视制作公司

剧情片《金喜》 国网吕梁供电公司

单项奖

最具创意奖:动画片《礼服》

最具人气奖:剧情片《爱无界》

最佳编剧:刘卡达 剧情片《77公路》

最佳导演:林烨 剧情片《永远的玫瑰》

最佳摄影:王勇 剧情片《雪乡》

最佳女演员:刘子甄 剧情片《雪乡》

最佳男演员:吴嵩 剧情片《重生》

优秀组织奖

阳泉市文联

阳泉市电影家协会

优秀贡献奖

山西梦羽博翔文化传媒有限公司

太原解放之光影业传媒有限公司

魏曦明 杨舒淇/整理

山西省首届微电影大赛颁奖典礼

# 首届"华夏古文明 山西好风光"微电影大赛[①]获奖名录

(2017年5月)

**最佳作品奖**
  动画片《伯俞泣杖》 山西传媒学院

**剧情片**
一等奖:《美丽乡村那些事儿》 晋城市文化广播影视管理局
二等奖:《车窗记》 运城市文联
   《醋味罗曼史》 太原市文联
三等奖:《火头军》 山西世纪博奥影视文化有限公司
   《咸菜罐子》 恒大集团山西公司
优秀奖:《家训》 运城市文联
   《众里寻他》 大同市文广新局
   《边地牧人》 大同市文化局
   《中国万荣笑话精选》 运城市文联

**纪录片**
一等奖:《上党味道》 山西晋绚视觉文化传媒有限公司

---

[①] 由山西省文学艺术界联合会、山西省旅游发展委员会、山西省新闻出版广电局、山西省名人联合会共同主办。

首届"华夏古文明 山西好风光"微电影大赛(剧情片)一等奖《美丽乡村那些事儿》海报

二等奖:《我的石圪节》 新华社山西分社
《纸间技忆》 山西广电音像出版有限责任公司
三等奖:《九黎微记录》 山西喜旋文化艺术有限公司
青龙镇"我的老电影"影视基地
《鼓动倾情》 山西广电音像出版有限责任公司
《晋阳始》 山西工商学院
《九曲黄河第一镇——碛口》 四川传媒学院
优秀奖:《纸下的时间旅行者》 辽宁师范大学
《歌王老爹石存堂》 晋中市文化局
《父子老药工的坚守》 晋中市文化局
《云中八景》 太原师范学院
《绛水春涨》 长治市屯留县文联

动画片
一等奖:《志女求鱼》 山西传媒学院
二等奖:《帝尧本纪》 太原市文联

三等奖:《山西记忆》　太原师范学院
　　　《come on 山西》　山西传媒学院
优秀奖:《郯子鹿乳》　山西传媒学院
　　　《陆绩怀橘》　山西传媒学院
　　　《子路负米》　山西传媒学院

**单项奖**

最佳编剧(剧情片):王克文　《想起我的男人背地里哭》

最佳撰稿(纪录片):王志宏、刘红庆、唐振勇　《歌王老爹石存堂》

最佳编剧(动画片):空缺

最佳导演(剧情片):杨巧文　《火头军》

最佳导演(纪录片):原勋　《我的石圪节》

最佳导演(动画片):何劲湧　《伯俞泣杖》

最佳摄影(剧情片):刘斌、宋一新　《众里寻他》

最佳摄影(纪录片):刘廉洁、郭雷　《上党味道》

最佳男演员(剧情片):和大昌的扮演者李宗全　《美丽乡村那些事儿》

最佳女演员(剧情片):李梅的扮演者张嫣然　《火头军》

魏曦明　杨舒淇/整理

# 2015年优秀网络视听作品评选[①]获奖作品和获奖单位名录

（2015年11月）

"中国梦"单元

《平凡的坚守》 山西省音像资料馆

《春泥》 山西传媒学院

《小雨》 山西传媒学院

《族谱》 大同市文化局

《税月》 山西省微电影协会

《山路》 长治市文化局

影视网络作品单元

《回家》 太原市委外宣办

《卖花的小姑娘》 晋城市广播电视台

《虾趣》 山西省微电影协会

《约定在那个时候》 大同市文化局

网络视听节目单元

《广灵剪纸》 大同市文化局

---

[①] 由山西省新闻出版广电局主办。

《爱能量(第七季)》 山西广播电视台
《嗨,小鬼》 山西传媒学院

**大学生网络视听作品单元**
《守望》 山西传媒学院
《车轮下的青春印记》 山西传媒学院

**最佳人气奖**
《时间都去哪儿啦》 山西高速二支队 省广电局音像资料馆

**特殊贡献奖**
山西微电影协会

**优秀组织奖**
大同文化局
长治文化局
山西传媒学院

武向辉/整理

# 2016年优秀红色网络视听作品评选[①]获奖作品和获奖单位名录

(2016年10月)

**原创"中国梦"单元**

《侣·悟》 环宇兴业影视文化传媒有限责任公司 山西网络广播电视台

《第八个》 山西电力培训中心

《岁月无痕 父爱有迹》 晋中风行文化传媒有限公司

《至味山西》 山西音像资料馆

《上庙的日子》 山西音像资料馆

《归期》 山西星火影映文化艺术有限公司

《原谅》 山西三晋报刊传媒集团


**全民阅读微视频作品单元**

《关爱留守儿童》 山西广播电视台少儿频道


**"清风山西"微视频作品单元**

《风波》 吕梁本土文化传媒有限公司

《有他才有家》 太原燃气集团有限公司

---

[①] 由山西省新闻出版广电局主办。

原创网络视听作品单元

《走进太原》　太原市人民政府新闻办公室

《奇奇怪怪》　山西山传文化科技园有限公司

《守望》　榆社县人民法院


原创网络视听节目单元

《央哥帮忙团》　运城广播电视台

《画说山西之年味》　山西祖一文化影视传媒公司

《大同铜器》　大同市京汶文化创意传播中心


大学生网络视听原创作品单元

《老史和他的歌声》　山西传媒学院高岩

《光影下的童话》　山西传媒学院高岩

《城市背后》　山西传媒学院苏芮

山西传媒学院学生在2016"阳光杯"山西省优秀红色网络视听作品颁奖仪式上助兴表演

**优秀编剧奖**

《守望》 樊利明

《第八个》 芦笛

**优秀导演奖**

《侣·悟》 张昕宇、白永红

《走进太原》 杨志敏

**优秀演员奖**

《第八个》 女演员郭苏星

《归期》 男演员李震

**优秀组织奖**

晋中市文化局

临汾市文化局

山西传媒学院

武向辉/整理

# 2017年优秀红色网络视听作品评选[①]获奖作品和获奖单位名录

(2017年7月)

### 网络剧
《希望树》 山西广播电视台少儿频道

### 微电影
《不容等待》 山西智德珑源文化传媒有限公司
《抢修队长王二小》 李智、李骞、冯右右
《月亮船》 山西晋中风行影视传媒有限公司
《如果能重来》 山西智德珑源文化传媒有限公司
《女儿的千纸鹤》 李建全
《追梦警察蓝》 山西高速交警二支队

### 影视动画片
《春天在哪里》 山西梓楠文化艺术有限公司
《善用其心》 山西灌木文化传媒有限公司

---

[①] 由山西省新闻出版广电局主办。

纪录片

《大美离石》　吕梁市本土文化传媒有限公司

《非遗拾珠——武林左拳》　吕梁广播电视网

《一代廉吏于成龙》　吕梁广播电视台新闻专题部

《笔尖上的修行》　山西传媒学院

《大同抗日名将——赵承绶》　大同市泽艺文化传媒有限公司

《军中少年》　山西广播电视台科教频道

专业类节目（栏目）

《时代鼓手　人民诗人》　大同市京次文化创意传播中心

其他

《阙与之战》　山西辰涵数字传媒有限公司

《米香天下》　山西靓影文化传媒有限公司

《感知太原》(3D)　中共太原市委对外宣传小组办公室

《山西高速二支队形象片》　山西高速交警二支队

优秀组织奖

晋中市文化局

吕梁市文化局

武向辉/整理

# 2019年优秀红色网络视听作品评选[①]获奖作品和获奖单位名录

（2019年10月）

**剧情类**

微电影《俩老头》　山西向红影视文化传媒有限公司

微电影《马茹花》　李俊

微电影《北京的冬天很温暖》　李俊

微电影《我是医生》　山西省人口宣传教育中心

微电影《香菇情》　郭明

微电影《父子》　山西博奇华纳影视传媒有限公司

微电影《汾河》　孙卿

微电影《春风》　山西景辰未来影视传媒有限公司

微电影《一念之间》　阳泉市城区一品视觉影像工作室

网络动画片《夏天的特凉列车》　山西梓楠文化艺术有限公司

**非剧情类**

网络专题片《晋府春秋》　山西黄河水文化发展有限公司

网络专题片《众行致远》　山西双马影视传媒有限公司

网络专题片《母亲情·大河梦》　山西黄河水文化发展有限公司

---

[①] 由山西省广播电视局主办。

网络专题片《百度自动驾驶汽车"跑上"阳泉高速》 阳泉市广播电视台

网络专题片《美丽毛家山》 《山西经济日报》驻运城记者站

网络纪录片《大同铜火锅》 范臻豪

网络纪录片《生命微光》 中共国网山西省电力公司党校工会委员会

网络纪录片《约定》 李淑芳

其他《大吉大利 税收与你同战》 国家税务总局运城市税务局

其他《你不知道的事》 山西广大视听传媒有限公司

**优秀组织奖**

太原市文化和旅游局

大同市文化和旅游局

山西传媒学院

武向辉/整理

# 参阅文献

[1] 程季华主编.《中国电影发展史》.北京:中国电影出版社,1963.

[2] 刘立滨.《中国电影史》.北京:中国电影出版社,2004.

[3] 丁亚平.《中国当代电影史》(全二册).北京:中国电影出版社,2011.

[4] 孟犁野.《新中国电影艺术史稿(1949—1959)》.北京:中国电影出版社,2002.

[5] 金丹元等.《新中国电影美学史(1949—2009)》.上海:上海三联书店,2013.

[6] 舒晓鸣.《中国电影艺术史教程(1949—1999)》.北京:中国电影出版社,2000.

[7] 吴琼.《中国电影的类型研究》.北京:中国电影出版社,2005.

[8] 钟艺兵主编.《中国电视艺术发展史》.杭州:浙江人民出版社,1994.

[9] 中国电影年鉴社编.《中国电影年鉴 2005》.北京:中国电影年鉴社,2005.

[10] 王云缦等主编.《电视艺术辞典》.北京:学苑出版社,1991.

[11] 章柏青.《中国电影·电视》.北京:文化艺术出版社,1999.

[12] 高鑫主编.《影视艺术欣赏》.北京:北京广播学院出版社,2001.

[13] 王卫平主编.《中国电视剧60年大系》.北京:中国广播影视出版

社,2018.

[14]王丹彦主编.《中国电视艺术发展报告 首卷(2010)》.北京:中国广播电视出版社,2010.

[15]王丹彦主编.《中国电视艺术发展报告 第二卷(2012)》.北京:中国广播电视出版社,2013.

[16]王丹彦主编.《中国电视艺术发展报告 第三卷(2014)》.北京:中国广播电视出版社,2014.

[17]易凯主编.《中国电视艺术发展报告 第四卷(2016)》.北京:中国广播电视出版社,2017.

[18]郭士星主编.《中国戏曲志·山西卷》.北京:文化艺术出版社,1990.

[19]郭士星主编.《山西通志·文化艺术卷》.北京:中华书局,1996.

[20]谢洪涛、田惠爱主编.《山西通志·新闻出版志·广播电视篇》.北京:中华书局,1998.

[21]李文虎、阎玉庭、徐秉梅编著.《山西戏曲剧目总揽》(上下).太原:三晋出版社,2010.

[22]《蒲州梆子志》编纂委员会编.《蒲州梆子志》.太原:山西教育出版社,2007.

[23]陆嘉生主编.《山西电视论丛 文艺·电视剧卷》.太原:山西人民出版社,1995.

[24]崔洪勋等著.《二十世纪山西文学史》.北京:中国文联出版公司,1997.

[25]傅书华.《山西作家群论稿》.北京:中国文联出版社,1999.

[26]杨占平.《山西文坛30年作家掠影》.太原:三晋出版社,2009.

[27]温幸、董大中主编.《山西文学十五年》.太原:山西人民出版社,1997.

[28]杨志刚、杜学文主编.《聚焦山西电影》.北京:中国电影出版社,2005.

[29]董大中.《赵树理年谱》.太原:北岳文艺出版社,1994.

[30]董大中.《赵树理评传》.天津:百花文艺出版社,1990.

[31]杨品.《赵树理传——颠沛人生》.太原:北岳文艺出版社,2000.

[32]山西省史志研究院编、傅惠成撰写.《赵树理传》.北京:当代中国出版社,2006.

[33]一丁.《赵树理外传》.香港:天马图书有限公司,2000.

[34]杨桂欣、杨品、李景峰主编.《马烽文集》(八卷本).北京:大众文艺出版社,2000.

[35]《马烽、孙谦电影剧作选》.北京:中国电影出版社,1987.

[36]马烽、孙谦.《几度风雪几度春》.北京:群众出版社,1984.

[37]周振义、张平主编.《马烽纪念文集》.太原:山西人民出版社,2005.

[38]杨品.《马烽评传》.北京:大众文艺出版社,2004.

[39]周宗奇、杨品主编.《马烽研究文集》.北京:大众文艺出版社,2004.

[40]周宗奇编.《栎树年轮——马烽自传·口述实录·宙之诠释》.北京:大众文艺出版社,2004.

[41]陈为人.《马烽无刺——回眸中国文坛的一个视角》.北京:金盾出版社,2011.

[42]马明高.《马烽电影艺术论》.北京:大众文艺出版社,2004.

[43]王霆钧.《长影的故事》.北京:生活·读书·新知三联书店,2014.

[44]杨品、席香妮主编.《西戎文集》(五卷本).太原:山西人民出版社,2001.

[45]鸣夏编写.《西戎图传》.太原:山西人民出版社,2012.

[46]杨品、王笑嫆主编.《孙谦文集》(五卷本).太原:山西人民出版社,2001.

[47]《孙谦作品自选集》(上下).太原:北岳文艺出版社,1996.

[48]杨品.《人民作家孙谦》.太原:山西春秋电子音像出版社,2007.

[49]王学礼.《我们的孙谦》.北京:中国电影出版社,2012.

[50]王学礼.《孙谦在文水修新房的背后(上)》.《中国赵树理研究》,2016(2).

[51]郁波、杨品主编.《胡正文集》(四卷本).太原:山西人民出版社,2001.

[52]张平、张明旺主编.《胡正纪念文集》.太原:山西人民出版社,2012.

[53]山西省作家协会理论部编.《五人集》.太原:北岳文艺出版社,1992.

[54]董大中.《西北影业公司在太原》.《电影艺术》,1983(7).

[55]张衡夫.《30年代西北影业公司及太原电影界概况》.《山西文史资料》,1994(5).

[56]兰台.《一九一九年电影传入太原》.《太原晚报》,2012-3-18.

[57]李虹.《1919—1949:太原影事三十年》.《沧桑》,2005(21).

[58]史纪言.《为电影〈神行太保〉鼓掌》.《新电影》,1983(1).

[59]胡富国.《我们需要〈刘胡兰〉这样的电影》.《山西日报》,1996-9-19.

[60]杜学文.《美好生活的生动展示——评彩色故事影片〈明天我爱你〉》.《人民日报》,2001-8-18.

[61]苗壮著.《晋商:光影转世背后的文化》.太原:山西人民出版社,2013.

[62]《董大中文集》(第8卷).太原:北岳文艺出版社,2017.

［63］林旭东等编.《贾樟柯电影》.北京：中国盲文出版社，2003.
［64］《贾樟柯电影手记(1996—2008)》.北京：台海出版社，2017.
［65］《贾樟柯电影手记(2008—2016)》.北京：台海出版社，2018.

# 后　记

　　我在十多年前就开始准备撰写"山西电影电视艺术史"一书,收集和积累了大量资料,每逢山西出品重点影视作品,我大都有评论文章,发表在省内外报刊上。"山西电影电视艺术史"的撰写和出版,可以填补山西影视艺术史论研究方面的空白,对宣传山西影视艺术的成就和促进山西影视艺术的发展有一定的价值。2016年4月,由山西省文联向山西省委宣传部申报重点图书扶植项目,并获批准立项,这对我来说是最大的支持。

　　撰写过程中,考虑到撰写进度和出版时间安排,山西省文联领导和北岳文艺出版社领导商定,把原来的"山西电影电视艺术史"一书变两书,即《山西电影文学史》和《山西电视艺术史》分别出版。现在《山西电影文学史》即将出版。北岳文艺出版社拟将之作为庆祝中华人民共和国成立七十周年的献礼图书推出,我倍感荣幸。

　　《山西电影文学史》的撰写和出版得到山西省委宣传部、省文联、省广电局、省作协、省影协、省视协、山西影视集团和山西广播电视台领导的大力支持。山西省文联党组书记、主席郭健为本书题写书名。山西省文联驻会副主席和悦审定了全部书稿,山西省作协党组书记、主席杜学文,山西省委宣传部文艺处原处长、现任省文联驻会副主席王招宇,山西省委宣传部电影处处长荆太峰审定了部分书稿,山西省剧协副主席、秘书长李继民,山西省视协秘书长王华清,山西省杂协副主席、秘书长聂翠青也协助审定了部分书稿,作家成一、哲夫、李珈西审阅了有关他们各自的章节,并提出了很好的修改意见,在此表示衷心的感谢。

　　从某种意义上说,本书是集体智慧的结晶。山西影视集团的贾慧,山西省作协的冯军、王姝、钟小骏,山西电影制片厂的张枫,山西省剧协的刘涛,太原师范学院的张霞,山西传媒学院的周强、郭婧文等同志为本书提供了相关章节的初稿或文字资料、图片资料。

在《山西电影文学史》的撰写、出版过程中,得到北岳文艺出版社社长、总编辑续小强,总编室主任马峻,责任编辑谢放的大力支持。山西省委宣传部文艺处郭建丽、赵凯军、李欣、靳然,电影处罗平海;山西广播电视台王云飞、谢小湛、胡凯;山西传媒学院李伟、王建国、郭卫东、陆津云;山西电影制片厂王向英、张乔珍、张忻喜、苗茂、梁忠伟、乔瑾瑾;山西省广电局网络视听节目管理处张十洲、武向辉;山西省作协杨占平、朱凡;山西作家影视艺术公司赵建平、张志红;山西省剧协王笑林;山西省影协杨志刚、董宇、魏曦明;山西省视协王华清、李力军、张勇慧;山西影视网杨舒淇;山西省图书馆王聪慧、郭晓岩;马烽纪念馆张宏岩;山西省文联办公室岳云、周囊、辛彦、李霞,计财处陈延龙、江一凡,文研室樊丽红、王一迪、邢康丽,离退休干部处高洁;《火花》杂志社郭翠英、王蜜、杨向吉;太原市基因印刷服务公司古宏明、王维莹;"人和美"凯恩国际和平公寓张佳琰、刘秀珍、高旭艳;马烽先生的女儿梦妮、西戎先生的女儿席小荣、王玉堂先生的儿子王稚纯等同志给予热情帮助,在此一并表示衷心的感谢。

一本书,凝聚了多少人的心血,寄寓着多少人的期待,我心存感激,深表谢意。

《山西电影文学史》这部书是在我的妻子王悦俊的陪伴下完成的。多年来,她一人操持家务,让我安心写作,给了我最大的支持。今年8月份,我完成了全部书稿撰写,她却因病住进了医院。病重期间,她还天天问我:"写完了没有?"问这句话已经成了她的习惯。书未面世,妻子却在9月中旬不幸辞世!我为了写书,没有抽出时间多陪陪她,造成了永远不可弥补的终生遗憾!她没有见到这本书的出版。谨以此书献给我的妻子王悦俊。

韩玉峰于2019年初冬冰月

# 鸣　谢

- 中共山西省委宣传部
    - 文艺处
    - 电影处
    - 事业处
- 山西省文学艺术界联合会
    - 办公室
    - 财务处
    - 离退休干部处
    - 文艺理论研究室
    - 《火花》杂志社
- 山西省作家协会
    - 创作研究部
- 山西省文化和旅游厅
    - 文化政策研究中心
- 山西省广播电视局
    - 网络视听节目管理处
- 山西广播电视台
    - 办公室
    - 总编室
    - 山西卫视
- 山西影视(集团)有限责任公司
- 山西电影制片厂
- 北岳文艺出版社
- 山西省电影家协会
- 山西省电视艺术家协会
- 山西省戏剧家协会

- 马烽纪念馆
- 山西省图书馆
- 山西省话剧院
- 山西省邮电印刷厂
- 太原鑫昭惠文化传播有限公司
- 太原市凤凰美图文化传播有限公司
- "人和美"凯恩国际和平公寓